Susan Elizabeth Phillips

Wer Ja sagt, muss sich wirklich trauen

Roman

Aus dem Amerikanischen
von Claudia Geng

blanvalet

Die Originalausgabe erschien 2012
unter dem Titel »The Great Escape« bei William Morrow,
an Imprint of HarperCollins*Publishers*, New York

Verlagsgruppe Random House FSC® N001967
Das FSC®-zertifizierte Papier *Holmen Book Cream*
für dieses Buch liefert Holmen Paper, Hallstavik, Schweden

1. Auflage
Taschenbuchausgabe Februar 2015 bei Blanvalet Verlag,
einem Unternehmen der Verlagsgruppe Random House GmbH, München
Copyright © 2012 by Susan Elizabeth Phillips
Copyright © 2013 für die deutsche Ausgabe
by Blanvalet Verlag, in der Verlagsgruppe Random House, München
Umschlaggestaltung und -motiv: © www.buerosued.de
Redaktion: Margit von Cossart
LH · Herstellung: sam
Druck und Einband: GGP Media GmbH, Pößneck
Printed in Germany
ISBN: 978-3-442-38105-0

www.blanvalet.de

FÜR DAWN
*Auch wenn du hübscher bist und dich besser kleidest,
liebe ich dich immer noch, meine Freundin.*

Und trotzdem, zum millionsten Mal, wünschte Lucy sich, eine richtige Familie zu haben. Ihr ganzes Leben lang hatte sie von einem Dad geträumt, der den Rasen mähen und ihr irgendeinen beknackten Kosenamen geben würde, und von einer Mutter, die keine Säuferin war, die nicht jeden Job verlor und mit diversen Männern schlief.

AUS: WER WILL SCHON EINEN TRAUMMANN

Kapitel 1

Lucy bekam keine Luft. Das Mieder ihres Brautkleids, das ihr noch in der vergangenen Woche wie angegossen gepasst hatte, quetschte nun ihre Rippen zusammen, als wäre es eine Boa Constrictor. Was, wenn sie erstickte, direkt hier in der Vorhalle der Presbyterian Church von Wynette?

Draußen hinter der Absperrung stand eine internationale Armee von Reportern, der Altarraum in der Kirche war zum Bersten gefüllt mit den Reichen und Berühmten. Nur wenige Schritte entfernt warteten die ehemalige Präsidentin der Vereinigten Staaten und ihr Mann darauf, Lucy zum Altar zu führen, damit sie den perfektesten Mann der Welt heiraten konnte. Den Traummann jeder Frau. Den liebenswürdigsten, rücksichtsvollsten, klügsten … Welche Frau, die ihren Verstand beisammenhatte, würde Ted Beaudine nicht heiraten wollen? Er hatte Lucy von dem Moment an verzaubert, in dem sie sich kennenlernten.

Die Trompeten schmetterten los und verkündeten den Beginn der Prozession der Braut, während Lucy versuchte, ein paar Luftmoleküle in ihre Lunge zu bekommen. Sie hätte sich kein schöneres Wetter für ihre Hochzeit aussuchen können. Es war die letzte Maiwoche. Die Wildblumen des Frühlings im Texas Hill Country mochten bereits verblasst sein, aber die Kreppmyrte stand in Blüte, und draußen vor dem Kirchenportal trieben die Rosen aus. Ein wunderschöner Tag.

Ihre dreizehnjährige Schwester Holly, die jüngste der vier Brautjungfern ihrer altmodisch kleinen Brautgesellschaft, setzte sich in Bewegung. Nach ihr würde die fünfzehnjährige Charlotte losgehen und dann Meg Koranda, Lucys beste Freundin seit dem College. Lucys Trauzeugin war ihre Schwester Tracy, eine achtzehnjährige Schönheit, die so sehr in Lucys Bräutigam verschossen war, dass sie immer noch rot wurde, wenn er sie ansprach.

Lucys Schleier, erstickende Schichten aus weißem Tüll, wehte ihr ins Gesicht. Sie dachte daran, was für ein unglaublicher Liebhaber Ted war, wie großartig, wie liebenswürdig, wie außergewöhnlich. Wie perfekt für sie. Das sagte jeder.

Jeder außer ihrer besten Freundin Meg.

Am Abend zuvor, nach dem Probedinner, hatte Meg sie in die Arme geschlossen und ihr ins Ohr geflüstert: Er ist wundervoll, Luce. Genau, wie du gesagt hast. Und du kannst ihn unmöglich heiraten.

Ich weiß, hatte sie sich selbst zurückflüstern hören. Aber ich werde es trotzdem tun. Es ist zu spät, um noch einen Rückzieher zu machen.

Meg hatte sie kräftig geschüttelt. Es ist nicht zu spät, hatte sie gesagt. Ich werde dir helfen. Ich werde tun, was in meiner Macht steht.

Meg hatte leicht reden. Sie lebte im Gegensatz zu Lucy ein völlig undiszipliniertes Leben. Lucy trug Verantwortung, was Meg nicht nachvollziehen konnte. Schon bevor Lucys Mutter den Amtseid geschworen hatte, war das Land von den Joriks fasziniert gewesen – drei adoptierte Kinder, zwei leibliche. Ihre Eltern hatten die Jüngeren vor der Presse abgeschirmt, aber Lucy war bei Nealys Amtseinführung schon zweiundzwanzig gewesen, was sie unwillkürlich zum Freiwild machte. Die Öffentlichkeit hatte Lucys Hingabe für ihre Familie verfolgt – ihre Bereitschaft, den Geschwistern während Nealys und Mats häufiger Abwesenheit als Ersatzmutter zu dienen, ebenso wie ihre gemeinnützige Arbeit für

Kinderrechte, ihren Verzicht auf Dates, sogar ihren weniger als aufregenden Modestil. Und sie würde definitiv diese Hochzeit verfolgen.

Lucy hatte geplant, auf halbem Weg durch die Kirche zu ihren Eltern zu stoßen. Nealy und Mat würden sie zum Altar geleiten, als Symbol dafür, wie sie sie, seit Lucy als rebellischer vierzehnjähriger Teufelsbraten in ihr Leben getreten war, bis zum heutigen Tag begleitet hatten.

Charlotte trat hinaus auf den weißen Läufer. Sie war die Schüchternste von Lucys Geschwistern, diejenige, der es am meisten zu schaffen machte, dass sie ihre älteste Schwester nicht mehr um sich haben würde. Wir können jeden Tag telefonieren, hatte Lucy ihr erklärt. Aber Charlotte war daran gewöhnt, mit Lucy unter einem Dach zu leben, und sie hatte erwidert, das sei nicht dasselbe.

Es war Zeit für Meg loszuschreiten. Sie warf einen Blick über ihre Schulter zu Lucy, und selbst durch Lagen von Tüll sah Lucy die Besorgnis, die an Megs Lächeln zerrte. Lucy wünschte sich sehnsüchtig, mit ihr den Platz zu tauschen, Megs sorgenfreies Leben führen zu können, anstatt mit den Geschwistern von Land zu Land zu reisen, darauf zu achten, den guten Familienruf zu wahren, ständig von Kameras umgeben, die jede ihrer Bewegungen verfolgten.

Meg lächelte, wandte sich wieder nach vorn, hob ihren Blumenstrauß auf Taillenhöhe und schickte sich an, ihren ersten Schritt zu machen.

Ohne zu überlegen, ohne sich zu fragen, wie sie so etwas auch nur in Erwägung ziehen konnte – etwas so Schreckliches, so Selbstsüchtiges, so Unvorstellbares –, und obwohl sie sich zwang, sich nicht zu bewegen, ließ Lucy ihren Brautstrauß fallen, stolperte an ihrer Schwester vorbei und packte Megs Arm, bevor sie losgehen konnte. Sie hörte ihre Stimme wie von einem fernen Ort kommend.

»Ich muss jetzt sofort mit Ted sprechen.«

Tracy, die hinter ihr stand, stöhnte auf. »Was hast du vor, Luce?«

Lucy konnte Tracy nicht ansehen. Ihre Haut glühte, ihr Verstand drehte sich um sich selbst. Sie bohrte die Finger in Megs Arm.

»Hol ihn mir, Meg. *Bitte.*« Es war ein Appell, ein Gebet.

Durch den Tüllschleier sah sie, dass Megs Lippen sich erschrocken teilten. »Jetzt? Glaubst du nicht, du hättest das vor ein paar Stunden tun sollen?«

»Du hattest recht«, erwiderte Lucy gequält. »In allem, was du gesagt hast. Du hattest absolut recht. Hilf mir. Bitte.«

Die Worte fühlten sich fremd an auf ihrer Zunge. Normalerweise war sie diejenige, die sich um andere kümmerte. Selbst als sie noch ein Kind war, hatte sie nie um Hilfe gebeten.

Tracy drehte sich ruckartig zu Meg um, ihre blauen Augen blitzten vor Empörung. »Ich verstehe das nicht. Was hast du zu ihr gesagt?« Sie griff nach Lucys Hand und sah sie an. »Du hast eine Panikattacke, Luce. Es wird alles gut.«

Aber es würde nicht gut werden. Nicht jetzt. Niemals.

»Nein. Ich ... ich muss mit Ted reden.«

»Jetzt?«, hakte Tracy wie ein Echo von Meg nach. »Du kannst jetzt nicht mit ihm sprechen.«

Meg verstand das, auch wenn Tracy es nicht begreifen konnte. Mit einem besorgten Nicken machte sie sich auf den Weg nach vorn, um Ted zu holen.

Lucy kannte die hysterische Person nicht, die ihren Körper übernommen hatte. Sie war nicht fähig, in die entsetzten Augen ihrer Schwester zu blicken. Sie trampelte mit ihren Satinpumps über ihren Blumenstrauß, als sie blindlings durch die Vorhalle in Richtung Ausgang stapfte. Zwei Secret Service Agenten standen vor dem schweren Portal, mit wachsamem Blick. Dahinter wartete die Zuschauermenge, ein Meer von Fernsehkameras, eine Pressemeute ...

Heute werden Lucy Jorik, die einunddreißigjährige Tochter von Präsidentin Cornelia Case Jorik, und Ted Beaudine, der einzige Sohn von Golflegende Dallas Beaudine und der Nachrichtensprecherin Francesca Beaudine, sich das Jawort geben. Keiner hatte erwartet, dass die Braut die kleine texanische Heimatstadt des Bräutigams, Wynette, als Trauungsort wählen würde, aber ...

Lucy hörte entschlossene Männerschritte auf dem Marmorboden und wandte sich um. Ted eilte auf sie zu. Durch ihren Schleier beobachtete sie einen Sonnenstrahl, der auf seinen dunkelbraunen Haaren tanzte, ein zweiter schien ihm in sein schönes Gesicht. Wo immer Ted auch war, die Sonne folgte ihm. Er war attraktiv, liebenswürdig, alles, was ein Mann sein sollte. Der perfekteste Mann, dem sie je begegnet war. Der perfekteste Schwiegersohn für ihre Eltern, der bestmögliche Vater ihrer zukünftigen Kinder. Lucy sah, dass Teds Blick erfüllt war von Sorge – nicht von Zorn, zu dieser Sorte Mann zählte er nicht.

Ihre Eltern folgten ihm mit bestürzten Mienen auf den Fersen. Gleich würden seine Eltern erscheinen, und dann würden alle herbeiströmen – ihre Schwestern, ihr Bruder Andre, Teds Freunde, ihre Gäste ... So viele Menschen, die ihr am Herzen lagen. Die sie liebte.

Lucy hielt verzweifelt nach der einzigen Person Ausschau, die ihr helfen konnte. Meg stand etwas abseits, die Hände in einem tödlichen Griff um ihr Bouquet geklammert. Lucy warf ihr einen flehenden Blick zu, sie betete, dass Meg ihre Not erkannte. Meg kam tatsächlich rasch auf sie zu und blieb dann plötzlich wie angewurzelt stehen und begriff.

Es schien wie so oft Gedankenübertragung zwischen den Freundinnen zu sein.

Ted nahm Lucys Arm und führte sie in einen kleinen Nebenraum. Bevor er die Tür schloss, sah Lucy noch, dass Meg tief Luft holte und zielstrebig auf ihre Eltern zumarschierte. Meg war daran gewöhnt, mit chaotischen Situationen umzugehen. Sie würde die anderen lange genug hinhalten, damit Lucy ... was tun konnte?

Der schmale Vorraum war gesäumt von Kleiderhaken, an denen blaue Chorgewänder hingen, und von hohen Regalen, die Gesangbücher, Notenmappen und staubige, uralte Kartons beherbergten. Sonnenlicht sickerte durch die verstaubte Glasscheibe in der Tür am anderen Ende. Lucys Lunge kollabierte. Sie war ganz benommen vor lauter Sauerstoffmangel.

Ted musterte sie, die kühlen bernsteinfarbenen Augen überschattet von Sorge. Er war so ruhig, wie sie panisch war.

Bitte, lass ihn das in Ordnung bringen, so wie er immer alles in Ordnung bringt. Lass ihn mich in Ordnung bringen.

Der Tüllschleier haftete an ihrer Wange – durch Schweiß oder Tränen, sie wusste es nicht genau –, während Worte, die sie sich nie zugetraut hätte, aus ihr herauspurzelten.

»Ted, ich kann nicht. Ich ... ich kann nicht.«

Er hob ihren Schleier, so wie sie es sich ausgemalt hatte, bloß dass es in ihrer Vorstellung am Ende der Trauungszeremonie geschehen war, unmittelbar bevor er sie küsste.

»Ich verstehe nicht«, sagte er sanft, aber sichtlich perplex.

Sie verstand genauso wenig. Die nackte Panik war anders als alles, was sie jemals empfunden hatte.

Er legte den Kopf schief und sah ihr in die Augen. »Lucy, wir passen perfekt zusammen.«

»Ja ... ich weiß.«

Er wartete. Sie wusste nicht, was sie noch sagen sollte.

Wenn sie doch bloß richtig atmen könnte. Sie zwang ihre Lippen, sich zu bewegen.

»Ich weiß. Perfekt. Aber ... ich kann nicht.«

Sie wartete darauf, dass er anfing, mit ihr zu diskutieren. Um sie zu kämpfen. Sie zu überzeugen, dass sie sich irrte. Sie wartete darauf, dass er sie in die Arme nahm und ihr sagte, dass dies nur eine Panikattacke sei. Aber seine Miene änderte sich nicht, abgesehen von einem kaum wahrnehmbaren kurzen Zucken eines Mundwinkels.

»Deine Freundin Meg ...«, sagte er, »... es hat etwas mit ihr zu tun, nicht wahr?«

War es so? Hätte sie nicht so etwas Unvorstellbares getan, wenn Meg mit ihrer Liebe, ihrem Chaos und ihrem schnellen, brutalen Urteil nicht aufgetaucht wäre?

»Ich ...«

Ihre Finger waren eiskalt, und ihre Hände zitterten, als sie an dem Diamantring zog. Er ging schließlich ab, wäre ihr beinahe aus der Hand gefallen, als sie ihn in Teds Smokingtasche stecken wollte.

Ted ließ ihren Schleier fallen. Er bettelte nicht. Er wusste nicht, wie. Und er machte auch nicht den geringsten Versuch, sie umzustimmen.

»In Ordnung, also dann ...«

Mit einem kurzen Nicken wandte er sich um und ging davon. Ruhig. Beherrscht. Perfekt.

Als die Tür sich hinter ihm schloss, presste Lucy die Hände gegen den Magen. Sie musste Ted zurückholen. Ihm nachlaufen und ihm sagen, dass sie es sich anders überlegt habe. Aber ihre Füße wollten sich nicht in Bewegung setzen, ihr Verstand wollte nicht funktionieren.

Der Türknauf drehte sich, die Tür ging auf, und ihre Eltern standen da, blass, angespannt vor Sorge. Sie hatten alles für sie getan, und die Heirat mit Ted wäre das beste Geschenk, mit dem sie sich bei ihnen bedanken konnte. Sie konnte sie nicht dermaßen demütigen. Sie musste Ted hinterhergehen und ihn zurückholen.

»Noch nicht«, murmelte sie, fragte sich jedoch gleichzeitig, was sie damit meinte. Sie wusste nur, dass sie einen Moment für sich brauchte, um sich zu sammeln und sich zu erinnern, wer sie war.

Mat zögerte kurz und schloss dann die Tür.

Lucys Universum brach zusammen. Noch bevor der Nachmittag um war, würde die ganze Welt wissen, dass sie Ted Beaudine den Laufpass gegeben hatte. Es war unvorstellbar.

Das Heer von Kameras ... Der Presseauflauf ... Sie würde nie wieder aus diesem kleinen, muffigen Raum herauskommen. Sie würde den Rest ihres Lebens hier verbringen, umgeben von Gesangbüchern und Chorhemden, als Buße dafür, dass sie den besten Mann gekränkt hatte, der ihr jemals begegnet war, dass sie ihre Familie beschämte.

Ihr Schleier klebte an ihren Lippen. Sie zerrte daran, begrüßte den Schmerz, als die Kämmchen und Strasssteine sich in ihren Haaren verfingen. Sie war verrückt. Undankbar. Sie verdiente Schmerz. Sie riss alles herunter. Den Schleier, das Brautkleid ... Die weiße Seide lag wie eine Pfütze um ihre Fußknöchel, und sie stand da und rang nach Luft in ihrem exquisiten französischen BH, ihrem Spitzenhöschen, dem blauen Strumpfband und den weißen Satinpumps.

Lauf!

Das Wort schrillte durch ihr Gehirn.

Lauf!

Sie hörte, dass es draußen vor dem Raum für einen Moment lauter wurde, als hätte jemand die Eingangstüren der Kirche geöffnet und rasch wieder geschlossen.

Lauf!

Ihre Hand griff nach einem der königsblauen Chorhemden. Sie riss es vom Haken und streifte es über ihre zerzauste Frisur. Der kühle, muffige Stoff rutschte an ihrem Körper herunter. Dann stolperte sie auf die kleine Tür am anderen Ende des Raums zu. Durch die verstaubte Scheibe sah sie einen schmalen, zugewachsenen Pfad, eingeschlossen von Betonmauern. Ihre Hände funktionierten nicht richtig, der Griff ließ sich nicht gleich bewegen, aber schließlich gelang es ihr, die Tür zu öffnen.

Lucy befand sich auf der Rückseite der Kirche. Frühlingsstürme hatten Abfälle in das Kiesbett am Wegrand geweht: platt gedrückte Saftkartons lagen dort, Zeitungsfetzen, eine ausgeblichene gelbe Kinderschaufel. Sie lief los, blieb mit ihren hohen Absätzen im rissigen Pflaster stecken, hielt inne, als der Weg endete. Überall stand Security. Sie überlegte, was sie als Nächstes tun sollte.

Sie hatte ihr Sonderbewachungsrecht durch den Secret Service einige Monate zuvor, als ihre Mutter ein Jahr aus dem Amt geschieden war, verloren, Nealy selbst stand aber weiterhin unter Personenschutz. Da Lucy viel Zeit mit ihr verbrachte, war ihr die Abwesenheit ihrer eigenen Leibwächter kaum aufgefallen. Ted hatte private Sicherheitskräfte beauftragt, um das kleine Polizeirevier der Stadt zu unterstützen. Vor den Türen standen Wachen. Der L-förmige Parkplatz war überfüllt mit Fahrzeugen. Überall waren Leute.

Washington war ihr Zuhause und nicht diese Kleinstadt in Zentraltexas, mit der sie sich von Anfang an so schwer getan hatte, aber sie erinnerte sich, dass die alte Dorfkirche am Rande eines alteingesessenen Wohnviertels lag. Wenn ihre Beine sie über den Weg zu den Hintergärten auf der anderen Seite trugen, könnte sie es schaffen, in einer der Nebenstraßen zu verschwinden, ohne gesehen zu werden.

Und was dann? Dies hier war keine gut vorbereitete Flucht wie jene von Nealy aus dem Weißen Haus viele Jahre zuvor. Es war gar keine Flucht. Es war eine Unterbrechung. Ein Aussetzen. Sie musste einen Ort finden, an dem sie wieder Atem schöpfen, sich in den Griff bekommen konnte. Ein leeres Kinderspielhaus. Eine versteckte Nische in irgendjemandes Garten. Irgendein Ort, fern von dem Presserummel, fern von ihrem verratenen Bräutigam und ihrer verdutzten Familie. Eine vorübergehende Zuflucht, wo sie sich vor Augen halten konnte, wer sie war und was sie den Menschen schuldig war, die sie aufgenommen hatten.

O Gott, was hatte sie getan?

Ein kleiner Tumult auf der anderen Seite der Kirche erregte die Aufmerksamkeit des Wachpersonals. Lucy wartete nicht ab, um zu sehen, was da los war. Hastig umrundete sie das Ende der Mauer, überquerte im Laufschritt eine kleine Straße und kauerte sich dann hinter eine Mülltonne. Ihre Knie zitterten so stark, dass sie sich an der rostigen Tonne, aus der übler Verwesungsgestank drang, abstützen musste. Es gab keine Alarmrufe, Lucy nahm nur aus der Ferne das Geraune der Menge wahr, die sich auf der Tribüne vor der Kirche drängte.

Sie hörte ein leises Wimmern, wie das Miauen eines Kätzchens, und plötzlich wurde ihr bewusst, dass es von ihr kam. Schnell stand sie auf, schlich an einer Hecke, die als Hausbegrenzung eines viktorianischen Altbaus diente, entlang. Die Hecke endete an einer schmalen Kopfsteinpflasterstraße. Lucy flitzte auf die andere Seite und in einen fremden Garten, dem alte Bäume Schatten spendeten.

Sie zog das Chorhemd enger um sich, schlich zum nächsten Garten und weiter zum nächsten, zwischen frisch bepflanzten Rabatten und Gemüsebeeten hindurch, in denen murmelgroße grüne Tomaten wuchsen. Der Geruch von Schmorbraten wehte aus einem offenen Küchenfenster, aus einem anderen drang die Geräuschkulisse einer Fernseh-

Gameshow. Bald würde dasselbe Fernsehen die Meldung von Expräsidentin Cornelia Case Joriks unverantwortlicher Tochter bringen. Innerhalb eines Nachmittags hatte die einunddreißigjährige Lucy siebzehn Jahre gutes Benehmen zunichte gemacht. Siebzehn Jahre, in denen sie Mat und Nealy hatte beweisen wollen, dass ihre Adoption kein Fehler war. Was Ted betraf und das, was sie ihm angetan hatte … Sie hätte ihn nicht schlimmer kränken können.

Ein Hund bellte, ein Baby begann zu weinen. Lucy stolperte über einen Gartenschlauch, kürzte den Weg ab, hastete an einer Schaukel vorbei. Das Hundegebell wurde lauter, gleich darauf sprang eine Promenadenmischung mit rostrotem Fell gegen den Drahtzaun, der das Grundstück von dem des Nachbarn abgrenzte. Lucy drehte um, vorbei an einer Statue der Jungfrau Maria, zurück in Richtung Straße. Kieselsteine in ihren Schuhen ließen sie jeden Schritt schmerzhaft spüren.

Motorengeräusche drangen an ihre Ohren, wurden lauter. Lucy ging zwischen zwei Garagen in Deckung, drückte sich mit dem Rücken flach gegen den abblätternden weißen Putz. Ein verbeultes schwarz-silbernes Motorrad bog mit quietschenden Reifen in die Straße, wurde jäh langsamer. Sie hielt den Atem an und wartete, dass es vorbeifuhr, doch es fuhr im Schritttempo weiter und hielt schließlich auf ihrer Höhe.

Der Fahrer starrte in den Spalt zwischen den Garagen, genau dorthin, wo sie stand. Der Motor tuckerte im Leerlauf, während der Fahrer sie in aller Ruhe musterte.

»Was ist?«, rief er ihr über das Knattern hinweg zu.

Was ist! Sie hatte ihren zukünftigen Ehemann verstoßen, ihre Familie blamiert, wenn sie nicht rasch etwas unternahm, würde sie die berüchtigtste entflohene Braut im ganzen Land sein, und dieser Kerl wollte wissen, was *los* war?

Er hatte zu lange Haare, die sich über seinen Kragen lockten, kühle blaue Augen über hohen Wangenknochen und einen Mund, der ihm sadistische Züge verlieh. Nachdem sie so viele Jahre vom Secret Service beschützt worden war, hatte Lucy sich daran gewöhnt, ihre Sicherheit als selbstverständlich zu betrachten, aber jetzt fühlte sie sich nicht sicher, und der Umstand, dass sie in dem Biker vage einen Gast des Probedinners wiedererkannte – jemanden aus Teds illustrem Bekanntenkreis –, beruhigte sie nicht unbedingt. In seinem mäßig sauberen dunklen Anzug, der ihm nicht richtig passte, dem zerknitterten weißen Hemd mit dem offenen Kragen und den Motorradstiefeln, die scheinbar nur flüchtig abgestaubt worden waren, sah er nicht aus wie jemand, dem sie in einer Seitenstraße begegnen wollte. Wo sie sich zufällig gerade aufhielt. Ein zerknitterter Schlips ragte aus der Tasche seines Sakkos. Die lange, wilde Mähne sah aus wie mit schwarzer Tinte dahingekleckst.

Mehr als zehn Jahre, seit Nealys erstem Präsidentschaftswahlkampf, hatte Lucy versucht, das Richtige zu sagen, das Richtige zu tun, immer lächelnd, immer höflich. Nun fiel ihr, die schon so lange die Kunst des Smalltalks beherrschte, nichts ein, was sie sagen konnte. Stattdessen spürte sie den fast unwiderstehlichen Drang, spöttisch zu erwidern: »Und selbst?« Aber natürlich tat sie das nicht.

Er deutete mit einem Nicken auf den Rücksitz seines Gefährts. »Lust auf eine Spritztour?«

Ein Schreck fuhr ihr in die Glieder, schoss durch ihre Adern in die Kapillargefäße, durchdrang Haut und Muskeln bis auf die Knochen. Sie fröstelte, nicht vor Kälte, sondern weil sie wusste, dass sie darauf brannte, auf das Motorrad zu steigen, mehr als alles andere, das sie sich seit langem gewünscht hatte. Einfach aufzusitzen und vor den Folgen dessen zu fliehen, was sie angerichtet hatte.

Der Biker stopfte seinen Schlips tiefer in seine Sakkotasche, und Lucys Füsse setzten sich in Bewegung. Es war, als hätten sie sich von ihrem restlichen Körper losgelöst. Sie versuchte, sie aufzuhalten, aber sie weigerten sich zu gehorchen. Sie näherte sich dem Motorrad, sah ein verbeultes texanisches Nummernschild und einen Aufkleber mit Eselsohren, der auf dem abgewetzten Ledersitz haftete. Der Aufdruck war verblasst, aber die Schrift war noch zu entziffern. SPRIT, GRAS ODER ARSCH – NIEMAND FÄHRT UMSONST.

Die Botschaft traf sie wie ein Schock. Eine Warnung, die sie nicht ignorieren konnte. Aber ihr Körper – ihr verräterischer Körper – hatte die Kontrolle übernommen. Ihre Hand raffte das Chorhemd hoch. Ein Fuss hob sich vom Boden, ein Bein schwang sich über den Sitz.

Er gab ihr den einzigen Helm. Sie zog ihn über ihre ruinierte Brautfrisur und schlang die Arme um seine Taille. Sie brausten los durch die kleine Strasse, und ihr Gewand bauschte sich, entblösste ihre Knie, ihre Oberschenkel, der schneidende Fahrtwind prickelte auf ihren nackten Beinen. Seine Haare peitschten gegen ihr Visier.

Lucy klemmte den Stoff unter ihre Beine, während der Unbekannte scharf rechts abbog und gleich darauf wieder. Unter dem Sakko spürte sie seine Rückenmuskeln.

Sie verliessen Wynette auf einer zweispurigen Schnellstrasse, die an einem zerklüfteten Kalksteingebirge entlangführte. Der Helm war ihr Kokon, das Motorrad ihr Planet. Sie passierten blühende Lavendelfelder, eine Olivenölfabrik und Weinberge, die überall im Hill Country aus dem Boden schossen.

Die Sonne versank, und die zunehmende Kühle drang durch den dünnen Stoff des Chorhemds. Lucy begrüsste die Kälte. Sie verdiente es nicht, es warm und gemütlich zu haben.

Sie rollten über eine Holzbrücke, vorbei an einer verfallenen Scheune mit einer aufgemalten texanischen Flagge an der Seitenwand. Werbeschilder, die Höhlentouren und Ferien auf der Ranch anboten, flogen vorbei. Die Meilen glitten dahin. Zwanzig? Mehr? Sie wusste es nicht.

Als sie die Ausläufer einer Kleinstadt erreichten, bremste er vor einem schäbigen Minimarkt und parkte im Schatten neben dem Gebäude. Er machte mit dem Kopf eine ruckartige Bewegung, um ihr zu signalisieren, dass sie absteigen sollte. Sie verhedderte sich mit den Beinen in ihrem Gewand und stürzte beinahe.

»Hunger?«

Der bloße Gedanke, etwas zu essen, verursachte ihr Übelkeit. Sie lockerte ihre steifen Beine und schüttelte den Kopf. Er zuckte mit den Achseln und marschierte zum Eingang.

Durch das staubige Helmvisier sah sie, dass er größer war, als sie gedacht hatte, mindestens eins achtzig. Seine Beine waren im Verhältnis zum Rumpf lang. Mit seiner wilden blauschwarzen Haarmähne, dem olivfarbenen Teint und dem schaukelnden Gang hätte er nicht gegensätzlicher sein können zu den Kongressmännern, Senatoren und Industriebossen, die ihre Welt bevölkerten.

Sie konnte durch das Schaufenster einen Teil des Verkaufsraums sehen. Er ging nach hinten zu einer Kühlbox. Die Verkäuferin unterbrach ihre Tätigkeit, um ihn zu beobachten. Er verschwand, bevor er wieder auftauchte und ein Sixpack Bier auf die Ladentheke stellte. Die Verkäuferin schüttelte die Haare und flirtete offen mit ihm. Er legte ein paar weitere Artikel neben die Kasse.

Lucys Füße schmerzten. Sie sah, dass ihre Schuhe an den Fersen scheuerten, Blasen hatten sich gebildet. Sie verlagerte das Gewicht und erhaschte ihr Spiegelbild im Schaufenster. Der große blaue Helm verschluckte ihren Kopf und verbarg ihre feinen Gesichtszüge, die sie jünger wirken ließen, als sie tatsächlich war. Das Chorhemd kaschierte den Umstand, dass sie durch den Hochzeitsvorbereitungsstress etwas abgenommen hatte. Sie war eins zweiundsechzig, aber sie kam sich winzig vor, dumm, wie ein selbstsüchtiges, unverantwortliches, heimatloses Kind.

Obwohl niemand in der Nähe war, nahm sie den Helm nicht ab, sondern hob ihn nur leicht an, um den Druck auf die Haarnadeln zu lindern, die sich in ihre Kopfhaut bohrten. Normalerweise trug sie das Haar fast schulterlang, glatt und ordentlich, meist zurückgehalten mit einem dieser schmalen Samtbänder, die Meg verabscheute.

In diesen adretten Klamotten siehst du wie eine Fünfzigjährige aus der Greenwich-Schickeria aus, hatte Meg einmal erklärt. Und lass die doofen Perlen weg, außer du trägst Jeans. Du bist nicht Nealy, Luce. Sie erwartet nicht von dir, so zu sein wie sie.

Meg verstand das nicht. Sie war in LA aufgewachsen, mit denselben Eltern, die sie gezeugt hatten. Sie konnte sich die ausgefallensten Klamotten erlauben, sich mit exotischem Schmuck behängen, sogar ein Drachen-Tattoo auf der Hüfte haben, aber nicht Lucy.

Die Ladentür ging auf, und der Biker kam heraus mit einer Einkaufstüte in der einen Hand und einem Sixpack Bier in der anderen. Sie beobachtete ihn ängstlich, während er stumm die Einkäufe in den abgewetzten Satteltaschen seines Motorrads verstaute. Auf einmal wurde ihr klar, dass sie so nicht weitermachen konnte. Sie musste jemanden anrufen. Sie würde Meg anrufen.

Aber sie brachte nicht den Mut auf, sich jemandem zu stellen, nicht einmal ihrer besten Freundin, die so viel mehr verstand als alle anderen. Sie würde ihrer Familie mitteilen, dass sie in Sicherheit war. Bald. Nur ... jetzt noch nicht. Nicht, bevor sie sich überlegt hatte, was sie sagen sollte.

Sie stellte sich vor den Biker wie ein großes Alien mit einem blauen Kopf. Er starrte sie finster an, und ihr wurde bewusst, dass sie immer noch kein einziges Wort zu ihm gesagt hatte. Wie peinlich. Sie musste endlich etwas sagen.

»Woher kennen Sie Ted?«

Er drehte sich wieder weg, um die Schnallen seiner Satteltaschen zu schließen. Bei dem Motorrad handelte es sich um eine alte Yamaha, auf dem schwarzen Tank stand in silberner Schrift WARRIOR.

»Wir haben in Huntsville zusammen gesessen«, antwortete er. »Bewaffneter Raubüberfall und Totschlag.«

Er stellte sie auf die Probe. Eine Art Test, um sich zu bestätigen, dass sie nicht tough war. Sie müsste verrückt sein, um das hier weiter mitzumachen. Dummerweise war sie von einer schlimmen Art von Verrücktheit befallen. Einer Verrücktheit von jemandem, der sich aus seiner Haut geschält hatte und nicht wusste, wie er wieder hineinkriechen konnte.

Seine umschatteten Augen wirkten bedrohlich. »Bereit umzukehren?«

Alles, was sie tun musste, war, Ja zu sagen. Ein simples Wort. Sie schob ihre Zunge in die richtige Position. Arrangierte ihre Lippen. Schaffte es nicht, es herauszubringen.

»Noch nicht.«

Er runzelte die Stirn. »Sind Sie sicher, dass Sie wissen, was Sie tun?«

Die Antwort auf diese Frage war so offensichtlich, dass er von selbst darauf kommen konnte. Als es ihr nicht gelang, etwas zu erwidern, zuckte er mit den Achseln und stieg auf seine Maschine.

Während sie vom Parkplatz rollten, fragte Lucy sich, wie ihr die Weiterfahrt mit diesem gefährlichen Typen weniger schrecklich erscheinen konnte, als ihrer Familie gegenüberzutreten, an der sie so sehr hing. Andererseits schuldete sie diesem Mann nichts. Das Schlimmste, was passieren konnte, war … Sie wollte nicht darüber nachdenken, was das Schlimmste war, was passieren konnte.

Wieder riss der Wind an ihrer Robe. Nur ihre Hände blieben warm von seiner Körperwärme, die sich durch den dünnen Jackenstoff auf sie übertrug. Schließlich fuhr er von der Straße ab auf einen Schotterweg. Die Motorradscheinwerfer zeichneten ein unheimliches Muster auf das Gebüsch, und sie klammerte sich enger an ihn, obwohl ihr Verstand sie anflehte, abzuspringen und wegzulaufen. Schließlich erreichten sie eine kleine Lichtung an einem Flussufer, und er schaltete den Motor ab. Aufgrund eines Schilds, das sie an der Straße gesehen hatte, vermutete sie, dass es sich um den Pedernales River handelte. Ein perfekter Ort, um eine Leiche loszuwerden.

Ohne das Motorengeräusch war die Stille erdrückend. Lucy stieg von der Maschine und trat ein Stück zurück. Er nahm etwas, das einer alten Stadiondecke ähnelte, aus einer der Satteltaschen und ließ es auf den Boden fallen. Sie nahm den schwachen Geruch von Motoröl wahr. Er schnappte sich das Sixpack und die Einkaufstüte.

»Wollen Sie das Ding die ganze Nacht aufbehalten?«

Am liebsten hätte sie den Helm nie wieder abgenommen, aber sie tat es trotzdem. Haarnadeln purzelten heraus, eine steif gesprühte Haarsträhne piekste sie in die Wange. Die Stille war erfüllt vom Rauschen des Flusses. Er hielt das Bier in ihre Richtung.

»Ein Jammer, dass es nur ein Sixpack ist.«

Sie schenkte ihm ein steifes Lächeln. Er öffnete eine Bierflasche, breitete sich auf der Decke aus und setzte den langen Flaschenhals an die Lippen. Er war ein Freund von Ted, nicht? Also hatte sie nichts zu befürchten – trotz seiner bedrohlichen Erscheinung und seiner unzivilisierten Art, trotz des Biers und des ausgeblichenen Aufklebers auf dem Motorrad.

SPRIT, GRAS ODER ARSCH – NIEMAND FÄHRT UMSONST.

»Greifen Sie zu«, sagte er. »Vielleicht macht Sie das ein bisschen lockerer.«

Sie wollte nicht lockerer werden, außerdem musste sie pinkeln. Aber sie humpelte trotzdem zu ihm hinüber und nahm sich ein Bier, damit er es nicht trinken konnte. Sie hockte sich auf den äußersten Zipfel der Decke, wo sie nicht Gefahr lief, seine langen Beine zu streifen oder seine bedrohliche Ausstrahlung zu spüren. Eigentlich sollte sie jetzt im Four Seasons in Austin in der Hochzeitssuite als Mrs. Theodore Beaudine Champagner trinken.

Der Biker zog zwei in Klarsichtfolie verpackte Sandwiches aus der Einkaufstüte. Er warf eins in ihre Richtung und wickelte das andere aus.

»Ein Jammer, dass Sie nicht bis nach dem großen Hochzeitsschmaus gewartet haben, bevor Sie ihm den Laufpass gegeben haben. Das Menü wäre weitaus besser gewesen als das hier.«

Krabbenfleisch-Parfait, gegrilltes Rinderfilet mit Lavendel, Hummer-Medaillons, Risotto mit weißen Trüffeln, eine siebenstöckige Hochzeitstorte …

»Ernsthaft jetzt … Woher kennen Sie Ted?«, fragte sie.

Er biss ein großes Stück von seinem Sandwich ab und antwortete mit vollem Mund. »Wir haben uns vor ein paar Jahren kennengelernt, als ich auf einer Baustelle in Wynette arbeitete. Wir haben uns sofort gut verstanden. Wir treffen uns immer, wenn ich in der Gegend bin.«

»Ted versteht sich mit den meisten Leuten gut.«

»Aber nicht alle sind so anständig wie er.« Er fuhr sich mit dem Handrücken über den Mund und nahm geräuschvoll einen Schluck von seinem Bier.

Sie stellte ihre Flasche, aus der sie noch nicht getrunken hatte, weg. »Dann sind Sie nicht hier aus der Gegend?«

»Nein.« Er knüllte die Klarsichtfolie zusammen und warf sie ins Gebüsch.

Sie hasste Leute, die ihren Abfall in die Natur warfen, aber sie wollte das nicht erwähnen. Das Verschlingen des Sandwiches schien seine ganze Aufmerksamkeit in Anspruch zu nehmen, er gab von sich aus keine weiteren Informationen preis.

Lucy konnte es nicht länger hinauszögern, in die Büsche zu verschwinden. Sie nahm sich aus der Einkaufstüte eine Papierserviette und humpelte hinter die Bäume. Als sie fertig war, kehrte sie zu der Decke zurück. Er kippte schon das nächste Bier. Sie brachte von ihrem eigenen Sandwich nichts hinunter und schob es beiseite. »Warum haben Sie mich mitgenommen?«

»Ich wollte eine Nummer schieben.«

Sie bekam eine Gänsehaut. Sie hielt nach einem Indiz Ausschau, dass dies nur ein geschmackloser Scherz war, aber er lächelte nicht. Andererseits gehörte er zu Teds Freundeskreis, und so merkwürdige Gestalten auch darunter waren, sie hatte noch keinen mit einem kriminellen Hintergrund kennengelernt.

»Das ist nicht Ihr Ernst«, sagte sie.

Sein Blick streifte über sie hinweg. »Es ist nicht ausgeschlossen.«

»Doch, ist es wohl!«

Er rülpste, nicht laut, aber trotzdem widerlich. »Ich war in letzter Zeit zu beschäftigt für Weiber. Hab was nachzuholen.«

Sie starrte ihn an. »Indem Sie die Braut Ihres Freundes abschleppen, die von ihrer Hochzeit weggelaufen ist?«

Er kratzte sich an der Brust. »Man kann nie wissen. Durchgeknallte Weiber sind zu allem fähig.« Er trank sein Bier aus, rülpste wieder und warf die leere Flasche in die Büsche. »Und, wie sieht's aus? Sind Sie bereit für den Nachhauseweg? Mommy und Daddy warten sicher schon.«

»Nein.« Trotz ihrer wachsenden Beunruhigung war sie nicht bereit zurückzukehren. »Sie haben mir nicht gesagt, wie Sie heißen.«

»Panda.«

»Nein, ernsthaft.«

»Gefällt Ihnen der Name nicht?«

»Schwer zu glauben, dass das Ihr richtiger Name ist.«

»Es ist mir wurscht, ob Sie das glauben oder nicht. Ich heiße eben so.«

»Verstehe.« Sie überlegte kurz, während er eine Chipstüte aufriss. »Das muss schön sein.«

»Was meinen Sie?«

»Mit einem erfundenen Namen von Stadt zu Stadt zu fahren.« Und mit einem großen blauen Motorradhelm, unter dem man sich verstecken kann, fügte sie in Gedanken hinzu.

»Schon möglich.«

Sie musste das hier beenden, und sie nahm ihren ganzen Mut zusammen. »Haben Sie zufällig ein Handy dabei, das ich benutzen könnte? Ich … muss jemanden anrufen.«

Er griff in seine Sakkotasche und warf ihr sein Handy zu. Sie verfehlte es und musste es aus den Falten ihres Chorhemds fischen.

»Viel Glück mit dem Empfang hier draußen.«

Daran hatte sie nicht gedacht, aber ihre Fähigkeit, logisch zu denken, hatte sie ja auch schon vor Stunden verlassen. Sie humpelte über die Lichtung, bis sie in Ufernähe eine Stelle fand, wo sie ein schwaches Signal empfing.

»Meg, ich bin es«, sagte sie, als Meg sich meldete.

»Luce? Ist alles in Ordnung mit dir?«

»Das ist Ansichtssache.« Sie stieß ein ersticktes Lachen aus. »Du kennst doch die wilde Seite in mir, von der du immer gesprochen hast? Vermutlich habe ich die jetzt entdeckt.«

Nichts war weiter entfernt von der Wahrheit. Sie war die am wenigsten wilde Person, die man sich vorstellen konnte. Früher einmal vielleicht, aber das war lange her.

»O Schätzchen …«

Das Signal war sehr schwach, aber nicht zu schwach, um die Besorgnis ihrer Freundin zu dämpfen. Sie musste zurück nach Wynette. Aber …

»Ich … ich bin ein Feigling, Meg. Ich kann mich meiner Familie nicht stellen.«

»Sie lieben dich, Luce. Sie werden es verstehen.«

»Sag ihnen, dass es mir leidtut.« Sie kämpfte gegen Tränen an. »Sag ihnen, ich liebe sie und weiß, dass ich einen schrecklichen Schlamassel angerichtet habe und dass ich zurückkommen und alles in Ordnung bringen werde, aber … Nicht jetzt. Ich kann das noch nicht.«

»Ist gut. Ich werde es ihnen sagen. Aber …«

Lucy kappte die Verbindung, bevor Meg weitere Fragen stellen konnte, auf die sie keine Antworten hatte.

Eine erdrückende Müdigkeit übermannte sie. Sie schlief seit Wochen schlecht, und dieser schreckliche Tag heute hatte ihre letzte Energie verbraucht. Panda war verschwunden, und als er hinter ein paar Bäumen wieder auftauchte, beschloss sie, ihn sich in Ruhe betrinken zu lassen. Sie sah auf die Decke, die auf dem harten Boden ausgebreitet war, und dachte an die komfortablen Betten in der Präsidenten-Suite der Air Force One und an die Verdunklungsblenden an den Fenstern, die sich auf Knopfdruck schließen ließen. Zaghaft streckte sie sich am äußersten Rand aus und betrachtete die Sterne.

Sie wünschte, sie hätte einen Biker-Namen, hinter dem sie sich verstecken konnte. Einen, der tough klang. Stark und bedrohlich. All das, was sie nicht war.

Sie döste langsam ein, während sie sich einen Namen überlegte. Schlange ... Fangzahn ... Gift ...

Viper.

Kapitel 2

Die klamme Morgenkälte weckte Lucy. Sie öffnete vorsichtig die Augen und sah pfirsichfarbene Lichtstreifen, die sich zwischen den Wolken hindurchzwängten. Ihr ganzer Körper tat weh, sie fror, fühlte sich schmutzig und noch genauso schlecht wie am Abend zuvor, bevor sie eingeschlafen war. Dies sollte eigentlich der erste Tag ihrer Flitterwochen sein. Sie stellte sich vor, wie Ted aufwachte, mit demselben Gedanken, und sie hasste …

Panda schlief neben ihr in seinem zerknitterten weißen Hemd. Er lag auf dem Rücken, der wilde Haarschopf ein einziges Durcheinander aus Knoten. Blauschwarze Bartstoppeln bedeckten sein Kinn, ein Schmutzfleck verunstaltete seine Nasenspitze. Es widerstrebte ihr, so nah neben ihm zu liegen, also rappelte sie sich umständlich hoch. Sein Sakko rutschte von ihr herunter und landete auf der Decke. Sie zuckte zusammen, als sie die Füße in ihre Brautschuhe steckte, aber sie brauchte die Strafe durch den Schmerz, und so humpelte sie erneut zu den Bäumen hinüber. Auf dem Weg dorthin entdeckte sie sechs leere Bierflaschen im Gebüsch – sie schienen Symbole für das, in was sie sich hineinmanövriert hatte.

Ted hatte eine Strandvilla für Flitterwöchner auf St. Barth gebucht. Vielleicht würde er allein dorthin fliegen … Obwohl, was konnte schlimmer sein, als die Flitterwochen allein zu verbringen? Nicht einmal, an einem Flussufer mitten im Nichts neben einem mürrischen, verkaterten, potenziell gefährlichen Biker aufzuwachen.

Als sie wieder auf die Lichtung trat, stand Panda am Ufer des Flusses, mit dem Rücken zu ihr. Das Hirngespinst Viper aus der vergangenen Nacht, die Bikerin mit der scharfen Zunge, löste sich im Nu auf. Es erschien Lucy auf einmal unhöflich, ihn zu ignorieren.

»Guten Morgen«, sagte sie leise.

Er gab einen unverständlichen Laut von sich.

Sie wandte rasch den Blick ab, aus Angst, dass er beschließen könnte, in den Fluss zu pinkeln, während sie zusah. Sie sehnte sich nach einer heißen Dusche, sauberer Kleidung und einer Zahnbürste, genau dem Komfort, den sie nun genießen würde, wäre sie den Gang entlanggeschritten. Eine Kanne Kaffee. Ein anständiges Frühstück. Teds Hände auf ihrem Körper, die diese herrlichen Orgasmen bei ihr auslösten. Stattdessen war sie umringt von leeren Bierflaschen und einem Mann, der offen zugab, dass er »eine Nummer schieben« wollte.

Lucy hasste das Durcheinander, die Ungewissheit. Sie hasste ihre Panik. Panda hatte sich immer noch nicht umgedreht, aber sie sah ihn nicht an seinem Hosenschlitz herumfummeln, also traute sie sich, eine Frage zu stellen.

»Werden Sie … heute nach Wynette zurückfahren?«

Wieder kam statt einer Antwort irgendetwas Unverständliches.

Sie hatte sich nie wohlgefühlt in Wynette, obwohl sie immer so getan hatte, als wäre sie von der Stadt genauso begeistert wie Ted. Immer wenn sie dort war, konnte sie spüren, dass sie von allen kritisch beäugt wurde. Obwohl sie die Adoptivtochter der ehemaligen Präsidentin der Vereinigten Staaten war, vermittelten die Einwohner ihr das Gefühl, sie wäre nicht gut genug für ihn. Natürlich hatte sie das nun bestätigt, aber das hatte keiner vorher ahnen können.

Panda starrte immer noch auf den Fluss. Sein Hemd hing

auf einer Seite aus der Hose, alles an ihm war anstößig. Dann verließ er abrupt seinen Beobachtungsposten und kam auf sie zugestakst.

»Bereit, ins verkorkste Leben zurückzukehren?«

Sie war mehr als bereit, durch damit, sich der Verantwortung zu entziehen. Schon als Vierzehnjährige hatte sie Verantwortung übernommen. Wie oft in den vergangenen siebzehn Jahren hatten Nealy und Mat zu ihr gesagt, dass sie ihre Arbeit nicht hätten machen können, wenn sie sich nicht so gut um ihre Geschwister gekümmert hätte!

Lucy hatte selbst hart in ihrem Job geschuftet. Zuerst hatte sie sich mit ihrem Bachelor-Abschluss in der Sozialarbeit engagiert, Jugendliche in Not beraten und nebenbei ihren Master of Public Policy gemacht. Aber nach ein paar Jahren hatte sie die Individualfürsorge aufgegeben und begonnen, ihren berühmten Namen für die weniger befriedigende – aber effektivere – Lobbyarbeit zu nutzen. So war es zum Teil ihr zu verdanken, dass wichtige Gesetzesvorhaben beschlossen worden waren, die benachteiligten Kindern halfen. Sie hatte nicht geplant, nach ihrer Heirat die Lobbyarbeit aufzugeben, und wenn die Versuchung noch so groß war. Vielmehr wollte sie jeden Monat für einige Tage nach Washington fliegen und ansonsten von ihrem texanischen Standort aus arbeiten. Es war schon lange überfällig, sich den Folgen ihrer Tat zu stellen.

Aber ihr Magen spielte nicht mit. Als das Brodeln schlimmer wurde, stürzte sie los, schaffte es gerade noch rechtzeitig hinter die Bäume, um sich zu übergeben. Sie hatte so lange nichts mehr gegessen, dass es wehtat.

Die Krämpfe hörten schließlich auf. Panda würdigte sie kaum eines Blickes, als sie zwischen den Bäumen hervorkam. Sie stolperte ans Flussufer, versuchte zu ignorieren, dass ihre Absätze zwischen den Felssteinen stecken blieben, dann im Sand einsanken. Sie kniete sich hin und spritzte sich Wasser ins Gesicht.

»Auf geht's«, sagte er.

Sie blieb in der Hocke, während das Flusswasser von ihren Wangen tropfte. Ihre Stimme kam von einem weit entfernten Ort, einem Ort, den sie nicht mehr bewohnte, seit sie sehr jung gewesen war.

»Haben Sie noch Ihre Sachen in Wynette?«

»Was meinen Sie?«

»Kleidung? Koffer?«

»Ich reise ohne viel Gepäck. Jeans, T-Shirts und eine Packung Kondome, mehr brauche ich nicht.«

Die Menschen präsentierten sich sonst immer von ihrer besten Seite vor der Präsidentenfamilie. Kaum jemand außer Meg oder einer der sieben Schwestern ihres Vaters hatte Lucy jemals einen schmutzigen Witz erzählt oder überhaupt nur eine im Ansatz ordinäre Bemerkung gemacht. Die verkrampfte Höflichkeit der Leute hatte Lucy immer geärgert, in diesem Moment jedoch sehnte sie sich danach. Sie tat so, als hätte sie Pandas letzte Bemerkung überhört.

»Dann gibt es also nichts, was Sie zurückgelassen haben, für das ich Sie also entschädigen müsste?«

»Worauf wollen Sie hinaus?«

Ihre Familie wusste, dass sie in Sicherheit war. Meg hatte sie sicher informiert. »Ich kann nicht zurück nach Wynette, solange die Presse noch da ist.« Die Presse war nicht ihre Hauptsorge, aber das wollte sie ihm nicht sagen. »Ich habe mich gefragt, wie Ihre unmittelbaren Pläne aussehen.«

»Sie loswerden.« Er rieb sich das Stoppelkinn. »Und eine Nummer schieben.«

Sie schluckte. »Was, wenn ich dafür sorge, dass es sich für Sie lohnt?«

Er senkte den Blick auf ihre Brüste, die von ihrem außergewöhnlich teuren französischen BH vorteilhaft zur Geltung gebracht wurden.

»Sie sind nicht mein Typ.«

Ignorier ihn. »Ich meinte, was, wenn ich dafür sorge, dass es sich für Sie lohnt, nichts von beidem zu tun?«

»Kein Interesse.« Er griff nach der Decke und hob sie auf. »Ich bin im Urlaub, und ich werde nicht einen weiteren Tag vergeuden. Sie gehen zurück nach Wynette.«

»Ich würde Sie bezahlen«, hörte sie sich sagen. »Nicht heute. Ich habe kein Geld bei mir, aber ich werde mich bald darum kümmern.« Wie, das musste sie erst noch herausfinden. »Ich übernehme das Benzin, die Verpflegung, Ihre gesamten Unkosten. Plus ... hundert Dollar am Tag. Einverstanden?«

Er knüllte die Decke zusammen. »Zu umständlich.«

»Ich kann jetzt nicht zurückgehen.« Sie grub einen Funken Mut aus, den sie als Jugendliche in solchem Überfluss besessen hatte, bevor das Gewicht ihrer Verantwortung sie zurechtgestutzt hatte. »Wenn Sie mich nicht mitnehmen, werde ich jemand anderen finden.«

Er schien zu wissen, dass sie bluffte, denn er lachte sie aus. »Glauben Sie mir, so eine wie Sie taugt nicht dazu, acht Stunden am Tag auf einem Motorrad zu sitzen.«

»Das mag sein. Aber für einen Tag würde es gehen.«

»Vergessen Sie es!«

»Tausend Dollar, plus Spesen.«

Er stopfte die Decke in eine der Satteltaschen und ließ sie zuschnappen. »Glauben Sie, ich würde Ihnen trauen mit der Bezahlung?«

Sie verdrehte die Hände ineinander. »Ich werde bezahlen. Sie haben mein Wort.«

»Tja, das hatte Ted auch, aber wie es aussieht, ist Ihr Wort nicht viel wert.«

Sie zuckte zusammen. »Ich gebe es Ihnen schriftlich.«

»Ein Jammer, dass Ihr Bräutigam nicht auf die Idee gekommen ist.«

Obwohl Panda nicht auf ihr Angebot zurückkam, fuhr er auch nicht ohne sie los, was sie als ein gutes Zeichen betrachtete. Sie musste etwas essen, aber noch mehr als das wünschte sie sich bequeme Schuhe und andere Kleidung.

»Können Sie kurz umkehren?«, rief sie in sein Ohr, als sie an einem Walmart vorbeibrausten. »Ich würde mir gern ein paar Sachen besorgen.«

Entweder sie hatte nicht laut genug geschrien, oder er hatte sie nicht verstanden, jedenfalls hielt er nicht an.

Während der Fahrt ließ sie ihre Gedanken schweifen. Sie ertappte sich dabei, dass sie an jenen Tag zurückdachte, an dem Mat Jorik in dem schäbigen gemieteten Haus in Harrisburg aufgetaucht war, in dem sie sich mit ihrer kleinen Schwester in diesen schrecklichen Wochen, nachdem ihre Mutter gestorben war, versteckt hatte. Er hatte plötzlich vor der Tür gestanden, voller Ungeduld. Sie hatte eine tote Mutter und eine zwölf Monate alte Schwester schützen müssen, und obwohl sie erst vierzehn war und eine Todesangst hatte, ließ sie sich nichts anmerken.

Es gibt nichts zu reden, hatte sie gesagt, während er sich Zugang ins Haus verschaffte. Hör auf mit dem Unsinn ... und wenn du mich weiter anlügst, telefonier ich mit dem Jugendamt, die holen euch innerhalb einer Stunde ab, war seine verärgerte Antwort gewesen.

Sechs Wochen lang hatte sie alle Mittel aufgeboten, die eine Vierzehnjährige aufbringen konnte, um vor den Behörden zu vertuschen, dass sie die Einzige war, die für die Kleine sorgte, die sie Button genannt hatte, die Kleine, die zu Tracy herangewachsen war. Wir brauchen niemanden, der sich hier einmischt!, hatte sie geschrien. Uns geht's prima. Wieso kümmerst du dich nicht um deinen eigenen Scheißdreck?

Aber er hatte sich nicht um seinen eigenen Scheißdreck gekümmert, und kurz darauf waren er, Lucy und Button auf der Straße unterwegs gewesen, wo sie etwas später Nealy aufgabelten und eine Tour kreuz und quer durchs Land machten – in dem verbeulten Wohnmobil namens Mabel, das heute noch auf ihrem Grundstück in Virginia stand, weil keiner von ihnen es übers Herz brachte, es zu verschrotten. Mat war der einzige Vater, den sie jemals gekannt hatte, und sie hätte keinen besseren finden können. Und auch keinen besseren Mann für Nealy, eine Liebesbeziehung, für deren Entstehen Lucy mehr als nur einen kleinen Beitrag geleistet hatte. Sie war damals so mutig gewesen. So furchtlos. Sie hatte diesen Teil von ihr so langsam verloren, dass sie die Veränderung gar nicht wahrgenommen hatte.

Panda fuhr auf ein verdrecktes Grundstück mit einem holzverbretterten Gebäude. Über dem Eingang hing ein Schild, auf dem STOKEY'S COUNTRY STORE stand. Im Schaufenster lag alles, von Schrotflinten über Rührschüsseln bis zu Crocs. Ein Cola-Automat stand neben der Tür und ein Postkartenständer.

»Was haben Sie für eine Schuhgröße?« Er klang ungehalten.

»Siebeneinhalb. Und ich hätte gern ...«

Er lief bereits die Treppe hoch, nahm zwei Stufen auf einmal.

Lucy stieg von der Maschine und versteckte sich hinter einem Lieferwagen, den Helm setzte sie nicht ab, während sie wartete. Sie wünschte sich, sie könnte die Schuhe selbst aussuchen, aber den Laden in dieser Aufmachung zu betreten war undenkbar. Sie betete, dass Panda nicht noch mehr Bier kaufte. Oder Kondome.

Kurz darauf erschien er mit einer Plastiktüte und warf sie ihr zu. »Sie schulden mir was.«

SPRIT, GRAS ODER ARSCH – NIEMAND FÄHRT UMSONST.

»Ich habe gesagt, dass ich Ihnen alles bezahle.«

Er stieß wieder einen seiner Höhlenmenschlaute aus.

Sie warf einen Blick in die Tüte. Jeans, graues Baumwoll-T-Shirt, billige dunkelblaue Sneakers und eine Baseballmütze. Sie verschwand damit hinter dem Gebäude, nahm ihren Helm ab und zog sich in einer Nische um, in der sie nicht gesehen werden konnte. Die Jeans war steif und hässlich, zu weit in der Hüfte und an den Beinen. Das T-Shirt hatte ein Logo – UNIVERSITY OF TEXAS. Er hatte Socken vergessen, aber wenigstens konnte sie ihre Brautschuhe loswerden. Im Gegensatz zu ihm hinterließ sie keinen Müll, also verstaute sie das Chorhemd und die Pumps in der Plastiktüte und kam wieder aus der Nische hervor.

Er kratzte sich an der Brust, mit leerem Blick. »Drinnen im Laden lief der Fernseher. Sie sind ganz groß in den Nachrichten. Die vermuten zwar, dass Sie bei Freunden untergekommen sind, aber ich würde mich nicht darauf verlassen, nicht erkannt zu werden.«

Sie klemmte die Plastiktüte mit dem Chorhemd und den Schuhen unter den Arm und zog den Helm wieder auf.

Eine halbe Stunde später hielt er hinter einem Denny's. Sie wünschte sich ein richtiges Badezimmer mit fließend heißem und kaltem Wasser, es überwog sogar ihre Furcht, erkannt zu werden. Während er sich umblickte, nahm sie den Helm ab und raffte ihre Haare zu einem Pferdeschwanz zusammen, den sie hinten durch die Öffnung in der Baseballmütze zog.

»Falls das alles ist, was Sie zu Ihrer Tarnung beitragen wollen«, sagte er, »werden Sie nicht weit kommen.«

Er hatte recht. Sie ließ kurz den Blick um sich schweifen, um sicherzugehen, dass niemand sie beobachtete, und nahm ihre ruinierten Schuhe aus der Plastiktüte. Sie rollte die Tüte mit dem Chorhemd zu einem Bündel und stopfte es sich unter ihr weites T-Shirt, das sie in ihren Hosenbund steckte, damit es nicht herausfallen konnte.

Es war dieselbe Verkleidung, für die Nealy sich entschieden hatte, als sie aus dem Weißen Haus geflohen war. Vielleicht funktionierte sie ja auch bei Lucy. Wenn sie Glück hatte, würde niemand die ehemalige Präsidentinnentochter mit einer schlecht gekleideten Schwangeren verbinden, die ein Schnellrestaurant betrat. Sie würde wie eins der dummen jungen Dinger aussehen, die auf den Falschen hereingefallen waren.

Panda blickte auf ihren Bauch. »Hier bin ich, ein angehender Vater, und dabei war der Sex nicht mal besonders gut.«

Sie unterdrückte das Bedürfnis, sich zu entschuldigen. Er schien nur zwei Gesichtsausdrücke zu haben, leer oder finster. Im Moment war finster angesagt.

»Sie sehen aus, als wären Sie nicht mal volljährig.«

Sie hatte schon immer jünger gewirkt, als sie tatsächlich war, und ihr aktuelles Outfit ließ sie wohl noch jünger aussehen. Ich bin mir sicher, ich wäre nicht deine erste Minderjährige, das hätte Meg zu ihm gesagt, aber Lucy wandte sich ab, entsorgte ihre ruinierten Brautschuhe in einem Abfalleimer und ging vorsichtig auf den Restauranteingang zu.

Zu ihrer Erleichterung schenkte ihr niemand Beachtung, was daran lag, dass Panda sämtliche Blicke auf sich zog. Das hatte er mit Ted gemeinsam. Beide hatten eine starke Ausstrahlung – Ted eine gute, Panda eine schlechte.

Sie ging sofort durch zu den Toiletten, wo sie sich wusch, so gut es ging, und ihren Schwangerschaftsbauch neu arrangierte. Als sie herauskam, fühlte sie sich beinahe menschlich.

Panda stand neben der Tür. Er trug dasselbe zerknitterte Hemd, aber er roch nach Seife. Er musterte ihren Bauch. »Das sieht nicht sehr überzeugend aus.«

»Solange Sie in meiner Nähe sind, wird mich niemand groß beachten.«

»Wir werden sehen.«

Sie folgte ihm an einen Tisch. Mehr als nur ein paar Gäste im Raum beobachteten, wie sie sich setzten. Sie gaben ihre Bestellung auf, und während sie auf ihr Essen warteten, studierte er die Sportergebnisse, die auf einem Fernseher oben in der Ecke eingeblendet wurden.

»Als Sie auf dem Klo waren, kam in den Nachrichten, dass Ihre Familie wieder in Virginia ist.«

Das überraschte sie nicht. In Wynette zu bleiben wäre unerträglich peinlich für ihre Familie gewesen.

»Sie fliegen morgen nach Barcelona zu einer Konferenz der Weltgesundheitsorganisation.«

Er machte nicht den Eindruck, als wüsste er, was eine Konferenz war, geschweige denn die Weltgesundheitsorganisation.

»Wann rufen Sie Ted an, um ihm zu sagen, dass Sie Scheiße gebaut haben?«

»Ich weiß es nicht.«

»Davonlaufen löst keine Probleme, welche auch immer ein reiches Mädchen wie Sie zu haben glaubt.« Sein spöttisches Grinsen sagte ihr alles.

»Ich laufe nicht davon«, erwiderte sie. »Ich … mache Urlaub.«

»Falsch. Ich mache Urlaub.«

»Und ich habe Ihnen tausend Dollar plus Spesen angeboten, wenn Sie mich mitnehmen.«

In diesem Moment kam das Essen. Die Kellnerin servierte ihr einen Bacon-Cheeseburger, Onion Rings und einen gemischten Salat. Panda schob sich eine Gabel voll Pommes frites in den Mund, während die Kellnerin sich entfernte.

»Was werden Sie tun, wenn ich Ihr Angebot ablehne?«

»Dann finde ich jemand anderen«, antwortete sie, was Unsinn war. Es gab niemand anderen. »Den Mann da drüben zum Beispiel«, sagte sie dennoch und deutete mit dem Kopf auf einen grobschlächtigen Kerl, der vor einem Teller Pfannkuchen saß. »Ich werde ihn fragen. Er macht den Eindruck, als könnte er das Geld brauchen.«

»Das sehen Sie an seiner Vokuhila?«

Panda konnte es sich kaum erlauben, die Frisur eines anderen zu verspotten, auch wenn die Frauen im Restaurant das scheinbar nicht so kritisch sahen wie Lucy.

Er schien unfähig zu sein, zwei Dinge gleichzeitig zu tun, und für eine Weile entschied er sich fürs Denken statt fürs Essen. Schließlich biss ein großes Stück von seinem Burger ab.

»Sie garantieren mir den Tausender, selbst wenn Sie den heutigen Tag nicht überstehen?«, fragte er mit vollem Mund.

Sie nickte, dann schnappte sie sich einen der Buntstifte, die auf dem Tisch für Kinder zum Malen auslagen. Sie schrieb etwas auf eine Serviette und schob sie anschließend über den Tisch zu ihm hinüber.

»Bitte sehr. Wir haben einen Vertrag.«

Er las den Text, schob die Serviette beiseite. »Sie haben einen anständigen Kerl verarscht.«

Sie blinzelte, denn plötzlich begannen ihre Augen zu brennen. »Besser jetzt als später, oder? Bevor er herausgefunden hätte, dass er womöglich ein Opfer falscher Versprechungen wurde.«

Sie wünschte im selben Moment, sie hätte den Mund gehalten, aber er drehte nur die Ketchupflasche auf den Kopf und schlug auf die Unterseite.

Die Kellnerin kehrte mit Kaffee zurück, sie hatte nur Augen für Panda. Lucy räusperte sich, und gleich wandte die Kellnerin ihr den Blick zu.

Panda knüllte den Serviettenvertrag zusammen und wischte sich damit den Mund ab. »Das Baby mag es nicht, wenn sie Kaffee trinkt.«

»Ihr jungen Dinger werdet immer früher schwanger«, sagte die Kellnerin. »Wie alt sind Sie, Schätzchen?«

»Volljährig«, antwortete er, bevor Lucy etwas sagen konnte.

»Wohl kaum«, murmelte die Kellnerin. »Wann ist es denn so weit?«

»Äh ... August?« Lucy ließ es wie eine Frage klingen, nicht wie eine Feststellung, und die Kellnerin wirkte verwirrt.

»Oder September.« Panda lehnte sich zurück in das Sitzpolster, die Augenlider halb geschlossen. »Je nachdem, wer der Daddy ist.«

Die Kellnerin empfahl Panda augenrollend, sich einen guten Anwalt zu besorgen, und entfernte sich wieder.

Er schob seinen leeren Teller zur Seite. »Wir können in ein paar Stunden am Flughafen in Austin sein.«

Kein Flugzeug. Kein Flughafen.

»Ich kann nicht fliegen«, sagte sie. »Ich habe keinen Ausweis dabei.«

»Dann rufen Sie Ihre alte Dame an, damit sie sich dahinterklemmt. Diese Spritztour hat mich genug gekostet.«

»Ich habe Ihnen doch gesagt, Sie sollen sich Ihre Ausgaben notieren. Ich werde Ihnen alles erstatten. Plus die tausend Dollar.«

»Wie wollen Sie das Geld auftreiben?«

Sie hatte keine Ahnung. »Mir wird schon was einfallen.«

Lucy war damals zu der Party gegangen im Wissen, dass es

dort Alkohol geben würde. Sie war fast siebzehn gewesen, von den anderen Kids hätte sie keiner verpfiffen, das wusste sie und auch, dass Mat und Nealy es niemals erfahren würden. Was war schon dabei?

Dann verlor Courtney Barnes hinter der Couch das Bewusstsein, und sie bekamen sie nicht mehr wach. Jemand rief einen Notarzt. Die Polizei kam und nahm die Personalien auf. Als sie erkannten, wer Lucy war, fuhr einer der Beamten sie nach Hause, die anderen wurden alle auf die Polizeiwache gebracht.

Sie würde niemals vergessen, was der Officer zu ihr gesagt hatte. »Jeder weiß, was Senatorin Jorik und Mr. Jorik für dich getan haben. Ist das dein Dank?«

Mat und Nealy hatten eine Sonderbehandlung für sie abgelehnt und sie zu den anderen in Polizeigewahrsam gebracht. Die Presse hatte über die ganze Sache berichtet, mit Meinungsseiten über die wilden Sprösslinge von Washingtons Politikern, aber ihre Eltern hatten ihr das nie zum Vorwurf gemacht. Sie hatten mit ihr über Alkoholvergiftung und Alkohol am Steuer gesprochen, darüber, wie sehr sie sie liebten und sich wünschten, dass sie in Zukunft kluge Entscheidungen für sich treffen würde. Ihre Liebe hatte Lucy beschämt und sie auf eine Art verändert, die Zorn nie vermocht hätte. Sie schwor sich, ihre Eltern nie wieder zu enttäuschen, und bis zu ihrem Hochzeitstag hatte sie das auch nicht.

Nun stand sie in einem Kleinstadt-Discounter, wo es nach Gummi und Popcorn roch. Sie hatte die Plastiktüte unter ihrem T-Shirt neu fixiert, damit sie nicht mehr raschelte, aber nach der langen Fahrt sah sie so mitgenommen aus, dass ihr sowieso niemand einen zweiten Blick schenkte, obwohl Panda dieselbe skeptische Aufmerksamkeit auf sich zog, die er in dem Restaurant geerntet hatte. Eine junge

Mutter mit einem Kleinkind machte einen großen Bogen um Panda.

Lucy blickte unter dem Schirm ihrer Mütze zu ihm hoch. »Wir treffen uns an der Kasse.«

Er hielt einen billigen pinkfarbenen Mädchen-BH hoch. »Das könnte Ihre Größe sein.«

Sie schenkte ihm ein knappes Lächeln. »Wirklich, ich benötige Ihre Hilfe nicht. Sie können Ihre eigenen Einkäufe machen. Geht alles auf mich.«

Er ließ den BH fallen. »Das will ich auch hoffen. Ich werde die Quittungen sammeln.«

Aber er rührte sich nach wie vor nicht vom Fleck. Sie legte eine biedere weiße Baumwollunterhose in ihren Einkaufskorb, weil sie nicht wollte, dass er mitbekam, dass sie etwas anderes aussuchte.

Er nahm die Unterhose aus ihrem Korb und warf ein neonfarbenes Nichts hinein. »Die gefällt mir besser.«

Klar. Aber da du meine Unterwäsche nie zu sehen bekommen wirst, hast du kein Mitspracherecht.

Er fuhr mit der Hand unter sein T-Shirt und kratzte sich am Bauch. »Beeilung. Ich hab Hunger.«

Sie war auf ihn angewiesen, also ließ sie das billige Nichts im Korb und folgte ihm in den einzigen Gang, in dem es Männerbekleidung gab.

»Ich lass mich beim Einkaufen gern von Damen beraten.« Er schnappte sich ein dunkelblaues T-Shirt und studierte den Aufdruck, eine Comiczeichnung von einer Frau mit riesigen Brüsten und einer Raketenabschussvorrichtung zwischen den Beinen.

»Das wäre ein klares Nein«, sagte sie.

»Mir gefällt es.« Er warf sich das T-Shirt über die Schulter und fing an, einen Stapel Jeans durchzusuchen.

»Ich dachte, Sie wollten von mir beraten werden.«

Er starrte sie ausdruckslos an. »Wie kommen Sie darauf?«
Sie gab auf.

Wenige Minuten später, als sie ihre spärlichen Einkäufe vor der Kasse abstellte, hatte sie plötzlich Sehnsucht nach ihren Perlen und Haarbändern, ihren luftigen Sommerkleidern und adretten zierlichen Sandalen. Das waren die Dinge, die ihr Halt gaben. In ihren Ballerinas und Kaschmirpullovern, ein Handy zwischen Ohr und Schulter geklemmt, wusste sie, wer sie war, nämlich nicht nur die Adoptivtochter der ehemaligen Präsidentin der Vereinigten Staaten, sondern eine einflussreiche Lobbyistin und erstklassige Spendensammlerin für wichtige Kinderförderprojekte. Sie bekam wieder Magenschmerzen.

Panda warf ihr einen missmutigen Blick zu, als er die Einkäufe bezahlte. Nachdem sie wieder draußen waren, stopfte er alles in eine billige graue Nylontasche, die er gekauft hatte, und befestigte die Tasche mit einem Gummispanner an der Yamaha.

Panda mochte keine Autobahnen, wie sie herausgefunden hatte, und so fuhren sie in östlicher Richtung auf staubigen Nebenrouten, die durch sterbende Städte führten und an verfallenen Farmen vorbei. Sie wusste nicht, wohin die Reise ging. Es war ihr egal. Als der Abend dämmerte, hielt er vor einem Zwölf-Zimmer-Motel neben einer verlassenen Driving Range. Das Erste, was sie wahrnahm, als er aus der kleinen Motelrezeption wieder herauskam, war, dass er nur einen Schlüssel in der Hand hielt.

»Ich hätte gern mein eigenes Zimmer«, sagte sie.

»Dann bezahlen Sie es selbst.«

Er schwang das Bein über den Motorradsitz und fuhr, ohne auf sie zu warten, zu dem hintersten Apartment der Motelanlage. Sie folgte ihm zu Fuß, auf wackligen Beinen. Wenigstens hatte das breitbeinige Kauern auf dem großen, vibrierenden Ledersitz bewirkt, dass sie sich körperlich wieder lebendig fühlte – bis zu dem Moment, in dem ihr einfiel, dass die breite Schulter, auf die sie den ganzen Tag hatte starren müssen, einem Mann gehörte, der sich mit Grunzlauten verständigte, rülpste, sich wie ein Affe kratzte, mit offenem Mund kaute und sie nur gegen Geld ertrug. Einem Mann, mit dem sie gleich ein schäbiges Motelzimmer teilen würde.

Alles, was sie tun musste, war anzurufen. Ein Anruf, und dieser Irrsinn hatte ein Ende.

Als sie das Apartment erreichte, löste er gerade den Gummispanner vom Gepäckträger. Er nahm die Nylontasche herunter, die ihre jüngsten Einkäufe enthielt, dann klappte er eine der Satteltaschen auf. Während er das Sixpack für diesen Abend herausnahm, entdeckte sie einen weiteren Aufkleber auf der Innenseite der Deckklappe. Die Botschaft war so überzogen widerwärtig, dass sie einen Moment brauchte, um sie zu verarbeiten.

TRAUE NICHTS, WAS FÜNF TAGE IM MONAT BLUTET UND NICHT STIRBT.

Er schlug die Lederklappe zu und fixierte sie mit diesem ihm eigenen Blick unter halb geschlossenen Lidern. »Immer noch nicht bereit, Mommy und Daddy anzurufen?«

Kapitel 3

Der Abstand zwischen den beiden Einzelbetten war nicht breiter als der ramponierte Nachttisch, der sie trennte. Lucy wählte das Bett, das näher an der Tür stand, für den Fall, dass sie schreiend in die Nacht hinauslaufen musste.

Das Zimmer stank nach Zigarettenqualm und billigem Lufterfrischer – Kiefernduft. Panda knallte das Sixpack auf etwas, das kaum als Tisch durchging. Er hatte die schlechte Angewohnheit, sie zu mustern, als könnte er durch ihre Kleidung sehen, und das tat er auch in diesem Moment. Keiner sonst schaute sie so an. Sie hatten alle zu großen Respekt. Aber Panda war primitiv. Auf Essen fokussiert, wenn er Hunger hatte, und auf Bier, wenn er Durst hatte. Und wenn er Sex wollte, fokussierte er sie.

Sie versuchte, ihn heimlich zu beobachten. Er nahm sich ein Bier. Sie rechnete damit, dass er den Kronkorken mit den Zähnen entfernte, aber er hatte irgendwo einen Flaschenöffner entdeckt. Seine Jeans saß wesentlich besser als ihre. Wäre sein Benehmen nicht widerwärtig, wäre er nicht minderbemittelt und furchteinflößend, wäre er ein heißer Typ. Wie es wohl sein würde, mit jemandem wie ihm Sex zu haben? Keine Aufmerksamkeit oder Rücksichtnahme entgegengebracht zu bekommen. Keine Verunsicherung zu spüren, ob sie im Bett so gut war wie ihre Vorgängerinnen, die texanischen Schönheitsköniginnen.

Sie hatte schon fast vergessen, wie Sex sich anfühlte. Drei Monate zuvor hatte sie Ted erklärt, dass sie nicht mehr mit ihm schlafen wolle bis zur Hochzeitsnacht, damit diese etwas ganz Besonderes werde. Ted hatte sich einverstanden erklärt. Er war ihrem Wunsch nachgekommen und hatte sich nur ganz selten beschwert. Jetzt fragte sie sich, ob sie ihn aus Sentimentalität vertröstet hatte oder weil ihr Unterbewusstsein eine Botschaft sendete.

Sie nahm ihre Sachen aus der Nylontasche. Panda kickte seine Stiefel von den Füßen, legte sich mit der Bierflasche auf sein Bett und schnappte sich die Fernbedienung.

»Ich hoffe, die zeigen einen guten Porno.«

Ihr Kopf fuhr ruckartig hoch. »Erzählen Sie mir von Ihrem Leben im Gefängnis.«

»Warum?«

»Weil ... es mich interessiert«, sagte sie rasch. »Ich habe mal als Sozialarbeiterin mein Geld verdient.«

»Ich habe meine Strafe abgesessen«, erwiderte er. »Ich halte nichts davon zurückzublicken.«

Es war sicher eine Lüge. »Hat ... Ihre Haftvergangenheit Ihre berufliche Laufbahn erschwert?«

»Nicht so, dass man davon etwas gemerkt hätte.«

Er schaltete durch die Programme. Das Motel schien keinen Pornokanal zu haben – das Kreuz an der Wand war vielleicht eine Erklärung dafür. Glücklicherweise. Er entschied sich für ein NASCAR-Rennen.

Den ganzen Tag hatte sie sich auf eine Dusche gefreut, aber die Vorstellung, sich hinter dieser unscheinbaren Badtür nackt auszuziehen, während er sich auf der anderen Seite aufhielt, war nicht verlockend. Sie schnappte sich trotzdem ihre Sachen, ging damit ins Bad und schloss von innen den kleinen Riegel.

Sie hatte noch nie eine Dusche so sehr genossen, trotz ihres Unbehagens darüber, sich ein Zimmer mit ihm zu teilen. Sie wusch sich gründlich die Haare und putzte sich die Zähne, in dem Gefühl schwelgend, wieder sauber zu sein. Da sie nicht daran gedacht hatte, sich einen Pyjama zu kaufen, zog sie ihr neues T-Shirt und die Shorts an, die sie gekauft hatte. Beides passte besser als die Kleidung, die er ihr ausgesucht hatte. Als sie das Bad verließ, schob Panda gerade sein Handy in die Hosentasche.

»Hier läuft nur Schrott in der Glotze.« Er schaltete auf eine Monster-Truck-Show um.

Sie war sich sicher, dass ein Leben ohne Porno eine Herausforderung für einen Mann mit seinem enormen Intellekt war. »Das tut mir leid«, sagte sie.

Er kratzte sich an der Brust und nickte.

Panda war genau die Sorte Mann, für die ihre leibliche Mutter eine Schwäche gehabt hatte. Sandy hatte zu viel getrunken, mit zu vielen Männern geschlafen und war schließlich nur ein paar Jahre älter als Lucy geworden. Sie hatten die gleichen grün gesprenkelten braunen Augen, die gleichen feinen Gesichtszüge, und nun handelte sie auch noch genauso verantwortungslos wie Sandy.

Lucy musste sich selbst beweisen, dass das nicht ganz zutraf. »Kann ich noch einmal Ihr Handy benutzen?«

Seine Augen hafteten an der Monster-Truck-Rallye, während er sich auf die Seite rollte und sein Handy aus der Hosentasche zog, in die er es gerade hineingesteckt hatte. Sie nahm es an sich.

»Haben Sie gerade telefoniert?«

Sein Blick löste sich nicht von der Mattscheibe. »Was geht Sie das an?«

»Ich habe mich nur gefragt.«

»Ted.«

»Sie haben mit Ted telefoniert?«

Er drehte den Kopf zu ihr hoch. »Ich dachte, das arme Schwein hat es verdient zu wissen, dass Sie noch am Leben sind.« Seine Aufmerksamkeit richtete sich wieder auf die Trucks. »Sorry, dass ich keine guten Nachrichten bringe, aber er hat mit keinem Ton erwähnt, dass er Sie zurückhaben will.«

Ihr verräterischer Magen begann seine übliche Todesspirale, aber wenn sie anfing, sich auszumalen, was er gerade durchmachte, würde sie nicht imstande sein zu funktionieren – nicht dass sie momentan besonders gut funktionieren würde. Und dann kam ihr plötzlich ein anderer Gedanke. Was, wenn Panda log? Was, wenn er mit der Klatschpresse telefoniert hatte statt mit Ted? Ihre Geschichte würde ihm mehr Geld einbringen, als er in einem Jahr verdienen konnte. In Jahren.

Es juckte sie, die Anrufliste in seinem Handy zu öffnen, aber das konnte sie nicht machen, während er zusah. Sobald er ins Bad ging, würde sie nachschauen. In der Zwischenzeit musste sie Meg wissen lassen, dass sie noch lebte. Als sie mit dem Handy nach draußen gehen wollte, knurrte Panda sie an.

»Sie bleiben hier. Außer es stört Sie nicht, mit diesen Typen Bekanntschaft zu machen, die draußen auf dem Parkplatz herumlungern.«

Sie konnte sich die Bemerkung nicht verkneifen. »Ein Problem, das in anständigen Hotels scheinbar nie vorkommt.«

»Damit kenn ich mich nicht aus.«

Sie tippte Megs Nummer und fasste sich kurz. »Mir geht es gut ... Bin nicht sicher, was ich tun werde ... Würde ich nicht sagen ... Gib meinen Eltern Bescheid ... Ich muss aufhören.«

In all den Jahren hatten Meg und sie über so viele Dinge gequatscht, so viele Probleme miteinander gelöst. Nun war Lucy dazu nicht in der Lage. Glücklicherweise war Meg offenbar beschäftigt und drängte nicht.

Es war noch nicht einmal neun Uhr, als sie auflegte. Sie hatte nichts zu lesen. Nichts zu tun. Sie hatte geplant, ihren Vater nach der Rückkehr aus den Flitterwochen bei der Arbeit an einem Manuskript zu unterstützen – er schrieb an einem Buch über Nealy. Mat war es leid, dass andere Leute Nealys Vermächtnis erfüllten, und er glaubte, dass die zukünftigen Generationen eine persönlichere Sicht auf den ersten weiblichen Präsidenten der Nation verdienten. Aber sie konnte sich auf so etwas jetzt nicht konzentrieren, und sie konnte sich definitiv keine Gedanken über die Lobbyarbeit machen, die sie im Herbst wieder aufnehmen wollte.

Lucy legte sich auf die äußere Seite des freien Betts und schob die Kissen gegen das wacklige Kopfteil. Die Truck-Show war schließlich zu Ende. Als die Bettfedern neben ihr quietschten, zuckte sie zusammen. Panda nahm sich seine Sachen und verschwand im Bad. Sie stand schnell auf und suchte nach seinem Handy, konnte es aber nicht entdecken. Er musste es ins Bad mitgenommen haben.

Die Brause wurde aufgedreht. Sie hatte keinen Pyjama bei seinen Einkäufen gesehen. Viper, das Biker Girl, das sie gern wäre, könnte damit spielend umgehen, aber Lucy machte die Vorstellung von einem nackten Panda nervös.

Schlaf war eine gute Idee. Schlaf bot einen Ausweg aus ihrer erzwungenen Gefangenschaft. Lucy deckte sich zu und steckte den Kopf zwischen zwei Kissen. Während sie sich befahl einzuschlafen, hörte sie die Badtür aufgehen. Wieder kam ihr in den Sinn, wie sehr Sandy auf Panda abgefahren wäre. Er war dunkelhäutig, ruppig und ein wenig beschränkt. Männer wie Panda waren die Erklärung dafür, dass ihre Mutter mit zwei Töchtern von zwei verschiedenen Vätern geendet hatte.

Sandys vage Erinnerung an Lucys Erzeuger hatte die Worte »bekiffter Student« enthalten. Tracys Blödmann von einem Vater war bei demselben Unfall ums Leben gekommen, der Sandy getötet hatte.

Eine Hand legte sich auf ihre Schulter. Sie schoss hoch, ein Kissen fiel herunter. »Was?«

Er stand da und trug nichts außer ein paar Spritzern Duschwasser und einer sauberen Jeans. Ihr Herz klopfte laut. Sein nackter Oberkörper war knochenhart – zu hart. Er hatte sich nicht die Mühe gemacht, die Knöpfe seiner Hose zu schließen, die gerade noch so über den Hüftknochen hing. Sie sah einen Waschbrettbauch, einen schmalen Pfeil aus dunklen Haaren und eine ziemlich große Beule.

»Und? Sollen wir jetzt loslegen oder was?«

Sie wich ruckartig zurück. »Nein.«

»Sie benehmen sich aber so.«

»Tu ich nicht!«

Er strich mit der flachen Hand über seine Brust und sah zum Fernseher. »Auch gut, schätze ich.«

Der verrückte Teil von ihr wollte wissen, warum es »auch gut« war. Sie biss die Zähne zusammen.

Er richtete seine Aufmerksamkeit wieder auf sie. »Ich mag es gern hart, und Sie scheinen mir dafür nicht der richtige Typ zu sein.« Er schnippte mit Daumen und Zeigefinger gegen ihren Oberschenkel, der sich unter der Bettdecke abzeichnete. »Ganz sicher, dass Sie es sich nicht anders überlegen wollen?«

Sie riss ihr Bein zurück und massierte die Hautstelle, die er getroffen hatte. »Absolut.«

»Woher wollen Sie wissen, dass es Ihnen nicht gefallen würde?«

Er lauerte immer noch über ihr, und ihr Herz pochte dumpf. Neun Jahre Personenschutz durch den Secret Service hatten ihr erlaubt, sich um ihre Sicherheit keine Sorgen zu machen, aber nun war kein freundlicher Agent vor der Zimmertür postiert. Sie war auf sich allein gestellt.

»Ich weiß es eben.«

Seine schmalen Lippen verzerrten sich. »Sie versauen mir meinen Urlaub. Das verstehen Sie doch, oder?«

»Ich bezahle Sie.«

»Tja, ich bin leider zu dem Schluss gekommen, dass Sie mir nicht genug bezahlen. Ich war von Anfang an offen zu Ihnen. Ich habe Ihnen gesagt, dass ich eine Nummer schieben will.« Er griff nach der Decke, die sie fest um ihren Körper gewickelt hatte.

Sie hielt sie fest. »Aufhören! Gehen Sie weg!«

Etwas Beunruhigendes flackerte in seinen Augen. »Es wird Ihnen gefallen. Dafür werde ich sorgen.«

Es klang wie ein Zitat aus einem schlechten Film, aber er sah aus, als hätte er sich das allein ausgedacht. Sie konnte nicht glauben, was gerade passierte. Sie stemmte sich hoch und presste sich gegen das Kopfteil, erschrocken und wütend.

»Sie werden mich nicht anrühren, und wissen Sie auch, warum? Weil sonst die ganze Macht des amerikanischen Justizsystems über Sie hereinbrechen wird.«

»Ihr Wort gegen meins.«

»Genau. Ein Exknacki und die Präsidententochter. Sie können es sich ausrechnen.«

Sie war endlich durch diesen Dickschädel gedrungen. Er schenkte ihr ein spöttisches Grinsen und zog sich maulend in seine Höhle zurück.

Sie blieb sitzen, den Rücken gegen das Kopfteil gepresst, ihr Puls raste. Sie umklammerte die Decke vor der Brust, als würde sie das schützen, falls er es sich anders überlegte.

Es war vorbei. Er hatte für sie die Wahl getroffen. Sie konnte keinen weiteren Tag mit ihm verbringen, nicht nach dieser Szene. Sie würde morgen gleich als Erstes ihre Familie anrufen, einen Flughafen aufsuchen und nach Hause fliegen. Ihr Abenteuer als Viper war vorüber.

Nach Hause fliegen zu was? Ihrer enttäuschten Familie? Dem Job, den sie angefangen hatte zu hassen?

Sie stopfte die Decke noch einmal fest, eine schwache Rüstung. Warum konnte er nicht ein harmloser Vagabund sein, der sie als Anhalterin mitnahm, ohne ihr Schwierigkeiten zu machen? Sie steckte den Kopf wieder zwischen die Kissen, Beklemmung und Unmut wühlten in ihr. Durch den schmalen Kissenspalt beobachtete sie ihn. Sie hatte Angst, die Augen zu schließen, aber falls er noch einen Versuch startete, würde sie laut schreien. Die Wände waren dünn. Bestimmt würde sie selbst in diesem schäbigen Motel jemand hören.

Er lag auf dem Rücken, die Füße übereinandergeschlagen, die Fernbedienung auf der Brust, die tiefschwarzen Haare hoben sich gegen das weiß bezogene Kissen ab, das er sich unter den Kopf geschoben hatte. Er hatte von den Trucks auf Barschangeln umgeschaltet, und er machte einen völlig entspannten Eindruck, gar nicht wie ein Mann, der eine Vergewaltigung im Schilde führte.

Vollkommen, absolut entspannt ...

Vielleicht war es ein Streich, den ihr das Flimmern des Fernsehers spielte, aber sie hätte schwören können, dass sie den Hauch eines zufriedenen Lächelns auf seinen schmalen Lippen sah.

Sie blinzelte. Zog die Kissen ein wenig auseinander. Es war keine Einbildung. Er wirkte selbstzufrieden, nicht finster. Er wirkte wie ein Mann, der herausgefunden hatte, wie er eine unerwünschte Plage loswerden konnte und hinterher um tausend Dollar reicher war.

Am nächsten Morgen zog sie sich im Bad an. Sie wechselte kein Wort mit ihm, bis sie ihr Frühstück serviert bekamen – in einem Pfannkuchenhaus zwischen einer Tankstelle und einem Secondhandladen. Unter den Gästen waren ein paar Frauen, aber die meisten waren männlich und trugen Schirmmützen, deren Aufdruck von den verschiedenen Trucker-Modellen bis hin zu Vereinslogos reichte. Niemand schenkte ihr oder ihrem Schwangerschaftsbauch Beachtung, nur Panda wurde misstrauisch gemustert. Er schlürfte geräuschvoll seinen Kaffee, dann fiel er über seine Pfannkuchen her, kaute, ohne sich Mühe zu geben, den Mund zu schließen. Er bemerkte, dass sie ihn anstarrte, und runzelte die Stirn. Ihre Überzeugung, dass er sie am Tag zuvor manipuliert hatte, geriet ins Wanken. Sie war sich so gut wie sicher, dass er absichtlich versucht hatte, ihr Angst einzujagen, aber ihre Instinkte waren in letzter Zeit nicht gerade unfehlbar.

Sie musterte sein Gesicht, wobei sie seinen Augen besondere Aufmerksamkeit schenkte, als sie ihn ansprach. »Und, haben Sie schon viele Frauen vergewaltigt?«

Sie sah es. Ein Anflug von Entrüstung, fast unmittelbar überspielt mit halb gesenkten Lidern und einem geräuschvollen Schluck aus seiner Kaffeetasse.

»Kommt drauf an, was Sie unter Vergewaltigen verstehen.«

»Das wüssten Sie schon, wenn Sie so was getan hätten.« Sie wagte es. »Ich muss zugeben, der Abend gestern war interessant.«

Seine Brauen schnellten zusammen. »Interessant?«

Im Motelzimmer hatte sie das nicht gefunden. Aber jetzt? Definitiv. »Wenn Sie besser schauspielern könnten, hätte ich es Ihnen vielleicht abgekauft.«

Er wurde misstrauisch. »Ich weiß nicht, wovon Sie reden.«

Sie ignorierte seinen finsteren Blick. »Es ist offensichtlich, dass Sie mich loswerden wollen, aber was Besseres ist Ihnen nicht eingefallen?« Sein Gesicht nahm einen so bedrohlichen Ausdruck an, dass sie ihren ganzen Mut aufbringen musste, um die Ellenbogen auf den Tisch zu stützen und seinem Blick standzuhalten. »Ich gehe nirgendwohin, Panda. Sie haben mich am Hals.« Ein kleiner Teufel ritt sie. Sie deutete auf ihren Mundwinkel. »Sie haben da Essensreste.«

»Mir egal.«

»Sind Sie sicher? Ein so penibler Esser wie Sie?«

»Wenn es Ihnen nicht passt, wissen Sie ja, was Sie tun können.«

»Ja. Nach Hause fliegen und Ihnen einen Scheck über tausend Dollar schicken, plus Spesen.«

»Verdammt richtig, plus Spesen.« Er wischte sich den Mund an seiner Serviette ab, sicher mehr ein Reflex, auf keinen Fall Kapitulation.

Sie schloss die Finger um ihre Kaffeetasse. Er hätte sie jederzeit auf der Straße aussetzen und davonfahren können, aber er war scharf auf das Geld, darum hatte er es nicht getan. Nun beabsichtigte er, sie zu vergraulen und trotzdem das Geld einzusacken. Zu schade für ihn.

Sie setzte ihre Tasse ab. Die ganze Zeit hatte sie angenommen, dass er am längeren Hebel saß, aber es war genau andersherum.

»Sie sind groß und böse, Panda. Ich habe das begriffen. Und nun ... Würde es Ihnen was ausmachen, damit aufzuhören?«

»Ich weiß nicht, wovon Sie reden.«

»Von den anzüglichen Blicken. Von den ganzen Anspielungen ... eine Nummer schieben zu wollen und so.«

Er schob seinen Teller weg, der noch halb voll war, und betrachtete sie voller Abscheu. »Ich sehe das so: Reiches Mädchen versucht, ein bisschen Nervenkitzel in sein Leben zu bringen, indem es sich mit einem Typen wie mir einlässt. Liege ich falsch?«

Sie hielt sich vor Augen, wer am längeren Hebel saß. »Nun, diese Erfahrung gibt mir jedenfalls zu denken, wie wichtig gute Tischmanieren sind.« Sie schenkte ihm den gleichen toten Blick, den sie ihren Geschwistern immer schenkte, wenn sie sich schlecht benahmen. »Sagen Sie mir, wo wir hinfahren.«

»*Ich* fahre zum Caddo Lake. Wenn Sie wissen, was gut für Sie ist, dann fahren Sie zum Flughafen.«

»Verzeihung.« Eine Frau um die sechzig in einem pfirsichfarbenen Hosenanzug stand plötzlich neben ihnen. Die Frau deutete auf einen Tisch in der Nähe, an dem ein Mann mit Hängebacken und einem Walrossbart saß. Er tat so, als würde er in die entgegengesetzte Richtung blicken. »Mein Mann Conrad hat mir gesagt, ich soll mich um meinen eigenen Kram kümmern, aber ich kann nicht anders ...« Sie starrte Lucy an. »Hat Ihnen schon mal jemand gesagt, dass Sie große Ähnlichkeit mit der Präsidententochter haben? Mit dieser Lucy.«

»Das bekommt sie ständig zu hören«, sagte Panda. Er warf einen Blick über den Tisch zu Lucy und fügte in fließendem Spanisch hinzu: »*Ella es otra persona que piensa que te pareces a Lucy Jorik.*« Und dann, an die Frau gewandt: »Ihr Englisch ist nicht besonders gut.«

»Wirklich erstaunlich«, erwiderte die Frau. »Natürlich, jetzt aus der Nähe sehe ich, dass sie viel jünger ist. Ich hoffe, sie wird später nicht so wie die.«

Panda nickte. »Noch so ein verwöhntes Gör, das denkt, dass die Welt ihm was schuldet.«

Lucy gefiel das alles gar nicht, aber der pfirsichfarbene Hosenanzug kam nun in Fahrt. »Früher habe ich Präsidentin Jorik dafür bewundert, wie sie ihre Kinder erzog, aber offensichtlich hat sie bei dieser Lucy etwas versäumt. Gibt Beaudine junior einfach den Laufpass. Ich schaue mir immer die Sendung von seiner Mutter an. Und Conrad ist ein großer Golffan. Er verpasst kein Turnier, bei dem Dallas Beaudine mitspielt.«

»Ich schätze, manche Frauen wissen eben nicht, was gut für sie ist«, stimmte Panda zu.

»Ganz im Vertrauen, Conrad weiß das auch nicht.« Sie lächelte Lucy an. »Nun, dann wünsche ich euch noch einen schönen Tag. Tut mir leid, dass ich gestört habe.«

»Keine Ursache«, erwiderte Panda, höflich wie ein Kleinstadtpfarrer. Aber kaum war die Frau verschwunden, zerknüllte er seine Serviette und stand auf. »Lassen Sie uns von hier verschwinden, bevor noch mehr aus Ihrem Fanclub auftauchen. Ich kann so einen Scheiß nicht gebrauchen.«

»Motzen Sie, so viel Sie wollen«, sagte sie. »Sie sind derjenige, der mich zu dieser Spritztour eingeladen hat, und ich werde nicht aussteigen.«

Er warf ein paar Geldscheine auf den Tisch, viel heftiger, als nötig gewesen wäre. »Ihr Pech.«

Kapitel 4

Das einfache kleine Ferienhaus lag in einer der vielen versteckten Buchten am Caddo Lake. Zwei alte Klimaanlagen ragten aus der ausgeblichenen senffarben gestrichenen Fassade, die Vordertreppe war mit Kunstrasen ausgelegt, was auf den ersten Blick nicht sehr einladend wirkte. Sie hatten die letzte Nacht in einem Motel in der Nähe von Nacogdoches verbracht, wo Panda es sich zum Prinzip gemacht hatte, sie zu ignorieren. Früh am Morgen waren sie weiter in Richtung Nordosten zu dem See gefahren, der sich an der Grenze zwischen Texas und Louisiana befand und der, laut der Broschüre, die Lucy von einer Tankstelle mitgenommen hatte, der größte Süßwassersee im Süden war – der unheimlichste, wie Lucy aufgrund der urwüchsigen Sumpfinseln, die aus dem braunen Wasser ragten, fand.

Das Haus beherbergte ein kleines Wohnzimmer, zwei noch kleinere Schlafräume und eine altmodische Küche. Lucy wählte das Schlafzimmer mit den zwei Einzelbetten. Die orange karierte Tapete rollte sich an den Kanten auf und biss sich mit dem billigen lila-grünen gesteppten Überwurf, aber Lucy war zu dankbar, eine Wand zwischen ihrem und Pandas Bett zu haben, als dass es sie gestört hätte.

Sie schlüpfte in ein paar Shorts und machte sich auf den Weg in die Küche. Die war ausgestattet mit Metallschränken, einer abgenutzten Arbeitsfläche und einem grauen Vinylboden. Das Fenster über der Spüle zeigte hinaus auf den Bayou, einen sumpfigen Altarm des Sees, eine Tür daneben führte auf eine kleine Holzveranda, auf der ein Kunststofftisch, Flechtstühle, ein Gasgrill und eine Angelausrüstung standen.

Sie entdeckte Panda, der dort saß und zu der kleinen Palme am Ufer des Bayou sah, die Füße gegen das Verandageländer gestützt, eine Cola-Dose in der Hand. Wenigstens hatte er es sich nicht mit einem weiteren Sixpack gemütlich gemacht. Er beachtete Lucy nicht, als sie den Grill unter die Lupe nahm und anschließend eine der Angelruten begutachtete. Sein Schweigen war nervtötend.

»Ganz schön heiß hier draußen«, sagte sie schließlich.

Er nahm einen Schluck von seiner Cola, ohne sich die Mühe zu machen, eine Antwort zu geben. Sie wandte die Augen von dem scheußlichen T-Shirt ab, über das sie schon den ganzen Tag geflissentlich hinwegsah. Pandas Vorstellung von einer gepflegten Aufmachung umfasste nicht mehr als eine Dusche und eine saubere Jeans. Sie spürte eine unwillkommene Sehnsucht nach Ted, dem süßen, einfühlsamen, ausgeglichenen Bräutigam, den sie vor den Bus geschubst hatte.

»Ein Sonnenschirm wäre gut«, sagte sie.

Nichts als Schweigen.

Sie entdeckte in der Ferne ein Ausflugsboot, das sich in Ufernähe seinen Weg unter den kahlen Zypressen, die mit Luisianamoos eingesponnen waren, hindurchbahnte.

»Wenn ich ein Biker wäre, hätte ich einen besseren Namen als Panda.«

Viper.

Er zerdrückte seine Cola-Dose in der Faust und stolzierte von der Veranda in den Garten, wo er sie im Vorbeigehen in eine Plastiktonne warf. Während er sich dem See näherte, ließ sie sich auf den Stuhl fallen, den er verlassen hatte.

Ted war ein toller Gesprächspartner und der beste Zuhörer, den man sich nur wünschen konnte. Er hatte sich immer so verhalten, als fände er alles, was sie sagte, faszinierend. Natürlich, so verhielt er sich jedem, selbst Verrückten gegenüber, aber trotzdem ... Lucy hatte ihn nie ungeduldig erlebt oder unbeherrscht – hatte ihn nie ein harsches Wort sagen hören. Er war freundlich, geduldig, aufmerksam, verständnisvoll, und trotzdem hatte sie ihn sitzen lassen. Was sagte das über sie aus?

Sie zog einen der anderen Stühle mit den Zehenspitzen näher zu sich heran und spürte, dass sie mit jeder Minute melancholischer wurde. Panda stand jetzt an der Anlegestelle. Ein umgedrehtes Kanu lag am Ufer, ein Fischadler streifte über das Wasser. Panda hatte ihr nicht gesagt, für wie lange er gedachte, das Haus zu mieten, nur dass es ihr freistehe, jederzeit zu gehen, je früher, desto besser. Aber wollte er das wirklich? Sie war immer stärker davon überzeugt, dass er schlauer war, als er sich gab, und sie wurde diese nagende Furcht nicht los, dass er mit der Boulevardpresse in Kontakt stand. Was, wenn ihm aufging, dass er deutlich mehr als tausend Dollar verdienen konnte, indem er denen ihre Story verkaufte?

Sie ging die Verandastufen hinunter und weiter in Richtung Wasser, Panda sah sich das Kanu an. Sie zog mit der Ferse ihres Sneakers eine Furche in den Schlamm. Er hob nicht mal den Kopf. Sie wünschte, sie hätte sich einen Reisegefährten gesucht, der sich nicht an bedrückendem Schweigen ergötzte und an abscheulichen Sprücheaufklebern. Andererseits wünschte sie sich viele Dinge. Dass sie sich einen anderen Verlobten zum Verlassen ausgesucht hätte, einen, der etwas verbrochen hatte – was auch immer –, um zu rechtfertigen, dass er vor dem Traualtar stehen gelassen wurde. Aber Ted hatte nichts verbrochen, und irgendein hässlicher Teil von ihr hasste ihn dafür, dass er so viel besser war als sie.

Sie konnte ihre Gedanken keinen Moment länger ertragen. »Ich gehe gern angeln«, sagte sie. »Ich werfe meinen Fang wieder ins Wasser. Außer einmal bei einer Klassenfahrt. Da hab ich den Fisch behalten, weil ...«

»Interessiert mich nicht.«

Er straffte sich und musterte sie mit einem langen Blick – er zog sie nicht mit den Augen aus, das hatte er inzwischen eingestellt, aber er betrachtete sie auf eine Art, die ihr das Gefühl gab, als würde er jeden Part von ihr sehen, selbst die Parts, von deren Existenz sie nichts wusste.

»Rufen Sie Ted an und sagen Sie ihm, dass es Ihnen leidtut. Rufen Sie Ihre Eltern an. Es ist jetzt drei Tage her. Sie hatten Ihr Abenteuer. Zeit für das reiche Mädchen, nach Hause zu gehen.«

»Ich habe genug dieser Sprüche gehört.«

»Ich nenne es, wie ich es sehe.«

»Wie Sie es sehen wollen.«

Er musterte sie wieder für einen unbehaglich langen Moment, bevor er den Kopf in Richtung Kanu neigte. »Helfen Sie mir, das Ding ins Wasser zu kriegen.«

Sie drehten das Kanu um und schoben es ins Wasser. Lucy griff nach einem der Paddel, ohne auf eine Einladung zu warten, und stieg ein. Sie hoffte, dass Panda davonstapfte, aber er nahm sich das andere Paddel und kletterte zu ihr hinein, mit einer so anmutigen Bewegung, dass das Kanu kaum schwankte.

Während der nächsten Stunde glitten sie durch das Wasser, wobei sie einen Bogen um die Wasserhyazinthen machten, die die sumpfigeren Bereiche zu ersticken drohten. Sie paddelten von einem versteckten Bayou in den nächsten, passierten gespenstische Zypressenwälder. Er redete kaum.

Lucy setzte sich andersherum auf ihren Sitz und legte das Paddel über die Knie. Sie ließ ihn allein rudern und sah ihn an.

Durch das Muskelspiel beim Paddeln spannte sich das weiße T-Shirt über seiner Brust und hob den Spruch hervor, der in schwarzen Buchstaben darauf gedruckt war. Das T-Shirt gehörte nicht zu seinen neueren Errungenschaften, es musste in den Motorradsatteltaschen verstaut gewesen sein, als er Wynette verlassen hatte. Wenn es doch nur dort geblieben wäre.

»Diese scheußlichen Aufkleber auf der Yamaha sind schon schlimm genug«, sagte sie. »Aber wenigstens kann man sie nur lesen, wenn man nah an Ihr Motorrad geht.«

Er beobachtete einen Alligator, der auf einem sonnigen Fleck am anderen Ufer faulenzte. »Ich habe Ihnen das mit den Aufklebern erklärt.«

»Sie haben gesagt, dass sie vom Vorbesitzer stammen. Warum durfte ich sie dann nicht abkratzen?«

Er ließ sein Paddel tief ins Wasser. »Weil ich sie gut finde.«

Sie betrachtete stirnrunzelnd die Botschaft auf seinem T-Shirt: ES KOMMT EINEM NUR BEIM ERSTEN MAL ABARTIG VOR.

»Das war ein Geschenk«, sagte er.

»Von Satan persönlich?«

Etwas, das beinahe einem Lächeln ähnelte, huschte über sein Gesicht und verschwand dann schnell wieder. »Wenn es Ihnen nicht passt, wissen Sie ja, was Sie tun können.« Er wich erneut einem Gewirr aus Wasserhyazinthen aus.

»Was, wenn das ein Kind liest?«

»Sind Ihnen heute irgendwelche Kinder begegnet?« Er verlagerte leicht das Gewicht auf seinem Sitz. »Ihretwegen bereue ich es, dass ich mein Lieblings-T-Shirt verschlampt habe.«

Sie drehte sich zurück zum Bug. »Ich will das gar nicht hören.«

»Der Spruch darauf lautet: Ich bin für die Homo-Ehe, solange beide Weiber scharf aussehen.«

Ihr Unmut entzündete sich, und das Kanu wackelte, als sie

ruckartig herumfuhr. »Political Correctness ist für Sie offenbar ein großer Witz, aber für mich nicht. Nennen Sie mich altmodisch, aber ich halte es für wichtig, die Würde jedes Menschen zu respektieren.«

Er zog sein Paddel aus dem trüben Wasser. »Verdammt, ich wünschte, ich hätte das T-Shirt mitgenommen, das ich mir vor ein paar Wochen gekauft habe.«

»Ein schrecklicher Verlust, dessen bin ich mir sicher.«

»Möchten Sie wissen, wie der Spruch lautet?«

»Nein.«

»Er lautet ...« Er beugte sich zu ihr vor und fuhr in langsamem Flüstern, das über dem Wasser zu schweben schien, zu reden fort. »Hätte ich dich erschossen, als ich wollte, wäre ich jetzt schon wieder draußen.«

So viel zu Konversation.

Als sie ins Haus zurückkehrten, machte Lucy sich ein belegtes Brot, schnappte sich ein altes Taschenbuch, das jemand im Haus zurückgelassen hatte, und schloss sich in ihrem Zimmer ein. Einsamkeit umhüllte sie wie ein zu schwerer Mantel. Hatte Ted etwas unternommen, um sie zu finden? Offenbar nicht, in Anbetracht dessen, dass er nicht versucht hatte, sie aufzuhalten, bevor sie die Kirche verließ. Und was war mit ihren Eltern? Sie hatte Meg zweimal angerufen, für den Secret Service würde es nicht so schwierig sein, Pandas Handy zu lokalisieren.

Was, wenn Mat und Nealy sie abgeschrieben hatten? Sie sagte sich rasch, dass sie das niemals tun würden. Außer sie waren derart empört über ihr Verhalten, dass sie sie nicht mehr sehen wollten – zumindest eine Weile nicht.

Sie könnte ihnen das kaum verübeln.

Während der nächsten paar Tage geschah etwas Seltsames. Pandas Manieren besserten sich auffallend. Zuerst bemerkte Lucy gar nicht, dass das Rülpsen und Schlürfen, das Essen mit offenem Mund und das Sichkratzen aufgehört hatte. Erst als sie beobachtete, dass Panda das Fleisch des Huhns, das sie zubereitet hatte, ordentlich vom Knochen trennte und den ersten Bissen sorgfältig kaute, bevor er sie bat, ihr den Pfeffer zu reichen, wurde sie stutzig. Was war passiert? Was die sexuellen Gewaltandrohungen betraf ... Er schien kaum noch wahrzunehmen, dass sie weiblich war.

Sie fuhren nach Marshall, um Lebensmittel und andere Vorräte zu besorgen. Lucy kaufte sich eine Sonnenbrille, zog ihre Schirmmütze tief ins Gesicht, den Babybauch, den sie inzwischen hasste, an seinem Platz fixiert. Mit Panda in ihrer Nähe schenkte ihr niemand Beachtung.

Er werkelte an seinem Motorrad, schraubte Teile auseinander und baute sie wieder zusammen. Mit nacktem Oberkörper und einem blauen Stirnband um den Kopf schmierte und polierte er, überprüfte Flüssigkeitsstände und wechselte Bremsbeläge. Er stellte ein Radio in das offene Fenster und hörte Hiphop und einmal eine Arie aus der Zauberflöte. Sie ging nach draußen und gab einen Kommentar dazu ab, da beschuldigte er sie, an seinem Radio herumgefummelt zu haben, und befahl ihr, sofort den verdammten Sender zu wechseln. Hin und wieder ertappte sie ihn dabei, dass er telefonierte, aber er ließ sein Handy nie herumliegen, weshalb sie keine Gelegenheit hatte, seine Anrufliste zu checken.

Abends schloss sie sich in ihrem Zimmer ein. Er blieb auf und sah sich ein Baseballspiel im Fernsehen an, aber häufiger saß er auf der Veranda und starrte auf das Wasser hinaus. Die Benommenheit der ersten Tage nahm ab, und Lucy ertappte sich dabei, dass sie ihn beobachtete.

Panda sog den moschusartigen Duft der Sümpfe in seine Lungen. Er hatte zu viel Zeit zum Nachdenken – zu viele

Erinnerungen drängten nach oben –, und jeden Tag wuchs sein Groll.

Er hatte nicht damit gerechnet, dass sie es länger als ein paar Stunden aushalten würde, aber sie war immer noch hier, sieben Tage nachdem er sie aufgelesen hatte. Warum tat sie nicht das, was sie tun sollte? Nämlich nach Wynette zurückkehren oder nach Hause nach Virginia. Es kümmerte ihn einen Dreck, wohin sie ging, solange er sie los war.

Er konnte sie nicht verstehen. Sie hatte diese erbärmliche Scheinvergewaltigung schnell durchschaut, die er am zweiten Abend in diesem Motel inszeniert hatte, und sie tat so, als würde sie die Hälfte der Beleidigungen nicht hören, die er ihr an den Kopf warf. Sie war so kontrolliert, so diszipliniert. Das Verhalten an ihrem Hochzeitstag sah ihr überhaupt nicht ähnlich. Und trotzdem ...

Hinter den guten Manieren erhaschte er hin und wieder einen Blick auf etwas – jemanden – Komplexeres. Sie war klug, zum Verrücktwerden scharfsinnig und stur wie ein Esel. An ihr haftete kein Schatten wie an ihm. Er würde jede Wette eingehen, dass sie noch nie schreiend aus dem Schlaf hochgeschreckt war. Oder getrunken hatte bis zur Bewusstlosigkeit. Und als Kind ... Als Kind war sie imstande gewesen, wozu er nicht imstande gewesen war.

Fünfhundert Dollar. Mehr war sein Bruder nicht wert gewesen.

Durch den Schrei einer Sumpfkreatur hörte er die Stimme seines achtjährigen Bruders, als sie den steinigen Gehweg entlangmarschiert waren zu der nächsten Pflegestelle und ihre Sozialbetreuerin die knarrenden Verandastufen vor ihnen hochstieg. Was, wenn ich wieder ins Bett mache?, hatte Curtis geflüstert. Deswegen sind wir aus dem letzten Haus geflogen.

Panda hatte seine eigene Angst hinter der Großspurigkeit eines Fünfzehnjährigen verborgen. Mach dir darüber keine Gedanken, Dumpfbacke, hatte er gesagt und Curtis spaßhaft geboxt. Ich werde dich nachts aufwecken und ins Bad bringen.

Aber was, wenn er verschlief wie letzte Woche? Er hatte sich fest vorgenommen, nicht einzuschlafen, bis er Curtis zum Pinkeln aus dem Bett gescheucht hatte, aber er war trotzdem eingenickt, und am nächsten Tag hatte die alte Lady Gilbert dem Jugendamt erklärt, dass es einen anderen Platz für Curtis finden müsse.

Panda hatte unter allen Umständen verhindern wollen, dass sein kleiner Bruder von ihm getrennt wurde, er hatte seiner Betreuerin damit gedroht wegzulaufen, wenn sie auseinandergerissen würden. Sie hatte ihm wohl geglaubt, denn sie fand eine neue Familie für sie. Aber sie hatte ihn gewarnt, dass es keine weiteren Pflegeltern mehr geben würde, die bereit waren, sie beide aufzunehmen.

Ich habe Angst, hatte Curtis geflüstert, als sie die Veranda betraten. Hast du auch Angst?

Ich habe nie Angst, hatte er gelogen. Es gibt keinen Grund, Angst zu haben.

Ein großer Irrtum.

Panda blickte hinaus auf das dunkle Wasser. Lucy war vierzehn gewesen, als ihre Mutter starb. Hätten Curtis und er zufällig Mat und Nealy Jorik kennengelernt, wäre sein Bruder noch am Leben und läge nicht in einem Grab. Lucy hatte geschafft, was ihm nicht gelungen war – sie hatte ihre Schwester beschützt und in Sicherheit gebracht, Tracy bereitete sich auf ihr erstes Collegejahr vor.

Curtis hatte sich einer Bande angeschlossen, als er gerade einmal zehn gewesen war, etwas, das Panda hätte verhindern können, wenn er nicht im Jugendgefängnis gesessen hätte.

Sie hatten ihn nur herausgelassen, damit er an der Beisetzung seines kleinen Bruders teilnehmen konnte.

Er zwinkerte heftig. Erinnerungen an Curtis riefen nur weitere Erinnerungen hervor. Es wäre einfacher, nicht ins Grübeln zu verfallen, wenn er zur Ablenkung Musik hätte, aber er konnte sich kein ernstes Drama wie *Otello, Boris Godunov* oder ein Dutzend andere Opern anhören, solange Lucy in der Nähe war. Solange irgendjemand in der Nähe war.

Er wünschte, sie würde herauskommen und mit ihm reden. Er wollte sie nah bei sich; er wollte sie fern von sich. Er wollte, dass sie abreiste, blieb, sich auszog – er konnte nicht anders. Den ganzen Tag mit ihr zusammen zu sein würde jeden Mann auf die Probe stellen, besonders einen geilen Mistbock wie ihn stellte es auf die Probe.

Er rieb sich den Nasenrücken, zog sein Handy aus der Hose und ging damit auf die Seite des Hauses, wo er nicht gehört werden konnte.

Panda trieb sie jeden Morgen zu einer Joggingrunde an, und obwohl sie ihn bremste, weigerte er sich, vorneweg zu laufen.

»Sobald ich außer Sichtweite bin, werden Sie in Schritttempo fallen«, sagte er.

Wie wahr. Sie machte Nordic Walking und war Mitglied in einem Fitnessstudio, das sie mehr oder weniger regelmäßig besuchte, aber sie war keine begeisterte Läuferin.

»Seit wann sind Sie mein Personal Trainer?«

Er bestrafte sie, indem er das Tempo anzog und ein Stück vor ihr lief. Schließlich hatte er jedoch Erbarmen und wurde wieder langsamer. Ihre Überzeugung, dass er nicht so ein Neandertaler war, wie er ihr weismachen wollte, war gestiegen wie auch ihre Neugier auf ihn, und sie fing an, ihn auszuhorchen.

»Haben Sie mit Ihrer Freundin gesprochen, seit Sie in den Urlaub gestartet sind, von wo auch immer?«

Wieder einer der seltsamen Grunzlaute.

»Von wo eigentlich?«

»Oben im Norden.«

»Colorado? Nome?«

»Müssen Sie unbedingt reden?«

»Verheiratet? Geschieden?«

»Passen Sie auf die Schlaglöcher auf. Wenn Sie sich ein Bein brechen, sind Sie auf sich allein gestellt.«

Sie sog tief Luft in ihre brennende Lunge. »Sie kennen eine Menge Details aus meinem Leben. Es ist nur fair, dass ich auch welche über Sie erfahre.«

Er lief wieder schneller. Im Gegensatz zu ihr war er nicht außer Atem. »Ich war nie verheiratet. Mehr kriegen Sie nicht.«

»Sind Sie liiert?«

Er warf einen Blick über seine Schulter zu ihr – leicht bemitleidend. »Was glauben Sie?«

»Dass die Anzahl der weiblichen Alligator-Wrestler nicht groß genug ist, um Ihnen viele Dates zu ermöglichen?«

Sie vernahm einen Laut – Belustigung oder eine Warnung, dass er genug dumme Fragen gehört hatte, sie konnte es nicht interpretieren –, aber alles, was sie in Erfahrung brachte, war, dass er Single war, und das konnte auch gelogen sein.

»Wirklich merkwürdig«, sagte sie nach einer Weile. »Seit wir hier sind, haben sich Ihre Manieren gebessert. Das muss an der feuchten Luft liegen.«

Er überquerte die Straße. »Die Frage ist«, fuhr sie fort, »was sollte dieses ganze Schmatzen und Gekratze, wenn es – und ich muss zugeben, das hat mich überrascht – offenbar nur gespielt war?«

Sie rechnete damit, dass er der Frage ausweichen würde, aber das tat er nicht. »Es wurde mir zu langweilig, nachdem ich gemerkt habe, dass Sie zu durchgeknallt sind, um sich davon beeindrucken zu lassen und zu tun, was Sie gleich hätten tun sollen.«

Noch nie hatte sie jemand als »durchgeknallt« bezeichnet, aber da die Beleidigung von ihm kam, nahm sie es sich nicht zu Herzen.

»Sie haben gehofft, dass mir, wenn ich den Unterschied zwischen Ihnen und Ted sehe, bewusst wird, was ich aufgegeben habe, und ich nach Wynette zurückkehre.«

»So ähnlich. Ted ist ein anständiger Kerl, er hat Sie offensichtlich geliebt. Ich wollte ihm einen Gefallen tun. So lange, bis ich erkannt habe, dass der größte Gefallen, den ich ihm tun kann, ist, Sie an der Rückkehr zu hindern.«

Das war wahr genug, um wehzutun. Sie liefen die Runde schweigend zu Ende.

Als sie das Haus erreichten, zog er sein schweißgetränktes T-Shirt über den Kopf, nahm den Gartenschlauch und duschte sich ab. Seine Haare klebten in nassen schwarzen Strähnen an seinem Kopf, die Sonne schien ihm ins Gesicht, als er es zum Himmel wandte.

Er legte den Schlauch schließlich zur Seite und wischte mit der flachen Hand das Wasser von seiner Brust. Seine dunkle Haut bildete einen beunruhigenden Kontrast zu Teds makelloser männlicher Schönheit. Panda mochte nicht so primitiv sein, wie er sie glauben zu machen versuchte, aber er existierte immer noch außerhalb ihres Erfahrungsbereichs.

Ihr wurde bewusst, dass sie ihn anstarrte, und sie wandte sich ab. Ihr weiblicher Körper fühlte sich eindeutig hingezogen zu dem, was sie sah. Zum Glück war ihr weiblicher Verstand nicht annähernd so töricht.

Ein Tag ging in den nächsten über, sie waren schon eine ganze Woche am See. Lucy ging schwimmen, las oder backte

Brot, eins der wenigen Dinge, die ihr schmeckten. Was sie nicht machte, war, sich bei Ted oder ihrer Familie zu melden.

Jeden Morgen nach ihrer gemeinsamen Joggingrunde erschien Panda in der Küche, die Haare noch feucht vom Duschen. Er nahm sich eine Scheibe des Haferbrots, das Lucy frisch aus dem Backofen geholt hatte, brach sie sauber in zwei Hälften und gab jeweils einen Löffel Orangenmarmelade darauf.

»Wusste Ted von Ihren Backkünsten, als er von Ihnen abserviert wurde?«, fragte er eines Tages beim Frühstück.

Lucy schob ihr Brot zur Seite, weil sie keinen Hunger mehr hatte. »Ted vermeidet Kohlenhydrate.«

Das war nicht die Wahrheit, aber sie wollte nicht zugeben, dass sie es nie geschafft hatte, für ihn zu backen. Sie hatte ihre Backkünste unter den trichterförmigen Edelstahllampen gelernt, die in der Küche des Weißen Hauses hingen, dem Ort, an dem sie Zuflucht gesucht hatte, wenn ihr die Streitereien ihrer Geschwister auf die Nerven gingen. Dort hatte sie sich manches von den landesweit besten Küchenchefs abgeschaut, und nun war Panda statt Ted der Nutznießer.

Er schraubte den Deckel wieder auf das Marmeladenglas. »Ted gehört zu der Sorte, die unter einem guten Stern geboren ist. Grips, Geld, Glanz.« Er stellte das Glas in den Kühlschrank und knallte die Tür zu. »Während der Rest der Welt herumkrebst, segelt Ted Beaudine mit dem Wind.«

»Tja, vorletztes Wochenende ist er in einer ziemlich großen Flaute gestrandet«, erwiderte sie.

»Er hat es bereits überwunden.«

Sie betete, dass das der Wahrheit entsprach.

In der Nähe des Hauses war der Caddo Lake flach und der Untergrund schlammig, sodass Lucy dort nicht ins Wasser konnte, aber manchmal fuhren sie und Panda in dem kleinen Außenborder etwas weiter auf den See hinaus, und sie schwamm ein Stück neben dem Boot her. Panda ging nie mit ihr ins Wasser. Eines Tages, bei einem dieser kleinen Schwimmausflüge, sprach sie ihn darauf an.

»Komisch, dass ein harter Kerl wie Sie Angst vor Wasser hat. Oder warum kommen Sie nicht herein?«

»Ich kann nicht schwimmen«, erwiderte er und stützte die nackten Füße gegen die abgesplitterte Deckskante. »Ich habe es nie gelernt.«

Das kam Lucy eigenartig vor, denn sie hatte beobachtet, dass er gern auf dem Wasser war. Und warum trug er eigentlich immer diese Jeans bei der Hitze? Sie drehte sich auf den Rücken und nahm einen zweiten Anlauf.

»Sie wollen bloß nicht, dass ich Ihre mageren Beine sehe. Sie haben Angst, ich könnte mich über Sie lustig machen.« Als könnte irgendein Teil seines Körpers weniger als durchtrainiert sein …

»Ich mag Jeans«, erwiderte er.

Sie ließ die Beine sinken und trat im Wasser auf der Stelle. »Ich begreife das nicht. Hier ist es wie in einer Sauna. Warum tragen Sie keine Shorts? Ihr T-Shirt ziehen Sie doch auch immer aus.«

»Ich habe ein paar Narben. Und jetzt hören Sie damit auf.«

Vielleicht sagte er die Wahrheit, aber sie bezweifelte es. Während er sich gegen das Heck lehnte, vergoldete das Sonnenlicht seine dunkle Piratenhaut, und seine halb geschlossenen Augen wirkten eher gelangweilt als bedrohlich. Sie spürte wieder diese unwillkommene Regung von … etwas. Sie wollte glauben, dass es bloß ein waches Gespür war, aber es war mehr als das. Eine unfreiwillige Erregung.

Und? Es war beinahe vier Monate her, dass sie mit Ted

geschlafen hatte, und sie war auch nur ein Mensch. Da sie nicht die Absicht hatte, ihren eigenwilligen Launen nachzugeben, was konnte es schon schaden? Trotzdem wollte sie Panda dafür bestrafen, dass er ihre Gedanken abschweifen ließ in eine Richtung, in der sie nichts verloren hatten.

»Seltsam, dass Sie keine Tattoos haben.« Sie paddelte wie ein Hund neben dem Heck her. »Keine nackten Frauen, die sich auf Ihrem Bizeps räkeln, keine Obszönitäten auf Ihren Fingerknöcheln. Nicht einmal ein geschmackvolles eisernes Kreuz. Haben Sie keine Angst, dass man Sie aus dem Biker-Club werfen könnte?«

Das flimmernde Licht, das auf der Wasseroberfläche reflektierte, ließ seine Gesichtszüge weicher erscheinen. »Ich hasse Nadeln.«

»Sie schwimmen nicht. Sie hassen Nadeln. Sie haben Angst, Ihre Beine zu zeigen. Sie sind wirklich ganz schön verkorkst, stimmt's?«

»Und Sie sind nicht gerade jemand, der andere als verkorkst bezeichnen sollte.«

»Stimmt. Ich bitte vielmals um Entschuldigung.« Sie brachte eine Grimasse zustande, die fast an sein spöttisches Grinsen herankam.

»Wann werden Sie Ihre Eltern anrufen?«, fragte er plötzlich.

Sie tauchte unter und kam erst wieder hoch, als sie keine Luft mehr hatte. »Meg hat ihnen ausgerichtet, dass es mir gut geht«, sagte sie, obwohl sie wusste, dass das nicht dasselbe war, wie persönlich mit ihnen zu reden.

Sie vermisste die Zankereien zwischen Charlotte und Holly, Tracys Dramen, Andres ausschweifende Schilderungen des letzten Fantasyromans, den er gelesen hatte. Sie vermisste Nealy und Mat, aber die Vorstellung, zum Hörer zu greifen und sie anzurufen, lähmte sie. Was sollte sie auch sagen?

Panda half ihr nicht gerade sanft ins Boot zurück. Ihr billiger schwarzer Einteiler verrutschte, aber er schien es nicht zu bemerken. Er startete den Außenborder, und sie tuckerten zurück zur Anlegestelle. Als Panda den Motor ausschaltete, sammelte sie ihre Flipflops auf.

»Ich muss zurück zur Arbeit. Wir reisen morgen ab«, sagte er, bevor sie noch aus dem Boot hatte klettern können.

Sie hatte gewusst, dass dieser Schwebezustand nicht ewig dauern konnte, und trotzdem hatte sie sich keine Gedanken gemacht, wie es weitergehen sollte. Sie war dazu nicht fähig. Sie war paralysiert, gefangen zwischen der fokussierten, organisierten Person, die sie gewesen war, und der ziellosen, konfusen Frau, die aus ihr geworden war. Die Panik, die immer unterschwellig lauerte, brach wieder in ihr heraus.

»Ich bin noch nicht bereit.«

»Ihr Problem.« Er sicherte das Boot mit der dafür vorgesehenen Leine. »Ich werde Sie unterwegs am Flughafen in Shreveport absetzen.«

Sie schluckte. »Ist nicht nötig. Ich bleibe hier.«

»Wie wollen Sie an Geld kommen?«

Sie hätte für dieses Problem längst eine Lösung finden müssen, aber die hatte sie nicht. Obwohl sie es nicht zugeben wollte, missfiel ihr die Vorstellung, ohne Panda in dem kleinen Ferienhaus zu bleiben. Für einen in sich gekehrten und zunehmend geheimnisvollen Fremden war seine Anwesenheit erstaunlich beruhigend. Viel entspannter als die Gesellschaft von Ted. Bei Panda brauchte sie nicht so zu tun, als wäre sie ein besserer Mensch, als sie tatsächlich war.

Er stieg aus dem Boot. »Ich mache Ihnen einen Vorschlag. Wenn Sie Ihre Familie heute Abend anrufen, können Sie noch etwas bei mir bleiben.«

Sie kletterte auf den Steg. »Für wie lange?«

»Bis ich von Ihnen die Schnauze voll habe«, antwortete er, während er das Boot vertäute.

»Dann komme ich vielleicht nicht einmal bis zur nächsten Stadt.«

»Das ist mein bestes Angebot. Arrangieren Sie sich damit.«

Sie war beinahe froh, dass er sie zwang, das zu tun, was sie gleich von Beginn an hätte tun sollen, und sie nickte.

Am Abend gab sie sich alle Mühe, den Anruf mit unnötiger Hausarbeit hinauszuzögern, bis er die Geduld verlor.

»Sie rufen jetzt an.«

»Später«, antwortete sie. »Ich muss zuerst packen.«

Er grinste spöttisch. »Bullshit.«

»Was geht Sie das an? Das hat nichts mit Ihnen zu tun.«

»O doch. Ihre Mutter ist die ehemalige Präsidentin. Es ist meine patriotische Pflicht.«

Sie riss ihm das Handy aus der Hand. Während sie die Nummer eingab, wünschte sie sich, sie hätte wenigstens einmal die Gelegenheit gehabt, sein Handy in die Finger zu bekommen, ohne dass er zusah. Selbst als sie sich auf die Veranda zurückzog, konnte er sie durch das Fenster beobachten.

Ihr Herz hämmerte, als sie Mats vertraute schroffe Stimme vernahm. Sie kämpfte mit den Tränen. »Dad ...«

»Lucy! Geht es dir gut?«

»Einigermaßen.« Ihre Stimme brach. »Es tut mir leid. Du weißt, dass ich Mom und dir um nichts auf der Welt Kummer bereiten möchte.«

»Das wissen wir. Lucy, wir lieben dich. Nichts kann daran etwas ändern.«

Seine Worte stießen die Klinge der Schuld noch tiefer in sie hinein. Ihre Eltern hatten ihr alles gegeben, ohne etwas dafür zu erwarten, und so dankte sie es ihnen.

»Ich liebe euch auch.«

»Wir müssen uns zusammensetzen und uns unterhalten. Herausfinden, warum du nicht vorher mit uns darüber reden konntest. Ich möchte, dass du nach Hause kommst.«

»Ich weiß. Wie ... wie geht es den Kids?«

»Holly übernachtet heute außer Haus, und Charlotte übt auf der Gitarre. Andre hat eine Freundin, und Tracy ist stinksauer auf dich. Was deinen Großvater betrifft ... Du kannst dir ja denken, was er davon hält. Ich empfehle dir einen starken Drink, bevor du ihn anrufst. Aber zuerst musst du mit deiner Mutter reden. Mag sein, dass du schon einunddreißig bist, aber du bist immer noch ein Teil dieser Familie.«

Er hätte nichts sagen können, was ihr schlechtes Gewissen noch größer gemacht hätte.

»Lucy?« Es war Nealy. Er hatte den Hörer weitergegeben.

»Es tut mir leid«, sagte Lucy rasch. »Wirklich.«

»Lass gut sein«, erwiderte ihre Mutter munter. »Es ist mir gleich, ob du eine erwachsene Frau bist. Wir möchten, dass du nach Hause kommst.«

»Ich ... ich kann nicht.« Sie biss sich auf die Unterlippe. »Ich bin noch nicht fertig damit durchzubrennen.«

Gerade Nealy konnte dagegen nicht argumentieren, und sie versuchte es auch nicht. »Wann glaubst du denn, bist du damit fertig?«

»Ich ... bin mir nicht sicher.«

»Lass mich mit ihr reden!«, schrie Tracy im Hintergrund.

Nealy sagte: »Wir hatten ja keine Ahnung, dass du derart unglücklich warst.«

»Das war ich nicht. So dürft ihr nicht denken. Es ist nur ... Ich kann es nicht erklären.«

»Ich wünschte, du würdest es versuchen.«

»Gib mir den Hörer!«, kreischte Tracy.

»Versprich mir, dass du dich wieder meldest«, sagte ihre Mutter. »Und versprich mir, dass du deinen Großvater anrufst.«

Bevor Lucy irgendetwas versprechen konnte, riss Tracy den Hörer an sich. »Warum hast du mich nicht angerufen? Das ist alles Megs Schuld. Ich hasse sie. Du hättest nie auf sie hören dürfen. Sie ist bloß eifersüchtig, weil jemand dich heiraten wollte und nicht sie.«

»Trace, ich weiß, dass ich dich enttäuscht habe, aber das ist nicht Megs Schuld.«

Ihre kleine Schwester Button hatte sich in einen achtzehnjährigen Vulkan der Entrüstung verwandelt. »Wie kann man jemanden in der einen Minute noch lieben und in der nächsten nicht mehr?«

»Es war ein bisschen anders.«

»Du bist egoistisch. Und dumm.«

»Es tut mir leid, dass ich dich verletzt habe.« Bevor sie den Mut verlor, musste sie den Rest hinter sich bringen. »Gib mir mal die anderen, ja?«

In den nächsten zehn Minuten erfuhr sie, dass Andre nach wie vor mit Ted telefonierte, dass Holly für eine Rolle in einem Theaterstück vorsprechen durfte und dass Charlotte *Drunken Sailor* auf der Gitarre beherrschte. Jedes Gespräch war schmerzhafter als das vorherige. Erst nachdem sie aufgelegt hatte, wurde ihr bewusst, dass alle drei ihr die Frage gestellt hatten, die ihre Eltern nicht gestellt hatten.

Lucy, wo bist du?

Panda kam auf die Veranda, trat hinter sie und nahm ihr das Handy ab, bevor sie seine Anrufliste checken konnte. Stand er in Kontakt mit der Presse oder nicht? Er verschwand wieder im Haus, und als sie ihm schließlich folgte, saß er im Wohnzimmer und sah sich ein Baseballspiel an.

»Ich muss noch einen Anruf machen«, sagte sie.

Er musterte sie. »Das Handy spinnt in letzter Zeit. Diktieren Sie mir die Nummer. Ich wähle für Sie.«

»Ich kann das selbst.«

»Es hat Aussetzer.«

Sie musste aufhören, Spielchen zu spielen. »Ich will Ihr Handy überprüfen.«

»Ich weiß.«

»Wenn Sie nichts zu verbergen haben, können Sie mich ruhig einen Blick hineinwerfen lassen.«

»Wer sagt, dass ich nichts zu verbergen habe?«

Er amüsierte sich, und das gefiel ihr nicht. »Sie wissen alles über mich, aber ich weiß nicht mehr über Sie, als ich vor elf Tagen wusste. Ich kenne nicht einmal Ihren richtigen Namen.«

»Simpson. Bart.«

»Haben Sie Angst, ich könnte sehen, dass Sie den *National Enquirer* auf Kurzwahl gelegt haben?«

»Könnten Sie nicht.«

»Oder vielleicht eins der anderen Klatschblättchen? Oder stehen Sie etwa mit der seriösen Presse in Kontakt?«

»Glauben Sie wirklich, dass jemand wie ich mit der Presse auf Schmusekurs geht?«

»Schon möglich. Ich bin eine lukrative Geldeinnahmequelle.«

Er zuckte mit den Achseln, streckte ein Bein aus und zog sein Handy aus der Hosentasche. »Tun Sie sich keinen Zwang an.«

Der Umstand, dass er das Handy herausrückte, sagte ihr, dass sie keine Geheimnisse entdecken würde, und sie behielt recht. Der einzige Eintrag in seiner Anrufliste war die Nummer, die sie zuvor gewählt hatte. Sie warf das Handy zu ihm zurück.

Als sie sich zum Gehen wandte, vernahm sie seine Stimme, leise und ein wenig schroff. »Ich betrachte Sie als vieles, aber sicher nicht als Geldeinnahmequelle.«

Sie wusste nicht, was er damit meinte, also tat sie so, als hätte sie es nicht gehört.

Panda überließ das Baseballspiel, das er nicht wirklich verfolgt hatte, sich selbst und ging wieder hinaus auf die Veranda. Es war Zeit, dass er ein ernstes Wort mit sich selbst redete. Als würde er das nicht seit fast zwei Wochen tun.

Sei der Beste in dem, was du gut kannst. Das war immer sein Leitspruch gewesen. Sei der Beste in dem, was du gut kannst, und lass die Finger von dem, was du nicht kannst. Ganz oben auf dieser Liste? Sentimentaler Quatsch.

Aber dieses enge Aufeinanderhängen mit ihr hätte jeden Mann verrückt gemacht. In diesen Shorts und T-Shirts sah sie wie eine verdammte Fünfzehnjährige aus, was ihn eigentlich abschrecken müsste, aber das tat es nicht, weil sie keine fünfzehn mehr war.

Er war gefangen in seiner Erregung, seinem Groll, seiner Angst. Er sah hinaus in die Dunkelheit und versuchte, den Gefühlen nicht nachzugeben. Vergeblich.

Lucy studierte die abblätternde Tapete in ihrem Zimmer. Sie würden am kommenden Morgen abreisen, und Panda war für sie immer noch so ein großes Rätsel wie an dem Tag, an dem sie auf seine Maschine gestiegen war.

Sie hatte kaum etwas zu Abend gegessen, also ging sie in die Küche, um sich eine Schüssel Cornflakes zu machen. Durch das Fenster sah sie Panda draußen auf der Veranda, wo er wieder auf den See hinausstarrte. Sie fragte sich, worüber er nachdachte.

Sie kippte Kellogg's in eine Schale, gab Milch dazu und ging damit ins Wohnzimmer. *Hallo, Mr. President* lief stumm im Fernsehen. Als sie sich setzen wollte, entdeckte sie zwischen dem Sitzpolster und der Rückenlehne etwas, das einem Ausweis ähnelte. Sie zog es heraus.

CHARITY ISLAND FÄHRBETRIEBE
ANWOHNERPASS
3583
Ihr pures Michigan-Abenteuer beginnt hier

War der Pass aus Pandas Brieftasche gefallen, oder hatte ein Vormieter ihn verloren? Es gab nur eine Möglichkeit, das herauszufinden. Sie steckte ihn wieder zwischen die Polster, genau dorthin, wo sie ihn gefunden hatte.
    Am nächsten Morgen war er weg.

Kapitel 5

Lucy wusste endlich etwas über Panda, das er vor ihr zu verbergen suchte. Das hätte ihr ein besseres Gefühl verschaffen müssen, aber es widerstrebte ihr, den Caddo Lake zu verlassen, und ihre Stimmung war getrübt, als sie aufbrachen. Sie überredete ihn zu einem Zwischenstopp in Texarkana, wo sie sich, präpariert mit dem falschen Schwangerschaftsbauch, demonstrativ ein Prepaid-Handy kaufte. Sie wies ihn an, es auf die Spesenrechnung zu setzen.

Kurz nachdem sie die Grenze zu Arkansas überquert hatten, mussten sie in einer Unterführung anhalten, um einen Regenschauer abzuwarten. Sie fragte ihn, wo sie hinführen, ohne mit einer Antwort zu rechnen. Aber er antwortete doch.

»Wir sollten bis zum Einbruch der Dunkelheit kurz vor Memphis sein.«

Sein Motorrad war in Texas zugelassen, er verbrachte seinen Urlaub direkt hinter der Grenze in Louisiana, sie waren unterwegs nach Tennessee, und er hatte einen Anwohnerpass für die Fähre zu einer Insel irgendwo in Michigan. War das normal für einen Montagearbeiter oder einfach der Lebensstil eines Nomaden? Sie wünschte sich, sie könnte auch so geheimnisvoll sein, aber es war schwierig, Geheimnisse zu pflegen, wenn man schon als Teenager im Rampenlicht der Öffentlichkeit stand.

Ihre Unterkunft für die Nacht war ein abgelegenes Motel in Arkansas nahe der Grenze zu Tennessee. Sie musterte die gestrichenen Klinkersteinwände und die hässlichen braunroten Tagesdecken.

»Ich bin mir sicher, es gibt hier irgendwo in der Nähe ein Hyatt.«

Er ließ sein Gepäck auf das Bett fallen, das näher zur Tür stand. »Mir gefällt es hier. Es hat Charakter.«

»Charakter. Wir können uns glücklich schätzen, wenn die Drogendealer, die draußen herumlungern, heute Nacht nicht bei uns einbrechen und uns im Schlaf ermorden.«

»Das ist genau der Grund, warum Sie kein eigenes Zimmer haben können.«

»Der eigentliche Grund ist, dass Sie gern Schwierigkeiten machen.«

»Stimmt.« Er legte den Kopf schief und schenkte ihr sein spöttisches Biker-Lächeln. »Außerdem bekomme ich Sie so vielleicht nackt zu sehen.«

»Viel Glück.«

Lucy schnappte sich die Pyjamashorts und das T-Shirt, die sie sich gekauft hatte, als sie am Caddo gewesen waren, und steuerte auf das Bad zu. Kaum hatte sie die Tür hinter sich abgeschlossen, atmete sie tief durch. Sie war schon reichlich durcheinander davon, dass sie den ganzen Tag an seinem Rücken geklebt hatte, unter sich das Vibrieren der großen Maschine, das sie aufgewühlt hatte. Sie brauchte nicht auch noch von ihm geködert zu werden.

Die wacklige Duschkabine war nicht größer als eine Telefonzelle, bei jeder Bewegung stieß sie sich die Ellenbogen an den Plastikwänden. Lucy versuchte sich vorzustellen, wie Panda seinen Körper in einen so unbequem kleinen Raum zwängte.

Seinen nackten Körper.

Sie ließ die Hände von den Brüsten sinken, die sie zu lange eingeseift hatte. Sie war eine Frau. Sie konnte nichts dafür, dass Panda ihre niederen Instinkte reizte. Er hatte etwas Ursprüngliches an sich. Er war erdhaft und sinnlich, nur Muskeln und Sehnen. Wie geschaffen für Sex. Es würde derb und vulgär mit ihm sein, ganz anders als es mit Ted war, Ted, der das goldene Maß männlicher erotischer Perfektion war – rücksichtsvoll und selbstlos.

Erst jetzt war sie langsam fähig, sich einzugestehen, wie anstrengend diese Selbstlosigkeit gewesen war. Sie hatte sie so gut sie konnte erwidern wollen, aber was sie bekommen hatte, war so mustergültig gewesen, dass sie nicht gewusst hatte, wie sie sich revanchieren konnte, und das hatte letztlich verhindert, dass es so gut war, wie es hätte sein müssen. Sie hatte sich gesorgt, dass ihr Stöhnen zu laut war, ihre Bewegungen zu ungeschickt waren, ihre Zärtlichkeiten zu zögerlich, zu grob, nicht an der richtigen Stelle. Was, wenn sie zu lange brauchte oder schlechten Atem hatte oder ihre Schenkel wabbelten? Was, wenn sie versehentlich pupste?

Dieser ganze Stress.

Es würde so anders sein mit Panda, so einfach. Er würde nur an sich selbst denken. Und wen kümmerte es, was sie machte oder was er davon hielt? Sie konnte reagieren oder nicht, je nachdem, wie sie Lust hatte. Sie brauchte sich keine Gedanken darüber zu machen, was ihre Worte, ihr Handeln, ihr Stöhnen – beziehungsweise deren Ausbleiben – für eine Wirkung auf ihn hatten.

Die Vorstellung, sich einfach zu nehmen, was sie von einem Mann wollte, der nichts erwartete außer Zugang zu einem weiblichen Körper, reizte sie. Während ihrer gesamten Zeit an der Highschool und am College hatte sie immer Fantasievorstellungen von den wilden Männern gehabt, denen sie manchmal beggegnete – dem Sohn eines reichen Prominenten, der sein Einkommen mit Drogenhandel aufbesserte, dem Basketballspieler am College mit dem superbreiten Grinsen, der beim Examen geschummelt hatte, den Jungs mit dem großspurigen Gang und den Zigaretten in den Mundwinkeln, denjenigen, die zu schnell fuhren, zu viel tranken, ihren Körper trainierten statt ihren Verstand.

Und nun Panda.

Wie würde er reagieren, wenn sie nackt aus dem Bad käme? Sie konnte sich nicht vorstellen, dass er ablehnen würde.

Die Reise war fast zu Ende. Das begriff sie, auch wenn er keinen genauen Zeitpunkt genannt hatte. Er konnte sie jeden Tag abschieben. Würde sie jemals eine bessere Chance auf freien, schmutzigen, ungebundenen Sex haben? Dies war eine Gelegenheit, die man nur einmal im Leben hatte. Wollte sie sie verstreichen lassen?

Noch zwei Wochen zuvor war sie mit einem Mann verlobt gewesen – mit einem Mann, den sie auf vielfältige Weise liebte. Mit Panda ins Bett zu springen würde unverzeihlich sein.

Trotzdem war die Vorstellung nicht abstoßend.

Lucy spürte ein irrationales Bedürfnis, mit Ted darüber zu sprechen. Er hatte immer einen klaren Kopf, und sie war sich im Moment über gar nichts im Klaren.

Als sie sich abtrocknete, glaubte sie zu wissen, was sie wollte. Nein, sie wusste nicht, was sie wollte. Schließlich entschied sie sich für einen feigen Kompromiss.

Sie wickelte sich in das fadenscheinige Handtuch, öffnete die Badtür und sagte: »Schauen Sie weg.«

Er schaute hin. Nicht einmal subtil, sondern er musterte sie auf eine Art, die ihre Haut zum Glühen brachte. Sekunden verstrichen, bevor er etwas sagte.

»Sind Sie sich sicher?«

Er spielte keine Spielchen. Er kam direkt auf den Punkt. Panda pur.

»Nein.«

»Sie sollten sich schon einigermaßen sicher sein.«

»Bin ich nicht.«

Er ließ sich mehr Zeit, um darüber nachzudenken, als sie erwartet hatte. Schließlich stand er vom Bett auf und riss sich das T-Shirt über den Kopf.

»Ich muss duschen. Falls Sie das Handtuch immer noch umhaben, wenn ich aus dem Bad komme, können Sie es vergessen.«

Das gefiel ihr nicht. Nicht der Umstand, dass er duschen wollte – sie wusste schließlich genau, wie verschmutzt und verschwitzt man nach so einer langen Fahrt vom Motorrad stieg –, vielmehr gefiel ihr nicht, dass sie mehr Zeit zum Überlegen hatte, als sie wollte. War dies die beste Möglichkeit, um Ted hinter sich zu lassen, oder die schlechteste?

Die Badtür wurde zugeknallt. Er hatte sein Handy zurückgelassen, der Beweis dafür, dass er wieder alle Nummern von der Anrufliste gelöscht hatte.

Sie nahm ihr Handy und wählte.

»Meg ...«

»Luce? Schätzchen, ist alles in Ordnung mit dir?«

»Mir geht es gut.«

»Warum flüsterst du?«

»Weil ...« Lucy machte eine Pause. »Wäre es ... wäre ich ... eine absolute Schlampe, wenn ich jetzt mit einem anderen Mann schliefe? Sagen wir, in etwa zehn Minuten?«

»Ich weiß nicht. Vielleicht.«

»Hab ich mir schon gedacht.«

»Magst du ihn denn?«

»Gewissermaßen. Er ist nicht Ted Beaudine, aber ...«

»Dann solltest du *unbedingt* mit ihm schlafen.«

»Ich möchte ja, aber ...«

»Sei eine Schlampe, Luce. Es wird dir guttun.«

»Wenn ich ernsthaft gewollt hätte, dass man mir das ausredet, hätte ich wohl jemand anderen angerufen.«

»Das spricht Bände.«

»Da hast du recht.«

Das Wasser im Bad wurde abgedreht. Panda hatte die schnellste Dusche hinter sich gebracht, die vorstellbar war.

»Ich muss aufhören«, sagte sie rasch. »Ich ruf dich an, wenn ich wieder kann. Ich hab dich lieb.« Sie legte auf.

Die Badtür wurde geöffnet. Nun waren sie beide in fadenscheinige Handtücher gehüllt, wobei das von Panda so tief saß, dass sie seinen ganzen Waschbrettbauch sehen konnte ... und die Schwellung darunter.

Er trug seine verschmutzte Kleidung in einer Hand, die Haare ein feuchtes Durcheinander, die Lippen verzogen zu etwas, das Unmut nahekam. Wasserperlen benetzten seine Brust und seine nackten Beine, die – wenig überraschend – frei von jeglichen entstellenden Narben waren. Überraschend war allerdings, in Anbetracht dessen, dass sie nie die Sonne zu sehen bekamen, wie tief gebräunt sie waren. Noch überraschender war, wie schlecht seine Laune offenbar war für einen Mann, der kurz davorstand, flachgelegt zu werden.

Er deutete mit dem Kopf auf ihr Handtuch.

»Ich überlege noch«, sagte sie.

»Nein, das tust du nicht. Du hast dich entschieden.« Er zerrte seine Brieftasche aus der Jeans, klappte sie auf und nahm ein Kondom heraus. »Ich hab nur eins. Du solltest dir also besser Mühe geben.«

»Vielleicht. Vielleicht auch nicht«, erwiderte sie. »Das hängt von meiner Stimmung ab.« Ihre Worte beschwingten sie.

Er ließ seine Kleider fallen, ging zu ihr hinüber und riss mit einem kurzen Ruck am Handtuch. Es fiel auf den Boden.

»Zeit, die verbotene Frucht zu kosten ...«, sagte er mit kaum hörbarer, heiserer Stimme.

Wer war die verbotene Frucht? Sie oder er? Sie wollte nicht denken, nur fühlen, aber sie wollte nicht die einzige nackte Person im Zimmer sein, also zog sie an seinem Handtuch. Es landete auf ihren Füßen, während ihre Körper sich berührten. Er senkte den Kopf, und seine Lippen fanden ihr Schlüsselbein. Er knabberte daran. Wanderte weiter zu ihrem Hals. Er hatte sich nicht rasiert, und seine Bartstoppeln kratzten leicht über ihre Haut, sie hinterließen eine Gänsehautspur.

Sie hatte heute Stunden eng an seinen Körper gepresst verbracht, und nun, da sie sich entschieden hatte, die Sache durchzuziehen, wollte sie mehr von ihm spüren. Sie spreizte die Finger auf seiner Brust. Er verweilte direkt unter ihrem Ohrläppchen. Sie wollte nicht von ihm geküsst werden, und sie drehte den Kopf zur Seite, bevor er ihre Lippen erreichen konnte. Die Bewegung entblößte mehr von ihrem Hals, und er nahm die Einladung an.

Nicht lange, und seine Hand wanderte zu ihrer Brust, sein Daumen zu ihrem Nippel. Das Blut rauschte heiß durch ihre Adern. Er schnippte leicht an ihrer Brustwarze, und sie tat dasselbe bei ihm. Sein Atem ging schneller, genau wie ihrer. Er verschränkte die Hände unter ihrem Po, hob sie vom Boden und trug sie zu dem Bett, das sie in Beschlag genommen hatte. Keine Küsse. Keine Koseworte. Nichts, das sie an Ted erinnern würde.

Er schlug die Decke mit einer Hand zurück. Als sie auf das Laken fielen, vergrub sie die Hände in seinen wilden Locken und zog daran, einfach weil ihr danach war.

»Autsch.«

»Nicht reden«, sagte sie.

»Du magst es wohl hart, was?«

Ja. Genau so wollte sie es haben. Keine Beflissenheit oder Rücksichtnahme. Keine zärtlichen Liebkosungen.

Sie ließ ihre Hand zwischen seine Beine gleiten und packte zu. Nicht fest genug, um ihm Schmerzen zuzufügen, doch gerade fest genug, dass er sich ein winziges bisschen verwundbar fühlte.

»Pass auf«, sagte er.

»Pass du auf«, entgegnete sie.

Er stemmte sich über ihr hoch. »Du steckst voller Überraschungen ...«, sagte er mit sarkastischer Stimme.

Und dann drückte er einfach so ihre Handgelenke gegen das Kopfteil und presste sie mit seinem Körper in die Matratze.

Ein gefährlicher Schauer durchströmte sie.

Er strich mit seinem unrasierten Kinn über ihre Brustwarze. Die köstlich schmerzvolle Berührung raubte ihr den Atem. Er tat es wieder. Sie wand sich unter ihm, eine Bewegung, die sie offen und schutzlos zurückließ.

»Ich hatte auf ein etwas längeres Vorspiel gehofft.« Er riss die Kondomverpackung mit den Zähnen auf. »Aber wenn du es so haben willst ...«

Sie hätte sich nie vorstellen können, dass ein Mann sich so schnell ein Kondom überziehen konnte. Er umklammerte wieder ihre Handgelenke. Mit einem kräftigen Stoß drang er in sie ein.

Sie keuchte laut auf, spreizte ihre Beine. Er gab ihr keine Zeit, um sich an seine Größe zu gewöhnen, bevor er tief und kräftig zustieß. Er drang bis in ihr Innerstes vor, schien nichts von ihr zu fordern außer Unterwerfung, die zu geben sie keine Lust hatte. Sie schlang die Fersen um seine Waden, bäumte sich auf. Seine Zähne schimmerten im Halbdunkel, als er lächelte.

Nicht lange, und Schweiß bedeckte seine Stirn, aber er

hielt keinen Moment inne. Weigerte sich, klein beizugeben, wartete darauf, dass sie es tat.

Aber sie wollte nicht die Erste sein. Sie würde ewig dagegenhalten. Lieber sterben, als ihn diesen Kampf gewinnen zu lassen, der, wie die meisten Kriege, keinen Sinn hatte. Seine Augen wurden glasig. Er wurde schwer. Ein Wimmern entwich ihren Lippen. Noch eins. Sein Griff um ihre Handgelenke lockerte sich. Sie klammerte sich an ihn. Bohrte die Nägel in sein Fleisch. Sie schuldete ihm nichts.

Mit diesem Wissen gab sie ihm alles, und genau in diesem Moment verlor er seinen Kampf. Sein Rücken bog sich durch, seine Schultern hoben sich. Ein letzter Stoß. Beben. Flut.

»Auch ein Bier?«, fragte er hinterher, ohne sie anzusehen, wieder ganz der alte Neandertaler.

»Nein, ich möchte schlafen. Allein.« Sie zeigte auf das andere Bett, so unhöflich, wie sie konnte.

Es schien ihm egal zu sein.

Das Geräusch der zuschlagenden Motelzimmertür weckte sie am nächsten Morgen. Sie zwang sich, die Augen zu öffnen. Panda stand da mit zwei Kaffeebechern, die er an der Rezeption besorgt haben musste. Eine Schlampe zu sein war eine neue Erfahrung – nicht annähernd so angenehm am Morgen danach. Am liebsten hätte sie sich die Decke über den Kopf gezogen und ihn gebeten wegzugehen. Sie ließ die Decke, wo sie war, und nahm Haltung an.

»Ich will Starbucks-Kaffee.«

»Beeil dich und zieh dich an.« Er stellte den Kaffee auf der Kommode ab.

Wenn sie so tat, als wäre gestern Abend nichts geschehen, würde sie sich nur noch schlechter fühlen. »Sex soll eigentlich die Stimmung heben. Was ist mit dir passiert?«

»Die Realität hat mich eingeholt«, antwortete er, so stachelig wie sein Zwei-Tage-Bart. »Ich warte draußen auf dich.«

So viel zu einem gemütlichen Plausch, aber was kümmerte es sie? Sie hatte ein weiteres Verbindungsglied der Kette gelöst, die sie an Ted band. Er war nun nicht mehr der letzte Mann, mit dem sie geschlafen hatte.

Panda stand ungeduldig neben seiner Maschine, in der einen Hand ihren Helm, in der anderen seinen Kaffeebecher, als sie das Motelzimmer verließ. In der Nacht hatte es ein Gewitter gegeben, nun war es drückend schwül, aber Lucy bezweifelte, dass das der Grund war, warum er einer Zeitbombe ähnelte, die kurz vor dem Explodieren war. Die ganze Unverschämtheit und Chuzpe ihres vierzehnjährigen Ichs – ihres vierzehnjährigen *jungfräulichen* Ichs – heraufzubeschwören war in diesem Fall zwecklos, aber was war mit Viper, ihrem Biker-Alter-Ego? Ihre Augen wurden schmal.

»Ganz cool bleiben, Alter.«

O mein Gott! Hatte sie das wirklich gesagt?

Er sah sie böse an und warf seinen Becher in einen überquellenden Abfalleimer. »Zwei Wochen, Lucy. Die Zeit ist um.«

»Nicht für mich, Baby. Ich fang gerade erst an.«

Sie hatte ihn aus dem Gleichgewicht gebracht, so sehr wie sie sich aus dem Gleichgewicht gebracht hatte.

»Was auch immer du zu tun glaubst«, sagte er wütend, »hör auf damit.«

Sie schnappte sich ihren Helm. »Mag sein, dass du den ganzen Tag hier herumstehen und quatschen willst, ich möchte losfahren.«

Während sie den Helm festzurrte, murmelte er etwas Unverständliches, und kurz darauf brachen sie auf. Es dauerte nicht lange, bis sie die Grenze von Arkansas überquert hatten und den Außengürtel von Memphis erreichten. Bisher hatte Panda sich von den Autobahnen ferngehalten, jetzt tat er es nicht mehr. Er raste an einem Wegweiser nach Graceland vorbei, wechselte immer wieder die Spur und fädelte sich auf dem nächsten Highway ein. Kurze Zeit später fuhr er an einer Ausfahrt ab. Das Triumphgefühl, das Lucy während ihres Draufgängertums gespürt hatte, verflog, als sie das Schild sah.

MEMPHIS INTERNATIONAL AIRPORT

Sie drückte seine Rippen und rief: »Wo fährst du hin?«
Er gab keine Antwort.
Aber sie wusste es. Das Ausmaß seines Verrats war so enorm, dass sie es nicht fassen konnte. Er hielt direkt vor der Abflughalle und stellte sich quer zwischen zwei Geländewagen.
»Ende der Reise.«
Er sagte es, als wäre es ohne Bedeutung, als sollte sie einfach hinunterspringen, ihm die Hand geben und vergnügt abziehen. Als sie sich nicht rührte, übernahm er die Initiative. Er wandte sich um, packte ihren Arm, und im Handumdrehen stand sie neben dem Motorrad.
»Zeit für dich, nach Hause zu gehen.«
Panda stieg ab, zerrte ihren Kinnriemen auf, nahm ihr den Helm ab und befestigte ihn an der Maschine. Ihre Lunge kollabierte. Genau so musste es Ted ergangen sein. Aus heiterem Himmel getroffen und getäuscht.
»Das entscheide ich immer noch selbst«, entgegnete sie.
Statt einer Antwort löste er die Gummigurte und stellte ihr Gepäck auf den Asphalt. Er griff in eine der Satteltaschen, nahm einen Umschlag heraus und drückte ihn ihr in die Hand.

»Alles, was du benötigst, ist hier drin.«

Sie starrte ihn an.

»Es waren zwei Wochen, Lucy. Zwei Wochen. Verstehst du, was ich sage? Ich habe einen Job, der auf mich wartet.«

Sie konnte ... wollte ... seine Worte nicht verstehen.

Er stand vor ihr. Verschlossen. Gleichgültig. Vielleicht ein wenig gelangweilt. Sie war nur eine weitere Frau in seinem Leben. Ein weiterer weiblicher Körper ...

SPRIT, GRAS ODER ARSCH – NIEMAND FÄHRT UMSONST.

Und dann passierte etwas. Eine winzige Furche bildete sich zwischen seinen dunklen Augenbrauen. Seine Lider senkten sich, und als er sie wieder hob, sah sie all das, was der Mann, der ihr als Panda bekannt war, mit so großer Anstrengung unterdrückt hatte. Sie sah die Intelligenz, die er so rigoros verbarg. Sie sah Schmerz und Zweifel, Reue vielleicht. Und sie sah einen Hunger aus tiefster Seele, der nichts mit zotigen T-Shirt-Sprüchen und vulgären Aufklebern zu tun hatte.

Er schüttelte leicht den Kopf, als wollte er diese verletzlichen Gefühle abwerfen. Aber offenbar gelang ihm das nicht, weil er nun die Arme hob und ihr Gesicht umfasste, die großen Hände sanft wie Schmetterlingsflügel, die kühlen blauen Augen zärtlich und bekümmert. Er neigte den Kopf und tat, was sie ihm am Abend zuvor nicht erlaubt hatte. Er küsste sie. Zuerst ganz sanft, dann gieriger, während ihr Gesicht noch immer in seinen beschützenden Händen ruhte.

Sein Mund fühlte sich an, als könnte er nicht genug bekommen. Und dann ließ er sie ohne Vorwarnung los, wandte sich ab, bevor sie es verhindern konnte. Er setzte sich rittlings auf seine Maschine und kickte sie an. Einen Moment später war er fort, donnerte aus ihrer Welt auf seiner verbeulten Yamaha Warrior mit Aufklebern, die nicht mehr zu dem Mann passten, den sie zu kennen geglaubt hatte.

Sie stand auf dem Fußgängerweg, und das Herz schlug ihr bis zum Hals. Ihr Rucksack lag neben ihr, noch lange, nachdem er verschwunden war. Shuttlebusse fuhren vorbei. Taxis hielten an. Schließlich fiel ihr Blick auf den Umschlag, den er ihr gegeben hatte. Sie steckte den Finger unter die Lasche, riss das Kuvert auf und nahm den Inhalt heraus.

Ihr Führerschein. Ihre Kreditkarten. Und eine Wegbeschreibung zum Flughafensicherheitsbüro, wo jemand sie erwarten würde, um ihren Rückflug nach Washington zu organisieren.

Der Beweis für die wunderbare, erdrückende Liebe ihrer Eltern starrte ihr entgegen. Sie hatte gewusst, dass Mat und Nealy sie finden konnten, wenn sie wollten. Nun begriff sie, warum sie nichts unternommen hatten. Weil sie von Anfang an genau gewusst hatten, wo sie sich aufhielt. Weil sie einen Bodyguard engagiert hatten.

Zwei Wochen, Lucy.

Ihr hätte klar sein müssen, dass ihre Eltern so handeln würden. Im Laufe der Jahre hatte es einige Zwischenfälle gegeben, bei denen Menschen aggressiv ihr gegenüber geworden waren ... Es hatte Drohbriefe gegeben ... Einmal war sie umgeworfen worden – nichts Ernstes, aber es reichte, um ihre Eltern nervös zu machen. Nachdem Lucy ihre Secret-Service-Sonderbewachung verloren hatte, hatten Mat und Nealy private Leibwächter beauftragt – immer wenn sie Lucys Sicherheit gefährdet sahen. Hatte sie wirklich geglaubt, ihre Eltern würden ihr erlauben, unbeschützt eine Hochzeit unter hoher Aufmerksamkeit der Öffentlichkeit zu feiern? Panda hatte von Anfang an auf der Gehaltsliste ihrer Eltern gestanden. Ein kurzer Auftrag, den sie um zwei Wochen verlängert hatten, nachdem sie durchgebrannt war. *Lassen Sie ihr die Freiheiten, die sie braucht, aber passen Sie auf sie auf.* Zwei Wochen. Genug Zeit, damit die Medien sich beruhigten und die Sorge um ihr körperliches Wohlbefinden nachließ. Zwei Wochen. Und die Zeit war abgelaufen.

Sie nahm ihr Gepäck, zog ihre Baseballmütze und die Sonnenbrille auf und machte sich auf den Weg in die Abflughalle.

Nun begriff sie, was sie von dem Moment an hätte begreifen müssen, als er in dieser kleinen Nebenstraße aufgetaucht war. Er hatte sie nie allein gelassen. Er war nicht einmal ohne sie mit dem Boot rausgefahren. Er hatte ihr immer an den Fersen geklebt, wenn sie in einen Laden gingen, und in den Restaurants hatte er jedes Mal vor der Tür herumgelungert, wenn sie aus der Toilette kam. Was diese Motels betraf ... Er hatte auf ein Zimmer bestanden, weil er sie bewachen sollte. Und als er versucht hatte, ihr Angst zu machen, damit sie nach Hause fuhr, hatte er nur seinen Job getan. In Anbetracht dessen, wie viel ein privater Leibwächter kostete, musste er den Tausender, den sie ihm angeboten hatte, richtig belustigend gefunden haben.

Sie blieb neben einer Sitzbank gleich hinter der Tür im Terminal stehen. Ohne jegliche Anstrengung hatte Panda am Abend zuvor eine tolle Sonderzulage eingesackt. Vielleicht war Sex ein Service gewesen, den er seiner weiblichen Kundschaft immer anbot, ein kleines Extra, damit er den Ladys in Erinnerung blieb.

Wenn sie nicht bald in dem Sicherheitsbüro auftauchte, würden sie sich auf die Suche nach ihr machen. Wahrscheinlich waren sie schon dabei. Trotzdem rührte sie sich nicht vom Fleck. Die Erinnerung an diesen Kuss drängte sich ihr auf, die Erinnerung an diese verstörenden Emotionen, die sie in seinen Augen zu erkennen geglaubt hatte. Lieber hätte sie jetzt nur Wut gespürt statt Verunsicherung. Warum hatte er so bekümmert gewirkt? So verletzlich? Warum hatte sie ein Bedürfnis wahrgenommen, das komplizierter war als

Begehren? Nichts weiter als ein Streich, den ihr das Licht gespielt hatte?

Sie dachte daran, wie liebevoll er ihr Gesicht umfasst, sie geküsst hatte. Dachte an seine Zärtlichkeit ...

Eine selbsterschaffene Illusion. Sie wusste nichts über ihn. Warum hatte sie dann das Gefühl, als wüsste sie alles?

Er hätte ihr die Wahrheit sagen müssen. Unabhängig davon, was er mit ihrer Familie vereinbart hatte, hätte er offen und ehrlich mit ihr reden müssen. Aber dafür wäre Aufrichtigkeit nötig gewesen, etwas, zu dem er nicht fähig war.

Außer gerade, als sie vor der Abflughalle gestanden und er ihr die Wahrheit mit den Augen gesagt hatte. Dieser Abschiedskuss hatte ihr offenbart, dass ihm die zwei Wochen mehr bedeuteten als nur ein gutes Honorar.

Sie ging durch die Terminaltür zurück nach draußen, so wie sie von ihrer Hochzeit fortgelaufen war. Eine halbe Stunde später verließ sie Memphis in einem gemieteten Nissan Sentra. Der Angestellte am Autovermietungsschalter war, als sie ihm ihren Führerschein gezeigt hatte, nicht stutzig geworden, aber er konnte auch nicht richtig mit dem Computer umgehen, und sie wusste, dass sie nicht ein weiteres Mal mit so viel Glück rechnen konnte.

Sie warf einen Blick auf die Straßenkarte, die über dem Beifahrersitz ausgebreitet war. Darauf lag das Handy, von dem aus sie ihrer Familie gerade eine SMS geschickt hatte.

Bin noch nicht bereit, nach Hause zu kommen.

Kapitel 6

Lucy legte für die Nacht einen Zwischenstopp in einem Hampton Inn mitten in Illinois ein. Sie registrierte sich unter einem falschen Namen und bezahlte in bar, nachdem sie Geld mit der Bankkarte, die in dem Umschlag gesteckt hatte und die ihre Eltern ohne Zweifel zurückverfolgen konnten, abgehoben hatte. Sobald sie in ihrem Zimmer war, zog sie den schrecklichen Schwangerschaftsbauch unter ihrer Bluse hervor, warf ihn in den Abfallkorb und packte die Sachen aus, die sie ein paar Stunden zuvor gekauft hatte.

Die Idee war ihr auf einem Rastplatz nahe der Grenze von Kentucky gekommen, wo sie zwei junge Gothic-Frauen beobachtet hatte, die aus einem verbeulten Chevy Cavalier stiegen. Ihr kräftiges Make-up und die wilden Frisuren hatten Lucy unerwartet einen vage vertrauten Stich versetzt – Neid, ein Gefühl, das sie von der Highschool kannte, wenn sie den alternativ gekleideten Mädchen in den Gängen begegnet war. *Was, wenn ...*

Mat und Nealy hatten ihr nie das Gefühl gegeben, sie müsste einen höheren Standard einhalten als die anderen Mädchen in ihrem Alter, aber das war Lucy bereits vor dem Zwischenfall mit der Alkoholvergiftung auf der Party klar gewesen, weshalb sie ihr Bedürfnis unterdrückt hatte, sich ein Nasenpiercing stechen zu lassen, schrille Klamotten anzuziehen und mit den verrufenen Leuten abzuhängen. Damals war es das Richtige gewesen.

Aber jetzt nicht.

Sie las sich die Packungsanleitung durch und machte sich an die Arbeit.

Obwohl es in der Nacht spät geworden war, wurde sie am nächsten Morgen früh wach, mit übersäuertem Magen vor Nervosität. Sie sollte eigentlich mit dem Leihwagen nach Hause fahren. Oder vielleicht in Richtung Westen aufbrechen. Vielleicht nach Erleuchtung suchen auf einem dieser mystischen Road Trips entlang dessen, was von der Route 66 übrig geblieben war. Ihre Psyche war zu angeschlagen, um das Geheimnis eines mürrischen, rätselhaften Leibwächters zu ergründen. Und glaubte sie tatsächlich, dass es ihr half, sich selbst besser zu verstehen, wenn sie ihn verstand?

Sie konnte keine Antwort auf diese Frage finden, also kletterte sie aus dem Bett, stellte sich kurz unter die Dusche und zog die neue Kleidung an, die sie gekauft hatte. Die blutende rote Rose, die ihr enges, ärmelloses schwarzes T-Shirt zierte, biss sich perfekt mit dem kurzen hellgrünen Tutu-Rock, der in der Taille mit schwarzen Lederriemen und zwei Schnallen gebunden wurde. Ihre Sneakers hatte sie gegen schwarze Springerstiefel getauscht, ihre Fingernägel mit mehreren Schichten dickflüssigem schwarzem Nagellack bemalt.

Aber die größte Veränderung betraf ihre Haare. Sie hatte sie zunächst in einem harten Kohlschwarz gefärbt. Dann, nach der Anleitung auf der Dose Spezialwachs, hatte sie sich ein halbes Dutzend Dreadlocks gedreht und sie orange eingesprüht. Nun umrandete sie ihre Augen dick mit Kajal, den sie anschließend verwischte, und steckte sich einen Nasenring an den Nasenflügel. Eine rebellische Achtzehnjährige starrte ihr entgegen. Ein Mädchen, das keinerlei Ähnlichkeit hatte mit einer einunddreißigjährigen professionellen Lobbyistin und durchgebrannten Braut.

Als sie die Lobby auf dem Weg zu ihrem Wagen durchquerte, tat sie so, als würde sie die verstohlenen Blicke der anderen Hotelgäste nicht bemerken. Während sie rückwärts ausparkte, juckten bereits ihre Oberschenkel von dem Tutu. Ihre Stiefel waren unbequem, das Make-up übertrieben, aber sie fing trotzdem an, sich zu entspannen.

Viper, die Bikerin.

Panda lief eine Morgenrunde auf der Seepromenade. Normalerweise verschaffte ihm die Schönheit der Skyline von Chicago einen klaren Kopf, aber an diesem Tag klappte es nicht.

Aus zwei Meilen wurden drei. Aus drei vier. Er wischte sich mit dem Ärmel seines schweißgetränkten T-Shirts über die Stirn. Er war wieder dort, wo er hingehörte, aber nach der Stille am Caddo Lake war die Stadt zu laut, zu schnell.

Zwei Wochenendidioten auf Rollerblades versperrten ihm den Weg. Er wich auf die Wiese aus, um sie zu überholen, bevor er auf der Promenade weiterlief.

Lucy war eine kluge Frau. Sie hätte es kommen sehen müssen. Aber das hatte sie nicht, und das war nicht seine Schuld. Er hatte getan, was er tun musste.

Trotzdem, er hatte genug Menschen in seinem Leben verletzt, und zu wissen, dass er nun einen mehr verletzt hatte – und zu wissen, dass er die Grenze überschritten hatte –, war etwas, das er sich nicht verzeihen konnte.

Ein Radfahrer sauste an ihm vorbei. Panda rannte schneller. Er wünschte, er könnte sich selbst davonlaufen.

Wie aus dem Nichts zerriss eine Explosion die Luft. Er warf sich auf den Boden. Der Beton schürfte sein Kinn auf, kleine Steinchen bohrten sich in seine Handflächen. Sein Herz schlug hart gegen die Rippen, seine Ohren dröhnten.

Langsam hob er den Kopf. Schaute sich um.

Es war gar keine Explosion. Nur die Fehlzündung einer alten Gärtnerkarre.

Ein Spaziergänger mit Hund blieb auf der Promenade stehen und starrte ihn an. Ein Jogger wurde langsamer. Der Kleinlaster fuhr davon und hinterließ eine Auspuffwolke über dem Lake Shore Drive.

Shit. Das war ihm seit Jahren nicht mehr passiert. Zwei Wochen mit Lucy Jorik hatten genügt, um nun hier zu liegen. Flach auf dem Boden. Dreck im Maul. Eine Erinnerung für das nächste Mal, wenn er wieder zu vergessen versuchte, wer er war und wo er einmal gewesen war.

Während die Meilen vorbeizogen, sah Lucy immer wieder in den Rückspiegel, musterte ihr Make-up, die tiefschwarzen Haare, die Dreadlocks. Ihre Stimmung hob sich allmählich. Aber würde sie das wirklich durchziehen? Selbst Ted, der in jeder Hinsicht klug war, würde nie mit so etwas rechnen. Sie hatte auch nicht damit gerechnet, aber sie genoss das Gefühl, in eine neue Haut zu schlüpfen.

Wenig später ließ sie Illinois hinter sich und überquerte die Grenze zu Michigan. Würde Ted ihr jemals verzeihen? Oder ihre Familie? Waren manche Dinge nicht unverzeihlich?

Kurz vor Cadillac fuhr sie von der Autobahn ab auf eine Nebenroute, die in östliche Richtung führte. Am frühen Abend stand sie mit einem halben Dutzend weiteren Fahrzeugen in der Schlange und wartete auf die letzte Fähre nach Charity Island, sie hatte die kleine Insel nur mit Mühe auf der Karte gefunden. Ihre Muskeln waren steif, ihre Augen gereizt, und ihre gute Laune verblasste. Was sie vorhatte, war verrückt, aber wenn sie es nicht zu Ende brachte, würde sie sich für den Rest ihres Lebens den Kopf zerbrechen wegen Panda und diesem Kuss und warum sie mit einem praktisch Fremden ins Bett gegangen war, zwei Wochen nachdem sie einen Mann hatte sitzen lassen, der zu gut für sie war. Nicht unbedingt ein logischer Grund für diese Reise, aber sie war zurzeit nicht gerade in Bestform, und es war das Beste, was sie tun konnte.

Die alte Fähre, schwarz lackiert mit signalgelben Streifen, roch nach Schimmel, Tau und altem Diesel. Ein Dutzend Passagiere gingen mit ihr an Bord. Einer von ihnen, ein junger Student mit einem Rucksack, versuchte, mit ihr ins Gespräch zu kommen, indem er sie fragte, wo sie studiere. Sie erklärte ihm, dass sie die Memphis State University abgebrochen habe, und ließ ihn stehen, ihre schweren Springerstiefel hallten laut auf dem Deck wider.

Während der restlichen Fahrt blieb sie im Schiffsinneren und beobachtete, wie die Insel im verblassenden Licht allmählich konkrete Form annahm. Charity Island ähnelte dem Umriss eines zusammengerollten Hundes – unten der Kopf, der Hafen ungefähr dort, wo der Bauch sein würde, der Leuchtturm oben an der Spitze, aufgestellt wie ein Stummelschwanz. Die Insel lag laut einer Touristenbroschüre fünfzehn Meilen auf den Michigansee hinaus. Sie war zehn Meilen lang und zwei Meilen breit. Dreihundert Insulaner lebten hier, eine Zahl, die sich im Sommer auf mehrere tausend erhöhte. Laut der örtlichen Handelskammer bot Charity Island seinen Besuchern einsame Strände, ursprüngliche Wälder, Angel- und Jagdsportmöglichkeiten sowie im Winter Skilanglauf und Snowmobiltouren, aber Lucy war nur wichtig, Antworten auf ihre Fragen zu finden.

Die Fähre stieß gegen die Anlegestelle. Lucy ging hinunter zu ihrem Leihwagen. Sie hatte Freunde im ganzen Land, auf der ganzen Welt, die ihr eine Unterkunft geben würden. Und trotzdem war sie hier, bereit, von Bord zu gehen auf eine Insel in den Großen Seen, infolge von nicht mehr als einem Abschiedskuss und einem Anwohnerpass für die Fähre. Sie holte den Zündschlüssel aus ihrem Rucksack und sagte sich, dass sie ohnehin nichts Besseres mit ihrer Zeit anzufangen wusste, was nicht ganz der Wahrheit entsprach. Sie hatte Fehler wiedergutzumachen, ein Leben wiederaufzubauen, aber da sie keine Ahnung hatte, wie sie das eine oder andere anstellen sollte, war sie nun hier.

Im Hafen lagen etliche Charterboote, auch solche, mit denen man zum Angeln rausfuhr, einfache Ausflugsschiffe und ein uralter Schlepper, der neben einem kleinen Frachtkahn ankerte. Sie rollte die Rampe hinunter auf einen Kiesparkplatz. Ein Schild zeigte an, dass dies der kommunale Hafen war. Die zweispurige Hauptstraße mit dem optimistischen Namen Beachcomber Boulevard beherbergte eine Auswahl an Geschäften, manche davon heruntergekommen, andere herausgeputzt in fröhlichen Farben und mit kitschigen Schaufensterauslagen, um Touristen anzulocken – Jerry's Trading Post, McKinley's Market, ein paar Restaurants, eine Konfiserie, eine Bank und eine Feuerwache. Klappaufsteller entlang der Straße warben für Angeltouren, Jake's Dive Shop lud Besucher zur Erkundung nahe gelegener Schiffswracks ein.

Nun, nachdem sie hier war, hatte sie nicht den leisesten Schimmer, wo sie hinmusste. Sie hielt auf einem Parkplatz vor einer Kneipe mit dem Namen The Sandpiper. Es war nicht schwierig, die Einheimischen im Lokal von den sonnenverbrannten, erschöpften Touristen zu unterscheiden. Letztere bevölkerten die kleinen Holztische, die Insulaner saßen an der Theke.

Lucy näherte sich dem Barmann, der sie misstrauisch musterte. »Wir machen hier Alterskontrolle.«

Hätte sie nicht ihren Sinn für Humor verloren, hätte sie gelacht. »Wie wäre es dann mit einer Sprite?«

Als er ihr die Limo servierte, sagte sie: »Ich bin hier bei jemandem eingeladen, aber ich hab die Adresse verloren. Kennen Sie zufällig einen Mann namens Panda?«

Die Einheimischen sahen von ihren Getränken auf.

»Schon möglich«, antwortete der Barmann. »Woher kennen Sie ihn?«

»Er ... hat für einen Bekannten von mir gearbeitet.«

»Was hat er gearbeitet?«

Das war der Moment, in dem sie entdeckte, dass Viper keine Manieren besaß. »Kennen Sie ihn oder nicht?«

Der Barmann zuckte mit den Achseln. »Hab ihn ein paarmal gesehen.« Er entfernte sich, um einen anderen Gast zu bedienen.

Zum Glück waren einige der älteren Männer, die am anderen Ende der Theke saßen, etwas gesprächiger. »Der ist vor ein paar Jahren plötzlich hier aufgetaucht. Er hat das alte Remington-Haus in der Gänsebucht gekauft«, sagte einer. »Momentan ist er nicht auf der Insel. Ich weiß sicher, dass er nicht mit dem Flieger gekommen ist, und hätte er die Fähre oder ein Charterboot genommen, hätte einer von uns das mitgekriegt.«

Endlich etwas Glück. Vielleicht konnte sie ihre Fragen beantwortet bekommen, ohne ihn wiedersehen zu müssen.

Der gesprächige Alte lehnte den Unterarm auf den Tresen. »Der redet nicht viel. Ziemlicher Eigenbrötler. Hab nie mitbekommen, womit der sich seinen Lebensunterhalt verdient.«

»Ja, das passt zu ihm«, sagte Viper. »Ist die Gänsebucht weit von hier?«

»Die Insel ist nur zehn Meilen lang«, antwortete sein Thekennachbar. »Hier ist nichts weit, auch wenn manche Orte schwerer zu erreichen sind als andere.«

Die Wegbeschreibung der Einheimischen enthielt eine verwirrende Anzahl von Richtungswechseln, aber auch Orientierungspunkte wie einen Bootsschuppen, einen toten Baum und einen Felsbrocken, auf den jemand namens Spike ein

Peace-Zeichen gesprüht hatte. Eine Viertelstunde nach ihrem Aufbruch in der Kneipe hatte Lucy sich hoffnungslos verirrt. Sie fuhr eine Weile orientierungslos weiter und gelangte schließlich zurück auf die Hauptstraße, wo sie an einem Angelgeschäft hielt, das gerade schließen wollte. Sie erhielt eine neue, fast genauso verwirrende Wegbeschreibung.

Es war schon fast dunkel, als sie den verbeulten Briefkasten entdeckte mit dem darüber angebrachten Stück Treibholz, in das kaum lesbar der Name Remington eingeritzt war. Sie bog von der Straße in die Einfahrt, umkurvte ein paar Schlaglöcher und hielt vor einer Doppelgarage an.

Das große, weitläufige Strandhaus war einstmals ein holländischer Kolonialbau gewesen, im Laufe der Jahre schien er mit einer Veranda, einem Erker und einem kleinen Seitenflügel erweitert worden zu sein. Die verwitterte Schindelfassade hatte die Farbe von abgelagertem Treibholz, Zwillingsschornsteine ragten aus dem Dach empor. Lucy konnte nicht glauben, dass das Haus Panda gehörte. Es war nämlich für eine Familie konzipiert – war ein Ort für sonnenverbrannte Kinder, die ihre Cousins und Cousinen vom Strand hochjagten, für Mütter, die Familientratsch austauschten, während die Männer den Holzkohlegrill anzündeten, ein Ort, an dem Großeltern auf einer schattigen Veranda ein Nickerchen hielten und Hunde in der Sonne faulenzten. Panda gehörte in eine heruntergekommene Fischerhütte, nicht an einen Ort wie diesen. Aber die Adresse stimmte, und die Männer hatten ganz klar den Namen »Remington« genannt.

Eine unscheinbare Haustür befand sich rechts von der Doppelgarage. Auf dem Absatz stand ein angeschlagener Tontopf, der ausgetrocknete Erde enthielt und eine ausgeblichene amerikanische Flagge von einem lange vergessenen Unabhängigkeitstag. Die Tür war abgeschlossen. Lucy folgte einem zugewucherten Pfad um das Haus in Richtung

Wasser, wo sie das Herz des Hauses entdeckte – einen ausladenden Wintergarten, eine offene Terrasse und Fensterreihen, die auf eine geschützte Bucht zeigten, hinter der sich der Michigansee ausdehnte.

Lucy umrundete das Haus auf der Suche nach einer Möglichkeit hineinzugelangen, aber alle Türen und Fenster waren verriegelt. Sie hatte vom Auto aus Ferienpensionen, Gästehäuser und Bed-and-Breakfasts gesehen, es gab also ausreichend Übernachtungsmöglichkeiten. Aber bevor sie sich irgendwo einmietete, wollte sie einen Blick in das Haus werfen.

Sie zwängte die Hand durch einen Riss in der Fliegengittertür des Wintergartens und drückte den Innenriegel auf. Die Dielen knarrten, als sie sich zwischen zwei Chaiselongues mit verschimmelten Leinenkissen, die früher einmal marineblau gewesen waren, durchschlängelte. Ein kaputtes Windspiel aus Löffeln hing schief in einer Ecke, eine verlassene Kühlbox stand in einer anderen. Die Tür ins Haus war verschlossen, aber davon ließ Viper sich nicht aufhalten. Mit einer rostigen Gartenkelle schlug sie eine der kleinen Glasscheiben ein, steckte die Hand durch das Loch und entriegelte die Tür.

Der muffige Geruch eines Hauses, das lange Zeit des Jahres unbewohnt war, empfing sie, als sie die altmodische Küche betrat. Die hohen Einbauschränke waren unklugerweise irgendwann in einem unschönen Grün lackiert worden. Die Griffe an den Schränken und Schubladen waren sicher noch original. Ein außergewöhnlich hässlicher nachgemachter viktorianischer Tisch stand in einer Ecke, die zu klein war für seine Größe. Die zerkratzte weiße Küchenanrichte beherbergte eine alte Mikrowelle, eine neue Kaffeemaschine, einen Messerblock und einen Salztopf, der vollgestopft war mit verbogenen Spachteln und angesengten Plastikkochlöffeln. Ein Keramikschwein, angezogen wie ein französischer Kellner, stand neben der Spüle.

Lucy knipste eine Lampe an und erkundete das Erdgeschoss, durchquerte ein Wohnzimmer und den Erkerraum und steckte den Kopf in ein muffiges Arbeitszimmer, bevor sie schließlich in ein großes Schlafzimmer kam. Ein schmales Doppelbett mit einer marineblau-weiß gemusterten Tagesdecke, Beistelltischchen, eine Kommode und zwei Polstersessel standen darin. Zwei Druckgrafiken von Andrew Wyeth hingen in billigen Bilderrahmen an der Wand. Der Einbauschrank enthielt eine Windjacke, eine Jeans, Sneakers und eine Baseballmütze von den Detroit Lions. Von der Größe her könnten die Sachen Panda passen, aber das war kaum ein schlüssiger Beweis, dass sie in das richtige Haus eingebrochen war.

Das angrenzende Badezimmer mit seinen altmodischen türkisfarbenen Keramikkacheln und dem neuen weißen Duschvorhang war nicht viel aufschlussreicher. Lucy zögerte, dann öffnete sie den Spiegelschrank. Zahnpasta, Zahnseide, Schmerztabletten, ein Nassrasierer.

Sie kehrte in die Küche zurück und inspizierte den einzigen Gegenstand, der fehl am Platz wirkte – ein hochmoderner deutscher Kaffeeautomat, genau die Art von Gerät, die ein hochbezahlter professioneller Bodyguard, der guten Kaffee schätzte, besitzen könnte. Aber erst als sie einen Blick in den Kühlschrank warf, war sie überzeugt, dass sie sich im richtigen Haus befand. In einem der Fächer entdeckte sie ein Glas Orangenmarmelade, genau von der Marke, die Panda jeden Morgen auf ihr selbst gebackenes Brot geschmiert hatte.

Echte Männer bevorzugen Traubengelee, hatte sie bemerkt, als er genau so ein Glas in dem Lebensmittelmarkt am Caddo Lake gekauft hatte. Das ist mein Ernst, Panda. Wenn Sie Orangenmarmelade essen, büßen Sie an Männlichkeit ein.

Das ist meine Lieblingssorte, finden Sie sich damit ab, hatte er geantwortet.

Im Kühlschrank standen auch zwei Cola-Sixpacks. Kein Bier. Sie hatte unzählige Highway-Meilen damit verbracht, über diesen ersten Morgen nachzudenken, als sie an dem Fluss wach geworden war und die leeren Bierflaschen im Gebüsch gesehen hatte. Welcher Bodyguard trank Bier, wenn er im Dienst war? Aber sosehr sie ihr Gedächtnis auch bemühte, die einzigen Male, die sie ihn tatsächlich hatte trinken sehen, waren die wenigen Schlucke, bevor sie in den Büschen verschwunden war, als sie wieder herauskam, war noch ein kleiner Rest in der Flasche gewesen. Dann war da noch das Sixpack, das er an diesem Abend im ersten Motel auf die Kommode gestellt hatte. Wie viel davon hatte sie ihn tatsächlich trinken sehen? Nicht mehr als einige Schlucke. Was ihren Aufenthalt am Caddo Lake betraf … Dort hatte er nur Cola getrunken.

Sie blickte zu der Treppe, die in das Obergeschoss führte, konnte aber keinen Enthusiasmus dafür aufbringen, es auszukundschaften. Draußen war es inzwischen stockdunkel, und sie hatte immer noch keine Unterkunft. Aber sie wollte nirgendwohin. Sie wollte hier übernachten, in diesem großen, gespenstischen Haus mit seinen Erinnerungen an vergangene Sommer.

Lucy ging zurück in das Schlafzimmer. Ein hässlicher Lamellenvorhang verdeckte eine Schiebetür, die auf eine offene Terrasse hinausführte und nur mit einem abgesägten Besenstiel in der Schiene gesichert war. Sie schnüffelte noch ein bisschen herum und entdeckte einen Stapel derselben kurzen Boxershorts, die er unterwegs gekauft hatte, zusammen mit schwarz-weißen Badebermudas. Sie holte ihre Sachen aus dem Wagen, schloss die Schiebetür hinter sich ab und richtete sich im Zimmer ein.

Irgendwann fiel sie in einen unruhigen Schlaf, aus dem sie gegen Morgen aufschreckte. Ein beunruhigender Traum, in dem sie durch ein Haus mit zu vielen Zimmern, aber ohne einen Ausgang lief, hatte sie geweckt. Oder war es ein Geräusch gewesen?

Im Zimmer war es kühl, aber ihr T-Shirt klebte auf der Haut. Erstes Tageslicht sickerte durch die Lamellen. Sie streckte sich, dann fuhr sie im Bett hoch. Sie hatte deutlich das Klicken eines Riegels gehört. Im nächsten Moment kam ein Junge durch die Tür, die sie abgeschlossen hatte, bevor sie ins Bett gegangen war.

»Raus«, keuchte sie.

Er wirkte genauso erschrocken über ihren Anblick wie sie über seinen, aber er erholte sich schneller. Seine großen Augen verengten sich zu einem angriffslustigen Blick, als wäre sie der Eindringling.

Sie schluckte. Setzte sich auf. Was, wenn sie doch im falschen Haus war?

Er trug weite, nicht sehr saubere graue Sportbermudas, unter denen knochige Knie hervorschauten, ein leuchtend gelbes bedrucktes T-Shirt und abgewetzte Sneakers ohne Socken. Er war vielleicht zehn oder elf und Afroamerikaner, seine Haut ein paar Nuancen heller als die ihres Bruders Andre. Sein krauses Haar war kurz geschnitten. Mit feindseliger Miene stand er da. Sie diente sicher dazu, der Welt seine Härte zu demonstrieren, und es hätte funktioniert, wäre seine Feindseligkeit nicht von außergewöhnlich dicht bewimperten goldbraunen Augen sabotiert worden.

»Sie haben hier nichts verloren«, sagte er und reckte das Kinn vor.

Sie überlegte rasch. »Panda hat gesagt, ich kann hier schlafen.«

»Davon hat er Gram nichts erzählt.«

Dann war es also das richtige Haus. Obwohl sich ihr Verstand von dem Schock über den unerwarteten Besucher erholt hatte, hörte sie nicht auf zu zittern.

»Er hat auch nichts von dir erzählt«, sagte sie. »Wer bist du?«

Aber noch während sie die Frage aussprach, ahnte sie bereits die Antwort. Das hier war Pandas Sohn. Und Pandas schöne schwangere afroamerikanische Frau war gerade in der Küche und riss alle Fenster und Türen auf für den jährlichen Sommerurlaub der Familie, während seine Schwiegermutter den Kühlschrank mit den Lebensmitteln füllte, die sie unterwegs eingekauft hatten. Was bedeutete, dass Lucy, die in der Highschool zweimal für ihr soziales Engagement ausgezeichnet und in ihrem letzten Jahr am College zur Präsidentin der Studentenschaft gewählt worden war, eine Ehebrecherin war.

»Ich bin Toby.« Er spuckte seinen Namen förmlich aus. »Und wer sind Sie?«

Sie musste fragen. »Bist du Pandas Sohn?«

»Ja, klar. Sie kennen ihn gar nicht, oder? Sie sind irgend so ein Junkie vom Festland, und Sie sind hier eingebrochen, weil Sie Schiss hatten, am Strand zu übernachten.«

Seine Verachtung war eine Erleichterung. »Ich bin kein Junkie«, erwiderte sie. »Mein Name ist ... Ich heiße Viper.« Das Wort rollte ihr wie von allein über die Lippen. Am liebsten hätte sie es wiederholt. Stattdessen ließ sie die Beine über die Bettkante gleiten und warf einen Blick auf die Schiebetür. »Warum bist du in mein Schlafzimmer eingebrochen?«

»Die Tür hätte nicht abgeschlossen sein dürfen.« Er kratzte sich mit einer Schuhspitze an der Wade seines Beins. »Meine Gram kümmert sich um das Haus. Sie hat Ihren Wagen gesehen und mich rübergeschickt, damit ich nachsehe, wer gekommen ist.«

Lucy verkniff sich den Hinweis, dass Gram die lausigste Haushälterin der Welt war. Nach dem, was sie gesehen hatte, waren die Böden nur in der Mitte gekehrt, und auf Staubwischen schien sie auch keinen besonderen Wert zu legen.

»Warte auf mich in der Küche, Toby. Wir unterhalten uns gleich weiter.« Sie zog ihre verknitterten Pyjamashorts glatt und stand vom Bett auf.

»Ich rufe die Polizei.«

»Langsam, langsam«, versuchte sie ihn zu beschwichtigen. »Ich werde Panda anrufen und ihm sagen, dass ein zehnjähriger Junge in sein Schlafzimmer eingebrochen ist.«

Seine goldbraunen Augen funkelten empört. »Ich bin nicht zehn! Ich bin zwölf.«

»Tut mir leid.«

Er warf ihr erneut einen feindseligen Blick zu und verließ das Zimmer, bevor ihr einfiel, dass sie ihn hätte fragen können, ob er zufällig Pandas richtigen Namen kannte. Als sie wenig später in die Küche kam, war er verschwunden.

Die Schlafzimmer im Obergeschoss hatten Schrägdecken und waren mit einem bunt zusammengewürfeltes Mobiliar ausgestattet. Eines erstreckte sich über die ganze Hausbreite, das Licht, das durch die staubigen Fenster sickerte, enthüllte vier verrostete Etagenbetten mit dünnen, gestreiften Matratzen, die am Fußende zusammengerollt waren. Sand von längst vergangenen Sommern steckte in den Ritzen zwischen den Holzdielen. Das Haus schien nur darauf zu warten, dass die Remingtons endlich aus Grand Rapids, Chicago oder Detroit oder wo auch immer sie herkamen, zurückkehrten. Was hatte Panda geritten, sich dieses Haus zu kaufen? Und was hatte sie geritten, dass sie bleiben wollte?

Lucy ging mit dem Kaffee, den sie sich mit seiner Hightech-Maschine gemacht hatte, durch die Hintertür hinaus in den Garten. Der Morgen war sonnig, der Himmel klar. Die saubere Luft weckte Erinnerungen an kostbare Morgen in Camp David, an den Anblick ihrer Schwestern, die sich auf der Natursteinterrasse der Aspen Lodge um den Pool jagten, an ihre Eltern, die zu einer Wanderung aufbrachen, nur zu zweit. Hier stand eine alte Eiche schützend über einem morschen Picknicktisch, ein Metallstab wartete auf eine Runde Hufeisenwerfen. Lucy schlang die Finger um die Kaffeetasse und atmete die frische Seeluft ein.

Das Haus stand auf einer Klippe, eine wacklige Holztreppe führte zu einem alten, offenen Bootshaus und einem verwitterten Holzsteg hinunter. Lucy konnte keine weitere Anlegestelle an diesem steinigen, von Bäumen gesäumten Küstenabschnitt entdecken. Das Remington-Haus schien das einzige in der Gänsebucht zu sein.

Das Wasser schimmerte in allen Blautönen, von Ultramarin über Türkis zu Graublau, eine Sandbank ragte nicht weit von der Küstenlinie aus dem See, die Morgensonne warf silberne Pailletten auf die gekräuselte Wasseroberfläche. Zwei Segelboote glitten über den See, erinnerten Lucy voller Unbehagen an ihren Großvater, der das Segeln liebte. Sie wusste, dass sie es nicht länger aufschieben konnte. Sie stellte ihre Kaffeetasse ab, holte ihr Handy hervor und wählte schließlich seine Nummer.

Noch bevor sie die aristokratische Stimme von James Litchfield vernahm, wusste sie, was der ehemalige Vizepräsident der Vereinigten Staaten sagen würde.

»Lucille, ich kann dein Benehmen nicht gutheißen. Ganz und gar nicht.«

»Was für eine Überraschung.«

»Du weißt, dass ich Sarkasmus verabscheue.«

Sie zupfte an einer der orangefarbenen Dreadlocks. »War es so schlimm?«

»Es war jedenfalls kein Vergnügen, aber Mat scheint die Medien unter Kontrolle zu haben.« Der Ton ihres Großvaters wurde noch kühler. »Ich nehme an, du rufst an, weil ich dir in irgendeiner Form Hilfe leisten soll.«

»Ich wette, du würdest sie mir nicht abschlagen, wenn ich dich bitten würde.« Ihre Augen brannten.

»Du bist deiner Mutter so ähnlich.«

Er sagte es nicht wie ein Kompliment, aber sie bedankte sich trotzdem. Und dann, bevor er sie in die Mangel nehmen konnte, wies sie auf das hin, was ihnen beiden bekannt war.

»Nealys Flucht damals hat sie zu einem besseren Menschen gemacht. Ich bin sicher, bei mir wird das auch so sein.«

»Du bist dir alles andere als sicher«, erwiderte er schroff. »Du weißt einfach nicht, was du als Nächstes tun sollst, und du willst dich den Folgen deiner Tat nicht stellen.«

»Das auch.« Sie sagte ihm, was sie ihren Eltern nicht hatte sagen können. »Ich habe dem perfekten Mann den Laufpass gegeben, und ich weiß nicht einmal genau, warum.«

»Ich bin mir sicher, du hattest deine Gründe, aber ich wünschte, du hättest es getan, bevor ich nach Texas geflogen bin. Du weißt, wie sehr ich diesen Staat verabscheue.«

»Nur weil du ihn nicht regieren konntest. Die Wahl liegt fast dreißig Jahre zurück. Vielleicht solltest du allmählich darüber hinwegkommen?«

Er räusperte sich, dann fragte er: »Wie lange planst du diesen Urlaub zu verlängern?«

»Keine Ahnung. Eine Woche? Vielleicht länger.«

»Und ich gehe davon aus, dass du mir nicht sagen willst, wo du steckst.«

»Wenn ich es dir sagen würde, wärst du gezwungen, meinetwegen zu lügen. Nicht, dass du darin nicht richtig gut wärst, aber wozu einen alten Mann in eine solche Lage bringen?«

»Dir fehlt es an jeglichem Respekt, Kind.«

Sie lächelte. »Ich weiß. Ich hab dich auch lieb, Gramps.« Er hasste es, wenn sie ihn Gramps nannte, aber das war die Rache für das Lucille.

»Ich bin im Haus eines Bekannten auf einer Insel in den Großen Seen«, sagte sie. »Aber wahrscheinlich weißt du das bereits.«

Falls nicht, hätte er es bald erfahren, da sie den Leihwagen mit ihrer Kreditkarte bezahlt hatte, und ihre fürsorglichen Eltern würden ziemlich sicher ihre Spur zurückverfolgen.

»Was genau ist der Zweck deines Anrufs?«

»Ich wollte dir sagen, dass ich ... Es tut mir leid, dass ich dich enttäuscht habe. Und ich wollte dich bitten, nett zu Mom zu sein. Das ist hart für sie.«

»Ich brauche mir von meiner Enkelin nicht sagen zu lassen, wie ich meine Tochter zu behandeln habe.«

»Nicht ganz richtig.«

Ihre Worte lösten sofort eine zornige Predigt über Respekt und Integrität aus und über die Verantwortung, die jene trugen, denen viel gegeben war. Statt zuzuhören, ertappte Lucy sich dabei, dass sie an ein Gespräch mit ihrer Mutter dachte, das sie ein paar Monate zuvor geführt hatten.

Weißt du, ich beneide dich um deine Beziehung zu ihm, hatte Nealy gesagt. Lucy hatte von dem Stück Kokosnusssahnetorte aufgesehen, das sie sich in ihrem Lieblingsrestaurant in Georgetown teilten. Er war ein schrecklicher Vater für dich, hatte sie geantwortet, worauf ihre Mutter bemerkt hatte, dass er auch nicht gerade der weltbeste Großvater war, außer für sie.

Es stimmte. Lucys Geschwister mieden Nealys Vater wie den Teufel, aber Lucy und er hatten sich von Anfang an verstanden, obwohl sie bei ihrer ersten Begegnung eine freche Klappe gehabt hatte. Vielleicht gerade deshalb. Er liebt mich, hatte sie zu Nealy gesagt. Und er liebt dich auch. Das weiß ich, hatte Nealy erwidert. Aber ich werde nie eine so entspannte Beziehung zu ihm haben wie du. Lucy hatte wissen wollen, ob es ihrer Mutter wirklich so viel ausmachte. Sie erinnerte sich an Nealys Lächeln. Nein, hatte diese geantwortet, es macht mir überhaupt nichts aus. Der alte Griesgram braucht dich so sehr wie du ihn. Lucy war sich immer noch nicht ganz sicher, was sie damit gemeint hatte.

Als ihr Großvater schließlich fertig war mit seiner Standpauke, sagte sie ihm, dass sie ihn liebte, ermahnte ihn, richtig zu essen, und bat ihn, Tracy nicht so oft anzubrummen. Er erwiderte, sie solle sich um ihre eigenen Angelegenheiten kümmern.

Nachdem sie ihr Gespräch beendet hatten, schüttete Lucy den Rest ihres kalt gewordenen Kaffees in die Büsche und wandte sich wieder zum Haus. Im nächsten Moment ließ ein Geräusch sie innehalten. Sie sah sich um, suchte aufmerksam mit den Augen die Umgebung ab. Eine Baumgruppe grenzte an die Nordseite der Wiese, dahinter begann der Wald. Und genau dort sah Lucy etwas leuchtend Gelbes aufblitzen, das nun hinter den Kiefern verschwand.

Toby hatte sie heimlich beobachtet.

Kapitel 7

Toby sauste durch den Wald, rannte links an dem großen Baumstumpf vorbei, dann an dem gewaltigen Felsbrocken, sprang über den Stamm einer Roteiche, die im vergangenen Sommer bei einem Sturm umgeknickt war. Schließlich erreichte er den Pfad, der zum Cottage führte. Obwohl er kleiner war als viele andere Jungen in seiner Klasse, konnte er schneller laufen als sie. Gram hatte gesagt, sein Dad sei auch ein schneller Läufer gewesen.

Toby wurde langsamer, als er das Cottage erreichte. Sie saß auf der Hintertreppe, wieder eine Zigarette in der Hand, und starrte in den Garten auf dieselbe Art, wie sie das seit ihrer Ankunft zwei Wochen zuvor getan hatte. Dabei war es nicht so, als würde es viel zu sehen geben. Der Boden fiel schräg ab zu einem Gully, und abgesehen von den Tomaten und Paprika, die Mr. Wentzel gepflanzt hatte, war Grams Garten nichts als ein Haufen Unkraut. Hinter dem Bienenhaus standen ein paar Bäume mit Äpfeln und Birnen, aber die waren nicht annähernd so gut wie die Kirschen in Mr. Wentzels Obstgarten.

Die Frau stieß langsam den Rauch aus, aber sie bemerkte nicht, dass er zurück war. Vielleicht dachte sie, wenn sie nicht herschaute, würde er wieder verschwinden, aber sie war diejenige, die zu verschwinden hatte. Er wünschte, Eli und Ethan Bayner wären noch hier, dann könnte er zu ihnen gehen. Sie waren seine besten Freunde – sozusagen seine einzigen –, aber sie verbrachten diesen Sommer in Ohio, weil ihre Eltern sich wahrscheinlich scheiden lassen wollten.

Sie schnippte ihre Asche in Grams Rosensträucher. »Es wird bald regnen«, sagte sie. »Die Bienen verkriechen sich in den Stock.«

Er warf einen Blick auf die Bienenstöcke. Fünfzehn davon standen am Rand des Gartens, nah der Grenze zu Mr. Wentzels Obstgarten. Gram hatte die Bienen geliebt, aber Toby hasste es, von ihnen gestochen zu werden, darum machte er einen großen Bogen um sie. Als Gram krank geworden war, hatte Mr. Wentzel sich um die Bienenstöcke gekümmert, aber dann war er auch krank geworden und musste in ein Pflegeheim auf dem Festland ziehen. Sein Sohn war jetzt verantwortlich für den Obstgarten, aber der wohnte nicht einmal auf der Insel – er heuerte bloß Leute an, die sich um die Bäume kümmerten. Niemand hatte nach den Bienenstöcken gesehen, seit Mr. Wentzel weg war, und wenn sie zu voll wurden, würden die Bienen ausschwärmen, etwas, an das Toby nicht einmal denken wollte.

Er wollte an viele Dinge nicht denken.

Die Frau schlug die Beine übereinander und nahm erneut einen tiefen Zug von ihrer Zigarette, behielt den Rauch in der Lunge, als wüsste sie nicht, wie schädlich das für sie war. Sie hatte lange rote Haare, und sie war groß und richtig mager. Ihre spitzen Knochen sahen aus, als könnte man sich daran schneiden. Sie fragte ihn nicht, wo er gewesen sei. Wahrscheinlich war ihr nicht einmal aufgefallen, dass er weg gewesen war. Er war wie Gram. Er hasste es, fremde Leute hier zu haben. Und nun war da auch noch diese neue Frau im Remington-Haus. Sie hatte ihm gesagt, ihr Name sei Viper. Er glaubte nicht, dass das ihr richtiger Name war, aber er wusste es nicht sicher.

Den ganzen Morgen hatte er das Remington-Haus beobachtet für den Fall, dass Panda, der Besitzer, auftauchte. Toby hatte Panda nie kennengelernt, aber er war sich ziemlich sicher, dass Panda kein Geld mehr schicken würde, wenn er wüsste, dass Toby statt Gram sich um das Haus kümmerte, seit Gram im Januar krank geworden war. Toby war auf das Geld angewiesen, oder sein Plan, einmal allein zu leben, würde nicht funktionieren. Zwei Monate zuvor war Panda das letzte Mal da gewesen, und er hatte sich nicht bei Gram gemeldet, um sich zu beschweren, also ging Toby davon aus, dass seine Putzarbeit in Ordnung war.

Sie drückte die Zigarette in einer Untertasse aus, die sie auf die Treppe gestellt hatte. »Soll ich dir etwas zu essen machen?«

»Kein Hunger.«

Gram hätte ihn nicht so flapsig daherreden lassen, aber Gram lebte nicht mehr, und er musste dafür sorgen, dass diese Frau einsah, dass er sich um sich selbst kümmern konnte, damit sie verschwand und ihn in Ruhe ließ.

Sie streckte die Beine aus und rieb sich das Knie. Selbst für eine Weiße war ihre Haut sehr weiß, ihre Arme waren übersät mit kleinen Sommersprossen. Toby bezweifelte, dass sie richtig kochen konnte, weil alles, was sie, seit sie da war, zustande gebracht hatte, war, die Sachen aufzuwärmen, die Gram in der großen Tiefkühltruhe eingefroren hatte. Als könnte er das nicht selbst.

Sie sah ihn schließlich an, aber es war, als würde sie ihn gar nicht wirklich sehen. »Ich habe genauso wenig Lust, hier zu sein, wie du, mich hier zu haben.«

Sie klang, als wäre sie wirklich müde, aber er verstand nicht, wie sie müde sein konnte, schließlich tat sie den ganzen Tag nichts.

»Warum gehst du dann nicht?«, fragte er.

»Weil deine Großmutter mir dieses Grundstück vermacht

und mich zu deinem Vormund bestimmt hat und weil ich noch nicht weiß, was ich damit anfangen soll.«

»Du musst überhaupt nichts damit anfangen. Du kannst gehen. Ich kann auf mich selbst aufpassen.«

Sie nahm ihre Zigarettenschachtel und starrte zum Bienenhaus. Es war, als hätte sie das Interesse verloren.

Er stapfte an ihr vorbei und folgte dem Steinplattenweg um das Haus herum. Warum wollte sie nicht verschwinden? Er konnte allein in die Schule gehen und sich seine Mahlzeiten selbst kochen und seine Wäsche und den ganzen anderen Kram selbst erledigen. Tat er das nicht schon, seit Gram krank geworden war? Sogar in den paar Wochen nach ihrer Beerdigung, als er bei Mr. Wentzel gewohnt hatte, hatte er seine Sachen allein erledigt. Gram hatte es geschätzt, für sich zu bleiben, weshalb sie nicht viele Freunde hatte, abgesehen von Mr. Wentzel und Big Mike, der sie immer zum Arzt gefahren hatte. Toby war derjenige, der sich um alles andere gekümmert hatte.

Er erreichte die Vorderseite des Hauses. Gram und er hatten es drei Sommer zuvor gestrichen – in Pastelltürkis mit hellgrau abgesetzten Ecken. Gram wollte es ursprünglich lila streichen, aber das hatte er ihr ausgeredet. Nun wünschte er, er hätte ihr ihren Willen gelassen. Genau wie er sich wünschte, dass er ihr nie widersprochen oder nie versucht hätte, ihr ein schlechtes Gewissen zu machen, weil sie ihm keine neue Spielkonsole kaufte und andere Sachen. All das bereute er nun.

Er umklammerte den untersten Ast des höchsten Baums im Vorgarten, einem Ahorn, von dem Gram immer behauptet hatte, er sei noch älter als sie. Als Toby sich auf den Ast schwang, scheuerte er sich das Knie an der Rinde auf, aber er kletterte weiter, denn je höher er kam, desto weiter weg war er von ihr und den Bienen und den Gedanken über die

Frau im Remington-Haus. Und desto näher war er Gram und seinem Dad im Himmel. Seiner Mom auch, aber die hatte ihn verlassen, als er ein Baby war, und er dachte nicht oft an sie. Gram sagte immer, sie habe ihre Tochter geliebt, aber sie sei irgendwie nutzlos gewesen.

Gram und seine Mutter waren weiß, aber er war schwarz wie sein Vater, und sosehr ihm Gram auch fehlte, im Moment vermisste er seinen Dad mehr. Toby war vier Jahre alt gewesen, als sein Dad starb. Sein Dad hatte als Höhenkletterer gearbeitet, was einer der gefährlichsten Jobs der Welt war, da konnte man jeden fragen, und er war beim Versuch, seinen Kollegen zu retten, der an einem riesigen Funkmast in der Grand Traverse Bay gehangen hatte, tödlich verunglückt. Es war Winter gewesen, ein paar Grad unter null, und es hatte einen Schneesturm gegeben. Toby würde alles hergeben, was er besaß – er würde sich sogar einen Arm oder ein Bein abhacken, wenn sein Dad dafür noch am Leben wäre.

Lucy entdeckte in der Garage ein teures Mountainbike und im Bootshaus ein schickes Kajak, beides zu neu, um Hinterlassenschaften der Remingtons zu sein. Nachdem sie herausfand, dass der Weg in die Stadt nicht annähernd so kompliziert war, wie sie nach ihrer Irrfahrt am ersten Abend geglaubt hatte, benutzte sie das Rad, um einzukaufen. Charity Island war offenbar alle möglichen schrägen Leute gewohnt, sodass Lucy mit ihren orangefarbenen Strähnen, ihrem Nasenring und den Springerstiefeln nicht viel Aufmerksamkeit erregte.

Nach ein paar Tagen setzte sie mit der Fähre zum Festland über, um ihren Mietwagen abzugeben. Sie nutzte die Gelegenheit und kaufte sich neue Anziehsachen sowie einige hippe Einmal-Tattoos.

Nach ihrer ersten Woche im Haus hatte sie die Küche von oben bis unten geputzt. Jedes Mal, wenn sie den Raum betrat, hasste sie den großen Tisch ein Stück mehr. Er war nicht nur scheußlich und viel zu groß für die Essecke, sondern zudem in einem hässlichen Mintgrün lackiert, das zu der Wandfarbe passen sollte, was aber nicht der Fall war. Lucy hatte sogar Brot gebacken.

Abgesehen davon, dass sie hin und wieder einen Blick auf Toby erhaschte, der sie vom Wald aus beobachtete, hatte sie keine Ablenkung, was eine perfekte Voraussetzung dafür war, mit dem Manuskript für ihren Vater zu beginnen. Ihre Lobbyarbeit würde sie nicht vor September wieder aufnehmen.

Ihr Vater war ein erfahrener Journalist, und er hatte ursprünglich beabsichtigt, das Buch allein zu schreiben, aber nachdem er einige Monate daran gearbeitet hatte, kam er zu dem Schluss, dass es bereichernd wäre, verschiedene Sichtweisen auf Nealys Leben aufzuzeigen, und jede davon sollte einen anderen Aspekt hervorheben. Also hatte er Nealys Vater gebeten, ein Kapitel zu schreiben, wie auch Terry Ackerman, Nealys langjährigen Berater. Aber vor allem war er an Lucys Perspektive interessiert. Sie hatte Nealys politische Karriere aus nächster Nähe erlebt, schon als Nealy zum ersten Mal für den Senat kandidierte bis zu ihrer Präsidentschaft, und sie konnte etwas darüber beisteuern, wie es war, Nealy als Mutter zu haben. Lucy wollte sich die Gelegenheit nicht entgehen lassen, aber bisher hatte sie noch kein einziges Wort zu Papier gebracht. Der Abgabetermin war zwar erst im September, aber jetzt wäre der perfekte Zeitpunkt, um anzufangen.

Im Arbeitszimmer hatte sie einen Laptop entdeckt. Da auf der Festplatte jegliche persönlichen Daten gelöscht waren, hatte sie keine Skrupel, ihn zu benutzen. Nach dem Frühstück ging sie in den Wintergarten, machte es sich auf einer der Liegen bequem und ließ ihre Gedanken schweifen. Ihr Blick fiel auf das Tattoo, das seit dem Morgen ihren Bizeps zierte – Dornen und Blutstropfen. Es war herrlich kitschig, und sie liebte es, oder vielleicht liebte sie auch einfach nur die Vorstellung, dass es sie zu einem anderen Menschen machte, wenn auch nur vorübergehend. Auf der Packung stand, dass die Farbe bis zu zwei Wochen hielt, aber sie hatte noch ein paar andere Motive.

Lucy löste den Blick von den blutigen Dornen und überlegte, was sie schreiben wollte. Schließlich legte sie die Fingerspitzen auf die Tastatur.

Als meine Mutter Präsidentin war ...

Ein Eichhörnchen, das draußen vor dem Fliegengitter hockte, lenkte sie kurz ab. Sie richtete ihre Aufmerksamkeit wieder auf den Laptop.

Als meine Mutter Präsidentin war, begann ihr Arbeitstag jeden Morgen kurz vor sechs mit einer Trainingseinheit auf dem Laufband ...

Lucy hasste das Laufband. Lieber lief sie draußen in Regen und Schnee statt auf einer Maschine.

Meine Mutter glaubte an den positiven Effekt von Sport.

Lucy tat das auch, was aber nicht bedeutete, dass sie Sport mochte. Der Trick war, eine Sportart zu finden, die man nicht verabscheute.

Ein Experte stellte ihren Trainingsplan zusammen, aber gewöhnlich trainierten sie und mein Vater allein im Fitnessraum.

Lucy mochte auch keine Fitnessräume.

Sie begannen ihr Programm mit leichten Dehnübungen, dann ...

Sie runzelte die Stirn. Jeder hätte diese langweiligen Sätze schreiben können. Mat wollte etwas Persönliches, und das war nicht persönlich.

Lucy löschte das Geschriebene und fuhr den Laptop herunter. Draußen war es ohnehin viel zu schön zum Schreiben. Sie schnappte sich ihre Baseballmütze und stieg die wacklige Holztreppe zum Bootshaus hinunter. Die Rettungsweste, die in dem Kajak lag, war ihr zu groß, aber sie zog sie trotzdem an und fuhr mit dem Boot hinaus.

Selbst als sie an dem steinigen Strand entlangpaddelte, der die Gänsebucht säumte, fiel es ihr schwer zu glauben, dass sie sich auf einer Insel in den Großen Seen verkrochen hatte. Sie war gekommen, um den Geheimnissen des Mannes auf die Spur zu kommen, den ihre Eltern zu ihrem Schutz beauftragt hatten, aber das Haus lieferte keine Anhaltspunkte. Warum war sie also immer noch hier?

Weil sie nicht wegwollte.

Der Wind wurde stärker, als Lucy auf den offenen See hinauspaddelte, und sie richtete den Bug in die Strömung. Kurz ruhte sie ihre Arme aus und massierte das Dornen-Tattoo. Sie wusste nicht mehr, wer sie war. Das Ergebnis einer chaotischen Kindheit? Eine Waise, die für ihre kleine Schwester die Verantwortung übernommen hatte? Ein Prominentenkind, das ein Teil der symbolischen amerikanischen Familie geworden war? Sie war eine vorbildliche Studentin gewesen, eine engagierte Sozialarbeiterin, und sie war eine versierte Lobbyistin. Sie hatte Spendengelder für wichtige Projekte gesammelt und für Gesetze geworben, die im Leben vieler Menschen etwas verändert hatten. Unabhängig davon, wie sehr sie eine Abneigung gegen diesen Job entwickelt hatte. Und nun war sie eine neurotische Braut, die dem Mann den Rücken gekehrt hatte, der bestimmt war, die Liebe ihres Lebens zu sein.

Zwischen ihrer Arbeit, ihrer Familie und den Hochzeitsvorbereitungen war sie zu beschäftigt gewesen, um in sich zu gehen. Nun, da sie dafür Zeit hatte, behagte es ihr nicht, wie sie sich dabei fühlte, also kehrte sie um zur Bucht. Sie musste gegen die Strömung paddeln, was mehr Anstrengung erforderte, aber es tat ihr gut. Als Lucy die Bucht erreichte, verschnaufte sie kurz. Und das war der Moment, in dem sie die einsame Gestalt am Ende des Stegs entdeckte.

Seine Gesichtszüge waren nicht zu erkennen, aber sie hätte seine Silhouette dennoch überall identifiziert. Breite Schultern und schmale Hüften. Lange Beine, bereit, sich in Bewegung zu setzen, zu lange Haare, die um seinen Kopf wehten.

Ihr Herz begann zu hämmern. Sie schindete Zeit, indem sie einen Bogen machte, vorgeblich, um eine Biberburg zu inspizieren, und dann noch einen Schlenker, um sich einen Baum aus der Nähe anzusehen, der ins Wasser gestürzt war. Sie ließ es langsam angehen. Sammelte sich innerlich.

Er hätte ihr niemals diesen Kuss am Flughafen in Memphis geben dürfen. Hätte sie nie so ansehen dürfen. Hätte er sie nicht geküsst und hätte er sie nicht so voller Emotionen angesehen, wäre sie nach Washington zurückgekehrt, und er wäre nie mehr gewesen als ihr einziger One-Night-Stand.

Je näher sie kam, desto größer wurde ihre Wut, nicht nur auf ihn, sondern auch auf sich selbst. Was, wenn er glaubte, dass sie ihm nachstellte? Das war überhaupt nicht ihre Absicht gewesen, aber danach würde es aussehen.

Sie ließ das Kajak an die Anlegestelle gleiten. Die steinige Küste machte es für sie schwer, das Boot an Land zu ziehen, deshalb hätte sie es normalerweise an der Stegleiter festgemacht, das Wetter war ja gut. Aber das tat sie nicht. Stattdessen sicherte sie das Kajak an einem Pfosten am Ende des Stegs. Schließlich schaute sie zu ihm hoch.

Er thronte über ihr in seinen Standardklamotten – Jeans und T-Shirt. Sie musterte seine hohen Wangenknochen, die kräftige Nase, die schmalen Lippen, die ihm immer diesen sadistischen Ausdruck verliehen, und die laserscharfen blauen Augen. Er starrte finster zu ihr herunter.

»Was zur Hölle ist mit deinen Haaren passiert? Und was machst du allein auf dem See? Wer, hast du gedacht, kommt dich retten, wenn du kenterst?«

»Deine zwei Wochen sind um«, schoss sie zurück. »Das geht dich also überhaupt nichts an. Und nun würde ich es zu schätzen wissen, wenn du mir auf den Steg hochhelfen würdest. Ich hab nämlich einen Krampf.«

Er hätte damit rechnen müssen. Aber er kannte nur Lucy, nicht Viper. Er trat an den Stegrand und streckte ihr die Hand entgegen. Sie packte sein Handgelenk – wappnete sich innerlich – und zog mit aller Kraft.

Er fiel sofort ins Wasser. Sie plumpste auch hinein, aber das war ihr egal. Ihr war nur wichtig, ihn unterzukriegen, auf welche Art auch immer.

Er tauchte fluchend und mit wildem Blick aus dem eiskalten See auf. Alles, was ihm noch fehlte, war ein Entermesser zwischen den Zähnen. Sie schüttelte ihre eigenen tropfenden Haare aus den Augen und brüllte: »Ich dachte, du könntest nicht schwimmen.«

»Ich hab es gelernt«, brüllte er zurück.

Sie schwamm von dem Kajak weg, die Rettungsweste schob sich bis unter ihre Achselhöhlen. »Du bist ein Idiot, weißt du das? Ein verlogener, geldgieriger *Idiot*.«

»Nur raus damit.« Er kraulte auf die Leiter zu, mit langen und kräftigen Schwimmzügen.

Sie schwamm ihm hinterher, fast ohnmächtig vor Wut. »Und du bist ein erstklassiger ...«, Viper fand den richtigen Ausdruck, »... *Wichser!*«

Er sah zurück zu ihr, dann stieg er die Leiter hoch. »Noch was?«

Sie umklammerte die untere Sprosse. Das Wasser hatte seine Frühlingskälte noch nicht verloren, und ihre Zähne klapperten so heftig, dass es wehtat.

»Ein Lügner, ein Betrüger, ein ...« Sie unterbrach sich, als sie die Erhebung an seinem Hosenbein entdeckte. Genau dort, wo sie sie vermutet hatte. Sie kletterte die Leiter hinter ihm hoch. »Ich hoffe, deine Waffe ist wasserdicht. Nein? Zu schade.«

Er setzte sich auf den Steg und zog sein rechtes Hosenbein hoch, wobei ein schwarzes Knöchelholster aus Leder zum Vorschein kam, das erklärte, warum er am Caddo Lake keine kurzen Hosen getragen hatte, warum er sich geweigert hatte, ins Wasser zu gehen. Er entnahm die Waffe und klappte das Magazin auf.

»Bist du wieder im Dienst?« Sie streifte die nassen Haare aus den Augen, wobei sich ihr Finger in einer der Dreadlocks verfing. »Haben meine Eltern deinen Auftrag verlängert?«

»Falls du ein Problem hast mit dem, was geschehen ist, mach das mit deiner Familie aus, nicht mit mir. Ich habe nur meinen Job getan.« Er schüttelte die Patronen in seine Hand.

»Sie haben dich wieder beauftragt. Deshalb bist du hier.«

»Nein, ich bin hier, weil ich gehört habe, dass sich jemand in meinem Haus eingenistet hat. Hat dir schon mal einer gesagt, dass Hausfriedensbruch eine Straftat ist?« Er pustete durch die leeren Kammern.

Sie war benommen vor Wut. »Hat dir schon mal jemand gesagt, dass Bodyguards sich zu erkennen geben sollten?«

»Wie gesagt, klär das mit deinen Eltern.«

Sie starrte auf seinen Kopf hinunter. Seine Haare begannen bereits wieder, sich zu kringeln. Diese wilden Locken. Dick und widerspenstig. Was für ein Mann hatte solche Haare? Sie fummelte an den Schnallen ihrer Schwimmweste, so wütend auf ihn – auf sich selbst –, dass sie kaum imstande war, sie zu öffnen. Sie war den ganzen Weg gekommen wegen eines Kusses, der, wie sie sich eingeredet hatte, eine Bedeutung hatte. Und sie hatte teilweise recht gehabt damit. Er bedeutete, dass sie ihren Verstand verloren hatte.

Sie riss die Weste herunter. »Das ist also deine Rechtfertigung, was? Dass du nur deinen Job getan hast.«

»Glaub mir, das war nicht einfach.« Er hielt kurz inne, musterte ihre Haare und das Tattoo an ihrem Oberarm. »Ich hoffe, dass es nicht permanent ist. Du siehst schräg aus.«

»Du kannst mich mal.« Viper hätte »Fick dich« gesagt, aber Lucy brachte diese Worte nicht über die Lippen. »Ich bin mir sicher, dass dir die kleine Sonderzulage am Schluss gefallen hat. Hab ich recht? Die Präsidententochter flachgelegt zu haben ist doch bestimmt ein Thema, mit dem man im Umkleideraum bei den anderen Leibwächtern angeben kann.«

Nun wirkte er fast so sauer, wie sie war. »Denkst du das wirklich?«

Was ich denke, ist, dass ich jeden Funken Würde verloren habe, als ich hierherkam. »Was ich denke, ist, dass du ein Profi bist, also hättest du dich auch wie einer verhalten müssen. Das heißt, du hättest es mir sagen müssen. Viel wichtiger noch, du hättest deine Hände bei dir lassen müssen.«

Er sprang vom Steg auf. »Das habe ich getan, verdammt noch mal! All die Tage, die wir in dieser miesen, kleinen Absteige am Caddo Lake festsaßen. Wo wir ständig aufeinanderhingen. Wo du in einem Fetzen schwarzer Folie herumgelaufen bist, den du Badeanzug genannt hast, und in diesem pinkfarbenen Top, durch das selbst ein halb Blinder durchsehen konnte. Da habe ich meine Hände verdammt noch mal bei mir gelassen.«

Sie hatte seinen Panzer durchdrungen, ein kleiner Trost für ihren Stolz. »Du wusstest alles über mich, Panda – oder wie auch immer dein richtiger Name ist. Du hattest ein Dossier voller Informationen über mich, aber du hast nicht eine ehrliche Sache über dich offenbart. Du hast mich für dumm verkauft.«

»Das ist nicht wahr. Was an jenem Abend passiert ist, hatte nichts mit meinem Job zu tun. Wir waren zwei Menschen, die sich begehrt haben. So einfach ist das.«

Aber für sie war es nicht so einfach. Wäre es so einfach, wäre sie niemals hergekommen.

»Ich habe meinen Job getan«, wiederholte er. »Ich schulde dir keine weiteren Erklärungen.«

Sie musste es wissen – musste fragen –, und Viper setzte ein spöttisches Lächeln auf, um die Bedeutung ihrer Frage zu verschleiern.

»Gehörte dieser herzergreifende, schulderfüllte Kuss am Flughafen auch zu deinem Job?«

»Wovon redest du?«

Seine Verwirrung knackte eine weitere Schicht ihrer Selbstachtung. »Dieser Kuss war vollgeschmiert mit deinem schlechten Gewissen«, sagte sie. »Du wolltest so was wie eine Absolution, weil du genau wusstest, wie schäbig du dich verhalten hast.«

Er stand da, mit versteinertem Gesicht. »Wenn du es so siehst, werde ich nicht versuchen, deine Meinung zu ändern.«

Sie wünschte sich, dass er ihre Meinung änderte. Dass er etwas sagte, das ihr ein besseres Gefühl verschaffte nach allem, was sich ereignet hatte, seit sie auf sein Motorrad gestiegen war. Aber von ihm kam nichts, und sie wusste, sie würde nur Mitleid hervorrufen, wenn sie selbst mehr sagte.

Er versuchte nicht, sie aufzuhalten, als sie den Steg verließ. Sie lief zur Außendusche, spülte sich das Seewasser aus den Haaren, dann wickelte sie sich in ein Strandtuch und marschierte ins Haus. Eine Spur aus nassen Fußabdrücken folgte ihr über den Küchenboden. Sie verriegelte ihre Schlafzimmertür, schälte sich aus ihren nassen Kleidern und schlüpfte in ein schwarzes Trägerhemd, ihr grünes Tutu mit dem Ledergürtel und in ihre Springerstiefel. Sie nahm sich ein paar Minuten Zeit, um sich Augen und Lippen schwarz zu schminken, und klemmte ihren Nasenring an. Dann stopfte sie alles, was sie unterbringen konnte, in ihren Rucksack. Die Fähre legte in einer halben Stunde ab. Es war endlich Zeit, nach Hause zu fahren.

In der Auffahrt stand ein neuer dunkelgrauer Geländewagen mit einem Illinois-Kennzeichen. Seltsame Vorstellung, Panda am Steuer eines Wagens. Sie stieg auf das Mountainbike und radelte los in Richtung Stadt.

Es war ein heißer, sonniger Nachmittag. Die Sommerhochsaison begann hier erst Anfang Juli, aber auf dem Beachcomber Boulevard mischten sich bereits Touristen in Shorts und Flipflops unter die Einheimischen. Der Geruch von Pommes frites wehte vom Dogs 'N' Malts herüber, einer Strandhütte mit einer quietschenden Fliegengittertür und morschen Außentischen. Lucy kam am Painted Frog Café vorbei, wo sie sich erst am Tag zuvor einen Cappuccino geholt hatte. Ein Gebäude weiter döste ein Hund im Schatten neben dem Eingang von Jerry's Trading Post. Während sie alles in sich aufnahm, wurde ihr bewusst, wie sehr sie diesen Ort mochte, wie sehr es ihr widerstrebte, ihn zu verlassen.

Jake's Dive Shop fungierte auch als Ticketverkauf für die Fähre. Drinnen roch es nach muffigem Gummi und billigem Kaffee. Lucy kaufte sich eine einfache Fahrt und stellte das Rad anschließend in einem Ständer am Inselhafen ab. Vielleicht würde Panda es dort finden. Vielleicht auch nicht. Es war ihr gleich.

Sie reihte sich in die Touristenschlange ein, die gerade begann, an Bord zu gehen. Eine Mutter sprang aus der Reihe, um ein zappeliges Kleinkind einzufangen. Wie oft hatte Lucy in ihrer Vorstellung sich selbst gesehen mit Teds Baby? Nun fragte sie sich, ob sie überhaupt jemals Kinder haben würde.

Sie wünschte, sie hätte Panda mehr gefragt, zum Beispiel welcher seriöse Leibwächter es für eine gute Idee hielt, seinen Schützling auf ein Motorrad zu zerren und auf eine Spritztour mitzunehmen? Die Person hinter ihr in der Schlange stieß gegen ihren Rucksack. Lucy ging einen Schritt vor, fühlte sich aber erneut bedrängt. Sie drehte sich um und blickte in kühle blaue Augen.

»Was ich dir gesagt habe, war die Wahrheit.« Seine Stimme war schroff, er lächelte nicht. »Die Aufkleber waren bereits auf dem Motorrad. Die sind nicht von mir.«

Er trug immer noch die nassen Kleider, mit denen er ins Wasser gefallen war, seine Haare waren noch nicht ganz trocken. Sie war entschlossen, ihre Würde zu bewahren.

»Das ist mir so was von egal.«

»Und die T-Shirts habe ich nur angezogen, um dich zu provozieren.« Sein Blick wanderte zu ihrem Rock und den Springerstiefeln. »Du siehst aus wie eine Minderjährige, die für Drogen anschaffen geht.«

»Leih mir doch eins von deinen T-Shirts«, erwiderte sie. »Ich bin mir sicher, damit kann ich meine äußere Erscheinung aufpolieren.«

Er erhielt die übliche Aufmerksamkeit von außen, und er senkte seine Stimme. »Hör zu, Lucy, die Situation war viel komplizierter, als du zugeben möchtest.« Er rückte mit ihr auf, während die Schlange sich vorwärtsbewegte. »Die ganze Welt hat über deine Hochzeit berichtet. Du brauchtest deinen eigenen Leibwächter.«

Sie würde ihre Beherrschung nicht verlieren. »Vier Worte. ›Ich bin dein Bodyguard.‹ Nicht kompliziert.«

Sie erreichten die Rampe. Der Blödmann, der sie aufgegabelt hatte, hatte sich in Mr. No Nonsence verwandelt.

»Deine Eltern haben mich beauftragt. Von ihnen kamen die Anweisungen. Sie wussten, dass du dich gegen einen privaten Leibwächter sträuben würdest, vor allem während deiner Flitterwochen, darum haben sie dich im Dunkeln gelassen.«

»Während meiner Flitterwochen?«, schrie sie. »Ich sollte einen Leibwächter bekommen während meiner *Flitterwochen?*«

»Hätte dir das nicht klar sein müssen?«

Sie übergab ihr Ticket. Er zückte seinen Fährpass. Sie stapfte die Rampe hoch. Er folgte direkt hinter ihr. »Ted wusste, dass es notwendig war, auch wenn du es nicht wusstest.«

»Ted wusste darüber Bescheid?« Am liebsten hätte sie mit dem Fuß aufgestampft, einen Anfall bekommen, mit der Faust ausgeholt.

»Ted ist ein Realist, Lucy. Genau wie deine Eltern. Ich habe am ersten Abend in diesem Minimarkt deinen Vater angerufen. Er sagte, ich solle meine Identität nicht preisgeben. Er meinte, wenn ich es täte, würdest du eine Möglichkeit finden, mir zu entwischen. Ich habe ihm nicht geglaubt, aber er war nun einmal der Auftraggeber. Ich werde mich nicht dafür entschuldigen, dass ich die Wünsche meines Kunden befolgt habe.« Lucy versuchte wegzukommen, aber er packte sie am Arm und steuerte sie in Richtung Schiffsheck. »Sobald du aus deinen Flitterwochen nach Wynette zurückgekehrt wärst, hätten wir den Personenschutz eingestellt. Bloß dass alles ganz anders kam. Du bist getürmt, und die Presse war überall. Das war eine zu große Story. Zu viel Aufmerksamkeit, die auf dich gerichtet war.«

»Niemand hat mich erkannt.«

»Aber es hätte nicht viel gefehlt. Und wärst du auf dich allein gestellt gewesen, wäre es sicher passiert.«

»Vielleicht, vielleicht auch nicht.«

Die Fähre stieß ein Warnsignal aus, als sie das Heck erreichten. Ein männlicher Passagier betrachtete Lucy mit Sorge. Ihr fiel ein, wie jung sie aussah, wie bedrohlich Panda aussah, und sie vermutete, dass der Mann mit sich rang, ob er einschreiten sollte oder nicht. Er entschied sich dafür, es nicht zu riskieren. Sie löste sich von Panda.

»Du hast behauptet, du wärst mit Ted befreundet.«

»Ich habe ihn drei Tage vor der Hochzeit kennengelernt.«

»Wieder eine Lüge.«

»Ich mache meine Arbeit, so gut ich kann.«

»Du bist ein echter Profi«, entgegnete sie. »Ist es eigentlich üblich für einen Bodyguard, seinen Schützling auf ein Motorrad zu verfrachten?«

Er reckte trotzig sein Kinn vor. »Ich werde dir keine weiteren Erklärungen geben, bevor du nicht von dieser Fähre steigst.«

»Hau ab.«

»Hör zu, ich weiß, dass du sauer bist. Das verstehe ich. Lass uns aussteigen und uns irgendwo reinsetzen, und dann besprechen wir alles bei einem Burger.«

»Ach, auf einmal willst du reden? Na schön, fangen wir mit deinem Namen an.«

»Patrick Shade.«

»Patrick? Das glaube ich nicht.«

»Denkst du, ich habe mir den Namen ausgedacht?«

»Genau.« Sie schob die Daumen unter die Tragegurte ihres Rucksacks. »Wo wohnst du? Denn du wohnst definitiv nicht in dem Haus, das wir vorhin verlassen haben.«

»Ich wohne in Chicago. Und wenn du mehr erfahren möchtest, musst du von der Fähre gehen.«

Sie wollte tatsächlich mehr erfahren, aber nicht so sehr, wie es sie nach Rache dürstete. »Ich gebe zu, ich bin neugierig. Aber ich gehe nicht von der Fähre.« Das Schiffshorn stieß die letzte Warnung aus. »Wenn du mit mir reden willst, können wir das auch hier tun. Aber zuerst muss ich die Damentoilette finden, damit ich mich übergeben kann.«

Er entschied, sie nicht zu bedrängen. »Also schön. Reden wir hier.«

»Mal sehen, ob du kompetent genug bist, einen Sitzplatz für uns zu finden, wo du nicht ständig angestarrt wirst.«

Lucy steuerte auf die Schiffskabine zu und stieß mit dem Rucksack gegen einen Feuerlöscher, als sie in einer Nische in Deckung ging. Sie zwängte sich durch eine Tür auf der anderen Seite und rannte die Rampe, die jeden Moment hochgezogen wurde, hinunter. Wenige Augenblicke später stand sie im Schatten des Hafenschilds und beobachtete, wie die Fähre davontuckerte – mit Panda an Bord.

Es war ein gutes Gefühl, Panda ausgetrickst zu haben, aber es wäre noch besser gewesen, wenn sie hier nicht festsitzen würde, bis dieselbe Fähre zurückkam und Panda zweifellos wieder mitbringen würde. Dies war die Art von Situation, in die Meg sich hineinmanövrierte, nicht Lucy, aber sie konnte es nicht bedauern. Wenigstens hatte sie ein kleines bisschen Stolz zurückgewonnen.

Der dunkelgraue Geländewagen mit dem Illinois-Nummernschild, den sie zuletzt vor dem Haus am See gesehen hatte, stand nun auf dem kommunalen Parkplatz. Sie musste einen Nachmittag totschlagen, bis sie wieder ablegen konnte, und sie wollte ihn nicht in der Stadt verbringen.

Als sie zum Haus zurückradelte, kam sie an einem Spielplatz vorbei. An dem Tag, an dem ihre Mutter gestorben war, hatte sie ihre kleine Schwester zehn Häuserblocks weit zu einem Spielplatz wie diesem getragen und hatte sie in eine Kinderschaukel gesetzt. Tracy hatte die ganze Zeit gebrüllt. Aber es war die Vorstellung einer Vierzehnjährigen davon gewesen, was eine gute Mutter tun sollte. Sie hatte ihr Bestes gegeben.

Patrick Shade ... Was für ein Name war das?

Wenn sie ein Boot charterte, das sie zum Festland brachte, müsste sie ihn niemals wiedersehen. Es würde eine Menge kosten, aber das war es wert. Sie wendete ihr Rad und fuhr zurück zu dem Taucherladen.

»Wir sind den ganzen Tag ausgebucht«, erklärte ihr der Mann hinter der Theke. »Die *Mary J* und die *Dinna Ken* sind auch draußen. Aber wenn Sie morgen fahren möchten ...«

»Schon gut«, erwiderte sie, obwohl es überhaupt nicht gut war.

Vielleicht bräuchte sie sich mit Panda gar nicht weiter auseinanderzusetzen. Sie hatte ihren Standpunkt schließlich klargemacht, er war kein Mann, der sich mehr als einmal erklärte.

Das Haus roch schwach nach Kochgas und dem Hamburger, den sie sich am Tag zuvor zum Abendessen gemacht hatte. Wie konnte er ein solches Haus sein Eigen nennen und nicht einen persönlichen Abdruck darin hinterlassen? Sie tauschte die Springerstiefel gegen Flipflops, schnappte sich eines der Bücher, die sie sich in der Stadt gekauft hatte, und ging damit die Holztreppe zum Wasser hinunter.

Er hatte das Kajak an Land gezogen. Sie setzte sich an das Ende des Stegs, aber sie konnte sich nicht aufs Lesen konzentrieren, konnte nichts tun, außer zu versuchen, ihre Panik zu unterdrücken. Was sollte sie tun, wenn sie zurück auf dem Festland war? Wo sollte sie hingehen?

Ein Geräusch lenkte sie ab. Sie hob den Kopf und sah einen Mann, der definitiv nicht Panda war, die Treppe herunterkommen. Er war groß und kräftig. Er ließ sich Zeit. Sein sorgfältig frisiertes hellbraunes Haar glänzte von einem zweifellos teuren Pflegeprodukt.

»Hallo!«, rief er fröhlich.

Obwohl er gut aussah, war alles an ihm ein bisschen zu laut – seine Stimme, das Wappen auf der Außentasche seines Designersakkos, das schwere Goldarmband und der große Siegelring, den jeder intelligente Mensch abnahm, sobald die Zeit als Verbindungsstudent vorüber war.

»Ich habe gehört, Panda ist wieder auf der Insel«, sagte er, während er sich ihr auf dem Steg näherte. »Aber es hat mir keiner die Tür aufgemacht.«

»Er ist nicht da.«

»Schade.« Mit einem breiten Lächeln streckte er ihr die Hand entgegen. »Ich bin Mike Moody. Big Mike. Ich wette, Sie haben meine Schilder gesehen.«

Sie gab ihm die Hand und bedauerte es gleich darauf, denn nun haftete der durchdringende Geruch seines Eau de Cologne an ihrer Haut.

»Big Mikes Insel-Immobilien«, erklärte er. »Die Adresse für jeden, der auf dieser Insel Besitz kauft oder verkauft – ob Haus oder Boot, ob groß oder klein. Teufel, ich habe sogar schon Pferde verkauft. Ich bin für alles zuständig.« Seine ebenmäßigen Zähne schimmerten, eine solche Wirkung konnte man nur in einem Zahnarztstuhl erzielen. »Ich habe Panda dieses Haus hier verkauft.«

»Ach ja?«

»Ich habe Ihren Namen nicht mitbekommen.«

»Ich ... heiße Viper.«

»Ohne Flachs! Das ist mal ein Name. Sie sind eins von diesen Hippie-Mädchen.« Wie jeder gute Verkäufer klang er eher bewundernd als kritisch.

»Gothic«, korrigierte sie, was jenseits von lächerlich war.

»Ja, richtig.« Er nickte. »Ich wollte nur kurz vorbeischauen, weil ich ein Boot habe, an dem Panda vielleicht interessiert sein könnte.«

Lucy hielt sehr viel von kooperativem Verhalten, aber Viper teilte nicht ihre Prinzipien. »Kommen Sie nach sechs wieder, wenn die Fähre angelegt hat. Panda wird sicher Interesse haben. Vielleicht bringen Sie eine Pizza mit. Dann können Sie beide in Ruhe plaudern.«

»Danke für den Tipp«, erwiderte Big Mike. »Panda ist ein klasse Typ. Ich kenne ihn nicht besonders gut, aber er scheint einen interessanten Charakter zu haben.«

Er wartete in der Hoffnung, dass sie Details herausrückte, und Viper beschloss zu kooperieren. »Er ist ganz anders als früher, bevor er im Gefängnis saß.«

Ihre Provokation zündete nicht so gut, wie sie gehofft hatte. »Jeder verdient eine zweite Chance«, erwiderte Big Mike ernst. Und dann: »Heiliger Bimbam, Sie kommen mir so bekannt vor.«

Während sie Vermutungen darüber anstellte, was für eine Art von Mann »heiliger Bimbam« sagte, musterte Big Mike sie genauer. »Waren Sie schon mal auf der Insel?«

»Nein. Dies ist mein erstes Mal.«

Sein Goldarmband funkelte, als er die Hand in die Hosentasche steckte. »Es fällt mir sicher wieder ein. Ich vergesse nie ein Gesicht.«

Sie hoffte, dass das nicht stimmte. Da der Mann den Eindruck machte, gern länger zum Plaudern bei ihr zu verweilen, deutete sie mit einem Nicken auf die Treppe.

»Ich habe ein paar Dinge im Haus zu erledigen. Ich begleite Sie nach oben.«

Er folgte ihr, oben schüttelte er ihr wieder die Hand. »Wenn Sie etwas brauchen, sagen Sie mir Bescheid. Big Mikes Service endet nicht mit dem Verkauf. Da können

Sie jeden auf der Insel fragen, man wird Ihnen nichts anderes sagen.«

»Ich werde es mir merken.«

Er ging schließlich. Sie setzte ihren Weg zum Haus fort, nur um gleich darauf wieder stehen zu bleiben, weil sie ein Rascheln in den Bäumen hörte, das sich nicht nach einem Eichhörnchen anhörte. Ein Zweig schnellte zurück, und sie sah ein knallrotes T-Shirt aufblitzen.

»Ich sehe dich, Toby!«, rief sie laut. »Hör auf, mir nachzuspionieren!«

Lucy erwartete keine Antwort und erhielt auch keine.

Sie machte sich ein Sandwich, warf es aber nach wenigen Bissen weg. Dann schickte sie Meg eine SMS, die nichts Wichtiges enthielt, bevor sie mit ihren Eltern genauso verfuhr. Sie hätte Ted auch gern eine Nachricht gesendet, aber ihr fiel nichts ein, was sie schreiben konnte. Da sie immer noch ein paar Stunden herumkriegen musste, schlenderte sie in den Erkerraum.

Drei Seiten des Erkers waren verglast, die Scheiben so schmutzig, dass man kaum hindurchsehen konnte. Klobige Sofas, Ohrensessel mit Bezügen, die Anfang der Neunzigerjahre in Mode gewesen waren, und ein zerkratzter Tisch standen willkürlich in dem großen Raum verteilt. Dies musste der Familientreffpunkt gewesen sein. Eingebaute Bücherregale enthielten den typischen Plunder, der in Ferienhäusern liegen blieb: vergilbte Taschenbücher, alte Videokassetten, Brettspiele in zerfledderten Schachteln, die von porösen Gummibändern zusammengehalten wurden. Das Haus hatte etwas an sich, das Lucy von Anfang an geliebt hatte, und die Martha Stewart in ihr hatte das Bedürfnis, den ganzen Krempel rauszuschmeißen und die Scheiben zu wienern, bis sie glänzten.

Sie schnappte sich ein verschlissenes Geschirrtuch und

rieb damit an einer der Scheiben. Der meiste Dreck hing außen, aber nicht alles. Sie hauchte die Scheibe an und wischte noch einmal. So war es schon besser.

Das Kochen war nicht die einzige Hausarbeit, die sie sich während der Jahre im Weißen Haus abgeschaut hatte, und eine Viertelstunde später war sie ausgerüstet mit einem Abzieher, den sie oben im Bad gefunden hatte, einem Eimer mit sauberem Wasser und einem Schuss Glasreiniger sowie einer Klappleiter aus der Speisekammer. Nicht lange, und sie war mit einer Seite fertig. Zufrieden stieg sie von der Leiter hinunter, nur um im nächsten Augenblick ins Stolpern zu geraten.

Panda stand in der Tür, eine Cola-Dose in der Hand, Kampfbereitschaft in den Augen. »Ich wette, du warst richtig beliebt beim Secret Service.«

Kapitel 8

Sie hätte nicht zum Haus zurückkehren sollen, und sie hätte sich definitiv nicht von ihm dabei erwischen lassen sollen, dass sie seine verschmutzten Scheiben putzte. Sie stützte sich auf der Leiter ab und probierte wieder Vipers spöttisches Grinsen.

»Habe ich deinen Stolz verletzt?«

»Zerstört«, verbesserte er trocken.

»Großartig. Es kommt nicht jeden Tag vor, dass ich einen geübten Profi überliste.«

»Ich würde das nicht als überlisten bezeichnen.«

»Ich schon.« Seine Kleider waren trocken, aber er hatte die Schuhe ausgezogen, und Lucy hätte schwören können, dass seine dunklen Bartstoppeln gewachsen waren, seit sie ihn wenige Stunden zuvor abgeschüttelt hatte. »Die Fähre soll eigentlich erst um sechs kommen.« Sie strich ihr Tutu glatt. »Offenbar hattest du mehr Glück als ich, ein Boot zu chartern.«

»Die Waffe hat geholfen.«

Sie hatte keine Ahnung, ob er das ernst meinte oder nicht. Sie wusste nichts über ihn. Er fuhr mit dem Daumen über die Wölbung der Cola-Dose und lehnte sich mit der Schulter gegen den Türrahmen.

»Jetzt verstehe ich, warum dein Vater so sehr darauf bestanden hat, dass ich mich nicht zu erkennen gebe. Du hast Übung darin, unbemerkt zu verschwinden.«

»Ich bin nur ein paarmal entwischt.«

Er wies mit dem Kinn in ihre Richtung. »Wäre ich tatsächlich im Dienst gewesen, hättest du keine Chance gehabt.«

Wahr. Dann hätte er sie nicht aus den Augen gelassen. Was bedeutete, dass ihre Eltern ihn tatsächlich nicht wieder beauftragt hatten.

»Wer hat dir den Tipp gegeben, dass ich mich hier einquartiert habe?«

»Sagen wir einfach, ich habe dich weiter im Auge behalten.«

Ihre Eltern.

»Ich bin gerührt.«

Er deutete auf die Fenster, die sie geputzt hatte. »Willst du mir verraten, warum du das gemacht hast?«

»Weil sie schmutzig waren.« Sie legte ihm die nächste Beschwerde zu Füßen. »Hier sieht es überall aus wie im Saustall. Wenn du dich schon glücklich schätzen kannst, ein solches Haus zu besitzen, solltest du dich auch darum kümmern.«

»Das tue ich. Alle zwei Wochen kommt eine Frau zum Saubermachen.«

»Du kannst ja selbst sehen, wie erstklassig sie ihre Arbeit verrichtet.«

Er ließ den Blick schweifen, als würde er den Raum zum ersten Mal betrachten. »Ich schätze, es sieht allmählich ein bisschen verlottert aus.«

»Genau!«

»Ich werde mir jemand anderen suchen.«

Sie fragte sich, ob sein Revolver wieder in dem Knöchelholster steckte. Schusswaffen machten ihr nichts aus. Sie war jahrelang von bewaffneten Agenten beschützt worden, obwohl diese eher Anzüge trugen statt Jeans und T-Shirts mit obszönen Sprüchen. Es lag also nicht an der Waffe. Es lag vielmehr an dem Umstand, dass sie von der Waffe oder dem zweiwöchigen Auftrag oder den schäbigen Details nichts geahnt hatte, obwohl sie das alles hätte wissen müssen, bevor sie beschlossen hatte, dieses Handtuch fallen zu lassen und mit ihm ins Bett zu springen.

Sie warf den Abzieher auf den Boden. »Warum haben meine Eltern gerade dich beauftragt? Und nicht eine seriöse Person?«

Das ärgerte ihn.

»Ich bin seriös.«

»Ich bin mir sicher, das dachten sie anfangs auch.« Viper grinste höhnisch. »Wie sind sie bloß auf dich gekommen? Egal. Du bist wahrscheinlich einer dieser Freigänger aus dem Strafvollzug.«

Er legte den Kopf schief und sah sie verdutzt an. »Was ist mit dir passiert?«

Ihre Grobheit versetzte sie in einen Rausch. »Oder vielleicht hat ein enger Berater deinen Namen in einer Sexualstraftäterkartei entdeckt und sich einen kleinen Scherz erlaubt?«

Am liebsten hätte sie ewig so weitergemacht, ihrer Zunge freien Lauf gelassen, eine Gemeinheit nach der nächsten herausgeschleudert, jede Beleidigung ausgespuckt, die ihr in den Sinn kam, ohne Rücksicht darauf, was für ein Licht sie damit auf das Präsidentenbüro der Vereinigten Staaten warf.

»Du wolltest mehr über mich erfahren. Ich werde dich aufklären.« Die Cola-Dose landete mit einem dumpfen Knall auf dem wackligen Holztisch neben der Tür.

»Nicht nötig.« Sie übte ihr neues Viper-Grinsen. »Es interessiert mich nicht mehr.«

»Ich bin sechsunddreißig. Ich bin in Detroit geboren und aufgewachsen. Mein Leben war ein Auf und Ab, bis die Army mich auf die richtige Bahn brachte. Nach ein paar entspannten Jahren, in denen ich in Deutschland stationiert war, bin ich zurück und habe an der Wayne State University Strafrecht studiert.«

»Du hast ein abgeschlossenes Studium? Du bist kaum in der Lage, dich richtig auszudrücken.«

Das machte ihn noch wütender. »Nur weil ich nicht mit meiner elitären Erziehung angebe, heißt das nicht, dass ich mich nicht ausdrücken kann.«

»Ich habe nie mit meiner Erziehung …«

»Danach bin ich in Detroit in den Polizeidienst eingetreten. Vor einigen Jahren bin ich ausgeschieden und habe ein Privatunternehmen in Chicago übernommen, das sich auf den Personenschutz führender Manager, Prominenter, Sportler und Wall-Street-Verbrecher spezialisiert hat. Leute, die Todesdrohungen erhalten und diese auch verdammt noch mal verdient haben. Deine Eltern haben mich beauftragt, weil ich gut bin in meinem Job. Ich habe nie geheiratet und auch nicht die Absicht, das jemals zu tun. Ich mag Hunde, aber ich bin zu oft weg, um selbst einen halten zu können. Außerdem mag ich Hiphop und Opern. Interpretier das, wie du willst. Wenn ich nicht im Dienst bin, schlafe ich nackt. Willst du noch etwas wissen, das dich nichts angeht?«

»Patrick Shade? Ist dieser Name wieder eine deiner zahlreichen Lügen?«

»Nein. Und es waren nicht so viele Lügen.«

»Was ist mit dem Knast in Huntsville?«

»Nun mach mal halblang. Du weißt, dass das Quatsch war.«

Nicht unbedingt. »Bauarbeiter?«

»Ich habe eine Weile auf dem Bau gearbeitet.«

»Ein Ehrenmann. Mein Fehler.«

Er wollte nicht klein beigeben. »Deine Eltern haben mich beauftragt. Sie haben mir meine Anweisungen gegeben, und nach dem, was heute passiert ist, war es eine weise Empfehlung von ihnen, meine Identität nicht preiszugeben.«

»Meine Eltern sind überängstlich.«

»Du hast Drohbriefe erhalten. Du wurdest mehr als einmal umgerempelt. Und du warst Teil einer Hochzeit, die im Fokus der Öffentlichkeit stand. Es gibt so was wie vorbeugende Sicherheitsmaßnahmen.«

»Der Einzige, der mir Schaden zugefügt hat, warst du!«

Er zuckte zusammen, was ihr ein besseres Gefühl hätte verschaffen müssen, als es tatsächlich der Fall war. »Du hast recht«, sagte er. »Ich hätte die Hände bei mir lassen sollen, egal wie verrückt du mich gemacht hast.«

Zu wissen, dass sie ihn verrückt gemacht hatte, ermutigte sie, ihren Angriff fortzusetzen. »Wessen Idee war das mit dem Caddo Lake?«

»Es war ein geeigneter Ort, um dich von der Bildfläche verschwinden zu lassen. Das Ferienhaus lag abgeschieden. Deine Eltern wollten dir Zeit geben, die Dinge in Ruhe für dich zu klären und einzusehen, dass du einen Fehler gemacht hast.«

»Und um mich zum Caddo zu bringen, hieltet ihr es alle für die beste Möglichkeit, mich auf den Rücksitz einer Todesmaschine zu verfrachten?«

»Das war so nicht geplant.«

»Und ich dachte immer, du planst alles genau.«

»Nun, wenn ich das nächste Mal eine Braut beschütze, kannst du Gift darauf nehmen, dass ich vorher einkalkuliere, dass sie durchbrennen könnte.«

Lucy konnte sich seine Entschuldigungen nicht länger anhören. Sie steuerte auf die Tür zu. Bevor sie dort ankam, fuhr er allerdings fort zu reden. »Das Motorrad hatte ich von einem Kerl aus Austin. Es war eine gute Tarnung. Ich bin damit nach Wynette gefahren, ein paar Tage vor deiner

Ankunft, weil ich mich in den Kneipen unter die Einheimischen mischen wollte, ohne dass jemand Verdacht schöpft. So hatte ich die Möglichkeit, mich ein bisschen umzuhorchen, um zu sehen, ob irgendein Grund zur Sorge besteht.«

»Und, bestand einer?«

»Ich habe in erster Linie aufgeschnappt, dass für Ted keine Frau gut genug ist. Er ist so eine Art Lokalgott.«

Sie runzelte die Stirn. »Ich wusste, dass die Leute mich nicht leiden können.«

»Ich glaube nicht, dass das persönlich gemeint war. Jedenfalls dachte ich das nicht zu diesem Zeitpunkt. Kann sein, dass ich meine Meinung geändert habe.«

Sie hatte genug gehört, aber als sie weiterging zur Hintertür, heftete Mr. Gesprächig sich an ihre Fersen.

»Am Anfang deiner großen Flucht«, sagte er, »habe ich zunächst angenommen, sie würde nur einige Stunden dauern. Woher hätte ich denn wissen sollen, dass du eine Art existenzielle Krise durchmachst?«

Es nervte sie, dass er diesen Ausdruck verwendete. Sie wollte Rülpser, keine verbale Gelehrsamkeit. »Das war keine existenzielle Krise.«

Sie stolzierte durch die Küche in den Wintergarten. Aber nun, da sie keine Lust zum Reden hatte, klebte er an ihr und wollte nicht verstummen.

»Ich hätte das Motorrad am nächsten Tag gegen einen Geländewagen tauschen können, aber dann wäre meine Tarnung aufgeflogen, und du hättest wieder versucht auszubüxen. Offen gesagt wollte ich es mir nicht unnötig schwer machen. Und tu nicht so, als hättest du es nicht genossen, auf dieser Maschine zu sitzen.«

Sie hatte es genossen, aber sie war zu keinem Zugeständnis bereit. Sie schob die Fliegengittertür auf und trat hinaus in den Garten.

»Leider geht die Fähre erst am Abend, darum würde ich es begrüßen, wenn du mich in Ruhe lässt. Ich bin mir sicher, du hast zu tun.«

Er überholte sie und versperrte ihr den Weg. »Lucy, jener Abend …«

Sie starrte auf sein Schlüsselbein. Er rammte die Hände in die Hosentaschen und studierte ihren Nasenring. »Ich habe es noch nie so weit kommen lassen mit einer Kundin.«

Sie wollte kein Reuebekenntnis hören und stürzte an ihm vorbei.

»Du hast ein Recht, sauer zu sein«, rief er ihr nach. »Ich habe Mist gebaut.«

Sie wirbelte herum. »Du hast keinen Mist gebaut, du hast mich flachgelegt. Und glaub nicht, es ist der Sex, der mich wurmt. Ich bin eine erwachsene Frau. Ich kann so viel Sex haben, wie ich will.« *Großmaul.* »Was mich wurmt, ist, dass ich nicht wusste, mit wem ich Sex hatte.«

»Das war laut und deutlich.«

»Gut. Und jetzt lass mich in Frieden.«

»Schön.«

Aber er rührte sich nicht vom Fleck. Sie konnte es nicht ertragen, weitere Entschuldigungen zu hören, und zeigte wütend auf den Erker. »Kümmere dich doch zur Abwechslung einmal um dein Haus, statt mich zu belästigen.«

»Du willst, dass ich die Fenster putze?«

So hatte sie das überhaupt nicht gemeint. Die Fenster waren ihr schnuppe. »Ich schätze, du würdest die Scheiben rausschießen, wenn sie schmutzig sind«, spottete sie. »Aber gut, es ist dein Haus. Mach damit, was du willst.«

Sie hatte die Treppe zum Steg erreicht, aber mit jeder Stufe, die sie nahm, grub sich ihr Unmut tiefer. Sie wollte dieses Haus nicht verlassen. Sie wollte bleiben, im Wintergarten frühstücken und mit dem Kajak hinausfahren und sich vor der Welt verstecken. Er verdiente dieses Haus nicht. Würde es ihr gehören, würde sie ihm die Liebe geben, die es verdiente. Aber es gehörte ihr nicht.

Sie stapfte die Stufen wieder hoch. »Du hast dieses Haus nicht verdient!«, schrie sie.

»Was kümmert es dich?«

»Es kümmert mich nicht. Ich ...« Ihr kam blitzartig eine Idee. Eine unmögliche Idee ... Sie machte den Mund zu. Öffnete ihn wieder. »Wann reist du ab?«

Er musterte sie misstrauisch. »Morgen früh.«

»Und ... kommst du bald wieder?«

»Das ist noch nicht sicher. Ich habe einen neuen Auftrag. Wahrscheinlich nicht vor September. Warum ist das für dich wichtig?«

Sie überlegte fieberhaft. Sie liebte dieses Haus ... diese Insel ... Sie schluckte. »Wenn du ... das Haus vorerst nicht benutzt ...«, sie gab sich größte Mühe, einen ruhigen Ton zu bewahren, weil sie ihm nicht zeigen wollte, wie wichtig es für sie war, »... ich würde es vielleicht mieten. Ich habe ein paar Dinge zu erledigen, und dieser Ort ist dafür so gut wie jeder andere.«

»Was für Dinge?«

Sie wollte ihm nichts von der Panik sagen, die sie überfiel bei der Vorstellung, nach Washington zurückzukehren, also zuckte sie mit den Schultern. »Richtig ausspannen. Kochen. Ich muss für meinen Vater einen Text schreiben. Du kannst meinen Putzlohn mit der ersten Monatsmiete verrechnen.«

Er sah sie mit versteinerter Miene an. »Ich glaube nicht, dass das eine gute Idee ist.«

So leicht gab sie sich nicht geschlagen. »Dann war es also nur Gerede, dass du Mist gebaut hast, richtig? Du hast nichts wiedergutzumachen? Als eine Art Buße?«

»Buße?«

Buße, aber keine Vergebung.
»Warum nicht?«
Er starrte sie lange an, und sie starrte zurück. »Also schön«, sagte er schließlich. »Du kannst das Haus für einen Monat haben. Mietfrei. Und all meine Sünden sind vergeben.«
Noch lange nicht.
»Abgemacht.«
Ein Kaninchen schoss über den Rasen. Lucy flüchtete zum Steg hinunter, zog ihre Stiefel aus, setzte sich an den Rand und ließ die Füße über dem Wasser baumeln. Die einzige tiefe Emotion, die sich hinter diesem Kuss am Flughafen verborgen hatte, war Schuld. Trotzdem, angesichts der Aussicht, mehr Zeit auf der Insel zu verbringen, würde sie nicht den Impuls bedauern, der sie an diesen Ort geführt hatte, an dem sie frei war von den Erwartungen der anderen. Hier konnte sie sie selbst sein, auch wenn sie sich nicht mehr sicher war, wer genau diese Person war.
Da die Sonne brannte und der Tüll ihres Tutu juckte wie verrückt, wurde es Lucy zu heiß, und sie stieg wieder zum Haus hoch. Panda setzte eine neue Glasscheibe in die Hintertür, sie hatte schon wieder vergessen, dass sie sie an ihrem Ankunftstag eingeschlagen hatte. Sie beschloss, um das Haus herum auf die Vorderseite zu gehen, sodass sie nicht mit ihm reden musste, aber auf dem Weg dorthin erspähte sie wieder ein knallrotes T-Shirt zwischen den Bäumen. Ihre Nerven waren bereits zu stark strapaziert von dem aufreibenden Tag, sie war es leid, beobachtet zu werden, und irgendwie rastete sie aus.
»Toby!« Sie lief zu den Bäumen. »Toby! Komm sofort hierher!«
Er rannte weiter, und sie konnte nur knapp einem Gestrüpp aus wilden Blaubeersträuchern ausweichen, als sie

hinter ihm herstürmte. Toby kannte das Terrain besser als sie, aber das war ihr egal. Sie würde ihn nicht davonkommen lassen. Als sie über ein großes Farnkraut sprang, hörte sie, dass sich jemand von hinten näherte. Panda raste an ihr vorbei. Wenig später hielt er den erschrockenen Jungen am T-Shirt fest.

»Wen haben wir denn da?«, sagte er.

Lucy hatte Panda und seine Bodyguard-Instinkte ganz vergessen, und Toby war zu entsetzt, um sich zu wehren. Sein T-Shirt rutschte bis unter die Achselhöhlen hoch, wodurch sein knochiger Brustkorb enthüllt wurde. Die übergroßen Camouflageshorts hingen ihm bis in die Kniekehlen, darunter ragten seine dünnen Beine hervor. Sosehr Lucy sich über Tobys Herumspioniererei ärgerte, sie konnte die Angst in seinen Augen nicht ertragen und berührte Pandas Arm.

»Ich kümmere mich darum.«

»Bist du sicher, dass du das hinkriegst?«, erwiderte er ironisch. »Der Junge sieht gefährlich aus.«

Tobys Auffassungsgabe war nicht groß genug, um die Ironie aus Pandas Worten herauszuhören. »I-i-ich bin nicht gefährlich.«

»Das ist Toby«, erklärte Lucy. »Seine Großmutter ist deine Haushälterin.«

»Ist das so?«

»Lassen Sie mich los!«, schrie Toby. »Ich habe nichts getan.«

»Das ist nicht wahr«, widersprach Lucy, während Panda das T-Shirt langsam losließ. »Du spionierst mir seit Tagen hinterher, und ich möchte, dass das aufhört.«

Befreit aus Pandas Griff, gewann Toby seine großspurige Haltung wieder, zusammen mit seiner Angriffslust. »Ich spioniere niemandem hinterher. Meine Großmutter hat mich rübergeschickt, um sicherzugehen, dass Sie nichts kaputtmachen.«

»Ich werde von einem Zehnjährigen kontrolliert?«
»Zwölf bin ich!«

Was sie genau wusste, aber Viper war Kindern gegenüber nicht so sentimental. »Du musst dir einen besseren Zeitvertreib suchen«, sagte sie.

Der Junge starrte ihr direkt in die Augen. »Ich habe nicht herumspioniert. Sie lügen.«

Viper blickte Panda an. »Also gut. Mach ihn fertig.«

Kapitel 9

Panda sah Lucy mit hochgezogenen Augenbrauen an. »Ich soll ihn fertigmachen?«

Toby war ein lästiger kleiner Störenfried, und sie hasste es, wenn man ihr nachstellte. Trotzdem konnte sie nicht anders, als seinen Schneid gut zu finden.

»Er bringt mich an meine Grenzen«, sagte sie. »Das ist das Mindeste, was du tun kannst.«

Toby taumelte rückwärts bei dem Versuch zu fliehen, nur um auf einem Büschel Kiefernnadeln auszurutschen und hart auf dem Boden zu landen. Er rappelte sich hoch und wollte schon wieder losrennen, aber Panda hielt ihn am Hosenboden seiner weiten Shorts fest.

»Augenblick, Junge. Die Unterhaltung ist noch nicht zu Ende.«

»Lassen Sie mich los, Sie Schwachkopf.«

»Hey! Was ist hier los?«

Lucy wandte sich um und sah Big Mike Moody, der sich auf dem Pfad näherte, mit einem großen Pizzakarton in der Hand. Sie hatte ganz vergessen, dass sie ihn eingeladen hatte, wiederzukommen und Panda auf die Nerven zu gehen. Big Mike musste sie zwischen den Bäumen entdeckt haben.

»Big Mike!« Toby kämpfte, um sich loszureißen.

»Gibt es Probleme, Leute?« Der Immobilienmakler ließ seine schimmernden weißen Zähne vor Panda aufblitzen. »Schön, Sie mal wieder auf der Insel zu sehen. Ich hoffe, Sie fühlen sich wohl in dem Haus.«

Panda antwortete mit einem schroffen Nicken.

Big Mike deutete auf den Jungen. »Was ist los, Toby? Hast du Ärger? Toby ist ein Freund von mir. Vielleicht kann ich hier vermitteln.«

Toby warf Lucy einen wütenden Blick zu. »Sie behauptet, dass ich ihr nachspioniere. Sie ist eine totale Lügnerin.«

Big Mike runzelte die Stirn. »Am besten, du beruhigst dich erst einmal, Boy. Das ist keine Art zu reden.«

Lucy versteifte sich. So groß ihr Unmut über Toby auch war, es widerstrebte ihr, dass man ihn mit »Boy« anredete. Entweder war es Big Mike nicht geläufig oder egal, dass diese Bezeichnung für männliche Afroamerikaner beleidigend war, unabhängig von ihrem Alter. Wäre ihr Bruder Andre hier gewesen, hätte Big Mike sich einen langen Vortrag über sprachliches Feingefühl anhören dürfen.

Aber die Beleidigung schien bei Toby nicht anzukommen. Als Panda ihn losließ, stürzte er an Big Mikes Seite. »Ich habe nichts gemacht. Ehrlich.«

Big Mike legte den Arm um die Schulter des Jungen. »Bist du sicher?«, fragte Big Mike. »Miss Viper hier«, er schaute Lucy erneut so an, als versuchte er, ihr Gesicht einzuordnen, »scheint ziemlich aufgebracht zu sein.«

Panda schnaubte verächtlich.

»Ich habe nichts gemacht«, wiederholte Toby.

Lucy kniff die Augen zusammen. »Ich möchte nicht, dass du mich weiter heimlich beobachtest. Wenn das noch einmal vorkommt, werde ich mit deiner Großmutter reden.«

Toby verzog das Gesicht. »Meine Großmutter ist zurzeit nicht da. Sie können also gar nicht mit ihr reden.«

Nicht einmal ein neunmalkluger Junge konnte Big Mikes Freundlichkeit erschüttern. »Weißt du, was ich glaube, Toby? Ich glaube, du schuldest Miss Viper eine Entschuldigung.«

Lucy hielt nicht viel von erzwungenen Entschuldigungen,

aber Big Mike tätschelte Tobys Schulter. »Hast du ihr nichts zu sagen? Oder möchtest du lieber warten, bis sie zu dir nach Hause kommt?«

Der Junge sah auf seine Füße. »Es tut mir leid«, murmelte er.

Big Mike nickte, als hätte Toby aus tiefstem Herzen gesprochen. »Schon besser. Ich werde Toby jetzt nach Hause bringen. Er wird Ihnen keinen Ärger mehr machen, nicht wahr, Toby?«

Toby schüttelte den Kopf.

»Das dachte ich mir.« Big Mike streckte Panda den Pizzakarton entgegen. »Bitte, lassen Sie zwei es sich schmecken. Ich kann später wiederkommen. Dann können wir uns über das Boot unterhalten.«

»Das Boot?«, fragte Panda.

»Ein Polar Kraft, sechs Meter lang. Der Besitzer hat es nur einen Sommer lang benutzt, und er verschenkt es praktisch. Miss Viper hat mir gesagt, Sie wären interessiert.«

Panda sah kurz zu Lucy. »Dann hat Miss Viper etwas falsch verstanden.«

Big Mike wusste die Dinge zu nehmen, wie sie kamen, und sein Lächeln wurde breiter. »Sie schien sich ziemlich sicher zu sein, aber hey – Sie haben ja meine Karte. Falls Sie doch Interesse haben, rufen Sie mich an. Das Boot ist ein echtes Schnäppchen. So, und nun lassen Sie sich die Pizza schmecken. Na komm, Toby.«

Als die beiden verschwunden waren, sah Panda Lucy wieder an. »Du hast ihm gesagt, dass ich ein Boot kaufen möchte?«

»Kann doch sein, oder? Woher soll ich das wissen?«

Er schüttelte den Kopf und wandte sich zum Haus, nur um gleich darauf wieder stehen zu bleiben und den Karton seiner Nase zu nähern. »Warum riecht die Pizza nach Parfüm?«

»Big Mike markiert gern sein Revier.«
Lucy ließ Panda allein zum Haus zurückkehren.

Bree hörte Toby durch den Wald kommen, noch bevor sie ihn sah. Es war fast sieben Uhr, und wieder einmal hatte sie vergessen, ihm ein Abendessen zu machen. Er musste dann eine der vielen Cornflakes-Sorten essen, die Myra von ihrem letzten Einkauf mitgebracht hatte, bevor sie zu krank geworden war, um auf das Festland zu fahren.

Bree befahl sich, von der Treppe aufzustehen und etwas – irgendwas – anderes zu tun, als zu rauchen, auf Myras Bienenstöcke zu starren und an diese längst vergangenen Sommer zu denken, in denen Star und sie fröhlich zwischen dem Cottage und dem Haus hin und her gerannt waren. Aber Bree hatte nicht viele schöne Erinnerungen, aus denen sie wählen konnte. Ihre zerrüttete Ehe? Nein. Ihr leeres Bankkonto? Definitiv nicht. Was ihre Selbstachtung betraf ... Wie konnte sie über etwas nachdenken, das gar nicht existierte?

Das Cottage war früher einmal ihre zweite Heimat gewesen, aber in den vergangenen Wochen war es zu einem Gefängnis geworden. Wenn sie doch nur zum Ferienhaus hinüberlaufen könnte, sich wieder mit ihrem Walkman im Wintergarten zusammenrollen und den Backstreet Boys lauschen könnte, während sie beobachtete, wie ihre Brüder und deren Freunde die Treppe zum Steg rauf- und runterjagten. David war einer der gut aussehenden Jungen in jenem letzten Sommer gewesen, obwohl er tagsüber, wenn die anderen herumtobten, auf einem Charterboot arbeiten musste.

Bree starrte zu den Bienen und zündete sich die nächste Zigarette an, gerade als Toby aus dem Wald kam. Er war in Begleitung. Sie schirmte die Augen ab und sah einen attraktiven Mann, der an seiner Seite ging. Der Mann war groß, hatte breite Schultern und eine breite Brust. Einer dieser schönen Männer, die aus der Masse herausstachen. Die Sorte Mann ...

Sie sprang von der Stufe auf.

»Hallo, Bree«, sagte er. »Ist schon lange her, dass wir uns gesehen haben.«

Es war, als hätte es die vergangenen dreizehn Jahre nicht gegeben. Seine äußerliche Veränderung hatte nichts zu bedeuten. Sie hasste ihn noch genauso leidenschaftlich wie bei ihrer letzten Begegnung. »Toby, geh ins Haus«, sagte sie steif. »Ich komme gleich nach.«

»Augenblick.« Er wuschelte Toby durch die Haare, als hätte er das Recht dazu. »Vergiss nicht, was ich dir gesagt habe, Toby. Sommertouristen sind von Natur aus paranoid. Du darfst dich dort drüben nicht mehr blicken lassen.«

»Ich hab nichts Schlimmes gemacht.«

»Früher oder später wird er das mit deiner Großmutter erfahren. Und nur damit du es weißt ... du kannst keinen Scheck einlösen, der auf ihren Namen ausgestellt ist. Geh jetzt rein. Ich möchte noch kurz mit Bree reden.«

Bree ballte die Hand zu einer Faust. Mike Moody zählte neben ihrem Exmann Scott zu den Leuten, mit denen sie nichts mehr zu tun haben wollte. Sie hatte gewusst, dass Mike noch hier lebte, schließlich starrte sein Gesicht von einem halben Dutzend Reklametafeln entlang der Inselhauptstraße, aber sie hatte sich vorgenommen, darauf zu achten, dass ihre Wege sich nie kreuzten. Und nun war er hier.

Toby stapfte ins Haus. Sofort näherte Mike sich mit seinem großen Schleimerlächeln und seiner ausgestreckten Hand. »Du siehst toll aus, Bree. Schön wie eh und je.«

Sie presste die Arme an die Seiten. »Was willst du?«

Er ließ die ausgestreckte Hand fallen, ohne sein falsches Lächeln zu verlieren. »Nicht einmal ein Hallo?«

»Nicht einmal.«

Er war ein übel riechendes dickes Kind gewesen mit verschlagenem Blick, schlechter Haut und schiefen Zähnen, das jedes Jahr erfolglos versucht hatte, sich in ihre Sommerclique einzuschmeicheln. Aber das einzige Inselgewächs, das sie aufgenommen hatten, war Star gewesen. Mike war zu laut, zu uncool. Alles an ihm war falsch – seine Klamotten, sein komisches Lachen, seine unlustigen Witze. Der Einzige, der ihn toleriert hatte, war David gewesen.

»Der Junge tut mir leid«, hatte David gesagt, nachdem einer ihrer Brüder Mike beleidigt hatte. »Seine Eltern sind Alkoholiker. Er hat viele Probleme.«

»Wir haben alle Probleme«, hatte Star erwidert. »Du verteidigst ihn doch nur, weil du auch eine Art Außenseiter bist.«

War er einer gewesen? Bree hatte es anders in Erinnerung. David hatte sie alle von Beginn an fasziniert. Er war charmant, charismatisch, gut aussehend gewesen. Obwohl in Armut aufgewachsen in Gary, Indiana, studierte er an der University of Michigan – dank eines Vollstipendiums. Mit seinen zwanzig Jahren war er im selben Alter wie ihr ältester Bruder, aber David war welterfahrener. Obwohl Bree sich nicht erinnern konnte, dass es jemals einer laut ausgesprochen hatte, fanden sie es damals alle cool, mit einem schwarzen Jungen herumzuhängen. Darüber hinaus gab es nicht einen unter ihnen, der nicht davon überzeugt war, dass David für große Dinge bestimmt war.

Mike deutete auf ihre Zigarette. »Diese Sargnägel werden dich noch umbringen. Du solltest damit aufhören.«

Er war immer noch uncool, aber auf eine andere Art. Die schiefen Zähne, die Akne und das Übergewicht mochten längst verschwunden sein, dafür war er immer noch zu bemüht. Das struppige, schmutzig blonde Haar aus seiner Jugendzeit war gebändigt mit teuren Pflegeprodukten. Seine schlecht sitzenden Shorts und T-Shirts waren einer weißen Hose, einem hochwertigen Polohemd und einem Gürtel mit Prada-Logo gewichen, alles zu protzig für das Inselleben, wenn auch nicht so abstoßend wie das schwere Goldarmband und der Siegelring.

Die Zigarette würde ihr gleich die Finger verbrennen. »Was sollte das eben?«

»Toby hat sich ein bisschen Ärger eingehandelt mit der neuen Nachbarin.«

Sie sagte nichts.

Er klimperte mit den Münzen in seiner Hosentasche. »Offenbar hat niemand den neuen Besitzer darüber informiert, dass Myra gestorben ist. Er denkt, sie kümmert sich nach wie vor um das Haus. Aber wie sich herausgestellt hat, macht Toby die Arbeit schon, seit Myra krank geworden ist. Ich habe das gerade erst erfahren, sonst hätte ich dem viel früher einen Riegel vorgeschoben.«

Sie ließ die Kippe fallen und drückte sie mit ihrer Schuhspitze aus. Ein Zwölfjähriger, der versuchte, einen Erwachsenenjob zu erledigen. Sie hätte seinen Streifzügen mehr Aufmerksamkeit schenken sollen. Wieder etwas, das ihr das Gefühl von Unfähigkeit gab.

»Ich werde mit ihm reden.« Sie wandte sich ab, um ins Haus zu gehen.

»Bree, wir waren Kinder«, sagte er hinter ihr. »Erzähl mir nicht, dass du immer noch Groll gegen mich hegst.«

Sie ging einfach weiter, ignorierte seine Worte.

»Ich habe versucht, mich zu entschuldigen«, fuhr er fort. »Hast du meinen Brief nicht erhalten?«

Sie war gut darin, vor ihrer eigenen Wut davonzulaufen. Das hatte sie zehn Jahre lang getan. Zehn Jahre, in denen sie so getan hatte, als wüsste sie nicht, dass Scott ein notorischer Fremdgänger war. Zehn Jahre, in denen sie eine Konfrontation vermieden hatte, die ihre Ehe beendet hätte. Und wo hatte sie das hingebracht? Genau, nirgendwohin.

Sie wirbelte herum. »Schnüffelst du immer noch anderen Leuten hinterher, Mike? Bist du immer noch dieselbe hinterhältige Ratte wie früher?«

»Ich war verliebt in dich«, sagte er, als würde das alles rechtfertigen. »In das größere Mädchen.«

Ein Jahr älter.

Sie bohrte die Fingernägel in die Handflächen. »Also bist du zu meiner Mutter gelaufen und hast David und mich verpetzt. Supermethode, um sich ein Mädchen zu schnappen.«

»Ich dachte, wenn ihr zwei auseinander seid, habe ich eine Chance.«

»Nicht in einer Million Jahren.«

Wieder vergrub er die Hände in den Hosentaschen. »Ich war siebzehn, Bree. Ich kann die Vergangenheit nicht ändern. Was ich getan habe, war falsch, und alles, was ich jetzt tun kann, ist, mich dafür zu entschuldigen.«

David und sie hatten nicht damit gerechnet, dass Mike sie in jener Nacht beobachtete, als sie sich zwischen den Dünen versteckt und miteinander geschlafen hatten. Mike war am nächsten Tag zu ihrer Mutter gegangen, und Bree war noch am selben Nachmittag von der Insel fortgeschickt worden, ins Exil nach Battle Creek zu ihrer schrecklichen Tante Rebecca. Bree war nie wieder auf die Insel zurückgekehrt, erst vor drei Wochen, als sie die Nachricht erhielt, dass Myra gestorben war und die Verantwortung für ihren Enkelsohn auf sie übertragen hatte.

Mike zog die Hände aus den Hosentaschen. »Lass mich dir helfen mit Toby.«

»Ich brauche deine Hilfe nicht. Lass uns in Ruhe.«

Er rieb mit dem Daumen über sein Goldarmband. »Mir liegt der Junge am Herzen.«

»Es ist bestimmt gut für dein Ansehen hier, so zu tun, als würdest du dich um ein Waisenkind kümmern.«

Er zeigte nicht einmal einen Ansatz von Beschämung. »Mir war klar, dass du für mich nicht den roten Teppich ausrollen wirst, aber ich dachte, wir könnten uns in dieser Sache vielleicht zusammentun.«

»Falsch gedacht.«

Er ließ den Blick über den vernachlässigten Garten und das kleine Bienenhaus mit seiner abblätternden weißen Farbe und dem durchhängenden Blechdach schweifen. Ein Windstoß brachte die Blätter in Bewegung, ohne seiner teuren Frisur etwas anzuhaben.

»Du wirst für das Grundstück nicht viel bekommen, falls du es verkaufen möchtest. Es hat keinen Seeblick, keinen Zugang zum Strand, und in das Cottage muss eine Menge Arbeit gesteckt werden.«

Er erzählte ihr nichts, was sie nicht schon selbst herausgefunden hatte. Kein Glück in der Liebe und kein Glück mit Grundbesitz – das galt für sie. Die Bank hatte die Hypothek für die Fünf-Millionen-Dollar-Villa gekündigt, die Scott und sie in Bloomfield Hills gekauft hatten. Das Letzte, was Bree gehört hatte, war, dass sie die Immobilie für gut drei Millionen gelistet hatten und trotzdem nicht loswurden.

Mike schlenderte zu Myras verwahrlostem Gemüsegarten, wo junge Tomatenpflanzen gegen das Unkraut ums Überleben kämpften. »Wenn du Toby von der Insel wegbringst, zerstörst du die einzige Sicherheit, die er hat.«

»Du glaubst doch nicht wirklich, dass ich hierbleibe?« Sie sagte es, als hätte sie ein Dutzend andere Möglichkeiten, in Wirklichkeit hatte sie keine einzige.

Es gelang ihm immer noch, ein unschuldiges Gesicht zu machen, als er die Klinge hineinstieß. »Ich habe gehört, du hast bei der Scheidung nicht viel bekommen.«

Sie hatte gar nichts bekommen. Und auch keine Unterstützung von ihrer Familie. Ihre Brüder hatten ihre eigenen finanziellen Sorgen, und selbst wenn sie die nicht hätten, könnte Bree sie nicht um Geld bitten, nicht nachdem sie sich taub gestellt hatte, als sie sie vor Scott warnten. Was ihr Erbe betraf ... Das war nach dem Tod ihrer Mutter innerhalb eines Jahres aufgebraucht gewesen.

»Hier hast du ein Dach über dem Kopf«, fuhr er fort. »Myra hat Toby viel zu stark abgeschottet, darum hat er nicht viele Freunde. Aber seine Wurzeln sind hier, und in seinem Leben hat es genug Veränderungen gegeben. Ich denke, David hätte gewollt, dass du bleibst.«

Sie konnte es nicht ertragen, dass er Davids Namen aussprach, nicht einmal nach all den Jahren. »Komm nie wieder hierher.« Sie machte auf dem Absatz kehrt und ließ ihn im Garten stehen.

Toby saß an dem kleinen Klapptisch in der Küche und aß seine Cornflakes. Das kleine Cottage war in der Ära der gebeizten Eichenmöbel und der Anrichten aus Massivholz renoviert worden. Zwei offene Regale enthielten Myras Sammlung von Honiggläsern und Keramikbienen. Durch das Fenster über der Spüle beobachtete sie Mike, der den Garten musterte, als würde er das Grundstück schätzen. Schließlich entfernte er sich.

David hatte ihr einen einzigen Brief geschrieben. *Ich werde dich immer lieben, Bree. Aber es ist aus. Ich möchte nicht der Grund sein, dass du es dir mit deinen Eltern verdirbst ...*

Sie war am Boden zerstört gewesen. Ihren einzigen Trost hatte sie aus den Telefonaten mit Star geschöpft. Myras Tochter war ihre beste Freundin, die Einzige, die verstand, wie sehr sie David liebte, wie viel mehr er ihr bedeutete als nur ein Sommerflirt.

Sechs Wochen nachdem Bree abgereist war, wurde Star

von David schwanger, und David brach sein Studium ab, um sie zu heiraten. Bree hatte mit keinem der beiden jemals wieder gesprochen.

Toby hob seine Cornflakes-Schüssel an die Lippen und schlürfte die restliche Milch aus. Dann stellte er die Schüssel wieder auf den Tisch.

»Gram hat mir erzählt, dass du reich bist. Ich wette, du hast sie angelogen.«

»Ich war mal reich.« Bree starrte zum Fenster hinaus. »Jetzt bin ich es nicht mehr.«

»Warum?«

»Weil ich mich auf einen Mann verlassen habe, statt herauszufinden, wie ich mich auf mich selbst verlassen kann.«

»War mir klar, dass du keine Kohle hast.«

Es war ein Vorwurf, ein weiterer Seitenhieb, wie sehr er sie hasste. Nicht, dass sie von ihm allzu begeistert gewesen wäre.

»Wann fährst du wieder?«, fragte er.

Es war nicht das erste Mal, dass er ihr diese Frage stellte, und sie wünschte, sie hätte eine Antwort darauf.

»Ich weiß es nicht.«

Er schob seinen Stuhl zurück. »Du kannst hier nicht die ganze Zeit nur herumsitzen und Däumchen drehen.«

Er hatte recht, und sie musste ihm zeigen, dass sie einen Plan hatte. Etwas. Irgendwas.

»Das habe ich auch nicht vor.« Sie drehte sich vom Fenster weg. »Ich werde Myras Honig verkaufen.«

Lucy hatte nicht die Absicht, Panda bei einer gemeinschaftlichen Pizza zum Abendessen Gesellschaft zu leisten. Sie schlüpfte in ihre Sneakers und ging nach draußen. Sie hasste Joggen, aber noch mehr hasste sie das Nichtstun, und sie musste sich emotional abreagieren nach diesem furchtbaren Tag.

Von der Zufahrt zur Gänsebucht bog sie auf die Hauptstraße. Kurz darauf kam sie an einem verlassenen Straßenstand vorbei. Dahinter erspähte sie ein kleines türkisblaues Cottage. Als sie sich nähernde Schritte hinter sich hörte, brauchte sie sich nicht umzudrehen, um zu wissen, wer das war.

»Du stehst nicht mehr auf der Familiengehaltsliste«, sagte sie, als er zu ihr aufschloss.

»Macht der Gewohnheit.«

»Ich laufe nicht gern, und schon gar nicht mit dir.«

»Pech. Die Straße ist verdammt schmal. Bleib neben dem Seitenstreifen.«

»Man kann hier ein Fahrzeug schon aus einer Meile Entfernung hören, und außerdem mache ich das, weil ich allein sein möchte.«

»Tu so, als wäre ich nicht hier.« Er wurde langsamer, um sie nicht zu überholen. »Du willst tatsächlich nicht zurück nach Wynette, oder?«

»Das hast du gerade herausgefunden?«

»Ich wäre jede Wette eingegangen, dass du es dir anders überlegst.«

»Irrtum.«

»Es gibt immer ein erstes Mal.«

»Du bist so ein Loser.« Sie überquerte die Straße, machte eine Kehrtwende und lief zurück in Richtung Haus.

Er folgte ihr nicht.

Lucy ging gleich zur Garage, holte das Rad heraus und radelte zu dem Strand an der Südspitze der Insel, wo sie sich auf eine Sanddüne hockte, um den Sonnenuntergang über dem See zu beobachten. Als sie schließlich ins Haus zurückkehrte, entdeckte sie Panda auf einem der sechs ungleichen Stühle, die den gefakten viktorianischen Küchentisch umrundeten, der für sie alles symbolisierte, was in diesem früher einmal lebendigen Haus sanierungsbedürftig war.

Obwohl die Pizza in dem Karton offen vor ihm lag, fehlten nur zwei Ecken. Er hob den Kopf, als sie hereinkam, und das gelbe Licht von der Lampe im Tiffany-Stil, die über dem Tisch hing, warf Schatten auf seine dunkle Haut. Sie wandte sich in einem unpersönlichen Ton an ihn, als wären sie nur ganz flüchtig miteinander bekannt.

»Ich habe mich in deinem Zimmer eingerichtet, und da du morgen abreist, wäre es mir recht, wenn ich nicht für eine Nacht umziehen müsste.«

Er legte den Ellenbogen über die Rückenlehne seines Stuhls. »Das ist mein Zimmer.«

»Ich beziehe dir gern ein anderes Bett«, sagte sie.

»Und wenn ich Nein sage?«

»Dann ziehe ich eben um, und du kannst in meiner miefigen Bettwäsche schlafen.«

Er schenkte ihr sein spöttisches Grinsen. »Lass mich darüber nachdenken.«

Sie konterte mit kühler Förmlichkeit. »Ich würde es sehr begrüßen, wenn du dich damit beeiltest. Ich hatte einen langen Tag, und ich möchte mich hinlegen.«

Sein Grinsen verwandelte sich in ein Achselzucken. »Schlaf, wo du willst. Es ist mir gleich. Und mein Bett werde ich selbst beziehen.« Er wandte sich zur Tür, dann verharrte er kurz. »Eins noch. Lass das Haus in Ruhe. Alles bleibt so, wie es ist.«

Mal sehen.

Aber er war noch nicht fertig damit, ihr das Leben schwerzumachen. Kurz nachdem sie das Licht im Zimmer ausgeknipst hatte, hörte sie ein Klopfen. »Ich habe meine Zahnbürste vergessen«, sagte er durch die Tür.

Sie kletterte aus dem Bett, holte seine Zahnbürste aus dem

Spiegelschrank des Badezimmers, schloss die Zimmertür auf und streckte die Bürste durch den Spalt.

So grimmig, wie sein Kiefer sich anspannte, hätte sie ihm auch ein Schnappmesser entgegenstrecken können. »Du hast dich eingeschlossen?«, fragte er mit einer Stimme, die wie Trockeneis qualmte.

»Reine Gewohnheit«, antwortete sie.

»Du hast dich *eingeschlossen?*«

Sie würde wie ein Kind klingen, wenn sie ihm erklärte, wie gespenstisch das Haus nachts war, also zuckte sie mit den Schultern.

Seine Augenbrauen schnellten zusammen, und sein Mundwinkel verzog sich verächtlich. »Baby, wenn ich hier reinkommen will, wird mich kein Schloss der Welt aufhalten. Aber wozu sollte ich mir die Mühe machen? Du warst sowieso nicht besonders gut.«

Sie schnappte nach Luft und knallte ihm die Tür vor der Nase zu.

Panda hatte das Bedürfnis, auf etwas einzuschlagen. Auf sich selbst. Wie oft würde er es sich noch mit ihr verderben? Aber sie machte ihn so verdammt wütend.

Die Schlampe hat es verdient. Hätte sie mich nicht wahnsinnig gemacht, hätte ich nicht zugeschlagen.

Genau solche Worte hatte er in hunderten Fällen von häuslicher Gewalt zu hören bekommen, wenn irgendein Arschloch versucht hatte, mit immer derselben Ausrede zu rechtfertigen, dass er eine Frau grün und blau geprügelt hatte. Der Umstand, dass er selbst Worte benutzt hatte statt seiner Fäuste, machte ihn keinen Deut besser als diese Schläger.

Er fuhr sich mit den Fingern durch die Haare. *Sei der Beste in dem, was du gut kannst.* Aber alles, was mit Lucy Jorik zusammenhing, war ein Riesenflop nach dem anderen, war es von Anfang an gewesen. Er hätte sie gleich, nachdem er sie in dieser kleinen Nebenstraße aufgelesen hatte, zu ihrer Familie zurückbringen sollen. All diese Spielchen, die er gespielt hatte, um ihr Angst zu machen, hatten nicht viel mehr bewirkt, als dass er sich wie ein kolossaler Volltrottel vorkam. Ein Fehler nach dem anderen, und jeder einzelne hatte zu dem größten Fehler überhaupt geführt. Zu diesem letzten Abend.

Es war für ihn schwer genug gewesen, sich nicht an ihr zu vergreifen, als sie am Caddo Lake waren, aber dieser letzte Abend in dem Motel hatte seine Selbstbeherrschung geknackt. Er hatte zu viele Stunden mit ihr verbracht, in denen sie sich an seinen Rücken hatte pressen müssen, zu viele Tage, in denen er diese grün gesprenkelten braunen Augen beobachtet hatte, die blitzende Warnsignale aussandten, wenn sie sich schutzlos fühlte.

Er hob die Faust, um wieder an ihre Tür zu klopfen, ließ aber dann den Arm sinken. Was hatte es für einen Sinn, sich zu entschuldigen? Das Letzte, was sie im Moment wollte, war, ihn zu sehen.

Er durchquerte die modrige alte Diele und stieg die Treppe hoch in diesem Spukhaus, das zu kaufen er nicht hatte widerstehen können. Das Leben, das er gelebt hatte, hatte ihm mehr als genug seelischen Ballast aufgebürdet, mit dem er klarkommen musste. Er brauchte nicht noch mehr davon, vor allem nicht mit der Tochter der verdammten ehemaligen Präsidentin der Vereinigten Staaten.

Er würde nicht schnell genug von dieser Insel wegkommen können.

Lucy ging Panda aus dem Weg, indem sie am nächsten Morgen gleich durch die Schiebetür auf die Terrasse hinausschlüpfte, die in den Garten führte. Sie fuhr mit dem Rad in die Stadt und frühstückte einen Muffin mit Kaffee an einem der Außentische vor dem Painted Frog. Abgesehen von ein paar jungen Mädchen, die abschätzige Blicke auf ihre Frisur und ihr Tattoo warfen, schenkte ihr niemand Beachtung. Das Gefühl, Lucy Jorik hinter sich gelassen zu haben, war berauschend.

Nach dem Frühstück radelte sie weiter zur Nordspitze. Sie liebte die schroffen Ecken der Insel. Dies hier war kein Spielplatz für die Reichen und Berühmten. Klempner und Schuhverkäufer kamen hierher. Kinder, die öffentliche Schulen besuchten, und Eltern, die ihre Babys in Walmart-Buggys vor sich herschoben. Wären Mat und Nealy nicht in ihr Leben getreten, wäre ein Ort wie dieser Lucys Urlaubstraum gewesen.

Bis zum Unabhängigkeitstag waren es noch ungefähr zwei Wochen, aber draußen auf dem Wasser wimmelte es bereits von Booten. Sie kam an einem Hof vorbei, dann an einem Holzschuppen mit einem handgeschriebenen Schild, das für den besten Räucherfisch auf der Insel warb. Ein kleiner Binnensee, gespickt mit Schilfrohr, lag zu ihrer Linken, ein Moor erstreckte sich zu ihrer Rechten, dahinter der Michigansee. Die Harthölzer, die der Straße Schatten spendeten, wichen allmählich Kiefern, dann verschwanden die Bäume ganz, die Straße verjüngte sich zu der freiliegenden Inselspitze. Ein Leuchtturm ragte auf einer Felszunge empor.

Lucy ließ ihr Rad stehen und folgte einem Pfad, der zum Turm führte. Sie nickte kurz dem Leuchtturmwärter zu, der sich um seine bepflanzten Blumenkübel neben dem Eingang kümmerte. Hinter dem Gebäude ragte ein Anleger ins Wasser. Der See war an diesem Tag ruhig, aber Lucy stellte sich den Ort bei Sturm vor, wenn die Wellen auf dem Felsriff brachen.

Sie fand ein Plätzchen zum Sitzen zwischen den Klippen,

die bereits von der Morgensonne erwärmt worden waren. Die Fähre bewegte sich in Richtung Festland. Lucy hoffte inständig, dass Panda an Bord war, denn wenn er das Haus nicht verlassen hatte, würde sie es räumen müssen, und sie hatte weniger Lust denn je abzureisen. Die hässlichen Worte, die er ihr am Abend zuvor ins Gesicht geschleudert hatte, brannten immer noch in ihr. Die Menschen waren nie grausam zu ihr gewesen, außer Panda.

Es war ihr egal, weshalb er sie beleidigt hatte oder ob er tatsächlich glaubte, was er da gesagt hatte. Seine Worte hatten den letzten Rest Nostalgie zerstört, was ihr gemeinsames Abenteuer betraf. Und das war letzten Endes gut so.

Als sie schließlich wieder auf ihr Rad stieg, hatte Lucy den Entschluss gefasst, von nun an einen regelmäßigen Tagesablauf einzuhalten. Sie würde die kühleren Vormittage nutzen, um auf den See hinauszupaddeln oder die Insel zu erkunden. Und nachmittags würde sie an dem Kapitel schreiben, das sie ihrem Vater versprochen hatte.

Als sie sich der Abzweigung zur Gänsebucht näherte, sah sie wieder das türkisblaue Cottage, das sie am Tag zuvor entdeckt hatte. Die zerklüftete Küstenlinie der Insel machte Entfernungen trügerisch, aber das musste das Haus sein, in dem Toby und seine Großmutter lebten – es war gar nicht weit vom Remington-Haus entfernt.

In der Einfahrt stand ein Briefkasten, der seine besten Tage schon hinter sich hatte, seitlich der verlassene Straßenstand. Obwohl sich das Grundstück mehrere Meilen außerhalb der Stadt befand, lag es günstig, um Sommererzeugnisse zu verkaufen, da die angrenzende Straße zum Südstrand führte, dem größten auf der Insel. Auf einem verblichenen Schild, das schief an einer verrosteten Kette baumelte, stand SCHLEUDERHONIG AUS EIGENER PRODUKTION.

Spontan bog sie in die Einfahrt ein.

Kapitel 10

Mit einem Schrei sprang Bree vom Bienenstock zurück.
»O Gott ... O Gott ... O Gott ...«
Sie zog die Schultern hoch, zitterte. Das, was sie auf dem Boden des Bienenkastens gesehen hatte, war kein Dreck, der sich dort gesammelt hatte. Nein. Es war eine Maus. Eine tote Maus, versteinert in einer klebrigen Masse aus Bienenharz.

Bree riss ihre steifen Imkerhandschuhe herunter und flüchtete über den Rasen. Laut Toby hatte Mr. Wentzel den Bienen im vergangenen Monat eine starke Zuckerlösung gegeben, aber nun brauchten die Völker neue Bruträume. Das war erst der dritte Bienenstock, den sie geöffnet hatte. Was würde sie in den anderen finden?

Vielleicht behielt Star letzten Endes doch recht. Sie hatte die Arbeit mit den Bienen ihrer Mutter gehasst. Aber Bree war nicht Star, und die Bienen hatten sie vom ersten Augenblick an fasziniert. Jeden Sommer hatte sie Myra beim Imkern geholfen. Sie hatte den leisen Hauch von Gefahr geliebt, die Überlegenheit, etwas zu können, das keiner ihrer Brüder beherrschte. Ihr gefiel die Ordnung der Kolonie, die strengen Regeln, die ihre Gesellschaft bestimmten, die Vorstellung einer Königin. Aber vor allem hatte sie das Zusammensein mit Myra genossen, die ruhig und zurückhaltend war, ganz anders als Brees hektische, immer mit sich selbst beschäftigte Mutter.

Bree war fast die ganze Nacht auf gewesen und hatte Myras kleine Sammlung von Imkerliteratur studiert, aber weder die Bücher noch all die Sommer, in denen sie Myra zur Hand gegangen war, hatten sie auf so viel Verantwortung vorbereitet. Dabei hatte sie sogar einmal einen Imkerkurs gemacht. Scott hatte ihr jedoch nicht erlaubt, einen Bienenstock im Garten aufzustellen, darum hatte sie nie etwas daraus gemacht. Und nun war sie hier, mit nicht nur einem Bienenvolk, das sie gegen Nager, Parasiten und Überbevölkerung schützen musste, sondern gleich mit fünfzehn.

Sie kratzte sich mit der Spitze ihres Sneakers am anderen Fußknöchel. Auch wenn Myras Imkerbluse mit Hut und Schleier passte, die dazugehörigen Overalls waren nicht für jemanden gemacht, der lang und dünn war so wie Bree, also trug sie ihre eigene lange Khakihose. Helle Kleidung besänftigte die Bienen, dunkle Farben assoziierten sie mit Räubern wie Waschbär und Stinktier. Leider hatte Bree vergessen, ihre Hosenbeine in die Socken zu stecken, was den Stich erklärte, der an ihrem Fußknöchel pochte.

Sie überlegte, ob sie Toby überreden sollte, die tote Maus zu entfernen, aber er teilte die Abneigung seiner Mutter gegen Bienen, und sie würde sich wahrscheinlich nur eine Abfuhr holen. Nach dem Bespitzelungsvorfall am Vortag hatte sie sich vorgenommen, ein besseres Auge auf ihn zu haben, aber er war nirgendwo zu sehen. Dafür entdeckte sie ein junges Mädchen mit schwarz gefärbten Haaren und ein paar schlampigen Dreadlocks, das um das Haus herumkam. Die Fremde trug ein schwarzes Trägerhemd, Shorts und hässliche Schnürstiefel. Sie war kleiner als Bree, vielleicht eins sechzig, hatte feine, ebenmäßige Gesichtszüge und einen großzügigen Mund. Ohne die schreckliche Frisur und das grelle Make-up wäre sie vielleicht hübsch. Das Gesicht kam Bree vage bekannt vor, obwohl sie sich sicher war, dem Mädchen nie begegnet zu sein.

Sie hob ihren Schleier über den Hut. Die Anwesenheit der

Fremden beunruhigte sie, nicht nur wegen des Tattoos und des Nasenrings, sondern weil bis jetzt niemand sie behelligt hatte. Sie mochte das Gefühl, unsichtbar zu sein, und sie wollte es so beibehalten.

»Ich nehme an, Sie sind nicht Tobys Großmutter«, sagte das Mädchen.

Trotz ihrer toughen Erscheinung machte die Fremde keinen bedrohlichen Eindruck. Bree warf ihre Handschuhe neben den Smoker, den sie benutzt hatte, um die Bienen zu beruhigen. Myra hatte immer mit den bloßen Händen an den Bienenstöcken gearbeitet, aber Bree war nicht im Entferntesten bereit dazu.

»Tobys Großmutter ist Anfang Mai gestorben.«

»Wirklich? Interessant.« Die Fremde streckte ihr die Hand entgegen, ungewöhnlich für ein junges Mädchen. »Ich bin Viper.«

Viper? Bree erwiderte den Handschlag, aber es fühlte sich seltsam an. In ihrem ehemaligen Umfeld waren Umarmungen ein absolutes Muss gewesen, selbst Frauen, die man kaum kannte, umarmte man. »Bree West.«

»Freut mich, Sie kennenzulernen, Bree. Ist Toby zufällig da?«

Woher kannte dieses Mädchen Toby? Wieder einmal spürte Bree das Ausmaß ihrer Unfähigkeit. Sie wusste weder, wo Toby war, noch was er trieb, sobald er aus ihrer Sichtweite verschwand.

»Toby!«

Keine Reaktion.

»Wahrscheinlich ist er im Wald«, bemerkte die Frau. Ihre Stimme klang so verständnisvoll, dass Bree jetzt sicher war, kein junges Ding mehr vor sich zu haben. »Sind Sie Tobys Mutter?«

Ihre blasse Haut und die roten Haare hatten Bree von

ihren Brüdern den Spitznamen »Leiche« eingebracht, und in Anbetracht von Tobys ethnischer Abstammung dachte sie zunächst, die Frage sei ironisch gemeint. Aber der Frau schien es ernst zu sein.

»Nein. Ich bin … sein Vormund.«

»Ich verstehe.«

Etwas an ihrem unerschütterlichen Blick gab Bree das Gefühl, als würde die Fremde wirklich verstehen – vielleicht mehr, als Bree lieb war.

»Kann ich Ihnen helfen?«

Bree war bewusst, dass sie schroff klang, aber sie wollte die Frau loswerden, damit sie sich wieder um die Bienen kümmern konnte. Noch dringender wollte sie eine Zigarette.

»Wir sind Nachbarn«, sagte die Frau. »Ich habe das Remington-Haus gemietet.«

Das Remington-Haus? *Ihr* Haus. War das vielleicht die Frau, die Toby ausspioniert hatte? Sie tat ahnungslos.

»Das Remington-Haus? Ich … bin erst seit ein paar Wochen hier.«

»Es ist auf der anderen Waldseite. Ein Pfad führt dorthin.«

Der Pfad, den Star und sie tausendmal entlanggerannt waren.

Die Frau warf einen Blick zu den Bienenstöcken. »Sie sind Imkerin.«

»Tobys Großmutter war Imkerin. Ich versuche nur, die Bienen am Leben zu erhalten.«

»Haben Sie Erfahrung darin?«

Bree lachte, den eingerosteten Laut erkannte sie kaum als ihren eigenen wieder. »Ich habe früher als Jugendliche mal mit Bienen gearbeitet, aber das ist lange her. Zum Glück sind das hier gesunde, etablierte Kolonien, und der kalte Frühling hat sie scheinbar daran gehindert auszuschwärmen. Wenn ich keinen Mist baue, sollten sie klarkommen.«

»Das ist toll.« Die Frau schien aufrichtig beeindruckt zu sein. »Hätten Sie denn etwas dagegen, wenn ich mir Toby morgen für eine Weile ausleihe? Ich brauche Hilfe beim Möbelrücken. Er hat mich drüben einige Male besucht, und ich dachte, er würde vielleicht gern ein bisschen Geld verdienen.«

Er hat sie nicht besucht. Er hat herumgeschnüffelt.

»Ich … hoffe, er hat Ihnen keinen Ärger gemacht.«

»Ein Engel wie Toby?«

Ihre spöttisch hochgezogene Augenbraue überraschte Bree. Wieder hörte sie sich selbst lachen.

»Er gehört ganz Ihnen.«

Die Frau, die sich Viper nannte, drehte sich in Richtung Wald und wölbte die Hände um den Mund. »Toby! Ich brauche einen Helfer im Haus. Wenn du etwas Geld verdienen willst, komm vorbei.«

Es folgte keine Antwort, aber das schien ihr nichts auszumachen. Sie richtete ihre Aufmerksamkeit wieder auf die Bienenstöcke.

»Ich fand Bienen schon immer spannend, aber ich weiß überhaupt nichts über sie. Wäre es vermessen von mir, wenn ich Sie bitten würde, Ihnen hin und wieder bei der Arbeit zusehen zu dürfen?«

Ihr Wortschatz und ihre Umgangsformen standen so sehr im Widerspruch zu ihrer äußeren Erscheinung, dass Bree völlig verblüfft war.

»Wenn Sie möchten.«

»Super. Dann bis bald.« Mit einem Lächeln kehrte die Frau auf den Weg zurück, den sie gekommen war.

Bree wandte sich wieder den Bienenstöcken zu und verharrte plötzlich, als ihr eine Idee kam.

»Was halten Sie von Mäusen?«, rief sie der Frau hinterher.

»Von Mäusen?« Die Frau blieb stehen. »Nicht gerade meine Lieblingstiere. Warum?«

Bree zögerte kurz, dann deutete sie auf den letzten Stock in der Reihe. »Wenn Sie sich für das Imkern interessieren, dann habe ich hier etwas Ungewöhnliches, das ich Ihnen zeigen möchte. Haben Sie schon einmal den Begriff Propolis gehört?«

»Nein. Was ist das?«

»Eine zähe, klebrige Substanz, die Bienen sammeln, um Ritzen im Stock abzudichten. Ein Harz mit antibakteriellen Eigenschaften, auch Bienenleim genannt – einige der kommerziellen Imker ernten es sogar.« Sie versuchte, gelehrt zu klingen. »Die Bienen verwenden es als eine Art Hygieneversiegelung gegen alle Arten von Eindringlingen, um die Kolonie vor Infektionen zu schützen. Kommen Sie, sehen Sie selbst.«

Die Frau näherte sich den Bienenstöcken wie ein Lamm der Schlachtbank. Sie blieb stehen und starrte auf den ekligen Klumpen, aber sie wich nicht zurück. Sie starrte einfach weiter darauf. Bree holte die Schaufel, die sie an die Stufe gelehnt hatte.

»Wenn Sie das Ding herausholen und in den Gully werfen könnten …«

Die Frau warf einen Blick über ihre Schulter.

Bree gab sich größte Mühe, ihr heiteres, informatives Geplapper fortzuführen. »Die Propolis hat die Maus mumifiziert. Ist das nicht faszinierend?«

»Sie veräppeln mich.«

Unter diesem unerschütterlichen Blick brach Brees Haltung zusammen.

»Ich … kann das nicht. Mir wird wohl nichts anderes übrig bleiben, aber … ich ekle mich vor Mäusen, und Sie sehen für mich aus wie jemand, der vor nichts zurückschreckt.«

Die Augen der Frau leuchteten auf. »Ach ja?«

Bree nickte.

»Großartig.« Sie nahm die Schaufel, holte die Überreste der Maus heraus und warf sie in den Gully.

Es war schon eine Ewigkeit her, dass jemand Bree einen Gefallen getan hatte, und sie konnte sich nicht erinnern, wann sie das letzte Mal so gerührt gewesen war.

Die Neugier auf Toby und seine Großmutter hatte Lucy veranlasst, am Cottage anzuhalten. Vielleicht hatte sie auch einfach nur Zeit schinden wollen, bis Panda gegangen war. Trotzdem, so angespannt wie sie war, könnte sie nicht nervöser sein als Tobys Vormund.

Bree war eine schöne Frau, obwohl sie so zerbrechlich wirkte. Ihr scharf geschnittenes Gesicht und ihr Alabasterteint verliehen ihr eine altmodische Zartheit. Lucy konnte sich Bree gut in einem viktorianischen Kleid mit hohem Spitzenkragen vorstellen, die rostroten Haare zu einer lockeren Flechtfrisur aufgesteckt. Etwas verriet ihr, dass die Frau eine ganze Menge Sorgen auf ihren schmalen Schultern trug. Aber wie passte Toby in das Bild?

Das ging Lucy allerdings nichts an. Sie hätte nicht ihrem Impuls nachgeben sollen, Toby ins Haus einzuladen, aber nachdem sie erfahren hatte, dass seine Großmutter gestorben war, konnte sie nicht anders. Sie hatte eine Schwäche für tapfere kleine Kämpfernaturen. Und auch dafür, sich dem Erstbesten an den Hals zu werfen, den sie auf ihrer Flucht getroffen hatte.

Sie nahm die letzte Kurve, hielt den Atem an und bog in die Einfahrt. Sein Wagen war fort. Sie musste ihn niemals mehr wiedersehen.

Während sie das Rad an die Rückseite des Hauses lehnte, fragte sie sich, ob der One-Night-Stand mit Panda ihre verschrobene Form von Rechtfertigung dafür gewesen war, dass sie vor ihrer Hochzeit geflüchtet war. Sie hätte keine bessere Möglichkeit finden können, um sich selbst zu beweisen, dass sie es nicht wert war, einen Mann wie Ted zu heiraten. Ein tröstlicher und beunruhigender Gedanke zugleich. Das würde zwar erklären, warum sie sich so untypisch verhalten hatte, aber es warf kaum ein positives Licht auf ihren Charakter.

Entschlossen, dieses kurze, schmerzliche Kapitel ihres Lebens für immer zu den Akten zu legen, öffnete sie die Hintertür mit dem Schlüssel, den sie aus einem kaputten Weidenkorb unter abgelaufenen Gutscheinen, überholten Fahrplänen für die Fähre, leeren Taschenlampenbatterien und einem zehn Jahre alten Inseltelefonbuch hervorkramte. Sie betrat die Küche. Toby saß dort am Tisch und aß Cornflakes.

»Fühl dich wie zu Hause«, bemerkte sie ironisch.

Der deutsche Kaffeeautomat war frisch gespült worden, und sie bezweifelte, dass das Tobys Werk war. Abgesehen davon, entdeckte sie keine weiteren Spuren, dass Panda hier gewesen war.

Toby schenkte ihr seinen üblichen feindseligen Blick. »Wie viel bezahlen Sie mir?«

»Wie viel bist du wert?«

Er schob sich den nächsten Löffel in den Mund. »Viel.«

»Ich werde dich bezahlen, wenn die Arbeit getan ist. Und nun gibst du mir den Hausschlüssel, den du noch hast.«

Er mimte den Helden. »Ich brauche keinen Schlüssel, um hier reinzukommen.«

»Richtig. Du benutzt ja deine Spiderman-Kräfte.« Sie ging zu ihm hinüber und streckte auffordernd die Hand aus.

Er kratzte an einem Mückenstich an seinem Arm, und sie sah ihm an, dass er mit sich rang, ob er sich stur stellen sollte, schließlich griff er in seine Hosentasche. Dann stocherte er mit dem Löffel in den Cornflakes.

»Wie kommt es, dass Sie nicht sauer sind wegen meiner Großmutter?«

»Wer sagt, dass ich nicht sauer bin?«

»Sie machen nicht den Eindruck.«

»Ich kann meine Gefühle gut verbergen. Als Serienmörder lernt man so was.«

»Sie sind ein Serienmörder?«

»Noch nicht. Aber ich spiele mit dem Gedanken, einer zu werden. Vielleicht heute schon.«

Der Anflug eines Lächelns zuckte in seinem Mundwinkel. Er zügelte es rasch. »Sie halten sich für ziemlich witzig, sind Sie aber nicht.«

»Ansichtssache.«

Sie hatte sich eigentlich vorgenommen, sich herauszuhalten, und trotzdem war es passiert. Typisch für jene, die nicht wussten, wie sie mit ihren eigenen Problemen umgehen sollten. Um sich besser zu fühlen, wühlten sie in den Sorgen anderer Leute herum. Lucy steckte den Schlüssel ein.

»Bree scheint sehr nett zu sein.«

Er stieß einen abfälligen Laut aus. »Sie bleibt nur so lange, bis mein Dad nach Hause kommt. Mein Dad ist ein Höhenkletterer. Das sind die Männer, die an Sachen hochklettern wie zum Beispiel an Funkmasten. Der gefährlichste Job der Welt.«

Er schwindelte – Lucy erkannte eine Waise, wenn sie eine vor sich hatte. Sie füllte ein Glas mit Leitungswasser und trank es zur Hälfte aus. Während sie den Rest in die Spüle kippte, musste sie daran denken, wie sehr sie früher in ihrer Arbeit mit Kindern wie Toby aufgegangen war. Sie war gut darin gewesen, und es hatte ihr fast das Herz zerrissen, sie aufzugeben. Aber als Jugendbetreuerin konnte sie nur ein paar Kindern helfen, als Lobbyistin hingegen Tausenden, etwas, das sie sich immer vor Augen führen musste, wenn sie in Versuchung geriet auszusteigen.

»Toby, die Sache ist die. Ich habe einen Bruder und drei Schwestern, also weiß ich, wann Kinder nicht die Wahrheit sagen. Wenn du es so mit mir halten willst, ist das deine Entscheidung. Aber das bedeutet, dass ich dir nicht wirklich helfen kann, sollte das jemals nötig sein.« Er öffnete den Mund, bestimmt, um zu erwidern, dass er von niemandem Hilfe benötigte, doch sie schnitt ihm das Wort ab. »Außerdem ... bedeutet es, dass ich dich nie um Hilfe bitten kann, wenn ich welche brauche. Weil kein Vertrauen da ist. Verstehst du, wie das läuft?«

»Wen interessiert das?«

»Dich offenbar nicht.«

In der Spüle stand kein schmutziges Geschirr. Entweder hatte Panda nicht gefrühstückt oder sein Geschirr gleich gespült. Sie nahm eine Banane aus einer Schale, die auf der Anrichte stand.

»Mein Dad war wirklich ein Höhenkletterer«, sagte Toby hinter ihr mit leiser Stimme. »Er ist gestorben, als ich vier war. Er hat einen Kollegen gerettet, der oben festhing, und das ist die Wahrheit.«

Sie schälte die Banane und drehte sich absichtlich nicht zu ihm um. »Das tut mir leid. Ich weiß nicht einmal, wer mein Vater ist.«

»Was ist mit Ihrer Mom?«

»Sie ist gestorben, als ich vierzehn war. Sie war keine besonders tolle Mutter.« Sie konzentrierte sich auf die Banane, nach wie vor ohne ihn anzusehen. »Aber ich wurde adoptiert. Ich hatte also Glück.«

»Meine Mom ist kurz nach meiner Geburt abgehauen.«

»Das hört sich an, als wäre sie auch keine besonders tolle Mutter gewesen.«

»Meine Gram war toll.«

»Und du vermisst sie.« Sie legte die Banane weg und wandte sich schließlich zu ihm um, nur um zu sehen, dass sich in seinen großen braunen Augen Tränen sammelten. Tränen, die er bestimmt lieber vor ihr verbergen würde. »Wir haben viel zu tun.« Sie steuerte entschlossen auf das Erkerzimmer zu. »Lass uns anfangen.«

Während der nächsten paar Stunden half Toby ihr, kaputte Möbel, mottenzerfressene Kissen und ausgeblichene Vorhänge hinauszutragen und in der Garage zu deponieren, bis sie die Sperrmüllabfuhr beauftragt hatte. Panda mochte keinen Respekt vor diesem Haus haben, aber Lucy schon, und wenn es ihm nicht passte, konnte er sie ja verklagen.

Toby versuchte, seine fehlende Muskelkraft mit hohem Arbeitseifer wettzumachen, der sie zutiefst rührte. Gemeinsam mit ihm schleppte sie einen uralten Fernseher hinaus, der nicht mehr funktionierte. Er füllte Müllsäcke mit jahrzehntealten Zeitschriften und zerfledderten Taschenbüchern, die sie ihm aus den Regalen im Erkerzimmer reichte, bevor sie die Regalböden abwischte und die restliche Literatur neu einsortierte. Obwohl sie es versuchten, war der scheußliche grüne Küchentisch zu schwer, um ihn zu bewegen, und sie holten sich bei ihren Anstrengungen nur gemeine Splitter.

Als Lucy genug hatte, holte sie Geld und ging damit in den Wintergarten, wo Toby gerade damit fertig geworden war, den Boden zu wischen. Seine Augen wurden groß, als er sah, wie viel sie ihm bezahlte. Er schob die Scheine rasch in seine Hosentasche.

»Ich kann jederzeit wiederkommen«, sagte er eifrig. »Und ich kann auch weiter das Haus putzen. Ich weiß, es sah nicht so toll aus, aus Sie kamen, aber ich bin jetzt viel besser.«

Sie betrachtete ihn mitfühlend. »Panda braucht jemanden für das Haus, der erwachsen ist.« Als er ein langes Gesicht machte, fügte sie hinzu: »Aber ich habe noch ein paar andere Aufgaben für dich.«

»Ich putze genauso gut wie ein Erwachsener.«

»Panda wird das anders sehen.«

Toby stampfte beleidigt durch den Wintergarten und knallte die Fliegengittertür hinter sich zu, aber sie wusste, dass er wiederkommen würde, und das tat er auch.

Im Laufe der nächsten Tage entfernten sie Spinnweben und schrubbten die Böden. Lucy breitete Strandlaken über die verschlissensten Polstermöbel aus und entdeckte, dass das große Metallregal, das in der Eingangsdiele zu klobig wirkte, perfekt in den Wintergarten passte. Nach und nach verschwanden das Keramikschwein, angeschlagenes Porzellan und weiterer Plunder, der sich auf den Ablagen angesammelt hatte. Lucy füllte eine Schüssel mit reifen Erdbeeren und ein Marmeladenglas mit Rosen, die sie an einer alten Rankhilfe hinter der Garage entdeckt hatte. Das Arrangement war weit entfernt von den unglaublichen Gebinden, die aus dem Blumenladen kamen, der das Weiße Haus belieferte, aber es gefiel ihr trotzdem genauso gut.

Am vierten Tag nach Pandas Abreise rissen sie den hässlichen Teppich in dem düsteren Arbeitszimmer heraus.

»Ist noch Brot da?«, fragte Toby, nachdem sie mit der Arbeit fertig waren.

»Du hast vorhin die letzte Scheibe verputzt.«

»Backen Sie wieder welches?«

»Heute nicht mehr.«

»Sie sollten mehr davon machen.« Er musterte ihr neuestes Accessoire, ein herrliches Drachen-Tattoo. Das Tier schlängelte sich von ihrem Schlüsselbein am Hals empor, sein feuerspeiendes Maul zeigte auf ihr Ohrläppchen. »Wie alt sind Sie eigentlich?«

Sie wollte schon »achtzehn« antworten, bremste sich aber. Wenn sie sich ausbedungen hatte, dass er aufrichtig war, musste sie das auch sein. »Einunddreißig.«

»Ganz schön alt.«

Sie gingen nach draußen, wo Toby die Leiter festhielt, während sie die Weinranken entfernte, die das einzige Fenster im Arbeitszimmer zugewuchert hatten. Wenn dieser Raum nicht mehr so düster war, würde er ein guter Ort für sie sein, um mit dem Schreiben zu beginnen.

Durch das Fenster konnte sie das honigfarbene Parkett sehen. Von dem Moment an, in dem sie zum ersten Mal über die Türschwelle getreten war, hatte das Haus nach ihr gerufen. Panda hatte dieses Haus wirklich nicht verdient.

Bree zog sich in dem winzigen Waschraum auf der Rückseite des Cottages bis auf den Slip und den BH aus und warf ihre schmutzige Kleidung direkt in die Waschmaschine. Der Smoker, den sie benutzt hatte, um die Bienen zu betäuben, ließ Bree riechen, als hätte sie den ganzen Tag an einem Lagerfeuer verbracht. Sie wickelte sich in ein Handtuch und machte sich auf den Weg ins Bad. Sie hatte noch nie in ihrem Leben so schwer geschuftet, und sie spürte jeden Muskel in ihrem Körper.

Die letzten paar Tage hatte sie von der Morgendämmerung bis zum Einbruch der Dunkelheit draußen verbracht, um die Bienenstöcke für den Sommer vorzubereiten. Sie orientierte sich an den Empfehlungen in den Büchern. Vorsichtig entfernte sie Rahmen, sah nach den Königinnen, ersetzte die alten Brutwaben durch neue und stellte ein paar neue Stöcke auf. Sie reinigte das Bienenhaus von oben bis unten und wischte den Staub von Hunderten von Gläsern, die mit der Ernte des letzten Sommers gefüllt waren. Als sie fertig war, klebte sie Myras Etiketten auf.

Schleuderhonig
Charity Island, Michigan

Bree hatte früher davon geträumt, Malerin zu werden. Das Karussell auf den Etiketten stammte von einem Aquarell, das sie gemalt hatte, als sie sechzehn war, ein Geburtstagsgeschenk für Myra. Myra gefiel das Bild so gut, dass sie Bree gefragt hatte, ob sie das Motiv für ihre Etiketten verwenden dürfe.

Bree trocknete sich ab, rubbelte sanft über die vielen Bienenstiche, von denen die älteren juckten wie verrückt. An diesem Tag war sie nur einmal gestochen worden. Es war ein schönes Gefühl, auf etwas stolz zu sein.

Sie entdeckte Toby im Wohnzimmer, ausgestreckt auf der Couch, wo er mit seinem Nintendo DS spielte, den sie ihm als Geschenk mitgebracht hatte. Das Zimmer hatte sich nur wenig verändert im Laufe der Jahre. Pfirsichfarbene Wände, ein hell- und dunkelblau geblümter Teppich, dicke Polstermöbel und zwei Siamkatzen aus Porzellan rechts und links auf dem Kaminsims. Star und sie hatten sie Beavis und Butt-Head getauft.

Es war fast elf. Toby sollte schon im Bett liegen, aber wenn sie etwas sagte, würde er so tun, als hörte er sie nicht. Sie hob seine Cornflakes-Schüssel auf.

»Ich werde morgen den Straßenstand aufmachen.« Es klang mehr wie eine Frage als eine Feststellung.

»Es wird keiner anhalten«, erwiderte er, ohne von seinem Spiel aufzusehen.

»Wir sind hier direkt an der Hauptstraße zum Südstrand. Hier ist ständig Verkehr. Wenn wir den Stand ein wenig herrichten, denke ich, dass er den Leuten auffallen wird.« Sie hatte keine Ahnung, ob das so sein würde oder nicht. »Ich brauche dafür deine Hilfe. Darum solltest du jetzt besser ins Bett gehen.«

Er rührte sich nicht.

Sie musste entschlossener auftreten, aber sie wusste nicht, wie, also flüchtete sie in die Küche. Sie hatte seit dem Frühstück nichts mehr gegessen, und obwohl sie keinen Hunger hatte, zwang sie sich, den Kühlschrank zu öffnen. Die Fächer enthielten nur Milch und Aufschnitt. Sie schob die Tür wieder zu und warf einen Blick in die Speisekammer, wo Dosennahrung, Cornflakes, Nudeln und Bohnen lagerten. Nichts machte sie an. Nichts außer ...

Das einzelne Honigglas, das sie mit ins Haus genommen hatte, stand auf der Anrichte. Der Honig hatte im Sonnenlicht die Farbe von goldenem Bernstein gehabt, nun, im künstlichen Licht der Küche, wirkte er dunkel wie Ahornsirup. Bree nahm das Glas in die Hand und musterte das fantasievolle Etikett mit dem Karussell. Schließlich drehte sie den Deckel. Mit einem leisen Plopp ging er auf.

Sie tauchte die Spitze ihres Zeigefingers in den Honig. Schloss die Augen. Führte den Finger an die Lippen.

All die Sommer in ihrer Kindheit strömten auf sie ein. Sie schmeckte eine schwache Note von Kirschblüten, eine Prise Löwenzahn, Klee und Erdbeere, einen Hauch Geißblatt und eine Spur Sauerbaum, alle Aromen frisch und sauber wie ein Junimorgen. Sie tauchte den Finger ein zweites Mal hinein und schmeckte die länger werdenden Sommertage, wenn die Bienen von den Lavendelblüten und Brombeersträuchern angezogen wurden und das Aroma noch einmal veränderten. Dann kam der August, wenn der Sommer sich dem Ende neigte und der Honig kräftig wurde – Distel, Salbei und Alfalfa.

Im Nu verflog ihre Müdigkeit, und einen Moment lang kam es ihr vor, als würden sämtliche Geheimnisse des Lebens an ihrem Finger kleben.

Am nächsten Morgen bekam Bree Toby nicht aus dem Bett, also machte sie sich allein an die Arbeit. Ihre Arme taten weh, als sie die alte Schubkarre mit Pinseln, Rollen, Lumpen und Lackdosen belud, die sie im Lagerschuppen entdeckt hatte. Unbeholfen manövrierte sie die Karre durch die Einfahrt. Der Straßenstand, grau und verwittert, befand sich im Schatten einer hundertjährigen Eiche. Ein Schrägdach und ein Bretterboden stützten die drei Wände, unter der Holztheke waren zwei morsche Regalbretter befestigt. Ohne den kleinen Verschlag für Nachschub auf der Rückseite hätte das Ding in Brees ehemalige Küchenvorratskammer gepasst.

Ein blauer Honda Minivan sauste vorbei, gefolgt von einem ähnlichen Wagen, beide voll besetzt mit Familien, die auf dem Weg zu dem noch kalten Wasser am Südstrand waren, dem besten Ort zum Schwimmen auf der Insel. Bree machte die Tour zurück zum Haus zwei weitere Male für Werkzeug, das provisorische Pappschild, das sie bemalt hatte, und ein Dutzend Gläser mit dem Honig vom letzten Sommer. Die diesjährige Ernte würde nicht vor August zu verkaufen sein. Bree hoffte, dass sie bis dahin längst fort war, obwohl sie keine Idee hatte, wohin. Sie polterte laut durchs Haus, um Toby zu wecken, und fand ein leeres Kinderzimmer vor.

Ihre Stimmung hob sich, als das erste Fahrzeug anhielt, gerade als sie ihr Pappschild aufstellte.

»Wird auch höchste Zeit, dass der Stand wieder aufmacht«, sagte ihre erste Kundin. »Wir haben das letzte Glas von Myras Honig vor ein paar Wochen aufgebraucht, und meine Arthritis macht mir allmählich wieder zu schaffen.«

Sie kaufte zwei Gläser. Bree war begeistert, aber ihre Euphorie verflog allmählich, als kein anderer Wagen anhielt.

Sie verbrachte die Zeit damit, Spinnweben und alte Vogelnester zu entfernen und lose Bretter wieder festzunageln. Schließlich war sie so weit, die erste von zwei Dosen gelben Holzlack zu öffnen, die sie im Schuppen gefunden und die Myra wahrscheinlich genau für diesen Zweck besorgt hatte. Tatsächlich hatte Bree noch nie selbst etwas gestrichen, aber sie hatte Malern bei der Arbeit zugesehen, und wie schwierig konnte das schon sein?

Nach einigen Stunden stellte sie fest, dass es schwieriger war, als sie geahnt hatte. Sie hatte einen steifen Nacken, einen Holzsplitter im Finger und eine schmerzende Schramme am Bein. Als sie sich mit dem Unterarm über die Stirn wischte und sich dabei mit noch mehr Farbe bekleckerte, hörte sie einen Wagen langsamer werden. Sie wandte sich um und beobachtete einen neuen roten Cadillac, der anhielt. Ihre Begeisterung, endlich Kundschaft zu haben, verblasste, als sie sah, wer es war.

»Bekommt das Holz auch etwas Farbe ab, oder landet alles an dir?«

Mikes widerliches Gelächter hatte denselben Effekt wie Fingernägel, die über eine Tafel gezogen wurden, und sie blaffte ihn an, während er sich ihr näherte.

»Ich komm schon zurecht.«

Statt zu verschwinden, inspizierte er ihr Werk. »Sieht aus, als würde die Farbe nicht ausreichen. Das Holz saugt den Lack förmlich auf.«

Etwas, das sie bereits selbst festgestellt hatte, aber sie hatte kein Geld, um neuen Lack zu kaufen, und ihr war noch keine Lösung eingefallen. Er stieß mit der Spitze seines Slippers aus feinem Ziegenleder gegen eine der fast leeren Lackdosen, dann wandte er sich ab, um das sich durchbiegende Regal zu untersuchen.

»Warum geht Toby dir nicht zur Hand?«

»Das musst du ihn selbst fragen.«

Sie ließ die Farbrolle auf das Abstreifgitter plumpsen, wodurch noch mehr Gelb auf ihr einziges anständiges Paar Sandalen spritzte.

»Vielleicht mache ich das. Wo steckt er denn?«

Hätte ihr Unmut sie nicht übermannt, hätte sie nicht geantwortet. »Nebenan bei seiner neuen besten Freundin.«

»Er sollte lieber dir helfen.« Mike nahm ein Glas Honig aus dem Karton am Boden, warf einen Geldschein hinein und kehrte mit dem Glas zu seinem Wagen zurück.

Als er wegfuhr, wurde Bree bewusst, dass sie zitterte. Sein bloßer Anblick löste eine Flut schmerzhafter Erinnerungen aus. Nichts in ihrem Leben war richtig gut gelaufen seit jener Nacht, in der er David und sie heimlich beobachtet hatte.

Obwohl sie die Rückseite des Stands aussparte, reichte die Farbe nicht. Als sie mit dem Pinsel die Reste aus der Dose kratzte, tauchte der Cadillac wieder auf, mit einem mürrischen Toby auf dem Beifahrersitz neben Mike. Mike öffnete das Fenster, während Toby ausstieg.

»Er hat vergessen, dass er dir heute helfen sollte.«

Tobys wütendes Türknallen deutete darauf hin, dass er gar nichts vergessen hatte.

Mike stieg aus und ging nach hinten zum Kofferraum. »Komm schon, Boy. Pack mal mit an.«

Bree zuckte zusammen. David war damals auf einem der Charterboote gefeuert worden, weil er einen Gast beschimpfte, der ihn Boy genannt hatte. Aber Toby gehorchte Mike ohne Protest. Hatte Toby Angst vor ihm? Sie musterte die beiden neuen Lackdosen, die Toby aus dem Kofferraum holte.

»Was soll das?«

»Du hast keine Farbe mehr.« Mike nahm eine Lackwanne,

Pinsel und eine neue Rolle aus dem Kofferraum. »Ich habe dir Nachschub gebracht. Keine große Sache.«

Ihre Muskeln verspannten sich. »Ich will nicht, dass du mir Farbe kaufst. Ich will nicht, dass du mir irgendwas kaufst.«

Er zuckte mit den Achseln und wandte sich an Toby. »Lass uns die Dose hier aufmachen.«

»Nein«, widersprach sie. »Du kannst die Farbe wieder mitnehmen und alles andere auch.«

Toby warf ihr einen empörten Blick zu, bevor er sich den Schraubenzieher schnappte, den sie im Dreck liegen gelassen hatte, und die Spitze unter den Deckelrand der Dose schob.

»Toby, das ist mein Ernst. Mach das nicht ...«
Der Deckel ploppte.

Sie war noch nie fähig gewesen, andere dazu zu bringen, ihre Wünsche zu befolgen. Sie war nicht fähig, Toby dazu zu bringen, dass er ihr gehorchte, oder Mike dazu, dass er sie in Ruhe ließ, und sie war auch nicht fähig gewesen, Scott in einen treuen Ehemann zu verwandeln.

Mike goss etwas Farbe in die Lackwanne. »Los, Toby, schnapp dir einen Pinsel und fang an, dem Ding eine zweite Schicht Farbe zu verpassen.«

Toby gab keinerlei Widerworte. Für sie würde er keinen Finger krumm machen, aber wenn er von einem rassistischen Idioten herumkommandiert wurde, verwandelte er sich in ein Muster an Kooperation.

»Ich würde dir ja gern selbst helfen«, sagte Mike, »aber ...« Er machte eine ausladende Geste und deutete auf seine makellose graue Sommerhose. »Ach, zum Kuckuck.« Er schnappte sich die Rolle, tauchte sie in die butterige Farbe und machte sich ans Werk.

Bree widerstrebte es zutiefst, was gerade passierte, aber sie wusste nicht, wie sie es beenden konnte. Mike Moody, aufdringlich, obwohl er nicht erwünscht war, genau wie früher.

»Das ist eine hübsche Farbe«, bemerkte er.

Ihr gefiel sie auch, aber sie hatte nicht vor, höflich Smalltalk mit ihm zu halten. »Komm mir bloß nicht zu nahe«, warnte sie. »Dein Eau de Cologne stinkt widerlich.«

Sie hatte es schließlich geschafft, seine unehrliche gute Laune zu erschüttern. »Was redest du da? Ist dir klar, wie viel das Zeug gekostet hat?«

»Guten Geschmack kann man eben nicht kaufen, Mike. Genauso wenig wie Anstand.«

Toby schmiss seinen Pinsel hin, während sein Gesicht sich vor Wut verzerrte. »Warum kannst du nicht einfach nett zu ihm sein?«

Mike zögerte keine Sekunde. »Ich glaube, ich könnte was zu trinken vertragen. Wie sieht's aus, Bree? Hast du im Kühlschrank vielleicht Limo oder so? Ein kaltes Getränk würde uns alle ein bisschen runterkühlen.«

Nur Toby und Bree kochten. Mikes gespielte Freundlichkeit blieb unerschütterlich. Und dann hörte er plötzlich auf zu streichen. Nicht um ihr einen Gefallen zu tun, sondern weil er sah, dass sich ein Pick-up auf der Straße näherte. Offenbar kannte er das Fahrzeug, denn er eilte auf die Straße, um es anzuhalten.

Ein breites Verkäuferlächeln dehnte sein Gesicht, als der Wagen zum Stehen kam. »Jason, mein Mann«, sagte er zu dem langhaarigen Burschen hinter dem Steuer. »Kennst du schon Bree Remington?«

Sie war Bree West. Sie war seit zehn Jahren nicht mehr Bree Remington.

Der Bursche nickte ihr zu. Mike legte die Hand an das Autodach. »Bree verkauft jetzt Myras Honig. Ich wette, deine Mutter würde es begrüßen, wenn du ihr ein paar Gläser mitbrächtest. Jeder weiß, dass Myras Honig gegen Migräne hilft.«

»Klar doch, Mike.«

Und so ging es den restlichen Nachmittag weiter. Mike half ihr und sorgte für Kundschaft. Bree ging möglichst weit auf Abstand. Die Erfahrung hatte sie gelehrt, dass Mike Moodys gute Taten, gleich welcher Art, immer einen Haken hatten.

Als der Tag zu Ende ging, strahlte der Stand in Buttergelb, und Bree hatte achtzehn Gläser Honig verkauft, aber als Mike wieder in seinen Wagen stieg, konnte sie sich kein Danke abringen.

Lucy ertappte sich dabei, dass sie nach Toby Ausschau hielt, als sie vor dem Wintergarten Unkraut zupfte. Sie hatte den Jungen seit drei Tagen nicht mehr zu Gesicht bekommen, seit Big Mike ihn mitgenommen hatte, und sie beschloss, bei ihrer nächsten Einkaufstour in die Stadt einen Zwischenstopp am Cottage einzulegen. Obwohl sie sich täglich auf das Mountainbike schwang, war sie seit fast einer Woche nicht mehr in der Stadt gewesen, sie benötigte dringend Lebensmittel. Nach ihrer Rückkehr würde sie sich an die Arbeit machen. Dieses Mal wirklich. Statt sich nur den Kopf zu zerbrechen, was sie schreiben sollte, würde sie nun endlich damit anfangen.

Lucy wählte nicht die Nebenroute, sondern fuhr direkt auf der Hauptstraße, und als sie sich dem Cottage näherte, fiel ihr Blick sofort auf den Verkaufsstand, nun nicht mehr in einem schmuddeligen Grau, sondern in einem warmen Gelb. Gläser mit goldenem Honig standen auf der Theke, und Bree malte gerade ein fantasievolles Karussellpferd auf eine Seite des zeltförmigen Klappaufstellers aus Holz. Lucy las die königsblaue Aufschrift:

Schleuderhonig
Der beste der Insel
Unser Honig lässt Ihre Welt rotieren

Toby hockte auf der Theke und sah Bree mit baumelnden Beinen zu. Er war sichtlich sauer. Als Lucy von ihrem Rad stieg, legte Bree den Pinsel zur Seite. Ein Spritzer Knallpink zierte ihre Wange, ein hellgrüner Klecks die andere. Ihr ärmelloses Top enthüllte eine feuerrote Schwellung auf ihrem blassen, sommersprossigen Arm.

Toby hüpfte von der Theke und sauste Lucy entgegen. »Hey, Viper. Haben Sie Arbeit für mich?«

»Heute nicht.« Sie betrachtete die Werbetafel. »Sie sind eine richtige Künstlerin, Bree. Das sieht toll aus.«

»Danke, aber ich bin nur eine Hobbymalerin.«

Sie machte sich daran, den schweren Aufsteller in Richtung Straße zu bugsieren, wobei sie achtgab, die frische Farbe nicht zu verschmieren.

Lucy eilte ihr zu Hilfe. »Sie müssen hart gearbeitet haben. Das ist super schön geworden.«

»Ich kann gleich morgen früh vorbeikommen«, sagte Toby.

Bree richtete den Aufsteller aus. »Du musst vormittags auf den Stand aufpassen, wenn ich nach den Bienenstöcken sehe.«

»Ich will nicht auf den Stand aufpassen!«, schrie Toby.

»Ich habe morgen ohnehin schon etwas anderes vor«, sagte Lucy schnell.

Bree trat von der Werbetafel zurück. Auf der anderen Seite sah man genau dasselbe Motiv, nur mit einem anderen Text:

Schleuderhonig
Sommererinnerungen für das ganze Jahr

»Wir hatten heute gerade einmal zehn Kunden«, wandte Toby ein.

»Es ist noch nicht mal Mittag.« Bree sah die Straße entlang. »Zehn Kunden sind mehr, als wir gestern um diese Uhrzeit hatten. Das Schild wird helfen.«

Sie klang nicht überzeugt, und Toby kaufte ihr nicht ab, was sie sagte. »Du musst dir einen richtigen Job suchen«, sagte er.

Lucy wartete darauf, dass Bree ihn ermahnte, sie musste sich auf die Zunge beißen, um nicht etwas zu sagen, aber Bree tat so, als hätte sie es überhört.

»Ich werde nachher bestimmt ein Glas kaufen, wenn ich aus der Stadt zurückkomme.«

Das machte Bree verlegen. »Das müssen Sie nicht.«

»Wollen Sie mich auf den Arm nehmen? Ich liebe Honig.«

»Der schmeckt bestimmt lecker zu Ihrem selbst gebackenen Brot«, sagte Toby. Und dann, vorwurfsvoll an Bree gerichtet: »Viper backt ihr eigenes Brot. Es schmeckt echt super. Das beste Brot, das du jemals gegessen hast.«

»Sie backen Ihr Brot selbst?«, fragte Bree.

»Manchmal. Ich werde Ihnen demnächst einen Laib vorbeibringen.«

»Das wäre … danke.« Bree griff in ihre Hosentasche, zog eine Schachtel Zigaretten heraus und zündete sich eine an. Toby beobachtete sie angewidert, und sie schenkte Lucy eine entschuldigende Grimasse. »Ich wollte eigentlich nicht wieder damit anfangen. Es ist einfach so passiert.«

Lucy fand, kein Recht zu haben, darüber zu urteilen, was andere Leute taten, wenn sie gestresst waren. Eine dunkelgrüne Limousine fuhr vorbei. »Siehst du«, sagte Toby. »Dein Schild ist für'n Arsch. Deswegen kauft hier bestimmt keiner was.«

Lucy hielt es nicht mehr aus. »Hör auf, Bree das Leben schwer zu machen«, sagte sie ungehalten.

Lucy hatte sich auf die Seite des Feindes geschlagen. Mit finsterem Blick stapfte Toby durch die Einfahrt zum Haus.

Bree nahm einen tiefen Zug von ihrer Zigarette und schaute Toby hinterher. Es war ein merkwürdiger Anblick, jemanden rauchen zu sehen, der einem viktorianischen Gemälde ähnelte.

»Ich habe keine Erfahrung mit Kindern. Wie Ihnen sicher nicht entgangen ist, verstehen wir uns nicht besonders.«

»Er hat Angst«, sagte Lucy.

»Mir ist schleierhaft, was Myra sich dabei gedacht hat, mich zu seinem Vormund zu bestimmen.«

»Ich bin mir sicher, sie hat große Stücke auf Sie gehalten.«

»Wir hatten früher ein enges Verhältnis, als ich ein Teenager war, aber nachdem Star fortgelaufen ist – sie war Tobys Mutter –, hatten wir nur noch alle paar Monate telefonisch Kontakt. Star und ich … wir waren beste Freundinnen.« Bree wurde rot, als wäre es ihr peinlich, dass sie dieses kleine Detail von sich offenbarte.

Ein uralter Ford wurde langsamer und hielt neben Brees neuem Schild. Lucy verabschiedete sich, damit Bree sich um ihre Kundschaft kümmern konnte, und radelte weiter in die Stadt.

Nachdem sie ihre Lebensmittel eingekauft hatte und zwei kleine Kräutertöpfe für das Zierregal im Wintergarten, war ihr Rucksack zu schwer, um noch mehr hineinzupacken, also machte sie auf dem Rückweg nur kurz Halt, um Bree zu erklären, dass sie morgen wiederkommen würde, um ihren Honig mitzunehmen.

»Wirklich. Sie brauchen das nicht zu tun.« Bree lächelte, das erste Lächeln, das Lucy von ihr zu sehen bekam. »Das Schild hilft. Es haben drei weitere Autos angehalten. Ich habe sechs Gläser verkauft. Und Ihr Honig geht übrigens aufs Haus.«

Lucy wollte schon widersprechen, aber sie begriff, dass dies Brees Art war, um sich zu bedanken, dass Lucy ihr mit

Toby half. Der nächste Wagen hielt, und Lucy winkte Bree zum Abschied.

Als sie die Zufahrt zur Gänsebucht erreichte, nahm sie sich vor, gleich am kommenden Morgen als Erstes ein Brot für Bree zu backen. Sie bog in die Einfahrt und stieg abrupt in die Bremsen. Vor dem Haus parkte ein Wagen. Ein dunkelgrauer Geländewagen mit einem Illinois-Nummernschild.

Kapitel 11

Lucy schäumte vor Wut. Sie knallte die Haustür hinter sich zu, ließ ihren Rucksack fallen und stapfte durch die Eingangsdiele, vorbei an dem kahlen Stück Wand, wo das Zierregal überhaupt nie hätte stehen dürfen.

Panda stand im Erkerzimmer, den Fenstern den Rücken zugekehrt, den Blick auf Lucy gerichtet. Sie erkannte ihn kaum wieder. Seine wilde Mähne war gestutzt. Er war glatt rasiert, und er trug ein ordentlich gebügeltes graues Hemd zu einer genauso dunkelgrauen Hose, beides weit entfernt von dem billigen Anzug, den er auf ihrer Hochzeit angehabt hatte. Es war befremdend, ihn wie einen seriösen Geschäftsmann gekleidet zu sehen, aber Lucy ließ sich davon nicht täuschen. Hinter seinem gepflegten Äußeren steckte ein rebellischer Biker, der sie ausgenutzt hatte, um sie hinterher als schlecht im Bett zu bezeichnen.

Sein Blick wanderte zu dem feuerspuckenden Drachen an ihrem Hals, dann zu dem falschen Piercing, und zwei Dinge waren sofort klar. Er war nicht glücklicher über ihren Anblick als sie über seinen. Und er war nicht allein. Eine Frau stand neben ihm, die gefesselt von der Aussicht auf die Bucht durch die frisch geputzten, glänzenden Scheiben war.

Lucy schenkte Panda ihren eisigsten Blick. »Patrick.«

Er wusste genau, wie sehr es ihr zuwider war, ihn zu sehen, und seine Unnahbarkeit kam ihrer eigenen gleich, was sie nur noch wütender machte. Er hatte kein Recht, so zu tun, als wäre er die geschädigte Partei.

»Ich habe dir gesagt, du sollst hier nichts verändern.« Sein Unmut hätte nicht deutlicher sein können, aber das war ihr egal.

»Sorry, aber es gab Auflagen vom Gesundheitsamt.«

Sie nahm ihre Baseballkappe ab und enthüllte ihre frisch lila gefärbten Dreadlocks. Das ganze verstaubte Zeug war verschwunden, die Regale waren ordentlich aufgeräumt, von dem fleckigen Sisalläufer, der schon vor Jahren hätte entsorgt werden müssen, war nichts mehr zu sehen. Sie hatte das Sammelsurium von Ramschmöbeln reduziert auf eine Kommode, einige Beistelltische und die Couchgarnitur, die sie mit Toby aus dem Wohnzimmer herübergeschleppt hatte. Selbst ohne einen neuen Anstrich wirkte der Raum gemütlich und einladend.

Die Frau vor dem Fenster wandte sich immer noch nicht um. Sie trug eine übergroße schwarze Tunika, eine schwarze Hose und hochhackige Schuhe. Ihr glattes dunkles Haar reichte ihr bis zur Schulter, ihre Hände sahen zu groß aus für ihre zarten Handgelenke.

»Panda hat mir versichert, dass ich mich auf Ihre Diskretion verlassen kann.«

Sie sprach mit einer tiefen, leicht heiseren Stimme, aber etwas an dem autoritären Tonfall ließ vermuten, dass sie zu befehlen gewohnt war.

»Kein Problem«, erwiderte Lucy. »Ich reise ab.«

»Sie können nicht abreisen.« Die großen Hände der Frau ballten sich zu Fäusten, sie drehte sich jedoch immer noch nicht um.

Lucy warf Panda einen giftigen Blick zu. »Falls Panda Ihnen zu nahe kommt, können Sie immer noch die Polizei rufen.«

»Es muss eine zweite weibliche Person hier sein«, sagte die Frau mit ihrer unheimlich ruhigen Stimme. »Ich weiß, dass

Sie in letzter Zeit viel durchgemacht haben, aber ich verspreche, ich werde dafür sorgen, dass es sich für Sie lohnt.«

Panda hatte der Frau also Lucys Identität verraten. Ein weiteres Zeichen, dass er keinen moralischen Kompass besaß.

»Normalerweise würde ich Ihnen Geld anbieten«, fuhr die Frau fort. »Aber ... das wäre wohl ein bisschen beleidigend.«

Ein bisschen? Der Frau schien es nicht besonders zu imponieren, einem Familienmitglied des ehemaligen Staatsoberhauptes gegenüberzustehen, was vermuten ließ, dass sie an Prominenz gewöhnt war. Lucys Neugier siegte.

»Warum ist das denn so wichtig?«

Der Kopf der Frau hob sich ein Stück. »Bevor ich ins Detail gehe ... Ich nehme nicht an, Sie würden eine Vertraulichkeitsvereinbarung in Betracht ziehen?«

Das musste ein Scherz sein.

»Lucy hat Fehler«, Panda betonte das letzte Wort, »aber für sie selbst steht zu viel auf dem Spiel, als dass sie hingehen und jemanden verraten würde.«

»Das sagtest du bereits.« Die Frau bog die Schultern zurück. »Ich schätze, ich werde Ihnen wohl vertrauen müssen, etwas, in dem ich nicht besonders gut bin.«

Draußen segelte eine Möwe vorbei. Und dann wandte die Frau sich um. Langsam ... dramatisch ... Eine Königin, die vor die Guillotine trat. Eine riesige schwarze Sonnenbrille verdeckte einen Großteil ihres Gesichts. Sie war groß und etwas mollig, das sah Lucy jetzt trotz der wallenden Tunika. Sie trug keinen Schmuck, nichts, um Aufmerksamkeit auf sich zu lenken, abgesehen von der unpassenden schwarzen Kleidung an einem warmen Junitag. Ihre Hand zitterte leicht, als sie die Sonnenbrille abnahm. Sie klappte die Bügel ein, dann hob sie das Kinn und sah Lucy an.

Sie war attraktiv – dunkle, mandelförmige Augen, schöne Wangenknochen, eine kräftige Nase –, aber ihr voller Mund hätte ein wenig Lipgloss vertragen können und ihr fahler Teint ein bisschen Make-up. Nicht dass es Lucy zustehen würde, jemand anderen zu kritisieren, schließlich trug sie selbst dunklen Lippenstift und hatte ihre Augen dick mit schwarzem Kajal angemalt.

Der theatralische Ausdruck, mit dem die Frau vor ihr stand, ließ vermuten, dass sie erwartete, dass Lucy etwas sagte, aber da Lucy nichts einfiel …

Und dann ging ihr ein Licht auf. *Boa.*

»Lucy, dir ist der Name Temple Renshaw sicher ein Begriff«, sagte Panda geschäftsmäßig.

Temple Renshaw, die böse Königin aller berühmten Fitnessgurus und der Star aus *Fat Island,* einer grässlichen Realityshow, die die Teilnehmer bloßstellte und an einen Ort verbannte, »an dem euch niemand sehen muss«. Temple Renshaw hatte ihre Karriere auf Demütigung und Erniedrigung aufgebaut, Bilder von ihrem leopardenschlanken Körper prangten auf den Etiketten ihrer Fitness-Drinks, auf ihren Power-Riegeln, auf ihrer umfangreichen Sportkollektion. Aber diese Bilder hatten nur entfernt Ähnlichkeit mit dieser in Schwarz gehüllten Frau, einer Frau mit vollen Wangen und einem kleinen Fettpolster unter dem Kinn.

»Wie Sie sehen können«, sagte Temple, »bin ich korpulent und nicht schlank.«

Lucy schluckte. »Ich würde Sie wohl kaum als korpulent bezeichnen.«

Temple sah immer noch besser aus als die meisten Touristen, die mit der Fähre kamen. Das bedeutete dennoch nicht, dass sie gertenschlank und geschmeidig war, so wie die Öffentlichkeit sie kannte.

»Sie brauchen nicht höflich zu sein«, erwiderte Temple.

Panda ergriff das Wort. »Temple hatte im Frühjahr private Probleme, die dazu führten, dass sie ein bisschen Gewicht ...«

»Keine Ausreden.« Ihre Stimme wurde laut. »Ich bin unansehnlich dick.«

Lucy sah Panda an. »Und wie passt du da hinein?« Sie zögerte kurz. »Und bist du bewaffnet?«

»Temple hat mich damit beauftragt, sie wieder in Form zu bringen«, antwortete er. »Und das andere geht dich nichts an.«

»Du bist ihr Trainer?«

»So ähnlich.«

»Ich brauche keinen Trainer«, murmelte Temple. »Ich brauche einen Zuchtmeister.«

»Zuchtmeister?« Eine Serie von Bildern blitzte in Lucys Kopf auf. Pandas Lippen verzogen sich zu einem unangenehmen Lächeln, als könnte er ihre Gedanken lesen. Lucy kehrte ihm schnell den Rücken zu. »Und was genau beinhaltet diese ... Züchtigung?«

»Panda und ich haben einen Plan ausgearbeitet«, antwortete Temple. »Die Dreharbeiten zu *Fat Island* beginnen Ende September. Das macht von heute an ungefähr drei Monate. Da ich eindeutig die Kontrolle verloren habe, habe ich Panda beauftragt, mich wieder in Form zu bringen.«

Aus den Augenwinkeln nahm Lucy wahr, dass Temples »Zuchtmeister« die ordentlich eingeräumten Bücherregale inspizierte. Mit dem Zeigefinger stupste er eine Ausgabe von *Leuchttürme am Michigansee* um und brachte so das Arrangement durcheinander.

»Und das soll hier stattfinden?«, fragte Lucy.

»Ich kann mich wohl kaum zu einer offiziellen Abspeckkur anmelden, so wie ich aussehe. Ich brauche höchste Privatsphäre.« Und dann, bitter: »Mein eigenes *Fat Island*, wenn Sie so wollen.«

Mit einem sachten Daumenstoß schubste Panda den *Feldführer der nordamerikanischen Vögel* um. Seine Edelstahlarmbanduhr blitzte auf. Lucy konnte sich einfach nicht an Pandas Dressman-Aufmachung gewöhnen. Sie kam ihr so falsch vor.

»Panda hat öfter als Leibwächter für mich gearbeitet«, erklärte Temple. »Als mir einfiel, dass er dieses Haus hier hat, habe ich darauf bestanden herzukommen. Es war wie in *Mission: Impossible*. Ich bin mit einem Privatflugzeug gekommen. Panda hat mich am Flugplatz abgeholt und mich auf dem Rücksitz seines Wagens hergeschmuggelt.«

»Ich verstehe nun, warum Sie beide hier sind«, sagte Lucy, obwohl sie noch nicht ganz verstand. »Aber wie kommen Sie darauf, dass ich bleibe?«

»Weil ich Sie als Tarnung brauche.«

»Als Tarnung?«

»Ich werde Spezialkost benötigen«, erklärte sie. »Panda sieht nicht gerade aus wie jemand, der in die Stadt fährt, um sich Abführtee und Weizengras zu kaufen.«

Lucy sah sich auch nicht als jemanden, der solche Dinge kaufte, aber sie begriff allmählich den Sinn, wie grotesk er auch immer sein mochte.

Panda verrückte eine Stehlampe mit dem Schuh, einem eleganten, tadellos polierten Slipper mit Troddeln, denen sie am liebsten mit ihren Springerstiefeln einen Tritt verpasst hätte.

»Ich werde monatelang hier sein«, fuhr Temple fort. »Was, wenn ich die *Women's Health* oder die *Vogue* haben möchte? Oder Feuchtigkeitscreme oder Haarpflegemittel? Oder Tampons, Grundgütiger.«

Pandas Fuß verharrte unter dem Stuhl mit der leiterähnlichen Rückenlehne, den er gerade aus der Ecke ziehen wollte.

»Sie können online bestellen«, wandte Lucy ein.

»Das werde ich auch tun, aber manchmal benötigt man Dinge sofort. Und wie sollen wir erklären, dass eine Person plötzlich Müll produziert für zwei? Ich lasse meine Sportsachen gern an der Luft trocknen. Frauenkleidung. Ich möchte gern schwimmen gehen. Falls jemand mit dem Boot die Bucht ansteuert und eine Frau im Wasser sieht, darf kein Verdacht aufkommen, dass es jemand anderes sein könnte als Sie. Es gibt hundert Möglichkeiten für mich aufzufliegen, wenn keine andere Frau im Haus ist. Und sollte das passieren, ist meine Karriere für immer vorbei. Verstehen Sie nun?«

Lucy fragte sich, warum Temple nicht ihre Freundinnen um Hilfe gebeten hatte. Andererseits machte Temple nicht gerade den Eindruck, als hätte sie beste Freundinnen.

Temple steckte den Bügel ihrer Sonnenbrille in den Ausschnitt ihrer Tunika. »Lucy, mir ist bewusst, dass Sie selbst eine prominente Persönlichkeit sind, und ich verstehe, dass Sie eine schwere Zeit durchmachen. Ich weiß, dass Sie davon ausgegangen sind, das Haus für sich allein zu haben. Ich bin hier überfallartig aufgetaucht, und ich möchte das wiedergutmachen, deshalb ...«, ihr kritischer Blick wanderte von Lucys Dreadlocks zu den Springerstiefeln, »... werde ich Sie unentgeltlich trainieren.«

Lucy war zu entsetzt, um zu antworten.

»Normalerweise berechne ich meinen Privatkunden sechshundert Dollar in der Stunde. Ich weiß, das ist unverschämt, aber so nehmen die Leute ihr Training ernst.«

Temples Augenbrauen zogen sich zusammen, während sie Lucys Oberarme musterte – und nicht, wie Lucy zuerst vermutete, ihr blutiges Dornen-Tattoo. Dann taxierte sie Lucys Oberschenkel, Oberschenkel, die gerade erst anfingen, ihren normalen Umfang zurückzugewinnen, dank des Brots, das sie regelmäßig backte.

»Wir werden für Sie eine andere Motivation finden.«

»Lucy hat leider einen ausgeprägten Hang zur Bequemlichkeit«, sagte Panda. »Ich bezweifle, dass sie gewillt ist, sich dermaßen anzustrengen.«

»Lieber nicht«, beeilte Lucy sich zu sagen. »Und so leid es mir tut, aber ich kann Ihnen nicht helfen.« Nicht, wenn auch Panda hier war.

»Ich verstehe.« Temple setzte ihr selbstsicheres Öffentlichkeitslächeln auf, ein Lächeln, das Lucy gleich erkannte, weil sie es so oft selbst benutzt hatte. »Ich nehme an, ich hatte gehofft ...« Sie befeuchtete die Lippen. »Wenn mich jemand erkennt ... Wenn jemand erfährt, warum ich hier bin ... Panda hat mir prophezeit, dass Sie nicht bleiben werden.«

Lucy schmeckte es nicht, dass Panda ihr Verhalten vorhersagte.

Temple hob ihr Kinn. »Ich hätte ... mich wirklich nicht darauf verlassen sollen. Ich ...«

Und in diesem Moment brach alles auseinander. Die böse Königin verlor ihr öffentliches Lächeln. Ihre Schultern sackten herunter, ihre Wirbelsäule verlor ihre Spannkraft, Tränen schimmerten in ihren Augen.

Das Elend einer herrischen Frau mit anzusehen, deren Pläne vereitelt wurden, hätte eine Genugtuung sein müssen, doch es war herzzerreißend anzusehen. Temple war es offensichtlich nicht gewohnt, einen Zusammenbruch zu erleiden, und sie hatte keine Übung darin, um Hilfe zu bitten. Was immer der Grund war, dass sie die Kontrolle über ihr Gewicht verloren hatte, lastete stark auf ihr.

Lucys Gedanken überschlugen sich. Es widerstrebte ihr, die Insel zu verlassen. Das würde bedeuten, Viper hinter sich zu lassen, eine Vorstellung, mit der sie sich noch nicht auseinandersetzen konnte. Es bedeutete auch, dass sie in einer Woche um diese Zeit wieder Pumps tragen und an die Türen der fünfhundert größten Unternehmen klopfen würde, um die Hand auszustrecken. Lieber wollte sie Kajak fahren, wann sie Lust dazu hatte, und sich zum Schreiben in das Arbeitszimmer setzen, das sie auf Vordermann gebracht hatte, und sich frischen Honig auf ihr selbst gebackenes Brot streichen. Sie wollte morgens mit ihrer Kaffeetasse zum Steg hinuntergehen, und sie wollte sehen, wie Brees Geschäft mit dem Honigstand sich entwickelte. Außerdem würde sie die kleine Ratte Toby vermissen.

Im Gegensatz zu Temple war Panda mit Lucys Entscheidung mehr als zufrieden. »Lucy würde dich nur ablenken«, sagte er zu seiner Auftraggeberin. »Es ist besser so.«

Besser für ihn.

Lucy hatte keine Lust darauf, sich das Haus mit der bösen Königin von *Fat Island* zu teilen. Und sie hatte vor allem keine Lust darauf, sich das Haus mit dem bösen Bodyguard zu teilen. Aber das Haus war groß, und Temple machte einen solch niedergeschlagenen Eindruck. Dieses Gefühl kannte Lucy besser, als ihr lieb war.

»Also gut, ich werde es für einen Tag ausprobieren«, sagte sie schließlich. »Aber mehr kann ich nicht versprechen.«

Panda hatte damit gerechnet, dass sie ihre Sachen packte, und er war nicht erfreut. »Offenbar hast du dir das nicht richtig überlegt.«

»Sie bleiben?« Temple war plötzlich wie verwandelt. Ihre Haltung straffte sich. Ihre Augen glänzten. »Ich kann Ihnen nicht genug danken. Und ernsthaft … Ihr Körper wird es mir auch danken.«

Lucy bezweifelte das zutiefst, aber sie hatte einen wichtigeren Kampf zu führen. Sie musste ihr Revier abstecken. »Der große Schlafraum oben eignet sich perfekt als Fitnessraum, sobald er hergerichtet ist. Und Sie möchten Panda sicher in Ihrer Nähe haben. Im Obergeschoss befinden sich vier Schlafzimmer und zwei große Bäder. Es ist also genügend Platz für Sie beide.«

Lucy hatte nicht vor, das Schlafzimmer im Erdgeschoss zu räumen, schon allein nicht wegen der Schiebetür, die direkt nach draußen führte, sodass sie kommen und gehen konnte, ohne einem der beiden begegnen zu müssen. Bestenfalls würden sich ihre Wege nur in der Küche kreuzen, und sie ging davon aus, dass Temple dort nicht viel Zeit verbringen wollte.

Sie ignorierte Pandas finsteren Blick, als sie Temple anbot, ihr das Haus zu zeigen. »Oben sieht es ziemlich wüst aus, aber das ist nichts, was man nicht mit ein paar Fuhren Sperrmüll und einem Kammerjäger in den Griff bekommen könnte.«

Panda bestand darauf, an der Hausbesichtigung teilzunehmen, und als er die Veränderungen sah, die Lucy in den anderen Räumen vorgenommen hatte, wurde sein Blick noch finsterer.

»Wo ist der Spiegel hin, der dort drüben an der Wand hing?«

»Spiegel?«

»Und die Garderobe?«

»Welche Garderobe?«

Sie hatte beides in der Garage deponiert, bei all dem anderen Sperrmüll, den sie gesammelt hatte. In Temple fand sie rasch eine Verbündete. »Hast du nicht gesagt, dass du dieses Haus seit zwei Jahren besitzt?«, bemerkte sie, während sie den großen Schlafraum inspizierte. »Warum hast du es nie entrümpelt?«

»Mir gefällt es so, wie es ist«, erwiderte er schroff.

Temple betrachtete mit Abscheu die Reihen ungleicher Etagenbetten. Sie schlenderte hinüber zur den drei großen Fenstern, vor denen ausgeblichene, vinylgesäumte Gardinen hingen, und schob den verstaubten Stoff ein Stück zur Seite. »Die Aussicht ist unglaublich. Sie haben recht, Lucy. Das hier wäre ein toller Fitnessraum.«

Lucy stellte fest, was offensichtlich war. »Die Haushälterin ist gestorben, darum ist es eine Weile her, dass hier saubergemacht wurde. Aber ich bin mir sicher, Panda findet schnell wieder jemanden.«

»Ich kann hier niemanden gebrauchen«, widersprach Temple bestimmt. Sie ließ die Gardine fallen und rieb ihre staubigen Finger aneinander. »Panda und ich werden uns darum kümmern. Das wird eine neue Erfahrung sein, für mich selbst zu sorgen.« Und dann, mit einem bitteren Unterton: »Ich frage mich, ob ich noch weiß, wie das geht.«

Die alte Lucy hätte bereitwillig ihre Hilfe angeboten, aber Viper hatte nicht die Absicht, Temple Renshaws persönliche Assistentin zu spielen. Sie deutete auf den Wäscheschrank, in dem sich kunterbunt gemischte Bettgarnituren stapelten, und überließ die beiden sich selbst.

Als sie wieder unten war, nahm sie die Einkäufe aus ihrem Rucksack und redete sich ein, dass es funktionieren könnte. Während sie einräumte, hörte sie Temples Stimme in der Diele.

»Wirklich, Panda, du kannst dir die Mühe sparen.« Ihr flehentlicher Unterton machte Lucy neugierig. Sie spähte verstohlen hinaus.

Sie standen vor der Haustür, wo Panda Temples Handtasche durchwühlte, eine luxuriöse schwarze Umhängetasche mit massiven Silberbeschlägen. Temple nestelte am Ausschnitt ihrer Tunika.

»Ehrlich, Panda, das ist nicht nötig. Ich bin mir darüber im Klaren, wofür ich hergekommen bin.«

»Dann musst du die hier wohl übersehen haben.« Er zog eine Tafel Toblerone heraus.

Temple legte den Kopf schief und schenkte ihm ein breites Lächeln. »Gratuliere. Du hast den ersten Test bestanden. Das ist genau der Grund, warum ich dir eine absurd hohe Summe für deine Arbeit diesen Sommer bezahle.«

Panda riss die Verpackung auf und biss ein großes Stück von der Toblerone ab. »Erzähl mir keinen Blödsinn, Temple.«

Temples Augen fixierten die Schokolade, und ihr Lächeln verschwand. Selbst aus dieser Entfernung konnte Lucy ihr Verlangen spüren. Panda biss den nächsten Brocken ab und kaute langsam und genüsslich, ein Akt von derartiger Grausamkeit, dass ihm die ewige Verdammnis sicher war.

»Alles, was ich finde«, sagte er, »werde ich direkt vor deinen Augen wegfuttern.«

Temple tobte. »Das muss ich mir nicht bieten lassen!«

»Spar dir deinen Atem.« Das letzte Stück Schokolade verschwand in seinem Mund. Er knüllte das Silberpapier zusammen und steckte es in seine Hosentasche. »Mach die Koffer auf.«

»Da ist nichts drin, was nicht reingehört«, erklärte sie.

»Wollen wir hoffen, dass das stimmt.«

Es stimmte nicht. Panda fand eine zweite Riesentafel. Selbst für einen stattlichen Mann war das viel Schokolade, aber er schluckte alles bis auf den letzten Bissen hinunter. Temple kochte vor Wut.

»Du musst dich nicht gleich am ersten Tag wie ein Arsch aufführen.«

»Du hast mich nicht wegen meiner herzlichen Art beauftragt. Du hast gewusst, dass das hier kein nettes Picknick wird.«

»Fein.«

Sie machte Anstalten, an ihm vorbeizufegen, aber er hielt sie am Arm fest. »Muss ich dich auch durchsuchen?«

Sie griff in ihre Hosentasche und erwiderte spöttisch: »Tic Tacs. Die sind völlig harmlos, außerdem reicht es mir jetzt langsam.«

»Es wird nur ganz kurz wehtun.«

Sie fauchte empört, als er begann, ihren Körper abzutasten. »Wage es nicht, mich anzurühren!«

»Schluss mit dem Theater.« Er zog aus ihrer anderen Hosentasche eine Packung Schokoriegel, dann nahm er vorsichtshalber auch die Tic Tacs an sich. »Mitleid ist was für Loser. Sagst du das nicht immer selbst im Fernsehen?«

»Ich bezahle dir nicht fünfundsiebzigtausend Dollar, um mich von dir belehren zu lassen!«

Fünfundsiebzig*tausend* Dollar? Lucy wollte ihren Ohren nicht trauen. Sie fragte sich, wie viel ihre Eltern wohl bezahlt hatten, dann musste sie an ihr eigenes Angebot denken – tausend Dollar Bestechungsgeld, er hatte sich bestimmt köstlich amüsiert.

»Nicht fürs Belehren«, entgegnete er. »Fürs Observieren.« Offenbar war sein Magen an seine Grenzen gestoßen, denn er steckte die Schokoriegel und die Tic Tacs ein, bevor er Temples Koffer wieder schloss. »Ich trage sie für dich hoch.«

»Spar dir die Mühe!« Sie riss das Gepäck an sich und wuchtete es die Treppe hoch.

»Genug gesehen?«, sagte Panda, den Rücken immer noch der Tür zugewandt, hinter der Lucy spionierte.

»Ich versuche noch, das alles zu verarbeiten«, erwiderte sie. »Ihr zwei seid wirklich zum Schießen.«

Er musterte kurz die kahle Wand, die vorher von dem Zierregal eingenommen worden war. »Du kannst jederzeit gehen. Warum hast du das eigentlich nicht schon längst getan?«

Weil es ihr Haus war.

»Weil ich mich immer noch selbst bestrafe für meine

schlechte Menschenkenntnis.« Sie verschwand wieder in der Küche.

Es war erst vier Uhr, aber sie hatte seit dem Frühstück nichts gegessen, also stellte sie eine Pfanne auf den Herd, gab etwas Öl hinein und anschließend eins der Schweinekoteletts, die sie in der Stadt gekauft hatte. Das Fleisch würde vom Grill besser schmecken, aber sie hatte das rostige Ding entsorgt.

Das Kotelett fing gerade an, hübsch vor sich hin zu brutzeln, als Panda, immer noch in seiner Geschäftsmannverkleidung, in die Küche schoss. Er schnappte sich ein Geschirrtuch, wickelte es um den Pfannengriff und marschierte damit zur Hintertür hinaus.

»Hey!« Sie rannte ihm hinterher, während er bereits den Garten durchquerte. »Gib mir mein Kotelett wieder!«

Er klappte den Deckel der Mülltonne neben der Garage hoch und beförderte ihr Schweinekotelett mit einer schnellen Drehung aus dem Handgelenk in den Tod.

»Striktes Kochverbot, außer es ist etwas, das Temple auch essen darf.«

»Kochverbot? Was meinst du mit *Kochverbot?*«

»Der Geruch zieht durchs ganze Haus. Temple macht angeblich gerade eine Darmentgiftung, und du wirst sie nicht quälen.«

»*Ich! Du* hast doch vorhin vor ihren Augen tausend Kalorien verschlungen!«

»Eine logische Konsequenz. Was du tust, ist was anderes.«

Sie streckte die Hände zum Himmel. »Ich glaube das nicht!«

Sein Mund zuckte. »Vielleicht solltest du besser deine Mommy anrufen, damit sie dir die Navy SEALs vorbeischickt, um dich zu beschützen.«

Hatte sie diesen Mann wirklich geküsst? Zugelassen, dass

er ... zugelassen, dass er ... *so was* tat? Viper war stinksauer, und sie zeigte mit einem abgesplitterten schwarzen Fingernagel direkt auf ihn.

»Dafür«, sagte sie, »wirst du büßen.« Und damit rauschte sie ab.

Er büßte bereits. Allein, wieder in ihrer Nähe zu sein, war die reine Folter. Er erinnerte sich noch an das erste Mal, als er sie gesehen hatte, am Vorabend der Hochzeit, bei dem Probedinner. Sie hatte an Teds Seite gestanden in einem damenhaften blaugrünen Kleid, ihr glänzendes Haar um viele Nuancen heller, als es jetzt war. Sein einziger Gedanke war gewesen, wie perfekt die beiden zusammenpassten, das mustergültige amerikanische Paar schlechthin. Erst knapp zwei Wochen später, an jenem Abend am Caddo Lake, als Lucy sich endlich bei ihrer Familie gemeldet hatte, war ihm klar geworden, dass sie tatsächlich nicht vorhatte, zu Ted zurückzukehren. Idiotisch.

Du warst sowieso nicht besonders gut.

Was für eine verdammte Lüge. Er war derjenige, der sich stümperhaft verhalten hatte – überstürzt, plump, außer Kontrolle. Lucy war hingebungsvoll und natürlich gewesen, ohne diese unechten Pornoposen, die scheinbar viele Frauen glaubten im Schlafzimmer vorführen zu müssen.

Er hatte darauf gezählt, dass sie verschwinden würde, sobald sie sah, dass er zurückgekehrt war, aber statt auf die Fähre zu gehen, wie sie es hätte tun sollen, hatte sie beschlossen, sich in seiner Küche ein Schweinekotelett zu braten. Nun hatte er gleich zwei schwierige Frauen am Hals, die sein Haus als Versteck nutzen wollten. Die erste war eine anspruchsvolle Nervensäge, aber bisher war er mit Temple immer fertiggeworden, und das würde er auch dieses Mal schaffen. Die zweite war eine andere Art von Nervensäge, mit ihr wollte er am liebsten nackt fertigwerden.

Er verdrängte das Bild einer nackten Lucy aus seinem Kopf, damit er sich auf seine bevorstehende Aufgabe konzentrieren konnte. Dies hier war der letzte Ort, an dem er sein wollte, aber Temple bezahlte ihm viel Geld, damit er den Babysitter spielte, und sie hatte über den Ort nicht mit sich verhandeln lassen. Er wünschte, er hätte ihr nie von dem Haus erzählt, aber er hatte nicht ahnen können, dass sie sich einmal in den Kopf setzen würde herzukommen, genauso wenig wie er ahnen konnte, dass sie dreißig Pfund zunehmen und kurz davor stehen würde, ihre Karriere zu ruinieren. Er mochte Aufträge, bei denen er in Bewegung blieb, die zumindest Potenzial für ein bisschen Action hatten. Das hier war ein Scheißjob, aber auch ein höchst lukrativer. Außerdem war Temple seine erste große Kundin gewesen, und er war ihr etwas schuldig.

Sie hatten sich kennengelernt, kurz nachdem er die Firma übernommen hatte. Ihr Verleger hatte ihn für einen Routinejob in einem Buchgeschäft in Chicago beauftragt, wo sie eine Autogrammstunde gab. Ein nervös wirkender Kerl in der Menge hatte seine Aufmerksamkeit erregt. Panda hatte ihn im Auge behalten und verhindert, dass der Kerl über eine Stuhlreihe hinwegsprang, um Temple das Gesicht zu zerfetzen. Von da an hatte Temple immer auf Panda bestanden, wenn sie einen Leibwächter brauchte. Dank ihr hatte er andere gut betuchte Kunden gewonnen, und sein Geschäft war gewachsen bis zu dem Punkt, an dem er es sich leisten konnte, sich in den Lake Shore Drive Apartments in Chicago einzuquartieren, wo er allerdings selten übernachtete, dieses Haus hier zu kaufen und seine Mutter in die beste Alzheimer-Klinik von Illinois zu schicken.

Sein Magen knurrte, nicht vor Hunger, sondern weil er

versuchte, die Schokolade zu verdauen. Panda hatte normalerweise nicht viel übrig für Süßes. Schade, dass Temple keine Kartoffelchips eingeschmuggelt hatte.

Seine Gedanken wanderten zurück zu Lucy. Er hatte sie ausdrücklich gebeten, im Haus nichts anzufassen, aber sie hatte sich darüber hinweggesetzt, und die Veränderungen beunruhigten ihn. Warum hatte Lucy Temples Bitte nachgegeben? Es war ihm ein Rätsel, aber dafür wusste er, je früher er sie dazu bringen konnte abzureisen, desto besser, und die beste Methode, das zu erreichen, war, dass er dafür sorgte, dass sie seine schlechtesten Eigenschaften nicht vergaß.

Wenn er nur die Aussicht, sie daran zu erinnern, nicht so deprimierend finden würde.

Die böse Königin war keine Primadonna, das musste Lucy ihr lassen. Am nächsten Morgen schuftete sie Seite an Seite mit Panda. Sie begannen damit, die Etagenbetten zu zerlegen und nach draußen zu tragen.

»Tolles Cardio-Training«, bemerkte sie Lucy gegenüber, als sie die Seitenteile eines Betts in Richtung Haustür schleppte. Temple hatte ihre Haare zu einem Pferdeschwanz zusammengebunden und das schwarze Outfit von gestern gegen eine weite dunkelblaue Trainingshose und ein übergroßes Netzstrickoberteil mit V-Ausschnitt getauscht, beides nicht schick genug, um aus ihrer eigenen Kollektion zu stammen. »Ich habe langsam den Eindruck, Sie und Panda haben eine Vorgeschichte«, sagte sie.

Lucy ging voraus, um ihr die Tür zu öffnen. »Ein falscher Eindruck.«

Temple ließ sich von Lucys kühler Reaktion nicht entmutigen. »Solange er den Job erledigt, den ich ihm aufgetragen habe, ist es mir egal, was Sie beide treiben.«

Lucy war es nicht gewohnt, wie eine Untergebene behandelt zu werden, aber bevor sie zurückschießen konnte, war die böse Königin schon mit ihrer Last die Vordertreppe hinunter verschwunden. An der Tür zur Speisekammer hing jetzt ein Vorhängeschloss, das hatte Lucy entdeckt, als sie in der Küche hatte frühstücken wollen, und da ihr nicht danach war, auf nüchternen Magen mit Panda herumzudiskutieren, hatte sie sich mit Kaffee begnügt. Aber nun war sie hungrig. Sie fand einen Becher Schwarzkirschjoghurt und einen kalten Hotdog. Bevor sie sich darüber hermachen konnte, hörte sie einen Lieferwagen in der Einfahrt, fast unmittelbar gefolgt von Türenknallen, vermutlich Temple, die sich oben versteckte. Kurz darauf lud Panda mit dem Fahrer mehrere Fitnessgeräte aus.

Lucy hatte sich eigentlich vorgenommen, für Bree und Toby ein Brot zu backen, aber nach dem Vorfall mit dem Schweinekotelett am Nachmittag zuvor konnte sie sich das abschminken, also radelte sie mit leeren Händen zum Cottage.

Bree stand auf einer Leiter vor dem Stand und malte oben auf den gelben Rahmen eine bunte Girlande. Die Farben harmonierten mit der altmodischen moosgrünen Decke, die sie über die Theke gelegt hatte, um darauf eine Reihe von Pyramiden aus je drei Honiggläsern zu präsentieren.

Toby hüpfte hinter dem Stand hervor, als Lucy vom Rad stieg. »Ich habe gestern Pandas Wagen wegfahren sehen. Haben Sie Arbeit für mich?«

Toby war ein Problem, das sie nicht bedacht hatte. »Vorerst nicht. Eine ... Freundin von mir ist gerade zu Besuch. Wir wollen ein bisschen Zeit miteinander verbringen. Du würdest dich nur langweilen.«

Die Vorstellung, die böse Königin zur Freundin zu haben, ließ Lucy schaudern, aber sie brauchte eine Ausrede für den Fall, dass Toby unerwartet vor dem Haus auftauchte, was er ziemlich sicher tun würde.

»Ich kann doch trotzdem rüberkommen und Sachen für Sie erledigen, oder nicht?«

»Toby, sei bitte nicht so aufdringlich.« Bree schenkte Lucy ein müdes Lächeln, während sie von der Leiter stieg. Ihr Tablett mit den Lackdosen ließ sie auf dem Dach stehen. Die Morgensonne wärmte zwar allmählich, aber Bree hatte keine Fettreserven, und sie trug nur einen dünnen grauen Pullover über ihrem T-Shirt. Weder ihre leichte Sommerbräune noch die frischen Sommersprossen in ihrem Gesicht verbargen ihre Erschöpfung. »Ich werde mein Bestes tun, damit er Sie nicht mehr belästigt«, fügte sie an Lucy gewandt hinzu.

In Anbetracht von Brees Ohnmacht Toby gegenüber wollte Lucy sich nicht darauf verlassen, und sie legte den Arm um seine Schulter. »Die Sache ist die, Toby, meine Freundin hat es nicht so mit Kindern. Darum schlage ich vor, dass du mir, anstatt rüberzukommen, die Insel zeigst. Es gibt nämlich viele Plätze, die ich noch nicht gesehen habe.«

»Na gut.«

Lucy wies auf den Klappaufsteller. »Mir gefällt Ihre Arbeit. Bringt das Schild was?«

»Ich habe heute Morgen schon sieben Gläser verkauft.« Bree kratzte sich am Handgelenk, wo eine Biene sie gestochen hatte. »Ich spiele mit dem Gedanken, weitere Produkte anzubieten, vielleicht Seife oder Kerzen aus Bienenwachs. Je nachdem, was ich hinbekomme.«

»Das Geld wird trotzdem nie und nimmer reichen«, sagte Toby mit seiner üblichen Angriffslust. »Du solltest einfach wieder verschwinden.«

Lucy ging rasch dazwischen. »Ihr zwei habt den Stand in Kürze wieder zum Leben erweckt. Du kannst stolz auf euch sein.«

»Es ist Gram, die stolz sein kann«, entgegnete Toby. »Es

ist ihr Honig.« Er stapfte davon in Richtung Haus. »Ich rufe Big Mike an!«, rief er. »Er hat gesagt, er nimmt mich auf seinem Boot mit.«

»Nein!« Bree flitzte ihm ein Stück hinterher. »Toby, du rufst Mike nicht an! Hörst du mich? *Toby!*«

Er war bereits im Haus verschwunden.

Mit einem Ausdruck von Resignation steckte Bree eine Haarlocke fest, die sich aus ihrem Pferdeschwanz gelöst hatte. Dann nahm sie eine Zigarettenschachtel von einem Regal hinter der Theke. »Ich bin nicht gut in so was.«

»Er leidet«, sagte Lucy. »Das macht ihn zu einem zähen Brocken.«

»Wir leiden beide.« Bree wedelte den Rauch weg, als wäre das, was in der Luft hing, gefährlicher als das, was sie in ihre Lunge inhalierte. »Tut mir leid. Kleiner Anfall von Selbstmitleid.« Sie musterte Lucy genauer. »Sie kommen mir so bekannt vor. Ich habe das Gefühl, als würden wir uns von irgendwoher kennen, aber ich bin mir sicher, dass wir uns noch nie begegnet sind. Bei unserem ersten Kennenlernen habe ich Sie für ein junges Mädchen gehalten.«

»Ich bin einunddreißig.«

Brees Blick wanderte über Lucys Frisur, das Piercing und das Drachen-Tattoo an ihrem Hals.

»Ein Fall von Entwicklungsverzögerung«, bemerkte Lucy als eine Art Erklärung.

»Ich verstehe.«

Aber Bree verstand offenbar nicht, und Lucy kam es nicht richtig vor, ihre Identität länger geheim zu halten. Sie entschied sich, ein Risiko einzugehen. »Ich ... habe mich sozusagen verkleidet.« Sie zögerte kurz. »Ich bin ... Lucy Jorik.«

Brees Augen wurden groß, sie straffte sich, ließ die Zigarette fallen und trat sie aus. Sie mochte kein Problem damit haben, vor dieser eigenartigen jungen Frau zu qualmen, die auf der anderen Seite des Waldes wohnte, aber vor der Tochter der Expräsidentin war das etwas anderes.

»Oh ... ich ...«

»Ich musste für eine Weile untertauchen«, erklärte Lucy schulterzuckend. »Die Insel schien ein geeigneter Ort zu sein.«

Bree wurde bewusst, dass sie Lucy anstarrte. »Tut mir leid. Das kommt nur ... ein bisschen unerwartet.« Sie nestelte wieder an ihrem Pferdeschwanz. »Warum haben Sie es mir gesagt? Ich wäre nie darauf gekommen.«

»Es scheint mir nicht richtig zu sein, regelmäßig herzukommen und nichts zu sagen. Kaum zu glauben, aber ich lege großen Wert auf Ehrlichkeit.«

»Aber ... Sie kennen mich kaum. Ich könnte Sie verraten.«

»Ich hoffe, dass Sie das nicht tun werden.« Lucy wechselte das Thema. »Dieser Anfall von Selbstmitleid, den Sie gerade erwähnt haben. Möchten Sie mich darüber aufklären?«

Ein vorbeifahrendes Fahrzeug wurde langsamer, blieb aber nicht stehen. Bree sah ihm hinterher. »Das ist eine langweilige Geschichte.«

»Ich gebe es zwar nur ungern zu, aber an manchen Tagen heitert es mich auf, mir die Probleme anderer Leute anzuhören.«

Bree musste lachen, und die Anspannung war gebrochen. »Ich kenne das.« Sie wischte sich die Hände an ihrer kurzen Hose ab. »Wollen Sie es wirklich hören?«

»Macht mich das zu einem schlechten Menschen?«

»Sagen Sie nicht, ich hätte Sie nicht gewarnt.« Bree kratzte gedankenverloren an einer Lackkruste auf ihrem Arm. »Letztes Jahr im November kam ich von einem Lunch in unserem Country Club nach Hause und traf meinen Mann an, als er gerade seine Sachen im Wagen verstaute. Er meinte, er habe unser *privilegiertes* Leben satt und reiche die Scheidung ein – ach ja, und er wolle ganz neu anfangen mit seiner Seelenverwandten, einer neunzehnjährigen Aushilfe aus seinem Büro, die das Zweifache ist von mir.«

»Autsch.«

»Es kommt noch schlimmer.« Die Sonnenstrahlen, die durch die Baumkronen drangen, ließen sie jünger aussehen, als sie war. »Er sagte, ihm sei klar, dass er mir für zehn Jahre Ehe etwas schuldig ist. Darum könne ich alles haben, was übrig bleibe, nachdem die Schulden getilgt seien. Schulden, von denen ich bis dahin nichts gewusst hatte.«

»Netter Kerl.«

»Das war er nicht einmal, als ich ihn kennenlernte. Ich wusste das vorher, aber er war schön und klug, und alle Mädels in meiner Studentinnenverbindung waren verrückt nach ihm. Unsere Familien waren seit Jahren befreundet. Er gehörte zu den Wunderknaben von General Motors, bevor Detroit in sich zusammenfiel.« Sie vergaß ihre Befangenheit und zündete sich eine neue Zigarette an. »Scott und seine Aushilfskraft sind nach Seattle gegangen, um dort ihr Glück zu versuchen. Die Schulden haben alles verschlungen, was wir hatten. Ich habe nur ein Jahr studiert und keinerlei Berufserfahrung. Ich hatte keine Ahnung, wovon ich leben sollte. Eine Weile wohnte ich bei einem meiner Brüder, aber nachdem ich monatelang kaum mein Zimmer verließ, ließ meine Schwägerin mir ausrichten, ich hätte ihre Gastfreundschaft ausgereizt.« Bree schnippte Asche auf den Rasen, nachdem sie einen tiefen Zug von ihrer Zigarette genommen hatte. »Ungefähr zur selben Zeit kontaktierte mich Myras Anwalt. Er informierte mich darüber, dass Myra gestorben war und mir ihr Grundstück vermacht hatte, zusammen mit ihrem Enkelsohn. Ich hatte Toby davor nur ein paarmal zu Gesicht bekommen, vor Jahren, als Myra mich besuchte. Und jetzt bin ich hier. Herrin über mein Reich.«

Ihr Blick wanderte über den Stand, und sie stieß ein selbstironisches Lachen aus. »Haben Sie schon etwas Erbärmlicheres zu hören bekommen? Ich bin mit sämtlichen Privilegien aufgewachsen, außer mit einem Rückgrat.« Bree trat die halb gerauchte Zigarette aus. »Ich kann mir vorstellen, was Sie denken, nach allem, was Sie in Ihrem Leben geleistet haben.«

»Von meiner Hochzeit wegzulaufen?«

»Vor allem das.« Brees Augen bekamen fast einen verträumten Ausdruck. »Woher hatten Sie den Mumm dazu?«

»Ich würde das nicht gerade als Mumm bezeichnen.«

»Ich schon.« Genau in diesem Moment fuhr ein Wagen heran. Bree steckte die Zigarettenschachtel in ihre Hosentasche. »Danke für Ihr Vertrauen. Ich werde Sie nicht verraten.«

Lucy hoffte, dass Bree ihr Wort halten würde.

Auf dem Nachhauseweg wurde Lucy bewusst, dass sie ihren Honig vergessen hatte, aber ohne die Aussicht auf warmes Brot, auf das man ihn hätte streichen können, sparte sie sich die Mühe umzukehren. Ein Haufen aus zerlegten Etagenbetten, alten Matratzen und den hässlichen Vinylgardinen aus dem großen Schlafraum lag neben der Einfahrt und wartete darauf, abgeholt zu werden. Der Lieferwagen war weg, und als sie das Haus betrat, hörte sie, dass über ihr etwas Schweres über den Boden geschleift wurde. Es war wohl zu viel der Hoffnung, dass es Pandas Leiche war.

Sie durchquerte die Küche, um hinauszugehen, und bemerkte dabei, dass der alte Kühlschrank verschwunden war. An seinem Platz stand ein hochmodernes doppeltüriges Gerät aus Edelstahl. Nach dem unzureichenden Frühstück hatte Lucy schon wieder Hunger, also zog sie beide Kühlschranktüren auf. Und stellte fest, dass ihre ganzen Lebensmittel weg waren. Ihre Erdnussbutter und ihre Marmelade, ihr Feinkostschinken und ihr perfekt gereifter Schweizer Käse. Kein Schwarzkirschjoghurt, kein Salatdressing, keine Essiggurken. Keine Spur von dem, was sie zum Mittagessen eingeplant hatte. Selbst Pandas Orangenmarmelade war weg.

Die Gefriereinheit sah genauso schrecklich aus. Statt Fertiggerichte oder Aufbackwaffeln, die sie sich am Wochenende gönnte, sah sie Reihen vorportionierter Diätmahlzeiten. Sie zog die Gemüseschubladen auf. Wo waren ihre Karotten? Ihre Blaubeeren? Der frische Bund Römersalat, den sie erst am Tag zuvor gekauft hatte? Fertigwaffeln waren eine Sache, aber sie hatten ihr auch den Salat weggenommen!

Sie stürmte nach oben.

Kapitel 12

Der Gummigeruch eines Trainingsraums schlug ihr entgegen, noch bevor sie die Tür erreicht hatte. Der Schlafraum hatte sich völlig verwandelt. Die Sonne schien durch die geöffneten Fenster auf glänzende Trainingsgeräte, die auf schwarzen Gummimatten standen, das Parkett war sauber gewischt. Panda kämpfte mit einem verbogenen Fliegengitter, wobei sein T-Shirt hochrutschte und seinen Waschbrettbauch enthüllte. Das, was Lucy von seinem T-Shirt sehen konnte, war gnädigerweise frei von schmutzigen Sprüchen, und den Umstand, dass sie das irgendwie enttäuschend fand, schob sie auf Viper.

Temple ächzte auf einem Crosstrainer vor sich hin, während ihr der Schweiß von den Schläfen rann. Lucy musterte den Schauplatz des sportlichen Schreckens.

»Meine Lebensmittel sind aus dem Kühlschrank verschwunden.«

Temple zog die Schulter hoch und fuhr sich mit dem Ärmel über die Stirn. »Panda, übernimm das.«

»Gern.« Er fixierte das Fliegengitter und folgte Lucy so schnell aus dem Raum, dass ihr klar war, dass er nur nach einer Ausrede gesucht hatte, um zu verschwinden. Bevor sie den Mund öffnen konnte, um eine Lucy-untypische Schimpftirade vom Stapel zu lassen, packte er sie am Ellenbogen und führte sie durch den Gang. »Wir reden unten. Laute Stimmen bringen Temple aus dem Konzept, außer es ist ihre eigene.«

»Das habe ich gehört«, rief Temple von drinnen.
»Ich weiß«, rief Panda zurück.
Lucy steuerte auf die Treppe zu.

Es lag wahrscheinlich an Pandas Einbildung, aber er hätte schwören können, dass er Staubwolken aufwirbeln sah, als Lucy den abgetretenen beigen Treppenläufer mit ihren albernen Kampfstiefeln hinunterstapfte. Wenn es nach ihr ging, müsste der Teppich wahrscheinlich herausgerissen werden. Worauf sie lange warten konnte.

Sie erreichte den unteren Treppenabsatz. Bis vor kurzem noch hatte dort eine zartviolett gestrichene Kommode gestanden, aber die war verschwunden, genau wie die Geweihgarderobe und das schwarze Regal, das nun im Wintergarten stand mit ein paar Topfpflanzen darauf, die er nicht gekauft hatte und die er nicht haben wollte.

Warum zum Teufel war sie nicht abgereist, wie sie das hätte tun sollen? Weil sie das Haus übernommen hatte. Das war das Problem mit Leuten, die in reichen Verhältnissen aufgewachsen waren. Ihr Anspruchsdenken ließ sie glauben, dass sie alles haben konnten, was sie wollten, selbst wenn es ihnen nicht gehörte. Aber so gern er Lucy als verwöhnt abgestempelt hätte, er wusste, dass es nicht der Wahrheit entsprach. Sie war bodenständig, selbst wenn sie zurzeit neben der Spur lief.

Sie stapfte weiter in Richtung Küche, und ihr kleiner Hintern in den merkwürdig aussehenden schwarzen Shorts, die nicht annähernd weit genug waren, wackelte aufreizend. Er wünschte sie sich in überweiten Klamotten, in solchen, die Temple trug. Klamotten, die alles verdeckten, woran er nicht denken wollte.

Kaum war sie in der Küche, fuhr sie zu ihm herum. »Du hattest kein Recht, meine Lebensmittel wegzuwerfen!«

»Und du hattest kein Recht, meine Möbel wegzuwerfen. Außerdem solltest du dich nicht von diesem Fertigfraß ernähren.«

Seine Stimmung verfinsterte sich, als ihm wieder einmal die saubere Anrichte auffiel, von der nun, neben anderen Dingen, das Keramikschwein fehlte, das wie ein französischer Kellner gekleidet war.

»Blaubeeren und Salat sind kein Fertigfraß«, entgegnete sie.

»Das war aber nicht bio.«

»Du hast das Obst und Gemüse weggeschmissen, weil es nicht bio war?«

Sie war richtig angefressen. Gut. Solange es ihm gelang, sie gegen sich aufzubringen, würde sie keinen Versuch machen, ihn in eins dieser gemütlichen kleinen Gespräche zu verwickeln, die er vorgab zu hassen. Er spreizte die Hand auf der Anrichte. Ihr Haar war so schwarz, dass es tot wirkte, die verfilzten lila Dreadlocks waren lächerlich, und ihre dick getuschten Wimpern sahen aus, als hätten Raupen auf ihnen ihr Leben gelassen. Ein kleiner Silberring steckte an ihrem Nasenflügel. Er hoffte inständig, dass die Piercings nicht echt waren. Und diesen zarten Mund mit hässlichem schwarzem Lippenstift zuzukleistern war ein Verbrechen gegen die Menschlichkeit. Aber am meisten störten ihn die Tattoos. Dieser strangulierende, feuerspuckende Drache hatte auf ihrem langen, schlanken Hals nichts verloren, und der Dornenkranz um ihren Oberarm war einfach scheußlich, auch wenn gnädigerweise ein paar Blutstropfen abgeblättert waren.

»Willst du wirklich deinen Körper mit Pestiziden und chemischen Düngern vergiften?«, fragte er.

»Ja!« Sie zeigte auf die Speisekammer. »Gib mir den Schlüssel.«

»Das kannst du knicken. Temple würde dir die Hölle heiß machen, um ihn dir abzuluchsen.«

»Ich bin durchaus in der Lage, mich gegen Temple Renshaw zu wehren.«

Er konnte ein Arschloch von Weltklasse sein, wenn er das wollte, so wie jetzt, angesichts seines verschwundenen Keramikschweins und dieser albernen Lederbänder, die an ihren T-Shirt-Trägern hingen.

»Du warst nicht einmal in der Lage, dich gegen Ted Beaudine zu wehren. Und er ist der netteste Mann der Welt, richtig?«

Sie war ein hilfloses Lämmchen, wenn sie mit Arschlöchern zu tun hatte. Ihr Kinn fuhr ruckartig hoch, ihr kleiner Kiefer schob sich vor, aber hinter ihrer Empörung sah er das schlechte Gewissen, das sie immer noch nicht abschütteln konnte.

»Was soll das heißen, ich konnte mich nicht gegen ihn wehren?«

Das war genau die Sorte von persönlicher Unterhaltung, die er sich geschworen hatte, nicht mit ihr zu führen, aber er hatte keine Lust, klein beizugeben.

»Dein Widerwille, seine Frau zu werden, hat dich nicht erst an deinem Hochzeitstag übermannt. Du hast schon lange vorher gewusst, dass du ihn nicht heiraten kannst, aber du hattest nicht den Mumm, es ihm zu sagen.«

»Ich habe es nicht vorher gewusst!«, widersprach sie laut.

»Absoluter Quatsch.«

Er schenkte ihr sein spöttisches Grinsen, aber es war nicht so wirkungsvoll wie sonst, weil er die Augen nicht von diesen schmalen Lederbändern abwenden konnte. Nur einmal daran ziehen …

»Ich will meine Sachen aus dem Kühlschrank wiederhaben«, sagte sie.

»Die sind im Müll.« Er tat so, als würde er kurz einen abgebrochenen Schubladengriff inspizieren, bevor er sich von der Anrichte wegdrehte. »Ich werde dir die Speisekammer aufschließen, wann immer du willst. Aber iss bloß nichts von deinem Mist, wenn Temple in der Nähe ist.«

»Von *meinem* Mist? Du bist doch derjenige, der Frosties für Antioxidantien hält!«

Es war ihr gutes Recht. Er deutete mit dem Kopf in Richtung Kühlschrank. »Du kannst dich nach Herzenslust bedienen. Wir werden zweimal die Woche beliefert. Obst und Gemüse wird heute Nachmittag gebracht.«

»Ich habe keine Lust auf armselige Biokost. Ich will meine eigenen Sachen essen.«

Das konnte er nachvollziehen.

Über ihnen wurde das Laufband gestartet. Er verbot sich zu fragen, aber ... »Du hast nicht zufällig irgendwo eins von deinen Broten versteckt, oder?«

»Doch, ein frisches Zimtbrot mit Rosinen, aber dort, wo du es nicht findest«, erwiderte sie. »Friss doch dein eigenes Herz. Oh, warte, das geht nicht. Das ist ja nicht bio.«

Sie stapfte polternd hinaus und knallte die Tür hinter sich zu.

Das mit dem Zimtbrot war gelogen. Und sie hatte nicht mehr mit Türen geknallt, seit sie vierzehn war. Beides fühlte sich richtig gut an.

Leider hatte sie ihren gelben Schreibblock nicht dabei, und sie hatte sich fest geschworen, endlich mit dem Schreiben anzufangen. Lucy stapfte am Wintergarten vorbei und stieg die drei Stufen zur Terrasse vor ihrem Schlafzimmer hoch. Sie hatte die Schiebetür offen gelassen, um ein bisschen durchzulüften. Das Fliegengitter verfing sich in der Schiene. Sie stupste vorsichtig dagegen und trat ein.

Panda war bereits da.

»Ich möchte mein Zimmer wiederhaben«, sagte er und nahm aus dem begehbaren Wandschrank ein Paar Turnschuhe – Größe 46, wie sie zufällig wusste.

»Ich habe dieses Haus für den Sommer gemietet«, erwiderte sie. »Das macht dich zum Eindringling, und ich gehe hier nicht raus.«

Er schritt zu der Kommode hinüber. »Das ist mein Zimmer. Du kannst oben schlafen.«

Sie sollte ihren Privateingang verlieren? Ausgeschlossen. »Ich bleibe hier.«

Er zog die Schublade auf, in der vorher seine Unterwäsche gelegen hatte, die aber nun ihre enthielt. Er griff hinein und zog einen mitternachtsschwarzen Tanga heraus.

»Deine Sachen sind in der unteren Schublade«, sagte sie rasch.

Sein Daumen strich über den seidenen Schritt. Als ihre Blicke sich trafen, durchzuckte sie wieder einer dieser sexuellen Stromschläge, die eindeutig bewiesen, wie stark sich der Körper einer Frau in bestimmten Situationen von ihrem Verstand abkoppeln konnte.

»Es gibt da was, das ich nicht verstehe.« Seine große Faust verschluckte den Tanga. »Da ich weiß, wie du zu mir stehst, warum bist du dann immer noch hier?«

»Meine Verbundenheit mit dem Haus übersteigt meine absolute Gleichgültigkeit dir gegenüber«, antwortete sie mit bemerkenswerter Gelassenheit.

»Es ist mein Haus, nicht deins«, konterte er, die Augen auf ihre rechte Schulter geheftet – sie hatte keine Ahnung, warum. »Und solltest du darin nur noch eine einzige Veränderung vornehmen, fliegst du raus, egal was Temple sagt.«

Erwachsen wäre gewesen, ihm das letzte Wort zu lassen,

aber er hielt immer noch ihren Tanga in der Hand, und sie hatte keine Lust, sich erwachsen zu verhalten.

»Bietest du ihr eigentlich auch deine *ganze* Servicepalette an?«

Wieder wanderte sein Blick zu ihrer Schulter. »Was glaubst du?«

Sie wusste nicht, was sie glauben sollte, also schoss sie quer durchs Zimmer und riss ihm den Tanga aus der Hand. »Ich glaube, Temple gehört zu den Frauen, die sich nicht so schnell verschaukeln lassen.«

»Dann hast du ja deine Antwort.«

Womit sie genauso schlau war wie vorher.

»Genau, wie ich mir gedacht habe.« Sie stopfte ihren Tanga wieder in die Schublade, schnappte sich ihre Schreibutensilien und verließ das Zimmer auf demselben Weg, auf dem sie hereingekommen war.

Meine Mutter ist ... So viele Dinge standen zur Auswahl.
Meine Mutter ist ein notorischer Worcaholic.
Oder vielleicht ...
Meine Mutter glaubt an harte Arbeit.
Lucy ließ ihren Kugelschreiber klicken.
Die Vereinigten Staaten gründen auf harter Arbeit.
Sie versuchte, eine bequemere Sitzposition zu finden.
Und so auch meine Mutter.

Lucy zerknüllte die Seite. Ihre Schreibversuche liefen sogar noch schlechter als ihre Begegnung mit Panda, aber dieses Mal hatte sie einen leeren Magen, auf den sie es schieben konnte. Sie legte ihren Block weg und radelte in die Stadt, wo sie im Dogs 'N' Malts zwei Chili-Hotdogs und eine große Portion Pommes frites verschlang, die größte Menge, die sie seit Monaten gegessen hatte, aber wer wusste schon, wann sie wieder etwas zwischen die Kiemen bekommen würde?

Als sie ins Haus zurückkehrte, entdeckte sie Temple in dem fast leeren Wohnzimmer vor dem Fernseher, ein paar DVDs von *Fat Island* auf dem Boden neben ihren nackten Füßen. Die braun-goldene Zweiercouch, auf der sie saß, war eins der wenigen Möbelstücke, die übrig geblieben waren, nachdem Lucy die besseren Sachen in das Erkerzimmer verfrachtet hatte als Ersatz für jene, die sie dort entsorgt hatte.

Temple nahm die Fernbedienung und fror sich selbst als Standbild ein. »Ich mache nur eine kurze Verschnaufpause.« Sie tat gerade so, als hätte Lucy sie mit einer Tafel Schokolade erwischt. »Ich trainiere seit drei Stunden.«

Die Chili-Hotdogs rumpelten unangenehm in Lucys vollgestopftem Magen. »Sie brauchen sich vor mir nicht zu rechtfertigen.«

»Das soll keine Rechtfertigung sein, sondern …« Mit einem erschöpften Ausdruck ließ sie sich in die Couch zurückfallen. »Keine Ahnung. Vielleicht war es doch eine.« Sie deutete auf das Standbild von sich selbst. »Sehen Sie sich diesen Körper an«, sagte sie mit einem solchen Selbsthass, dass Lucy innerlich zusammenzuckte. »Ich habe ihn weggeworfen.«

Sie drückte auf Play und erwischte ihr schlankes Fernsehbild mitten in einer gehässigen Strafpredigt gegen eine schweißgebadete Frau mittleren Alters mit einem freundlichen Gesicht, die mit den Tränen kämpfte.

»*Da ist die Tür! Du willst gehen? Nur zu! Wenn du darauf pfeifst, pfeife ich erst recht darauf.*« Die Adern an Temples schlankem Hals traten hervor, und ihr perfekt geschminkter Mund formte sich zu einem Fletschen. »*Steig in das Boot und verschwinde von der Insel. Lass alle sehen, was für ein Loser du bist.*«

Die Frau weinte nun unverhohlen, aber Temple fuhr fort, sie zu verhöhnen. Es tat richtig weh zuzuschauen. Noch schmerzhafter war die Vorstellung, wie verzweifelt man sein musste, um sich auf so eine Art misshandeln zu lassen.

Die Tränen der Frau befeuerten Temples Verachtung erst recht. »*Flenn ruhig. Das ist genau das, was du schon dein ganzes Leben lang tust. Bei Problemen loszuflennen, statt sie anzupacken. Na los! Runter von der Insel! Es gibt Tausende von Menschen, die darauf warten, deinen Platz einzunehmen.*«

»*Nein!*«, schrie die Frau. »*Ich kann das. Ich schaffe das.*«

»*Dann streng dich an!*«

Temple drückte wieder auf Pause, gerade als die Frau anfing, wild auf einen Sandsack einzudreschen. Lucy bezweifelte, dass Selbsthass die beste Methode war, um sich zu motivieren, aber Temple sah das anders.

»Irene ist, vier Monate nachdem wir diese Folge aufgezeichnet haben, ihren ersten Halbmarathon gelaufen«, erklärte sie stolz. »Als ich mit ihr fertig war, hatte sie über hundert Pfund abgenommen.«

Lucy fragte sich, wie viel von diesen hundert Pfund Irene wieder zugenommen hatte ohne eine brüllende Temple im Nacken.

»Gott, sie sah einfach fantastisch aus.« Temple schaltete den Fernseher aus, stand auf und straffte sich. »Die Kritiker machen mich immer runter. Ich werde ständig mit Trainern wie Jillian Michaels verglichen, bloß dass sie ein Herz haben soll und ich nicht. Ich habe ein Herz. Ein großes. Aber man hilft den Leuten nicht damit, dass man sie verhätschelt, und ich bin bereit, meine Erfolge jederzeit mit ihren zu messen.« Sie deutete mit dem Kopf in Richtung Treppe. »Ich werde jetzt ein bisschen Oberkörpertraining machen. Wenn ich mir Ihre Arme so ansehe ... Sie sollten mitmachen.«

Das Gesicht der schluchzenden Frau blitzte in Lucys Kopf auf. »Das ist gerade ein unpassender Zeitpunkt.«

Temples Oberlippe kräuselte sich. »Für Sie gibt es nie einen passenden Zeitpunkt, oder, Lucy? Man findet immer einen Grund, um sich gehen zu lassen.«

»Ich lasse mich nicht gehen.« Vielleicht lag es an Temples einschüchterndem Blick oder an dem zweiten Chili-Hotdog, aber Lucy klang nicht überzeugend. »Ich mache Sport«, fügte sie hinzu, mit festerer Stimme. »Zwar nicht gern, aber ich mache Sport.«

Temple verschränkte die Arme vor der Brust wie ein Gefängnisaufseher. »Was denn für Sport?«

»Liegestütze. Sit-ups. Ich gehe viel zu Fuß. Manchmal gehe ich joggen.«

»Manchmal ist nicht genug.«

»Im Winter trainiere ich im Fitnessstudio.«

Dreimal die Woche, wenn sie Glück hatte. Eher zweimal. Aber es verging kaum eine Woche, in der sie sich nicht mindestens einmal dort blicken ließ.

Temple deutete mit einer abfälligen Geste auf Lucys Körper, als wäre er verdorbenes Fleisch. »Sind Sie wirklich zufrieden mit dem Ergebnis?«

Lucy überlegte kurz. »Eigentlich schon.«

»Sie belügen sich selbst.«

»Das glaube ich nicht. Wünsche ich mir einen strafferen Körper? Welche Frau wünscht sich das nicht? Aber ich arbeite daran. Ein bisschen hier, ein bisschen da. Bin ich davon besessen? Nicht wirklich.«

»Jede Frau in diesem Land ist von ihrem Körper besessen. Man kann in unserer Gesellschaft nicht leben, ohne davon besessen zu sein.«

Lucy kam in den Sinn, dass sie in so vielerlei anderer Hinsicht verkorkst war – bezogen darauf, was sie ihrer Familie schuldig war, was sie sich selbst schuldig war und wie sie beides ins Gleichgewicht bringen konnte –, dass sie gar keine Zeit hatte, sich ernsthaft Gedanken über ihre Figur zu machen.

»Ich halte nicht viel davon, mich beim Sport auszupowern. Ich schätze, ich habe meine eigene Trainingsphilosophie. Die Gut-genug-Methode.«

Temple machte ein Gesicht, als würden Kakerlaken über Lucy krabbeln, und obwohl Lucy wusste, dass Erklären keinen Sinn hatte, versuchte sie es trotzdem.

»Ich glaube, Bewegung ist wichtig, aber ich trainiere nicht für einen Triathlon, sondern nur für meine Fitness allgemein. Und wenn Sport zur Quälerei ausartet, vergeht mir völlig die Lust.«

»Dann müssen Sie sich zwingen.«

»Ich bin ganz glücklich mit meiner Willensschwäche.«

Lucy überlegte, ob sie hinzufügen sollte, dass Temple sich vielleicht etwas weniger elend fühlen würde, wenn sie mal die Gut-genug-Methode ausprobieren würde. Die Gewichtszunahme der bösen Königin konnte kein Zufall sein, und die Sozialarbeiterin in Lucy fragte sich, was passiert war, dass Temple ihre Selbstbeherrschung verloren hatte.

Aber Temple konnte Lucys entspannte Haltung nicht nachvollziehen, und Lucy nutzte ihre vorübergehende Sprachlosigkeit, um das Thema zu wechseln.

»Ich habe einen zwölfjährigen Freund, der hin und wieder unangemeldet hier auftaucht.«

Temples Augen weiteten sich vor Schreck. »Das darf nicht passieren.«

»Ohne einen elektrischen Zaun um das Grundstück wird es wohl schwer sein, ihn fernzuhalten. Ich habe ihm erklärt, dass eine Freundin von mir zu Besuch ist. Sollte er also auftauchen, wird er sich über Ihre Anwesenheit nicht wundern.«

»Sie verstehen das nicht! Es darf mich niemand sehen!«

»Ich bezweifle, dass der Junge zu Ihrer Fangemeinde gehört.«

»Panda!«, kreischte Temple. »Panda, komm sofort hierher!«

Panda ließ sich alle Zeit der Welt, bevor er lässig hereingeschlendert kam.

Temple zeigte auf Lucy. »Ich kann mich jetzt nicht damit auseinandersetzen. Regel du das!« Sie stürmte aus dem Zimmer und lief die Treppe hoch, zwei Stufen auf einmal nehmend.

Statt sie auf das eigentliche Thema anzusprechen, ließ Panda den Blick durch das Wohnzimmer schweifen. »Was ist mit meinen Möbeln passiert?«

»Welche Möbel meinst du?«

»Die Möbel, die vorher hier drin standen.«

»Beschreib sie mir.«

»Was soll das heißen?«

Sie sah ihn mit schmalen Augen an. »Beschreib mir die Möbel, die vorher hier drin standen.«

»Eine Couch. Ein paar Sessel. Wo sind die?«

»Welche Farbe hatte die Couch?«

Er verzog das Gesicht. »Es war eine Couch. Eine couchfarbene Couch eben. Was hast du damit angestellt?«

»Wenn du mir sagen würdest, wie sie genau aussah«, erwiderte sie mit übertriebener Geduld, »könnte ich mich vielleicht erinnern.«

»Sie sah aus wie eine Couch!«, stieß er aus.

»Du weißt es nicht mehr«, stellte sie triumphierend fest. »Du hast keinen blassen Schimmer, was die Einrichtung in diesem Haus hier angeht. Das ist völlig unwichtig für dich.«

Ein Muskel zuckte in seinem Kiefer. »Ich weiß, dass ich eine Couch hatte, und nun ist sie weg.«

»Sie ist nicht weg. Sie steht im Erkerzimmer. Zusammen

mit den Sesseln und einigen anderen Sachen, die du sowieso nicht wiedererkennen würdest. Du hast nichts übrig für dieses Haus, und du hast es nicht verdient.«

»Pech. Es gehört mir. Und ich will mein Schwein zurückhaben.«

Das ließ sie aufhorchen. »Dein Schwein?«

»Das Schwein, das in der Küche stand.«

»Dieses hässliche Ding mit der Kellnerschürze und dem abgebrochenen Ohr?«

»Das Ohr ist nicht abgebrochen. Es fehlt nur ein kleines Stück.«

Das erstaunte sie. »Du kannst dich erinnern, dass diesem blöden Schweineohr ein Stück fehlt, aber du weißt nicht mehr, welche Farbe deine Couch hat?«

»Ich interessiere mich eben mehr für Keramikkunst.«

»Panda!«, brüllte Temple oben. »Sofort zu mir!«

Viper sah zur Treppe. »Schon faszinierend«, sagte sie, »wie gut du dich darauf eingestellt hast, Temple Renshaws Leibeigener zu sein.«

Er stolzierte in die Diele. »Mein Schwein steht besser wieder an seinem Platz, wenn ich das nächste Mal die Küche betrete, oder du siehst deine Lebensmittel nie wieder.«

»Dein Schwein ist hässlich!«, rief sie ihm nach.

»Genau wie deine Mutter«, konterte er, was sie wütend machte. Nicht so sehr auf ihn. Eher auf sich selbst. Weil sie beinahe gelacht hätte.

Als Bree den Stand für die Nacht schloss, bremste ein weißer Pick-up neben ihr und hielt dann an. Die Tür war beschriftet mit JENSENS' KRÄUTERFARM.

Sie packte gerade die letzten unverkauften Honiggläser in einen Karton, der schon in der Schubkarre stand. Sie war seit sechs Uhr auf den Beinen, um endlich mit dem

Unkraut in Myras verwildertem Garten fertigzuwerden, sie hatte wieder vergessen, etwas zu essen, und sie war hundemüde. Trotzdem war der Tag ganz gut gelaufen. Sie hatte zwanzig Gläser Honig verkauft, außerdem ein paar Erdbeeren und den Spargel, die die Vernachlässigung überlebt hatten. Und sie hatte so etwas wie eine Freundin gefunden – nicht dass sie glauben würde, dass eine Berühmtheit wie Lucy sich jemals richtig mit ihr anfreundete, aber trotzdem war es nett.

Toby war wie üblich verschwunden, aber als die Fahrertür des Pick-ups sich öffnete, kam er plötzlich durch die Einfahrt geflitzt. »Big Mike!«

Bree ließ fast die Gläser fallen, als Mike Moody ausstieg. Nach einem derart anstrengenden Tag war das zu viel. Es gelang ihr immer noch nicht richtig, sein gepflegtes Aussehen mit dem dicken, akneübersäten Teenager in Einklang zu bringen, den sie in Erinnerung hatte. Wüsste sie es nicht besser, würde sie ihn nun als einen herzlichen Fußballdad einordnen und nicht als miese, großmäulige Petze.

Er grinste und winkte Toby. »Hallo, mein Junge. Ich hab dir was mitgebracht.«

»Was denn?«, rief Toby, während Mike nach hinten zur Pritsche ging.

»Was glaubst du?«

Mike ließ die Ladeklappe herunter und hob mit einer einzigen mühelosen Bewegung ein glänzendes silbernes Mountainbike von der Ladefläche.

Typisch Mike Moody. Bree wusste genau, wie das enden würde.

Toby starrte auf das Rad, als würde es sich in Luft auflösen, sobald er die Augen davon abwandte. Am liebsten würde sie ihm verbieten, es anzunehmen, aber das ging natürlich nicht. Mike hatte das mit seinem Überfall vereitelt.

Tobys Stimme klang leise, unsicher, unfähig zu verarbeiten, dass ihm so etwas Wundervolles passierte. »Für mich?«

Bree zwinkerte ein feuchtes Brennen in den Augen weg. Toby erhielt ein Geschenk, ohne dass er sich dafür hatte anstrengen müssen. Ein Geschenk, das sie sich nicht leisten konnte.

Bree war bewusst, was Toby nicht wissen konnte. Das Rad war kein Geschenk aus Zuneigung, sondern eine Möglichkeit für Mike, sich einzukaufen, wo er nicht hingehörte. Dasselbe hatte er getan, als sie Teenager gewesen waren. Kam an mit Tüten voller Chips und Cola-Dosen – Eintrittskarten für den Kreis, der ihn nicht aufnehmen wollte.

»Es ist brandneu«, erklärte Mike. »Ich habe es gestern entdeckt, als ich auf dem Festland war, und mir überlegt: Wer könnte so ein tolles Rad brauchen? Da fiel mir nur ein Name ein.«

»Meiner«, sagte Toby in einem langen, sanften Atemzug. Sein Mund stand leicht offen, die Augen so konzentriert auf das Rad geheftet, dass nichts anderes mehr existierte. Er sah genauso aus wie David früher, wenn dieser über etwas gestaunt hatte. Die Erinnerung tat weh.

Mike nahm Werkzeug von der Ladefläche, und gemeinsam mit Toby stellte er die Sattelhöhe ein. Bree war vor lauter Wut richtig schlecht. Sie wollte diejenige sein, die Davids Sohn ein Rad schenkte. Sie wollte diejenige sein, die Tobys Welt fröhlicher machte, statt diesem Meistermanipulierer mit seinem penetranten Eau de Cologne, den Markenlogos und dem öligen Charme.

Toby stieg auf das Mountainbike. Als seine spindeldürren Beine die Pedale fanden, zeigte Mike in die Einfahrt.

»Es ist schon zu dunkel, um es heute noch auf der Straße auszuprobieren. Dreh zuerst hier ein paar Runden, dann kannst du es auf dem Waldweg testen.«

»Danke, Mike. Vielen Dank!« Toby strampelte los.

Mike nahm sie noch immer nicht zur Kenntnis. Erst nachdem er die Ladeklappe geschlossen hatte, blickte er in ihre Richtung. Sie wandte sich ab und verstaute die letzten Honiggläser in dem Karton.

»Bree, ich habe dir auch etwas mitgebracht«, sagte er. »Für dein Geschäft.«

»Ich brauche nichts.« Sie hob die Schubkarre an und schob sie über das struppige Gras.

Sie musste dringend die Tür des Verschlags hinter dem Stand reparieren, damit sie nicht alles zweimal täglich hin und her karren musste.

»Du weißt nicht, was es ist.«

»Es interessiert mich auch nicht.«

Das Vorderrad blieb in einer Furche stecken, die Honiggläser klapperten, und Bree konnte gerade noch verhindern, dass die Karre umkippte.

»Du glaubst wohl nicht an eine zweite Chance, oder, Bree?«

Als Jugendlicher war er immer weinerlich geworden, wenn ihn jemand herausforderte, aber nun besaß seine Stimme eine Gelassenheit, die ihr nicht gefiel.

»Ich glaube eher, die Katze lässt das Mausen nicht.« Sie mühte sich ab, um das Rad aus der Furche zu bekommen. »Ich möchte, dass du aufhörst, Toby zu benutzen, um an mich ranzukommen.«

Er schob sie zur Seite, umklammerte die Griffe und rollte die Karre in die Einfahrt. »Myra meinte, dein Exmann habe dich wegen einer Achtzehnjährigen verlassen.«

Scotts vermeintliche Seelenverwandte war neunzehn, aber wenn sie Mike korrigierte, würde das nicht gerade helfen, ihr Gesicht zu wahren.

»So was passiert eben, wenn man den falschen Mann heiratet«, erwiderte sie.

Er setzte die Schubkarre ab. »Du denkst aber nicht immer noch, dass David der Richtige für dich gewesen wäre, oder doch?«

Mike war weitaus scharfsinniger als früher, und sie merkte, dass sie immer zorniger wurde. »Ich werde mit dir nicht über David reden.«

»Er hätte dich nie geheiratet. Du hast ihn verunsichert.«

Trotz der äußerlichen Veränderung war Mike so ahnungslos wie eh und je. David mit seinem brillanten Verstand und seinem grenzenlosem Selbstvertrauen hätte sich nie von jemandem verunsichern lassen, ganz zu schweigen von einem gewöhnlichen Mädchen wie ihr.

»Die weiße, protestantische Upper-Class-Prinzessin und der Ghettojunge ...«

Er schob den Daumen unter das Goldarmband an seinem Handgelenk. Entweder er hatte vergessen, sich einzuparfümieren, oder er hatte ihre Stichelei ernst genommen, er roch nämlich nach Pfefferminzkaugummi.

»David war von dir fasziniert, aber mehr steckte nicht dahinter.«

Am liebsten hätte sie ihm eine gescheuert. »Hör auf, so zu tun, als hättest du ihn richtig gekannt.«

»Was denkst du, mit wem er geredet hat nach der Hochzeit mit Star und seinem Umzug auf die Insel?«

»Willst du mir etwa weismachen, dass du Davids Vertrauter warst? Nach allem, was du dir geleistet hast?«

»In der Vergangenheit zu leben ist nie eine gute Idee«, erwiderte er mit einem Hauch von Mitleid, das sie ihm einen Moment lang nicht abnehmen wollte. »Das macht alles nur schwerer, als es ist. Ich kann dir helfen.«

»Die einzige Möglichkeit, wie du mir helfen kannst, ist, dass du mich in Ruhe lässt.« Sie ließ die Schubkarre stehen und marschierte in Richtung Haus.

»Du kommst doch so schon kaum über die Runden«, sagte er, ohne seine Stimme zu erheben. »Was wirst du tun, wenn die Touristen fort sind?«

»Von der Insel verschwinden wie alle anderen.«

»Und wohin?«

Nirgendwohin. Ihre Brüder liebten sie, aber sie wollten sie nicht bei sich aufnehmen – nicht allein und schon gar nicht mit einem zwölfjährigen Jungen im Schlepptau. Sie hatte keinen Ort, an den sie gehen konnte, was Mike offenbar wusste.

Sie hörte ihn näher kommen, sein gleichmäßiger Schritt so viel selbstsicherer als ihr hastiges, wütendes Getrippel.

»Du wirst hier einen Freund brauchen«, sagte er, als sie die Vordertreppe erreichte. »Myra ist tot. David und Star sind tot. Und du scheinst nicht gerade besonders viele Freunde zu haben.«

Keine, auf die sie zählen konnte. Nachdem Scott weg war, entpuppte sich die sogenannte Unterstützung aus ihrem Freundeskreis lediglich als ein schlecht getarnter Versuch, die pikanten Details ihrer Trennung zu erfahren. Sie wirbelte herum, um ihn zu konfrontieren.

»Ich hoffe, du genießt deine Rache. Du hast Geld und ein erfolgreiches Unternehmen. Ich habe nichts von beidem. Ich bin mir sicher, das macht dich unglaublich glücklich.«

Sein Gesicht nahm einen ernsten Ausdruck an. »Würde es dich glücklich machen zu sehen, dass jemand, für den du früher etwas übrig hattest, in Schwierigkeiten steckt?«

Sie musste an David und Star denken, an ihre tiefe Kränkung, an ihren leidenschaftlichen Hass auf die zwei und daran, wie sehr sie ihr fehlten. Sie verdrängte die Bilder der beiden und konzentrierte sich auf Scott und seine neunzehnjährige Lolita.

»Darauf kannst du wetten.«

Mike überraschte sie, indem er lachte. »Ob du es nun zugeben willst oder nicht, du brauchst mich, darum solltest du besser anfangen, dich freundschaftlicher zu verhalten. Am Sonntag werde ich Toby und dich zum Gottesdienst abholen. Um halb zehn.«

»Gottesdienst?«

»Die Kirche ist der beste Ort, um dich den Einheimischen vorzustellen. Aber es gibt Grundregeln. Verhalte dich in der Öffentlichkeit nicht respektlos mir gegenüber.« Die Gelassenheit in seinem Blick beunruhigte sie. »Spotte über niemanden in der Gemeinde, selbst dann nicht, wenn manche mit gespaltener Zunge reden. Und wenn Ned Blakely mit seiner Schlange auftaucht und anfängt, aus der Bibel zu zitieren, wirst du höflich bleiben. Die Gemeinde hier ist nicht das, was du aus Bloomfield Hills gewohnt bist. Das hier ist Charity Island, und die Menschen verehren Gott aus tiefstem Herzen.«

Gespaltene Zungen? Schlangen?

Mike lächelte, nicht auf diese unangenehme, spöttische Art, die sie in Erinnerung hatte, sondern über das ganze Gesicht.

»Ich muss Hank Jenkins den Wagen zurückbringen. Wir sehen uns am Sonntag. Oh, und falls du beschließt, mich nicht zu begleiten, werde ich den anderen ausrichten, dass du deine Ruhe haben möchtest.«

»Ganz richtig«, sagte sie grimmig.

»Bist du dir sicher?« Er lächelte immer noch. »Die Winter hier sind lang, und die Leute sind aufeinander angewiesen, wenn sie mit dem Auto in den Graben rutschen oder das Heizöl ausgeht. Oder wenn ein Kind – ein Kind wie Toby – krank wird und von der Insel transportiert werden muss.« Er rieb sein Kinn. »Du solltest dir gut überlegen, was du willst, Bree.«

Erpressung.

Am liebsten hätte sie ihm etwas hinterhergeworfen, während er sich entfernte, aber sie war noch nie jemand gewesen, der mit Sachen um sich warf oder herumbrüllte. Sie war im Prinzip nie etwas anderes gewesen als eine mittelmäßige Schülerin und Scotts Cheerleader.

Nachdem Mike verschwunden war, ging sie die Schubkarre holen. Erst da bemerkte sie das Geschenk, für ihr Geschäft, wie Mike erklärt hatte. Keine Chips oder Cola-Dosen. Mike Moody war in die erste Liga aufgestiegen. Sein aktuelles Bestechungsmittel war ein neues Apple Notebook.

Kapitel 13

Lucy schlang sich ein Handtuch um die Taille und trat unter der Außendusche hervor. Sie war vom Steg aus eine Runde geschwommen, aber das Wasser war immer noch so kalt, dass sie es nicht lange darin ausgehalten hatte. Als sie die schiefe Holztür hinter sich zuklappte, kam Panda die Außenstufen vom Wintergarten herunter. Sein schweißgetränktes T-Shirt und die feuchten Haare deuteten darauf hin, dass er gerade vom Training mit Temple kam.

»Ich möchte mein Zimmer wiederhaben«, sagte er, den Blick auf ihre nackten Schultern und das zu dünne Oberteil ihres billigen schwarzen Badeanzugs gerichtet.

Sie zog das Handtuch bis unter die Achseln hoch. »Du beschützt Temple. Dafür musst du in ihrer Nähe sein.«

»Temple schläft nachts wie ein Stein, und die Lebensmittel sind eingeschlossen.« Er kam näher, bewegte sich aus dem Schatten in die Sonne. »Oben gibt es drei Schlafzimmer. Du kannst dir eins davon aussuchen. Teufel, von mir aus kannst du dich in allen Zimmern breitmachen, wenn du willst.«

Er hatte das Recht auf seiner Seite, und Lucy hielt viel von Fair Play. Aber nicht in dieser Sache. »Das ist jetzt mein Zimmer, und ich gebe es nicht her.«

»Ach nein?« Er beugte sich näher zu ihr, und sie nahm den Geruch von männlicher Bedrohung wahr. »Ich habe kein Problem damit, dich rauszuschmeißen. Vergiss nicht, ich bin größer als du, ich bin stärker als du, und ich habe keine Prinzipien.«

Nicht ganz die Wahrheit, aber nah genug dran. Lucy gefiel das nervöse Flattern in ihrem Magen nicht, und sie verschränkte die Arme vor der Brust. »Es wäre dir zuzutrauen, nur ... dann wirst du es Temple erklären müssen.«

Seine Miene wirkte immer noch finster, aber auch ein bisschen ... beleidigt? »Die Matratze in meinem Zimmer ist nagelneu.«

»Nun kommen wir zum springenden Punkt.« Die Matratze war himmlisch. Nicht zu weich, nicht zu hart, und es gab ein kuscheliges neues Daunenbett, was aber erst an zweiter Stelle kam nach dem Zugang nach draußen. »Die Matratze scheint das einzige Einrichtungsstück im Haus zu sein, das du nicht vernachlässigt hast.«

Sein böser Blick war nicht ganz überzeugend. »Wenn ich auf mein Schlafzimmer verzichten soll, verlange ich eine Gegenleistung.« Seine Augen verharrten kurz auf ihrem entblößten Schlüsselbein. »Was schlägst du vor?«

In der Tat, was? »Eine Einrichtungsberatung.«

»Vergiss es.«

»Glänzende Fensterscheiben.«

»Als wäre mir das wichtig.«

Sie überlegte angestrengt, und dann ... *Pling.* »Brot.«

Einige Sekunden verstrichen. Er wich etwas zurück, legte den Kopf schief. »Ich höre.«

»Wenn du es schaffst, Temple morgen Nachmittag eine Stunde lang unten in der Bucht zu beschäftigen, werde ich dafür sorgen, dass hinter den Topfpflanzen im Wintergarten ein frisches Brot liegt, wenn du zurückkommst.«

Er überlegte kurz. »Sie wird es riechen, sobald sie das Haus betritt.«

»Ich werde Kerzen anzünden. Bei offenem Fenster backen. Ein bisschen Lufterfrischer versprühen. Was kümmert es dich?«

»Denkst du, du schaffst das?«

»Ich weiß, dass ich das schaffe.«

»Gut, abgemacht. Frisches Brot, wann immer ich will, und du behältst das Zimmer.« Er machte auf dem Absatz kehrt und ging hinunter zum Wasser.

Erst nachdem er verschwunden war, kam sie ins Grübeln. Niemand wusste besser als sie, wie ernst Panda seine Arbeit nahm. Würde er Temple wirklich die ganze Nacht im Obergeschoss allein lassen, nur für eine bequeme Matratze? Lucy konnte es sich nicht vorstellen.

Je mehr sie darüber nachdachte, desto überzeugter war sie, dass Pandas Drohung nichts damit zu tun hatte, dass er sein Zimmer zurückhaben wollte, sondern ausschließlich damit, an ihr Brot zu kommen. Offenbar war sie nicht die Einzige, die an Mangelernährung litt. Sie stapfte zum Haus.

Er hatte sie reingelegt, und sie war ihm auf den Leim gegangen.

Er kam an die Oberfläche, dann tauchte er wieder unter. Wann würde er sich bei Lucy entschuldigen für das, was er an jenem Abend zu ihr gesagt hatte? Als gäbe es nicht genug andere Dinge, die ihn verfolgten, hatten diese Worte sich in einen verbalen Ohrwurm verwandelt, den er nicht mehr loswurde.

Du warst sowieso nicht besonders gut.

Er musste sich dafür entschuldigen, aber er spürte bereits, dass er seine Deckung vernachlässigte, und wenn er sich entschuldigte, konnte es sein, dass sie wieder auf Schmusekurs ging. Das wollte er nicht.

Sei der Beste in dem, was du gut kannst.

Er kraulte zum Steg zurück. Er war hungrig, verdammt, und er hasste es, Temples Aufpasser zu sein. Beides war der Grund, warum er das Gefühl hatte, nicht in Form zu sein – den Fokus zu verlieren, während der ihm altbekannte Drang, sich zu betrinken, an ihm kratzte. Lucys Brot würde die Dinge wieder ins Lot bringen. Wenn er etwas Anständiges in den Magen bekam, würde er wieder Herr über diesen Job sein, der sich anfühlte, als würde er nie enden. Vor allem würde er dann das Mädchen mit dem Drachen-Tattoo besser im Griff haben.

Hunger. Das war sein Problem.

Ob sie nun hereingelegt worden war oder nicht, Lucy blieb nichts anderes übrig, als Brot zu backen. Nachdem sie am nächsten Morgen ein Freilandei gefrühstückt hatte und eine Scheibe Omega-3-Dinkel-Flachsbrot, das nach Sand schmeckte, ließ Panda sie in die Speisekammer, damit sie sich die Backzutaten holen konnte.

»Glaub nicht, ich hätte deinen kleinen Trick nicht durchschaut, Patrick«, bemerkte sie, als sie herauskam.

»Wie immer habe ich keine Ahnung, wovon du redest.«

Er verschmähte das Sandbrot zugunsten einer Packung fettfreier Vollkorn-Tortillas, überlegte es sich dann anders und schenkte sich Kaffee nach, den er mit nach oben nahm.

Während Panda und Temple in dem neuen Fitnessraum mit dem Morgentraining beschäftigt waren, bereitete Lucy den Brotteig vor. Als er schließlich unter ihren Händen elastisch wurde, legte sie ihn in eine Schüssel, bedeckte diese mit einem sauberen Geschirrtuch und versteckte sie im obersten Regal, um den Teig gehen zu lassen.

Sie wollte in der Stadt noch mehr Topfpflanzen für den Wintergarten besorgen. Da sie zu sperrig für den Rucksack sein würden, schlich sie hoch in das Zimmer, das Panda sich ausgesucht hatte, und schnappte sich seinen Autoschlüssel. Als sie sich seinem Geländewagen näherte, kam Temple aus dem Haus geeilt. Ihr Gesicht war vom Training gerötet,

Schweißflecken zeichneten sich auf ihrem grauen Stricktop ab. Sie trug kein Make-up, aber mit ihren Mandelaugen und den kantigen Gesichtszügen brauchte sie auch nicht viel.

»Würden Sie mir ein paar Sachen aus der Stadt mitbringen?«, fragte sie. »Ich habe meine Nagelzange vergessen, und ich brauche Nagellackentferner. Und falls es die neue *Women's Health* schon gibt, können Sie mir die auch besorgen?«

»Sicher.«

Temple gab ihr einen feuchten Zwanzig-Dollar-Schein, den sie in der Faust gehalten hatte. »Ich nehme an, hier gibt es irgendwo eine Bäckerei oder ein Café?« Trotz ihrer gedämpften Stimme brachte sie es immer noch zustande, herrisch zu klingen.

»Ja, das Painted Frog.«

»Holen Sie mir dort einen Schokomuffin.« Ein unmissverständlicher Befehl. »Oder einen Brownie mit Zuckerguss, wenn er gut aussieht. Etwas Süßes, damit ich mich nicht mehr so benachteiligt fühle.« Sie war unausstehlich arrogant und so unheimlich traurig. »Entbehrung ist der Feind ernsthafter Gewichtsreduktion.«

Es war nicht Lucys Aufgabe, Chef der Diätpolizei zu sein, also steckte sie den Geldschein ein. Sie sah das mit der Entbehrung zufällig genauso. Obwohl sie selbst nie ein Schleckermaul gewesen war, schien sie nun, da Naschzeug verboten war, fast an nichts anderes mehr denken zu können.

Pandas Geländewagen roch innen noch wie neu. Als sie vom Haus wegfuhr, ertappte sie sich dabei, dass ihr Blick immer wieder zum Handschuhfach wanderte. Sie winkte Bree, als sie am Stand vorbeikam, sah wieder kurz auf das Handschuhfach und befahl sich, nicht herumzuschnüffeln.

Die Kuchen im Painted Frog standen in einer Glasvitrine wie fantasievolle Hüte: vier Sorten Muffins mit Zuckerguss, glänzende Zironenschnitten auf weißen Zierdeckchen, kunstvoll dekorierte Cupcakes, die sich in Rüschenpapier schmiegten. Sie wählte für Temple einen kompakten, aber nicht zu großen Schokoladenmuffin und für sich selbst einen Turtle Brownie mit einer Glasur aus gerösteten Erdnüssen und weichem Karamell. Sie war noch nie ein großer Donutfan gewesen, aber plötzlich hatte sie Lust auf eine Bayerische Creme. Auf den letzten Drücker kaufte sie außerdem ein halbes Dutzend Chocolate Chip Cookies für Bree und Toby.

Lucy erledigte ihre restlichen Einkäufe, während sie gleichzeitig ihren Brownie und den Donut vertilgte, anschließend machte sie einen kurzen Abstecher zum Dogs 'N' Malts, um sich eine Portion Pommes frites zu kaufen. Wer wusste schon, wie lange es dauern würde, bevor sie sich wieder heimlich den Magen vollschlagen konnte?

Toby freute sich riesig über die Cookies, Bree war jedoch peinlich berührt. Lucy nahm ihren Honig mit und fuhr zurück zum Haus. Auf halber Strecke dorthin hielt der Wagen, als hätte er einen eigenen Willen, rechts am Straßenrand.

Sie starrte auf das Handschuhfach. Was würde Ted in dieser Situation tun? Ihr perfekter Exverlobter verhielt sich nie auch nur ansatzweise unredlich, also orientierte sie sich stattdessen an Meg und klappte das Handschuhfach auf.

Sie rechnete halb damit, eine geladene Waffe oder allerwenigstens eine Packung Kondome und einen vergessenen roten Tangaslip zu finden. Stattdessen fand sie eine Bedienungsanleitung, einen Reifendruckmesser und einen Fahrzeugschein, ausgestellt in Illinois auf Patrick Shade, wohnhaft in Cook County, mit einer Adresse auf dem Lake Shore Drive in Chicago.

Wenig später trug sie ihre neuen Topfpflanzen in den Wintergarten und betrat hinterher ihr Schlafzimmer durch die Schiebetür, dann versteckte sie die Tüte mit dem Muffin für die böse Königin unter dem Waschbecken in ihrem Bad. Temple sollte sich selbst etwas einfallen lassen, wie sie an ihre Schmuggelware kam. Danach knetete sie den Teig nochmals durch, formte die Laibe, besprenkelte sie mit Wasser, legte sie in zwei Schüsseln, und stellte diese zurück in den Schrank. Dann ging sie hinunter zum Bootshaus und paddelte mit dem Kajak raus. Panda wollte Temple nicht allein auf den See lassen, deshalb war ein zweites Kajak geliefert worden.

Als sie zurückkam, saßen Temple und Panda an dem monströs großen Küchentisch beim Lunch, das nicht viel besser sein konnte als eine Darmreinigung. Die spärlichen Portionen aus den Tiefkühlbehältern, die auf der Anrichte standen, hatten sie auf hübsche Teller gelegt. Panda schob mit der Gabel ein einsames Stück Lachs hin und her. Eine Zitronenscheibe schwamm in dem Glas Wasser, das Temple an die Lippen führte. Sie tupfte sich die Mundwinkel mit einer Stoffserviette ab, die sie irgendwo ausgegraben hatte.

»Ich denke, es ist wichtig, dass eine Mahlzeit ansprechend aussieht«, sagte sie.

»Nichts sieht ansprechend aus, wenn man es auf Pandas kotzgrünem Tisch verzehrt«, erwiderte Lucy.

»Der Tisch bleibt«, sagte er.

»Dein Pech.«

Sie ging in ihr Zimmer und kehrte mit der Tüte zurück, die Temples legitime Einkäufe enthielt. Panda entriss sie ihr, bevor Temple danach greifen konnte. Er wühlte darin herum, und nachdem er sich davon überzeugt hatte, dass sich nur Zeitschriften und eine Nagelzange darin befanden und keine der verbotenen Substanzen, die unter Lucys Waschbecken versteckt waren, übergab er die Tüte seiner Auftraggeberin.

Die böse Königin richtete den gebieterischen Blick auf ihn. »Ernsthaft, Panda ... findest du das nicht ein bisschen beleidigend Lucy gegenüber?«

»Schon möglich. Ist mir wurscht.«

Lucy stieß einen verächtlichen Laut aus.

Temple legte die Tüte zur Seite. »Ganz ehrlich, warum geht ihr zwei nicht einfach miteinander ins Bett und bringt es hinter euch?«

Pandas Gabel, auf die er ein Stück matschigen Brokkoli gespießt hatte, verharrte mitten in der Luft, und Lucy verschluckte sich an ihrer Spucke. Panda fing sich als Erster.

»Du liegst total falsch.«

»Ach ja?« Temple stützte den Ellenbogen auf den Tisch und tippte mit den Fingern an ihr Kinn. »Ich habe meine erfolgreiche Karriere meiner Fähigkeit zu verdanken, dass ich Menschen gut einschätzen kann, und zwischen euch beiden knistert es so stark, dass es schon peinlich ist.«

»Das bildest du dir ein«, erwiderte Panda. »Was du wahrnimmst, ist Feindschaft. Zwei grundverschiedene Menschen mit grundverschiedenen Einstellungen. Einer von uns ist ein nüchterner Realist. Der andere nicht.«

Das war so ein Quatsch, dass Lucy es nicht mehr aushielt. »Wir hatten schon Sex, Temple. Es war nicht berauschend.«

»Ich wusste es!« Temple stieß ein triumphierendes Lachen aus. »Er ist bestimmt ein Egoist im Bett, richtig? Nur auf sein eigenes Vergnügen bedacht.«

»Das ist nicht wahr!«

»Total egoistisch«, pflichtete Lucy ihr bei. »Einer von der ganz schnellen Truppe. Das eine Mal hat definitiv gereicht.«

Pandas ließ seine Gabel geräuschvoll fallen.

Temple ignorierte ihn. »Das wundert mich allerdings. Bei unseren Trainingseinheiten beweist er nämlich eine erstaunliche Ausdauer. Vielleicht ...«

»Das reicht. Und zwar bei weitem. Ende der Diskussion.« Er sprang vom Tisch auf und stolzierte zur Hintertür hinaus.

Lucy setzte sich auf den Platz, den er freigemacht hatte. »Ich bin mir nicht sicher, ob sich eine gute sportliche Kondition im Schlafzimmer umsetzen lässt.«

»Das sollte aber so sein«, erwiderte Temple. »Wegen der guten Durchblutung.« Temples Stimme senkte sich zu einem eindringlichen Flüstern. »Haben Sie meinen Muffin bekommen?«

»Er ist in einer Tüte unter dem Waschbecken in meinem Bad.«

»Was für eine Sorte?«

»Schokolade.«

»Perfekt.« Sie beobachtete Panda durch das Fenster und schätzte seine Entfernung vom Haus. »War er wirklich so schlecht im Bett?«

»Ich glaube nicht.« Lucy schob seinen kaum angerührten Teller zur Seite. »Er sagte, es liege an mir. Er sagte, ich sei nicht besonders gut gewesen.«

Temples dunkle Augenbrauen wölbten sich. »Das hat er tatsächlich zu Ihnen gesagt?«

Lucy nickte.

»Interessant«, sagte Temple. »Vielleicht sollten Sie es ein zweites Mal versuchen?«

»Ist das Ihr Ernst?«

Ihre Katzenaugen bekamen einen nachdenklichen Ausdruck. »Panda ist ein faszinierender Mann. Ich gebe zu, ich habe anfangs, als ich ihn kennenlernte, ein paar Signale ausgesendet, aber er hat sie ignoriert. Dann habe ich jemand anderen kennengelernt …« Ihre Miene verdüsterte sich. »Eine Katastrophe. Ich hätte mich bei Panda mehr ins Zeug legen sollen.«

Lucy fragte sich, ob diese »Katastrophe« der Auslöser für Temples Gewichtszunahme gewesen war.

Temple schaute noch einmal prüfend durch das Fenster,

dann stand sie auf. »Ich hole mir den Muffin. Falls er zurückkommt, lenken Sie ihn ab.«

»Und wie genau soll ich das anstellen?«

»Ziehen Sie Ihre Klamotten aus.«

»Ziehen Sie doch Ihre Klamotten aus«, erwiderte Lucy.

Aber niemand zog seine Klamotten aus, weil Panda in diesem Moment zur Tür hereinkam. »Wenn ihr fertig seid mit euren Frauengesprächen«, spottete er, »dann lass uns wieder an die Arbeit gehen, Temple. Oder denkst du vielleicht, deine Pfunde schmelzen von allein?«

»Wichser.« Temple warf einen verärgerten Blick auf Lucys Zimmer, dann folgte sie Panda hinunter in die Bucht.

Während Lucy darauf wartete, dass das Brot im Backofen fertig wurde, warf sie immer wieder einen Blick auf Temple und Panda, die mit den Kajaks auf dem See waren. Im Gegensatz zu Lucy lenkte Temple ihr Kajak absichtlich in die Strömung. Panda blieb in ihrer Nähe, um sie vor dem potenziellen Angriff einer vagabundierenden Seeräuberbande zu beschützen.

Nach dem Donut und den Pommes frites hatte Lucy keinen Hunger mehr, aber sie konnte trotzdem nicht widerstehen, ein Ende von dem frisch gebackenen Haferbrot abzuschneiden und mit Brees Honig zu beträufeln. Sie versteckte beide Laibe im Wintergarten hinter den neuen Topfpflanzen, die sie in das Zierregal gestellt hatte.

Sie hatte bei offenem Fenster gebacken und den Duft übertüncht, indem sie den Deckel eines alten Plastikbechers über einem Gasbrenner hatte schmelzen lassen. Als Temple ins Haus zurückkehrte, war sie so wild darauf, sich den Muffin aus Lucys Bad zu holen, dass sie die giftigen Dämpfe gar nicht wahrnahm, im Gegensatz zu Panda. Er warf Lucy einen Blick zu, in dem unverkennbar die Frage lag, ob ihr nichts Besseres eingefallen sei. Dann entdeckte er das Keramikschwein, das sie wieder aus der Garage geholt und auf den Kühlschrank gestellt hatte. Er musterte den Galgenstrick, den sie dem Schwein um den Hals gehängt hatte, eine Seilknüpftechnik, die sie sich von Andre abgeschaut hatte, aber auf den Heimwerkersender schieben wollte, falls Panda fragte.

Er fragte nicht.

Temple nahm ihre Baseballmütze ab und dehnte die Arme. »Ich geh rauf und leg mich hin. Weck mich in einer Stunde.«

»Gute Idee.« Panda war so erpicht darauf, an das Brot zu kommen, wie Temple darauf, ihren Muffin zu holen.

Temple tat so, als würde sie ihren steifen Nacken massieren. »Lucy, kann ich mir die Zeitschrift borgen, die Sie vorhin gelesen haben? Es gibt nichts Besseres als Promiklatsch zum Einschlafen.«

»Sicher.«

Lucy empfand keine Gewissensbisse. Ein kleiner Muffin würde Temple schon nicht umbringen, die böse Königin brauchte eine Belohnung für die Quälerei, die sie sich antat.

Während Temple sich zu Lucys Zimmer aufmachte, verschwand Panda in Richtung Wintergarten.

»Bastard!«, kreischte Temple in diesem Moment.

Der Schrei war aus dem Schlafzimmer gekommen. Lucy steckte den Kopf durch die Hintertür. Panda war nicht im Wintergarten. Sie reckte den Hals, um einen Blick auf die offene Terrasse auf der anderen Seite zu erhaschen. Tatsächlich, die Schiebetür zu ihrem Schlafzimmer stand offen. Höchste Zeit, dass sie sich unsichtbar machte.

»Lucy!«

Als sie Pandas unheilvollen Schrei hörte, prüfte sie kurz ihre Möglichkeiten. Mit dem Auto fliehen oder über das Wasser? Sie entschied sich für den Wagen, aber bevor sie die

Haustür erreichen konnte, stürmte Panda durch das Wohnzimmer auf sie zu, mit Temple an den Fersen.

»Findest du das lustig?«, brüllte er. »Du hast sie bewusst sabotiert. Raffst du es nicht? Die Karriere dieser Frau steht auf dem Spiel.«

»Das war wirklich nicht klug von Ihnen, Lucy«, beschied ihr die böse Königin hochmütig. »Ich dachte, Sie hätten verstanden, wie sehr ich auf die Unterstützung meines Umfelds angewiesen bin. Offenbar kann ich mich nicht auf Sie verlassen.« Mit erhobenem Kopf lief sie die Treppe hoch.

Lucy starrte ihr nach und öffnete dann den Mund, um loszulegen, aber Pandas Hand fuhr hoch. »Jetzt nicht. Ich habe gerade eine Stinkwut auf dich.« Er wandte sich in Richtung Wintergarten.

Das wollte sie sich auf keinen Fall bieten lassen. Sie stürmte ihm hinterher. Er hatte das Brot bereits entdeckt. Sie stapfte durch den Wintergarten zu ihm.

»Wenn du auch nur einen Moment lang glaubst …«

»Verdammt …« Er sprach das Wort wie ein Gebet. »Es ist noch warm.«

Sie starrte ihn an, während er den ersten Laib hinter den Topfpflanzen hervorholte. Er bemerkte das fehlende Ende, schien sich aber nicht darüber zu ärgern, er schien sich über gar nichts zu ärgern, den eingeschmuggelten Muffin inbegriffen.

»Ich nehme an, du hast nicht zufällig ein Messer dabei«, sagte er. »Ach, scheiß drauf …« Er riss ein Stück von dem Brot ab und rammte die Zähne hinein. »Bei Gott, ganz ehrlich, Lucy …« Er schluckte. »Das ist das Beste, was ich seit einer Woche zwischen die Zähne bekommen habe.«

»Das ist jetzt unwichtig. Ich werde es nicht hinnehmen, dass du …«

»Wir müssen ein besseres Versteck finden.«

Sie stemmte die Hände in die Hüften. »Offensichtlich nicht unter meinem Waschbecken.«

»Vielleicht der Schreibtisch im Arbeitszimmer? Behalte die Tür im Auge. Pass auf, dass sie es sich nicht plötzlich anders überlegt und wieder runterkommt.« Er biss wieder in das Brot. »Und versuch in Zukunft, dich nicht wieder von ihr einwickeln zu lassen.«

Sie hob die Hände zum Himmel. »Ihr zwei habt einander verdient.« Und dann ... »Was hast du mit dem Muffin gemacht?«

»Den habe ich vor ihren Augen verspeist wie angedroht. Ich musste ihn so schnell in mich reinstopfen, dass ich ihn gar nicht richtig genießen konnte.«

Das erklärte seinen schokoladenverschmierten Mund – sie sah es erst jetzt.

»Dir ist schon klar, dass diese Diät, die sie durchzieht, krank ist«, sagte sie.

»Ich hoffe, sie kommt noch selbst dahinter. Aber bis dahin habe ich einen Job zu erledigen.« Er riss einen zweiten Brocken von dem Brotlaib ab. »Ich werde dich von nun an durchsuchen müssen.«

»Mich durchsuchen?«

»Nichts Persönliches.«

Nichts Persönliches, allerdings!

Kapitel 14

»Ich verstehe nicht, warum wir in die Kirche müssen«, sagte Toby.

»Klär das mit deinem Freund Big Mike.«

Bree war bewusst, dass sie zickig klang, aber sie konnte nicht anders. Sie schlüpfte in ihr einziges Paar hochhackige Schuhe, bronzefarbene Riemchenstilettos, in denen sie mit Mike auf Augenhöhe sein würde. Als Bonus konnte sie mit den Absätzen jede Schlange aufspießen, die ihr während der Messe in die Quere kam.

Während der vergangenen fünf Tage hatte sie versucht, sich etwas einfallen zu lassen, um aus dieser Sache mit Mike wieder herauszukommen, aber er hatte sie in die Ecke gedrängt. Solange sie für Toby verantwortlich war, konnte sie es sich nicht leisten, dass Mike in der Gemeinde Stimmung gegen sie machte, etwas, das ihm durchaus zuzutrauen war. Er war nur physisch ein großer Mann, vom Charakter her war er engstirnig und nachtragend, und er hatte jahrelang Übung darin, Menschen nach seinem Willen zu manipulieren.

»Wir müssen nur in die Kirche, weil du immer so gemein bist zu Big Mike«, stichelte Toby. »Er denkt bestimmt, du kommst in die Hölle.«

Sie war schon da.

In diesem Moment bog Mikes roter Cadillac in die Einfahrt. Bree wusste noch nicht, wie sie Toby am besten vor Mike warnen konnte.

»Mike ist sehr nett zu dir«, begann sie zögernd. »Aber …

manchmal sind die Menschen nicht so, wie sie nach außen hin scheinen.«

Toby warf ihr einen Blick zu, der sie als dümmsten Menschen auf der Erde brandmarkte, und flitzte zur Tür hinaus. So viel zu den guten Vorsätzen.

Bree hatte die Haare zu einem lockeren Knoten aufgesteckt, passend zu einem der wenigen Kleider, die sie nicht in Kommission gegeben hatte, ein ärmelloses karamellfarbenes Etuikleid, das sie mit unechten Creolen ergänzte. Ihre Arme fühlten sich immer noch nackt an ohne ihre Armreifen. Sie hatte ihren wertvollen Schmuck vor Monaten verkauft, darunter auch ihren zweikarätigen Verlobungsring. Was ihren Ehering betraf ... An dem Abend, an dem Scott sie verlassen hatte, war sie zum Golfclub gefahren und hatte den Ring in den Teich neben dem achtzehnten Loch geschleudert.

Mike sprang aus dem Wagen, um ihr die Tür aufzuhalten, und sie reichte ihm gleich den Laptop, den er ihr geschenkt hatte.

»Danke«, sagte sie steif, »aber ich bin mir sicher, du hast dafür eine bessere Verwendung.«

Toby kletterte auf den Rücksitz. Im Wagen roch es nach teurem Leder mit einem leisen Hauch von Mikes Eau de Cologne. Bree öffnete trotzdem sofort das Fenster, um frische Luft hereinzulassen.

Mike legte den Laptop ohne Kommentar auf den Rücksitz. Noch bevor sie auf die Hauptstraße bogen, fing Toby an, von seinem Mountainbike zu schwärmen.

»Warum radelst du morgen nicht einfach mit bei der Parade zum Unabhängigkeitstag?«

»Kann ich?« Toby fragte Mike, nicht sie.

»Sicher.« Mike warf Bree einen Blick zu. »Wir haben gestern meinen Umzugswagen fertiggestellt. In diesem Jahr lautet das Motto ›Sonneninsel‹.«

»Eingängig.« Wie hatte sie diese Parade früher geliebt, weil sie der Beginn eines weiteren magischen Sommers auf der Insel war.

»Mein Wagen ist immer der größte«, brüstete er sich. »Hey, warum fährst du nicht mit?«

»Danke, ich verzichte.«

Mike schüttelte den Kopf und grinste, immer noch unfähig, zwischen den Zeilen zu lesen, genau wie früher.

»Weißt du noch das eine Jahr, als Star und du so lange gequengelt habt, bis ihr auf dem Wagen der Rotarier mitfahren durftet? Star ist hinten runtergefallen, und Nate Lorris hätte sie beinahe mit seinem Traktor überfahren.«

Star und sie hatten sich vor Lachen in die Hose gemacht. »Nein. Ich erinnere mich nicht.«

»Das musst du doch noch wissen. Star hat immer alle Möglichkeiten ausgelotet, damit ihr zwei auf einen der Wagen konntet.«

Star war damit auch immer erfolgreich gewesen. So waren sie beim Dogs 'N' Malts mitgefahren, bei Maggies Fudge Shop, den Kolumbus-Rittern und dem alten Grillrestaurant, das abgebrannt war. Einmal hatte Star ihnen sogar zwei Plätze auf dem Wagen der Pfadfinder verschafft.

Toby funkte vom Rücksitz dazwischen. »Gram hat gesagt, meine Mutter war ein Nichtsnutz.« Er sagte es so sachlich, dass Bree sprachlos war, aber Mike hatte auf alles eine Antwort.

»Deine Gram hat das aus Kummer gesagt. Deine Mom war rastlos, und manchmal benahm sie sich ein bisschen unreif, aber sie war kein Nichtsnutz.«

Toby trat gegen den Vordersitz. »Ich hasse sie.«

Tobys Abneigung gegen seine Mutter war verstörend, obwohl Bree genauso empfand. Allerdings hatte ihr Groll auf Star in letzter Zeit eher Ähnlichkeit mit den Nachwirkungen eines Schnupfens als mit einer ausgewachsenen Grippe.

Wieder einmal sprang Mike in die Bresche. »Du hast deine Mutter nicht gekannt, Toby. Sicher, sie hatte ihre Fehler – wir haben alle unsere Fehler –, aber sie hatte auch ganz viele gute Seiten.«

»Zum Beispiel die, dass sie mich und Gram und meinen Dad im Stich gelassen hat?«

»Sie hatte diese Krankheit, man nennt das eine Wochenbettdepression. Das bekommen Frauen manchmal nach der Geburt ihres Babys. Ich bin mir sicher, deine Mutter hatte nicht vor, lange wegzubleiben.«

Myra hatte Bree gegenüber nie etwas von einer Wochenbettdepression erwähnt. Sie hatte gesagt, Star habe es nicht ausgehalten, an ein Kind gebunden zu sein, und sei weggelaufen, damit sie herumstreunen könne.

Als sie die Stadt erreichten, hoffte Bree, dass das Thema Star beendet war, aber Mike mit seiner großen Klappe konnte es nicht auf sich beruhen lassen.

»Bree war die beste Freundin deiner Mom. Ich wette, sie kann dir viele gute Dinge über sie erzählen.«

Bree versteifte sich.

»Wetten, dass sie das nicht kann?«, entgegnete Toby.

Sie musste etwas sagen. Irgendwas. Sie zwang ihren Kiefer, sich zu bewegen. »Deine Mutter war ... unheimlich schön. Wir ... wollten alle so aussehen wie sie.«

»Das ist wahr.«

Der Blick, den Mike ihr zuwarf, enthielt unmissverständlich einen Vorwurf. Mike Moody, der Meister aller Missetaten, kritisierte sie dafür, dass ihr kein besseres Beispiel eingefallen war, aber Toby hatte es scheinbar nicht bemerkt.

Sie erreichten die Kirche. Die Episkopalkirche. Die größte und angesehenste Glaubensgemeinde auf Charity Island.

Bree sah Mike an. »Schlangen und gespaltene Zungen?«

Er grinste. »Genau.«

Ein Scherz auf ihre Kosten. Trotzdem ließ ein Teil ihrer Anspannung nach.

Bree hatte als Kind die Methodistenkirche besucht, aber organisierte Religion mit all ihren unbeantworteten Fragen war ihr schließlich zu mühselig erschienen, und sie hatte kurz nach ihrer Heirat aufgehört, in die Kirche zu gehen. Mike fand im Seitenschiff für sie Plätze unter einem Buntglasornament.

Im Rhythmus der Messe entspannte Bree, und ihre Stimmung begann, sich zu heben. Zumindest für den Augenblick gab es keine Bienenstöcke, keine Tomatenpflanzen, die gegossen werden mussten, und kein Unkraut, das gezupft werden musste. Keine Kunden, die man anlocken musste, und keinen Jungen, den man enttäuschte. Die Möglichkeit, dass sie nicht allein auf diesem Planeten war, dass etwas Höheres über sie wachte, gab ihr einen schwachen Trost.

Hin und wieder streifte Mikes kräftiger Arm, der in einem marineblauen Blazerärmel steckte, ihren eigenen. Solange sie nicht auf sein Goldarmband sah oder auf seinen großen Siegelring, konnte sie so tun, als wäre er ein anderer – einer dieser unerschütterlichen, zuverlässigen Männer mit soliden Wertvorstellungen und einem treuen Herzen. Mike schloss die Augen zum Gebet, verfolgte aufmerksam die Predigt und sang bei jedem Kirchenlied die ersten Strophen mit, ohne das Gesangbuch zu Hilfe zu nehmen.

Nach dem Gottesdienst arbeitete er sich durch die Menge, klopfte den Männern auf den Rücken, schmeichelte den Frauen, erzählte einem der Diakone von einer Immobilie, die auf den Markt kam – er schien auch die Kirche für seine Geschäfte zu nutzen. Jeder tat ihm schön, obwohl es nicht wirklich danach aussah. Es machte eher den Eindruck, als wäre Mike aufrichtig beliebt. Der erwachsene Mike Moody fing an, Bree zu verwirren, auch wenn ihm scheinbar immer noch nicht bewusst war, wie anmaßend er sein konnte, da er eine ältere Frau als »junge Lady« bezeichnete. Andererseits nahm er die Not eines Mädchens wahr, das an Krücken ging, und eilte ihm zu Hilfe, bevor überhaupt jemand bemerkte, dass es ein Problem gab. Es war beunruhigend.

Er stellte sie jedem Einzelnen vor. Einige Mitglieder der Gemeinde erinnerten sich an Brees Familie. Eine der Frauen erkannte Bree wieder. Die Leute waren freundlich und aufdringlich zugleich. Wie Toby zurechtkomme? Wie lange sie plane, auf der Insel zu bleiben? Ob sie wisse, dass das Dach des Cottages undicht sei? Die Ehe hatte Bree vorsichtig gemacht. Sie wich den Fragen aus, so gut sie konnte, ein Prozess, der durch Mikes Geschwätzigkeit erleichtert wurde.

Sie erfuhr, dass Mike der Vorstandsvorsitzende des größten Wohlfahrtsverbandes der Insel war. Sowohl bewundernswert als auch eine gute Werbung für sein Geschäft, da so sein Gesicht in der Berichterstattung über Spendenorganisationen präsent blieb. Er sponserte außerdem Fußballmannschaften aller Altersklassen und stellte so sicher, dass Dutzende Inselkinder für ihn Werbung liefen.

»Wie wäre es mit einem Lunch?«, fragte er Toby, als sie wieder in den Wagen stiegen. »Das Island Inn oder das Rooster's?«

»Können wir nicht ins Dogs 'N' Malts?«, erwiderte Toby.

Mike sah zu Bree, musterte sie kurz von Kopf bis Fuß. »Bree hat sich ziemlich schick gemacht. Komm, wir führen sie in ein nettes Restaurant aus.«

Sie wollte nicht in Mikes Schuld stehen für ein Essen oder Mountainbike oder Notebook. Sie wollte für gar nichts in seiner Schuld stehen.

»Ein anderes Mal«, sagte sie schroff, während er den

Zündschlüssel umdrehte. »Ich muss Bienenwachs schmelzen und Kerzen gießen.«

Toby erhob natürlich Widerspruch. »Das ist unfair. Du bist eine Spielverderberin.«

»Na na, Boy, es gibt keinen Grund, respektlos zu werden«, tadelte Mike.

»Hör bitte auf, ihn Boy zu nennen«, stieß sie aus.

Toby trat von hinten gegen ihren Sitz. »Ich bin ein Kind. Mike ist mein Freund. Er kann mich nennen, wie er will.«

Toby war Davids Sohn, und Bree hatte nicht vor, in diesem Punkt nachzugeben. »Nein, kann er nicht.« Als sie einen Blick über ihre Schulter warf, sah sie Stars dicht bewimperte goldbraune Augen, die zu ihr zurückstarrten. »Dieser Begriff hat eine negative Konnotation – einen schlechten Beiklang – in der afroamerikanischen Gemeinde.«

Mike zuckte zusammen, als er endlich kapierte, aber Toby wurde aggressiver. »Na und? Ich lebe nicht in der afroamerikanischen Gemeinde. Ich lebe auf Charity Island.«

Wie konnte sie, die weißeste aller weißen Frauen, sich dafür verantwortlich machen, David Wheelers Sohn den Stolz auf seine ethnische Herkunft beizubringen?

Mike konzentrierte sich darauf, den Wagen aus der Parklücke zu rangieren, und hielt sich ausnahmsweise zurück, doch Bree ließ nicht locker.

»Früher sagten die Weißen zu den schwarzen Männern – selbst wenn sie schon älter waren – Boy. Damit wollten sie ihre Überlegenheit zum Ausdruck bringen. Ein sehr unsensibles Verhalten.«

Toby dachte kurz darüber nach und zog dann, wenig überraschend, eine Schnute. »Mike ist mein Freund. Es war nicht seine Absicht, unsensibel zu sein. Er ist halt so.«

Mike schüttelte den Kopf. »Nein, Bree hat recht. Ich möchte mich entschuldigen, Toby. Ich vergesse das immer.«

Was vergaß er? Sich mit Rassismus zu beschäftigen oder dass Toby zur Hälfte Afroamerikaner war?

»Na und?«, murmelte Toby. »Ich bin weiß, und ich verstehe nicht, was das alles soll.«

»Was das alles soll, ist«, erklärte Bree beharrlich, »dass dein Vater stolz war auf seine Abstammung, und ich möchte, dass du auch so empfindest.«

»Wenn er so stolz darauf war, warum hat er dann meine Mom geheiratet?«

Weil Star immer das begehrt hatte, was sie, Bree, besaß.

»Dein Dad war verrückt nach deiner Mom«, sagte Mike. »Und sie war genauso verrückt nach ihm, bis zum Schluss. Deine Mom konnte deinen Dad wie kein anderer zum Lachen bringen, und er brachte sie dazu, Bücher zu lesen, die sie sonst nie in die Hand genommen hätte. Ich wünschte, du hättest erlebt, wie die beiden sich angesehen haben. Als würde niemand sonst existieren.«

Er hätte Bree genauso gut eine Ohrfeige geben können. Und er war noch nicht fertig.

»Es hat eine Weile gedauert, bis sie erkannten, wie sehr sie sich liebten«, fuhr er, mit ungewohnter Härte in der Stimme, fort. »Zuerst war dein Dad mit Bree zusammen, aber ich kann dir sagen, er hat sie nie so angesehen, wie er deine Mutter angesehen hat.«

Der wahre Mike Moody, mit seiner kalkulierten Grausamkeit, kam endlich wieder zum Vorschein. Er hielt die Augen auf die Straße gerichtet.

»Wir werden Bree zu Hause absetzen, dann kann sie sich um ihre Arbeit kümmern. Und wir zwei fahren anschließend zum Dogs 'N' Malts. Ist das okay für dich, Bree?«

Alles, was sie zustande brachte, war ein knappes Nicken.

Kaum war sie zurück im Haus, ließ sie sich auf die Couch plumpsen und starrte auf die siamesischen Katzen auf dem

Kaminsims. Sie hatte sich in letzter Zeit mehr Gedanken über ihre Jugendliebe gemacht als über das Scheitern ihrer zehnjährigen Ehe. Aber ihre Affäre mit David hatte einen klaren Anfang und ein klares Ende gehabt, während ihre Ehe so undurchsichtig verlaufen war.

Bree streifte ihre High Heels ab. Die Sandalen, die sie sonst immer trug, hatten auf ihren gebräunten Füßen ein helles Muster hinterlassen. Nicht, dass sie besonders braun wäre. Tiefer konnte sie nicht bräunen, ein sanfter Honigton und ein paar Sommersprossen mehr, was es noch absurder machte, dass sie für die Erziehung eines schwarzen Jungen verantwortlich war.

Obwohl sie zu Mike und Toby etwas anderes gesagt hatte, fühlte sie sich nicht bereit, das Kerzengießen in Angriff zu nehmen, also griff sie, nachdem sie sich umgezogen hatte, nach einem Stift und Papier, um Entwürfe für Geschenkkarten zu zeichnen. Aber Bree war nicht mit dem Herzen bei der Sache, und es kam nichts dabei heraus, was ihr gefiel. Schließlich hörte sie einen Wagen vorfahren, und Toby kam ins Haus gestürmt. Er verschwand gleich in seinem Zimmer. Fuhr der Cadillac gar nicht davon?

»Ich weiß, du bist sauer auf mich, aber das ist ja nichts Neues, stimmt's?«, sagte Mike, der plötzlich in der Tür stand.

»Ich will nicht darüber reden.« Sie stand von der Couch auf.

In seinem dunkelblauen Geschäftsanzug wirkte er größer denn je, und obwohl sie selbst auch nicht klein war, kam es ihr vor, als würde er über ihr thronen.

»Was ich Toby über David und Star erzählt habe, ist wahr.«

Sie begann, ihr Zeichenmaterial zusammenzupacken. »Nur für dich.«

Er zupfte geistesabwesend an seiner Krawatte. »Du möchtest glauben, David und du wart eine Art Romeo und Julia, aber die Wahrheit ist, dass du ein reiches weißes Mädchen aus Grosse Point warst und er ein schwarzer Junge aus Gary.« Er wechselte den Autoschlüssel von einer Hand in die andere. »David war fasziniert von dir, aber er hat dich nie geliebt.«

Sie stopfte den Zeichenblock in eine Schublade. »Bist du endlich fertig?«

»Mit Star war das anders.« Mike füllte den Raum, nahm ihr die Luft weg. »Keiner der beiden hatte Geld. Beide waren ehrgeizig, charismatisch, vielleicht ein bisschen rücksichtslos. Sie verstanden sich auf eine Art, die es zwischen dir und David nicht geben konnte.«

»Und warum ist sie dann abgehauen?« Die Schublade knallte laut zu, als sie ihr einen Schubs gab. »Wenn sie sich so leidenschaftlich geliebt haben, warum ist Star dann weggelaufen?«

»David nahm einen Job in Wisconsin an, obwohl sie ihn angefleht hatte, das nicht zu tun. Sie hasste es, wenn er fort war, und sie wollte ihn damit strafen. Ich bezweifle, dass sie vorhatte, für längere Zeit zu verschwinden. Und sie hat bestimmt nicht damit gerechnet, dass sie von der Straße abkommt und in den zugefrorenen Entwässerungskanal einbricht.«

Bree kaufte ihm das nicht ab. »Ein Mann saß bei ihr im Wagen.«

»Ein Landstreicher. Star hat ständig Leute von der Straße aufgelesen. Ich vermute, er ist getrampt.«

Bree widerstrebte es, diese Geschichte zu glauben. Sie wollte glauben, was Myra ihr erzählt hatte, dass Star sich mit David langweilte und ihn endgültig verlassen wollte. Scham wütete in ihr. »Ich weiß nicht, warum du das alles wieder zur Sprache bringst. Das ist schon viele Jahre her. Es hat keine Bedeutung mehr für mich.«

Er wusste, dass das nicht stimmte, aber er widersprach nicht. »Ich bin ein gläubiger Mensch«, sagte er sachlich. »Ich glaube an die Sünde, und ich glaube an Reue. Ich habe mein Bestes versucht, um es wiedergutzumachen, aber das hat nichts geändert.«

»Es wird sich auch weiter nichts ändern.«

Sein goldenes Armband fing einen Sonnenstrahl ein, und er nickte, was nicht so sehr ihr galt, sondern vielmehr ihm selbst. Es sah so aus, als hätte er eine Entscheidung getroffen.

»Ich werde dich von nun an in Ruhe lassen.«

»Gut.« Sie glaubte ihm nicht. Mike ließ nie jemanden in Ruhe.

In den alten Zeiten hatte er es immer vermieden, anderen Menschen in die Augen zu sehen. Jetzt nicht. Und etwas in seinem unerschütterlichen Blick brachte Bree aus dem Gleichgewicht.

»Allerdings würde ich es sehr schätzen, wenn du mir weiterhin erlaubst, mit Toby in Kontakt zu bleiben«, sagte er mit einer irritierenden Würde. »Ich hätte mich zuerst mit dir absprechen sollen, bevor ich ihm angeboten habe, bei der Parade mitzufahren. Ich habe die schlechte Angewohnheit vorzupreschen, ohne die Dinge vorher zu durchdenken.« Eine nüchterne Feststellung, die weder seine Schwächen vertuschte noch in Selbstzerfleischung ausartete. »Die Parade fängt um zehn an. Toby sollte spätestens um neun auf dem Parkplatz vor der Schule sein. Ich würde ihn ja abholen, aber ich bin der Leiter des Umzugskomitees, und ich muss früh da sein.«

Sie musterte eine abgewetzte Stelle an ihrem Schuh. »Ich kann ihn bringen.«

»In Ordnung.«

Das war's. Keine erneute Taktik, um sie für sich zu gewinnen. Keine Bestechungsversuche. Er rief Toby ein kurzes Tschüss zu, dann war er weg und ließ sie mit dem unbehaglichen Gefühl zurück, dass sie nun wirklich ganz auf sich allein gestellt war.

Lächerlich. Er würde wiederkommen. Mike Moody kam immer zurück, ob er erwünscht war oder nicht.

Kapitel 15

»Ich gehe nicht!«, erklärte Temple im Fitnessraum, wo sie vor Lucys Füßen gerade schwindelerregende einhändige Liegestütze machte, während im Hintergrund Hiphop lief. Selbst Panda sah ein, dass Opernmusik sich nicht unbedingt für das Training eignete.

»Sie müssen mal wieder raus.« Lucy ließ die braune Kurzhaarperücke, die sie aus dem Wandschrank der bösen Königin geholt hatte, vor der Nase ihrer Besitzerin baumeln. »Es ist nicht gesund, sich hier so einzuigeln. Wie Ihr Ausraster gestern bewiesen hat, als ich ein paar Geißblattzweige ins Haus gebracht habe.«

»Die haben gerochen wie Fruchtgummis.«

»Du kannst dir die Mühe sparen.« Panda legte die gewaltigen Gewichte, die er gestemmt hatte, zurück in den Ständer. »Temple bildet sich etwas darauf ein, wahnsinnig zu sein.«

Temple richtete sich auf, wechselte von Liegestützen zu Sprungkniebeugen. Feuchte dunkle Haarsträhnen klebten an ihrem Nacken, ihr Gesicht glänzte. »Könnten Sie nachvollziehen, was ich gerade durchmache, würden Sie so was nicht vorschlagen. Sie haben ja keine Ahnung, Lucy, wie es ist, so berühmt zu sein wie ich.«

Lucy rollte mit den Augen wie Toby.

Temple verstand den Wink und machte eine abfällige Handbewegung. »Sie sind nur aus zweiter Hand berühmt. Bei mir ist das was anderes.«

Panda schnaubte. Sein T-Shirt war schweißgetränkt. Es war erst gut eine Woche vergangen, aber Lucy hätte schwören können, dass sein bereits durchtrainierter Körper allmählich diese unheimlichen, überdefinierten Muskeln entwickelte. Als Lucy ihn gefragt hatte, warum er sich dermaßen quälte, erhielt sie die lapidare Gegenfrage, was zur Hölle er sonst mit seiner Zeit anfangen sollte. Die erzwungene Isolation färbte auf ihn fast genauso stark ab wie auf Temple, und mit jedem Tag, der verging, verschlechterte sich die Laune der beiden zusehends.

»Ich bin seit einem Monat auf der Insel«, sagte Lucy geduldig, »und ich hatte kein Problem damit.«

»Das liegt an Ihrer Aufmachung. Die Leute haben Angst vor Ihnen.«

Lucy gefiel diese Vorstellung, und sie nahm sich einen Moment, um ihr neues Dornen-Tattoo zu bewundern, das sie am Tag zuvor aufgeklebt hatte, weil das alte mehr und mehr abblätterte. In einigen Tagen würde sie ihren Drachen erneuern müssen. Und vielleicht würde sie mal ein Ganzarm-Tattoo ausprobieren ...

»Niemand wird damit rechnen, Lucy Jorik oder Temple Renshaw am Unabhängigkeitstag auf der Parade von Charity Island zu sehen«, sagte sie. »Und wenn niemand mit Ihnen rechnet, wird auch niemand auf Sie achten.«

Lucy hatte Bree am Tag zuvor einen Besuch abgestattet und gesehen, dass Toby sein Mountainbike dekorierte, während die junge Frau ein schmutziges Bienenkostüm inspizierte, das Tobys Großmutter früher bei den Paraden getragen hatte.

Die Frage lautet, hatte Bree Lucy gegenüber bemerkt, während sie einen Fühler geradebog, wie verzweifelt bin ich, dass ich mich so erniedrige, um neue Kunden anzulocken?

Bis zum Abend war Lucy entschlossen gewesen, allein zur Parade zu gehen, aber nachdem Temple das Scrabblebrett quer durch das Erkerzimmer geschleudert und Panda damit gedroht hatte, Lucy im See zu ersäufen, wenn sie nicht damit aufhörte, Galgenstricke für sein französisches Kellnerschwein zu knüpfen, änderte sie ihre Pläne.

»Die brutale Wahrheit ist, dass ihr zwei euch jetzt schon in zwei übelgelaunte, keifende Zicken verwandelt habt. Nicht, dass einer von euch hätte weit dafür gehen müssen.«

Pandas Handtuch knallte, als er es durch den Raum schleuderte. »Ich bin der umgänglichste Mensch der Welt. Aber Lucy hat recht, Temple. Wenn du nicht bald mal eine Pause machst, wird noch jemand sterben. Und das werde nicht ich sein.« Er schnappte sich eine Wasserflasche und trank sie in einem Zug leer.

»Erwartest du wirklich von mir, dass ich meine Zukunft von dem zweifelhaften Schutz einer Perücke abhängig mache? Das kannst du vergessen.« Ihre Kniebeugen wichen nun Seitstützen.

Lucy seufzte. Die böse Königin war anspruchsvoll, launisch und schwierig, und Lucy hätte sie eigentlich hassen müssen wie die Pest, aber die Sozialarbeiterin in ihr war dazu nicht fähig. Hinter all dem lauten Getue verbarg sich eine verlorene Seele, die versuchte, mit einem Leben zurechtzukommen, das außer Kontrolle geraten war, eine verlorene Seele, die genau begriff, dass sie verrückt war, aber nicht wusste, was sie dagegen tun sollte.

Lucy und die böse Königin hatten viel gemeinsam, obwohl Letztere wusste, was sie mit ihrem Leben anfangen wollte, während Lucy nur wusste, was sie nicht wollte – an weitere Türen zu klopfen und um Geld und Gesetze zu bitten, mit denen Kindern geholfen werden konnte. Was sie zum Allerletzten machte.

Panda stellte die Wasserflasche weg und sah Lucy an. »Was, wenn ihre Verkleidung nicht nur aus einer Perücke besteht?«

»Wie meinst du das?«

»Ich meine ...« Panda wandte sich an Temple. »Deine Freundin hier, die Präsidententochter, hat jede Menge Erfahrung darin, ihre Identität zu verbergen, und damit meine ich nicht nur ihre aktuelle, brechreizauslösende Verkleidung.« Er musterte Lucys Dreadlocks, die inzwischen neonpink waren. »Ich bin mir sicher, du kannst sie überreden, dass sie dir ihre Geheimnisse verrät.«

Eine Stunde später waren sie zu dritt unterwegs in die Stadt. Temple rutschte tief in den Rücksitz, die langen Haare unter der braunen Kurzhaarperücke verborgen, das Gesicht halb bedeckt von einer Sonnenbrille und einem unauffälligen Strohhut. Lucy trug ihr schwarzes Trägertop, das mit dem Totenschädel und den Rosen vorne drauf, eine superkurze, ausgefranste Jeans, die sie mit Sicherheitsnadeln aufgepeppt hatte, und ihren Nasenring. Panda hatte seine schwarze Nike-Mütze auf, unter der sich seine Haare hervorlockten. Lucy hatte ihm geraten, die Pilotensonnenbrille wieder abzunehmen, weil er damit aussah wie vom Secret Service.

Temples graue Yogahose saß inzwischen ein bisschen lockerer als bei ihrer Ankunft, nicht aber ihr violettes Stricktop, das sich um ihre Leibesmitte spannte aufgrund des kleinen Schwangerschaftskissens, das Lucy dort befestigt hatte.

Der Beachcomber Boulevard war für die Parade gesperrt, und Panda suchte in einer Nebenstraße einen Parkplatz. »Vergiss nicht, was ich dir gesagt habe, Temple. Du verschwindest nicht aus meinem Blickfeld, nicht einmal für eine Sekunde. Lucy, du bist Temples Tarnung, du bleibst also bei ihr. Sprecht mit niemandem, aber wenn etwas sein sollte, dann ist Temple deine schwangere Freundin aus dem Osten.«

»Meine Story ist besser«, erwiderte Lucy. »Sie ist eine Frau mehr, die du geschwängert hast, und die du nun versuchst, bei der erstbesten Gelegenheit loszuwerden.«

Panda ignorierte sie. »Temple, denk nicht einmal im Traum daran, dich aus dem Staub zu machen. Wenn du aufs Dixiklo musst, gehen wir gemeinsam.«

Temple schob ihre Sonnenbrille ein kleines Stück herunter und starrte über den Gläserrand hinweg auf seinen Nacken. »Ich würde lieber sterben, als auf ein Dixiklo zu gehen.«

»Ich bin da ganz Ihrer Meinung«, sagte Lucy.

Temple beobachtete durch das Fenster nervös die Passanten auf der Straße, von denen manche Gartenstühle mit sich trugen, andere Buggys vor sich herschoben.

»Du bist viel zu paranoid, Panda. Ich habe bestimmt nicht so hart trainiert, um mir mit fettem Junkfood alles zu versauen.«

»Das beruhigt mich, aber es ändert nichts an den Regeln.«

Lucy zog am Bund ihrer Shorts. Obwohl sie in einem Haus wohnte, in dem es nichts anderes gab als Diätkost, war es ihr gelungen, das an Gewicht wieder zuzulegen, was sie vor der Hochzeit verloren hatte. Sie drehte den Kopf nach hinten und musterte noch einmal Temples Verkleidung, wobei sie Temples zusammengepresste Lippen wahrnahm.

»Würden Sie damit aufhören?«

Temple runzelte die Stirn. »Wovon reden Sie?«

»Von den Übungen, die Sie gerade machen. Die Oberschenkel anspannen oder den Bauch einziehen oder so was in der Art.«

»Ich mache nur meine Kegel-Übungen.« Temple schenkte ihr ein herablassendes Lächeln. »Und wenn Sie mehr Wert auf Ihre Beckenbodenmuskulatur legen würden, würden Sie meinem Beispiel folgen.«

»Ich schwöre bei Gott«, sagte Panda, »sollte mein nächster Auftrag wieder mit einer Frau zu tun haben – selbst wenn es eine weibliche Wüstenspringmaus ist –, werde ich ihn nicht annehmen!«

Lucy lächelte und stützte den Ellenbogen auf die Rückenlehne. »Hier ist die gute Nachricht, Temple. Solange Panda in der Nähe ist, nehmen die Leute niemand anderen mehr wahr.«

»Genau deshalb müssen Lucy und ich uns allein unters Volk mischen«, erklärte Temple.

»Ja, klar, gute Idee«, entgegnete Panda trocken. »Und sobald ihr zwei außer Sichtweite seid, stopft ihr euch mit Schmalzgebäck voll.«

Wie wahr.

Was Lucys Gewichtszunahme erklärte. Seit sie nur noch Diätkost in Reichweite hatte, schlug sie sich jedes Mal den Magen voll, wenn sie in der Stadt war. Bisher war sie um die von Panda angedrohten Leibesvisitationen herumgekommen, indem sie vor ihm ihre Taschen umgedreht und sich selbst abgeklopft hatte. Zu ihrer Erleichterung hatte er sie nie weiter bedrängt.

»Deine Paranoia ist nicht normal«, sagte die böse Königin, während Panda mit Leichtigkeit in eine enge Lücke einparkte. »Du solltest eine Therapie machen.«

Lucy warf Temple einen Blick zu. »Nichts für ungut, aber vielleicht sollten Sie ihn direkt begleiten.«

Panda lächelte, das erste Mal an diesem Morgen, bevor er die Zündung ausschaltete und mit seiner Ansprache fortfuhr. »Wir sehen uns die Parade an, anschließend können wir einen Spaziergang durch den Hafen machen, dann steigen wir wieder in den Wagen und kehren als bessere Menschen nach Hause zurück.«

Nun war Lucy diejenige, die schnaubte.

»Könnte doch sein«, fügte er hinzu, aber es klang wenig überzeugt.

Sie stellten sich an das Ende des Beachcomber Boulevards, abseits vom größten Touristenandrang. Wie Lucy prophezeit hatte, zeigten die Umstehenden mehr Interesse an Panda als an Temple. Auch sie selbst mehr Aufmerksamkeit als die böse Königin, was diese ärgerte.

»Ich weiß, es ist unlogisch«, sagte sie in gedämpftem Ton, »aber ich bin es gewohnt, im Mittelpunkt zu stehen.«

Lucy lachte. »Jetzt wäre ein guter Zeitpunkt, um in Erwägung zu ziehen, Ihr Training um eine seelische Heilungskomponente zu erweitern.«

»Wenn ich normal wäre«, entgegnete Temple seufzend, »wüsste ich nicht, wer ich bin.«

Und das war das Eigenartige an Temple Renshaw. Immer dann, wenn man sie bereits als eine unausstehliche Diva abschreiben wollte, machte sie eine Bemerkung, die einem das Herz bluten ließ. Der Umstand, dass sie gnadenlos einsichtig war und gleichzeitig absolut planlos, verhinderte, sie unerträglich zu finden.

Es war ziemlich windig für eine Parade. Die Wimpel zwischen den Straßenlaternen flatterten wild, und die Markisen der Fresszelte bauschten sich wie überfüllte Mägen. Ein Lokalpolitiker führte die Parade als Zeremonienmeister an, gefolgt von einer Blaskapelle und einer Reitergruppe. Der erste Wagen kam in Sicht, eine Indianerszene, gesponsert von Jerry's Trading Post. Der nächste Wagen präsentierte einen Wald aus Kreppapierpalmen, die im Wind Schlagseite hatten, auf einer Strohhütte stand groß MIKES INSEL-IMMOBILIEN: HÄUSER UND BOOTE. Big Mike Moody stand vorn auf dem Wagen und amüsierte sich prächtig, während er winkte und Süßigkeiten in die Menge warf.

Ein wandelnder Hotdog vom Dogs 'N' Malts tänzelte neben einem Piraten, der für Jake's Dive Shop Werbung machte, und einem riesigen Zander einher, der das Island Inn repräsentierte. Lucy hatte Bree ganz vergessen, bis sie hinter den Pfadfinderinnen eine Honigbiene entdeckte. Fühler mit wackelnden schwarzen Kugeln am Ende ragten aus einer eng anliegenden schwarzen Kopfhaube empor. Der Wind zerrte heftig an Brees Schild, auf dem sie für ihren Schleuderhonig warb, aber sie hielt es gut fest. Sie wirkte nur ein kleines bisschen verlegen, als Lucy ihr zuwinkte.

Die Radlergruppe kam als Nächstes, und Toby war so begeistert, Lucy unter den Zuschauern zu entdecken, dass er beinahe das Gleichgewicht verloren hätte. Er war seit Temples Ankunft zweimal vor dem Haus aufgetaucht, aber Lucy war beide Male mit ihm losgeradelt, bevor er Temple zu Gesicht hatte bekommen können. Lucy warf ihm zum Spaß Kusshände zu, und er grinste gut gelaunt.

Sechs ältere Mitglieder der Amerikanischen Legion marschierten vorbei. Bei ihrem Anblick und den vielen amerikanischen Fähnchen vermisste Lucy plötzlich ihre Mutter. Sie jubelte den Männern laut zu.

Panda beugte sich zu ihr hinunter und murmelte: »Zurückhaltung sieht anders aus.«

Aber Lucy hatte aufgehört, sich Sorgen zu machen, dass sie erkannt werden könnte, selbst Temple wirkte nicht mehr so nervös. »Hier gibt es einige Leute mit ernsthaften Gewichtsproblemen«, bemerkte sie. »Das ist, als wäre *Fat Island* Realität geworden.«

»Schauen Sie einfach woanders hin und konzentrieren Sie sich auf Ihre Kegel-Übungen«, empfahl Lucy, bevor Temple auf die Idee kam einzuschreiten.

Als die Parade vorbei war, hatte keiner von ihnen Lust, nach Hause zu gehen, aber die Vorstellung, sich unter die

Leute am Hafen zu mischen, machte Temple nervös. Lucy schlug vor, einen Abstecher zum Leuchtturm zu machen. Panda stimmte ausnahmsweise bereitwillig zu.

Der Wind blies an der Leuchtturmspitze noch stärker als entlang der Umzugsstrecke, die Seile schlugen klirrend gegen den Fahnenmast. Obwohl der Leuchtturm zur Feier des Tages für Besucher offen stand, befanden sich die meisten Touristen noch in der Stadt, auf dem Parkplatz standen nur vereinzelt Fahrzeuge. Zu dritt stiegen sie die Wendeltreppe hoch zu der offenen, mit einem Geländer gesicherten Plattform direkt unterhalb der schwarzen Kuppel und des Leuchtfeuers. Sie hatten ihre Kopfbedeckungen im Wagen gelassen, damit sie nicht wegflogen, und Temple hielt ihre Perücke fest.

»Was für ein herrlicher Ausblick!«, rief sie.

Hinter den wehenden Wolken strahlte der Himmel in leuchtendem Blau. Das Metallgeländer war von der Mittagssonne aufgeheizt, aber der Wind peitschte wütende Wellen über den Anleger, und nur die großen Ausflugsschiffe sprenkelten das kabbelige Wasser. Temple ließ Panda und Lucy allein und drehte eine Runde auf der Plattform.

»Da bekommt man Mitleid mit denen, die die Großen Seen nie zu sehen bekommen«, bemerkte Panda, während er seine Sonnenbrille wieder über die Augen schob.

Lucy sah das genauso, aber sie hatte keine Lust, mit ihm zu reden, also begnügte sie sich mit einem Nicken.

Zwei Seeschwalben schlugen mit ihren Flügeln dicht über dem Wasser auf der Suche nach Nahrung, über ihnen zog eine Seemöwe stur ihre Kreise, bereit, ihnen den Fang abzujagen. Panda stützte die Unterarme auf das Geländer.

»Ich schulde dir eine Entschuldigung.«

»Die Auswahl ist riesig.«

Er starrte geradeaus, die Augen verdeckt von den dunklen Brillengläsern. »Was ich vor drei Wochen zu dir gesagt habe ... An diesem einen Abend ... Ich war sauer, weil du dich eingeschlossen hattest. Und ich war aus vielen anderen Gründen sauer, die nichts mit dir zu tun haben.«

Sie hatte vermutet, dass seine hässlichen Worte eher mit ihm zu tun hatten als mit ihr, aber sie hatten trotzdem wehgetan.

»Sorry. Kann mich nicht erinnern.«

»Jener Abend im Motel ... Du warst toll. Ich war derjenige, der ...«

»Wirklich«, unterbrach sie ihn in eisigem Ton. »Ich will es gar nicht hören.«

»Es tut mir leid. Ehrlich, ich möchte mich dafür entschuldigen.«

»Nicht nötig.« Sie weigerte sich, ein freundlicheres Gesicht zu machen, obwohl sie froh war, dass er ihr seine Entschuldigung anbot.

Temple tauchte plötzlich hinter ihnen auf. »Ich gehe wieder runter. Falls Sie nichts dagegen haben, Herr Gefängnisdirektor.«

Panda spähte über das Geländer nach unten. »Ich sehe hier nirgendwo eine schnelle Möglichkeit, um an Essen zu kommen. Geh ruhig.«

Temple verschwand. Lucy hatte noch keine Lust, wieder hinunterzugehen, aber sie wollte auch nicht mit Panda reden, also ging sie ein paar Meter weiter. Er ignorierte den Wink.

»Lucy, ich weiß ...«

»Temple muss lernen, auf sich selbst aufzupassen«, fiel sie ihm ins Wort. »Früher oder später wirst du ihre Zügel lockern müssen.«

»Ich weiß. Vielleicht nächste Woche.«

Eine Windböe fegte eine zerknitterte Zeitung über den

Parkplatz, und Lucys Entschluss, sich nicht auf ein Gespräch mit ihm einzulassen, geriet ins Wanken.

»Du hast sie gern, nicht wahr?«

Er straffte sich, ließ aber die Hände auf dem Geländer ruhen. »Es ist eher so, dass ich ihr etwas schuldig bin. Sie hat mir viele Aufträge verschafft.«

»Aber du hast sie auch gern.«

»Ich schätze schon. Sie hat einen Knall, aber sie hat auch Mumm. Ein bisschen so wie du, obwohl ich zu deiner Verteidigung hinzufügen muss, dass man dir den Dachschaden nicht so schnell anmerkt wie ihr.«

»Sagt das Musterbeispiel für geistige Gesundheit.«

Er beugte sich über das Geländer und beobachtete Temple, die unten aus dem Leuchtturm auftauchte. »Wenigstens weiß ich, was ich mit meinem Leben anfangen will, was offenbar deutlich mehr ist, als du von dir behaupten kannst.«

Sie gab ihren Versuch auf, Persönliches aus dem Gespräch herauszuhalten. »Und was ist das? Was willst du?«

»Ich möchte meine Arbeit gut machen, meine Rechnungen pünktlich bezahlen und die bösen Buben daran hindern, den guten Buben zu schaden.«

»Das hättest du alles bei der Polizei haben können. Warum hast du diesen Job aufgegeben?«

Er zögerte einen Tick zu lange. »Wegen der miesen Bezahlung.«

»Das glaube ich dir nicht. Gegen die bösen Buben zu kämpfen war bestimmt viel spannender, als Temple zu beschützen. Was ist also der wahre Grund?«

»Ich fühlte mich ausgebrannt.« Er deutete auf das Ufer. »Blockwurf. So nennt man die Steine, die aufgeschüttet werden, um Erosionen zu verhindern.«

Mit anderen Worten, er wollte, dass sie aufhörte, Fragen

zu stellen. Was in Ordnung war. Sie hatte sich für heute genug mit ihm ausgetauscht.

»Ich gehe nach unten.«

Er folgte ihr. Als sie in die Sonne hinaustraten, sah Lucy, dass Temple große Ausfallschritte gegen den Wind machte. Eine weitere Touristengruppe war angekommen. Eine Mutter stand in der Nähe des Anlegers und diskutierte mit ihrem Sohn, während seine kleine Schwester eine Seemöwe jagte.

Lucy hörte die entnervte junge Frau zu dem Jungen sagen: »Es gibt keinen Saft mehr, Cabot. Du hast das letzte Trinkpäckchen im Wagen leer gemacht.«

»Das war Sophie!« Der Junge stampfte mit dem Fuß auf. »Und du hast ihr den Traubensaft gegeben. Traube ist meine Lieblingssorte!«

Das kleine Mädchen lief mit ausgebreiteten Armen gegen den Wind, der ihr die lockigen Haare aus dem Gesicht pustete. Es war wohl mehr daran interessiert, den Tag zu genießen, das gewaltige Krachen der Wellen gegen die Klippen und die Sonne, die ihm warm ins Gesicht schien, als an dem Wutanfall seines Bruders.

»Das reicht jetzt, Cabot«, herrschte die Mutter ihn an. »Du wirst eben warten müssen.«

Sophie warf die Arme hoch und rannte auf das steinige Ufer zu, während der Wind ihr das pinkfarbene T-Shirt gegen die Brust presste.

»Aber ich habe Durst«, jammerte der Junge.

Ein unerwartet heftiger Windstoß ließ Lucy taumeln. Aus den Augenwinkeln sah sie, dass auch das kleine Mädchen das Gleichgewicht verlor. Im nächsten Augenblick stolperte es über einen der tückischen Felsblöcke, die das Ufer säumten. Die kleinen Arme ruderten wild in der Luft. Das Kind versuchte sich festzuhalten, aber die Felsen waren zu glitschig. Lucy stockte der Atem. Sie hörte einen Schrei, dann stürzte die Kleine in das raue Wasser.

Noch bevor ihr Kopf von den Wellen verschluckt wurde, stürmte Panda los. Er kletterte über die Felsen, den Blick immer zum Wasser gewandt, um nach dem Kind Ausschau zu halten. Eine Welle krachte gegen seine Beine. Panda stieß sich von den zerklüfteten Felsen ab und tauchte mit einem kraftvollen Hechtsprung ins Wasser.

Erst als Lucy losrannte, bemerkte die Mutter, was passiert war. Sie begann zu schreien und rannte Lucy hinterher. Lucy kletterte auf die nassen Felsen, nur mit Mühe konnte sie verhindern, auch ins Wasser zu stürzen. Sie sah Panda auftauchte, doch er war allein. Eine Sekunde später tauchte er wieder unter. Lucy suchte die Wasseroberfläche ab – nichts. Wieder kam Panda hoch, holte kurz Luft und tauchte erneut ab.

Und dann sah Lucy etwas Pinkfarbenes unter der Wasseroberfläche schimmern. Vielleicht war es nur eine Sinnestäuschung, aber sie betete, dass es mehr war.

»Da drüben!«, schrie sie, als er wieder auftauchte.

Panda hörte sie, drehte sich in die Richtung, in die sie deutete, und tauchte wieder ins Wasser.

Er schien eine Ewigkeit unten zu bleiben. Lucy versuchte, ihn ausfindig zu machen, aber er war in der Tiefe verschwunden.

Die Wellen schmetterten gegen die Felsen, aber das Donnern konnte die herzzerreißenden Schreie der Mutter nicht übertönen. Sekunden verstrichen, jede eine gefühlte Stunde lang, und dann tauchte Panda wieder auf, das Kind fest an sich gedrückt.

Lucy hatte das Gefühl, als würde die Zeit stehen bleiben. Und dann fing die Kleine an zu husten.

Panda achtete darauf, dass ihr Kopf über der aufgewühlten Wasseroberfläche blieb, während sie würgte und spuckte. Als sie begann, mit den Armen um sich zu schlagen, sagte er ihr etwas ins Ohr. Er gab ihr Zeit, um wieder zu Atem zu kommen, um zu begreifen, dass sie in Sicherheit war, bevor er versuchte, sie durch die raue Brandung an Land zu bringen.

Sie klammerte sich an seinen Hals und vergrub das Gesicht an seiner Schulter. Panda redete und redete. Lucy konnte sich nicht vorstellen, was er zu dem Kind sagte. Sie drehte sich um zu der Mutter, die ihr hinterhergeklettert war.

»Winken Sie ihr«, rief Lucy. »Damit sie sieht, dass alles okay ist.«

Die Mutter brachte kaum mehr als ein Krächzen heraus. »Es ist alles gut, Sophie!«, schrie sie in den Wind. »Alles ist gut.«

Lucy bezweifelte, dass Sophie ihre Mutter über den Lärm der Wellen hinweg hören konnte, aber die Kleine blieb weiter ruhig. Dennoch kostete es Panda sichtlich Kraft, gegen die starke Brandung anzukämpfen, um zum Ufer zu gelangen.

Der Junge verfolgte mit vor Schreck weit aufgerissenen Augen, wie seine Mutter versuchte, an Lucy vorbei zum Wasser hinunterzuklettern. Mit ihren Sandalen fand sie nicht denselben Halt wie Lucy mit ihren Stiefeln, sie rutschte immer wieder ab.

»Gehen Sie zurück«, befahl Lucy. »Ich nehme sie.«

Panda kam näher. Er fing Lucys Blick auf. Eine Welle klatschte gegen ihre Knie, als sie in die Hocke ging. Sie nahm alle Kraft zusammen und streckte die Hände aus. Er hob die Kleine hoch, und mit beinahe übermenschlicher Kraft gelang es ihm, sie Lucys in die Arme zu legen. Sophie wehrte sich blind gegen diesen neuen fremden Griff, aber Lucy hielt sie fest, bis Panda sich aus dem Wasser hochgezogen hatte. Er nahm die Kleine und trug sie über die Steine zum Pfad.

Selbst jetzt noch klammerte Sophie sich fest an ihn. Er ging in die Hocke und schaukelte sie in seinen starken, gebräunten Armen.

»Du bist in Sicherheit, Champion«, sagte er sanft. »Es ist vorbei. Hast du eigentlich noch ein bisschen Wasser im See gelassen, oder hast du alles verschluckt? Ich wette, du hast alles verschluckt. Ich wette, es gibt gar keinen See mehr ...«

Er fuhr so fort. Redete Quatsch, bis sie schliesslich den Kopf hob und auf den See blickte.

»Stimmt gar nicht. Ist noch ganz viel Wasser drin«, sagte sie.

Ihre Mutter kam, nahm ihm das Kind ab, hielt es fest, als wollte sie es nie wieder loslassen. Unter Tränen bedankte sie sich immer wieder bei Panda.

Panda lauschte geduldig dem Geplapper der Mutter, die erklärte, woher sie stammten und warum ihr Mann nicht dabei war. Er sprach wieder mit Sophie, dann mit ihrem Bruder, der zu quengeln begann, weil er nicht im Mittelpunkt stand. Er hatte sich schnell von seinem Schreck erholt.

Als Panda schliesslich überzeugt war, dass die Mutter in der Lage war, sich wieder ans Steuer zu setzen, begleitete er sie zu ihrem Wagen. Die Frau umarmte ihn zum Schluss unbeholfen.

»Gott hat Sie heute zu uns geschickt. Sie waren unser Schutzengel.«

»Ja, Ma'am«, erwiderte Panda, ganz der strenge Cop.

Die Frau fuhr schliesslich vom Parkplatz. In Pandas Bartstoppeln hingen noch Wasserperlen, aber seine Haarspitzen begannen bereits, sich zu kringeln.

»Nur damit du es weisst ...«, sagte Lucy. »Ich bin nicht mehr sauer auf dich.«

Er schenkte ihr ein müdes Lächeln. »Gib mir ein paar Stunden Zeit, und ich bringe das wieder in Ordnung.«

Feste kleine Wärmeknospen begannen, sich in ihr zu entfalten.

Temple kam, ohne zu ahnen, was passiert war, mit rotem Gesicht und außer Atem auf sie zugejoggt. »Warum bist du nass?«, fragte sie.

»Lange Geschichte«, erwiderte er.

Schweigend stiegen sie ins Auto. Wie geduldig Panda mit der hysterischen Mutter umgegangen ist, dachte Lucy, und wie behutsam mit Sophie. Sein Verhalten gegenüber Kindern passte nicht in das Bild, das sie sich von ihm gemacht hatte. Selbst Sophies verzogener Bruder … Als der Junge die Geduld verlor, hätte Lucy ihn am liebsten erwürgt, aber Panda hatte ihm ganz in Ruhe etwas über Lebensrettungsmaßnahmen, die jeder beherrschen sollte, erzählt.

Panda war ein Chamäleon. In der einen Sekunde ein grimmiger Biker, der sich kaum ausdrücken konnte, in der nächsten ein hochprofessioneller Bodyguard für die anspruchsvollste Kundin der Welt und heute eine Kombination aus Superheld und Kinderpsychologe.

Er verunsicherte sie. Entwaffnete sie. Verwirrte sie.

Lucy betrachtete stirnrunzelnd die mikrowellenverschrumpelte grüne Bohne, die an diesem Abend das Stück Hühnerbrust auf ihrem Teller zierte, und Temple warf einen sehnsüchtigen Blick zum Kühlschrank, als hoffte sie, dass auf magische Weise heißes Karamell aus dem Wasserspender fließen würde.

Auch Panda hatte sich während des Essens still verhalten, aber nun schob er seinen Teller zur Seite. »Ich habe eine Überraschung für euch.«

»Sag mir, dass es was mit Gebäck zu tun hat«, erwiderte Lucy. »Oder dass ich uns was Richtiges kochen darf.«

Salat war das Einzige, was sie zu den Mahlzeiten beitragen durfte – rein vegetarisch, ohne Käse, ohne Oliven, ohne Croutons und ohne Sahnedressing.

»Nein.« Er schob seinen Stuhl zurück. »Wir fahren raus auf den See und sehen uns das Feuerwerk an.«

»Ich verzichte«, sagte Temple. »Zwei Kajaks für drei Mann ist nicht gerade das, was ich unter Vergnügen verstehe.«

»Wer spricht von Kajaks?« Er erhob sich vom Tisch. »Wir treffen uns unten am Anleger. Keine Ausreden.«

Während Temple zu Ende aß, holte Lucy sich ein Sweatshirt und ging nach draußen, um zu sehen, was Panda vorhatte. Unten am Steg ankerte ein Rennboot mit schwarzem Rumpf, ein Boot, das bei ihrem letzten Abstecher zum Wasser hinunter noch nicht da gewesen war.

»Wo kommt das denn plötzlich her?«, fragte sie.

Panda warf zwei Schwimmwesten in eine Kiste, die auf dem Deck stand. »Big Mike. Seine Männer haben das Boot geliefert, als wir bei der Parade waren, und es im Bootshaus versteckt. Ich habe es für den restlichen Sommer geleast.«

»Was soll das?«, fragte Temple, die jetzt auch die Treppe herunterkam.

Panda klärte sie auf, und Temple begann gleich, ihnen vorzurechnen, wie viele Kalorien man beim Wasserskifahren verbrannte.

Lucy konnte es nicht mehr ertragen. »Temple, ich schlage Ihnen einen Deal vor. Wenn Sie mir versprechen, den restlichen Abend den Begriff Kalorien nicht mehr zu verwenden, werde ich morgen mit Ihnen trainieren«, sagte sie. »Zumindest eine Weile«, fügte sie dann rasch hinzu.

»Abgemacht«, erwiderte Temple. »Ernsthaft, Lucy, Sie werden nicht glauben, was für einen Unterschied ein rigoroses Training macht für …«

»Sie dürfen auch nicht über Sport, Fettanteile, Cellulite

oder den ganzen anderen Mist reden«, fiel Lucy ihr ins Wort. »Im Prinzip dürfen Sie nur über Trägheit reden.«

»Das habe ich schon hinter mir.« Panda startete den Motor.

Er handhabte das Boot so mühelos, wie er alles handhabte, abgesehen von zwischenmenschlichen Beziehungen. Der Wind hatte sich gelegt, der Himmel klarte auf, und die Sterne kamen allmählich heraus. Panda gab Vollgas, als sie das offene Wasser erreichten, und steuerte auf den Küstenvorsprung zu, der sie vom Hafen trennte. Als sie ihn umrundeten, trafen sie eine ganze Flotte von Ausflugsschiffen, die auf den Beginn der Show warteten. Die Lichter tanzten wie Leuchtkäfer über dem Wasser. Einige Boote hatten ihre Jachtclubfahnen gehisst, andere patriotische Wimpel.

Als sie die Moleneinfahrt passiert hatten – nah genug, um das Feuerwerk verfolgen zu können, aber weit genug von den anderen Schiffen entfernt –, drehte Panda den Bug in die Strömung, warf den Anker aus und stellte den Motor ab.

Kapitel 16

Als Temple nach vorne zum Bug kletterte, explodierte die erste Rakete über ihnen, ein Schirm in Rot und Violett. Lucy und Panda lehnten den Kopf gegen die Rückwand der Heckbank und beobachteten in überraschend behaglichem Schweigen das Feuerwerk.

»Wie du heute bei der kleinen Sophie reagiert hast, war großartig«, sagte Lucy schließlich, während ein Schweif aus Sternen über ihnen verglühte.

Sie spürte, dass er mit den Achseln zuckte. »Du bist eine geübte Schwimmerin. Wäre ich nicht da gewesen, wärst du reingesprungen.«

Es gefiel ihr, wie sicher er klang. Sie drehte den Kopf zu ihm, ein Silberkometentrio spiegelte sich in seinen Augen.

»Der Wellengang war heftig. Ich glaube nicht, dass ich es geschafft hätte, sie rauszuziehen.«

»Du hättest getan, was in deiner Macht gestanden hätte«, erwiderte er. »Die Leute sollten besser auf ihre Kinder achtgeben.«

Der scharfe Unterton in seiner Stimme erschien ihr ungerechtfertigt. »Kinder können ganz schön schnell und unberechenbar sein«, sagte sie. »Es ist nicht einfach, sie ständig im Auge zu behalten.« Die Masten der Segelboote klirrten in der Stille zwischen dem Knallen, und Wasser schwappte gegen den Schiffsrumpf. »Du hast einen guten Draht zu Kindern. Ich schätze, das hat mich überrascht.«

Er verschränkte die Beine. Purpurrote Palmen ließen Sterne regnen, orangefarbene Rosenblüten entfalteten sich am Himmel.

»Man kann nicht Polizist sein, ohne mit Kindern umgehen zu können.«

»Hattest du viel mit Jugendlichen zu tun?«

»Bandenkriminalität. Verwahrlosung. Missbrauch. Die ganze Palette.«

Lucy hatte durch ihre Arbeit viele notleidende Kinder gesehen, Panda sicherlich noch mehr. Schon merkwürdig. Sie hatte sich so sehr daran gewöhnt, Panda als ein fremdes Wesen zu betrachten, dass sie sich nie Gedanken darüber gemacht hatte, ob sie Gemeinsamkeiten haben könnten.

»Sophie wollte dich gar nicht mehr loslassen.«

Eine silberne Trauerweide glitzerte jetzt am dunklen Nachthimmel. »Sie ist ein süßes Mädchen.«

Ob es am Abend lag, am Feuerwerk, an den emotionalen Nachwirkungen dessen, was als Tragödie hätte enden können, ihre nächsten Worte kamen wie von allein.

»Du wirst eines Tages ein toller Vater sein.«

Ein kurzes, hartes Lachen. »Dazu wird es nie kommen.«

»Du wirst deine Meinung schon noch ändern, wenn du die Richtige gefunden hast.« Sie klang zu sentimental, und Viper kam ihr zu Hilfe. »Du wirst sie sofort erkennen, wenn du sie siehst.«

»Zu spät.« Er lächelte. »Einer der vielen Vorzüge der modernen Medizin.«

»Was soll das heißen?«

»Sterilisation. Das Geschenk der Ärzte für Männer wie mich.«

Eine Salve von Explosionen zerriss die Luft. Das hier war so falsch. Sie hatte ihn an diesem Tag mit Kindern erlebt, beobachtet, wie natürlich er mit ihnen umging. Er hätte nie etwas so Endgültiges tun dürfen.

»Findest du nicht, dass du noch zu jung bist, um eine solche Entscheidung zu treffen?«

»Was Kinder betrifft, bin ich hundert Jahre alt.«

Lucy hatte zu lange Kinderrechte vertreten, um nicht zu wissen, womit die Polizei konfrontiert wurde. Im Dämmerlicht schien es, als würde sein Gesicht einen gequälten Ausdruck annehmen.

»Ich habe zu viele Leichen gesehen«, fuhr er fort. »Nicht nur Jugendliche, auch Kinder – Fünfjährige, die noch ihr Milchgebiss hatten. Kinder, die in die Luft gesprengt worden waren, denen Gliedmaßen fehlten.« Sie legte den Kopf schräg. »Ich habe Eltern am schlimmsten Tag ihres Lebens gesehen«, sagte er weiter. »Und ich habe mir geschworen, dass ich so etwas nie durchmachen möchte. Die beste Entscheidung, die ich jemals getroffen habe. Es ist schwer, seinen Job zu machen, wenn man jede Nacht schweißgebadet aufwacht.«

»Du hast die schrecklichsten Szenarien erlebt. Was ist mit den Millionen Kindern, die ganz normal aufwachsen?«

»Was ist mit denen, die das nicht tun?«

»Im Leben gibt es keine Garantie.«

»Falsch. Ein kleiner Schnitt hier, ein kleiner Schnitt da. Das ist eine verdammt gute Garantie.«

Der Himmel leuchtete auf beim großen Finale, und das Knallen, Prasseln und Pfeifen beendete ihre Unterhaltung. Lucy respektierte Menschen, die sich selbst gut genug kannten, um zu wissen, dass sie keine guten Eltern sein würden, aber ihr Instinkt sagte ihr, dass das auf Panda nicht zutraf.

Das hier hatte nichts mit ihr zu tun, außer dass es ein Zeichen war, eine harsche Erinnerung daran, dass viele Männer so wie Panda über die Vaterschaft dachten. Ungeachtet dessen, was sie Ted angetan hatte, war es immer noch ihr Wunsch, zu heiraten und Kinder zu bekommen. Was, wenn sie sich in einen Mann wie Panda verliebte, der kein Vater sein wollte? Eine von zahlreichen Möglichkeiten, mit denen sie nichts zu schaffen haben würde, wenn sie nicht aus dieser texanischen Kirche Reißaus genommen hätte.

Temple kletterte zurück zum Heck, um ihnen Gesellschaft zu leisten, und sie machten sich auf den Heimweg. Panda blieb noch auf dem Boot, um zu prüfen, ob es sicher vertäut war, während Lucy und Temple gemeinsam zum Haus hochgingen.

»Ein Feuerwerk ist so eine Sache«, bemerkte Temple, als sie oben auf der Treppe ankamen. »Ich werde immer traurig, wenn ich zuschaue. Seltsam, nicht wahr? Es hat etwas Deprimierendes, die ganze Farbenpracht und Schönheit so schnell verlöschen zu sehen. Als würde genau das uns auch passieren, wenn wir nicht aufpassen. Im einen Moment strahlst du noch hell, ganz oben an der Spitze, und im nächsten bist du verschwunden, und niemand erinnert sich mehr an deinen Namen. Man fragt sich unwillkürlich, ob das einen Sinn ergibt.«

Die Fliegengittertür schleifte über den Boden, als Lucy sie aufzog. Ihr war auch nicht gerade fröhlich zumute, aber das lag nicht am Feuerwerk. Das Licht der Lampe im Tiffany-Stil, die in der Küche hing, drang durch die Fenster in den Wintergarten.

»Sie sind nur deprimiert, weil Sie Hunger haben«, sagte Lucy. »Übrigens ... ich finde, Sie sehen klasse aus.«

»Wir wissen beide, dass das nicht stimmt.« Temple ließ sich auf eine Chaiselongue fallen, auf die Lucy ein dunkelrotes Strandtuch gelegt hatte. »Ich sehe aus wie ein fettes Schwein.«

»Hören Sie auf, so von sich zu reden.«

»Ich nenne es so, wie ich es sehe.«

Der Wind hatte einen der Kräutertöpfe umgekippt, und

Lucy ging zum Zierregal, um ihn wieder aufzurichten. Der Duft von Rosmarin und Lavendel erinnerte sie immer an den Jacqueline Kennedy Garden im Weißen Haus, aber an diesem Abend hatte sie andere Dinge im Kopf.

»Es ist keine Sünde, verwundbar zu sein. Sie haben erwähnt, dass Sie jemanden kennengelernt haben und dass es nicht funktioniert hat. So etwas wirft viele Frauen aus der Bahn.«

»Sie denken, ich hätte auf dem Boden eines Häagen-Dazs-Eisbechers Trost für mein gebrochenes Herz gefunden?«

»Das ist durchaus schon vorgekommen.«

»Bloß dass ich diejenige bin, die sich getrennt hat«, stieß sie bitter hervor.

Lucy nahm die Gießkanne. »Das macht es nicht zwangsläufig weniger schmerzhaft. Ich spreche aus Erfahrung.«

Temple war zu sehr mit ihrem eigenen Kummer beschäftigt, um Lucys Sorgen wahrzunehmen. »Max hat mich feige genannt. Können Sie sich das vorstellen? Ich und feige? Max meinte immer ...«, sie malte Gänsefüßchen in die Luft, »... kein Problem, Temple, wir finden schon eine Lösung.« Ihre Hände sackten herunter. »Falsch.«

»Sind Sie sicher?«

»Mehr als sicher. Manche Probleme sind nicht zu lösen. Aber Max ...« Sie zögerte kurz. »Max gehört zu den Menschen, die das Glas nicht nur als halb voll betrachten, sondern als halb voll mit Mokka Karamell Frappuccino. Diese Art, alles durch die rosarote Brille zu betrachten, ist unrealistisch.«

Lucy fragte sich, ob es eine geografische Entfernung gab, die den beiden im Weg gestanden hatte. Oder vielleicht war Max verheiratet. Sie wollte nicht fragen. Obwohl sie vor Neugier fast umkam.

Aber das Taktgefühl der alten Lucy reichte nur bis zu einem gewissen Punkt. Sie stellte die Gießkanne weg und ging hinüber zu Temple.

»Ich habe nicht viel von *Fat Island* mitbekommen ...« Sie hatte die Sendung nie wirklich verfolgt. »Aber ich meine mich zu erinnern, dass psychologische Betreuung ein Bestandteil des Programms ist.«

Jetzt fiel es ihr wieder ein. In der Sendung gab es eine Psychologin, die einen roten Bikini trug und die Teilnehmer in einem Strohpavillon betreute – alles vor laufender Kamera natürlich.

»Dr. Kristi. Sie hat eine Schraube locker. Und eine schwer geschädigte Speiseröhre, weil sie sich jahrelang den Finger in den Hals gesteckt hat. Alle Seelenklempner haben einen an der Waffel.«

»Manchmal ist Lebenserfahrung gerade das, was sie in ihrem Job gut macht.«

»Ich brauche keinen Seelenklempner, Lucy. Obwohl ich es zu schätzen weiß, dass Sie mich ständig darauf aufmerksam machen, wie durchgeknallt ich bin. Was ich brauche, sind Willenskraft und Disziplin.«

Lucy wollte nicht gute Miene zum bösen Spiel machen. »Sie brauchen auch psychologische Unterstützung. Panda kann nicht ewig auf Sie aufpassen. Wenn Sie nicht herausfinden ...«

»Wenn ich nicht herausfinde, was mich auffrisst – bla, bla, bla ... Gott, Sie hören sich genauso an wie Dr. Kristi.«

»Steckt sie sich immer noch den Finger in den Hals?«

»Nein.«

»Dann sollten Sie vielleicht auf sie hören.«

»Fein.« Temple verschränkte derart energisch die Arme vor der Brust, dass es ein Wunder war, dass sie sich nicht die Rippen dabei brach. »Sie denken also, ich brauche eine Therapie, ja? Sie sind so eine Art Sozialarbeiterin, nicht?«

»Schon seit Jahren nicht mehr. Ich arbeite inzwischen als Lobbyistin.«

Temple fegte den Unterschied beiseite. »Also gut, dann therapieren Sie mich. Ich will es hören. Sagen Sie mir, wie ich das Bedürfnis abstellen kann, mich mit fettreichem, kalorienreichem und kohlenhydratreichem Fraß vollzustopfen.«

»Ich fürchte, das müssen Sie selbst herausfinden.«

Temple sprang auf und stürmte ins Haus, die Tür knallte sie hinter sich zu wie ein zorniger Teenager. Lucy seufzte. So etwas brauchte sie nicht mehr.

Als Panda kurz darauf die Treppe vom Bootssteg hochkam, glitt Lucy leise ins Haus. Sie hatte genug Unterhaltung gehabt an diesem Abend.

Lucy schlief bereits, als ihr Mobiltelefon klingelte. Sie tastete nach der Nachttischlampe, dann nach ihrem Handy.

»Hey, Luce. Hoffentlich habe ich dich nicht geweckt.« Megs fröhliches Zwitschern klang nicht ganz echt. »Was ist los bei dir?«

Lucy streifte sich die Haare aus den Augen und spähte blinzelnd auf den Wecker. »Es ist ein Uhr morgens. Was soll also los sein?«

»Tatsächlich? Hier ist es erst Mitternacht, aber da ich ja keine Ahnung habe, wo du bist, kannst du nicht erwarten, dass ich Zeitverschiebungen berücksichtige.«

Lucy entging die Spitze nicht, aber Meg stand es nicht zu, sie zu kritisieren. Es stimmte, dass Lucy ihrer besten Freundin nicht gesagt hatte, wo sie war – ihr überhaupt nicht viel erzählt hatte. Doch Meg verhielt sich genauso ausweichend. Trotzdem wusste Lucy, dass Meg sich um sie Sorgen machte.

»Es dauert nicht mehr lang. Ich werde es dir sagen, sobald ich kann. Im Moment ist alles ein wenig ... zu verwirrend, um darüber zu reden.« Sie rollte auf die Seite. »Gibt's ein Problem? Du klingst besorgt.«

»Ja, es gibt ein Problem.« Wieder eine lange Pause. »Was würdest du dazu sagen ...«, Megs Tonlage kletterte eine halbe Oktave höher, während sie die Worte herunterhaspelte, »... was würdest du dazu sagen, wenn ich mit Ted rummachen würde?«

Lucy fuhr im Bett hoch, auf einen Schlag hellwach, aber nicht sicher, ob sie richtig gehört hatte. »Rummachen? Wie in ...?«

»Ja.«

»Mit Ted?«

»Deinem ehemaligen Verlobten.«

»Ich weiß, wer er ist.« Lucy schlug ihre Decke zurück und schwang die Beine über die Bettkante. »Du und Ted, ihr seid ein ... Paar?«

»Nein! Nein, kein Paar. Niemals. Es geht nur um Sex.« Meg redete zu schnell. »Vergiss es. Ich kann im Moment nicht klar denken. Ich hätte dich niemals anrufen sollen. Mein Gott, was habe ich mir dabei gedacht? Das ist ein absoluter Verrat an unserer Freundschaft. Ich hätte niemals ...«

»Nein! Nein, ich bin froh, dass du angerufen hast.« Lucy sprang aus dem Bett. Ihr Herz raste, ihre Stimmung hob sich abrupt. »Oh, Meg, das ist perfekt! Jede Frau sollte Sex mit Ted Beaudine haben.«

»Das kann ich nicht beurteilen, aber ... wirklich? Es würde dir nichts ausmachen?«

»Willst du mich auf den Arm nehmen?« Lucy war benommen, benebelt, betäubt angesichts dieses erstaunlichen Geschenks der Götter. »Weißt du, dass ich noch immer unglaubliche Schuldgefühle habe? Wenn er mit dir schläft ... Du bist meine beste Freundin! Er würde mit meiner besten

Freundin schlafen! Das käme einer Absolution durch den Papst gleich!«

»Du darfst dir das nicht so zu Herzen nehmen«, entgegnete Meg trocken.

Lucy machte einen kleinen Hüpfer über ihre Shorts, die sie auf dem Boden liegen gelassen hatte. Und dann, im Hintergrund, hörte sie sie. Teds Stimme, tief und fest.

»Grüß Lucy von mir.«

»Ich bin nicht dein Bote«, erwiderte Meg scharf.

Lucy schluckte hart. »Ist er tatsächlich da?«

»Kann man mit Ja beantworten«, sagte Meg.

Die alten Schuldgefühle übermannten Lucy. »Dann grüß ihn von mir zurück.« Sie ließ sich wieder auf das Bett sinken. »Und sag ihm, dass es mir leidtut.«

Meg wandte sich vom Hörer ab, um es weiterzugeben, aber Lucy hatte keine Mühe, sie zu verstehen.

»Sie meint, sie hätte die tollste Zeit ihres Lebens, würde jeden Mann vögeln, der ihr über den Weg läuft, und dich sitzen zu lassen sei die beste Entscheidung gewesen, die sie je getroffen hat.«

Lucy sprang wieder auf. »Ich habe das mitgehört. Und er wird wissen, dass du lügst. In solchen Dingen kennt er sich aus.«

Teds Antwort auf Megs Märchen war glockenklar. »Lügnerin.«

»Geh weg«, fuhr Meg ihn an. »Du gehst mir total auf die Nerven.«

Lucy umklammerte das Handy. »Hast du Ted Beaudine gerade gesagt, dass er dir auf die Nerven geht?«

»Schon möglich«, erwiderte Meg.

O mein Gott! O mein Gott! O mein Gott!

Lucy versuchte, sich zusammenzureißen. »Mann ... Das habe ich nicht kommen sehen.«

»Was kommen sehen?« Meg klang gereizt. »Wovon redest du?«

»Nichts.« Lucy schluckte. »Ich hab dich lieb. Und genieß es!«

Sie legte auf, drückte das Handy an ihre Brust. Und tanzte durch das Zimmer.

Meg und Ted. Meg und Ted. Meg und Ted.
Natürlich.
Natürlich! Ted war kein Spieler. Er ging nicht mit einer Frau ins Bett, zu der er sich nicht ernsthaft hingezogen fühlte. Und er fühlte sich zu Meg hingezogen, zu Lucys verrückter, verkorkster bester Freundin, die planlos durch die Weltgeschichte zog und keinen Wert darauf legte, bei jemandem einen guten Eindruck zu hinterlassen.

Meg Koranda und Mr. Perfect. Ihre rauen Kanten und seine glatte Oberfläche. Ihre Impulsivität und seine Voraussicht. Beide gesegnet mit Intelligenz, Loyalität und einem riesigen Herzen. Eine verrückte, unvorhersehbare Partie, im Himmel gestiftet, obwohl, so wie sie eben miteinander gesprochen hatten, schien dies keinem der beiden bewusst zu sein. Oder zumindest Meg nicht. Bei Ted war es schwer zu sagen.

Lucy konnte sich gut die Diskussionen zwischen den beiden vorstellen. Meg unverblümt und streitlustig, Ted gelassen an der Oberfläche, darunter knallhart. Und während Lucy über die beiden nachdachte, fügten sich die fehlenden Stücke ihrer eigenen Beziehung mit Ted schließlich zusammen. Die einzige raue Kante zwischen ihnen war Lucys Unfähigkeit gewesen, in seiner Gegenwart locker zu sein, ihr Gefühl, dass sie sich von ihrer besten Seite präsentieren musste, um zu rechtfertigen, dass sie Teds Auserwählte war. Meg würde sich einen feuchten Dreck darum scheren.

Vielleicht waren Ted und Meg ja füreinander geschaffen.

Falls sie es nicht vermasselten. Was, da Meg beteiligt war, kaum möglich war. Aber ob es nun mit den beiden klappen würde oder nicht, eins war sicher: Wenn Meg und Ted miteinander ins Bett gingen, war Lucy aus dem Schneider.

Lucy war zu aufgedreht, um sich wieder hinzulegen. Die unzureichende Klimaanlage hatte eine unangenehme Wärme im Zimmer hinterlassen. Sie öffnete die Schiebetür, stieg in ihre Flipflops, um ihre nackten Füße vor den morschen Terrassendielen zu schützen, und trat hinaus.

Bedrohliche Wolken türmten sich am Nachthimmel. Sie zog ihr feuchtes Bustier ein Stück von den Brüsten weg. Der Wind hatte wieder aufgefrischt, und sie spürte ihn auf ihrer Haut, sah das Blitzen des Leuchtfeuers in der Ferne und den dunklen, geheimnisvollen See und fühlte sich endlich von ihrer Schuld befreit.

Eine Bewegung weckte ihre Aufmerksamkeit, und eine Gestalt – breite Schultern, schmale Hüften, der unverkennbare Gang – kam um das Haus herum. Als Panda den Picknicktisch erreichte, blieb er kurz stehen und warf einen Blick zurück, aber Lucy stand zu tief im Schatten, als dass er sie hätte sehen können. Er überquerte den Rasen, und als er die Treppe erreichte, blieb er wieder stehen. Panda wandte sich noch einmal um und ging dann hinunter zum Wasser.

Vielleicht konnte er auch nicht schlafen. Aber warum verhielt er sich so verdächtig? Lucy beschloss, es herauszufinden, und verließ die Terrasse. Auf ihrem Weg durch den Garten stolperte sie über ein Hufeisen. Es tat weh wie verrückt, aber Viper würde sich ganz sicher nicht von einer Kleinigkeit wie einem geprellten Zeh aufhalten lassen.

Humpelnd erreichte sie die Treppe. Sie konnte ihn von oben nicht sehen, nur die Laterne, die am Ende des Stegs leuchtete. Das erinnerte sie an *Der große Gatsby* und an die

Faszination, die dieser Roman auf Englischlehrer ausübte, die nie auf die Idee zu kommen schienen, eine Schullektüre zu wählen, die bei den Jugendlichen Anklang fand.

Während Lucy zum Ufer hinunterstieg, achtete sie darauf, dass das Geräusch ihrer Flipflops sie nicht verriet, obwohl das ziemlich unwahrscheinlich war bei dem Wind. Unten angekommen, schlich sie vorsichtig über die knarrenden Holzdielen auf den schwachen senfgelben Lichtschein zu, der aus dem verwitterten Bootshaus fiel.

Der fischige Geruch des sturmgepeitschten Wassers gesellte sich zu dem Geruch von altem Seil, Schimmel und Dieselöl, der in das Holz eingedrungen war. Eine Oper, die sie nicht kannte, spielte leise im Hintergrund. Als Lucy in das Bootshaus glitt, entdeckte sie Panda auf der Heckbank des Rennboots. Er saß mit dem Rücken zu ihr, die nackten Füße gegen eine Kühlbox gestemmt. Er trug ein T-Shirt und Shorts, und seine Hand war in einer Riesentüte Kartoffelchips vergraben.

»Ich teile nur«, sagte er, ohne sich umzudrehen, »wenn du versprichst, nicht zu reden.«

»Als wäre es meine einzige Freude im Leben, mich mit dir zu unterhalten«, konterte sie. Und dann, weil sie Gefallen an der Vorstellung fand, grob zu sein: »Offen gesagt, Panda, bist du nicht intelligent genug, um interessant zu sein.«

Er legte die Füße auf die Kühlbox. »Erzähl das meinem Doktorvater.«

»Du hast gar keinen Doktorvater«, erwiderte sie, während sie in das Boot kletterte.

»Das stimmt. Der Master war das Höchste, was mein Verstand bewältigen konnte.«

»Du hast einen *Master*? Das ist doch sicher gelogen.« Sie ließ sich neben ihn auf das Polster plumpsen.

Er lächelte.

Sie starrte ihn an. Lange und streng. »Sag mir, dass du nicht wirklich einen Master-Abschluss hast.«

Sein Lächeln verwandelte sich in falsches Bedauern. »Nur einen von der Wayne State, nicht von einer Eliteuni.« Er knackte einen Kartoffelchip mit den Zähnen, dann beugte er sich herunter, um die Musik auszuschalten. »Es ist eins dieser Abend- und Wochenenddiplome, die wir armen Schweine aus der Arbeiterklasse vorziehen. Das zählt nicht in deiner Welt.«

Dieser *Bastard*.

Sie funkelte ihn wütend an. »Verdammt. Du warst mir viel sympathischer, als du noch dumm warst.«

»Betrachte es von der positiven Seite«, erwiderte er und bot ihr die Chipstüte an. »Ich bin immer noch kein Ted Beaudine.«

»Das ist keiner von uns.« Sie griff hinein und nahm sich eine Handvoll heraus. »Er und meine beste Freundin haben was miteinander.«

»Meg?«

»Woher kennst du M…?« Sie stöhnte laut auf, als sie das Salz der Chips auf der Zunge schmeckte. »O mein Gott, das schmeckt himmlisch.«

»Meg und ich hatten einen unterhaltsamen Plausch bei deiner Farce von einem Probedinner.«

»Das überrascht mich nicht. Du bist absolut ihr Typ.« Sie stopfte sich mehr Chips in den Mund.

»Sie ist auch mein Typ«, erwiderte er, als ein Donnerschlag das Bootshaus erzittern ließ. »Aber ich kann sie mir nicht mit Ted vorstellen.«

Lucy konnte das schon, und im Moment war das alles, was zählte. Der Regen begann, auf das Dach zu trommeln. Sie nahm sich mehr Chips und krümmte die Zehen um die Kühlboxkante neben seinen Füßen. »Hast du hier unten noch andere Leckereien versteckt?«

»Schon möglich.«

Seine Augen ruhten auf ihren nackten Beinen, und er schien nicht besonders glücklich zu sein mit dem, was er sah. Ihre Beine waren gebräunt, aber es gab nichts an ihnen auszusetzen, abgesehen von einem blauen Fleck am Schienbein, der sich allmählich gelb verfärbte. Und der blaue Nagellack auf ihrem großen Zeh hatte eine kleine Macke, nachdem sie über das Hufeisen gestolpert war. Lucy hatte keinen blauen Nagellack mehr verwendet, seit sie zehn war. Sie erinnerte sich, dass sie Tracys Babyzehen in derselben Farbe lackiert hatte, als sie noch allein gewesen waren.

Sein Blick wanderte an ihren Beinen hoch zu der gestreiften Boxershorts. Sein Stirnrunzeln erinnerte sie an den Slip, den sie nicht darunter trug.

»Was hast du zu bieten?«, fragte er, während sein Blick mit demselben unmutigen Gesichtsausdruck auf ihren Oberschenkeln verharrte.

»Zu bieten?« Sie zog den weichen Baumwollsaum ihrer Shorts herunter, was sich als unklug herausstellte, weil sie dadurch ein gutes Stück ihres Bauchs entblößte. Vielleicht tat sie das auch absichtlich, um sich für sein Verhalten zu rächen. Sie wusste nicht mehr, was sie glauben sollte, wenn es um Patrick Shade ging. Sie ließ die Füße auf das Deck sinken. »Wie viele Brote habe ich für dich gebacken?«

»Das Brot deckt nur die Miete ab, nicht mein Junkfood.«

»Sagst du.«

»Ich schätze, ich könnte mit dir teilen.« Sein Blick ging wieder auf Wanderschaft, streifte über ihren Körper, bis er das Schlüsselbein erreichte, sank hinunter zu ihren Brüsten, die nur leidlich von dem dünnen Stoff ihres Shirts verdeckt wurden. Nun wirkte er nicht mehr so kritisch, und als ein zweiter Donnerschlag das Bootshaus erschütterte, spürte sie, dass sich etwas in ihr regte, ein trügerisches Vibrieren, ein gefährliches Trommeln, das nichts mit dem stürmischen Wetter zu tun hatte.

Ihre Blicke trafen sich. Mit dem nackten Fuß schob er den Deckel der Kühlbox auf, eine Geste, die nicht annähernd so verführerisch hätte sein dürfen, wie sie war. Sie wandte den Blick von ihm ab und sah in die Box, Bier und Limonade erwartend, stattdessen blickte sie in eine Schatzkiste voller Chips, Salzstangen, Doritos, Lakritz, Malteserkugeln, Käselocken und Erdnussbutter.

»El Dorado«, flüsterte sie.

»Verbotene Früchte«, entgegnete er, und als sie den Kopf hob, starrte er sie an, nicht seinen Geheimvorrat.

Das klapprige alte Bootshaus wurde zu einer geheimen Höhle – schummrig beleuchtet und verlockend. Der Regen tropfte durch das löchrige Dach, spritzte auf Lucys Schulter. Panda zog mit der Fingerspitze vorsichtig eine feuchte Spur in die Mulde über ihrem Schlüsselbein. Ihre Haut kribbelte.

»Lass das«, sagte sie, doch es klang nicht sehr überzeugt.

Er tat nicht so, als wüsste er nicht, wovon sie redete. Ein Regentropfen landete auf ihrem Oberschenkel. Er sah es, wandte aber den Blick ab und griff in die Kühlbox.

»Daran bist du wahrscheinlich nicht interessiert.« Er nahm die Erdnussbutter heraus.

»Völlig falsch.« Sie war sich selbst nicht sicher, ob sie von der Erdnussbutter redete oder von etwas Gefährlicherem.

Das Boot schaukelte, und der Wind schickte einen Schwall feuchte Luft in das Bootshaus. Durch das undichte Dach tropfte es nun auf das Deck und, schlimmer noch, in die Fresskiste.

»Komm mit.« Panda hob die Kühlbox hoch und trug sie in die Kabine.

Ihre Beziehung hatte sich in dieser Nacht verändert, und ihm zu folgen war gefährlich. Lucy sah in Panda gern den bösen Mann, aber seit heute nicht mehr. Auf der anderen Seite machte seine Sterilisation, ganz zu schweigen von diesem unglaublichen Body, ihn unwiderstehlich.

Viper folgte ihm.

Die Kabine war klein, nur mit einer winzigen Kombüse ausgestattet und einer V-förmigen Koje im Bug. Panda stellte die Kühlbox ab und ließ sich auf das marineblaue Vinylpolster sinken. Er schenkte ihr ein träges Lächeln, dann öffnete er das Erdnussbutterglas, fischte mit einer Salzstange einen Klecks heraus und streckte sie ihr anschließend entgegen.

Zwei erwachsene Menschen ... Eine Sterilisation ... Ein Exverlobter, der, genau in dieser Nacht, mit ihrer besten Freundin schlief ...

Die Sterne standen perfekt.

Lucy nahm die Salzstange und setzte sich Panda gegenüber auf die Liegefläche. »Ich mag Erdnussbutter eigentlich gar nicht besonders.«

»Das liegt am Entzug«, erwiderte er. »Er steigert dein Verlangen nach allem, was verboten ist.«

Der Blick, den er ihr zuwarf, ließ keinen Zweifel daran, wie seine Worte gemeint waren.

Sie hielt das perfekte zweideutige Requisit in ihrer Hand, eine Salzstange mit einem Klecks Erdnussbutter auf der Spitze. Eine andere Frau hätte es vielleicht ausgenutzt, aber Viper war nicht danach. Sie biss die Spitze ab.

»Ich bin die Einzige hier, die was isst.«

»Ich hatte einen Vorsprung.«

Panda riss eine Tüte Lakritzstangen auf, aber ohne welche herauszunehmen. Er sah Lucy an. Nicht ihre Beine oder ihre Brüste. Einfach nur sie, was sich sogar noch intimer anfühlte. Seine Stimme drang zu ihr wie durch heißen Dunst.

»Das ist keine gute Idee.«

»Ich weiß.«

»Ich versuche ständig, nicht daran zu denken, wie scharf ich auf dich bin.«

Ihre Haut prickelte. »Und, funktioniert es?«

»Nicht besonders.«

In der Kabine war es zu warm, zu eng, aber Lucy ging nicht. Hitzewallungen durchströmten sie. Sie begehrte diesen Mann mit den umschatteten Augen, den tiefschwarzen Haaren und dem muskulösen Körper. Aber sie würde nicht den ersten Schritt machen.

Das war kein Problem für ihn. Er beugte den Kopf vor, nahm ihr das, was von der Salzstange übrig war, aus der Hand und legte es weg.

»Du machst mich verrückt«, sagte er.

»Freut mich zu hören«, antwortete sie. »Aber ich will jetzt wirklich nicht reden.«

Er lächelte sein Rebellenlächeln, rutschte ganz auf das Polster und zog sie mit sich in die Bugspitze. Nur minimales Licht drang in ihre Höhle, genug, dass sie kurz seine Zähne aufblitzen sah, bevor er sich auf sie rollte und den Kopf senkte, um sie zu küssen.

Sie hatte sich in diesem schäbigen Motelzimmer in Memphis nicht von ihm küssen lassen wollen, und sein schuldbeladener Kuss am Flughafen hatte nur Verwirrung gestiftet, aber das hier war perfekt.

Ihre Lippen öffneten sich. Ihre Zungen trafen sich zu einem unanständigen Tanz aus Vorstoß und Parade – eine herrliche Ouvertüre zur Sünde. Seine Hände waren unter ihrem Bustier, ihre unter seinem T-Shirt. Sie fühlte Muskeln, Sehnen und Knochen. Er gab ihren Mund frei und benutzte die Zähne, um ihre Brustwarze durch den dünnen Baumwollstoff zu reizen. Er zwängte den nackten Oberschenkel zwischen ihre. Sie rieb sich daran, schlang die Arme um ihn.

Ein Blitz schlug in der Nähe ein und löste eine kurze Besinnung zur Vernunft aus. Sie bewegte die Lippen an seiner Schulter.

»Wir brauchen aber ein Kondom.«

Sein Atem strich warm um ihre Brustwarze. »Ich dachte, du wolltest nicht reden.«

»Sterilisation oder nicht, du musst ...«

»Dafür ist schon vorgesorgt«, unterbrach er sie mit rauer Stimme.

Hatte er Kondome mitgebracht? Die Frage brachte sie vorübergehend aus dem Konzept, aber dann küsste er sie wieder, und die Frage schlich sich davon.

Der Donner grollte über ihren Köpfen. Das Boot schaukelte. Sie rissen sich die Kleider vom Leib und erkundeten sich gegenseitig, als sie nackt waren. An jenem Abend in Memphis war es nicht nur darum gegangen, die Bande zu Ted zu kappen, sondern auch um Sex, aber das hier war anders. Kein anonymer Geschlechtsverkehr mit einem praktisch Fremden. Sie kannte nun ihren Liebhaber.

Ihre Brüste lagen in seinen Händen ... Seine Hüften lagen in ihren Händen ... Der Kuss wurde intensiver. Er schob ihre Schenkel auseinander, und sie dachte nicht daran, sich zu wehren.

Er teilte sie mit den Fingern. Entfaltete sie. Erforschte sie. Drang in feuchtes, weiches Gewebe ein.

Sie stöhnte. Ließ ihn spielen. Und als sie es nicht mehr aushalten konnte, übernahm sie die Rolle des Angreifers, rollte auf die Seite, benutzte Wange, Hände und Lippen, um ihn und seine Kraft auszukosten.

Als er es nicht mehr aushalten konnte, kniete er sich über sie. Fummelte mit etwas herum. Streifte es über. Er hakte die Hände in ihre Kniekehlen, spreizte ihre Beine, hob sie an. Sein Körper presste sich gegen ihren. Sein harter Kern, prall und mächtig.

Schmutzige kleine Worte, die heiser hervorgestoßen wurden.

Leise, raue Kommandos.

Und er war in ihr.

Draußen heulte der Sturm. Drinnen tobte es genauso heftig. Schließlich kam es zur Explosion.

Ihre Anmut war zu viel für ihn. Während sie im schummrigen Licht döste, studierte er den Schwung ihrer dunklen Wimpern auf der hellen Haut, die noch blasser wirkte durch die schwarzen Haare. Er zeichnete mit dem Fingerknöchel die Wölbung ihres Wangenknochens nach. Hinter all den coolen Sprüchen war sie verwirrt und verwundbar.

In seinem Kopf ging eine Alarmsirene los. Das Knirschen von Sand, der Geschmack von Whisky, ein Erinnerungsfetzen. Er schob die Dunkelheit beiseite.

Sie öffnete die Augen und sah in seine. »Das war nett.«

Zu süß. Zu gut.

»Nett?« Er griff nach der Tüte mit den Süßigkeiten. Eine der Lakritzstangen war herausgefallen. Er hob sie auf und stupste mit den Lippen gegen Lucys Ohr. »Das nimmst du gefälligst zurück.«

»Warum?«

Er ließ das Lakritz vor ihr baumeln. »Du vergisst immer wieder, dass ich eine gemeine Ader habe.«

Sie bewegte sich unter ihm, die grün gesprenkelten Augen lebhaft interessiert. »Ich schätze, jetzt krieg ich Ärger.«

»Höchste Zeit.«

Er peitschte sie mit der Lakritzstange. Schlug sanft gegen ihre Brustwarzen. Auf die weiche Haut ihres Bauchs. Gegen ihre offenen Schenkel. Dazwischen.

»Böse«, stöhnte sie, als er aufhörte. »Mach weiter.«

Und so fuhr er fort, bis sie ihm das Lakritz entriss und das

Vergnügen erwiderte. Bloß dass er die heimliche Domina in ihr entfesselt hatte, und sie war längst nicht so vorsichtig wie er. Als er zu ihr sagte, dass er genug habe, befahl sie ihm, sie anzuflehen, und was blieb ihm danach anderes übrig, als sie zu bestrafen?

Er drehte sie auf den Bauch, gab ihrem Hintern einen leichten Klaps und übte Vergeltung. Oder versuchte es. Weil die ganze Episode etwas undurchsichtig wurde, bezogen darauf, wer bestrafte und wer bestraft wurde.

Außerhalb des Bootshauses beruhigte sich der Sturm allmählich, innen hatte er gerade erst begonnen.

Kapitel 17

Lucy rümpfte missbilligend die Nase. »Das war viel zu pervers für mich.«

»Das hat man gemerkt.«

Panda versuchte, sich zu erinnern, wann er sich das letzte Mal so verloren hatte mit einer Frau. Sie lagen in der stickigen Koje, die Körper aneinandergepresst, die Haut klebte an dem Vinylpolster, und obwohl er sie spüren konnte, war es nicht genug. Er befreite seinen Arm, stützte sich auf den Ellenbogen und knipste eine der kleinen batteriebetriebenen Bootslampen an.

Sie lag auf der Seite, Schulter, Taille und Hüfte eine goldene Kurve, das Drachen-Tattoo wirkte fremd an ihrem glatten Schwanenhals. Ihre kleine Nase, glücklicherweise ohne diesen furchtbaren Ring, verzog sich verächtlich.

»Mach das nie wieder.«

Er berührte ihre Unterlippe, die von seinen Küssen leicht geschwollen war. »Morgen um Mitternacht?«

»Wenn ich nichts Besseres zu tun habe.«

»Ich hasse es, wenn eine Frau die Unnahbare spielt.«

Sie zog eine Ader nach, die an seinem Unterarm hervortrat. »Eigentlich bin ich nur auf dein Junkfood scharf. Wenn ich es mit dir treiben muss, um an deine Chips zu kommen, was soll's?«

»Pragmatikerin.«

»Hör auf, große Worte zu benutzen. Das deprimiert mich.«

Sie legte den Arm unter den Kopf. Sein Bart hatte ihre

Brust wundgescheuert. Er würde ihr um nichts auf der Welt wehtun, aber seine dunkle Seite spürte eine primitive Genugtuung, als er den Abdruck sah, den er auf ihrer Haut hinterlassen hatte.

Ihre Frage riss ihn aus seiner Lethargie. »Woher kamen die Kondome?«

Er hätte wissen müssen, dass sie sich darin verbeißen würde. »Aus meiner Hosentasche. Willst du noch Chips?«

»Du trägst Kondome mit dir herum?«

»Nicht immer. Manchmal. Wer braucht schon eine Geschlechtskrankheit?«

Sie zog an einer ihrer filzigen pinkfarbenen Dreadlocks. »Dann trägst du immer welche bei dir für den Fall, dass Temple und du ... dass ihr zwei beschließt, ein bisschen Abwechslung in euer Training zu bringen?«

Er gab ihr eine volle Breitseite seines spöttischen Grinsens, in der Hoffnung, dass sie damit aufhörte. »Richtig.«

»Blödsinn. Ihr zwei würdet eher Nägel schlucken, als es miteinander zu treiben.«

»Nettes Thema.«

Sie bannte ihn mit diesem scharfsichtigen Blick. »Du konntest nicht wissen, dass ich heute Nacht zu dir runterkomme, und trotzdem warst du auf Action vorbereitet. Das verleitet mich zu der Annahme, dass du diese Dinger ständig mit dir rumträgst.«

»Das habe ich doch gesagt, oder?«

»Ja, aber du hast nicht gesagt, warum.«

Shit.

Er gab auf. »Weil du mich in den Wahnsinn treibst, darum. Ich weiß nie, was zum Teufel du als Nächstes tun wirst. Oder was ich tun werde. Und jetzt Schluss damit.«

Sie lächelte, zog kurz an einer seiner absolut nervigen Locken, so zärtlich, dass er in die kalte Realität zurückbefördert wurde. Er war ein Excop. Sie war die Tochter der Expräsidentin. Er war Altmetall. Sie war pures Gold. Darüber hinaus hatte er in sich eine Todeszone, die eine Meile breit war, während Lucy vor Leben sprudelte.

»Lucy ...«

»O Herr ...« Sie rollte mit den Augen und ließ sich auf den Rücken fallen. »Da haben wir's. Die Ansprache.« Sie fuhr fort, indem sie ihn mit tiefer Stimme und auf übertriebene Art nachahmte. »Lucy, bevor das hier mit uns weitergeht, muss ich sicherstellen, dass du dir keine falschen Vorstellungen machst. Ich bin ein Cowboy, wild und frei. Männer wie ich lassen sich nicht von kleinen Mädchen zähmen.« Sie grinste spöttisch. »Als hätte ich das vor.«

»Das ist nicht das, was ich sagen wollte.« Es war genau das, was er hatte sagen wollen – nicht so sarkastisch, aber sie hatte das Wesentliche erfasst.

»Lass uns das klarstellen, Patrick.« Sie stupste mit einer Fingerspitze gegen seinen Bizeps. »Kann sein, dass ich im Moment in der Luft hänge, was meine Zukunft betrifft, aber ich weiß, dass Kinder darin vorkommen. Das schließt dich aus, darum sind die Befürchtungen, die du in deiner Paranoia heraufbeschwörst, eine Verschwendung deiner beschränkten geistigen Kapazität. Du bist zu meinem Vergnügen da, Mr. Shade. Der fehlende Bestandteil in meinem verlorenen Sommer. Und du musst Folgendes verstehen.« Sie schnippte gegen seine Brust. »Wenn du mir kein Vergnügen mehr bereitest, werde ich einen Ersatz für dich finden. Klar?«

»Vergnügen bereiten?«

»Ich finde, das klingt gut.« Ihr Blick wurde ernst. »Hier geht es um Sex. Um nichts anderes. Du solltest dir darüber besser im Klaren sein, oder das hört auf der Stelle wieder auf.«

»Ich?« Es war genau das, was er hören wollte – was er ihr hätte beibringen müssen –, aber ihm gefiel ihr Verhalten nicht. Was war aus der wohlerzogenen Braut geworden, die er auf ihrer Flucht aufgesammelt hatte? »Wenn es dich betrifft, geht es nie einfach nur um Sex«, erwiderte er.

»Das denkst du. Ich will Sex. Je unanständiger, desto besser.« Ihr Blick verharrte auf seinem Schoß. »Sind noch Lakritzstangen da?«

Er hätte sie daraufhin auf den Rücken werfen und es ihr geben sollen, aber ihre Frivolität irritierte ihn. »Ich bin müde«, hörte er sich sagen und konnte kaum glauben, dass diese Worte aus seinem Mund kamen.

»Logisch«, entgegnete sie. »Du bist ja auch viel älter als ich.«

»So viel auch wieder nicht.«

Er hörte sich an wie ein kleinkariertes Arschloch, aber bevor er sich entscheiden konnte, was er daraus machen wollte, rutschte sie aus der Koje, ihre nackte Haut streifte quietschend über den Vinylbezug.

»Mit sechsunddreißig baut man allmählich ab«, zwitscherte sie. »Schon okay. Ich hab es mir anders überlegt.«

Er wollte nicht, dass sie es sich anders überlegte, aber sie summte bereits eine fröhliche kleine Melodie und schlüpfte in das bisschen, was man wohl ihre Kleidung nennen konnte. Als Erstes streifte sie sich das knappe weiße Top über den Kopf. Der Saum blieb kurz an einer ihrer rosigen Brustwarzen hängen, bevor er darüberrutschte. Als Nächstes ließ sie sich viel zu viel Zeit damit, sich in ihre Pyjamashorts hineinzuwinden. An der Kabinentür wandte sie sich noch einmal um.

»Ruh dich aus, Loverboy. Ich hab große Pläne mit dir. Mal sehen, ob du Mann genug bist, um mitzuhalten.«

Er lächelte, als sie verschwand – glücklich, wenn auch nur für den Moment.

Lucy hüpfte die Treppe hoch, so begeistert von sich selbst, dass sie es kaum aushielt. Der Regen hatte sich verzogen, und ein Mondlichtsplitter versuchte, durch die Wolken zu dringen. Sie hatte noch nie mit einem Mann so geredet wie mit Panda. Sie hatte ihre Bedingungen gestellt, genau erklärt, was sie wollte, und sich keinen Deut darum geschert, wie er dazu stand.

Sie sauste über den Rasen, dieses Mal machte sie einen weiten Bogen um den Hufeisenstab. Sie konnte sich nicht vorstellen, dass Ted jemals so etwas mit ihr angestellt hätte wie das, was Panda mit ihr angestellt hatte. Obwohl sie sich vorstellen konnte, dass Ted so etwas mit Meg anstellen würde. Nicht, dass sie sich das wünschen würde. Sie zog eine Grimasse und schüttelte das Bild ab.

Sie und Panda ... Zwei Menschen, die nicht zusammenpassten ... Eine Sterilisation ... Das war genau das, was sie sich von ihrem verlorenen Sommer wünschte. Eine Chance, sich wirklich unartig zu benehmen.

Als sie die Terrasse betrat, kam ihr in den Sinn, dass Menschen sich eine Wunschliste von ihren Lebensträumen machten – von all den Dingen, die sie vor ihrem Tod verwirklichen wollten. Lucy hatte den Eindruck, dass sie sich durch eine Art Rückwärtswunschliste durcharbeitete, weil sie Dinge tat, die sie längst hinter sich gehabt hätte, wäre sie in einer anderen Familie groß geworden. Wilde Frisuren, schrille Klamotten, Tattoos. Sie hatte den perfekten Mann sitzen gelassen, war ausgestiegen, und nun hatte sie sich einen inakzeptablen Liebhaber zugelegt. Dabei hatte sie immer gedacht, sie könnte mit bedeutungslosen One-Night-Stands nichts anfangen, aber vielleicht hatte sie sich das nur eingeredet, weil bedeutungslose One-Night-Stands für die Tochter der Präsidentin unrealistisch gewesen waren. Kein wilder Primatensex für Lucy Jorik.

Bis jetzt.

Konnte das der Schlüssel sein? Was, wenn das Nachholen all dieser Dinge, die sie verpasst hatte, genau das war, was sie brauchte, um zum nächsten Kapitel ihres Lebens überzugehen?

Lucy schloss die Schiebetür hinter sich ab, duschte, zog sich trockene Sachen an und legte sich ins Bett, aber sie war zu aufgedreht, um einzuschlafen. Eine Rückwärtswunschliste ...

Sie kletterte wieder aus dem Bett und schnappte sich ihren gelben Schreibblock. Dieses Mal hatte sie keine Mühe, die richtigen Worte zu finden, und als sie fertig war, hatte sie eine perfekte Liste. Das hier war genau das, was sie brauchte.

Sie knipste das Licht aus und lächelte in sich hinein. Dann musste sie an die Lakritzpeitsche denken und bekam eine Gänsehaut. Sie drehte sich auf die Seite, stand noch einmal auf und entriegelte die Schiebetür.

Kein Zweifel. Sie war unartig gewesen. Und es fühlte sich so gut an.

»Lesestunde«, sagte Bree und öffnete die Tür zu der kleinen Vorderveranda des Cottages, so wie sie das in den letzten zwei Wochen getan hatte, seit sie diesen Entschluss gefasst hatte.

»Es ist Sommer«, wandte Toby ein. »Im Sommer brauche ich keine Bücher zu lesen.« Aber noch während er sich beschwerte, stand er vom Wohnzimmerboden auf und folgte ihr nach draußen.

Die Veranda war gerade groß genug für zwei uralte Korbstühle und einen kleinen Holztisch. Bree hatte eine Lampe aus ihrem Schlafzimmer herausgestellt, damit sie abends lesen konnte, wenn Toby im Bett war, aber am Ende des Tages war sie immer so geschafft, dass sie gewöhnlich vorher schon einnickte. Sie hatte mehr Glück damit, ihre neue Bücherliste für Erwachsene in den Pausen zwischen dem Kerzengießen, Geschenkkartenbemalen oder dem Herumexperimentieren mit einer neuen Möbelpolitur aus Bienenwachs abzuarbeiten.

Als sie das Buch aufschlug, mit dem Toby und sie bereits begonnen hatten, fragte sie sich einmal mehr, warum sie sich das alles antat. Es war schließlich nicht so, als hätte sie nicht schon genug Sorgen. Es war Mitte Juli. Sie würde den ersten Honig des Jahres nicht vor Anfang August ernten können, und wie immer beschäftigten sie Geldsorgen. Sie hatte herumprobiert, um ihr Sortiment zu erweitern, aber dafür musste man zuerst in Material investieren, und wie viele ihrer Produkte würden sich tatsächlich verkaufen? Wenigstens entdeckte sie erste kleine Risse in Tobys ablehnender Haltung ihr gegenüber, dieselben Risse, die ihr eigener Unmut auf ihn bekommen hatte.

Der Korbstuhl knarrte, als er seine schmutzigen nackten Füße auf den Rand des Sitzpolsters zog. »Ich kann lesen. Du brauchst mir nicht vorzulesen wie einem Kleinkind.«

»Ich lese gern vor«, erwiderte sie. »So kann ich gleichzeitig mit dir etwas lernen.«

»Ich weiß das alles schon.«

Das war totaler Unsinn. Er wusste sogar noch weniger als sie, obwohl sie jeden Tag dazulernte.

Mithilfe der Inselbibliothekarin hatte sie sich ein paar Bücher über die Erziehung von gemischtrassigen Kindern ausgeliehen, nur um festzustellen, dass sie sich hauptsächlich mit der Frage beschäftigten, ob es für weiße Familien richtig war oder nicht, ein schwarzes Kind zu adoptieren. Nicht sehr hilfreich. Darüber hinaus hatte sie darin nicht mehr gefunden als ein paar Tipps für die Haarpflege, etwas, das

Toby ganz gut allein im Griff hatte. Kein einziges der Bücher beantwortete ihre grundlegende Frage: Wie konnte ein Bleichgesicht wie sie ein Bewusstsein für Rassenstolz und Identität in diesem goldbraunen Kind wecken?

Sie verließ sich auf ihren Instinkt.

Toby schwang ein Bein über die Armlehne und wartete darauf, dass sie anfing. Bis jetzt hatten sie kurze, kinderfreundliche Biografien über Frederick Douglass und Martin Luther King zusammen gelesen, neben einem Werk über die Geschichte der Negro Baseball League. Toby hatte gegen ein Buch über die Abolitionistin Sojourner Truth rebelliert, also hatte Bree einfach sich selbst laut vorgelesen. Schon nach wenigen Seiten hatte er seine Vorbehalte gegen »Frauenbücher« vergessen, und sie, als sie das Ende des ersten Kapitels erreichte, gedrängt weiterzulesen.

Obwohl sie erschöpft war von einem Tag, der zu früh begonnen hatte, las sie eine gute Stunde lang vor. Als sie das Buch schließlich zuklappte, sah Toby Bree an.

»Hast du uns wieder einen Film besorgt fürs Wochenende?«

»*When we were kings.*« Er machte ein langes Gesicht. »Der Film handelt vom Boxen, von einem berühmten Kampf zwischen Muhammad Ali und George Foreman.«

Seine Miene hellte sich auf. »Wirklich?«

»Ich weiß. Ätzend. Lass uns stattdessen lieber *Plötzlich Prinzessin* anschauen.«

»Nichts da!«

Er grinste sie an, und wieder löste sich eine Schlaufe in dem Knoten aus negativen Gefühlen, die in ihr wohnten. Manchmal – nicht oft, aber hin und wieder – lächelte Toby sie genauso an, wie er Lucy anlächelte.

»Lass dir von ihm nichts gefallen«, hatte Lucy ihr geraten. »Und lass gleichzeitig keine Gelegenheit aus, ihn zu berühren. Er wird anfangs ausweichen. Lass trotzdem nicht locker.«

Bree hatte versucht, ihre Hand auf seiner Schulter ruhen zu lassen, wenn er am Küchentisch saß, aber es fühlte sich gezwungen an, und er wand sich, wie Lucy prophezeit hatte, unter ihrem Griff, also ließ sie es sein. Aber alles andere wollte sie nicht sein lassen. Eine untypische Sturheit hatte von ihr Besitz ergriffen. Toby würde mehr über das Erbe seines Vaters erfahren, ob er wollte oder nicht.

Er ließ die Füße auf den Boden sinken und kratzte sich mit dem großen Zeh am Knöchel. »Du musst dir den Film ja nicht anschauen. Du kannst solange an deinen Entwürfen arbeiten oder so.«

Im Moment schloss dieses »oder so« das Warten auf ein Dutzend Glasfiguren ein, die sich hübsch zur Weihnachtszeit machten. Jedes Mal, wenn Bree an ihre Bestellung im Internet dachte, die sie an dem Benutzer-PC in der Bücherei aufgegeben hatte, wurde ihr schlecht. Sie gewann zwar täglich neue Kunden hinzu, aber wer wusste schon, ob einer davon im Hochsommer Weihnachtsdekorationen kaufen wollte?

»Wir sehen uns die Filme immer gemeinsam an«, entgegnete sie.

»Ja, ich denke auch, du solltest ihn dir anschauen. Schließlich bist du eine weiße Frau und so und hast noch viel zu lernen.«

Sie tat ihr Bestes, um Lucys ironische Miene nachzuahmen. »Als wärst du so allwissend, schwarzer Mann.«

Es gefiel ihm, ein Mann genannt zu werden, und er grinste. Sie erwiderte sein Lächeln, und er grinste weiter, bis ihm bewusst wurde, was er tat und er das Lächeln gegen einen finsteren Blick tauschte.

»Big Mike und ich gehen morgen reiten.«

Bree konnte immer noch nicht glauben, dass Mike sich

nur aus Gutherzigkeit mit Toby angefreundet hatte. Andererseits hielt er sein Wort, denn die einzigen Male, die er sie angesprochen hatte seit ihrem gemeinsamen Kirchenbesuch zwei Wochen zuvor, waren, um mit ihr abzustimmen, wann er Toby abholen konnte.

Toby blickte sie böse an. »Wenn du nicht so gemein zu ihm wärst, würde er dich auch einladen.«

»Ich kann den Stand nicht allein lassen.«

»Kannst du wohl, wenn du willst. Lucy würde für dich einspringen.«

Toby nannte Lucy inzwischen bei ihrem richtigen Namen, seit er mitbekommen hatte, dass Bree sie so ansprach, aber da Töchter von ehemaligen Präsidentinnen auf seinem zwölfjährigen Radarschirm nicht existierten, hatte er dazu nur bemerkt, dass er die ganze Zeit gewusst habe, dass Viper nicht ihr richtiger Name sein konnte.

Die wachsende Freundschaft mit Lucy bedeutete Bree sogar noch mehr als die Unterstützung, die Lucy ihr anbot. So passte sie zwischendurch immer wieder auf den Stand auf, damit Bree eine Pause machen konnte. Gemeinsam hatten sie die große Holztür des Verschlags hinter dem Stand repariert. Nun konnte Bree die Ware über Nacht einschließen. Bree schätzte es außerdem, dass Lucy sie nicht kritisierte, wenn sie ihre Versuche beobachtete, mit Toby zurechtzukommen.

Toby fläzte sich tiefer in den Korbsessel. »Mike hat gesagt, ich soll dich fragen, ob es okay ist, wenn er mich am Sonntag wieder mit in die Kirche nimmt. Aber ich will da nicht hin. Kirche ist öde.«

Bree war von der Messe in der Episkopalkirche begeistert gewesen, und sie wäre liebend gern wieder hingegangen, aber sie wollte Mike nicht begegnen. Sie spielte mit dem Einband der Biografie über Sojourner Truth.

»Vielleicht sollten wir uns eine Kirche suchen, die nicht öde ist.«

»Alle Kirchen sind öde.«

»Das kannst du nicht mit Sicherheit wissen. Ich überlege, ob wir nicht eine neue Kirche ausprobieren sollten.«

»Ich will aber keine neue Kirche ausprobieren. Ich werde in die alte gehen mit Big Mike.«

»Nicht diesen Sonntag.« Bree hatte gezögert, als Lucy ihr den Vorschlag eröffnete, aber nun war sie entschlossen. »Diesen Sonntag besuchen wir die Heart of Charity Church.«

Er riss die Augen empört auf. »Das geht nicht. Die ist nur für Schwarze!«

So viel zu all den Büchern, die sie gemeinsam gelesen hatten. Und, wirklich, was hatte es für einen Sinn? Wenn Toby keinen Wert auf das Erbe seines Vaters legte, warum sollte es ihr dann wichtig sein?

Weil es wichtig war.

Lucy roch nach dem Mandelöl, das sie und Bree verwendet hatten, um Handcreme herzustellen. Es überdeckte den Duft des frischen Brots in der Tasche, die an ihrem Fahrradlenker baumelte. Sie fuhr inzwischen täglich zum Cottage, um Bree für eine Zeit am Stand abzulösen und den Versuch, Karamellbonbons auf Honigbasis herzustellen, zu perfektionieren. Sie hatten geplant, die Bobons zum Schluss in Schokolade zu tunken und mit etwas Meersalz zu bestreuen. Die bisherigen Resultate waren nicht sehr überzeugend gewesen, aber Lucy hatte noch Hoffnung. Sie nutzte außerdem Brees Küche, um Brot zu backen – unter dem Vorwand, dass der Backofen drüben im Haus die Temperatur nicht hielt. Sie war zwar bereit, Bree in ihre Geheimnisse einzuweihen, aber was Temples Geheimnisse betraf, stand ihr das nicht zu.

Womit sie sich nicht beschäftigte, war das Manuskript. Lucy hatte keine Idee, wie sie anfangen sollte. Nealy war eine der faszinierendsten Frauen der Welt, aber jeder Schreibversuch endete damit, dass sie alles zu Papier Gebrachte wegwarf. Ihr Vater wollte eine persönliche Darstellung, keinen Wikipedia-Eintrag. Irgendwie stimmte etwas nicht, aber sie wusste nicht, was.

Wenn Lucy nicht am Stand aushalf, dachte sie an ihre Wunschliste. Erst am Morgen hatte sie zwei Telefonstreiche gespielt. *»Dies ist eine automatische Ansage. Wir bestätigen hiermit Ihre Bestellung von zwei Zentnern Frischdung. Falls die Lieferung an einem anderen Ort als in Ihrer Einfahrt abgeladen werden soll, rufen Sie uns bitte umgehend zurück. Unsere Nummer lautet ...«* Und sie hatte schnell aufgelegt.

Total kindisch. Eine bescheidene Genugtuung. Hauptsächlich, weil sie Pandas Telefon benutzt hatte für den Fall, dass die Anrufe zurückverfolgt wurden.

Als sie mit dem Rad vor dem Haus hielt, sah sie Temple oben an einem der Fenster stehen. In der vergangenen Woche war Toby unangemeldet am Haus aufgetaucht und hatte Temple gesehen, als sie mit Zehn-Pfund-Hanteln die Treppe zum Bootssteg hinauf- und hinunterlief. Wie abzusehen war, hatte Temple sich aufgeregt – zuerst darüber, dass sie entdeckt worden war, und dann tatsächlich darüber, dass Toby keine Ahnung hatte, wer sie war.

»Er ist zwölf«, hatte Lucy erklärt.

»So fängt es an. Zuerst kennen die Kinder deinen Namen nicht. Im Handumdrehen sind es die vierzigjährigen Fußballmommys, und deine Karriere ist vorbei.«

»Sie sind verrückt«, hatte Viper erwidert. »Sie haben für immer den Verstand verloren.« Und dann, etwas freundlicher: »Sie haben doch bereits mindestens fünfzehn Pfund abgenommen, und ...«

»Knapp vierzehn.«

»... und auch wenn Sie es nicht glauben wollen, Sie sehen fantastisch aus.« Sie ignorierte Temples verächtliches Schnauben. »Sie haben das umgesetzt, wofür Sie hergekommen sind, und eigentlich sollten Sie überglücklich sein. Stattdessen ist Ihre Laune mieser denn je. Wie wollen Sie denn jemals wieder zu einer normalen Ernährung zurückfinden, ohne dass Panda auf Sie aufpasst?«

»Das ist was anderes. Ich werde schon klarkommen.« Damit war sie davongestürmt.

Lucy wusste, dass viele Frauen sich aus Liebeskummer vollstopften, und obwohl Temple Max nur sehr selten erwähnte, musste diese Trennung die Wurzel ihrer Probleme sein.

Pandas Wagen rollte in die Einfahrt. Inzwischen überließ er Temple auch mal für kurze Zeit sich selbst, meistens um eine Runde zu joggen oder mit dem Kajak rauszupaddeln. Neulich hatte er einen kurzen Abstecher in die Stadt gemacht. Lucy sprang von ihrem Rad und beobachtete, wie er aus dem Wagen stieg.

Die Muskeln unter seinem engen grauen T-Shirt waren außer Kontrolle, und obwohl sein Sixpack verdeckt war, wusste Lucy, dass es beachtlich war. Sie dagegen hatte weitere fünf Pfund zugenommen. Ein Leben lang hatte sie nicht auf ihr Gewicht achten müssen, aber seit sie in einem Haus voller Diätkost lebte, war ihre Ernährung außer Kontrolle geraten. Kaum war richtige Nahrung in Reichweite, wie ihre missglückten Honigkaramellen, vergaß sie sich.

Lucys Gewichtszunahme hatte jedoch keinen Einfluss auf ihr Outfit, Plateau-Flipflops, ein billiges blau-schwarzes Batikhemdchen, das mehr von ihren Brüsten enthüllte als ein Badeanzug, und knappe Shorts. Sie konnte ihre Hüftknochen ruhig herzeigen, solange sie noch sichtbar waren, fand sie.

Als Panda auf sie zuschlenderte, deutete er mit dem Kopf in Richtung Garage. »Auf geht's.«

»Wohin?« Sie nahm beiläufig den Nasenring ab und steckte ihn in ihre Hosentasche.

»Du weißt, wie es läuft.«

»Das bedeutet nicht, dass ich dir folgen muss.«

»Ich habe einen Job zu erledigen.«

Sie legte den Kopf schief und zupfte an einer ihrer Dreadlocks. »Ich pfeif auf deinen Job.«

»Ein großer Fehler.« Er schnappte sich ihren Arm und beförderte sie mit Gewalt durch den Schatten am Haus entlang zur Garage. Als sie die Seitentür erreichten, trat er sie mit dem Fuß auf. »Rein mit dir.«

»Ich will da nicht rein. Ich will ...«

»Es ist mir egal, was du willst.« Er knallte die Tür hinter ihnen zu.

Trübes Nachmittagslicht bemühte sich, durch das spinnwebenverhangene Fenster zu dringen. Die vollgestellte Garage enthielt das alte Mobiliar, Kartons, kaputte Liegestühle und ein leckes Kanu. Die Luft roch nach Staub und Motoröl, während Panda nach Blaubeeren und Hitze roch. Er drehte sie zur Wand, legte die Hand zwischen ihre Schulterblätter und drückte ihren Oberkörper vor. »Beine auseinander.«

»Du machst mir Angst.«

»Gut.«

»Ich habe keine Schmuggelware bei mir. Ich schwöre.«

Er schenkte ihr ein hässliches, einschüchterndes Knurren. »Dann hast du auch nichts zu befürchten.«

»Ich ... ich schätze nicht.« Sie stützte die Hände gegen die rauen Holzlatten, ließ aber die Beine zusammen.

Er kickte sie auseinander. »Spiel hier nicht die Ahnungslose. Du weißt, wie es läuft.« Sein Atem plusterte die Haare über ihrem Ohr auf, seine Stimme war nicht mehr als ein heiseres Flüstern. »Mir macht das noch weniger Spaß als dir.«

Von wegen.

Sie schloss die Augen, während er sie seitlich abtastete, von den Achselhöhlen bis zu den Oberschenkeln. »Ich habe es dir doch gesagt«, sagte sie. »Ich bin sauber.«

»Warum glaube ich dir nicht?« Er griff um sie herum, und seine Hände verharrten direkt unter ihren Schlüsselbeinen. Und dann ließ er die Hände ein Stück sinken und umfasste ihre Brüste.

Sie sah ihn über ihre Schulter hinweg an. »Sag jetzt nicht, was du beim letzten Mal gesagt hast.«

»Was war das?« Er schnupperte an ihrem Ohr.

»Du hast gesagt: Da ist ja gar nichts.«

Er lächelte, steckte die Daumen in ihre Körbchen und fand ihre Brustwarzen. »Ich hatte so unrecht.«

Als er aufhörte, ihre Brüste zu quälen, und sich zu neuem Terrain aufmachte, waren ihre Knie weich und ihre Haut heiß. Genüsslich ließ er die Hände über ihre Hüften und Oberschenkel wandern, bevor sie ihr eigentliches Ziel fanden. »Ich glaube, ich spüre da was.«

Er war nicht der Einzige. »Das ist gesetzeswidrig«, sagte sie und wackelte mit den Hüften.

»Widerstand bei Festnahme.« Seine Finger zerrten am Reißverschluss ihrer Shorts. »Nun werde ich die Körperöffnungen untersuchen müssen.«

»O nein. Nicht das.« Sie hätte nicht weniger überzeugend klingen können.

»Das hast du dir selbst zuzuschreiben.« Mit den Knien drückte er ihre Beine zusammen und zog ihre knallengen Shorts mitsamt ihrem Slip herunter.

»Ich versuche ja, ein anständiger Mensch zu sein, aber das ist ganz schön hart.«

»Du ahnst ja nicht, wie hart.« Er presste sich gegen sie, um seinen Standpunkt zu verdeutlichen.

Es war erstaunlich, wie viele Stellen er fand, die er untersuchen musste. Genug für sie, um einen schwachen Protest anzustimmen. »Da passt nie und nimmer ein Schokoriegel hinein.«

»Sag das nicht«, erwiderte er mit rauer Stimme, und sein Atem ging so schnell wie ihrer.

»Polizeilicher Übergriff«, brachte sie heraus, während er an seinem Hosenschlitz herumfummelte.

»Es wird nur ganz kurz wehtun.«

Es würde überhaupt nicht wehtun. Was das »ganz kurz« betraf … Unwahrscheinlich. Panda hatte ein enormes Stehvermögen.

»Mach dich bereit.« Er bog ihre Hüften nach hinten.

»Warte …«

»Zu spät.« Er nahm sie von hinten.

Sein Stöhnen übertönte ihr Keuchen. Er presste die Lippen auf ihren Nacken. Sie drückte sich gegen ihn, während er mit seinen großen Händen ihr Becken umfing. Umgeben von Staub und den Hinterlassenschaften anderer Leute spielten sie, die Körper ineinander verkeilt, ihr Spiel, benutzten sich gegenseitig, beschenkten sich und benutzten sich wieder. Es war primitiver Sex. Roh und vulgär. Unanständiger Sex. Genau so, wie sie es haben wollte.

»Sieh nicht auf meinen Bauch«, sagte sie, als sie ihren Slip wieder anzog.

Er streichelte mit dem Finger über ihre Wange. »Warum nicht?«

»Weil er rund ist.«

»Ah.«

»Du brauchst das nicht so zu betonen.«

Sie schlüpfte in ihre Shorts, zog den Bauch ein und machte den Reißverschluss zu. Sie hatten mit den Leibesvisitationen in der Garage angefangen, als sie ihn nach einem seiner Abstecher in die Stadt abfing. Sie hatte ihm erklärt, sie habe den Tipp bekommen, dass er versuche, Minisalamis ins Haus zu schmuggeln. Seine Antwort war, dass an seiner Salami sicher nichts mini sei. Daraufhin hatte sie ihn gegen die Garagenwand gedrückt und ihm gesagt, dass das allein ihre Entscheidung sei. Schließlich hatte sie zugeben müssen, dass er recht hatte.

»Es ist deine Schuld, dass ich zunehme«, sagte sie. »Solange nichts anderes als diese verfickte Diätkost im Haus ist, drehe ich am Rad.«

Seine Augenbraue wanderte erstaunt hoch, aber er ging über den vulgären Ausdruck hinweg. »Was ist mit dem Junkfood, mit dem ich dich jeden Abend im Boot füttere?«

»Ganz genau«, sagte sie. »Hätte ich anständiges Essen, würde ich mich nicht mit diesem Mist vollstopfen.«

»Du hast recht. Es ist meine Schuld. Ich verspreche, keine Chips mehr. Kein Lakritz mehr. Ich gelobe Besserung.«

»Wehe.«

Er lachte und nahm sie in den Arm, als wollte er sie küssen. Aber sie küssten sich nur, wenn sie im Bett lagen – tiefe Zungenküsse, die nachahmten, was mit ihren Körpern passierte. Sex mit Panda war, wie in einem Porno mitzuspielen, aber ohne dass eine dritte Partei beteiligt war.

Er ließ sie los und trat ein Stück zur Seite, um einen Sperrmüllhaufen zu inspizieren. Seine Rastlosigkeit war zurückgekehrt. Im Gegensatz zu Lucy ging ihm der aufgezwungene Inselarrest an die Substanz. Er wollte Action.

Sie stieg wieder in ihre Flipflops, während er einen Spiegel mit einem Rahmen aus Muscheln, die zum Teil abgebrochen waren, musterte.

»Hing der nicht mal unten im Bad?«, fragte er.

»Nein.« Sie liebte es zu lügen. Es war eine ganz neue Erfahrung.

»Blödsinn. Gestern hing er noch dort.«

»Im Ernst, Panda, für einen Cop hast du ein lausiges Beobachtungsvermögen.«

»Von wegen. Hör auf, in meinem Haus umzuräumen. Und hör auf, mein Schwein zu verschandeln.«

»Hat dir die Augenklappe nicht gefallen? Ich finde sie ...« Sie unterbrach sich, als sie sah, dass er einen gefalteten gelben Zettel vom Garagenboden aufhob, stürmte sofort auf ihn zu und streckte die Hand aus. »Der muss mir aus der Tasche gefallen sein, als du mir die Hose runtergerissen hast.«

»Ich habe dir nicht ... Was zum Teufel ist das?« Misstrauisch, wie er war, faltete er den Zettel auseinander und begann zu lesen.

»Gib ihn mir!« Sie versuchte, ihm das Papier zu entreißen, aber er hielt es für sie außer Reichweite und las über ihrem Kopf weiter.

»Rückwärtswunschliste?«

»Das ist privat.«

»Ich werde es keiner Menschenseele verraten.« Er überflog den Zettel und grinste. »Offen gestanden, wäre mir das peinlich.«

Als er das Papier schließlich sinken ließ, war es zu spät. Er hatte alles gelesen.

RÜCKWÄRTSWUNSCHLISTE
Von zu Hause weglaufen*
Sich anziehen wie eine Schlampe*
Herumvögeln
Das F-Wort benutzen, wann immer möglich*
Sich in der Öffentlichkeit betrinken

In der Öffentlichkeit herumknutschen
Einen Joint rauchen
Einen Streit vom Zaun brechen*
Telefonstreiche*
Ins Bett gehen, ohne sich abzuschminken*
Nackt schwimmen gehen
Ausschlafen*
Sich kratzen, rülpsen etc.*

»Ins Bett gehen, ohne sich abzuschminken.« Er stieß einen langen Pfiff aus. »Das ist ein Leben in der Gefahrenzone.«

»Hast du die geringste Vorstellung, wie schädlich das für die Haut ist?«

»Ich bin mir sicher, es ist nur noch eine Frage der Zeit, dass du den Mut dafür aufbringst.« Er tippte mit dem Finger auf das Papier. »Was bedeuten die Sternchen?«

Die anständige Lucy hätte versucht, das Thema zu wechseln, aber Viper kümmerte es einen Dreck, was er dachte. »Die Sternchen markieren die Dinge, die ich bereits getan habe, bis ich sie mit vierzehn leider aufgeben musste. Ich beabsichtige, das alles nachzuholen, und wenn du das dämlich findest, ist das dein Problem.«

Seine Mundwinkel zuckten. »Dämlich? Telefonstreiche? Warum sollte ich Telefonstreiche für dämlich halten?«

»Wahrscheinlich werde ich darauf verzichten«, erwiderte sie unschuldig.

Er musterte ihr Batiktop. »Das mit dem ›sich anziehen wie eine Schlampe‹ hast du voll unter Kontrolle. Und das soll jetzt keine Beschwerde sein.«

»Danke. Ich musste ein paar Sachen im Internet bestellen, aber ich versuche mein Bestes.«

»Definitiv.« Er schnippte mit den Fingern gegen das Papier. »Kiffen ist illegal.«

»Officer, ich weiß Ihre Sorge zu schätzen, aber ich bin mir sicher, dass hat Sie auch nicht davon abgehalten.«

Sein Blick wanderte tiefer auf der Liste. »Du warst noch nie nackt schwimmen?«

»Verklag mich.«

»Du gibst mir doch Bescheid, oder nicht, wenn du bereit bist, es auszuprobieren?«

»Fuck, wenn ich es nicht vergesse.«

»Wenn du dieses Wort benutzen willst, dann wenigstens richtig. Sonst klingt es albern.« Er runzelte die Stirn. »›In der Öffentlichkeit herumknutschen‹? Nicht mit mir, das kannst du dir abschminken.«

»Schon gut. Ich werde jemand anderen finden.«

»Den Teufel wirst du tun«, knurrte er. »Und ›Herumvögeln‹ kannst du streichen, weil du das mit mir tust.«

»Von wegen. ›Herum‹ impliziert mehr als einen Partner.«

»Hast du Ted schon vergessen?«

»Der zählt nicht. Er hat mir einen Heiratsantrag gemacht.«

Panda sah aus, als wollte er dazu einen Kommentar machen, ließ es aber sein. Stattdessen deutete er auf eine Kritzelei am Rand des Papiers. »Was ist das?«

Verdammt.

Sie setzte ihr neues spöttisches Lächeln auf. »Hello Kitty.«

Er grinste. »Das ist wirklich schlimm.«

Das Basilikum auf dem Zierregal ließ ein wenig die Blätter hängen. Lucy sprang von der Chaiselongue auf, um es zu gießen, zupfte ein paar welke Blätter von den Geranien ab und machte es sich dann wieder bequem. Sie wackelte mit dem Stift zwischen ihren Fingern und fing an zu schreiben.

Das Engagement meiner Mutter für Kinder in Not hat seine Wurzeln in ihrer Jugendzeit, als sie Kinder in Krankenhäusern und Flüchtlingslagern besuchte …

Etwas, worüber Lucys Großvater detailliert schrieb, sodass er es sicher nicht schätzen würde, wenn sie ihn kopierte.

Sie zerriss die Seite, zog ihre Wunschliste aus der Hosentasche und fügte einen neuen Punkt hinzu.

Hausaufgaben sausen lassen

Dann malte sie ein Sternchen dahinter.

Bree hatte sich nie so fehl am Platz gefühlt. Es war in Ordnung, wenn Afroamerikaner weiße Kirchen besuchten – das gab weißen Gemeinden das angenehme Gefühl, für jeden offen zu stehen. Aber die einzige Weiße in der einzigen schwarzen Kirche auf der Insel zu sein verursachte ihr Unbehagen. Sie hatte es noch nie genossen aufzufallen. Lieber verschmolz sie mit der Masse. Doch als der Platzanweiser sie durch den Mittelgang der Heart of Charity Missionary Church führte, entdeckte sie kein einziges Gesicht, das so bleich war wie ihres.

Der Platzanweiser händigte ihnen Programmblätter aus und deutete auf eine Bank in der zweiten Reihe. So viel zu ihrem Plan, sich nach hinten zu setzen.

Nachdem sie Platz genommen hatten, wuchs Brees Unbehagen. Fühlte sich so ein schwarzer Mensch, der allein durch die weiße Welt ging? Oder spielte vielleicht ihre eigene Unsicherheit ihr einen Streich, und ihr Rassenbewusstsein war durch die Lektüre mehr geschärft worden, als nötig war?

Die Heart of Charity Missionary war die zweitälteste Kirche auf der Insel, ein kompaktes Backsteingebäude, das nie Punkte für seinen Baustil gewinnen würde, obwohl der luftige Altarraum den Eindruck machte, als wäre er vor kurzem erst neu gestaltet geworden. Die Wände waren elfenbeinfarben, die hohe Decke mit hellem Holz getäfelt. Eine purpurrote Decke lag auf dem Altar, drei silberne Kreuze hingen an der Stirnwand. Die Gemeinde war klein, und die Luft roch nach Parfüm, Aftershave und Lilien.

Die Menschen, neben die sie sich setzten, lächelten zur Begrüßung. Die Männer trugen Anzüge, die älteren Frauen Hüte und die jüngeren Frauen bunte Sommerkleider. Nach dem Eröffnungslied begrüßte eine Frau, die Bree zunächst für die Pastorin hielt, die sich aber als Diakonin entpuppte, die Gemeinde und kündigte bevorstehende Ereignisse an. Bree spürte, dass sie errötete, als die Diakonin sie ansah.

»Wir haben heute Gäste bei uns. Würdet ihr euch kurz vorstellen?«

Bree war darauf nicht vorbereitet, und bevor sie ihre Stimme fand, hörte sie Toby laut und deutlich antworten.

»Ich bin Toby Wheeler«, sagte er. »Und das ist Bree.«

»Willkommen, Toby und Bree«, erwiderte die Frau. »Gott hat uns heute mit eurem Besuch gesegnet.«

»Meinetwegen«, murmelte Toby leise.

Die Gemeinde stimmte im Chor ein Amen an. Und im Gegensatz zu ihrem zynischen Schützling spürte Bree, dass sie langsam auftaute.

Nun begann der Gottesdienst. Bree war eine kühle, geistige Religion gewohnt, aber das hier war heiße Religion, laut im Beten und Lobpreisen. Hinterher verlor Bree den Überblick, wie viele Menschen auf sie zukamen und sie begrüßten, nicht einer von ihnen wollte wissen, was ein Bleichgesicht wie sie in dieser Kirche verloren hatte. Eine Frau erklärte Toby das Programm der Sonntagsschule, und der Pastor, ein Mann, den Bree aus dem Geschenkeladen in der Stadt kannte, sagte zu ihr, er hoffe, dass sie wiederkämen.

»Was meinst du?«, fragte sie Toby, als sie zu ihrem alten Chevy Cobalt zurückgingen.

»Es war okay.« Er zog sein Hemd aus der Hose. »Aber meine Freunde sind in Big Mikes Kirche.«

Die einzigen Freunde, von denen er erzählte, waren Zwillingsbrüder, die im Moment nicht auf der Insel waren. Myra hatte ihm keinen Gefallen damit getan, dass sie ihn so abgeschirmt hatte.

»Vielleicht kannst du hier ein paar neue Freunde finden«, sagte sie.

»Ich will aber nicht.« Er riss die Wagentür auf. »Ich rufe Big Mike an und sage ihm, dass ich nächste Woche wieder mit ihm in die Kirche gehe.«

Sie wartete darauf, dass das vertraute Gewicht der Niederlage sich über sie senkte. Aber es blieb aus. Sie hielt die Wagentür fest, bevor Toby diese zuknallen konnte, und beugte sich zu ihm hinunter.

»Ich bin der Boss, ich mag diese Kirche, und wir werden nächste Woche wieder herkommen.«

»Das ist nicht fair!«

Er versuchte, ihr die Tür zu entwinden, aber sie ließ sie nicht los, und in demselben Ton, den sie bei Lucy gehört hatte, behauptete sie ihr Territorium. »So ist das Leben. Gewöhn dich daran.«

»Alles, woran sie denken kann, ist schwarz, schwarz, schwarz«, beschwerte sich Toby bei Lucy, während seine dicht bewimperten goldbraunen Augen empört aufblitzten. »Als wäre das alles, was ich bin. Ein schwarzes Kind. Sie ist besessen. Sie ist ein Raschist.«

»Rassist«, rief Bree hinter der Theke, wo sie neue Regalbretter montierte, nachdem sie ihre kostbaren Glasfiguren in Sicherheit gebracht hatte. Die kleinen Bienen waren ein solcher Erfolg gewesen, dass sie nachbestellt hatte.

»Ein Rassist«, wiederholte er. »So wie Ames in *Roots*.«

»Der sadistische Aufseher.« Bree tauchte gerade lange genug für diese Erklärung auf.

»Richtig.« Lucy lächelte. Bree und Toby hatten sich in dieser Woche die alte Serie angesehen, und es war schwer zu sagen, wer von den beiden mehr davon beeindruckt war. »Kinder müssen über ihre Wurzeln Bescheid wissen«, sagte Lucy. »Afroamerikaner zu sein ist Teil deines Erbes, genau wie bei meinem Bruder Andre.«

»Und was ist mit dem weißen Teil?«, konterte Toby. »Was ist damit?«

Brees Kopf tauchte wieder auf. »Ich habe es dir schon gesagt. Die Vorfahren deiner Großmutter waren Farmer aus Vermont.«

»Und warum beschäftigen wir uns dann nicht mit den Farmern aus Vermont?«, erwiderte er. »Warum ist der eine Teil von mir wichtiger als der andere?«

Bree blieb standhaft. »Nicht wichtiger. Aber bedeutsam.« Sie tauchte wieder hinter der Theke ab.

Trotz der Zankerei nahm Lucy eine Veränderung zwischen den beiden wahr. Sie sahen sich in die Augen und redeten mehr miteinander, auch wenn sie oft gegensätzliche Standpunkte vertraten. Lucy hatte auch bei Bree Veränderungen bemerkt. Sie hielt sich gerader, rauchte weniger und redete mit mehr Selbstbewusstsein. Es war, als würden die Heilkräfte ihres Honigs ihr Stärke verleihen.

Am Morgen hatte Lucy versucht, Temple davon zu überzeugen, nicht mehr fünf Stunden am Tag zu trainieren, aber Temple wollte nichts davon wissen, und sie hatte aufgegeben. Lucy hatte mehr Erfolg mit dem Brot, das sie in Brees Küche backte. Nun half sie Bree, vier alte Gartenstühle in den Farben Immergrün, Hellblau, Pfirsich und Gelb zu lackieren. Sie sollten einen gemütlichen Ort zum Entspannen bieten, im Schatten der alten Eiche, die den Stand schützte. Außerdem hoffte Bree, dass die fröhlichen Farben die Aufmerksamkeit der Autofahrer wecken würden.

Vielleicht funktionierte es bereits, denn Lucy hörte hinter sich einen Wagen heranfahren. Sie wandte sich um und sah einen dunkelgrauen Geländewagen mit Illinois-Kennzeichen. Ihr Herz machte einen kleinen Satz. Soweit sie wusste, war dies das erste Mal, dass Panda auf dem Rückweg von einem seiner Ausflüge in die Stadt am Cottage anhielt. Er stieg nun aus und kam auf sie zu.

»Hier steckst du also die ganze Zeit.« Er nickte Toby zu. »Hey, Toby. Hat Lucy heute wieder gebacken?«

Toby hatte inzwischen seine Befangenheit vor Panda verloren. In der vergangenen Woche waren sie sogar zusammen mit den Kajaks rausgefahren.

»Vollkornbrot. Ist aber trotzdem lecker.«

»Ich weiß. Ich mag vor allem die Enden.«

»Ich auch.«

»Fertig.« Nach einem letzten Hammerschlag richtete Bree sich hinter der Theke auf. »O sorry«, sagte sie, als sie Panda entdeckte. »Ich habe so viel Krach gemacht, dass ich den Wagen gar nicht gehört habe. Kann ich Ihnen helfen?«

Lucy trat einen Schritt vor. »Bree, das ist Patrick Shade, auch bekannt als Panda. Panda, das ist Bree West.«

»West?«

Das Lächeln auf Pandas Gesicht erlosch. Er wurde unnatürlich still, nickte nur schroff. Dann stieg er ohne ein weiteres Wort in seinen Wagen und fuhr davon.

Kapitel 18

Der Geländewagen verschwand aus ihrem Blickfeld. Bree drehte sich rasch zu den Regalen um, die die Wände des Stands säumten, und begann, die Glasbienen an die Äste eines Baumständers zu hängen, den sie hinter ihren Döschen mit Lippenbalsam, den Bienenwachskerzen und blütenförmigen Seifen aufgestellt hatte.

Als Toby ins Haus verschwand, um sich etwas zu trinken zu holen, nutzte Lucy die Gelegenheit, der Sache auf den Grund zu gehen.

»Du und Panda, kennt ihr euch?«

Der Baumständer neigte sich gefährlich zur Seite. Bree griff nach zwei der Glasfiguren und hängte sie um. »Ich bin ihm nie begegnet.«

»Aber du kennst ihn?«

Bree schüttelte den Kopf. »Nein.«

Lucy glaubte ihr nicht. »Man sollte eigentlich meinen, dass du mir inzwischen ein wenig vertraust.«

Bree rückte den Seifenkorb etwas nach links. Ihre Schultern hoben sich, als sie tief Luft holte. »Ich habe früher in seinem Haus gewohnt.«

Lucy war verblüfft. »Im Remington-Haus?«

Bree kramte in ihrer Hosentasche nach Zigaretten. »Sabrina Remington West. Das ist mein voller Name.«

»Warum hast du das nie erwähnt?«

Bree sah in die Richtung, in der Pandas Haus stand. Sie blieb lange still, sodass Lucy nicht mehr daran glaubte, eine Antwort zu bekommen, schließlich antwortete sie doch.

»Ich rede nicht gern darüber, ich denke nicht einmal gern daran, was verrückt ist, weil ich nämlich die ganze Zeit daran denke.«

»Und warum?«

Bree schob die Hände tiefer in die Hosentaschen. »Ich habe viele Erinnerungen, die mit diesem Haus verbunden sind. Schwierige Erinnerungen.«

Lucy hatte Ahnung von schwierigen Erinnerungen.

»Ich habe in meiner Jugendzeit jeden Sommer dort verbracht«, erklärte Bree. »Bis ich ungefähr achtzehn war. Aber unsere restliche Familie hat das Haus noch jahrelang genutzt, bis mein Vater starb und meine Mutter in ein Pflegeheim kam. Schließlich wurde es zu teuer im Unterhalt, darum haben meine Brüder es inseriert.«

»Und Panda hat es gekauft.«

Sie nickte. »Ich wusste von ihm, aber ich bin ihm nie persönlich begegnet. Es war ein Schock, ihn schließlich kennenzulernen.« Sie musterte ihre abgebrochenen Fingernägel. »Die Vorstellung, dass jetzt jemand anderes in unserem Haus wohnt, ist schwer.« Sie warf Lucy einen entschuldigenden Blick zu. »Ich hätte es dir sagen sollen, aber ich bin es nicht gewohnt, mich anderen anzuvertrauen.«

»Du bist mir nicht wirklich eine Erklärung schuldig.«

»Das stimmt nicht. Deine Freundschaft bedeutet mir mehr, als du dir jemals vorstellen kannst.« Wieder tastete sie ihre Hosentaschen ab. »Verdammt, wo sind bloß meine Zigaretten?«

»Du hast sie im Haus gelassen, schon vergessen? Du versuchst gerade, mit dem Rauchen aufzuhören.«

»Shit.« Sie sackte auf den gelben Gartenstuhl, dessen Farbe schon getrocknet war, und sagte trotzig: »Ich wusste, dass Scott fremdging.«

Lucy brauchte einen Moment, um sich auf den Themawechsel einzustellen. »Dein Mann?«

»Nur auf dem Papier.« Ihr Mund bekam einen bitteren Zug. »Ich war geschmeichelt, als er sich in mich verliebte, aber wir waren keine zwei Jahre verheiratet, als er anfing, mich zu betrügen. Ich bin ziemlich schnell dahintergekommen.«

»Das muss sehr schmerzhaft gewesen sein.«

»Das war es, aber ich habe nach Ausreden für ihn gesucht. Er hat einen akademischen Grad. Ich habe nach einem Jahr mein Studium abgebrochen, um ihn zu heiraten. Daraus zog ich den Schluss, dass ich nicht klug genug war, um interessant für ihn zu bleiben. Aber es passierte immer wieder, und glaub mir, die anderen Frauen waren alle nicht klug.«

»Wie hat er reagiert, als du ihn damit konfrontiert hast?«

Sie stützte den Ellenbogen auf die Armlehne und umklammerte mit der anderen Hand ihren Oberarm. »Ich habe ihn nie damit konfrontiert. Ich habe so getan, als wüsste ich von nichts.« Ihre Stimme war schmerzerfüllt. »Kannst du dir das vorstellen? Wie feige ist das denn?«

»Du hattest wohl einen Grund.«

»Sicher. Ich wollte mein Leben nicht aufgeben.« Sie starrte blind auf die Straße. »Ich bin eine dieser Frauen, an denen die feministische Bewegung vorübergegangen ist. Ich hatte keine beruflichen Ambitionen. Ich wünschte mir das, was ich bei den Frauen in dem Umfeld, in dem ich groß geworden war, sah. Einen Mann, Kinder – viel Glück damit. Scott hat sich sogar geweigert, über Kinder zu reden.« Sie stand von ihrem Stuhl auf. »Ich habe mir gewünscht, ein schönes Haus zu haben. Nie Geldsorgen zu haben. Genau zu wissen, wo ich hingehöre. Mir war diese Sicherheit so wichtig, dass ich bereit war, meine Selbstachtung dafür zu verkaufen. Sogar noch zum Ende hin … vor einem Jahr …« Sie unterbrach sich, schlang die Arme um ihren Körper. »Nicht ich war diejenige, die gegangen ist. Er hat mich verlassen. Ich habe mich bis zuletzt an ihm festgeklammert, die treue Ehefrau, die sich wie ein Fußabtreter behandeln lässt.«

Lucys Herz füllte sich mit Mitleid. »Bree ...«

Bree mied ihren Blick. »Welche Sorte Frau lässt sich so etwas gefallen? Wo war mein Stolz? Mein Rückgrat?«

»Vielleicht findest du es ja gerade wieder.«

Aber Bree war zu sehr in ihrem Selbsthass gefangen, um den Trost anzunehmen. »Wenn ich in den Spiegel schaue, empfinde ich nichts als Ekel.«

»Putz den Spiegel und schau noch einmal genau hin. Ich sehe eine außergewöhnliche Frau, die sich gerade ein erfolgreiches Geschäft aufbaut und zudem Verantwortung für ein Kind übernimmt, das nicht einfach ist.«

»Und was für ein Geschäft. Es ist ein heruntergekommener Stand mitten im Nichts.«

»Er ist nicht heruntergekommen. Sieh dich doch um. Das hier ist das Taj Mahal aller Farmstände. Dein Honig ist der beste, den ich jemals probiert habe, ständig kommen neue Kunden, du vergrößerst dein Sortiment immer mehr, und du machst Gewinn.«

»Den ich direkt in neue Honiggläser und Dekorationsgegenstände umsetze, ganz zu schweigen von den Seifenformen und den Eimern voller Kakaobutter für die Lotions. Was passiert, wenn der Labor Day kommt und die Touristen verschwinden? Was passiert, wenn der Winter da ist und Toby einen ausgewachsenen pubertären Aufstand veranstaltet?«

Lucy hatte keine einfache Antwort darauf. »Du hast für alles andere eine Lösung gefunden. Ich wette, du wirst auch dafür eine finden.«

Lucy sah Bree an, dass sie ihr nicht glaubte, und ihr Bedürfnis, anderen zu helfen, gewann wieder die Oberhand. »Was wäre, wenn Scott heute hier auftauchen und dir sagen würde, dass er einen Fehler begangen hat? Was, wenn er dir sagen würde, dass er dich zurückhaben möchte und dass er dich nie wieder betrügen wird? Was würdest du tun?«

Bree überlegte. »Wenn Scott hier auftauchen würde?«, sagte sie langsam.

»Nur mal angenommen.«

»Wenn Scott hier auftauchen würde ...« Ihr Kiefer spannte sich. »Ich würde ihm sagen, dass er sich zum Teufel scheren soll.«

Lucy grinste. »Genau wie ich dachte.«

Lucy wartete, bis Panda sein Nachmittagstraining beendet hatte, bevor sie nach oben ging, um mit ihm zu reden. Brees Geschichte erklärte ihre Reaktion auf ihn, aber nicht seine Reaktion auf sie. Er stand mitten in dem kleinen, überfüllten Schlafzimmer, in dem er sich einquartiert hatte. Als er sein feuchtes T-Shirt über den Kopf zog, lenkte sie der Anblick seines verschwitzten muskulösen Oberkörpers ab. Aber nur kurz.

»Warum warst du Bree gegenüber so unhöflich?«, fragte sie.

Er setzte sich auf das Bett, um seine Turnschuhe auszuziehen. »Ich habe keine Ahnung, wovon du redest.«

»O doch.« Der erste Schuh landete polternd auf dem Boden. »Als ich dich mit Bree bekannt gemacht habe, bist du ganz schnell in deinem Wagen verschwunden und hast Gas gegeben wie ein Teenager, der versucht, sich über ein Ausgehverbot hinwegzusetzen. Du hast nicht einmal Hallo gesagt.«

»Ich habe eben keine Manieren.« Sein zweiter Turnschuh landete mit einem dumpfen Geräusch daneben.

»Du hast perfekte Manieren, wenn es dir in den Kram passt.«

Er knüllte seine Socken zusammen. »Ich muss unter die Dusche.«

»Das kann warten.«

Aber offenbar nicht, denn er marschierte direkt an ihr vorbei durch die Diele ins Bad und schlug die Tür zu. Der Schlüssel klickte.

Den restlichen Nachmittag wich Panda Lucy aus. Lucy besserte ihren schwarzen Nagellack aus, färbte ihre Stirnfransen magentarot und erneuerte das Drachen-Tattoo. Dann ging sie nach oben, um Temple zu belästigen, was sich als ein großer Fehler erwies. Ein brutales Training und eine scharfe Lektion über die Dummheit von Lucys Trainingsphilosophie später war Lucy in Schweiß gebadet und stinksauer.

Temple lehnte sämtliche Angebote von Lucy ab, etwas anderes als nur einen einfachen grünen Salat zu machen, und am Abend aßen sie wieder Tiefkühlkost in Form von trockenem Truthahn, matschigem braunem Reis und Pastinakenpüree. Lucy griff auf ihren Teenagerlieblingsausdruck zurück.

»Das ist echt ätzend.«

»Genau wie fett zu sein«, erwiderte Temple selbstgerecht.

»Sie sind auch ätzend«, grummelte Lucy.

Panda zog eine Augenbraue hoch. Temple langte über den Tisch, um Lucys Hand zu tätscheln. »Da hat wohl jemand PMS.«

Panda knallte die Fäuste auf den Tisch. »Ich schwöre bei Gott, wenn ich noch mehr über PMS oder weibliche Akne zu hören bekomme, sprenge ich etwas in die Luft.«

Temple machte eine lässige Handbewegung in Richtung Tür, worauf Panda sie nur finster anblickte.

Lucy hatte noch keine Gelegenheit gefunden, mit ihm allein zu sprechen, und sie wollte es in Temples Gegenwart auch nicht tun, also suchte sie sich ein neues Ziel für ihre schlechte Laune.

»Ich hasse diesen Tisch.«

»Pech«, sagte Panda.

Temple schnaubte. »Er lebt eben gern in unbeschreiblichen Zuständen. Das erinnert ihn an seine schreckliche Kindheit.«

»Wie schrecklich war sie?«, fragte Lucy. »Er erzählt mir nie etwas.«

»Mein Vater war ein Drogendealer, der von einem unzufriedenen Kunden abgeknallt wurde, als ich zwei war«, erklärte er sachlich. »Meine Mutter war ein Junkie. In unserer Wohnung hausten die Ratten. Das ist der Teil, der Temple am besten gefällt.«

»Außerdem musste er klauen gehen, damit sie was zu essen hatten«, fügte Temple vergnügt hinzu. »Ist das nicht traurig?«

Lucy schob ihren Teller zur Seite. Es kam ihr nicht richtig vor, dass Temple so viel mehr über Panda wusste als sie. »Was hat er Ihnen noch erzählt?«

»Er hat sein College-Examen mit Auszeichnung bestanden«, antwortete Temple.

Panda runzelte die Stirn, deutlich verärgert über jede Information, die ihn nicht als eine Gefahr für die Gesellschaft darstellte.

»Woher weißt du das?«

»Google.« Temple rümpfte die Nase. »Du glaubst doch nicht etwa, ich hätte dich beauftragt, ohne mich vorher über dich schlau zu machen?«

»Indem du mich googelst? Du bist ja eine erstklassige Detektivin, alle Achtung.«

»Er war auch in der Army«, fuhr Temple fort. »Langweilig. Leider konnte ich nichts über seine romantische Vergangenheit in Erfahrung bringen. Ich denke, wir können ziemlich sicher davon ausgehen, dass er eine Spur von gebrochenen Herzen hinterlassen hat.«

»Oder anonyme Frauengräber«, sagte Lucy, was ihn nur zum Lächeln brachte.

Wie konnte Temple jeden Tag mit ihm trainieren, ohne das Bedürfnis zu haben, ihm die Kleider vom Leib zu reißen? Sie starrte lieber aus dem Fenster, wenn sie eine Pause machte. Lucys musste unwillkürlich auf die lange Sehne schauen, die seitlich an Pandas Hals entlanglief. Die, in die sie gern hineinbiss. Er ertappte sie gleich. Pandas Blick drückte aus, dass er ganz genau wusste, was sie gerade dachte.

Panda kam an jenem Abend nicht durch ihre Schiebetür, und das Bootshaus blieb dunkel. Es war das erste Mal, dass sie nicht zusammen waren, seit ihre Affäre begonnen hatte. Wenn das Grundstück seine einzige Verbindung zu Bree war, warum tat er dann so geheimnisvoll?

Regen sprühte am nächsten Morgen gegen die Fenster, passend zu Lucys Stimmung. Was war es, das sie nicht wissen durfte? Sie brauchte eine Affäre, die völlig unkompliziert war – ohne finstere Ecken oder dunkle Geheimnisse, über die sie sich womöglich den Kopf zerbrechen würde, wenn sie nicht zusammen waren. Sie zog eine gelbe Regenjacke an, die einer der Remingtons, vielleicht Bree selbst, oben in einem Wandschrank zurückgelassen hatte, und machte sich auf den Weg über den nassen Rasen. Aber statt in Richtung Wald zu gehen, wandte sie sich zu dem großen Gelände nördlich des Hauses, ein felsigeres Gebiet, von dem sie ursprünglich nicht gewusst hatte, dass es zum Grundstück gehörte. Als sie die Spitze des Steilhangs erklommen hatte, war sie außer Atem.

Panda stand am Rand der Klippe. Zog er sich hierher immer zum Grübeln zurück? Er trug einen teuren dunkelgrauen Regenparka und Jeans. Sein Kopf war unbedeckt, die Haare vom Wind zerzaust. Sie musterte sein dunkles, regennasses Gesicht. Er wirkte nicht glücklich darüber, sie zu sehen.

»Ich habe gestern Abend meinen Sex vermisst«, sagte sie. »Ich überlege, ob ich dich feuern soll.«

Panda hatte damit gerechnet, dass sie eine Konfrontation erzwingen würde, aber er hatte gehofft, ein bisschen Zeit gewinnen zu können, bevor es dazu kam. Er hätte es besser wissen müssen. Wenn er nicht bald von diesem Ort hier wegkam – weg von ihr –, würde er noch durchdrehen. Er hatte versucht, Temple zu überreden, ihn aus seinem Vertrag zu entlassen, aber sie hatte sich geweigert. Sobald das hier vorbei war, würde er wieder das tun, was er am besten konnte, nämlich Klienten vor echten Gefahren beschützen.

Der Wind schlug den Kragen seines Parkas hoch. »Ich würde dir nicht raten, mich zu feuern«, sagte er. »Ich habe ein Sexvideo.«

Sie lächelte nicht. In der gelben Regenjacke, die schwarzumrandete Kapuze hochgezogen, das schwarze Innenfutter der Ärmel ein paar Zentimeter zurückgeschlagen, erinnerte sie ihn an eine nasse Hummel.

»Du lügst«, erwiderte sie. »Sag mir, warum du so seltsam reagiert hast, als du Bree gesehen hast.«

»Würde ich über so etwas Ernstes wie ein Sexvideo Scherze machen?«

»Ohne zu zögern. Ich weiß, dass das Haus früher Brees Familie gehörte. Sie hat mir alles darüber erzählt.«

Er hätte sofort den Zusammenhang zwischen der Frau namens Bree, die Lucy regelmäßig in dem Cottage besuchte, und Sabrina Remington West erkennen müssen, aber dieser idiotische Auftrag hatte seinen Verstand abgestumpft.

»Eine Videokamera ist nicht groß«, sagte er. »Ich bin extrem gut darin, sie zu verstecken.«

Wieder kein Lächeln. Sie meinte es ernst, und das gefiel ihm nicht. »Bree hat mir erzählt, dass ihr euch nie begegnet seid«, sagte sie. »Warum also hattest du es plötzlich so eilig?«

Er brachte die plausibelste Erklärung. »Sie hat mich an meine ehemalige Freundin erinnert.«

»Was für eine ehemalige Freundin?«

Er ignorierte die Regentropfenspuren auf ihrer Wange, um sich auf sein spöttisches Grinsen zu konzentrieren. »Ich frage dich ja auch nicht über deine schreckliche Vergangenheit aus. Also lass meine in Ruhe.«

»Du fragst mich nicht über meine schreckliche Vergangenheit aus, weil du genau weißt, dass du dabei einschlafen würdest.« Sie zögerte kurz. »Etwas, das ich beabsichtige zu korrigieren.«

Er runzelte die Stirn. »Du hast dieser Frau gesagt, wer du bist. Glaubst du wirklich, dass sie es für sich behalten wird?«

»Das tut sie seit einiger Zeit. Und abgesehen von Temples dubioser Gesellschaft ist Bree die einzige Freundin, die ich auf der Insel habe.«

Und was war er dann? »Wer braucht hier schon Freunde?«, sagte er. »In ein paar Wochen sind wir alle sowieso wieder verschwunden.« Er legte nach für seine Argumentation. »Du bist viel zu vertrauensselig den Leuten gegenüber. Du fährst in die Stadt, wann immer du willst, unterhältst dich, mit wem du willst. Das ist nicht klug.«

»Ich unterhalte mich eben gern. In diesem Gespräch geht es übrigens nicht um mich, sondern um dich. Wenn du mir nicht die Wahrheit sagst, werde ich anfangen herumzuwühlen. Und glaub mir, ich habe viel mächtigere Quellen als Google.«

Er wünschte, er hätte sich nicht so dicht an den Rand der Klippe gestellt, aber wenn er ihr sagte, dass sie einen Schritt zurückgehen sollte, würde sie ihm den Kopf abbeißen. Er sehnte sich nach der leiseren, fügsameren Frau, die er zuerst kennengelernt hatte.

»Was kümmert dich das überhaupt?«, sagte er.

»Ich mag keine Geheimnisse.«

»Belass es dabei, Lucy.«

Ihre Kapuze wehte ihr vom Kopf. »Weißt du, was ich glaube? Ich glaube, zwischen dir und den Remingtons gibt es irgendeine Verbindung. Deshalb hast du dieses Haus gekauft, und deshalb willst du nicht, dass irgendwas darin verändert wird.«

»Das Haus hat Wurzeln, im Gegensatz zu mir. Das ist das, was mir an dem Haus gefällt. Das ist auch der Grund, warum ich den Tisch nicht rausschmeiße, von dem du so besessen bist.«

Glücklicherweise trat sie ein paar Schritte vom Rand zurück. »Könnte stimmen«, sagte sie. »Und jetzt erzähl mir den Rest.«

Den Teufel würde er tun. Während er beobachtete, wie der Wind die gelbe Regenjacke gegen ihren schmalen Körper presste, konnte er sich nicht vorstellen, sich irgendetwas von der Seele zu reden. Curtis, die Army, wie es war, ein Cop zu sein und irgendein Rattenloch zu betreten, um einer Mutter zu erklären, dass ihr Kind tot war. Wie es war, sich selbst nicht trauen zu können. Lieber würde er Lucy sagen, wie schön sie war. Selbst die wilde Frisur und die falschen Tattoos konnten nicht das süße Temperament oder den Charme dieser braun-grün gesprenkelten Augen zerstören. Er hielt sich vor Augen, dass diese Lieblichkeit, dieser Schneid für jemand anderen bestimmt war. Für jemanden, der sich nicht so viele Jahre im Schatten herumgetrieben hatte. Für jemanden, der sie nie verletzen könnte.

»Da gibt es nichts zu erzählen.« Er streckte die Hand aus und zog ihre Kapuze hoch, wodurch ihr Regenwasser in den Nacken lief. »Du hast die Bedingungen für diese Affäre aufgestellt. Sag jetzt nicht, du bist weich geworden und hast dich in mich verknallt.«

Er beobachtete sie genau – nicht sicher, was er sehen wollte –, erleichtert und gleichzeitig enttäuscht, dass ihr Gesichtsausdruck unverändert blieb. »Ich habe mich in deinen Körper verknallt«, erwiderte sie. »Obwohl du allmählich aussiehst wie einer dieser Typen von den Plakaten, die vor illegalen Anabolika warnen. Dein Körper ist absolut spektakulär – bis auf den Teil zwischen den Ohren.«

Sie war so voller Leben, so gescheit, so verkorkst. Jahrelang hatte sie sich in ein Korsett gezwängt, das nicht richtig passte, sich so sehr bemüht, die perfekte Tochter zu sein, und nun war sie ins Schwimmen geraten. Was sie zwei betraf … Trotz ihrer großen Töne über ihre idiotische Wunschliste war sie nicht gemacht für eine ausweglose Affäre. Sie brauchte echte Nähe, etwas, das er ihr nicht geben konnte, und, verdammt, wenn sie nicht auf sich aufpasste, würde er es eben für sie tun.

Er verwandelte sein Lächeln in die Kopie eines anzüglichen Grinsens. »Du bist eine heiße Nummer, Baby. Eine Hölle auf Rädern in nacktem Zustand, aber eine furchtbare Nervensäge in bekleidetem Zustand. Wenn du richtig kommunizieren willst, lass die Hosen runter.«

Sie blinzelte ungläubig über seine Derbheit. Sein Magen zog sich zusammen, aber er tat, was er zu tun hatte, zwang sich, sie nicht in den Arm zu nehmen und die Regentropfen von ihren Wangen zu küssen.

»Interessant.« Sie klappte ihre Kapuze herunter und hob das Kinn. »Behalte deine Geheimnisse für dich, Panda. So scharf bin ich nicht darauf.«

Sie ging, und seine Laune stürzte auf den Tiefpunkt.

Als der Himmel aufklarte, ließ Lucy sich von Toby zu einer Bootstour mit Mike Moody überreden. Die Vorstellung, den Nachmittag im Gestank von Big Mikes Eau de Cologne zu verbringen, war zwar nicht gerade verlockend, aber immer noch besser, als wütend durch das Haus zu stapfen.

Glaubte Panda wirklich, sie durchschaute diesen Blödsinn nicht – diese kalkulierte Grobheit und dieses alberne Grinsen? Es war seine Art, sie daran zu erinnern, dass sie Distanz halten sollte – als müsste sie jemand daran erinnern. Die Affäre sollte eigentlich nur ein weiterer Punkt zum Abhaken auf ihrer Wunschliste sein, aber indem Panda an seiner Heimlichtuerei festhielt, bewirkte er genau das, was Lucy nicht wollte – dass sie sich zu viele Gedanken über ihn machte.

Sie zwang sich zu einem Lächeln, als sie und Toby mit ihren Rädern das geräumige blau-weiße Schnellboot erreichten, das im Inselhafen lag. Tobys Augen glänzten vor lauter Vorfreude.

»Wir bitten um Erlaubnis, an Bord zu kommen!«, rief er Mike zu und sauste gleich zum Heck, um die Angelausrüstung zu inspizieren.

»Erlaubnis erteilt.«

Mikes Grinsen entblößte seine ebenmäßigen, schimmernden Zähne. Er trug ein weißes Polohemd mit einem grünen Designerlogo, Khakishorts und Segelschuhe. Eine teure Revo-Sonnenbrille hing an einem Band um seinen gebräunten Hals.

Lucy hatte ihr Schlampenoutfit gegen ihren schwarzen Badeanzug und ein weißes Frottee-Strandkleid getauscht, aber den Nasenring hatte sie drangelassen. Mike nahm ihr die Tasche ab, die ihren Sunblocker, ein Handtuch, ihre Schirmmütze und ein paar Cookies enthielt, die sie noch schnell im Painted Frog gekauft hatte. Bedauerlicherweise streckte er ihr die Hand entgegen, um ihr an Bord zu helfen, aber sie nahm gar keinen Parfümgestank wahr, er trug nicht mal sein Goldarmband und den Siegelring.

»Freut mich, dass Sie uns heute Gesellschaft leisten, Miss Jorik.«

Sie war enttäuscht. »Bree hat Ihnen gesagt, wer ich bin.«

»Nein. Erinnern Sie sich, dass ich zu Ihnen gesagt habe, dass ich niemals ein Gesicht vergesse? Vor kurzem ist endlich der Groschen bei mir gefallen.« Er deutete auf ihr Drachen-Tattoo. »Sie haben sich wirklich eine gute Verkleidung ausgedacht.«

Lucy nahm ihre Baseballmütze aus der Tasche. »In der Stadt hat mich niemand erkannt. Die Neuigkeit scheint sich also noch nicht herumgesprochen zu haben.«

»Ich dachte mir, wenn es in Ihrem Interesse wäre, sich zu erkennen zu geben«, erwiderte er ernst, »dann hätten Sie das getan.«

Mikes Offenheit war erfrischend, und Lucy stellte fest, dass sie sich für ihn erwärmte.

Nachdem das Boot aus dem Hafen war, ließ er Toby ans Ruder. Wenig später umrundeten sie das Südende der Insel. Als sie näher an die Küste kamen, ankerten sie. Toby holte seine Angelrute und warf sie aus, Mike gab ihm Tipps. Lucy beschloss, auf die andere Seite zu gehen, um zu schwimmen.

Die Stunden vergingen wie im Flug, aber die Fische bissen nicht an. Schließlich gab Toby auf und sprang selbst ins Wasser. Während Lucy auf dem Deck entspannte, wurde ihr bewusst, dass ihr erster Eindruck von Mike falsch gewesen war.

Er war gar kein Angeber. Dieser gut aussehende, gesellige Verkäufer gehörte zu jenen Menschen, die aufrichtig bemüht waren, in jedem das Gute zu sehen, selbst in dem Sechzehnjährigen, der in der vergangenen Woche hinten auf Mikes Cadillac aufgefahren war, weil er nebenher eine SMS an seine Freundin geschrieben hatte, wie er ihr gerade erzählt hatte.

»Alle Teenager machen mal Dummheiten«, sagte Mike. »Ich habe sicher meinen Beitrag geleistet.«

Sie lächelte. »Sie sind zu gut, um wahr zu sein.«

»Leider nicht. Sie brauchen nur Bree zu fragen.«

Lucy fiel nichts ein, um höflich zu umschreiben, dass Bree seinen Namen nie erwähnte, aber Big Mike war nicht so ahnungslos, wie er den Anschein machte.

»Sie hat Ihnen nichts von mir erzählt, oder?«

»Nicht wirklich.«

Er zog den Reißverschluss einer Kühltasche auf, die er mitgebracht hatte. »Ich bin auf dieser Insel aufgewachsen. Bis auf meine Studienzeit habe ich hier mein ganzes Leben verbracht.« Sie schaukelten jetzt stärker im Kielwasser eines Schnellboots, das vorbeiraste. »Meine Eltern waren Alkoholiker, die sich selbst nicht helfen konnten, und ich war ein dicker, unbeholfener Inseltrottel, der nicht wusste, wie man Freunde findet.« Er nahm eine Tüte mit Sandwiches aus dem Feinkostladen der Insel heraus und legte sie auf den Tisch, der auf dem Deck montiert war. »Bree gehörte zu den Sommerkindern. Ich zählte jedes Jahr die Tage, bis sie und ihre Brüder eintrafen. Sie waren ein toller Haufen, genau so, wie ich als Teenager immer sein wollte. Sie wussten genau, was sie sagen sollten, passten überall dazu. Aber es war vor allem Bree, auf die ich immer gewartet habe.«

Mike zog eine Flasche Sauvignon Blanc aus der Kühltasche und griff nach einem Korkenzieher. »Sie hätten sie damals erleben sollen. Sie war so voller Leben, immer fröhlich, nicht angespannt und traurig, wie sie jetzt oft ist. Bree ging nicht über den Boden, sie tanzte.« Er zog den Korken heraus. »Eigentlich war Star, Tobys Mutter, das schönste Mädchen auf der Insel, aber sobald Bree in der Nähe war, hatte ich für niemand anderen mehr Augen, obwohl ich wusste, dass sie viel zu gut für mich war.«

»Sie ist nicht zu gut für dich.« Sie hatten nicht bemerkt, dass Toby die Badeleiter zum Heck hochgeklettert war, die Taucherbrille auf den Kopf geschoben.

»Bree hat eine schwere Zeit hinter sich, Toby«, sagte Mike, während er einen Plastikbecher mit Wein füllte und Lucy gab. »Du musst versuchen, dich in sie hineinzuversetzen.«

Toby hüpfte auf das Deck, und Wasser tropfte von seiner schmächtigen Gestalt. »Sie verteidigt dich nie. Ich weiß nicht, warum du sie immer verteidigst.«

Weil er nun einmal zu dieser Sorte Mensch gehörte, dachte Lucy. Er entschuldigte den Jungen, der in seinen Wagen gefahren war, verzieh seinen alkoholkranken Eltern, und nun verteidigte er Bree dafür, dass sie nicht die Gefühle erwiderte, die er scheinbar immer noch für sie hegte.

Mike riss eine Tüte Kartoffelchips auf. »Du solltest dir besser dein Sandwich holen, bevor ich es dir wegesse.«

Toby und Mike tauschten Witze aus, während sie sich über die Chips und Sandwiches hermachten, genau wie über die Cookies, die Lucy mitgebracht hatte. Toby war ein anderes Kind in Mikes Gegenwart – lustig und gesprächig, ohne eine Spur seiner üblichen Verdrossenheit. Als sie fertig waren, rollte Toby sich auf der Rückbank zusammen und nickte ein. Langsam begann die Sonne unterzugehen.

Mike stellte sich ans Ruder, und sie machten sich auf den Heimweg. Lucy saß neben ihm, nippte an ihrem dritten Becher Wein und genoss das Glitzern der verblassenden Sonne auf dem Wasser.

»Ich habe Bree übel mitgespielt, als ich siebzehn war.« Mike sprach gerade laut genug, dass Lucy ihn über das Brummen des Motors hinweg hören konnte. »Sie war in David verliebt, Tobys Vater, und ich war so eifersüchtig, dass ich begann, die zwei zu hassen.« Er zog den Gashebel zurück. »Eines Abends habe ich ihnen nachspioniert und anschließend Brees Mutter gesteckt, was die beiden getan hatten oder zumindest was ich dachte, das sie tun würden, wäre ich dort geblieben, um zuzusehen. Am nächsten Tag war Bree fort. Sie kehrte nie zurück, erst wieder vor etwas mehr als zwei Monaten. Darum ist es nicht schwer zu verstehen, warum sie mich nicht ertragen kann.«

Lucy nahm einen Schluck von ihrem Wein. »Lieben Sie sie immer noch?«

Er dachte über die Frage nach. »Ich glaube, richtige Liebe muss auf Gegenseitigkeit beruhen. Aber ich sehe es nicht gern, dass Bree so zu kämpfen hat.« Er schenkte Lucy ein entschuldigendes Lächeln. »Ich rede die ganze Zeit nur von mir. Eigentlich sieht mir das nicht ähnlich, aber bei Ihnen fällt mir das Reden so leicht.«

»Mich stört das nicht.«

Mike hatte ihr an einem Nachmittag mehr erzählt, als Panda ihr jemals offenbart hatte.

Als sie sich dem Hafen näherten, stieß Mike ein zufriedenes Seufzen aus. »Ich bin viel herumgekommen, aber ich werde diesen Anblick nie satthaben. Ich kann mir nicht vorstellen, woanders zu leben.«

»Im Winter werden Sie bestimmt anders darüber denken.«

»Ich verbringe jedes Jahr ein paar Wochen in Miami, aber ich freue mich immer wieder darauf zurückzukommen. Skilanglauf, Eisangeln, Schneemobiltouren. In anderen Landesteilen halten die Leute Winterschlaf. Wir hier oben in Michigan kommen dann erst raus zum Spielen.«

Sie lachte. »Sie wären noch fähig, mitten in der Wüste Sand zu verkaufen.«

»Die Leute wissen, dass sie mir vertrauen können.« Er musterte sie kurz, und im Gegensatz zu Panda verharrte sein Blick oberhalb ihres Halses. »Ich bin der reichste Mann auf der Insel«, erklärte er sachlich. »Ich betrachte das nicht als Selbstverständlichkeit. Jeder, der hier lebt, weiß, wenn er in Schwierigkeiten steckt, tue ich mein Bestes, um zu helfen.«

»Nutzen die Leute das nicht aus?«

»Hin und wieder werde ich für einen Trottel gehalten, aber ich sage Ihnen was ... Das ist mir lieber, als nicht für jemanden da zu sein, der wirklich Hilfe braucht.«

Was alles sagte über Mike Moody. Was Lucy ursprünglich für Prahlerei gehalten hatte, war ein wahrhaft großzügiger Geist. Im Gegensatz zu Patrick Shade hatte Big Mike keine Angst, andere Menschen sehen zu lassen, wer er war, mit all seinen Fehlern.

Panda hörte ihre Schritte auf der Terrasse. Wie üblich betrat sie das Haus durch ihre Schlafzimmertür, statt den Vordereingang zu benutzen. Seine Erleichterung darüber, dass sie in Sicherheit war, überstieg kaum seinen Groll. Die Sorge darum, was sie trieb, hatte ihm den ganzen Nachmittag ruiniert.

Er richtete seine Aufmerksamkeit wieder auf das Taschenbuch, das er auf seiner Brust abstützte, und tat so, als würde er darin lesen. Er hob nicht den Kopf, als die Schiebetür aufglitt, aber er konnte alles, was er sehen musste, aus den Augenwinkeln verfolgen.

Sie sah vom Wind zerzaust und glücklich aus. Das weiße Strandkleid, das sie über ihrem Badeanzug trug, hatte vorne einen Fleck. Sie hatte es schief in der Taille gebunden, sodass es über einer Brust aufklaffte. Die Art, wie es sich an ihren

Badeanzug schmiegte, war erotischer als alles, was die Männermagazine hervorbrachten.

Sie musterte ihn, als sie ihn auf ihrem Bett entdeckte, sagte aber nichts. Er schlug die Beine übereinander und deutete mit dem Kopf in Richtung Kommode.

»Ich habe mein Schwein mitgebracht, um den Raum aufzumotzen.«

»Ich will dein Schwein nicht.«

»Das kann nicht dein Ernst sein. Es ist ein tolles Schwein.«

»Jedem das Seine.« Sie zupfte am Beinausschnitt ihres Badeanzugs. Sie roch nach Sonnenmilch und dem See.

Er legte seinen Thriller weg und schwang die Beine über die Bettkante, betont lässig. »Du warst lange weg.«

»Ich habe Temple Bescheid gesagt.« Sie gähnte und warf ihre Tasche in die Ecke. »Ich brauche eine Dusche.«

Er folgte ihr ins Bad, lehnte sich mit der Schulter gegen den Türrahmen. »Sie hat gesagt, dass du mit Mike Moody zum Angeln rausgefahren bist. Der Kerl ist ein Schwachkopf.«

Das ärgerte sie viel zu sehr. »Nein, ist er nicht. Er wirkt nur so durch sein dominantes Auftreten. Mike ist ein toller Mensch.«

Genau das, was er nicht hören wollte. »Klar, du brauchst ihn nur zu fragen.«

Sie zerrte am Gürtel ihres Strandkleids. »Du hast keine Ahnung. Mike hat ein großes Herz. Und im Gegensatz zu dir hat er keine Angst vor einem echten Gespräch.«

Panda schnaubte. Männer führten keine echten Gespräche mit Frauen, außer sie wollten ihnen an die Wäsche.

Lucy schürzte die Lippen. »Bitte, geh jetzt, damit ich unter die Dusche kann.«

Sie hatten schon zusammen geduscht. Das wusste sie. Aber er würde den Teufel tun und mit ihr deswegen diskutieren.

»Kannst du haben.«

Er schloss die Tür hinter sich, schnappte sich den Thriller, den er nicht zu lesen beabsichtigte, und verließ das Zimmer.

Er arbeitete an seinem Laptop, erledigte bis nachts um eins Papierkram, aber er hatte trotzdem Schwierigkeiten einzuschlafen. Jedes Mal, wenn er die Augen schloss, sah er im Geiste diese verdammte Liste. Das Wort »Herumvögeln« ging ihm nicht aus dem Kopf.

Kapitel 19

Der Küchentisch verspottete sie. Er kauerte immer noch auf dem brüchigen Vinylboden und erinnerte sie an ein fettes grünes Warzenschwein mit einem gebrochenen Bein. Lucy schlug mit einem Spüllappen auf die Anrichte.

»Denkst du, du könntest nur ein einziges Mal Kaffee kochen, ohne alles mit Kaffeesatz vollzusauen?«

Panda drehte sich vom Küchenfenster weg, von wo aus er im Garten nach bewaffneten Räubern, entflohenen Mördern oder sogar einem tollwütigen Stinktier Ausschau gehalten hatte, nach irgendetwas, womit er seinen Tatendrang stillen konnte.

»Denkst du, du könntest nur ein einziges Mal selbst Kaffee kochen?«, entgegnete er.

»Ich versuche zu essen«, sagte Temple am Tisch. »Könntet ihr zwei die Klappe halten?«

Lucy wandte sich zu ihr. »Und Sie … Wäre eine Schachtel Cornflakes im Haus eine zu große Versuchung für Ihre Majestät?«

Temple leckte ihren Löffel ab. »Panda, schmeiß sie raus.«

»Mit Vergnügen.«

»Spar dir die Mühe. Ich gehe freiwillig.« Lucy stolzierte durch die Küche. »Ich gehe dorthin, wo man mich *schätzt*.« Sie versuchte, einen ordentlichen Rülpser auszustoßen, scheiterte aber.

»Ich habe gehört, in der Stadt gibt es einen neuen Kindergarten«, rief Panda ihr hinterher.

»Du musst es ja wissen.«

Lucy knallte die Hintertür laut zu und machte sich auf den Weg zum Cottage. Der einzige Lichtblick dieses Zusammentreffens in der Küche war, wie gut es sich anfühlte, sich kindisch zu benehmen.

Zwischen ihnen hatte sich etwas verschoben, und das nicht nur, weil Panda am Abend zuvor nicht im Bett auf sie gewartet hatte, als sie aus dem Bad kam. Sie hatte einen Groll auf ihn entwickelt, der keinen Platz in einer Sommeraffäre hatte. Temple wusste mehr über ihn als sie, und das gefiel Lucy nicht. Sie wollte seine Geheimnisse. Sein Vertrauen. Vielleicht sollte die Gewissheit genug sein, dass er im Ernstfall eine Kugel für sie abfinge, aber nicht, wenn sie gleichzeitig wusste, dass er für Temple dasselbe tun würde beziehungsweise für jeden anderen, für den er sich verantwortlich fühlte.

Bree öffnete gerade den Stand, als Lucy dort eintraf. Während Bree den Klappaufsteller an der Straße positionierte, sah Lucy sich die neuen Geschenkkarten an. Bree hatte einen altmodischen Korb aus Stroh gemalt, den Vorgänger des modernen Bienenstocks. Er stand unter einem blühenden Kirschbaum, umschwirrt von seinen Bewohnern.

»Was für ein tolles Motiv, Bree. Das beste bis jetzt.«

»Findest du?« Bree rückte einen kleinen Metalltisch unter der schattigen Eiche zurecht. Dort malte sie, auch wenn Kunden kamen.

»Definitiv. Die werden weggehen wie warme Semmeln.«

»Das hoffe ich. Labor Day ist schon in einem Monat, und dann ...« Sie machte eine unbestimmte, hilflose Geste.

Lucy wünschte, Bree würde sich von ihr die Druckkosten für eine große Erstauflage ihrer Geschenkkarten bezahlen lassen. Obwohl sie ihr ganz offiziell ein geschäftliches Angebot unterbreitet hatte, war Bree zu stolz, um es anzunehmen. Positiv war allerdings, dass Bree durch Pastor Sanders von der Heart of Charity Missionary Church, der zugleich der Besitzer des Geschenkeladens im Ort war, eine neue Absatzmöglichkeit gefunden hatte. Einige von Brees Produkten hatte er in sein Sortiment aufgenommen.

»Wie war denn deine nautische Exkursion mit Mike gestern?«, fragte Bree wie beiläufig.

»Super. Hat Spaß gemacht.«

»Dann ist Mike wohl über Bord gegangen.«

Lucy tat so, als würde sie die Spitze nicht wahrnehmen. »Nein.«

»Schade.«

Bree nahm eine Tüte mit kleinen Probierlöffeln, die sie in ein Körbchen schüttete und neben eine Schale individuell verpackte Honigkaramellen mit Schokoladenüberzug stellte, die Lucy endlich perfektioniert hatte.

Lucy äußerte sich mit Bedacht. »Ich mag ihn.«

»Das liegt daran, dass du ihn noch nicht so lange kennst.« Bree riss den Deckel von einem Behälter mit frischem Wabenhonig, den sie zum Probieren für die Kunden auslegte.

»Ich kannte ihn schon, als er noch jünger war als Toby.«

»Ja, er hat mir erzählt, dass er früher nicht gerade Mr. Beliebt war.«

»Du hast ja keine Vorstellung.«

»Ein bisschen schon. Er hat mir auch erzählt, was er dir angetan hat.«

Sie stockte. »Er hat es dir erzählt?«

Lucy nickte. »Mike ist ein interessanter Mensch. Ungewöhnlich. Er spricht genauso offen über seine Fehler wie über seine Errungenschaften.«

»Ja, ich bin mir sicher, dass er es genossen hat, dir zu erklären, wie wichtig er ist.«

»Nicht wirklich.«

Bree vollendete das Arrangement aus Wabenstücken,

Löffeln und Salzstangen, die man in Honig mit Kakaogeschmack tunken konnte, den sie seit kurzem testweise verkosten ließ.

»Es gefällt mir nicht, dass Toby so viel Zeit mit ihm verbringt.«

»Mike hat Toby gern.«

»Ja, die beiden sind geradezu vernarrt ineinander«, stieß Bree bitter hervor.

Lucy legte den Kopf schief. »Bist du eifersüchtig?«

»Natürlich bin ich eifersüchtig.« Sie verscheuchte eine Fliege, die den Bienenwaben zu nahe kam. »Mike muss Toby nicht auf den Wecker gehen mit Aufforderungen wie, dass er endlich duschen oder zu einer vernünftigen Uhrzeit ins Bett gehen soll. Mike ist nur für den unterhaltsamen Part zuständig, und ich bin die böse Hexe.« Sie unterbrach sich. »Ich weiß, dass ich recht habe mit Mike. Menschen ändern sich nicht von Grund auf. Aber ...«, Brees Gesicht nahm einen bekümmerten Ausdruck an, »... keine Ahnung. Es wird immer verwirrender. Ich weiß nicht einmal genau, warum.«

Lucy hatte ein paar Ideen dazu, aber die behielt sie für sich.

Bree arbeitete unermüdlich an diesem Tag. Am Abend schloss sie den Stand für die Nacht ab. Ihre Gedanken schweiften ab zu den Bienenstöcken. Die Rahmen waren reich an Honig. Sie hatte Myras alte kurbelbetriebene Honigschleuder gereinigt, am kommenden Morgen wollte sie mit der diesjährigen Ernte beginnen. Es würde eine Knochenarbeit sein, aber das schreckte Bree nicht so sehr wie die Tatsache, dass sie den Honig für den nächsten Sommer erntete. Sie hatte sich damit abgefunden, dass sie auf der Insel bleiben musste, aber sie war sich alles andere als sicher, ob sie genug Geld auf der Seite haben würde, um über den Winter zu kommen, bis sie die neue Ernte verkaufen konnte.

Sie ließ den Blick über ihr Werk schweifen – ihren kleinen Märchenschlossstand mit der Karussellbordüre und die Gartenstühle in den hübschen Farben. Es erschreckte sie, wie glücklich die Welt sie machte, die sie erschaffen hatte. Sie freute sich, wenn ihre Kunden auf den lackierten Stühlen Platz nahmen und Kostproben ihres Honigs naschten. Sie genoss es, wenn sie ihre Cremes testeten, an ihren Seifen schnupperten und ihre Kerzen in der Hand wogen. Könnte sie doch nur in einem ewigen Sommer leben, ohne die Bedrohung des Winters, ohne ständig an Geld denken zu müssen, ohne sich Sorgen wegen Toby zu machen. Seufzend betrachtete sie das, was sie durch die Bäume vom Sonnenuntergang sehen konnte, und machte sich auf den Weg ins Haus.

Das Erste, was Bree bemerkte, als sie eintrat, war, dass es in der Küche herrlich duftete, wie nach richtigem Essen.

»Toby?«

Er trug seine Lieblingsjeans, ein T-Shirt, eine Baseballmütze und zwei rote Ofenhandschuhe, von denen einer am Daumen seine Wattierung verlor. Er nahm eine Auflaufform aus dem Backofen und stellte sie auf den Herd neben zwei verschrumpelten Ofenkartoffeln.

»Ich habe Abendessen gekocht«, sagte er.

»Du allein? Ich wusste gar nicht, dass du kochen kannst.«

»Gram hat mir ein paar Sachen gezeigt.« Dampf stieg aus der Auflaufform hoch, als er die Alufolie abnahm. »Ich wollte Mike zum Essen einladen, aber er muss arbeiten.«

»Er hat viel zu tun«, brachte sie heraus, erleichtert, dass dieses Mal kein Sarkasmus in ihrer Stimme mitschwang. »Was hast du gekocht?«

»Cowboy-Auflauf mit Nudeln und gebackene Kartoffeln. Und wir haben noch das Brot, das Lucy heute gebacken hat.«

Nicht gerade kohlenhydratarm, aber Bree würde sich bestimmt nicht beschweren. Sie wusch sich die Hände, dem Topf mit kalten, matschigen Nudeln in der Spüle geschickt ausweichend, dann nahm sie zwei Teller aus dem Schrank. Sie schob ein Exemplar von *Schwarze Soldaten im Bürgerkrieg* zur Seite, um den Tisch zu decken.

»Es riecht unglaublich gut.«

Der Cowboy-Auflauf entpuppte sich als eine Zusammenstellung aus leicht angebranntem Rinderhack, halb rohen Zwiebeln, Pintobohnen und, der leeren Dose auf der Anrichte nach zu urteilen, Tomatensuppe. Noch sechs Monate zuvor hätte Bree so etwas niemals angerührt, nun nahm sie einen Nachschlag.

»Das war sehr lecker, Küchenchef«, sagte sie, als sie schließlich ihre Gabel weglegte. »Mir war gar nicht bewusst, dass ich so hungrig war. Falls du wieder Lust verspürst zu kochen, tu dir keinen Zwang an.«

Toby gefiel es, dass seine Arbeit geschätzt wurde. »Gut möglich. Wie kommt es, dass du nie kochst?«

Wann genau sollte sie das noch erledigen bei ihrem Tagesprogramm? Aber die Wahrheit war, dass sie noch nie gern gekocht hatte.

»Ich mache mir nicht so viel aus Essen.«

»Deswegen bist du auch so dünn.«

Bree ließ den Blick durch die Küche mit den altmodischen gebeizten Eichenschränken und dem vergilbten Vinylboden schweifen. Wie seltsam, dass sie sich in diesem schäbigen Cottage wohler fühlte, als sie sich in ihrer Luxusvilla mit ihrem untreuen Ehemann gefühlt hatte. Was das Geld betraf, das sie früher so großzügig ausgegeben hatte ... Nicht ein Penny davon war so wertvoll wie das, was sie mit ihrer eigenen harten Arbeit und Fantasie verdiente.

»Deine Mutter hat auch gern gekocht«, sagte sie.

»Wirklich?«

Toby hielt mit dem Essen inne, die Gabel auf halber Strecke zum Mund. Sein erwartungsvolles Gesicht erinnerte sie schmerzhaft daran, dass sie nie mit ihm über Star redete, so wie Mike ihr geraten hatte.

»Gram hat mir nie was davon gesagt«, erklärte Toby.

»Aber es ist wahr. Deine Mutter hat ständig neue Rezepte ausprobiert – nicht nur Cookies und Brownies, auch so Sachen wie Suppen und Soßen. Manchmal hat sie versucht, mich zu überreden, ihr zu helfen, aber meistens habe ich nur ihr Essen probiert.«

Er legte den Kopf schief und dachte darüber nach. »So wie du mein Essen probiert hast.«

»Genau.« Sie durchforstete ihr Gedächtnis. »Deine Mutter hatte auch nicht viel für die Bienen übrig, aber dafür hat sie Katzen und Hunde geliebt.«

»So wie ich. Was kannst du mir noch über sie erzählen?«

Sie hat mir den Mann genommen, den ich liebte ...

Oder war das nur das, was sie glauben wollte, weil es einfacher war, schlecht von Star zu denken, als sich einzugestehen, dass David sie nie wirklich geliebt hatte?

Sie faltete umständlich ihre Serviette. »Sie spielte gern Karten. Gin Rommé.« Star hatte immer geschummelt, aber Toby musste nicht noch mehr Negatives über seine Mutter hören. »Sie mochte Janet Jackson und Nirvana. Einen Sommer lang haben wir nichts anders getan, als zu *Smells like teen spirit* zu tanzen. Sie war eine absolute Niete in Softball – keiner von uns wollte sie in seiner Mannschaft haben, aber wir haben sie immer mitspielen lassen, weil sie uns zum Lachen brachte. Sie kletterte gern, und als wir noch jünger waren, versteckte sie sich immer vor mir in dem großen alten Baum im Vordergarten.«

»In meinem Baum«, sagte er mit so viel Erstaunen, dass sich ihr Herz zusammenzog.

Sie erzählte ihm, was sie von Anfang an hätte tun sollen. »Deine Mutter war nicht perfekt. Manchmal nahm sie das Leben nicht so ernst, wie sie sollte, aber eins kann ich dir versichern. Sie hatte nie vor, dich im Stich zu lassen. Sie wollte ganz bestimmt zurückkommen.«

Toby senkte den Kopf, damit sie nicht sah, dass sich seine Augen mit Tränen füllten. Sie streckte die Hand aus, um ihn zu berühren, aber überlegte es sich dann anders.

»Lass uns für den Nachtisch ins Dogs 'N' Malts gehen.«
Sein Kopf hob sich. »Wirklich?«
»Warum nicht?«

Bree war so satt, dass sie sich kaum bewegen konnte, aber sie wollte ausnahmsweise einmal diejenige sein, die Spaß in Tobys Leben brachte.

Sie stiegen in den Wagen und fuhren in die Stadt. Toby bestellte eine riesengroße Portion Eis mit M&Ms, Streuseln, Erdnüssen und Schokoladensoße. Bree bestellte das kleinste Vanillehörnchen. Wie das Glück es wollte, stand Mike auf einmal vor ihnen, kurz nachdem sie draußen an einem der Picknicktische Platz genommen hatten.

»Hey, Toby. Sabrina.«

Sabrina?

Toby sprang von der Bank auf. »Mike, setz dich zu uns.«

Mike sah zu Bree hinüber. Sie wollte keine Spielverderberin sein und nickte.

»Sicher. Komm und leiste uns Gesellschaft.«

Ein paar Minuten später kehrte Mike mit einem kleinen Schokoeisbecher zurück und nahm neben Toby Platz, Brees Herz zog sich zusammen, als Toby ihr einen flehentlichen Blick zuwarf, damit sie den Abend nicht ruinierte. Sie brachte nichts mehr von ihrem Eis herunter. Ihr missfiel das Gefühl, dass mit ihr etwas nicht stimmte, weil sie sich weigerte, in den Mike-Moody-Fanclub einzutreten. Selbst Lucy fand ihn sympathisch. Aber wie konnte Bree die Vergangenheit vergessen? Oder geschah das bereits? Es wurde von Tag zu Tag schwieriger, den erwachsenen Mike Moody mit dem Jungen, den sie in Erinnerung hatte, in Zusammenhang zu bringen.

Ein junges Paar – der Mann trug ein Baby in einem Tragetuch – blieb kurz stehen, um mit Mike zu plaudern, dann ein älterer Mann, der eine Sauerstoffflasche trug. Jeder freute sich über Mike. Jeder begrüßte ihn. Toby wartete geduldig, als würde er das alles bereits kennen. Schließlich waren sie wieder unter sich.

»Toby, das Eis ist superlecker. Ich glaube, ich esse noch eins.« Mike kramte in seiner Hosentasche und gab ihm einen Fünf-Dollar-Schein. »Macht es dir was aus, mir einen zweiten Becher zu holen?«

Während Toby loszog, bemerkte Bree, dass Mike seinen ersten Eisbecher kaum angerührt hatte. Er erwiderte schließlich ihren Blick.

»Ich hatte vor, morgen bei dir vorbeizukommen.«

»Ich dachte, du wärst fertig mit mir.« Es gelang ihr, nicht zu zickig zu klingen.

»Es geht um Toby.« Er schob seinen Eisbecher zur Seite. »Die Bayner-Jungs werden nicht mehr auf die Insel kommen.«

Sie brauchte einen Moment, um den Namen einzuordnen. »Die Zwillinge, die zu Tobys besten Freunden zählen?«

»Seine einzigen richtigen Freunde. Ihre Eltern werden sich trennen. Im Moment passt ihre Großmutter auf sie auf in Ohio. Toby weiß noch nichts davon. Das wird ihn schwer treffen.«

»Na, prima. Ein Problem mehr, für das ich keine Lösung habe«, sagte sie.

Er wischte sich den Mund mit seiner Serviette ab. »Ich könnte vielleicht helfen.«

Natürlich konnte er. Mike konnte alles in Ordnung bringen, etwas, das sie stärker hätte berücksichtigen sollen, bevor sie ihn abgewiesen hatte.

Er knüllte die Serviette zusammen. »Ich fand es nie gut, dass Myra Toby so sehr abgeschottet hat, aber sie war in diesem Punkt ziemlich eigen. Toby durfte seine Klassenkameraden nie in das Cottage einladen oder die anderen besuchen. Der einzige Grund, warum er sich mit den Zwillingen anfreundete, war, weil sie nahe genug wohnten, um zu Fuß dorthin zu kommen. Myra hat ihn zu sehr behütet.«

»Und was soll ich jetzt machen?« Es war seltsam, Mike um Rat zu fragen, aber er schien es nicht seltsam zu finden.

»Ich trainiere eine Fußballmannschaft«, erwiderte er. »Das wäre eine gute Möglichkeit für Toby, neue Freunde zu finden. Lass ihn bei uns mitspielen.«

Sie war bereits eine Imkerin geworden. Warum nicht auch noch »Fußballmommy« in ihren Lebenslauf hinzufügen?

»In Ordnung.«

Er wirkte überrascht, dass sie so rasch ihr Einverständnis gab. »Ich bin mir sicher, dass du noch ein paar Fragen dazu hast. Ich bin nicht der einzige Trainer. Es gibt noch einen ...«

»Schon gut. Ich vertraue dir.«

»Wirklich?«

Sie tat so, als würde sie einen eingerissenen Fingernagel mustern. »Du bist Toby ein guter Freund.«

Obwohl sie schon lange im Bett liegen sollte, saß Bree an jenem Abend noch lange auf der Hintertreppe und starrte in die Dunkelheit hinaus, während sie über Mike und den bevorstehenden Winter nachdachte. Ihr Honig verkaufte sich besser, als sie gehofft hatte, und der Weihnachtsschmuck war ein Überraschungserfolg. Pastor Sanders stellte ihre Ware in seinem Geschenkeladen aus, ohne dafür eine Provision zu verlangen. Er sagte, er akzeptiere eine Provision in Form von Honig, den er dann an Mitglieder seiner Gemeinde verschenken könne, die Trost für ihre Seele brauchten.

Bree sparte jeden Penny, den sie konnte, aber sie hatte auch Unkosten. Und das nicht nur für neue Honiggläser. Nachdem sie sich tagelang den Kopf zermartert hatte, hatte sie eine große Menge sehr teure mundgeblasene Dekokugeln bestellt, die sie mit Inselszenen bemalen und zum dreifachen Einkaufspreis verkaufen wollte. Aber da der Labor Day, an dem der Großteil ihrer Kundschaft abreisen würde, nur noch einen Monat entfernt war, war diese Order sehr riskant.

Es kam immer noch ein bisschen Geld herein von dem Secondhandshop zu Hause in Bloomfield Hills, wo sie den Großteil ihrer Kleider in Kommission gegeben hatte. Mit etwas Glück könnte dieses Geld zusammen mit stabilen Einnahmen aus dem Straßenverkauf für den restlichen Monat und einem ordentlichen Gewinn mit den handbemalten Glaskugeln, die vor kurzem geliefert worden waren, sie durch den Winter bringen. Wenn Toby nicht aus seinen Kleidern herauswuchs und der alte Heizkessel nicht den Geist aufgab und das undichte Dach nicht schlimmer wurde und ihr Wagen nicht neue Bremsen brauchte und …

Die Winter hier sind lang, und die Leute sind aufeinander angewiesen.

Im Juni war es einfacher gewesen, Mikes Worte zu ignorieren, als jetzt, da der Herbst jeden Tag näher kroch. Im schlimmsten Fall hatte Bree niemanden, an den sie sich wenden konnte. Sie brauchte Mike.

Je mehr sie darüber nachdachte, desto klarer wurde ihr, dass Mike zu ignorieren ein Luxus war, den sie sich nicht länger leisten konnte. Sie musste die Richtung ändern. Sie musste ihn davon überzeugen, dass sie ihn nicht mehr abgrundtief hasste. Selbst wenn es sie umbringen würde.

Tobys verschlafene Stimme drang durch die Fliegengittertür. »Was machst du da draußen?«

»Ich ... konnte nicht schlafen.«

»Hast du schlecht geträumt?«

»Nein. Was ist mit dir? Warum bist du auf?«

»Ich weiß nicht. Ich bin einfach wach geworden.«

Er kam gähnend heraus und setzte sich neben sie. Seine Schulter streifte ihren Arm. Sein Jungengeruch erinnerte sie an die Sommernächte mit ihren Brüdern, wenn sie sich nachts heimlich gegenseitig in ihren Zimmern besucht und sich Geistergeschichten erzählt hatten.

»Danke für das Eis heute Abend.«

Sie schluckte den Kloß in ihrer Kehle herunter. »Gern geschehen.«

»Viele Kinder haben Angst im Dunkeln, ich aber nicht«, sagte er.

Sie auch nicht. Es gab schon zu viele reale Dinge, vor denen sie Angst haben musste.

Er beugte sich vor, um eine Schorfwunde an seinem Fußknöchel zu untersuchen. »Können wir vielleicht Mike bald mal zum Essen einladen?«

Sie wollte bereits aufbrausen, dann wurde ihr bewusst, dass Toby ihr damit die perfekte Gelegenheit bot, ihre Beziehung zu Mike zu kitten. Auf die eine oder andere Art musste sie Mike davon überzeugen, dass sie die Vergangenheit hinter sich gelassen hatte.

»Sicher.« Sie fragte sich kurz, wann sie so kaltblütig geworden war – an seinen Prinzipien festzuhalten schien ein Luxus zu sein, den sich nur die Wohlhabenden erlauben konnten. »Ich glaube, es ist Zeit, dass wir beide schlafen gehen.« Sie stand auf.

»Na gut.« Toby stand auch auf. »Denkst du, mein Cowboy-Auflauf wird ihm schmecken?«

»Ganz bestimmt.«

Sie gingen ins Haus, und als Toby auf sein Zimmer zusteuerte, rief sie ihm auf dieselbe Art »Gute Nacht, Toby« hinterher, wie sie das jeden Abend tat.

Dieses Mal kam eine Antwort. »Nacht, Bree.«

Der August gewöhnte sich endgültig ein und brachte sonnige, schwüle Tage neben gelegentlichen heftigen Sommergewittern. An den meisten Abenden trafen Lucy und Panda sich auf dem Boot oder in ihrem Zimmer, aber eine beunruhigende Anspannung hatte ihre spielerische Perversion verdrängt. Es gab keine Leibesvisitationen, keine Lakritzpeitschen mehr. Und tagsüber lagen sie sich dauernd in den Haaren.

»Hast du für den Kaffee den Kaffeesatz von gestern verwendet?«, sagte Panda eines Morgens, während er den Inhalt seiner fast vollen Tasse in die Spüle kippte.

»Du hast was zu motzen, wenn ich Kaffee koche, und du hast was zu motzen, wenn ich keinen koche«, erwiderte Lucy.

»Weil du dich weigerst, meinen Tipps zu folgen.«

Temple stieß einen langen Stoßseufzer aus. Sie saß auf einem Tritthocker und aß einen halben Apfel, der in dünne Scheiben geschnitten war. Ihre Haare waren wie üblich zu einem Pferdeschwanz gebunden, der ihre mandelförmigen Augen und die immer schärfer hervortretenden Wangenknochen betonte. Sie war seit etwas mehr als sechs Wochen auf der Insel. Das Speckpolster unter ihrem Kinn war verschwunden, ihre langen, straffen Beine zeugten von harter Arbeit. Aber statt glücklich zu sein, war Temple noch angespannter, noch reizbarer, noch trauriger.

»Und meine Tipps sind verdammt gut«, fügte er hinzu.

»Deine Meinung.«

»Kinder!«, rief Temple. »Treibt mich nicht so weit, dass ich euch den Hintern versohle.«

Lucy verließ die Küche, um mit dem Kajak rauszufahren. Sie ärgerte sich über die gereizte Stimmung zwischen ihnen. Sie wünschte sich den Spaß zurück. Was hatte diese Affäre für einen Sinn ohne Spaß?

Sie war froh, als der Wellengang stärker wurde und sie sich voll auf das Paddeln konzentrieren musste.

Auch am Abend war die Stimmung nicht besser. Temple erschien wie immer in sauberen Trainingssachen am Tisch. Ihr Körper war zur Perfektion gestählt. Ihr Top entblößte Arme, auf denen jede Sehne definiert war, und ihre dazu passende Shorts saß so tief, dass man ihren nach innen gewölbten, muskelbepackten Bauch bewundern konnte. Sie und Panda passten gut zusammen – beide übertrainiert, ruhelos und griesgrämig.

»Zwei Irre auf menschlichen Wachstumshormonen«, murmelte Lucy.

Temple warf einen Blick auf Lucys Taille und zog einen Vergleich mit einer planlosen Versagerin, die schon in jungen Jahren in die Breite ging. Panda knurrte beide an, dass sie die Klappe halten sollten, damit er den Fraß wenigstens in Ruhe essen könne.

Im Gegensatz zu Panda hatte Lucy keine Beschwerden über den kaum gewürzten Rindereintopf aus dem Tiefkühlfach zu vermelden – dank der Pommes frites aus Süßkartoffeln und dem riesigen Zuckerguss-Cookie, die sie vorher in der Stadt vertilgt hatte. Temple begann halbherzig, einen Vortrag über den Zusammenhang zwischen Kinderkrankheiten und dem Immunsystem im Erwachsenenalter zu halten, und als sie Panda fragte, ob er jemals die Windpocken gehabt habe, konnte Lucy sich einen Zwischenkommentar nicht verkneifen.

»Diese Frage ist eine Verletzung seiner Privatsphäre. Panda redet nicht über seine Vergangenheit.«

»Und das ärgert dich maßlos«, entgegnete Panda. »Du bist erst zufrieden, wenn du über jedermann genauestens Bescheid weißt.«

Aber er war nicht jedermann. Er war ihr Liebhaber.

»Er hat recht, Lucy«, sagte Temple. »Du schnüffelst gern in den Köpfen anderer Leute herum.«

Panda wechselte die Seite, indem er mit der Gabel auf seine Auftraggeberin zeigte. »In deinem Kopf sollte mal dringend jemand herumschnüffeln. Je länger du hier bist, desto zickiger wirst du.«

»Das ist eine Lüge«, erwiderte Temple. »Ich war schon immer zickig.«

»Aber nicht so zickig«, sagte Lucy. »Du hast zwanzig Pfund abgenommen und ...«

»Vierundzwanzig«, verbesserte sie trotzig. »Und das habe ich sicher nicht euch zu verdanken. Habt ihr eine Vorstellung, wie deprimierend es ist, sich ständig anzuhören, wie ihr euch gegenseitig angiftet?«

»Das hat nicht das Geringste mit deinem Problem zu tun«, sagte Lucy. »Du bist ein Paradebeispiel für eine gestörte Wahrnehmung des eigenen Körpers.«

»Uuh ...«, spottete Temple. »Große Worte.«

Lucy schob ihren Teller beiseite. »Du siehst überall großartig aus, nur nicht in deinem Kopf.«

»Deine Meinung.« Temple machte eine abfällige Geste an ihrem Körper entlang. »Du kannst es drehen und wenden, wie du willst, aber ich bin immer noch zu fett!«

»Wann wirst du jemals nicht zu fett sein?«, schrie Lucy. »Was für eine absurde Zahl muss auf der Waage in deinem Kopf erscheinen, damit du dich endlich einmal gut fühlst?«

Temple leckte sich die Finger ab. »Ich kann nicht glauben, dass Miss Specki mir einen Vortrag über mein Idealgewicht hält.«

»Sie ist kein Specki«, sagte Panda sichtlich ungehalten.

Lucy ignorierte seine Worte. »Du hast eine schöne Figur, Temple. Es gibt an deinem Körper nicht einen Zentimeter, der schwabbelt.«

»Im Gegensatz zu dir. Sieh dir nur deine Hüften an«, schoss Temple zurück.

Lucy starrte angewidert auf ihren unangerührten Teller. »Meine Hüften werden in Ordnung sein, sobald ich mich wieder ernähren kann wie ein normaler Mensch.«

Temple wandte sich an Panda. »Sie ist bestimmt irgendein Alien. Wie kann sie zwanzig Pfund zunehmen, ohne durchzudrehen?«

»Ich habe keine zwanzig Pfund zugenommen«, widersprach Lucy. »Maximal zehn.«

Aber die Pommes frites und das süße Gebäck waren nicht ihr wahrer Feind. Ihr wahrer Feind war ihr schlechtes Gewissen wegen der Seiten, die sie nicht geschrieben hatte, wegen ihrer Familie, die von ihr praktisch ignoriert wurde, und wegen der Panik, die sie empfand bei der Vorstellung, Charity Island zu verlassen.

Panda schob seinen Stuhl vom Tisch zurück. »Wenn ihr mich kurz entschuldigt, ich gehe raus, um mir eine Kugel in den Kopf zu jagen.«

»Mach es in Wassernähe«, entgegnete Lucy. »Dann müssen wir hinterher nicht den Dreck wegputzen.«

Am Nachmittag des nächsten Tages – Lucy zupfte neben dem Wintergarten Unkraut – rollte ein Wagen in die Einfahrt. Er hörte sich nicht an wie einer der Transporter, die sie regelmäßig belieferten, und so legte sie ihre Hacke weg und ging um das Haus, um nachzusehen.

Eine Frau mit kurzen roten Haaren und einer gedrungenen Statur stieg aus einem silbernen Subaru. Sie trug ein weites weißes Oberteil, eine praktische hellbraune Caprihose, die jemandem mit längeren Beinen besser stehen würde, und Sportsandalen. Ein Türkisstein hing an einem Lederband um ihren Hals, und an ihren Fingern blitzten Silberringe. Lucy nickte grüßend und wartete darauf, dass die Frau sich vorstellte. Bevor es allerdings dazu kommen konnte, ging die Haustür auf, und Mr. Bodyguard trat heraus.

Die Frau wandte den Blick von Lucy zu ihm. »Patrick Shade?«

Er blieb vor der Treppe stehen. »Kann ich Ihnen helfen?«, erwiderte er, ohne ihre Frage zu beantworten.

Sie trat ein paar Schritte vor und stellte sich vor ihren Wagen. »Ich bin auf der Suche nach einer Freundin.«

Er nickte in Lucys Richtung. »Wenn es nicht sie ist, haben Sie das falsche Haus erwischt.«

»Sie ist hier. Das weiß ich.«

Die kräftige Figur der Besucherin erinnerte Lucy daran, dass Temple Feinde hatte. Was, wenn diese Frau eine verärgerte ehemalige Kundin von ihr war? Oder eine Zuschauerin von *Fat Island*, die zur Stalkerin geworden war?

Panda stand wie angewurzelt zwischen der Besucherin und der Haustür.

»Ich habe Wochen gebraucht, um sie aufzuspüren«, sagte die Frau hartnäckig. »Ich gehe nicht weg.«

Er kam langsam die Treppe herunter. »Das ist ein Privatgrundstück.«

Er hatte seine Stimme nicht erhoben, aber das ließ ihn nicht weniger einschüchternd wirken. Die Frau wich zurück gegen ihren Wagen, eher verzweifelt als drohend.

»Ich muss sie sehen.«

»Sie sollten jetzt gehen.«

»Sagen Sie ihr einfach, dass ich hier bin. Bitte. Sagen Sie ihr, dass Max hier ist.«

Max?

Lucy starrte die Frau an. *Das* war Max?

Aber für Panda schien diese Offenbarung keine Überraschung zu sein. Machte er nur sein professionelles Pokergesicht, oder hatte er die ganze Zeit gewusst, dass die Person, der Temple nachtrauerte, eine Frau war?

Natürlich hatte er es gewusst. Jemandem, der so gründlich war wie Panda, würde ein solches Detail nicht entgehen.

Die Frau drehte sich zum Haus und rief laut: »Temple! Temple, ich bin es, Max! Komm raus und rede mit mir!«

Ihr Kummer kam dermaßen aus dem Bauch heraus, dass Lucy ihn in ihrem eigenen Herzen spürte. Bestimmt hatte Temple Max gehört und würde gleich herauskommen. Aber aus dem Haus drang kein einziges Geräusch, nicht ein Mucks. Lucy hielt es nicht länger aus. Sie ging um das Haus herum und zum Hintereingang wieder hinein.

Sie entdeckte Temple oben in ihrem Zimmer, wo sie neben dem Fenster zur Vorderseite stand und die Einfahrt beobachtete, ohne selbst gesehen zu werden.

»Warum musste sie herkommen?« Ihre Stimme klang grimmig und gebrochen zugleich. »Ich hasse sie.«

Alles, was Lucy nicht verstanden hatte, war nun klar. »Nein, das tust du nicht. Du liebst sie.«

Eine Haarlocke löste sich aus einer Klammer, als Temple herumfuhr, jeden Muskel ihres übertrainierten Körpers angespannt. »Was weißt du schon?«

»Ich weiß, dass dich das schon den ganzen Sommer zerreißt.«

»Das wird besser werden. Es ist nur eine Frage der Zeit.«

»Warum hast du dich getrennt?«

Temples Nasenflügel blähten sich. »Sei nicht so naiv. Denkst du, ich will, dass die ganze Welt erfährt, dass ich ... dass ich in eine Frau verliebt bin?«

»Du wärst wohl kaum die erste berühmte Trainerin, die sich outet. Ich bezweifle, dass das deine Karriere ruinieren würde.«

»Es würde *mich* ruinieren.«

»Wie? Ich verstehe nicht.«

»Das ist *nicht* das, was ich sein möchte.«

»Eine Lesbe?«

Temple zuckte zusammen.

Lucy warf die Hände hoch. »Herrgott, Temple, willkommen im 21. Jahrhundert.«

»Du hast leicht reden. Du hast dich in einen Mann verliebt.«

Einen Moment lang dachte Lucy, sie würde von Panda sprechen, aber dann wurde ihr bewusst, dass Ted gemeint sein musste.

»Wir können es uns nicht immer aussuchen, in wen wir uns verlieben. Viele Frauen sind lesbisch.«

Temple schürzte die Lippen, obwohl in ihren Augen Tränen schimmerten. »Ich bin nicht viele Frauen. Ich bin Temple Renshaw.«

»Und das hebt dich über uns Normalsterbliche hinweg?«

»Ich gebe mich nie mit dem Zweitbesten zufrieden. Dafür bin ich nicht gemacht.«

»Hältst du Max wirklich für das Zweitbeste?«

»Max ist wundervoll«, stieß sie grimmig hervor. »Der beste Mensch, den ich jemals kennengelernt habe.«

»Aber?«

Temple schwieg hartnäckig, doch Lucy wollte sie so nicht davonkommen lassen. »Mach schon, raus damit.«

»Ich brauche das nicht. Political Correctness ändert nichts

an der Realität. Homosexualität ist ein Defekt. Ein Charakterfehler.«

»Kapiert. Du bist zu perfekt, um lesbisch zu sein.«

»Ich werde mit dir nicht länger darüber reden.«

Lucy überkam Mitleid. Die Maßstäbe, die Temple sich setzte, konnte kein Mensch erfüllen. Kein Wunder, dass es ihr schlecht ging.

Reifen knirschten im Kies. Temple schloss die Augen und lehnte sich gegen den Vorhang.

»Gratuliere«, sagte Lucy. »Der beste Mensch, den du jemals kennengelernt hast, ist gerade weggefahren.«

»Ich nehme an, du findest, ich hätte dir das mit Max erzählen sollen, nicht?«, sagte Panda, als Lucy herauskam, um mit ihm zu reden. Er sägte Holz und sah sie nicht an.

»Ja, aber ich verstehe, dass du deinen Klienten gegenüber zur Vertraulichkeit verpflichtet bist. Ich weiß …«

Ein lautes Krachen drang aus dem Haus. Panda warf die Säge auf den Boden und stürmte los. Lucy rannte ihm hinterher. Als sie die Eingangsdiele erreichten, hörten sie ein dumpfes Poltern über ihren Köpfen. Lucy folgte Panda die Treppe hoch.

Temple stand mitten im Trainingsraum, mit wildem Blick, offenen Haaren, umgeben von den Spuren der Verwüstung ihres Gefängnisses. Eine umgekippte Hantelbank, verstreut liegende Bodenmatten, ein Loch in der Wand. Temple riss eine Fünf-Kilo-Hantel hoch und wollte sie gerade aus dem Fenster werfen, als Panda ihren Arm packte.

Es war ein Kampf der Götter. Herkules gegen Xena, die Kriegerprinzessin. Aber so viel Kraft Temple auch hatte, Panda war deutlich stärker, und es dauerte nicht lange, bis er sie in den Schwitzkasten genommen hatte.

Als er sie schließlich losließ, verließ sie ihr Kampfgeist,

und sie brach vor seinen Füßen zusammen. Er warf Lucy einen stummen Hilferuf zu, und sie tat das Einzige, was ihr einfiel.

Ihr Brot lag versteckt im Arbeitszimmer, wo Panda es sich holen konnte. Sie hatte es erst an diesem Nachmittag im Cottage gebacken. Sie nahm es in die Küche, wo sie das knusprige Ende abschnitt und mit Honig aus einem Glas beträufelte, das sie im Schrank versteckt hatte.

Temple saß zusammengesunken an der Wand, den Kopf auf den Armen, die sie über ihre angewinkelten Knie gelegt hatte. Lucy kniete sich neben sie und bot ihr das Honigbrot an.

»Hier, iss das.«

Temples feuchte, gerötete Augen spiegelten nur Verrat wider. »Warum fällst du mir in den Rücken?«, krächzte sie heiser.

»Das hat damit nichts zu tun.« Lucy rang nach den richtigen Worten. »Sondern mit ... sondern mit dem Leben.«

Temple starrte sie an. Dann nahm sie langsam das Brot und begann zu essen. Sie schlang es nicht herunter, sondern genoss jeden einzelnen Bissen. Während Panda im Türrahmen lehnte und zusah, hockte Lucy im Schneidersitz neben Temple und überlegte, was sie sagen sollte. Letzten Endes sagte sie gar nichts.

»Das war so lecker«, sagte Temple mit leiser Stimme. »Kann ich noch eine Scheibe haben?«

Lucy überlegte kurz. »Nein, aber ich werde uns heute ein Abendessen kochen.«

Temple ließ die Schultern hängen, geschlagen. »Ich halte das nicht länger aus.«

»Ich weiß.«

Temple vergrub das Gesicht in den Händen. »Alles wird zusammenbrechen. Alles, wofür ich gearbeitet habe.«

»Nicht, wenn du das nicht willst«, erwiderte Lucy. »Du hast deinen Körper auf Vordermann gebracht. Jetzt musst du nur noch deinen Kopf auf Vordermann bringen.« Sie stand auf und blickte Panda an. »Ich bin in einer Stunde zurück. Schließ die Speisekammer auf.«

Kapitel 20

Das Haus war still, als Lucy aus der Stadt zurückkehrte. Sie nahm die Lebensmittel und einen kleinen Holzkohlegrill aus dem Kofferraum des Geländewagens. Sie warf den Grill an, dann legte sie ein verschlissenes Tischtuch auf den Gartentisch, deckte ihn mit einem Sammelsurium an Tellern und Gläsern und schälte vier Maiskolben.

Als sie wieder in der Küche war, goss sie sich großzügig von dem Sauvignon Blanc, den sie mitgebracht hatte, in ein Glas und packte die frisch gefangenen, aber gnädigerweise gesäuberten und enthaupteten Forellen aus, die sie im Hafen gekauft hatte. Sie gab sie auf einen Teller, füllte sie mit Spinat, wildem Schnittlauch, den sie im Garten gefunden hatte, und ein paar Zitronenscheiben und pinselte sie leicht mit Olivenöl ein. Lucy war sich nicht sicher, ob sie das Richtige tat, aber dafür wusste sie, dass Temple so nicht weitermachen konnte – besessen, gequält und dazu bestimmt, sich das ganze verlorene Gewicht wieder anzufuttern, sobald sie dieses *Fat Island* verließ, das sie sich erschaffen hatte.

Panda kam in die Küche, als Lucy einen schnellen Salat zauberte, den sie mit Pinienkernen, reifen Birnenscheiben und cremigen, verbotenen Feta-Würfeln ergänzte.

»Denkst du wirklich, das ist eine gute Idee?«, fragte er.

»Hast du eine bessere?«

Er beobachtete verdrießlich, wie Lucy ein leichtes Dressing aus Olivenöl und fruchtigem Balsamico zauberte.

»Warum habe ich diesen Auftrag bloß angenommen?«

»Weil du ihr was schuldest.« Sie gab ihm die gefüllten Forellen. »Der Grill steht draußen. Lass den Fisch nicht anbrennen.«

Er starrte sie verdattert an. »Sehe ich aus wie jemand, der weiß, wie man Fisch grillt?«

»Lass ihn einfach in Ruhe, bis er gar genug ist, um gewendet zu werden. Du kommst schon klar. Das steckt in deinen männlichen Genen – du wusstest das bisher nur noch nicht.«

Panda marschierte leise vor sich hin grummelnd hinaus, und Lucy warf den Mais ins kochende Wasser. Sie hatte nicht die Absicht, Temples Diät zu sabotieren, sie wollte vielmehr Temples Sinne für etwas anderes als Verzicht wachrütteln, ihr aufzeigen, wie man sich gesund und vernünftig ernährte.

Als Temple in die Küche kam, das Haar immer noch zottelig und die Augen gerötet, goss Lucy ihr ein halbes Glas Wein ein und gab es ihr wortlos. Temple hob das Glas, nahm einen Atemzug und probierte schließlich einen kleinen Schluck. Sie schloss die Augen und kostete den Geschmack aus.

»Wir essen heute Abend draußen, und ich brauche noch ein paar Blumen für den Tisch.« Lucy gab ihr eine bauchige blaue Tonvase. »Sieh mal nach, was du draußen so findest.«

Temple war zu ausgelaugt, um zu widersprechen, und so kam sie nach kurzer Zeit mit Margeriten, Kornblumen und Funkien zurück. Wie abzusehen war, erfüllte das Ergebnis nicht Temples Ansprüche, aber Lucy konnte sich kein Arrangement vorstellen, das besser zu dem ausgeblichenen roten Hahnentrittmuster der Tischdecke und zusammengewürfelten Tellern gepasst hätte.

Der Picknicktisch unter der Eiche im Garten war so platziert, dass man auf den See schauen konnte. Panda setzte sich auf die Bank gegenüber von Lucy und Temple. Lucy legte jeweils einen Maiskolben auf Temples und ihren eigenen Teller, Panda gab sie zwei.

»Ich habe vergessen, Butter zu kaufen«, log sie. »Probiert stattdessen das hier.«

Sie deutete auf ein paar Limonenscheiben, die auf einem kleinen Teller lagen.

Wie Lucy gehofft hatte, machte die explosive Süße des Mais in Kombination mit dem frischen Limonensaft und einer Prise Meersalz die fehlende Butter wett. Die Forellen waren an einigen Stellen leicht angekohlt, und das Fleisch war innen saftig und schmackhaft.

»Gott, das schmeckt so gut.« Temple sprach die Worte wie ein Gebet.

»Amen.« Panda machte sich über seinen zweiten Maiskolben her.

»Wo hast du gelernt, so zu kochen?«, fragte Temple, die ihren abgenagten Kolben nach einem Korn untersuchte, das sie womöglich übersehen hatte.

Lucy hatte keine Lust, die Köche im Weißen Haus zur Sprache zu bringen. »Ich habe einfach immer wieder etwas Neues ausprobiert.«

Nachdem Temple den letzten Pinienkern auf ihrem leeren Teller mit einer angefeuchteten Fingerspitze aufgenommen und in den Mund gesteckt hatte, musterte sie Lucy mit aufrichtiger Neugier. »Was hast du davon, das hier für mich zu tun? Wir wissen alle, dass ich eine Schraube locker habe. Was kümmert es dich, was aus mir wird?«

»Seltsamerweise habe ich dich in mein Herz geschlossen«, erwiderte Lucy.

Außerdem ist es eine prima Ablenkung, anderen Menschen zu helfen, wieder in die Spur zu finden, um mir nicht selbst helfen zu müssen, dachte sie. Obwohl der Abgabetermin immer näher rückte, hatte Lucy noch keine einzige

Seite ihres Beitrags zum Manuskript ihres Vaters zusammen. Sie schob jeden Gedanken an ihre Arbeit weit von sich und kommunizierte kaum mit ihrer Familie. Alles, was sie zustande gebracht hatte, war, Brot zu backen, die Honigkaramellen zu perfektionieren und eine aussichtslose Affäre mit einem Mann zu beginnen, den sie für ihre sexuellen Bedürfnisse benutzte.

»Lucy hat sich ihr ganzes Leben um andere gekümmert«, bemerkte Panda. »Es steckt in ihrer DNA.« Er musterte sie auf eine Art, die ihr Unbehagen bereitete. »Sie hat ihre kleine Schwester gerettet. Sie hat ihre Eltern zusammengebracht. Teufel, wenn Lucy nicht gewesen wäre, wäre ihre Mutter wahrscheinlich nie Präsidentin geworden.« Er verscheuchte eine Fliege. »Man könnte also sagen, dass Lucy seit ihrem fünfzehnten Lebensjahr den Lauf der amerikanischen Geschichte beeinflusst.«

Seine Worte schürten ihr Unbehagen weiter, und sie stand vom Tisch auf. »Wie wäre es mit einem Dessert?«

»Es gibt ein Dessert?« Temple klang, als hätte sie gerade erfahren, dass der Osterhase wirklich existierte.

»Man lebt nur einmal.«

Lucy kehrte kurz darauf mit einem Stück dunkler Schokolade, die sie in drei kleine Teile gebrochen hatte, aus der Küche zurück.

»Seins ist größer«, murrte Temple. Und dann fügte sie schnell hinzu: »Vergiss, dass ich das gesagt habe.«

Aber während Lucy und Temple an ihrer Schokolade knabberten, rührte Panda sein Stück nicht an. Er zerknüllte seine Serviette und ließ sie auf seinen Teller fallen.

»Ich werde meine Kündigung einreichen.«

Die Schokolade blieb Lucy im Hals stecken. Temples Zusammenbruch ... Das Essen, das Lucy gekocht hatte ... Er hatte den Vorwand gefunden, nach dem er gesucht hatte, um die Insel verlassen zu können und dadurch von ihr wegzukommen.

»Den Teufel wirst du tun.« Temple leckte Schokolade von ihrem Finger.

»Du hast mich beauftragt, um genau solche Dinge zu unterbinden«, sagte er ruhig. »Käse, Schokolade, Maiskolben ... Ich habe meinen Auftrag nicht erfüllt.«

»Dein Auftrag hat sich geändert.«

Seine Gelassenheit löste sich in Luft auf. »Und wie genau habe ich das zu verstehen?«

Sie machte eine unbestimmte Geste. »Das werde ich mir noch überlegen.«

»Vergiss es!« Er stemmte sich vom Tisch hoch und stürmte durch den Garten in Richtung Steilhang, um in seiner Grübelecke zu verschwinden.

Als er auf der felsigen Anhöhe verschwand, sah Temple Lucy an. »Wenn du dir diesen Mann an Land ziehen willst, solltest du dich beeilen. Deine Zeit läuft ab.«

»An Land ziehen? Ich will ihn mir nicht an Land ziehen.«

»Ach, wer versteckt sich hier nur vor der Wahrheit?« Temple schnappte sich das Stück Schokolade, das Panda zurückgelassen hatte, überlegte es sich dann aber anders und warf es über die Klippe. »Patrick Shade vergöttert dich, auch wenn er ständig an dir herummeckert. Er ist einer der heißesten Männer dieses Planeten. Und er ist anständig, fürsorglich sowie gerade noch verkorkst genug, um interessant zu sein. Du bist in diesen Mann verliebt.«

»Bin ich nicht!«

»Wer braucht denn nun einen Seelenklempner?«

Lucy schwang die Beine über die Bank und nahm ihren Teller. »Das ist also der Dank dafür, dass ich gekocht habe.«

»Wenn du nicht den besten Mann verlieren willst, der dir jemals begegnen wird, dann solltest du dich ranhalten.«

»Da gibt es nichts ranzuhalten. Außerdem war Ted Beaudine der beste Mann, der mir jemals begegnet ist.«

»Bist du dir da sicher?«

Lucy stürmte in Richtung Haus. »Du räumst auf. Ich fahre in die Stadt. Und heute Abend wird nicht mehr trainiert!«

Das Compass lag einen Block entfernt vom Beachcomber Boulevard, ein verwittertes einstöckiges Gebäude. Die Fassade war mit Fischernetzen dekoriert, Schiffslaternen aus Messing hingen links und rechts vom Eingang. Ein Schild warb für Live-Musik und Happy Hour den ganzen Tag.

In Panda verliebt?

Totaler Blödsinn. Lucy kannte den Unterschied zwischen echter Liebe und einer Affäre.

Im Gastraum roch es nach Bier und Buffalo Wings. Auch an den Wänden des Innenraums hingen Fischernetze, ausrangiertes Anglerzeug, alte Schiffsruder und eine BH-Sammlung. Die Holztische standen eng zusammen, ganz hinten befand sich eine kleine Bühne für die Band. Die Kneipe, die vor allem bei den jüngeren Urlaubsgästen beliebt war, erwachte gerade erst zum Leben.

Lucy beobachtete, wie die Band ihre Instrumente stimmte, während sie an einem Bier nippte. Wie kam Temple überhaupt auf so was? Nur weil Panda ein heißer Typ war? Das waren viele Männer. Gut, vielleicht nicht in diesem Maße – definitiv nicht in diesem Maße –, aber Liebe war mehr als Sex. Liebe bedeutete gemeinsame Interessen, ein ungezwungenes Miteinander, ähnliche Wertvorstellungen. Und Panda und sie hatten nur wenig davon. Oder …?

Sie war erleichtert, als jemand sie ansprach, ein kräftiger, sportlicher Typ. »Wie ist dein Name, sexy Lady?«

»Ich bin Viper.«

»Weiber?« Er war sichtlich angetrunken und lachte wiehernd.

»Nein, Viper«, korrigierte sie. »Und wenn du mir auf die Nerven gehst, werde ich dir in den Arsch treten.« Sie stieß ihr eigenes wieherndes Lachen aus.

Erst als der Kerl erschrocken zurückwich, wurde ihr bewusst, dass sie mit ihren Dreadlocks, den Tattoos und den harten Sprüchen vielleicht zu furchteinflößend für den Durchschnittsmann war, was irgendwie dem Sinn ihres Besuchs widersprach. Aber während sie beobachtete, wie die Sportskanone den Rückzug antrat, musste sie zugeben, dass sie die Vorstellung begeisterte, dass die liebe, brave Lucy Jorik jemanden verschrecken konnte.

Ihre Gothic-Schlampen-Kluft ließ nichts aus: superkurzer schwarzer Minirock, der nur knapp ihren Hintern bedeckte, schwarzes One-Shoulder-Top mit Zierösen und ihr einziges Paar hochhackige Schuhe – nietenbeschlagene schwarze Plateau-Clogs. Mit ihren voll zur Schau gestellten Tattoos, dem Nasenring und dem dicken schwarzen Lidstrich hob sie sich definitiv von all den Studentinnen in ihren süßen kurzen Shorts und Flipflops ab.

Lucy schlenderte auf eine Horde Männer zu: ein Golden Retriever, ein Windhund, ein Pitbull und ein paar Promenadenmischungen. Alle in der Runde beobachteten sie. Fast hätte sie um Erlaubnis gefragt, ob sie sich dazusetzen durfte, bis ihr wieder einfiel, wer sie war.

»Ich bin Viper.« Sie stellte ihr Bier auf den Tisch und pflanzte sich auf den einzigen freien Stuhl. »Wenn ihr irgendwelche Geschichten über mich hört, sind sie wahrscheinlich wahr.«

Wo zum Teufel steckte sie? Bis Mitternacht hatte Panda jede Kneipe in der Stadt abgeklappert, bevor ihm das Compass einfiel. Da Lucy den Wagen genommen hatte, war er mit dem Boot in die Stadt gefahren, Temple war allein im Haus geblieben. Er ging davon aus, dass sie den Rest der Schokolade vertilgte, die Lucy mitgebracht hatte. Es kümmerte ihn nicht mehr.

Er ließ den Blick über das Kneipenpublikum schweifen und entdeckte sie sofort. Sie tanzte direkt vor der Bühne mit einem dünnen, langhaarigen Kerl, der wie ein junger Eddie Van Halen aussah. Falls man ihr Hüftwackeln als Tanz bezeichnen konnte. Der Leadgitarrist und der Bassist sangen für sie, eine Coverversion von Bon Jovis *Runaway*. Sie wirkte tough und kaum volljährig in ihrem billigen Top und den noch billigeren Schuhen. Ihr Rock war nicht viel größer als ein Taschentuch und zeigte viel zu viel Bein, neben einem neuen Schlangen-Tattoo, das sich an ihrer Wade hochschlängelte, der Kopf mit den Fangzähnen zeigte ins Nirwana. Schwer vorstellbar, dass dieser knallharte, männermordende Vamp zweieinhalb Monate zuvor noch eine Perlenkette trug und sich darauf vorbereitete, mit dem angesehensten Mann von Texas in den Hafen der Ehe einzulaufen.

Panda zog seine eigene Art von Aufmerksamkeit auf sich, aber er hatte schon vor langer Zeit das Interesse an Studentinnen verloren. Der Song ging zu Ende. Sie schlang die Arme um den Hals des langhaarigen Typen, schmiegte sich an ihn und küsste ihn. Lange und intensiv.

Panda pflügte durch die Menge und verpasste Eddie einen Schubs gegen die Schulter. »Verzieh dich.«

Sie drehte den Kopf gerade weit genug, um ihn mit hochgezogenen Augenbrauen anzusehen, dann verstärkte sie ihren Griff um den Hals des Langhaarigen und näherte die Lippen seinem Ohrläppchen.

»Ignorier ihn. Er ist nicht so hart, wie er aussieht.«

Panda brauchte den Kerl nicht länger als ein paar Sekunden anzustarren, bevor dieser einsah, dass das nicht der Wahrheit entsprach. Er löste sich von Lucy.

»Später, okay?«

Lucy beobachtete, wie der Langhaarige die Flucht ergriff, dann funkelte sie Panda wütend an. »Hau ab«, schrie sie über die Musik hinweg. »Ich bin betrunken, und ich war gerade dabei, mit ihm rumzumachen.«

Er kniff die Augen zusammen. »Gratuliere. Wenn du in diesem Tempo weitermachst, wirst du mit deiner Liste ruck, zuck durch sein.«

Sie stapfte mit ihrem nietenbeschlagenen Clog auf. »Verdammt, jetzt geht er, dabei wollte ich mit ihm ins Bett. Jetzt muss wohl der Windhund dran glauben.«

Von wegen.

Er wusste nicht, wer der Windhund war, nur dass diese Teufelin heute Nacht mit niemandem ins Bett gehen würde außer mit ihm.

»Es ist so, Baby ... Ich teile meine Frau nicht.«

Sie wirkte viel zu empört. »Ich bin nicht deine Frau. Und schon gar nicht dein *Baby!*«

Er küsste sie, bevor sie mehr sagen konnte. Sie schmeckte nach Alkohol und Lippenstift. Aber sie warf sich nicht so in den Kuss, wie er sich das wünschte. Vielmehr zwickte sie ihn mit den Zähnen in die Unterlippe und wich zurück.

»Netter Versuch, Patrick, aber keine Chance. Ich feiere heute mit neuen Freunden, und du bist nicht eingeladen.«

»Moment. Du hast gesagt, du willst in der Öffentlichkeit herumknutschen.«

»Und du hast gesagt, dass du das nicht willst.«

»Hab es mir anders überlegt.«

Er war ein lausiger Tänzer, aber er nahm an, ihr Gehopse eben hatte auch nicht gerade mit Tanzen zu tun, also zog er sie an sich.

Sie weigerte sich zu kooperieren. »Hol mir zuerst einen Drink.«

»Du hast schon genug.«

Sie verankerte die Füße fest auf dem Boden. »Kein Drink, kein Tanz. Bring mir einen Kamikaze.«

Zähneknirschend ging er hinüber an die Theke. »Mach mir eine Mischung, die wie ein Kamikaze schmeckt«, sagte er zu der Barfrau, die an eine Gefängniswärterin erinnerte. »Aber ohne Alkohol.«

»Was bist du?«, knurrte sie. »Irgend so ein religiöser Spinner?«

»Mach mir einfach den verdammten Drink.«

Das Endergebnis schmeckte eher wie Orangenfruchteis statt wie ein echter Kamikaze, aber vielleicht würde es Lucy nicht auffallen. Er entdeckte sie auf dem Schoß irgendeines Kerls. Er war groß und fast lächerlich dürr, mit einer langen Nase und einem noch längeren Hals. Der Windhund.

Panda kaufte sich ein Bier und schlenderte hinüber zu dem Tisch. Der Windhund sah ihn kommen und sprang so schnell auf, dass Lucy beinahe auf den Boden gefallen wäre. Panda nickte ihm zu und gab Lucy ihren Drink.

»Wie ich sehe, ziehst du wieder deine alten Tricks ab, *Baby.*«

Sie schenkte ihm einen bösen Blick.

»Ein kleiner Rat, Jungs ...« Er nahm einen Schluck von seinem Bier. »Checkt eure Brieftaschen, bevor sie sich aus dem Staub macht. Sie kann es nämlich einfach nicht lassen.«

Während die Runde sich an die Gesäßtaschen griff, stellte Panda sein Bier ab und zog Lucy wieder auf die Tanzfläche. Sie grinste süffisant.

»Du brauchst nicht mit mir rumzuknutschen. Wie gesagt, das hab ich schon getan. Mit zweien aus der Runde.«

»Ich bin beeindruckt.« Er legte die Hände auf ihren Hintern und näherte seinen Mund ihrem Ohr. »Und was ist damit, in der Öffentlichkeit betatscht zu werden? Steht das auch auf deiner Liste?«

»Nein, aber ...«

Er drückte ihre Pobacken. »Dann solltest du das hinzufügen.«

Er hatte gehofft, sie würde ein bisschen verlegen werden, aber sie war es nicht. Er schob sie rückwärts gegen die Wand und küsste sie wie der Teufel. Dieses Mal erhielt er eine Reaktion. Sie schlang die Arme um seinen Hals, genau dort, wo sie hingehörten. Sie wirkte ein wenig benommen, oder vielleicht lag es auch an ihm. Er zupfte mit den Lippen an ihrem Ohrläppchen.

»Lass uns von hier verschwinden.«

Sie tat so, als hätte er ihr einen Eimer Eiswasser über den Kopf gekippt. »Vergiss es, Alter. Ich bleibe.«

»Falsch, Alte«, erwiderte er. »Du kommst mit mir.«

»Und wie genau willst du das anstellen?«

Sie hatte nicht unrecht. So gerne er es auch getan hätte – er konnte sie nicht einfach über seine Schulter werfen und hinaustragen, ohne die Aufmerksamkeit von mindestens ein paar guten Samaritern auf sich zu lenken und obendrein die der Aufseherin hinter der Theke, die dort wahrscheinlich eine Waffe deponiert hatte.

Lucy schlenderte mit wackelndem Hinterteil davon. Sie fand einen anderen Tisch mit einer härteren Männerrunde. Panda kochte innerlich. Sie war ein großes Mädchen, und wenn sie es so haben wollte, dann zur Hölle mit ihr.

Er begann, sich mit den Ellenbogen einen Weg zum Ausgang zu bahnen, dann zögerte er. Ein paar der Frauen beobachteten Lucy ein wenig zu genau, wahrscheinlich gefiel es ihnen nicht, dass sie die Aufmerksamkeit der Männer beanspruchte. Vielleicht versuchten sie auch, ihr Gesicht einzuordnen, und wenn sie erkannt wurde ... Er malte sich aus, wie Handys gezückt wurden, Kameras klickten, die Leute sich um sie drängten ...

Er bestellte sich ein Sodawasser, lehnte sich gegen die Theke und beobachtete sie, bis die Männer am Tisch nervös wurden und aufhörten, sich mit ihr zu unterhalten. Lucy probierte es an einem anderen Tisch, aber Panda stierte sie unablässig an, und so hatte sie auch dort keinen Erfolg. Statt aufzugeben, steuerte sie nun auf ihn zu. Ihr Schritt war entschlossen, ihr Blick fest. Trotz all der Schminke sah sie aus wie eine Frau, die sich in den Machtzentren der Welt auskannte.

»Dank dem, was auch immer du für mich bestellt hast, bin ich jetzt nüchtern«, sagte sie mit todernster Stimme. »Ich weiß genau, was ich tue, ich brauche deinen Schutz nicht.« Sie hob das Kinn. »Ich stand zehn Jahre unter Personenschutz. Das ist mehr als genug. Wir sind ab sofort geschiedene Leute. Ich möchte, dass du gehst.«

Blinde Wut übermannte ihn, die Art von Wut, die er geglaubt hatte hinter sich gelassen zu haben. Er knallte sein Glas auf die Theke.

»Kannst du haben, Schwester.«

Lucy war zwar Panda losgeworden, aber sie hatte auch ihre Feierlaune verloren. Warum musste er hier auftauchen und alles verderben? Trotzdem, sie hätte nicht so an die Decke gehen sollen. Das war Temples Schuld. Ihre selbstgefällige Gewissheit, dass Lucy in Panda verliebt war.

Dabei hätte das nicht sein dürfen. Temple irrte sich. Lucy gehörte nicht zu der Sorte Frau, die sich so schnell neu verliebte. Und vor allem gehörte sie nicht zu der Sorte Frau, die sich in jemanden verliebte, der so zugeknöpft war, dass er sich weigerte, auch nur das Geringste von sich zu offenbaren. Trotzdem wünschte sie sich irgendwie, sie hätte mit der Trennung noch gewartet, auch wenn der Sommer fast vorüber war und Panda bald abreisen würde.

Lucy wartete lange genug, bis sie sicher sein konnte, dass sie ihm draußen nicht begegnete, wenn sie die Kneipe verließ. Der Parkplatz war voll. Da sie seinen Wagen genommen hatte, rechnete sie damit, dass er damit weggefahren war und sie stehen ließ, aber dem war nicht so. Er gab immer noch auf sie acht. Ihre Augen brannten, obwohl sie wusste, dass es besser war, die Trennung hinter sich gebracht zu haben.

Sie hatte keine Lust, nach Hause zu fahren, hatte keine Lust, mit irgendjemandem zu reden. Lucy warf einen Blick auf den Wagen, konnte sich aber nicht überwinden einzusteigen. Hätte sie ihre Turnschuhe dabeigehabt, hätte sie einen Spaziergang machen können, um einen klaren Kopf zu bekommen, aber ihre hohen Clogs taugten nicht für eine Nachtwanderung. Trotzdem, die Luft war warm, und es war Vollmond. Sie bahnte sich einen Weg zwischen den Fahrzeugen durch wieder in Richtung Kneipe. Eine Seite des Gebäudes war von einer Laterne grell beleuchtet.

Das Compass lag an einem Seitenarm des Sees. Würde ihr das Grundstück gehören, würde sie auf der Rückseite eine Terrasse errichten. Stattdessen sah sie dort Mülltonnen, einen Geräteschuppen und einen kaputten Picknicktisch mit zwei Bänken. Den zerknüllten Zigarettenpackungen und den Kippen nach zu urteilen, die den Boden übersäten, war dies der Ort, wo das Kneipenpersonal seine Zigarettenpausen machte.

Sie bahnte sich vorsichtig einen Weg über das unebene Gelände zu dem Picknicktisch und setzte sich auf eine der Bänke. Das feuchte Holz fühlte sich kühl an unter ihren nackten Oberschenkeln, die Luft roch nach See und Bratfett. Sie hörte das Knattern von Motorrädern, und einen Moment lang wollte sie glauben, dass eins davon Panda gehörte, ihrem Sir Galahad, der zu ihr eilte, um sie aus dem trostlosen Sumpf ihrer Gedanken zu retten.

Lucy sah zu den Lichtern der Häuser auf der anderen Seite des Wassers. Nach seinem Krach mit Temple würde es sie nicht wundern, wenn Panda am kommenden Morgen verschwunden sein würde. Aber was war mit ihr? Wie lange würde sie noch bleiben? Sie malte sich aus, wie sie auf der Klippe hinter dem Haus stand, während um sie herum das Herbstlaub fiel, dann Schnee. Sie sah den Frühling anbrechen, den nächsten Sommer. Jahre, die vergingen. Ihr Haar, das grau wurde, ihr Gesicht, das faltig wurde, die komische Alte, die eines Sommers auf die Insel gekommen und nie mehr fortgegangen war. Zum Schluss würde man ihre mumifizierte Leiche unter einem Berg versteinerter selbst gebackener Brote finden.

Sie fröstelte.

»Warte. Ich muss pissen.« Eine laute Stimme.

»Du musst immer pissen.«

»Fick dich.«

Schritte knirschten im Kies. Ein Mann mit einem ungepflegten Bart und einem Tuch um den Kopf tauchte hinter dem Gebäude auf. Während sein Begleiter bei den Mülltonnen stehen blieb, entdeckte der Bärtige Lucy.

»Hey.«

Beide trugen Stiefel, gammelige Jeans und noch gammeligere Frisuren. Diese Typen waren keine Anwälte oder Vertrauenslehrer, die sich am Wochenende in Biker verwandelten. Die zwei hier waren echt, und ihrem schwankenden Gang nach zu urteilen, hatten sie ordentlich getankt.

Lucy Jorik hätte Angst bekommen, aber Viper wusste, wie man solche Situationen handelte. »Selber hey.«

»Stört es dich, wenn ich mal kurz hier pisse?«, fragte der Bärtige lauter als nötig. »Du kannst auch gern dabei zusehen, wenn du willst.«

Der Typ bei den Mülltonnen lachte. »Typisch, Mann, dass du hier draußen eine Tussi aufgabelst.«

Viper war nicht so leicht einzuschüchtern, aber sie war auch nicht dumm. In der Kneipe war es zu laut, als dass sie jemand hören könnte, und sie würgte das Gespräch ab.

»Ich hab Besseres zu tun.« Sie stand von der Bank auf.

Der Mann an der Mülltonne torkelte auf sie zu. »Du darfst ihn auch für ihn halten.«

Als Lucy die Alkoholfahne der beiden roch, wuchs ihr Unbehagen, aber Viper hielt nichts davon, Angst zu zeigen. »So was Winziges könnte ich gar nicht finden.«

Die beiden Männer brachen in johlendes Gelächter aus. Obwohl Lucy nun die Knie zitterten, war sie begeistert von ihrer Coolness. Dieser Sommer war doch nicht vergeudet gewesen. Nur dass ihr geistreicher Spruch die Tür zu einer Freundschaft aufgestoßen hatte, die sie nicht wollte – die zwei kamen ihr nun nämlich bedrohlich nahe.

»Du gefällst mir«, sagte der Bärtige.

»Komm mit, wir gehen rein und saufen einen zusammen«, lud sein Kumpel sie ein.

Sie schluckte. »Sicher. Gehen wir.«

Aber die beiden rührten sich nicht vom Fleck. Lucy wurde von ihren Ausdünstungen übel.

»Haste 'nen Macker?« Der Bärtige kratzte sich am Bauch, wie Panda es früher getan hatte, nur dass das hier echt war.

»'nen weiblichen Macker«, erwiderte sie. »Ich steh nicht auf Jungs.«

Sie fand, das war ein kluger Schachzug, aber der Blick, den die beiden wechselten, war nicht ermutigend, und der Bärtige zog sie mit den Augen förmlich aus.

»Du hast eben nur noch nicht den Richtigen gefunden. Stimmt's, Wade?«

»Klar doch, als hätte ich das nicht schon oft gehört.« Sie brachte ein spöttisches Grinsen zustande.

Ein Zaun versperrte den Zugang auf die andere Seite des Gebäudes, also würde sie an den beiden vorbeischlüpfen müssen, um zurück zum Parkplatz zu gelangen. Lucy hatte sich auf der Insel immer sicher gefühlt, aber nun fühlte sie sich nicht mehr sicher, und ihr Viper-Gesicht entglitt ihr allmählich.

»Lasst uns was trinken gehen«, sagte sie.

»Nicht so eilig.« Der Kerl namens Wade fasste sich an den Schritt. »Scottie, geh pinkeln.«

»Geht nicht. Ich hab 'nen Ständer.«

Ihr Gestank ließ Lucy würgen. Ihr Herz begann zu rasen. »Ich brauch einen Drink«, sagte sie rasch. »Ihr könnt mitkommen oder hier draußen bleiben.«

Aber als sie versuchte, an ihnen vorbeizukommen, hielt Wade ihren Arm fest. »Mir gefällt es hier draußen.« Er packte so fest zu, dass es wehtat. »Bist du wirklich eine Lesbe?«

»Lass mich in Ruhe.« Ihre Stimme klang plötzlich schrill, ihre ganze Coolness war verschwunden.

Ein Mann platzte dazwischen. Ein Ritter in glänzender Rüstung. Er stand an der Ecke des Gebäudes und sah zu ihnen. »Alles okay da hinten?«, rief er.

»Nein!«, schrie sie.

»Die Perle hier ist hackedicht«, rief Wade zurück. »Hör nicht auf sie.« Er umfasste Lucys Hinterkopf und drückte ihr Gesicht in sein stinkendes T-Shirt, sodass sie nicht mehr schreien konnte.

Es stellte sich heraus, dass ihr Ritter in schimmernder Rüstung gar kein Ritter war, sondern nur mal wieder einer der vielen Typen, die nicht in unangenehme Situationen hineingezogen werden wollten.

»Na schön.« Lucy hörte sich entfernende Schritte.

Sie hatte keinen Panda, der sie beschützte, keinen Secret Service.

Überleg dir gut, was du willst.

Der Druck auf ihren Hinterkopf gegen seine Brust ließ nicht nach. Sie konnte nicht schreien. Konnte kaum atmen. Sie war auf sich allein gestellt.

Lucy fing an, sich zu wehren. Stemmte sich gegen ihn, wand sich, erreichte nichts. Sie versuchte, nach Luft zu schnappen, zog aber den Kürzeren. Je mehr sie kämpfte, desto stärker wurde sein Griff. Sie kämpfte härter. Holte mit dem Fuß aus. Die harte Schuhspitze traf.

»Miststück! Schnapp dir ihre Beine.«

Ihr Kopf war plötzlich frei, aber als sie zu schreien begann, hielt Scottie ihr eine Hand auf den Mund. Wade packte ihre Beine, ihre Schuhe plumpsten herunter. Sie stieß einen stummen Schrei aus, der ihr überhaupt nichts nutzte.

»Wohin mit ihr?«

»Dort drüben, hinter die Bäume.«

»Ich bin als Erster dran.«

»Idiot. Ich hab sie zuerst gesehen.«

Sie würden sie vergewaltigen. Sie schleppten sie weg. Scottie, der Typ, der ihr mit einer Hand den Mund zuhielt, umklammerte mit der anderen ihren Hals und schnürte ihr dabei die Luft ab. Sie krallte sich an seinem Arm fest, bohrte die Fingernägel hinein, aber der brutale Druck auf ihre Luftröhre ließ nicht nach. Sie trugen sie in den Schutz der Bäume. Der Griff um einen ihrer Fußknöchel lockerte sich. Ihr Fuß schleifte über den Boden, und etwas Scharfkantiges schürfte ihre Ferse auf. Sie spürte eine Hand auf ihrem Oberschenkel. Hörte Ächzen und Fluchen. Sie strengte sich an, um ein bisschen Luft zu erwischen, genug für ein klägliches Maunzen. Kickte mit dem Bein.

»Fuck! Halt sie fest.«

»Miststück.«

»Sorg dafür, dass sie Ruhe gibt.«

»Halt's Maul, du Schlampe.«

Hände, die zudrückten, Finger, die krallten, und ihr Bewusstsein, das allmählich schwand ...

Die Welt explodierte.

»Lasst sie los!«

Die zwei Biker ließen Lucy auf den Boden fallen und wirbelten herum, um sich der neuen Bedrohung zu stellen. Halb ohnmächtig sog sie Luft und Schmerz ein, erkannte dennoch die Stimme. Panda. Er schleuderte einen der beiden Männer in den Dreck. Der andere ging auf ihn los. Panda landete einen Treffer, der seinen Gegner ins Wanken brachte, aber der Kerl war hart im Nehmen und griff direkt wieder an. Panda verpasste ihm einen heftigen Stoß in den Magen, der ihn rückwärts gegen einen Baum taumeln ließ.

Das war kein sauberer Kampf. Panda war ein Killer, und er wusste genau, was er tat. Der Mann am Boden versuchte, sich aufzurappeln. Panda trat ihm mit voller Wucht in die Armbeuge. Der Biker brüllte vor Schmerz auf.

Der andere war immer noch auf den Beinen, und Panda hatte ihm den Rücken zugekehrt. Lucy versuchte, sich aufzurichten, laut zu rufen, um Panda zu warnen, aber er wirbelte bereits herum, und sein Bein schoss wie ein Kolben hoch und traf den Biker in den Unterleib, sodass der Kerl wortlos zusammenklappte. Panda beugte sich hinunter, packte ihn am Kragen und stieß seinen Kopf gegen den Baum. Der Typ mit dem gebrochenen Ellbogen rappelte sich hoch auf die Knie. Panda packte ihn an seinem verletzten Arm, schleifte ihn zu dem Abhang, der ins Wasser führte, und stieß ihn hinunter. Lucy hörte ein dumpfes Platschen.

Pandas Atem ging schwer. Er stapfte zurück zu dem Kerl,

dem er einen Tritt in die Weichteile verpasst hatte, und begann, auch ihn in Richtung Wasser zu zerren.

Lucy fand endlich ihre Stimme wieder. »Sie werden ertrinken«, krächzte sie.

»Nicht unser Problem.« Er stieß den zweiten Kerl über den Rand. Wieder ein dumpfes Platschen.

Er ging zu ihr. Seine Brust hob und senkte sich schwer, Blut sickerte aus einem seiner Mundwinkel. Er kniete sich neben sie, und die Hände, die eben noch so brutal zugeschlagen hatten, tasteten sanft ihren Körper ab, vom Hals über die Gliedmaßen bis zu dem Schnitt an ihrer Ferse.

»Du hast sicher Schmerzen«, sagte er behutsam, »aber ich glaube nicht, dass etwas gebrochen ist. Ich werde dich zum Wagen tragen.«

»Ich kann allein gehen.« Sie hasste es, wie schwach sie klang.

Er diskutierte nicht. Er nahm sie einfach hoch und trug sie auf den Armen. Die Bilder wollten nicht zusammenpassen – der Liebhaber, den sie kannte, und der gnadenlose Killer, der zwei Männer fertiggemacht hatte.

Er hatte wohl den Ersatzschlüssel dabei, weil er nicht nach dem Autoschlüssel fragte, der in Lucys Tasche steckte. Ein Pärchen kam aus der Kneipe und starrte sie an. Panda öffnete die Beifahrertür und verfrachtete Lucy vorsichtig in den Sitz. Er nahm sich Zeit, um sie sorgfältig anzugurten.

Er stellte keine Fragen, als sie sich auf den Heimweg machten, sagte nicht, wie idiotisch es von ihr gewesen sei, allein in die Kneipe zu gehen, machte ihr keinen Vorwurf, weil sie ihn so mies behandelt hatte. Sie wusste nicht, warum er zu der Kneipe zurückgekehrt war, wollte nicht daran denken, was passiert wäre, hätte er das nicht getan. Sie kauerte sich an die Beifahrertür, angeekelt, aufgewühlt, immer noch verängstigt.

»Ich hatte einen Halbbruder«, sagte er in das stille Halbdunkel. »Sein Name war Curtis.«

Verwundert drehte sie ihm den Kopf zu.

»Er war sieben Jahre jünger als ich.« Seine Hände umklammerten das Lenkrad. »Ein verträumter, lieber Junge mit einer enormen Fantasie.« Er redete leise, während sie die dunkle Straße entlangrollten. »Unsere Mutter war entweder mit Drogen vollgepumpt oder trieb sich herum. Also kümmerte ich mich um Curtis.«

Das war ihre Geschichte, nur dass sie von ihm kam. Sie lehnte den Hinterkopf gegen die Scheibe und hörte zu, während ihr Herzschlag sich allmählich beruhigte.

»Wir landeten schließlich in diversen Pflegefamilien. Ich habe alles getan, was in meiner Macht stand, damit wir zusammenbleiben konnten, aber dann ist einiges passiert, und je älter ich wurde, desto mehr geriet ich in Schwierigkeiten. Schlägereien, Ladendiebstahl. Mit siebzehn wurde ich erwischt, weil ich ein halbes Gramm Marihuana verkaufen wollte. Es war, als hätte ich es darauf angelegt, in den Knast zu kommen.«

Sie verstand und sagte sanft: »Eine gute Möglichkeit, um vor der Verantwortung zu fliehen.«

Er warf ihr einen Blick zu. »Du hattest dieselbe Art von Verantwortung zu tragen.«

»In meinem Leben sind zwei Schutzengel aufgetaucht. Die hattest du nicht, oder?«

»Nein. Keine Schutzengel.«

Sie kamen am Dogs 'N' Malts vorbei, das schon längst geschlossen hatte. Lucy zitterte nun nicht mehr so schlimm.

»Curtis wurde ermordet, als ich im Jugendknast saß«, sagte er.

Sie hatte vermutet, dass so etwas kommen würde, aber das machte es nicht einfacher, es zu hören.

Panda fuhr fort. »Er wurde aus einem fahrenden Auto heraus erschossen. Als ich nicht mehr in seiner Nähe war, um ihn zu beschützen, hat er angefangen, die Ausgangssperre zu missachten. Ich durfte zu seiner Beerdigung raus. Er war zehn Jahre alt.«

Wenn Nealy und Mat nicht gewesen wären, hätte das ihre und Tracys Geschichte sein können. Sie befeuchtete ihre trockenen Lippen.

»Und du versuchst immer noch, damit zurechtzukommen in deinem Leben. Obwohl du damals selbst noch ein Kind warst, gibst du dir die Schuld. Ich verstehe das.«

»Ich dachte mir, dass du das verstehst.« Sie waren allein auf der dunklen Straße. Panda schaltete das Fernlicht an.

»Ich bin froh, dass du es mir erzählt hast«, sagte sie.

»Du kennst noch nicht die ganze Geschichte.«

Monatelang hatte sie versucht, die Geheimnisse aus ihm herauszukitzeln, jetzt war sie sich nicht mehr sicher, ob sie sie hören wollte.

Er bremste vor der schärfsten Kurve der Straße ab. »Als Curtis' Erzeuger erfuhr, dass meine Mutter von ihm schwanger war, drückte er ihr fünfhundert Dollar in die Hand und trennte sich von ihr. Meine Mutter liebte diesen Idioten und wollte nicht zum Anwalt gehen. Curtis war fast zwei, bevor ihr klar wurde, dass ihre große Liebe nicht zurückkommen würde. Das war der Grund, weshalb sie anfing, Drogen zu nehmen.«

Panda war neun gewesen, als er die Pflege für seinen Bruder übernommen hatte. Ein Beschützer, schon damals.

»Als ich älter war«, fuhr er fort, »fand ich heraus, wer das Schwein war. Ich habe ihn ein paarmal angerufen, um ihm zu erklären, dass es schlecht um seinen Sohn stand. Er tat immer so, als wüsste er gar nicht, von wem ich rede. Er drohte, mich einsperren zu lassen, wenn ich ihn weiter belästige. Schließlich fand ich heraus, wo er wohnte, und fuhr zu seinem Haus.« Er schüttelte den Kopf. »Es ist nicht einfach für ein Kind aus der Stadt, mit öffentlichen Verkehrsmitteln nach Grosse Pointe zu kommen.«

Grosse Pointe?

Lucy setzte sich gerader hin, während sie ein dumpfes Gefühl beschlich.

»Das Grundstück war riesig, für mich sah es aus wie ein edles Anwesen. Ein grauer Steinpalast mit vier Schornsteinen, einem Swimmingpool und Kindern, die sich im Vorgarten mit Wasserpistolen jagten. Drei Jungs im Teenageralter. Ein Mädchen. Selbst in T-Shirts und Shorts sahen sie reich aus.«

Die Bruchstücke fügten sich zusammen.

»Die Remingtons«, erklärte er. »Die perfekte amerikanische Familie.«

Die Autoscheinwerfer pflügten durch die Nacht.

»Ich bin die letzten paar Kilometer von der Bushaltestelle zu Fuß gegangen«, fuhr er fort. »Ich habe mich auf der anderen Straßenseite versteckt. Die Kids sahen aus wie typischer weißer Upper-Class-Nachwuchs, gepflegt, sportlich. Curtis und ich waren dunkelhäutig wie unsere Mutter.« Brees Straßenstand flog an ihnen vorbei. »Während ich auf der Lauer lag, hielt eine Gartenkolonne vor dem Haus und lud einen Rasentraktor von der Pritsche. Vier halb erwachsene Kinder in der Familie, und sie beauftragten jemanden, der für sie das Gras mähte.«

Er bog in die Zufahrt. Das Haus tauchte auf, aber nicht einmal die Lampe über der Eingangstür brannte, um sie willkommen zu heißen. »Ich suchte mir ein anderes Versteck, von dem aus ich die Rückseite des Hauses beobachten konnte. Dort blieb ich, bis es dunkel wurde.« Er stellte den Motor ab, machte aber keine Anstalten auszusteigen. »Ich kam mir vor, als wäre ich in einer Fernsehserie gelandet. Seine Frau feierte Geburtstag. Überall waren Luftballons und Geschenke, und da war dieser große Glastisch, der mit Blumen und Kerzen geschmückt war. Steaks brutzelten auf dem Grill. Mir hing der Magen bis in die Kniekehlen, und die sahen alle aus, als hätten sie keine Sorgen. Sein Arm lag fast den ganzen Abend um seine Frau. Er schenkte ihr zum Geburtstag eine Halskette. Ich konnte die Kette zwar nicht genau sehen, aber anhand der Reaktion seiner Frau vermutete ich, dass das Ding deutlich mehr als fünfhundert Dollar gekostet hatte.«

Ihr Herz quoll über vor Mitleid. Und vor noch etwas. Etwas, das sie nicht in Betracht ziehen wollte.

»Das wirklich Makabre war, dass ich immer wieder zu dem Haus fuhr. Im Laufe der Jahre bestimmt ein Dutzend Mal. Es war einfacher, als ich einen Wagen hatte. Manchmal sah ich sie, manchmal nicht.« Er hielt kurz inne, dann fuhr er zu reden fort. »Eines Sonntags folgte ich ihnen in die Kirche und setzte mich ganz nach hinten, um sie zu beobachten.«

»Du hasst sie gehasst, und du wolltest gleichzeitig dazugehören«, sagte sie. »Deshalb hast du dieses Haus hier gekauft.«

Seine Hand löste sich von dem Lenkrad, sein Mund zuckte. »Eine blöde Entscheidung. Es war eine schlechte Zeit für mich. Ich hätte es nicht tun sollen.«

Nun verstand sie, warum er sich weigerte, irgendetwas im Haus zu verändern. Ob bewusst oder unbewusst, er wollte in dem Museum ihres Lebens leben.

Er stieg aus und ging auf die andere Seite, um ihr aus dem Wagen zu helfen. Obwohl sie sich etwas sicherer auf den Beinen fühlte, war sie dankbar für seine Hand, als er sie hinein und zu ihrem Zimmer führte.

Er verstand, ohne dass sie ihm ihr dringendes Bedürfnis erklären musste, sich den Schmutz der Männer abzuwaschen. Er half ihr beim Entkleiden. Drehte das Wasser auf.

Als sie unter der Dusche stand, zog er sich auch aus und stieg zu ihr in die Kabine. Aber es lag nichts Sexuelles in seiner behutsamen Art, mit der er sie wusch, sie abtrocknete, sich um die Schnittwunde an ihrem Fuß kümmerte. Er hielt ihr kein einziges Mal vor, was sie in der Kneipe zu ihm gesagt hatte, oder kritisierte sie dafür, dass sie einfach so weggelaufen war.

Nachdem er ihr ins Bett geholfen hatte, berührte er ihre Wange. »Ich muss zur Polizei und das melden. Das Haus ist abgeschlossen, und Temple ist oben. Dein Handy liegt hier neben dem Bett. Ich werde nicht lange fort sein.«

Am liebsten hätte sie erwidert, dass sie auf sich selbst aufpassen konnte, aber das war so unwahr, dass sie den Mund hielt. Viper fühlte sich trotz ihrer angeblichen Abgeklärtheit vollkommen hilflos.

Es war halb fünf Uhr morgens, als Lucy von seinen Schritten auf der Treppe wach wurde. Er war fast zwei Stunden weg gewesen. Sie zuckte zusammen, als sie versuchte, eine bequemere Position zu finden, weil ihre Rippen schmerzempfindlich waren, ihr Nacken steif, ihr Rücken wund. Aber nichts davon tat so weh wie die Vorstellung, was Panda als Kind durchgemacht hatte.

Sie gab den Versuch, wieder einzuschlafen, schließlich auf und kletterte aus dem Bett. Panda hatte beim Verbinden ihres Fußes ganze Arbeit geleistet. Es schmerzte kaum, ihn zu belasten. Sie machte sich auf den Weg in das Erkerzimmer, wo sie sich auf der Couch zusammenrollte.

Als das Licht über den Horizont sickerte, richtete sie ihre Gedanken von Panda auf ihre eigene Dummheit – das

Letzte, womit sie sich auseinandersetzen wollte. Aber dieses schlimme Erlebnis vergangene Nacht hatte den Schleier ihres Selbstbetrugs fortgerissen und ihr die Absurdität der neuen Identität, die sie sich geschaffen hatte, aufgezeigt. Was für ein Witz – diese kaltschnäuzige Großspurigkeit und das aggressive Gebaren. Lucy war sich noch nie so töricht vorgekommen, die größte Blenderin auf der Insel. Als es darauf ankam, sich selbst zu beschützen, hatte sie gnadenlos versagt. Sie war ein hilfloses, verzweifeltes Häufchen Elend gewesen, das von einem Mann gerettet werden musste. Die Wahrheit schmeckte bitter.

Ihr Blick fiel auf ihren gelben Schreibblock. Nach ein paar misslungenen Ansätzen schrieb sie ihm eine kurze Notiz. Das war sie ihm schuldig – und so viel mehr. Sie stopfte ein paar Sachen in ihren Rucksack und machte sich, während die Sonne aufging, auf den Weg durch den Wald.

Ihre Sneakers waren nass vom Tau, als sie das Cottage erreichte, gerade als Bree aus dem Bienenhaus kam. Brees Haare waren ungekämmt, ihre Kleider zerknittert, die klebrigen Hände weit vom Körper gestreckt. Aber ihr erschrockenes Keuchen ließ darauf schließen, dass Lucy weitaus schlimmer aussah.

Lucy ließ den Rucksack von ihrer Schulter gleiten. »Kann ich eine Weile hierbleiben?«

»Sicher.« Bree zögerte kurz. »Komm rein. Ich mache uns einen Kaffee.«

Später an diesem Morgen, als Bree am Straßenstand war, ging Lucy ins Bad und schnitt ihre Dreadlocks ab. Sie bearbeitete ihre Tattoos mit einer Mischung aus Alkohol und Babyöl. Schließlich sah Viper fast wieder so aus wie Lucy.

Kapitel 21

Panda zerknüllte den Zettel, den sie ihm geschrieben hatte, und warf ihn in den Papierkorb, aber damit löschte er das verdammte Ding nicht aus seinem Kopf.

Danke für alles, was du letzte Nacht für mich getan hast. Ich werde es nie vergessen. Ich werde eine Weile drüben im Cottage bei Bree bleiben und versuchen, meine Gedanken zu ordnen. Ich bin froh, dass du mir von deinem Bruder erzählt hast.
L.

Was zum Teufel war das denn? Nicht einmal ein »Lieber Panda« oder »Liebe Grüße«? Die Botschaft war klar und deutlich. Sie wünschte, dass er sie in Ruhe ließ. Was er nur zu gern tat.

Er knallte die Küchenschranktür zu und versuchte, nicht daran zu denken, was passiert wäre, wenn er letzte Nacht nicht zu der Kneipe zurückgegangen wäre. Als er sein Boot im Hafen erreicht hatte, war sein Zorn so weit abgekühlt, dass er wieder angefangen hatte, sich Sorgen um sie zu machen. Dann hatte er den Entschluss gefasst, sie aus dieser Kneipe herauszuholen, egal was sie davon hielt.

Er schenkte Kaffee in seine Tasse, anständigen Kaffee, weil er ihn selbst gekocht hatte. Er hatte Sachen zu erledigen, und er zwang sich, ins Arbeitszimmer zu gehen und den Laptop hochzufahren. Nachdem er Lucy letzte Nacht allein gelassen hatte, war er mit der örtlichen Polizei aufgebrochen, um die beiden Dreckskerle zu suchen, die Lucy überfallen hatten. Er hatte gewusst, dass das Wasser an der Stelle, wo er die zwei hineingeworfen hatte, nicht tief genug war, um zu ertrinken, und tatsächlich hatte es nicht lange gedauert, sie zu finden, da sie zur Kneipe zurückgestolpert waren, um ihre Motorräder zu holen. Es war auch keine große Überraschung, dass gegen beide bereits ein Haftbefehl vorlag, was es einfacher machte, den Polizeichef davon zu überzeugen, Lucys Namen aus der Sache herauszuhalten.

Panda konnte sich nicht auf die Arbeit konzentrieren. Er schob seinen Stuhl vom Schreibtisch zurück – der Schreibtisch von Remington senior, obwohl Panda sich darüber inzwischen nicht mehr so viele Gedanken machte. Er beschloss, nach oben zu gehen in den Fitnessraum und seinen Frust an Temple auszulassen. Hätte sie ihn nicht überredet herzukommen, wäre nichts von alldem passiert. Aber stattdessen fuhr er auf den See hinaus.

Sei der Beste in dem, was du gut kannst, und lass die Finger von dem, was du nicht kannst.

Momentan stand seine zu große Sorge um die Tochter der ehemaligen Präsidentin der Vereinigten Staaten ganz oben auf der Liste von allem, was er nicht konnte.

Der Organist spielte ein bekanntes Kirchenlied, trotzdem wollte Bree der Titel nicht einfallen. Sie lächelte einer Frau zu, mit der sie sich in der Woche zuvor bei einem Kaffee unterhalten hatte. Bree wuchs die Heart of Charity Missionary Church immer mehr ans Herz. Obwohl sie sich manchmal immer noch wie eine Außenseiterin fühlte, schenkte ihr der emotionsgeladene Gottesdienst Trost. Sie wünschte sich, Lucy wäre an diesem Vormittag mitgekommen, aber nachdem Lucy ihre Tattoos entfernt und Bree ihr die Haare geschnitten hatte, war Lucy nun zu leicht zu erkennen.

Als Bree aus dem Bienenhaus gekommen war und Lucy so hatte dastehen sehen, blass und zerschunden, hatte sie zuerst gedacht, Panda hätte sie verprügelt. Lucy hatte ihr dann rasch knapp und verstörend geschildert, was sich hinter dem Compass wirklich ereignet hatte, und Bree hatte sie nicht weiter bedrängt.

Toby drehte sich in der Kirchenbank um. Nun sah Bree, warum er nicht wie üblich gemotzt hatte, weil er in die Kirche musste.

»Du bist gekommen!«, flüsterte er, als Mike neben ihm Platz nahm.

»Aber sicher.«

Obwohl die Außentemperatur bereits auf dreißig Grad zu kletterte, trug Mike ein hellbraunes Sakko, ein hellblaues Hemd und eine blau-braun gestreifte Krawatte. Bree war sich nicht ganz sicher, wann er seinen großen Siegelring und das protzige Goldarmband abgelegt hatte. Sie hatte ihn nie darauf angesprochen, obwohl ihr die Frage öfter auf der Zunge lag, aber der Schmuck war verschwunden. Außerdem roch Mike gut. Nach einer feinen Rasiercreme.

Er nickte Bree höflich zu. Welch amouröse Gefühle er früher auch immer für sie gehegt hatte, sie waren definitiv passé. Bree musterte ihn, als er wegsah, etwas, das sie in den vergangenen zwei Wochen häufig getan hatte. Sie konnte kein gutes Gewissen haben wegen ihrer Art, ihn zu benutzen. Dass sie freundlich zu ihm war und so tat, als hätte sie die Vergangenheit begraben, damit er für sie da war, wenn sie ihn brauchte, war die schlimmste Art von Heuchelei.

Seit jenem Abend, an dem Mike vor dem Dogs 'N' Malts aufgetaucht war, war er ein regelmäßiger Gast im Cottage geworden. Mit Mike ein paar Mahlzeiten zu teilen war nicht so schwierig, wie Bree gedacht hatte. Er unterhielt sich die meiste Zeit mit Toby. Zu ihr war er höflich, aber mehr auch nicht. Keine weiteren Entschuldigungen, keine weiteren Anspielungen auf die Vergangenheit. Er war ein Mann, der seinen Teil gesagt hatte, der sich nicht wiederholte. Bree war sogar mit ihm und Toby auf den See rausgefahren – Lucy hatte darauf bestanden, auf den Straßenstand aufzupassen.

Zu Brees Überraschung war es der schönste Tag ihres Sommers gewesen. Zu dritt hatten sie im Wasser geschnorchelt. Mike war ein guter Schwimmer, und Toby liebte es, mit ihm herumzualbern. Bree hatte ihn dabei beobachtet, wie er Toby ins Wasser warf, und die eigenartigste Regung verspürt – wie ein Hühnerembryo, das gerade groß genug war, um das erste kleine Loch in die Schale zu picken. Später, als das Boot schaukelnd vor Anker gelegen und sie ihr Junkfood gefuttert hatten, waren Bree die Tränen gekommen, weil Toby sie daran erinnerte, sich wegen der Sonne einzucremen.

Diakonin Miller erhob sich, um die Gemeinde zu begrüßen. Bree und Toby verdienten keine gesonderte Vorstellung mehr, aber Mike war ein Neuling.

»Mike, wir freuen uns sehr, dich heute in unserer Mitte zu haben«, sagte die Diakonin. »Wir alle haben nicht vergessen, dass du uns geholfen hast bei der Anschaffung unserer neuen Orgel.«

Die Gemeinde stimmte ein kräftiges »Amen« im Chor an.

»Das war das Mindeste, was ich tun konnte, nach den ganzen Gemeinschaftsmahlzeiten«, erwiderte Mike, der keine Spur von dem Unbehagen zeigte, das Bree bei ihrem ersten Besuch gespürt hatte. »Die beste Kirchenküche auf der Insel.«

Zustimmendes Nicken überall. Gab es keinen, der Mike nicht leiden konnte?

Pastor Sanders erhob sich zum Eröffnungsgebet. Brees Produkte verkauften sich in seinem Geschenkeladen so gut, dass er um Nachschub gebeten hatte – nur eine kleine Bestellung Cremes und Honig, weil der Labor Day kurz bevorstand, aber nichtsdestotrotz eine Bestellung.

Wie es das Pech wollte, handelte seine Predigt an diesem Vormittag von Vergebung, ein Thema, das Bree an Mike erinnerte. Ich bin ein gläubiger Mensch, hatte er gesagt. Ich glaube an die Sünde, und ich glaube an Reue. Ich habe mein Bestes versucht, um es wiedergutzumachen, aber das hat nichts geändert.

Es wird sich auch weiter nichts ändern, hatte sie erwidert.

Während sie hier an diesem heiligen Ort saß, fühlte sie sich längst nicht mehr so selbstgerecht.

Als der Gottesdienst vorbei war, hängte Toby sich an Mike, der sich durch die Menge arbeitete, so wie er das schon zuvor in der Episkopalkirche getan hatte. Er kannte jeden, und jeder kannte ihn. Er machte Bree mit Mitgliedern der Gemeinde bekannt, die ihr noch nicht vorgestellt worden waren, darunter ein Immobilienmakler, der für ihn arbeitete, und diverse ehemalige Kunden.

Es war schließlich Zeit zu gehen, und sie traten hinaus in die glühende Spätvormittagssonne. »Ist es okay, wenn ich Toby mit zu mir nehme, um ihm meinen neuen Hund zu zeigen?«, fragte Mike, der wieder einmal vergessen hatte, solche Dinge mit ihr zu besprechen, wenn Toby nicht mithören konnte.

Tobys Augen leuchteten sofort auf. Der herrenlose Hundewelpe war häufig ein Thema zwischen den beiden gewesen. Toby hatte alles versucht, Mike auszureden, den Hund an ein Tierheim auf dem Festland abzugeben. Letzten Endes hatte Toby gewonnen.

»Du musst auch mitkommen, Bree«, erklärte er, noch bevor er ihre Erlaubnis hatte. »Kann sie, Mike?«

Sie zupfte an einer ihrer Creolen, ohne Mike anzusehen. »Ich sollte ... zurückfahren und Lucy erlösen.«

Toby war hartnäckig. »Lucy hat gesagt, dass sie den ganzen Vormittag übernimmt.«

Wieder einmal stand Bree als Spielverderberin da. Sie war es leid. »Du hast recht. Ich würde den Hund auch sehr gern sehen.«

Toby grinste und rannte auf dem Gehweg voraus. »Ich fahre bei Mike mit.«

Mike sah sie an. Er hatte seine Sonnenbrille aufgesetzt, sodass sie seine Augen nicht sehen konnte. »Du brauchst nicht mit uns zu kommen.«

»Ich weiß.« Sie konnte sich nicht überwinden zu sagen, dass sie sich wünschte mitzukommen. »Aber Toby möchte es gern, also komme ich mit.«

Mike antwortete mit einem knappen Nicken und marschierte los, um Toby einzuholen, Bree folgte den beiden in ihrem Wagen.

Mikes luxuriöses Blockhaus lag hoch über dem See auf der weniger bevölkerten Westseite der Insel. Mike führte sie auf die Rückseite, wo ein langer Holztisch, groß genug für ein Dutzend Leute, im Schatten der überdachten Naturholzveranda stand. Während Bree den Ausblick auf den See genoss, ging Mike ins Haus und erschien kurz darauf mit dem Hundewelpen wieder, einer anbetungswürdigen Kurzhaarpromenadenmischung mit erschreckend großen Pfoten.

Bree konnte sich das Lächeln nicht verkneifen, als sie Toby und den Hund beobachtete, die sich beschnupperten. »Ich frage mich, was Dr. King davon halten würde, dass ein Hund nach ihm benannt wird«, sagte sie.

Mike tat so, als würde er ihre Bemerkung ernst nehmen. Oder zumindest hatte Bree den Eindruck, dass er so tat.

»Martin ist ein außergewöhnlicher Hund. Ich denke, Dr. King hätte nichts dagegen einzuwenden.«

»Du hast den Hund nur wegen Toby behalten, nicht?« Mike zuckte lediglich mit den Achseln, sie war jedoch viel stärker auf Mike angewiesen als er auf sie, und so ließ sie nicht locker. »Toby war geknickt, weil seine Freunde nicht wiederkommen. Danke, dass du dich bereiterklärt hast, ihm die Nachricht beizubringen. Martin war eine große Hilfe, um ihn aufzuheitern.«

Mike warf sein Sakko über den nächsten Stuhl. Bree nahm erstaunt wahr, dass sein Hemd keine Schweißränder hatte, die bei so einer Hitze normalerweise nicht ausblieben.

»Ich sag dir besser gleich, dass ich wieder ins Fettnäpfchen getreten bin«, sagte er, während er seine Krawatte lockerte. »Ich wollte Toby etwas geben, auf das er sich freuen kann, also …« Mikes schuldbewusste Miene war nicht ermutigend. »Ich habe ihn gefragt, ob er sich um Martin kümmert, wenn ich nicht auf der Insel bin.«

»Wo ist das Problem?«

Er nahm die Krawatte ab. »Das liegt in der Logistik.«

Bree begriff sofort. Mike wohnte zu weit entfernt, um mal schnell hinüberzuradeln, vor allem nicht im Winter, und für Bree war es unpraktisch, den Jungen zweimal am Tag hin und her zu chauffieren.

»Dann wird der Hund wohl zu uns ins Cottage kommen müssen«, folgerte sie.

»Tut mir leid«, sagte Mike. »Ich hätte dich zuerst fragen sollen.«

Sie zwang sich zu einem Nicken. »Schon gut«, sagte sie.

Toby kämpfte mit dem Welpen um einen Stock. Der Junge wuchs allmählich aus seiner einzigen anständigen Hose heraus, und es würde nicht mehr lange dauern, bis er neue Schuhe brauchte. Bree verdrängte den Gedanken.

»Erzähl mir etwas über dein Haus.«

»Es ist eins der teuersten auf der Insel, eins der größten …« Er unterbrach sich, und seine übliche Begeisterung verließ ihn. »Tut mir leid. Ich wollte nicht angeben. Als Immobilienverkäufer gewöhnt man sich an, sofort die Vorzüge aufzuzählen.«

Bree war überrascht, dass er seinen Fehler erkannt hatte, aber er wirkte eher müde als verlegen. Sie wusste nicht, was sie damit anfangen sollte, also bat sie ihn, das Haus besichtigen zu dürfen.

Mike warf Toby eine Hundeleine zu. »Was hältst du davon, mit Martin eine Runde Gassi zu gehen, während ich Bree das Haus zeige?«

Toby hakte die Leine am Halsband des Welpen ein, und Bree folgte Mike durch die Glastür. Sie betraten einen riesigen, herrlichen Raum mit Blockholzwänden, einer hohen Balkendecke und einem Kamin aus Massivstein. Die Einrichtung war maskulin und gemütlich zugleich, eine Farbkombination aus Schokolade, Zimt und Zartbitter. Altmodische Schneeschuhe, topografische Karten und schmiedeeiserne Wandleuchter zierten eine Wand, ein großes Panoramafenster mit Blick auf den See nahm die andere Seite ein. Ein runder Couchtisch stand vor einer tiefen Ledercouch, über die eine schwarz-gold karierte Pendleton-Decke drapiert war. Neben dem Kamin standen ein Weidenkorb mit Feuerholz und eine grob geschnitzte Holzstatue, die einen Schwarzbären darstellte.

»Es ist wunderschön«, sagte sie.

»Ich wollte immer ein Blockhaus haben. Kühl und dunkel im Sommer, warm und behaglich im Winter.«

»Michigan pur.« Sie lächelte. »Ich würde sagen, du hast dein Ziel erreicht.«

»Ich habe einen Raumgestalter beauftragt. Ein toller Kerl.

Er und sein Partner kommen mich einmal im Jahr besuchen und werfen dann immer die Sachen raus, die ich mir selbst ausgesucht habe. Ich habe bis heute nicht verstanden, was so verkehrt ist an ein paar U2-Postern und einem ausgestopften Karpfen.« Seine Augen lachten sie an, aber als sie zurücklächelte, wandte er den Blick ab. »Die Wahrheit ist, ich besitze einfach nicht das, was man einen erstklassigen Geschmack nennt, wie dir sicher bereits aufgefallen ist.«

Wie wahr. Mike besaß nur eine erstklassige Herzensgüte.

»Das ist ein großes Haus für einen Junggesellen«, sagte sie.

»Ich hatte eine Familie im Kopf, als ich es gebaut habe. Ich war damals verlobt.«

Das überraschte sie, obwohl es das nicht hätte tun dürfen. Ein Mann, der so attraktiv und erfolgreich war wie Mike, sollte keine Mühe haben, eine Frau zu finden – zumindest eine, die ihn nicht von früher kannte, als er jünger war.

»Jemand, den ich kenne?«, fragte sie.

»Nein.« Er schob einen Hocker aus dem Weg, damit sie nicht darum herumgehen musste. »Ihre Familie verbringt den Sommer immer in Petoskey. Diese Verlobung zu lösen war das Härteste, was ich jemals getan habe.«

»*Du* hast die Verlobung gelöst?«

»Du dachtest, ich wäre derjenige, der den Laufpass bekommen hat, nicht?«

»Nein. Ganz und gar nicht.« Das war genau das, was sie gedacht hatte. »Ich wusste nur nicht, dass du mal verlobt warst.«

»Wir hatten unterschiedliche Wertvorstellungen. Sie mochte das Inselleben nicht und auch nicht den Großteil meiner einheimischen Freunde. Aber sie hatte auch gute Eigenschaften.«

»Nur nicht genügend, um sie zu heiraten.«

Er weigerte sich, seine ehemalige Verlobte schlechtzureden. »Für sie war es schlimm. Ich habe immer noch ein schlechtes Gewissen ihretwegen.«

Und das hatte er. Der erwachsene Mike Moody mochte es nicht, anderen Menschen Kummer zuzufügen. Vielleicht hatte er das nie gemocht.

Er griff an seinen Hemdkragen, um den obersten Knopf zu öffnen, eine simple Geste, aber so männlich, dass Bree ein wenig mulmig wurde. Dieses Gefühl brachte sie so sehr aus der Bahn, dass sie eine Frage stellte, die sie sonst nie gestellt hätte.

»Gab es viele Frauen in deinem Leben?«

»Viele? Nein. Sosehr ich Sex auch genieße, ich habe nie mit einer Frau geschlafen, die mir nichts bedeutete. Wenn mich das zu einem komischen Kauz macht, kann ich damit leben.«

Es machte ihn nicht zu einem komischen Kauz, es machte ihn zu einem anständigen Mann. Trotzdem wünschte Bree, er hätte das Thema Sex nicht zur Sprache gebracht. Na schön, sie war diejenige, die damit angefangen hatte, aber er brauchte nicht ins Detail zu gehen. Sie wollte glauben, dass er …

Sie wusste nicht, was sie glauben wollte, und sie war froh, als sein Handy klingelte.

»Ein Kunde«, sagte er, während er auf das Display sah. »Ich muss kurz rangehen.«

Er zog sich in den Nebenraum zurück. Sie musterte den unordentlichen Bücherstapel auf dem Tisch. John Steinbeck, Kurt Vonnegut, ein paar Motivationsbücher, die Bibel. Außerdem lagen dort ein paar Nachrichtenmagazine, die *Sports Illustrated*, *GQ*. Alles sah so aus, als wäre es gelesen worden, und Bree meinte sich zu erinnern, dass Mike David früher öfter als einmal in ein Gespräch über Bücher verwickelt hatte.

Durch die Glastür konnte sie ihn im Nebenzimmer sehen, während er telefonierte. Er war das einzige beständige männliche Rollenvorbild in Tobys Leben, der nächstmögliche große Bruder für Toby. Beziehungsweise Vater. Bree konnte nicht länger Mikes Zuneigung für Toby anzweifeln, aber würde diese von Dauer sein? Wie würde Toby reagieren, wenn Mike sich von ihm löste?

Es wurde jeden Tag schwieriger, sich zurechtzufinden. Sie konnte nicht länger sagen, was an Mike eigennützig war und was aufrichtig. Aber dafür wusste sie, was an ihr eigennützig war … Sie spürte, dass sie vor Scham errötete.

Mike beendete sein Telefonat und gesellte sich wieder zu ihr, aber es wurde schnell offensichtlich, dass er mehr Interesse daran hatte, zu Toby und dem Hund zurückzukehren, als sich mit ihr zu unterhalten.

Lucy lag auf einem alten Strandtuch, das sie unter einem Kirschbaum im Obstgarten des Nachbarn ausgebreitet hatte, gerade noch außerhalb der Sichtweite vom Cottage. Seit drei Tagen verfolgte sie die Lokalnachrichten, aber sie hatte nichts gehört von zwei Leichen, die an die Küste getrieben worden waren, also ging sie davon aus, dass ihre beiden Angreifer überlebt hatten. Jammerschade. Am Nachmittag hatte sie Honig geschleudert und in Gläser abgefüllt und gekocht, dann hatte sie sich zurückgezogen, um ein bisschen abzuschalten.

Lucy sah durch die Äste zu den Wolken hoch.

Eine von Brees Bienen landete auf einer Kleeblüte nicht weit entfernt von Lucys Arm und tauchte den Saugrüssel in das Herz der Blüte. So wie Lucys Blutergüsse zu verblassen begonnen hatten, klärte sich nun alles andere, was vorher so undurchsichtig gewesen war. Sie hatte jahrelang in einer Haut gelebt, die ihr nicht passte, aber die Haut, in die sie diesen Sommer geschlüpft war, hatte sich als genauso falsch erwiesen. Hatte sie wirklich geglaubt, indem sie ein paar Tattoos aufklebte und die Furchtlose spielte, würde sie sich irgendwie in den Freigeist verwandeln, der sie sein wollte? Dieser Sommer war nicht mehr als eine Fantasie gewesen. Panda war nicht mehr als eine Fantasie.

Sie rollte auf die Seite. Ihr Arm sah anders aus ohne die Rosen und Dornen, als würde er jemand anderem gehören. Sie hob den Schreibblock auf, der neben ihr lag. Dieses Mal hatte sie nicht das Bedürfnis wegzulaufen, indem sie Brot backte oder mit dem Kajak rausfuhr. Sie setzte sich auf, balancierte den Block auf einem Knie, ließ ihren Kugelschreiber klicken und begann schließlich, ernsthaft zu schreiben.

Vieles von dem, was in jenem Sommer geschah, wissen Sie bereits. Wie Nealy, Mat, Tracy und ich uns kennenlernten, ist hinlänglich dokumentiert von Journalisten, Wissenschaftlern, Biografen, ein paar Autoren und einem schrecklichen TV-Film. Aber es ist immer die Geschichte von Nealy und Mat, in der ich eine Nebenrolle spiele. Da dies hier das Buch meines Vaters über Nealy ist, erwarten Sie vielleicht wieder etwas in der Art, aber ich kann nicht über meine Mutter schreiben, ohne über mich selbst zu schreiben ...

Panda steigerte sein Training, um die Zeit herumzubekommen, bis er endlich die Insel verlassen konnte. Wenn er nicht Gewichte stemmte oder eine Runde lief, werkelte er am Haus. Er reparierte die kaputte Fliegengittertür auf der Hinterveranda, kümmerte sich um ein paar morsche Fensterbänke und telefonierte mit einem halben Dutzend potenzieller Kunden. Es war Mittwoch. Lucy war erst seit Freitag weg, aber es kam ihm vor wie Wochen. Er war ein paarmal am Straßenstand vorbeigefahren, aber er hatte dort nur Toby oder Sabrina gesehen, nie Lucy. Er sehnte sich danach, zum Cottage hinüberzumarschieren und sie in sein Haus zurückzuschleifen, wo sie hingehörte.

Panda sah aus dem Fenster. Temple war wieder unten an der Anlegestelle. Es war so lange her, dass sie eine bissige Bemerkung gemacht hatte, dass er sich allmählich um sie sorgte. Sie trainierte nicht viel in letzter Zeit, und sie sprach kaum. Er brauchte Lucy hier, damit er mit ihr reden konnte. Damit sie mit ihm redete. Sie konnte seine Gedanken besser lesen als jeder andere.

Was, wenn sie sich nicht um die Schnittverletzung an ihrer Ferse kümmerte? Und soweit er das beurteilen konnte, hatte sie eine Gehirnerschütterung erlitten. Ein Dutzend Dinge konnten ihr dort drüben zustoßen, darunter nichts Gutes. Bree wusste, wer Lucy war, und Panda nahm an, dass Mike Moody es auch wusste. Ein Anruf von ihnen genügte, und die Presse würde sofort ausschwärmen. Panda wollte Lucy dort haben, wo er auf sie achtgeben konnte, verdammt. Und sie ins Bett bringen konnte.

Er hatte immer monogam gelebt. Er war lange Phasen ohne eine Frau gewohnt, aber es widerstrebte ihm. Er wollte spüren, wie sie sich unter ihm bewegte, über ihm, wollte das leise Stöhnen hören, ihr Flehen. Er wollte sie festhalten. Sie schmecken. Sie zum Lachen bringen. Er wollte mit ihr reden, richtig reden.

Das brachte ihn ins Stocken. Sie war zu verdammt weichherzig. Wenn er mit ihr redete, würde sie womöglich anfangen, sich mehr Gedanken um sein Wohlbefinden zu machen als um ihr eigenes. Er durfte nicht zulassen, dass das geschah.

Bree machte sich auf den Weg ins Cottage. Lucy war verschwunden, und Toby hatte Dienst am Straßenstand. Er beschwerte sich bitterlich über zu viel Arbeit, aber Bree hatte in letzter Zeit ihre gemeine Ader entdeckt und ihm erklärt, dass sie gern Kinder quäle.

»Und lass dich bloß nicht übers Ohr hauen«, rief sie ihm zu.

Er warf ihr einen seiner Blicke zu, schließlich wussten beide, dass er besser rechnen konnte und dass eher sie diejenige war, der Fehler passierten. Sie lief weiter, dann wandte sie sich noch einmal um.

»Hey, du Rebell!«

»Was denn noch?«

»Deine Mom war auch richtig gut in Mathe!«

Er verharrte einen Moment lang völlig regungslos, dann wandte er sich ab. »Wenn du das sagst.«

Auch wenn er sich lässig gab, wusste Bree, dass er es liebte, mehr über seine Eltern zu erfahren, und sie kramte jede Geschichte hervor, die sie noch im Gedächtnis hatte.

Sie konnte sich nicht genau erinnern, wann ihr Bedürfnis verschwunden war, zur Zigarette zu greifen, wenn sie an David dachte. Der Schmerz und das quälende Reuegefühl waren so langsam verblasst, dass sie es kaum bemerkt hatte.

Kurz bevor sie das Cottage erreichte, vernahm sie ein Rascheln. Es kam von der Ahorngruppe, die an den Wald grenzte. An diesem Nachmittag war es windstill, also hätte es ein Eichhörnchen sein können, aber ...

Die Zweige knackten, und Bree erhaschte einen Blick auf eine dunkelhaarige Frau. Eine Touristin, die sich verirrt hatte?

Ein Schwall besonders anstößiger Flüche drang an Brees Ohr, als die Frau sich durch das Gestrüpp zwängte. Sie versuchte, ihre violette Yogahose aus den Brombeerbüschen zu befreien. Kaum hob die Dunkelhaarige den Kopf, erkannte Bree sie schlagartig. Zuerst tauchte Lucy Jorik hier auf und nun auch noch Temple Renshaw? Was war hier los? Sie eilte hinüber, um ihr zu helfen.

Die Frau zerrte am Trikotstoff ihrer Hose. »Warum pflanzt man so etwas Gemeines in seinen Garten?«

Bree lächelte. »Hey, das sind Brombeeren!«

Temple Renshaw fluchte wieder und saugte dann an einem Kratzer auf ihrem Handrücken. Bree kannte sie aus *Fat Island*. Sie hatte die Sendung gehasst, Scott hatte sie jedoch geliebt. Er hatte sich daran ergötzt, wie Temple ihre Schützlinge quälte, hatte mit seiner eigenen Fitness geprahlt und beim Anblick der hohlen Psychologin im Bikini, die die Teilnehmer angeblich betreute, angefangen zu sabbern. Das ist mal eine heiße Seelenklempnerin, hatte er mehr als einmal gesagt. Wenn du solche Titten hättest wie die, wäre ich ein glücklicher Mann.

Statt zu kontern, wenn er einen Funken Anstand besäße, wäre sie eine glückliche Frau, hatte Bree die Kränkung stumm geschluckt. Als Temple schließlich von den Dornen befreit war, blickte sie an Bree vorbei zum Cottage.

»Ich suche eine Freundin.«

Bree war sofort auf der Hut. »Eine Freundin?«

»Schwarze Haare. Tattoos. Mollige Oberschenkel.«

Temple konnte nur Lucy meinen – obwohl Lucy tolle Beine hatte –, aber Bree wollte keine Informationen herausrücken.

»Mollige Oberschenkel?«, gab sie sich ahnungslos.

Temple kletterte durch die Büsche in Richtung Cottage, ohne auf eine Einladung zu warten. »Eine Problemzone vieler Frauen. Das ist so überflüssig.«

Bree folgte ihr, sowohl abgeschreckt von Temples selbstherrlicher Art als auch neugierig. Als Temple den Garten erreichte, starrte sie gebannt auf die Bienenstöcke und die reifenden Tomaten im Gemüsebeet. Sie trug kein Make-up, das die Schatten unter ihren Augen verdeckt hätte, und ihre Haare, auf dem Bildschirm immer lang und glänzend, waren zu einem schlampigen Pferdeschwanz gebunden. Sie war für Brees Geschmack zu muskulös. Temple sah im Fernsehen besser aus.

»Meine Freundin hat einen Zettel hinterlassen, auf dem steht, dass sie hier ist. Ich muss mit ihr reden«, sagte sie bestimmt.

Lucy hatte eine Freundin erwähnt, die im Haus wohnte, aber sie hatte sich nicht näher über sie ausgelassen, und Bree hatte es wieder vergessen. Sie wäre nie darauf gekommen, dass es sich bei Lucys Freundin um Temple Renshaw handelte.

Temple sah ihr direkt in die Augen. »Ist sie da?«

Bree war nicht gut darin, selbstbewussten Menschen Paroli zu bieten, aber sie wusste nicht, ob Lucy diese Frau sehen wollte.

»Im Moment ist niemand hier außer mir.«

Temple streifte eine dunkle Haarlocke zurück, die sich aus ihrem Pferdeschwanz gelöst hatte. »Gut. Dann werde ich warten.«

»Mir wäre es lieber, Sie würden wieder gehen.«

Temple ignorierte Bree. Sie durchquerte den Garten und pflanzte sich auf die Hintertreppe – genau an den Platz, an dem Bree so viel Zeit verbracht hatte.

Bree war physisch nicht in der Lage, Temple von ihrem Grundstück zu verweisen.

Toby war beunruhigt. Die Glaskugeln, die Bree mit Inselszenen bemalte und für fünfunddreißig Dollar das Stück anbot, waren ausverkauft, aber statt das Geld zur Seite zu legen, hatte sie neue Ware bestellt. Das war dumm. Nach dem Labor Day würden die Touristen weg sein. Sie hatte keine Zeit mehr, das Zeugs zu verkaufen, und was sollten sie dann machen, damit Geld hereinkam? Das war der schlimmste Sommer seines Lebens. Er würde Eli und Ethan niemals wiedersehen. Selbst Mike ließ sich in letzter Zeit selten blicken. Er hatte geschäftlich viel zu tun.

Ein dunkelgrauer Geländewagen hielt an. Als die Tür aufschwang, sah Toby, dass es Panda war. Nun, nachdem er Panda ein wenig näher kannte, fand er ihn nicht mehr so einschüchternd. Panda hatte ihm ein Kajak geliehen, und sie waren zusammen in der Bucht herumgepaddelt und sogar hinaus auf den See. Panda hatte ihn auch dabei helfen lassen, einen toten Baum zu fällen. Toby hoffte, dass er später, wenn er groß war, so cool sein würde wie Panda. Ihm gefiel die Art, wie Panda sich bewegte, als wäre er ein richtig harter Kerl, der sich um nichts Sorgen zu machen brauchte. Außerdem gefiel Toby Pandas Sonnenbrille. Niemand würde sich jemals mit einem Mann wie Panda anlegen.

»Wie geht's, Kumpel?«, sagte Panda, während er auf ihn zukam. »Hast du schon was verdient?«

»Achtundsechzig Dollar an diesem Nachmittag.«

»Das ist gut.« Er sah sich um. »Ich dachte, Lucy würde heute vielleicht hier arbeiten.«

Toby zuckte mit den Achseln. »Ich habe keine Ahnung, wo sie ist.«

Panda nickte, als würde er darüber nachdenken, obwohl Toby nicht wirklich verstand, was es da zu überlegen gab.

»Wie geht es ihr?«, fragte er.

»Ganz gut, glaube ich.« Die Schorfwunde an Tobys Knie juckte. Er kratzte daran.

»Kann sie richtig auftreten?«

»Wie meinst du das?«

»Ich meine, humpelt sie oder so?«

»Ich weiß nicht. Ich glaube nicht.«

Panda streifte sich mit der Hand durch die Haare, als wäre

er ein wenig verärgert. Er benahm sich seltsam. »Aber sie redet mit dir?«

»Klar.«

»Dann ... Hat sie dir was erzählt von ... was auch immer?«

»Jede Menge.«

»Was denn?«

Toby überlegte. »Sie hat gesagt, sie findet es nicht gut, wenn jemand das N-Wort benutzt, nicht einmal, wenn derjenige selbst schwarz ist so wie ich. Ihr Bruder Andre ist auch schwarz. Hast du das gewusst?«

»Ja.«

»Sie findet, dass die meisten Hiphop-Sänger kein gutes Vorbild für junge Leute sind, aber ich finde das schon. Die verdienen schließlich einen Haufen Geld.« Panda sah ihn an, als erwartete er mehr, aber Toby wusste nicht, was er noch sagen sollte. »Gestern hat sie eine zerstampfte Süßkartoffel in den Brotteig gemischt, aber es hat trotzdem gut geschmeckt.«

Panda starrte ihn weiter an. Toby wünschte sich, dass er wieder verschwand. »Sie hat Bree erzählt, dass sie gern reitet.«

Panda schlenderte hinüber zum Honig und starrte darauf, als wäre er ernsthaft daran interessiert. »Hat sie was über mich gesagt?«

Seine Schorfwunde juckte wieder. »Ich weiß nicht. Ich glaube nicht.«

Panda nickte, dann griff er nach einem Glas. Erst als er wieder in seinen Wagen gestiegen war, bemerkte Toby, dass er mit einem Zwanzig-Dollar-Schein bezahlt hatte. »Hey! Sie bekommen noch Wechselgeld!«

Aber Panda gab bereits Gas.

Lucy hörte die Stimmen, bevor sie das Cottage erreichte. Sie hatte gehofft, an diesem Nachmittag ein paar Seiten mehr zu schaffen, aber ein überwältigender Heißhunger auf etwas Süßes hatte sie zum Haus zurückgetrieben. Es war schwerer, zu seinen ehemaligen gesunden Essgewohnheiten zurückzufinden, als Lucy jemals für möglich gehalten hätte. Früher hatte sie selten gegessen, wenn sie nicht hungrig war, aber zwei Monate Zwangsdiät hatten sie besessen gemacht von Nahrung. Wenn sie sich unwohl fühlte, müde oder traurig war, hatte sie inzwischen nur noch das Bedürfnis, sich vollzustopfen. Kein Wunder, dass die meisten Menschen nach einer Diät ihr altes Gewicht wiedererlangten.

Als die Stimmen lauter wurden, blieb sie stehen, um zu lauschen.

»Sie sollten jetzt gehen«, hörte sie Bree sagen.

»Nicht, bevor ich Lucy gesehen habe«, erwiderte Temple.

»Sie ist weg.«

»Ich glaube Ihnen nicht. In ihrem Zimmer drüben im Haus sind nämlich immer noch Sachen von ihr.«

Bree zögerte kurz. »Die braucht sie nicht mehr.«

»Das können Sie mir nicht erzählen. Wo ist sie?«

»Ich bin nicht ihr Kindermädchen. Woher soll ich das wissen?«

Lucy lauschte irritiert, während die schüchterne Feldmaus der bösen Königin Paroli bot. Was war aus der verunsicherten Frau geworden, die Lucy kennengelernt hatte? Widerwillig trat sie zwischen den Bäumen hervor. Temple stemmte die Hände in die Hüften.

»Da bist du ja! Ich habe ein Hühnchen mit dir zu rupfen.«

»Lassen Sie sie in Ruhe«, sagte die Feldmaus.

Temple stolzierte auf Lucy zu. »Schlimm genug, dass du Panda sitzen gelassen hast, aber ich habe dir nichts getan, und du hattest kein Recht, mich auch sitzen zu lassen. Hast du nur eine Sekunde lang überlegt, wie ich mich fühlen werde, wenn ich erfahre, dass du ohne ein Wort davongelaufen bist? Ich habe so eine Stinkwut auf dich, dass es mir sogar egal ist, ob ich jemals wieder mit dir reden werde.«

»Warum sind Sie dann hier?« Brees Kiefer spannte sich auf eine neue, trotzige Art.

Temple fuhr zu ihr herum. »Halten Sie sich da raus. Das geht Sie nichts an.«

»Dies hier ist mein Haus, und Lucy ist mein Gast. Darum geht es mich wohl etwas an.«

Lucy zwang sich einzuschreiten. »Hat man euch zwei schon miteinander bekannt gemacht? Bree, das ist Temple Renshaw. Temple, das ist Bree West.«

»Ich weiß, wer das ist«, sagte Bree gepresst.

Lucy schenkte ihr einen reumütigen Blick. »Ob du es glaubst oder nicht, Temple ist in Wirklichkeit nicht so unhöflich, wie es den Anschein hat.«

»Wage es nicht, dich für mich zu entschuldigen«, drohte Temple, während sie Lucys neue Frisur musterte – ein Kompliment an Bree und ihre Schere. »Ich bin stinksauer.«

»Ich verstehe.« Lucy gab sich einsichtig. »Und du hast recht. Es tut mir leid. Ich hätte dir wenigstens eine Nachricht hinterlassen sollen.«

Temple rümpfte die Nase. »Gut, dass du es bereust. Wann kommst du nach Hause?«

»Gar nicht«, antwortete Bree bestimmt. »Sie bleibt hier.«

»Das glauben Sie.«

Zu hören, wie die beiden sich um sie stritten, verschaffte Lucy das beste Gefühl seit Tagen. Temple kehrte Bree den Rücken zu. Ihre Aggressivität flaute etwas ab.

»Was hat er dir angetan? Er hat mir erzählt, was in dieser Spelunke passiert ist, in der du warst, aber ich weiß, dass er mir nicht alles gesagt hat.« Und dann, zu Bree, mit gezwungener Höflichkeit: »Würde es Ihnen etwas ausmachen, Lucy und mich allein zu lassen, damit wir ungestört reden können?«

Lucy setzte widerstrebend dem Streit ein Ende. »Hör auf, Bree so böse anzufunkeln, Temple. Sie hat jedes Recht, hier zu sein. Ich wollte ohnehin mit dir reden. Ich hatte nur keine Lust, dafür ins Sommerhaus zurückzukehren.«

Das waren die falschen Worte. »Dann ist dir unsere Freundschaft offensichtlich nicht wichtig.«

»Das ist nicht wahr.«

Lucy breitete ihr Strandtuch an einem schattigen Platz aus, setzte sich darauf und zog die Knie an die Brust. Während der würzige Duft von Basilikum zu ihr herüberwehte, erklärte sie Temple genauer, was im Compass passiert war. »Und ich dachte, ich wäre so tough.«

»Du machst dir doch wohl nicht ernsthaft Vorwürfe, weil du nicht gegen diese Mistkerle angekommen bist?«, sagte Temple.

»Andere Frauen schaffen das.«

»Ja, im Film.«

Temples Empörung war tröstlich, aber Lucy konnte sich selbst keinen Freischein ausstellen.

Mit einer einzigen anmutigen Bewegung sank Temple neben Lucy auf das Strandtuch. »Ich verstehe nicht, warum Panda so mit den Details gegeizt hat.«

»Bestimmt aus Vertraulichkeit gegenüber seiner Kundin.« Lucy schluckte ihre Bitterkeit herunter. »Im Grunde betrachtet er mich nämlich immer noch so. Als wäre er für mich verantwortlich.«

»Er hat dich beschützt«, sagte Temple scharf. »Warum hast du so einen Hass auf ihn?«

»Hab ich gar nicht«, erwiderte sie. »Ich habe einen Hass auf mich selbst.«

»Klar. Gebt dem Opfer die Schuld«, warf Bree dazwischen.

»Darum geht es nicht«, sagte Lucy. »Den ganzen Sommer habe ich so getan, als wäre ich ungemein cool. Der Spaß ging auf meine Kosten, richtig?«

Temple wischte das beiseite. »Was ist mit Panda? Warum hast du ihn abserviert?«

»Weil unsere Beziehung genauso unecht war wie meine Tattoos.«

»Auf mich wirkte sie nicht unecht.« Temple sah hoch zu Bree. »Jeder, der die beiden miteinander erlebt, kann sehen, wie scharf sie aufeinander sind.«

Lucy brauste auf. »Ich lasse meinen Verlobten vor dem Traualtar stehen, und zwei Wochen später springe ich mit einem anderen Mann ins Bett. Nett, nicht?«

»Normalerweise nicht«, sagte Temple. »Aber wenn dieser andere Mann Panda ist …«

Lucy wollte nicht dulden, dass irgendwer Ausreden für sie suchte. »Es ist höchste Zeit, dass ich mich damit auseinandersetze, was in meinem Leben real ist und was nicht. Panda ist es nicht.«

»Auf mich wirkt er aber real. Und du bist in ihn verliebt.«

»Hör auf damit!«, schrie sie. »Glaub mir, Liebe ist nicht das, was ich für Panda empfinde.«

Dieses Wort gehörte zu Ted. Ihn hatte sie verehrt, und sie verehrte Panda ganz sicher nicht. Wie konnte man jemanden verehren, wenn man nur den Wunsch hatte, diesem Jemand die Kleider vom Leib zu reißen? Oder mit ihm zu lachen oder ihn anzufauchen oder diese Blicke des blinden Verständnisses zu wechseln? Mit Panda kam sie sich vor wie böse Lucy, gute Lucy, und Viper vermischte alles zu einer Person. Wer brauchte so ein Durcheinander?

Bree türmte sich vor ihnen auf und ersparte Lucy weitere Erklärungen. »Lucy bleibt hier«, beschied sie Temple.

»Nein, sie bleibt nicht.« Temple sprang auf. »Ich will sie zurückhaben.«

»Jammerschade. Ich brauche sie.«

»Ach, und ich vielleicht nicht?«

»Pech. Sie können sie ja jederzeit besuchen kommen.«

Lucys Augen brannten. »Sosehr ich es auch genieße, dass ihr euch um mich streitet, hört bitte auf damit.«

Bree lief in Richtung Straße. »Ich muss nach Toby schauen. Im Kühlschrank steht Eistee.« Sie wandte sich zu Lucy um. »Du bleibst hier. Lass dich nicht von ihr einschüchtern.«

Ein Lächeln zuckte in Temples Mundwinkeln, als Bree verschwand. »Die gefällt mir.« Ihr Lächeln verblasste wieder. »Was versprichst du dir eigentlich davon, dass du wegläufst? Mir erzählst du ständig, ich soll mich meinen Problemen stellen, aber was machst du, wenn es hart auf hart kommt? Das Großmaul ergreift die Flucht.«

»Sei lieb.«

»Schön«, sagte Temple eingeschnappt. »Wenn du so reagierst, werde ich dir nichts von dem Anruf erzählen, zu dem ich mich durchgerungen habe.«

»Sag schon«, entgegnete Lucy, sie wusste, dass Temple nur darauf wartete.

»Du hast es nicht verdient, es zu erfahren.«

»Erzähl es mir trotzdem.«

Als Temple fertig war, sprang Lucy von ihrem Handtuch auf. »Bist du sicher?«

Temple machte ein finsteres Gesicht. »Ich dachte, du würdest dich freuen. Ist es nicht das, was du wolltest?«

Es war nicht ganz das, was sie wollte. Aber Lucy behielt diesen Gedanken für sich.

Panda warf den Schraubenzieher zur Seite, als es an der Tür klingelte. Der einzige Mensch, den er im Moment sehen wollte, war Lucy, und sie würde bestimmt nicht an der Tür klingeln. Er hatte es geschafft, den schweren Küchentisch auf den Kopf zu stellen, aber die klobigen Beine wollten sich nicht richtig demontieren lassen.

Auf dem Weg zur Haustür blickte er stirnrunzelnd auf ein kitschiges Seepanorama, das an der Wand hing. Er hatte sich daran gewöhnt, dass immer wieder Bilder verschwanden und Möbel auf mysteriöse Weise von einem Zimmer in ein anderes gelangten. Warum hatte Lucy dieses Bild nicht rausgeworfen? Am schlimmsten hatte es sein Schwein getroffen. Es trug immer noch die rote Clownsnase, die sie ihm in der Woche zuvor aufgesetzt hatte.

Er erreichte die Tür und sah durch das Seitenfenster. Eine blonde Sexbombe stand draußen.

Sie kam ihm irgendwie bekannt vor, obwohl er wusste, dass sie sich nie begegnet waren. Vielleicht lag es an ihrer Figur. Schwierig, einen solchen Körper zu vergessen. Große Oberweite, Wespentaille, schmale Hüften. Und spektakuläre Beine, nach allem, was er von ihnen sehen konnte.

Er versuchte, die Frau einzuordnen, als er die Tür öffnete, aber etwas an ihrer Erscheinung brachte ihn aus dem Konzept. Ihre langen blonden Haare hätten nicht so brav hochgesteckt sein dürfen, und sie hatte zu viel an.

Dann fiel der Groschen. Seine Begeisterung schwand.

Sie streckte ihm die Hand entgegen. »Sie müssen Mr. Shade sein. Ich bin Kristina Chapman.« Sie legte den Kopf schief und lächelte, als hätte sie einen Insiderwitz gemacht. »Dr. Kristi.«

Kapitel 22

Überall Frauen, und jede davon war ein Albtraum. Temple mit ihren düsteren Launen, Dr. Kristi, die ihren Doktortitel wahrscheinlich aus dem Internet hatte, obwohl sie darauf bestand, dass er echt war, Lucy, das größte Problem von allen, die auf der anderen Seite des Walds wohnte bei Sabrina Remington, der Tochter des Mannes, den er hasste.

Neun Tage, und nicht ein Wort von ihr. Es half nicht, dass er sich einredete, dass es ohnehin hätte enden müssen.

Temple kam die Treppe herunter. Sie hatte gerötete Augen und ging in der Diele an ihm vorbei, ohne etwas zu sagen. Es gefiel ihm nicht, sie in diesem Zustand zu sehen.

»Lass uns joggen gehen«, sagte er barsch.

»Später.« Sie ließ sich in den Wohnzimmersessel plumpsen und griff nach der Fernbedienung.

Er nutzte die Zeit, um zu überlegen, wo er einen Tisch für die Küche auftreiben konnte. Dr. Kristi hatte sich in den Garten zurückgezogen, sie las ein Buch. Sie war schwimmen gewesen, aber statt ihres berühmt-berüchtigten roten Bikinis, der ihm wenigstens eine kleine Entschädigung geboten hätte für ihren ungebetenen Besuch, trug sie einen Einteiler.

Als Temple in der Küche erschien, nickte er in Richtung Garten. »Du hättest mir Bescheid geben können, dass du sie eingeladen hast. In *mein* Haus.«

»Ich wusste, du würdest nichts dagegen haben.« Bevor er sie von diesem Irrglauben befreien konnte, rauschte sie an ihm vorbei. »Ich gehe rüber zum Cottage.«

»Mach dich dieses Mal nützlich.«

»Hol sie doch selbst zurück«, entgegnete sie, bevor sie die Tür hinter sich zuknallte.

Er würde nichts lieber tun als das, aber was dann? Lucy brauchte ein Happy End, etwas, das er ihr nicht bieten konnte. Trotzdem musste er sie noch einmal sehen, bevor er die Insel verließ, obwohl er keine Ahnung hatte, was er ihr sagen sollte.

Durch das Fenster beobachtete er, wie Temple zu Dr. Kristi ging, die das Buch zuklappte und aufstand. Er konnte nicht hören, was Temple zu ihr sagte. Es interessierte ihn auch nicht wirklich. Ihn interessierte nicht gerade viel in letzter Zeit.

Lucy kam mit ein paar Gläsern Eistee zum Straßenstand, als Temple, gefolgt von einer großen, vollbusigen Blondine, bei der es sich nur um Dr. Kristi handeln konnte, auf sie zukam. Die Psychologin trug ein ärmelloses grünes Strandkleid über einem dazu passenden Badeanzug. Ihr blondes Haar war straff nach hinten gebunden und hob ihre Wangenknochen und den üppigen Schmollmund hervor.

Lucy hatte mit so etwas gerechnet, seit Temple ihr einige Tage zuvor erzählt hatte, dass sie Dr. Kristi um Hilfe gebeten habe. Lucy hatte sie gedrängt, sich an einen seriösen Therapeuten zu wenden, ein Rat, den Temple offensichtlich ignoriert hatte.

Bree saß an ihrem Arbeitstisch im Schatten und malte den Inselleuchtturm auf eine ihrer kostbaren Glaskugeln. Sie straffte sich, als sie sah, wer gekommen war.

Temple trug ihre übliche Sportkluft – Yogahose und ärmelloses Shirt. »Kristi, das ist meine Freundin Lucy. Lucy, Kristi wird dich nicht verraten. Und Kristi, das ist Bree.«

Kristi nickte Bree zu. »Sie sind die Imkerin. Angenehm.«

Dann wandte sie sich Lucy zu. »Ich habe mich darauf gefreut, Sie kennenzulernen, Miss Jorik. Temple hat mir viel von Ihnen erzählt.«

»Aber nichts Gutes.« Temple machte sich auf dem gelben Gartenstuhl breit.

»Lügnerin«, sagte Lucy und stellte die Gläser mit dem Eistee auf Brees Tisch ab.

»Du hast recht«, murmelte Temple. »Es ist traurig, aber wahr, ich habe mir eine übergewichtige Ausreißerin zum Vorbild genommen.«

»Sie ist nicht übergewichtig.« Bree löste mühselig den Blick von Kristis Pornostarlippen.

Übergewichtig oder nicht, Lucy konnte sich nicht vorstellen, jemandem als Vorbild zu dienen, obwohl sie in diesem Sommer sicher ein paar wichtige Lektionen fürs Leben gelernt hatte.

Schweigen senkte sich über die Gruppe. Kristi begutachtete Brees Ware, sie schien das Schweigen nicht zu stören. Temple starrte auf ihre Füße, Bree spielte mit ihrem Pinsel, und Lucy überlegte krampfhaft, was sie sagen sollte, bevor ihr einfiel, dass sie nicht der Kapitän dieses bunten Haufens zu sein brauchte.

Plötzlich sprang Temple von ihrem Stuhl auf und sah Bree aggressiv an. »Ich bin lesbisch!«, rief sie.

Bree blinzelte verunsichert, aber Lucy begriff, was Bree nicht verstehen konnte. Das hier war Temples Coming-out.

Wieder sagte niemand etwas. Dann hob Temple den Kopf. »Ich liebe eine Frau.«

»Gratuliere!« Bree warf einen fragenden Blick auf Kristi. »Sie beide?«

Temple brauchte einen Moment, um Brees Gedankengang zu folgen, dann schüttelte sie sich. »Um Gottes willen, doch nicht Kristi.«

»Das klang ziemlich feindselig«, sagte Kristi entschieden.

»Was kümmert es dich?«, erwiderte Temple. »Du bist hetero.«

Kristi setzte sich auf den pfirsichfarbenen Stuhl. »Was nicht heißt, dass ich es gut finde, so abqualifiziert zu werden.«

Bree warf Lucy einen Blick zu, der eindeutig hinterfragte, mit was für Verrückten sie sich abgab.

»Tut mir leid«, sagte Temple.

Dr. Kristi nickte gnädig. »Entschuldigung angenommen.«

Lucy beugte sich zu Temple hinunter. »Hast du mit Max gesprochen?«

Temple machte eine abfällige Handbewegung, als wäre Lucys Frage zu dämlich, um Zeit damit zu verschwenden, sie zu beantworten. Kristi räusperte sich allerdings laut und vernehmlich.

»Max hat einfach aufgelegt. Sie will sich rächen«, murmelte Temple mit gesenktem Kopf.

Lucy dachte kurz nach. »Ich schätze, das ist verständlich. Was wirst du jetzt tun?«

Temple zappelte auf ihrem Stuhl herum, und als sie schließlich antwortete, klang sie, als hätte sie ein Insekt verschluckt. »Ich werde betteln.«

Bree stieß fast ihren Tisch um, als sie von ihrem Stuhl aufsprang. »Bloß nicht! Niemals betteln! Daran geht die Seele zugrunde.«

Dr. Kristi betrachtete Bree mit einer solchen Ernsthaftigkeit, dass man ihr die pornografischen Lippen kaum noch abnahm. »Das hört sich an, als würden Sie aus Erfahrung sprechen.«

Brees Kiefer spannte sich an. »Mein Exmann«, sagte sie trotzig.

»Möchten Sie uns davon erzählen?«, fragte Kristi.

»Hey!«, rief Temple. »Du sollst *mich* therapieren.«

Kristi winkte ihren Protest ab. »Ich arbeite am besten in der Gruppe.«

Und genau das tat sie. Während der nächsten Stunde fand Lucy sich mitten in einer Gruppentherapiesitzung wieder, die Dr. Kristi überraschend fachkundig leitete. Sie sprachen über die Lektionen, die Bree aus ihrer demütigenden Ehe mit Scott gezogen hatte, auch über Temples Perfektionszwang. Lucy beschränkte sich darauf, ihre Schuldgefühle zu offenbaren, die sie quälten, weil sie ihre Lobbyarbeit so sehr hasste. Dr. Kristi gab ihr die tröstende Botschaft, dass mehr Menschen eine Pause von ihrem alltäglichen Leben machen sollten, um sich über ihren zukünftigen Weg klar zu werden. Nach und nach erkannte Lucy, dass Dr. Kristi richtig gut war in dem, was sie tat. Dieser Sommer war wirklich voller Überraschungen.

Schließlich verkündete die Psychologin, dass die Zeit um sei, als wäre dies ein reguläres Treffen gewesen.

»Diese Seite von Ihnen bekommen wir im Fernsehen nie zu sehen«, sagte Lucy so taktvoll wie möglich.

Eine von Kristis hellen, wunderschön geformten Augenbrauen wölbte sich. »Ja, der Strohpavillon und der rote Bikini neigen dazu, meine Professionalität infrage zu stellen.«

»Warum machen Sie es dann?«, fragte Bree.

»Als Teenager litt ich an Bulimie«, erwiderte Kristi sachlich. »So kam es, dass ich mich auf Patienten mit Essstörungen spezialisierte. Ich nahm damals den Job in *Fat Island* an, um mein Studentendarlehen zurückzuzahlen. Ursprünglich hatte ich geplant, nach der ersten Staffel auszusteigen. Aber ich habe mich in das Geld verliebt.« Sie schlug die langen, schlanken Beine übereinander. »Ich versuche, mein Bleiben zu rechtfertigen, obwohl ich weiß, dass den Produzenten mein Körper wesentlich wichtiger als meine Beratungsarbeit ist. Aber unsere Teilnehmer haben ernsthafte seelische Probleme, und ich weiß, dass die Produzenten bei der Wahl meiner Nachfolgerin keinen Wert auf fachliche Referenzen legen. Solange sie blond ist und eine tolle Bikinifigur hat, kriegt sie den Job. Also bleibe ich lieber.«

»Kristi glaubt, dass es ohne sie keinen unserer langfristigen Erfolge gegeben hätte«, bemerkte Temple bissig.

Kristi richtete den Blick auf sie. »Keinen der *wenigen* langfristigen Erfolge, die wir hatten ... Als *Fat Island* so beliebt wurde, habe ich meinen ganzen Einfluss genutzt und dafür gesorgt, dass der Sender die Kosten für eine richtige Verhaltenstherapie übernimmt. Die Teilnehmer sind nämlich Wracks, wenn Temple mit ihnen fertig ist – dazu bestimmt, langfristig zu scheitern. Was Temple, glaube ich, allmählich einsieht. Realistisch betrachtet, können Menschen, die ein Job und eine Familie haben, es sich nicht erlauben, zwei bis drei Stunden täglich Sport zu treiben. Und die meisten können sich nicht ohne kontinuierliche Unterstützung auf eine gesunde Ernährung umstellen.«

Die böse Königin wurde ernst. »Ich überdenke gerade meine Methode, okay?«

»Das wird auch Zeit.« Dr. Kristi wandte sich an Bree. »Beeinflusst die Information, dass Temple lesbisch ist, Ihre Meinung zu *Fat Island?*«

»Sie ist zu höflich, um das ehrlich zu beantworten«, bemerkte Temple.

»Das glauben Sie.« Brees rote Haare fingen das Sonnenlicht ein, als sie das Kinn hob. »Ich habe die Sendung vorher gehasst, und ich hasse sie immer noch.«

Kristi nickte. »Siehst du, Temple. Die Welt wird nicht aufhören, sich zu drehen, nur weil du endlich den Mut gefunden hast, aufrichtig zu leben.«

»Bla, bla, bla«, sagte Temple, aber es klang nicht wirklich überzeugt.

Schließlich schwenkte die Unterhaltung auf weniger brisante Themen um, und als Dr. Kristi Bree bat, ihre neuen Honigsorten probieren zu dürfen, zog Temple Lucy beiseite.

»Kristi steht auf Panda«, zischte sie, sobald sie außer Hörweite waren. »Sie kann die Augen nicht von ihm lassen.«

Lucy biss sich auf die Innenseite ihrer Lippe. »Steht er auch auf sie?«

»Hast du sie dir mal angesehen? Welcher Mann würde nicht auf Kristi stehen? Gestern Abend trug sie ihre Haare offen. Das macht sie sonst nur vor der Kamera. Du musst sofort nach Hause kommen und dein Revier sichern.«

Lucy betrachtete gedankenverloren einen Schwalbenschwanz, als hätte sie noch nie so ein Wesen gesehen. »Ich habe kein Revier.«

»Du bist eine dämliche Kuh«, sagte Temple.

Aber Lucy sah die Besorgnis in ihren Augen. »Und ich dachte schon, du wolltest ein freundlicher, einfühlsamer Mensch werden.«

»Später.«

Lucy brachte kaum ein Lächeln zustande.

Bree verbrachte den Spätnachmittag damit, Honig zu schleudern, und kam völlig erschöpft zum Abendessen, zu dem sie Mike eingeladen hatten. Sie erhob nur flüchtig Protest, als Lucy nach dem Essen darauf bestand, sich um den Abwasch zu kümmern. Auf dem Weg zur Dusche hörte Bree Mike und Toby auf der Vorderveranda miteinander reden. Sie blieb stehen.

»Ich finde, du solltest Bree zu einem Date einladen«, hörte sie Toby sagen. »Ich weiß, anfangs konnte sie dich nicht leiden, aber sie hat ihre Meinung geändert. Hast du sie mal beim Essen beobachtet? Sie lacht über all deine Witze.«

Bree stellte sich näher an den Vorhang, um Mikes Antwort besser hören zu können.

»Ich würde nicht allzu viel darauf geben«, sagte er. »Lucy lacht auch über meine Witze.«

»Aber Bree lacht lauter«, beharrte Toby. »Außerdem sieht sie dich ständig an. Du solltest sie mal zum Essen einladen oder so. Nicht ins Dogs 'N' Malts, sondern ins Island Inn oder in ein anderes nettes Lokal.«

»Das kann ich nicht tun, Toby«, erwiderte Mike untypisch stur.

»Warum nicht?«

»Weil es nicht geht.« Eine Schüssel klapperte in der Küche. Mikes Stuhl knarrte. »Bree macht sich Sorgen wegen des bevorstehenden Winters. Sie will sichergehen, dass sie sich auf mich verlassen kann, falls sie Hilfe braucht. Ich würde genauso reagieren, würde ich in ihrer Haut stecken.«

Und Bree hatte sich für so clever gehalten ... Ihr hätte klar sein müssen, dass niemand ein derart erfolgreiches Geschäft aufbaute wie Mike, ohne über eine gute Menschenkenntnis zu verfügen.

Toby wollte nicht aufgeben. »Ich verstehe trotzdem nicht, warum du sie nicht zum Essen einladen kannst.«

»Weil sie dann Ja sagen müsste, auch wenn sie gar nicht will.«

»Sie will aber«, insistierte Toby. »Ich weiß, dass sie will.«

»Toby, das ist vielleicht schwer zu begreifen ...« Seine Stimme klang geduldig, wie immer, wenn er Toby etwas erklärte. »Ich bin nicht auf diese Art an Bree interessiert.«

Nicht?

Sie hörte einen Stuhl über den Boden scharren, gefolgt von Mikes festen Schritten auf der Veranda. »Martin!«, rief

Mike. »Hierher! Schnell, Toby, fang ihn ein, bevor er auf die Straße läuft.«

Irgendwie hatte sie Mike sein Desinteresse nie so recht abgenommen. Sie hatte auf seine Standhaftigkeit gezählt, sich damit getröstet, dass er – obwohl Scott vor langer Zeit das Interesse an ihr verloren hatte – sich für immer nach ihr verzehren würde. Wie töricht.

Bree presste die Hand auf ihre Brust. Sie konnte keine weitere Zurückweisung ertragen, und schon gar nicht von Mike. Ihr Herz pochte. Sie trat hinter dem Vorhang hervor. Die Türangel quietschte, als sie die Fliegengittertür aufstieß. Langsam ging Bree hinaus auf die Veranda.

Toby war vorn in der Einfahrt mit dem Hund. Mike stand auf der obersten Verandastufe, der Wind wehte ihm das Haar in die Stirn. Selbst in verschlissenen Jeans und einem schlichten weißen T-Shirt sah er markant aus, groß und imposant, das Profil erhellt von der Verandalampe.

Die Türangel quietschte wieder. Sie musste die Veranda überqueren … Zur Treppe … »Komm mit«, flüsterte sie über ihr wahnsinniges Herzklopfen hinweg.

Er öffnete den Mund. Wollte er ablehnen?

»Nein«, sagte sie. »Nicht reden.«

Sie umfasste seinen Arm, zog ihn vom Haus weg, außer Sichtweite des Jungen, zwischen die Bäume. Sie war getrieben von Panik, von Erschöpfung, von der Angst, dass alles, was sie sich aufgebaut hatte, ihr entgleiten könnte.

Mit ihrer Größe war sie es gewohnt, anderen Menschen auf Augenhöhe zu begegnen, aber sie blieb in einer kleinen Mulde stehen, sodass sie zu ihm hochschauen musste. Selbst in dem schwachen Mondlicht, das durch die Blätter drang, konnte sie erkennen, dass er sich innerlich wehrte.

»Bree …«

Sie legte die Arme um seinen Nacken, zog seinen Kopf

herunter und brachte ihn mit ihrem Mund zum Schweigen.

Das hier, sagte ihr Kuss, soll dich an das erinnern, was du dir immer gewünscht und nie bekommen hast.

Aber als seine Lippen ihre berührten, wurde stattdessen sie an das erinnert, was sie nie bekommen hatte. Treue. Wertschätzung. Güte. Und etwas weitaus weniger Nobles. Eine erfrischende, sinnliche Lust, frei von der Scham, die sie in ihrer Ehe empfunden hatte.

Heiß strömte das Blut durch ihre Adern, und all ihre Sinne brannten lichterloh. Sein Kuss war der Kuss eines Mannes, dem es Freude bereitete, Lust zu schenken. Ein Kuss, der so selbstlos war wie erotisch.

Er war erregt, und sie genoss seine Erregung, genoss es, zu wissen, dass die Hände, die ihre Hüften umfassten, nicht die Erinnerung an zahllose andere Frauenkörper in sich trugen. Sein Mund wanderte zu ihrer linken Wange, und er küsste den Nachmittagshonig von ihrer Haut. Er forderte wieder ihre Lippen, und sie presste sich an ihn.

Plötzlich wich er ohne Vorwarnung zurück. Nur ein wenig, aber weit genug.

»Bree, du brauchst das nicht zu tun.« Er löste ihre Arme von seinem Hals. »Ich werde auf dich und Toby aufpassen. Ich muss dafür nicht auf diese Art bestochen werden.«

Sie war gekränkt, wütend, dass er ihr so etwas zutraute, selbst wenn er allen Grund dazu hatte. Das einzige Argument, das sie vorbringen konnte, war die Wahrheit.

»Das war keine Bestechung.«

»Bree, erspar dir das.« Er klang müde, ein wenig ungeduldig. »Das ist unnötig.«

Sie hatte damit angefangen, sodass es unverschämt war, ihren Kummer an ihm auszulassen, aber die Worte strömten aus ihrem Mund, ohne dass sie etwas dagegen tun konnte.

»Hör mir gut zu, Mike Moody. Ich habe jahrelang um die Liebe eines Mannes gebettelt, und das werde ich nie wieder tun. Verstehst du mich?«

»Mike!«, rief Toby vom Haus. »Mike, wo bist du?«

Mike starrte sie an, seine Augen waren plötzlich müde. Dann entfernte er sich. »Ich bin hier«, sagte er, als er zwischen den Bäumen hervortrat.

»Was machst du denn da drüben?«, fragte Toby.

Mikes Schritte knirschten in der Kieseinfahrt. »Nichts Wichtiges.«

Bree lehnte die Wange an die raue Rinde eines Baums, schloss die Augen und zwang sich, nicht zu weinen.

Auf Dr. Kristis Drängen reduzierte Temple ihr Training auf höchstens neunzig Minuten am Tag. Das verschaffte ihr mehr freie Zeit. Normalerweise hätte sie diese damit verbracht, darüber zu grübeln, warum Max sich weigerte, mit ihr zu reden. Dr. Kristi hatte jedoch damit angefangen, sie jeden Nachmittag für ein Stündchen zum Strand mitzunehmen. Wenn Lucy ihr Schreibpensum geschafft hatte – sie arbeitete nun kontinuierlich am Manuskript –, gesellte sie sich dazu.

Wenn die Frauen vom Strand zurückkamen, gesellten sie sich zu Bree, die eine Weihnachtskugel nach der anderen bemalte, und kombinierten Gruppentherapie mit Frauengesprächen. Dr. Kristi tröstete Temple über Max' Zurückweisung hinweg und riet Lucy, die Lobbyarbeit aufzugeben. Die anderen verstanden nicht, dass Lucy sich verpflichtet fühlte, Kindern zu helfen, die nicht so viel Glück hatten wie sie. Bree erwähnte Mike nie, obwohl sie offen über ihre Ehe sprach.

»Es fühlt sich gut an, Freundinnen zu haben«, sagte sie eines Nachmittags. »Ich hatte keine richtigen Freundinnen während meiner Ehe. Mir war klar, die wollten von mir nur hören, warum ich die Augen davor verschloss, dass Scott mich betrog.«

»Dieses Schwein könnte heute nicht mehr so etwas mit dir abziehen«, sagte Temple und legte den Fuß über das Knie.

»Nein.« Bree wirkte plötzlich traurig, dann gab sie sich einen Ruck und sah Kristi an. »Ich hatte heute Nachmittag nicht viel Kundschaft. Bist du sicher, dass du nicht doch vielleicht ...«

»Nein!«, sagte Kristi nachdrücklich.

Temple und Lucy wechselten einen Blick, belustigt über Brees Versuche, Dr. Kristi zu überreden, ihren roten Bikini zu tragen, um das Geschäft anzukurbeln.

»Zieh du ihn doch an«, fügte Kristi hitzig hinzu. »Mal sehen, wie uns das gefällt.«

»Wenn ich so aussehen würde wie du, würde ich es machen.« Bree rächte sich an Kristi, indem sie sie in den Beichtstuhl verfrachtete. »Ich kann nicht verstehen, wieso ausgerechnet du Komplexe Männern gegenüber hast. Du könntest jeden Mann haben, den du wolltest.«

Lucy dachte sofort an Panda.

Kristi schob ihre Sonnenbrille hoch. Selbst ihre Ohren waren perfekt geformt. »Das denkst du. Die Sorte Mann, zu der ich mich hingezogen fühle, fühlt sich leider nicht zu mir hingezogen.«

»Die tote Sorte?«, fragte Lucy.

Temple lachte, aber Kristi schürzte die Schmolllippen, ganz das prüde Mauerblümchen, das sie in diesem umwerfenden Körper war. »Macht euch ruhig lustig über mich. Ich mag Männer mit Verstand. Nachdenkliche Männer, die richtige Bücher lesen und noch andere Interessen haben außer Bier und schnelle Autos. Aber solche Männer trauen sich nicht in meine Nähe. Stattdessen kriege ich die Aufreißer – Schauspieler, Sportler, fünfzigjährige Milliardäre, die eine Vorzeigefrau suchen.«

Lucy rieb an einem Farbfleck an ihrem Daumen, dann beschloss sie vorzupreschen. Zur Hölle mit der Zurückhaltung. »Was ist mit Panda?«

»Eine faszinierende Ausnahme«, sagte Dr. Kristi. »Eigentlich sieht er aus, als wäre er der Anführer der Aufschneider, aber man merkt recht schnell, dass er intelligent ist. Gestern Abend haben wir uns eine Stunde lang über Puccini unterhalten. Panda kennt sich außerdem unglaublich gut in Politik und Wirtschaft aus. Und er hat ein soziales Gewissen. Wusstet ihr, dass er mit Jugendbanden arbeitet? Ein Jammer, dass er emotional völlig unzugänglich ist.«

»Weil er in Lucy verliebt ist«, bemerkte Temple spitz.

»Klar«, spottete Lucy. »Er kommt ja auch ständig hierher, um mich zu sehen.«

Obwohl sie wusste, dass es besser für ihn war wegzubleiben, wurmte es sie, dass er nicht einmal einen Versuch unternommen hatte, mit ihr in Kontakt zu treten.

»Temple hat mir nichts von eurer Beziehung gesagt, als ich mit ihm geflirtet habe«, sagte Kristi ernst. »Ich halte nichts davon, einer anderen Frau den Mann auszuspannen.«

»Wenn du dir wirklich einen Mann wünschst«, sagte Bree, »solltest du es so machen wie Lucy. Mach dich hässlich, damit die normalen Männer keine Angst haben, dir näherzukommen.«

Lucy wies auf das Offensichtliche hin. »Um Kristi hässlich zu machen, braucht man ein ganzes Special-Effects-Team aus Hollywood.«

Ein silberner Subaru brauste vorbei. Temple sog scharf die Luft ein und schoss von ihrem Stuhl hoch.

»Was hast du?«, fragte Kristi.

Temple griff sich an die Kehle. »Das war Max!«

»Bist du sicher?«, fragte Bree.

Aber Temple rannte bereits in Richtung Sommerhaus.

Die übrigen drei sahen sich an. Schließlich sprach Lucy aus, was alle dachten. »Ich würde alles dafür geben, um zu sehen, was gleich passiert.«

»Ich auch«, sagte Bree.

Aber in diesem Moment hielt ein Van, aus dem zwei Frauen und ihre Kinder ausstiegen. Mit einem Blick des Bedauerns in Richtung Wald ging Bree zum Stand hinüber, um sie zu bedienen.

»Du bleibst, wo du bist«, sagte Dr. Kristi. »Das ist eine private Angelegenheit zwischen Temple und Max.«

»Ich weiß«, erwiderte Lucy. »Aber ...« Sie sprang von ihrem Stuhl auf und flitzte los zu dem Waldweg.

»Lass dich nicht von ihnen erwischen!«, rief Kristi ihr hinterher.

Lucy wusste, dass es verrückt war. Es widerstrebte ihr, sich dem Sommerhaus zu nähern. Aber sie musste sich auch von einem Happy End überzeugen, und falls es eins gab, wollte sie es aus erster Hand erfahren.

Sie bog auf einen schmalen Trampelpfad, der zur Garage führte. Vorsichtig wich sie einem Stapel fauligem Feuerholz aus. Eine erwachsene Frau, die den Verstand verloren hatte. Lucy spähte verstohlen um die Ecke der Garage, gerade als Max aus dem Wagen stieg. Ihre kurzen roten Haare waren zerzaust, ihre olivfarbenen Cargoshorts und die schlecht sitzende hellbraune Bluse zerknittert. Temple kam aus dem Wald herausgeschossen und blieb dann wie angewurzelt stehen. Die Verunsicherung hinter ihrem Böse-Königin-Gehabe stand ihr ins Gesicht geschrieben.

»Max ...« Es klang wie ein Gebet. »Max, ich liebe dich.«

Max rührte sich nicht vom Fleck, ihre unnachgiebige Miene drückte aus, dass sie einen genauso starken Willen besaß wie ihre Geliebte. »Genug, um mit diesem Versteckspiel aufzuhören? Oder sind die Nachrichten, die du mir hinterlassen hast, purer Blödsinn?«

»Kein Blödsinn. Ich liebe dich wirklich.«

»Genug, um dich mit mir in der Öffentlichkeit zu zeigen?« Temple nickte.

»Genug, um mich zu heiraten?«, setzte Max stur nach. »Und eine große Hochzeit zu feiern? Und jeden einzuladen, den wir kennen?«

Lucy sah, dass Temple schluckte. »Genug«, flüsterte sie.

Aber Max war noch nicht mit ihr fertig. Sie deutete schroff auf ihre Figur. »Ich werde mich nicht für dich schlankhungern. Was du siehst, ist das, was du kriegst, mit allem drum und dran.«

»Ich liebe, was ich sehe. Ich liebe dich.«

Max drehte an einem ihrer Silberringe. »Das könnte das Aus für deine Karriere bedeuten.«

»Das ist mir egal.«

»Das ist dir nicht egal«, widersprach Max, aber sie wurde weicher, als sie die Tränen sah, die in Temples Augen glitzerten.

»Du bist mir wichtiger«, sagte Temple.

Max schmolz schließlich dahin, und sie fielen sich in die Arme.

Einen derart leidenschaftlichen Kuss zwischen zwei Frauen zu beobachten war ein bisschen kitschig, aber auch rundum zufriedenstellend. Lucy trat den Rückzug an. Sie hatte genug gesehen.

Kapitel 23

Mit Ausnahme eines Spaziergängers mit Hund hatte Lucy den Strand auf der Westseite der Insel für sich allein. Dieser Strand war kleiner und weniger gut zugänglich als der im Süden und wurde hauptsächlich von den Einheimischen besucht. An diesem Samstag hatte der dicht bewölkte Himmel aber auch die ferngehalten. Lucy suchte sich einen geschützten Platz unterhalb einer Düne und hockte sich mit angewinkelten Knien in den Sand. Max war am Nachmittag zuvor mit Temple abgereist. Am Morgen hatte sich Kristi verabschiedet. Lucy würde sie alle vermissen. Vielleicht war das der Grund für ihre melancholische Stimmung. Sie kam mit ihrem Manuskript gut voran, hatte also keinen Grund, wegen ihrer Arbeit deprimiert zu sein. Bis Mitte September sollte sie schließlich so weit sein, die Insel zu verlassen.

Sie spürte, dass sich jemand näherte, und als sie aufsah, setzte ihr Herz einen Takt lang aus. Panda. Toby musste ihm gesagt haben, wo sie war.

Obwohl die Sonne sich hinter den Wolken verschanzt hatte, trug er eine Sonnenbrille. Er war glatt rasiert, aber sein Haar war gewachsen, seit sie ihn zuletzt gesehen hatte, und stand ihm wirr vom Kopf ab. Es kam ihr vor wie Monate. Die Gewissheit, die sie mit so großer Anstrengung unterdrückte, kämpfte sich an die Oberfläche. Lucy schob sie zurück in die dunkelsten Tiefen ihres Inneren, wo sie keinen Schaden anrichten konnte. Panda schlenderte so lässig auf sie zu wie ein Tourist bei einem Nachmittagsspaziergang.

Falls er sauer darüber war, dass sie sich aus dem Staub gemacht hatte, ließ er sich das nicht anmerken. Er nickte und musterte ihre kürzeren Haare, die nun nicht mehr so dunkel waren, aber auch noch nicht wieder ihren hellbraunen Naturton hatten. Lucy war ungeschminkt, ihre Fingernägel waren ruiniert, und sie hatte sich seit ein paar Tagen die Beine nicht rasiert, aber sie widerstrebte dem Impuls, sie zu verstecken.

Sie blickten sich an, vielleicht nur ein paar Sekunden, aber länger, als Lucy es aushalten konnte. Sie tat so, als würde sie ein Marienkäfertrio unter die Lupe nehmen, das über ein Treibholzstück krabbelte.

»Kommst du, um dich zu verabschieden?«

Er stopfte eine Hand in die Tasche seiner Shorts. »Ich reise morgen früh ab.« Er schaute auf das Wasser hinaus, als könnte er es nicht ertragen, sie länger anzusehen, als nötig war. »In einer Woche beginnt mein neuer Auftrag.«

»Super.«

Wieder entstand ein unbehagliches Schweigen zwischen ihnen. Am Uferrand warf der Strandspaziergänger einen Stock ins Wasser, und sein Hund sprang hinterher. Ob sie wollte oder nicht, es gab Dinge, die sie sagen musste, bevor Panda abreiste.

»Ich hoffe, du verstehst, warum ich ausziehen musste.«

Er setzte sich neben sie in den Sand und winkelte ein Bein an, hielt aber Abstand. »Temple hat es mir erklärt. Sie hat gesagt, es hat damit zu tun, dass ich mich wie ein Arschloch benommen habe.«

»Falsch. Wenn du in dieser Nacht nicht gewesen wärst ...« Sie bohrte die Zehen in den Sand. »Ich will gar nicht daran denken.«

Er nahm einen Stein auf und rollte ihn in der Handfläche. Die Dünengräser neigten sich zu ihm, als wollten sie ihm über das Haar streichen. Sie wandte den Blick ab. »Danke für das, was du getan hast.«

»Du hast dich genug bedankt«, erwiderte er schroff.

Sie rieb ihren Arm. »Ich bin froh, dass du mir von deinem Bruder erzählt hast. Auch das weißt du schon, aber ich sage es trotzdem noch einmal.«

»Ich wollte dich nur von dem Überfall ablenken, mehr nicht.«

Sie stemmte die Füße tiefer in den Sand. »Ich denke, du solltest Bree das mit Curtis erzählen, bevor du abreist.«

Er ließ den Stein fallen. »Dass ihr alter Herr kein Gewissen hatte? Das wird nicht passieren.«

»Bree ist ein großes Mädchen. Sie weiß, dass er ihre Mutter betrogen hat, und sie muss das erfahren. Lass sie entscheiden, ob sie es dann ihren Brüdern erzählt oder nicht.«

Sein stur vorgeschobener Kiefer sagte ihr, dass sie ihren Atem verschwendete. Sie stupste gegen eine Zebramuschel, fühlte sich so unerwünscht wie dieser fremde Eindringling in den Großen Seen.

»Nach allem, was passiert ist, habe ich dich nie gefragt, warum du zu der Kneipe zurückgegangen bist.«

»Um meinen Wagen zu holen. Ich war stinksauer auf dich.«

»Ich habe mich an jenem Abend so lächerlich gemacht mit meinem obercoolen Getue. Eigentlich den ganzen Sommer.«

»Das war kein Getue. Du bist obercool.«

»Das stimmt zwar nicht, aber trotzdem danke.« Sie siebte etwas Sand durch die Finger. »Eine gute Sache hatte diese Erfahrung. Ich habe gelernt, dass ich mich nicht einfach wieder in Ordnung bringen kann, indem ich versuche, in eine andere Haut zu schlüpfen.«

»Wer sagt, dass du wieder in Ordnung gebracht werden musst?« Er zeigte ein tröstendes Maß an Empörung. »Du bist genau richtig, so wie du bist.«

Sie biss sich auf die Innenseite ihrer Unterlippe. »Danke.«

Wieder machte sich ein langes Schweigen breit, eine schreckliche, undurchdringliche Kluft, die Bände sprach über die Distanz, die zwischen ihnen entstanden war.

»Wie kommst du mit dem Schreiben voran?«, fragte er.

»Ziemlich gut.«

»Das ist schön.«

Wieder Schweigen, und dann stand er auf. »Ich muss noch packen. Ich bin hergekommen, um dir zu sagen, dass es dir freisteht, dich im Haus einzuquartieren, wenn ich weg bin.«

Das war der einzige Grund? Ihre Brust tat weh, und sie hob den Kopf und sah ihr Spiegelbild in seiner Sonnenbrille.

»Ich fühle mich wohl bei Bree«, sagte sie steif.

»Du hast für das Haus mehr übrig als ich. Falls du es dir anders überlegst, hier ist der Schlüssel.«

Sie streckte nicht die Hand danach aus – konnte sich nicht dazu überwinden –, also ließ er ihn in ihren Schoß fallen. Er landete auf dem Saum ihrer Shorts, und der gelbe Smiley auf dem Schlüsselanhänger starrte zu ihr hoch.

Er griff nach seiner Sonnenbrille, als wollte er sie abnehmen, überlegte es sich dann aber anders.

»Lucy, ich ...«

Der Starrsinn, den sie so gut kannte, ließ seine Lippen schmaler werden. Er stemmte eine Hand in die Hüfte und senkte den Kopf. Die Worte, die hervorkamen, waren so rau, als hätte er sie mit Sandpapier geschmirgelt.

»Pass auf dich auf, okay?«

Das war alles. Er sah sie nicht mehr an. Sagte nichts weiter. Ging einfach davon.

Ihre Finger krümmten sich zu Fäusten. Sie kniff die Augen zusammen, zu wütend, um zu weinen. Am liebsten wäre sie ihm auf den Rücken gesprungen und hätte ihn auf den

Boden gerungen. Ihn geschlagen und getreten. Den abgestumpften, gefühllosen Bastard. Nach allem, was passiert war, nach allem, was sie gesagt und getan hatten, war das sein Abschiedsspruch.

Sie schaffte es schließlich zurück zum Parkplatz. Sie radelte zum Haus. Kein Wunder, dass Panda nie zum Cottage gekommen war, um nach ihr zu sehen. Aus den Augen, aus dem Sinn. Das war die Art von Patrick Shade.

Bree war am Stand. Sie warf einen Blick in Lucys Gesicht und legte ihren Pinsel zur Seite. »Was ist passiert?«

Es ist vorbei. Aus. Akzeptier es.

»Das Leben«, antwortete Lucy, »das Leben ist ätzend.«

»Erklär mir das genauer.«

Lucy widerstand gerade noch so dem Bedürfnis, ihr Mountainbike in die Einfahrt zu schleudern. »Ich muss mal wieder rauskommen. Lass uns essen gehen, ins Island Inn. Nur wir zwei. Ich lade dich ein.«

Bree ließ den Blick über den Stand schweifen. »Ich weiß nicht ... Es ist Samstagabend. Am Südstrand findet ein Fisch-Barbecue statt, und auf der Straße wird viel los sein ...«

»Wir werden nicht lange weg sein. Toby kann für ein, zwei Stunden einspringen. Du weißt, wie gern er den Chef spielt.«

»Das stimmt.« Sie legte den Kopf schief. »Also gut. Gehen wir essen.«

Sie gingen ins Haus und in ihre Zimmer. Lucy zwang sich, den streichholzschachtelgroßen Wandschrank zu öffnen und die Kleider zu begutachten, die Temple ihr herübergebracht hatte. Aber sie konnte nicht zu ihrer Viper-Kluft zurückkehren, und sie hatte nicht viel anderes bei sich. Ihre alte Garderobe aus Washington, die maßgeschneiderten Hosenanzüge und Perlenketten, wäre auch nicht passender gewesen als Vipers grünes Tutu und ihre Springerstiefel.

Zu guter Letzt entschied sie sich für eine Jeans und eine

luftige Leinenbluse, die sie sich von Bree geborgt hatte. Als sie losfuhren, hielt Bree an der Hofausfahrt, um Last-Minute-Anweisungen aus dem Fenster zu geben.

»Wir werden nicht lange weg sein. Vergiss nicht, die Leute zu bitten, mit den Glaskugeln vorsichtig umzugehen.«

»Das hast du mir schon gesagt.«

»Pass auf die Kasse auf.«

»Das hast du mir schon ungefähr tausendmal gesagt.«

»Tut mir leid, ich ...«

»Los«, befahl Lucy und deutete auf die Straße.

Mit einem letzten besorgten Blick trat Bree aufs Gas.

Lucy war nicht mehr in der Stadt gewesen, seit sie ihre Dreadlocks abgeschnitten und ihre Tattoos abgeschrubbt hatte, und Bree wählte wie selbstverständlich den Platz, der in den Gastraum zeigte, sodass Lucy mit dem Gesicht zur Wand saß. Aber seit ihrer Hochzeit waren fast drei Monate vergangen, die Aufregung hatte sich gelegt, und Lucy war es egal, ob sie erkannt wurde oder nicht.

Sie bestellten gegrillte Champignons und einen Gerstensalat, der mit Pfirsichen gesüßt war. Lucy hatte ihr erstes Glas Wein schon getrunken und war bereits beim zweiten angelangt. Das Essen war gut, aber sie hatte keinen Appetit, und Bree scheinbar auch nicht. Als sie zum Cottage zurückfuhren, hatten sie es aufgegeben, eine Unterhaltung zu führen.

Als der Straßenstand in Sicht kam, bemerkten sie nicht gleich, dass etwas nicht stimmte. Erst als sie näher kamen, sahen sie die Verwüstung.

Toby stand in einem Meer aus zerbrochenen Honiggläsern – viel mehr, als in der Auslage gestanden hatte. Er drehte sich ziellos um die eigene Achse, seinen Nintendo hielt er in der Hand. Als er den Wagen sah, erstarrte er.

Bree sprang heraus, während der Motor noch lief, und ein Schrei entfuhr ihrer Kehle. »Was ist passiert?«

Toby ließ seine Spielekonsole in das Chaos fallen. Die bunten Gartenstühle lagen umgekippt neben den zersplitterten Überresten des Klappaufstellers. Die Tür des Verschlags hinter dem Stand klaffte weit auf, die Regale geleert von mehreren hundert Gläsern Honig der diesjährigen Ernte, die im kommenden Jahr verkauft werden sollten. Bree hatte sie dort gelagert, damit sie im Bienenhaus mehr Platz zum Arbeiten hatte. Toby war von Kopf bis Fuß mit Honig und Dreck verklebt. An seiner Hand lief ein Blutrinnsal herunter.

»Ich war nur eine Minute weg«, schluchzte er. »Ich wollte nicht ...«

»Du warst *weg?*« Bree sah ihn entsetzt an.

»Nur eine Minute. I...ich wollte meinen N...Nintendo holen. Es hat sowieso keiner angehalten!«

Brees Hände ballten sich zu Fäusten. »Du hast den Stand allein gelassen, um dir dein Videospiel zu holen?«

»Ich wusste nicht ... ich wollte nicht ... Es war doch nur eine Minute!«, schrie er.

»Lügner!« Ihre Augen blitzten. »Das hier ist nicht in einer Minute passiert. Geh! Verschwinde!«

Toby flüchtete zum Cottage.

Lucy hatte bereits den Motor ausgeschaltet und war auch ausgestiegen. Die Holzregale hingen schief, überall lagen zerbrochene Honiggläser, selbst auf der Straße. Zertrümmerte Cremetiegel säumten die Einfahrt, der Kies war mit den erlesenen Cremes und Duftölen verschmiert. Die Geldkassette war verschwunden, aber das war nicht so verheerend wie der Verlust von Hunderten Gläsern Honig. Unter die Glasscherben mischten sich die Silberscherben von Brees kostbaren, hauchdünnen Weihnachtskugeln.

Bree ging in die Hocke und wog das, was von einer der zarten Kugeln übrig war, in der Hand. »Es ist aus. Es ist alles aus.«

Lucy fiel nichts ein, was sie zum Trost hätte sagen können. Hätte sie nicht darauf bestanden, essen zu gehen, wäre das alles nicht passiert.

»Warum gehst du nicht rein? Ich kümmere mich hier um das Gröbste.«

Aber Bree wollte nicht gehen. Sie kauerte auf den Trümmern aus klebrigem Honig, Scherben und zerstörten Träumen.

Während Schuldgefühle über Lucys Kopf zusammenschlugen, holte sie zwei Rechen und eine Schaufel. »Wir werden uns morgen was überlegen«, sagte sie.

»Da gibt es nichts mehr zu überlegen«, flüsterte Bree. »Ich bin erledigt.«

Lucy sorgte dafür, dass Bree noch am selben Abend die Polizei verständigte. Während sie teilnahmslos am Telefon schilderte, was passiert war, machte Lucy sich daran, die groben Scherben von der Straße aufzusammeln. Bree beantwortete die Fragen der Polizei und legte dann auf.

»Sie kommen morgen raus, um sich mit Toby zu unterhalten.« Ihre Miene verhärtete sich. »Ich kann nicht glauben, dass er das zugelassen hat. Das ist unverzeihlich.«

Es war zu früh, um Toby zu verteidigen, und Lucy versuchte es erst gar nicht. »Es ist meine Schuld«, sagte sie. »Ich bin diejenige, die darauf bestanden hat, dass wir ausgehen.« Bree fegte Lucys Entschuldigung mit zitternder Hand beiseite.

Sie arbeiteten im gespenstischen Licht zweier Scheinwerfer, die an der Vorderseite des Stands befestigt waren. Vorbeifahrende Fahrzeuge wurden langsamer, aber niemand hielt an. Bree schleifte ihr zertrümmertes Werbeschild weg. Sie richteten die Stühle wieder auf, warfen die gebrochenen Kerzen und zerstörten Geschenkkarten in Müllsäcke.

Als die Nacht anbrach, begannen sie, das zerbrochene Glas mit den Rechen in Angriff zu nehmen, aber das Meer aus ausgelaufenem Honig ließ die Scherben an den Zinken kleben, und kurz nach Mitternacht nahm Lucy Bree den Rechen aus der Hand.

»Das reicht für heute. Ich werde morgen alles mit dem Wasserschlauch abspritzen.«

Bree war zu demoralisiert, um zu widersprechen.

Sie kehrten schweigend zum Haus zurück. Überall klebte Honig – auf ihrer Haut, an den Kleidern, in den Haaren. Schmutz und Gras hafteten an ihren Armen und Beinen neben winzigen Glassplittern und anderem Unrat. Als Lucy ihre Sandalen abstreifte, sah sie, dass ein hellblaues Kärtchen unter ihrem Absatz klebte. *Ich bin ein einzigartiger Weihnachtsschmuck. Seien Sie bitte vorsichtig, wenn Sie mich anfassen,* stand darauf.

Sie hielten abwechselnd die Füße unter den Außenhahn. Bree beugte sich hinunter, um sich die Hände und Unterarme abzuwaschen, dann warf sie einen finsteren Blick auf das Cottage.

»Ich kann jetzt nicht mit ihm reden.«

Lucy verstand. »Ich werde gleich mal nach ihm sehen.«

»Wie konnte er nur so verantwortungslos sein?«

Er ist erst zwölf, dachte Lucy. Und ich hätte dich niemals überreden dürfen, ihn allein zu lassen, an einem Wochenende, an dem so viele Randalierer auf der Insel sind.

Obwohl Lucy ihre Füße gründlich abgespült hatte, klebten sie auf dem Vinylboden, als sie die Küche durchquerte. Sie ging weiter durch die Diele. Tobys Tür stand offen. Normalerweise machte er sie immer zu, damit Bree nicht mit ihm meckerte angesichts des Durcheinanders. Mit einem unguten Gefühl sah Lucy in das Zimmer.

Es roch nach Erdbeerkaugummi und Jungenschweiß. Die

Klamotten der letzten Tage lagen auf einem Haufen auf dem Läufer, neben einem abgeworfenen Badetuch. Das Bett war wie immer ungemacht. Und leer.

Sie durchsuchte das Haus. Toby war verschwunden. Sie steckte die klebrigen Füße in ihre Turnschuhe, fand eine Taschenlampe und ging wieder hinaus, wo sie Bree antraf, die ins Leere starrte und eine Zigarette rauchte.

Sie sitzt die ganze Zeit nur auf der Hintertreppe und qualmt, hatte Toby ihr erzählt, aber Lucy hatte Bree seit Wochen weder das eine noch das andere machen sehen.

»Er ist nicht im Haus.«

Brees Kopf fuhr ruckartig herum. »Was soll das heißen? Wo ist er?«

»Ich weiß es nicht.«

Bree stand von der Treppe auf. »Ich bringe ihn um! Kann er sich denn nicht denken, dass er damit alles nur noch schlimmer macht?«

»Wahrscheinlich kann er im Moment nicht besonders klar denken.«

Bree trat ihre Zigarette aus. »Wegen mir. Wegen dem, was ich zu ihm gesagt habe.« Sie wandte sich in Richtung Wald, so wie Lucy das getan hatte an jenem Tag, als sie sich kennengelernt hatten. »Toby!«, brüllte sie. »Komm sofort zurück! Das ist mein Ernst!«

Nicht gerade die richtige Methode, um ein verängstigtes Kind nach Hause zu locken. Andererseits klang Bree wie eine Million andere erboste Mütter.

Es war wenig verwunderlich, dass Toby sich nicht zeigte. Schließlich holte Bree sich auch eine Taschenlampe aus dem Haus, und sie trennten sich, um den Garten, den Rübenkeller und die Büsche rundum abzusuchen. Sie gingen hinüber in den benachbarten Obstgarten und leuchteten mit den Taschenlampen in die Schlucht.

»Ich rufe Mike an«, erklärte Bree. »Toby ist bestimmt bei ihm. Er muss dort sein.«

Aber Toby war nicht bei Mike.

»Mike hat ihn nicht gesehen«, sagte Bree nach ihrem kurzen Telefonat. »Er fährt gleich los, um ihn zu suchen. Was soll ich ihm sagen? Dass ich Toby angeschrien habe, dass er verschwinden soll?«

»Du bist auch nur ein Mensch.«

»Vielleicht ist er ja drüben im Sommerhaus. Schau mal nach, während ich hier auf Mike warte. Bitte.«

Lucy konnte die Vorstellung, Panda wieder zu begegnen, nicht ertragen, und wäre es nicht gerade um Tobys Sicherheit gegangen, hätte sie sich geweigert, aber in diesem Fall konnte sie das nicht. Sie folgte dem Weg, den sie so viele Male bei Tageslicht gegangen war. Nachts wirkten die Bäume nicht mehr so freundlich.

»Toby!«, rief sie in die Stille. »Toby, ich bin es, Lucy. Bree ist nicht mehr sauer auf dich.« Unwahr, aber gut genug. »Ich möchte mit dir reden.«

Die einzige Reaktion war das Rascheln der Nachtkreaturen und der Schrei einer Eule.

Als Lucy aus dem Wald trat, war es ein Uhr nachts, und der Himmel hatte sich aufgeklart. Die Sterne strahlten hell am Firmament. Bevor sie auf die Insel gekommen war, hatte Lucy vergessen, wie ein richtiger Sternenhimmel aussah.

Das Haus war dunkel, und Lucy betete, dass das so bleiben würde. Während sie tiefer in den Garten vordrang, leuchtete sie mit der Taschenlampe umher. Ihre Hände waren immer noch klebrig, obwohl sie sie gründlich gewaschen hatte, und ihre Kleider hafteten an ihrer Haut. Sie hatte sogar in den Augenbrauen Honig.

Ein Schatten huschte durch den Wintergarten. Ein Schatten, der zu groß war für Toby. Ihr wurde schwer ums Herz.

Sie war nicht fähig, das noch einmal durchzumachen. Nur dass sie keine Wahl hatte. Sie straffte sich und richtete das Licht auf das Fliegengitter.

»Toby ist verschwunden«, sagte sie, so schroff sie konnte. »Hast du ihn gesehen?«

»Nein. Wie lange ist er schon weg?«

»Ungefähr seit neun.« Sie erklärte Panda kurz, was passiert war, froh, dass sie ihn nicht richtig sehen konnte.

»Lass mich nur noch meine Schuhe anziehen.« Gleich darauf erschien er wieder mit einer eigenen Taschenlampe. Der Lichtstrahl schwenkte über Lucys Gestalt. »Du siehst schlimm aus.«

»Wirklich? War mir nicht bewusst.«

Er ignorierte ihren Sarkasmus. »Die Vordertür war abgeschlossen. Ich glaube nicht, dass er ins Haus gekommen ist.«

»Er hat ein Talent dafür einzubrechen. Sieh lieber mal nach. Ich checke solange die Garage.« Unter keinen Umständen würde sie mit Panda ins Haus gehen. Sie machte sich auf den Weg zur Garage, aber kaum stand sie darin, strömte die Erinnerung an jenen Nachmittag auf sie ein, als Panda und sie hier heißen Sex gehabt hatten. Lucy konnte sich nicht vorstellen, jemals wieder so hemmungslos zu sein.

Sie suchte die Garage ab, dann ging sie wieder hinaus, um die Ecke mit dem Holzstapel zu untersuchen. Je länger Toby verschwunden blieb, desto nervöser wurde sie. Toby war in vielerlei Hinsicht, wie sie früher gewesen war. Lucy wusste, wie es war, ein Kind zu sein, das sich allein auf der Welt fühlte, und sie wusste auch, wie gefährlich diese Art von Verzweiflung sein konnte.

Panda kam aus dem Haus. »Drinnen ist alles sauber.«

»Vielleicht das Bootshaus.«

Aber auch diese Hoffnung wurde zunichtegemacht, als sie nachschauten. Sie trennten sich, um den Garten abzusuchen und den angrenzenden Wald. Lucy hatte ihr Handy eingesteckt, und sie rief zwischendurch Bree an, aber die Aufregung in der Stimme ihrer Freundin verriet ihr, dass sich nichts geändert hatte.

»Was, wenn er zum Strand ist?«, sagte Bree. »Es kann alles Mögliche passiert sein. Die Vandalen, die den Stand verwüstet haben – vielleicht ist er ihnen über den Weg gelaufen. Ich habe noch mal bei der Polizei angerufen, aber die wird vor morgen nichts unternehmen. Warum muss er alles noch schlimmer machen? Das ist alles, was er getan hat, von Anfang an. Er hat alles nur schlimmer gemacht.«

»Frag sie, ob sein Mountainbike noch da ist«, sagte Panda. Lucy tat es.

»Augenblick«, erwiderte Bree. »Mike klopft gerade an. Ich melde mich gleich wieder.«

Lucys Handy klingelte nach wenigen Minuten. »Tobys Rad ist weg. Mike fährt die Hauptstraße ab, aber bis jetzt hat er ihn nicht gefunden.«

Lucy gab die Information weiter.

Panda nahm ihr das Handy ab, durch und durch der Cop. »Bree, hier ist Patrick Shade. Können Sie mir Mikes Handynummer geben?«

Lucy sah sich hektisch nach etwas zum Schreiben um, aber Panda schien weder Stift noch Papier zu benötigen. »Verstanden. Gibt es einen Ort, an den Toby sich gern zum Schmollen zurückzieht?«

Er lauschte und nickte. »Okay. Was hat er an?« Er lauschte wieder. »Gehen Sie in sein Zimmer und sehen Sie sich um. Schauen Sie, ob er etwas mitgenommen hat. Seinen Rucksack vielleicht? Kleidung? Egal, was. Rufen Sie mich anschließend sofort zurück.«

»Es geht ihm gut«, sagte Lucy, als Panda die Verbindung trennte. »Ich weiß, dass es ihm gut geht.«

Panda telefonierte bereits mit Mike. »Toby ist mit dem Rad unterwegs. Wo genau sind Sie gerade? In Ordnung ... Checken Sie den Südstrand, und auf dem Rückweg kommen Sie hier vorbei, und wir überlegen uns, was wir als Nächstes tun werden.«

Lucy versuchte zu überlegen, wo sie hingehen würde, wenn sie Toby wäre. Auch wenn er auf der Insel aufgewachsen war, bezweifelte sie, dass er sich die ganze Nacht im Wald verstecken würde. Er würde sich einen Ort suchen, an dem er allein war, wo er sich aber auch sicher fühlte.

Ihr fiel die Klippe ein, auf die Panda sich zum Grübeln zurückzog. Dort war es offener als im Wald, und die Felsen boten etwas Schutz. Während Panda in Richtung Straße stapfte, stieg Lucy die Anhöhe hoch.

Oben bewegte sich kein Lüftchen, und Lucy konnte das Schwappen der Wellen unten hören. Sie schwenkte den Lichtstrahl über die Felsen und betete, Toby zu entdecken. Nichts.

In wenigen Stunden würde die Morgendämmerung anbrechen. Zunehmend beunruhigt kehrte sie zum Haus zurück. Panda kam ihr in der Einfahrt mit Tobys Mountainbike entgegen. Sie rannte auf ihn zu.

»Habt ihr ihn gefunden?«

»Nur sein Rad. Es lag ungefähr dreißig Meter von hier an der Straße hinter den Bäumen versteckt.«

Lucy musste an die beiden Biker denken und an das andere Pack, das auf die Insel kam, um sich zu besaufen und Randale zu machen.

»Was, wenn er es dort abgestellt hat und zu jemandem ins Auto gestiegen ist?«

»Das glaube ich nicht. Ich habe Fußspuren entdeckt. Es ist zu dunkel, um sie zu verfolgen, aber ich vermute, dass er hierhergekommen ist.«

»Wir haben alles abgesucht.«

Er blickte zum Wald. »Vielleicht hat er gewartet, bis wir an ihm vorbei waren, bevor er sich irgendwo eingenistet hat.«

Sicher. Geschützt.

Sie und Panda setzten sich gemeinsam in Bewegung.

Kapitel 24

Lucy folgte Panda die Treppe hinunter zur Anlegestelle und ins Bootshaus. Das Knarren des Boots an seinem Liegeplatz war die Hintergrundkulisse ihres Liebesspiels gewesen, aber im Gegensatz zu ihr schien Panda nicht von schmerzhaften Erinnerungen gequält zu werden. Er richtete seine Taschenlampe auf die Kabinentür. Lucy war sich ziemlich sicher, dass sie sie verriegelt hatte, nachdem sie zuvor hier nachgeschaut hatte, nun stand die Tür einen Spaltbreit offen. Panda stieß sie sachte auf und leuchtete mit der Taschenlampe in die Kajüte. Lucy spähte an ihm vorbei.

Toby lag zusammengerollt in der vorderen Koje, wo er tief und fest schlief.

Vor Erleichterung fühlte Lucy sich einen Augenblick benommen. Panda gab ihr das Handy zurück. Sie ging damit zum Heck und rief Bree an.

»Wir haben ihn im Bootshaus gefunden«, sagte sie atemlos. »Er schläft.«

»Er schläft?« Bree klang eher wütend als erleichtert. »Lasst ihn nicht entwischen! Ich bin schon auf dem Weg.«

Lucy gefiel nicht, was sie hörte, aber Bree legte auf, bevor Lucy ihr den Rat geben konnte, sich zuerst zu beruhigen.

Panda erschien mit einem sehr verschlafenen Toby aus der Kabine. Die Kleidung des Jungen starrte vor Schmutz. Sein Arm war blutverkrustet, auch seine Wange war blutverschmiert. Tobys Beine waren honigverklebt, selbst seine Haare klebten büschelweise zusammen.

»Ich hab auf dem Boot nichts kaputtgemacht«, sagte er verängstigt.

»Das weiß ich«, erwiderte Panda sanft.

Toby geriet auf der Treppe zurück zum Haus ins Stolpern und wäre gestürzt, wenn Panda ihn nicht aufgefangen hätte. Gerade als sie oben waren, kam Mike um das Haus gelaufen. Als Toby ihn sah, stolperte er auf ihn zu.

»Toby!«, rief Mike. »Was hast du dir dabei gedacht? Du hättest nicht ...«

Ihre Wiedervereinigung wurde von einem schrillen Schrei unterbrochen, als Bree aus dem Wald geschossen kam.

»Toby!«

Mike erstarrte. Toby bewegte sich instinktiv rückwärts, weg von allen, nur um gegen den Picknicktisch zu stoßen.

Bree sah aus wie eine Wilde, mit dreckverkrusteten Kleidern und wehenden roten Haaren. »Wie konntest du so etwas Schreckliches tun?«, schrie sie, während sie durch den Garten auf Toby zustürmte. »Mach das nie wieder!« Bevor jemand sie aufhalten konnte, packte sie Toby an den Armen und begann, ihn zu schütteln. »Hast du eine Ahnung, was dir alles hätte zustoßen können? Nur die geringste?« Ihre Finger bohrten sich in sein Fleisch.

Alle stürzten zu Bree, aber bevor sie in Reichweite kamen, riss sie Toby an sich. »Alles Mögliche hätte dir passieren können.« Sie begann zu weinen. »Du hast mir solche Angst eingejagt. Du hättest nicht weglaufen dürfen. Ich weiß, ich hab dich angeschrien. Ich habe die Beherrschung verloren. Das tut mir leid. Aber du hättest nicht weglaufen dürfen.«

Sie schob ihn ein kleines Stück von sich, umfasste sein Gesicht mit beiden Händen. Brees Stimme klang erstickt vor Rührung, als sie weitersprach. »Versprich mir, dass du nie wieder vor mir wegläufst. Wenn es ein Problem gibt, müssen wir darüber reden, okay? Versprich es mir.«

Toby starrte sie stumm an, die großen Augen weit aufgerissen.

Sie rieb sanft mit den Daumen über sein verschmiertes Gesicht. »Hast du mich verstanden?«

»Ich verspreche es.« Eine dicke Träne kullerte ihm über die Wangen. »Aber wir haben alles verloren«, flüsterte er. »Wegen mir.«

»Wir haben dich nicht verloren, und das ist das Wichtigste.« Sie drückte die Lippen auf seine Stirn. »Wegen des Überfalls werden wir uns etwas einfallen lassen.«

Tobys Kampfgeist erlosch. Er sank in Brees Arme, schlang seine um ihre Taille. Sie drückte ihn eng an sich und vergrub ihr Gesicht in seinem honigverschmierten Haar. Er hatte endlich einen sicheren Hafen gefunden, und sein kleiner Körper begann zu zucken, während er versuchte, sein Schluchzen zu unterdrücken. Bree summte leise eine Melodie, die nur er hören konnte.

Mike stand ein Stück abseits, wieder einmal ein Außenseiter. Toby hatte ihm keinen Blick mehr geschenkt, seit Bree gekommen war.

»Lass uns nach Hause gehen«, hörte Lucy Bree leise zu dem Jungen sagen. »Ich mache uns ein paar Pfannkuchen. Wir schlafen morgen aus. Was hältst du davon?«

Seine Worte kamen mit einem Schluckauf heraus. »Deine Pfannkuchen sind nicht besonders gut.«

»Ich weiß.«

»Aber das ist mir egal«, sagte er. »Sie sind gut genug für mich.«

Sie gab ihm einen Kuss auf den Kopf. Die Arme umeinander geschlungen, gingen sie auf den Wald zu. Bevor sie hinter den Bäumen verschwanden, blieb Bree stehen und wandte sich um. Lucy sah, dass sie Mikes Blick suchte. Sie hob die Hand, nur um sie gleich wieder fallen zu lassen. Erneut verstrich ein langer Moment, dann verschwanden sie und Toby zwischen den Bäumen.

Mike blieb allein im trüben gelben Lichtschein stehen. Lucy hatte noch nie jemanden gesehen, der so niedergeschmettert wirkte. »Ich wollte ihn adoptieren«, sagte er schließlich mit beunruhigend leiser Stimme. »Ich wollte morgen mit ihr darüber reden.« Er starrte zu den Bäumen. »Dann hätte sie das Cottage verkaufen und irgendwo anders einen Neuanfang machen können. Ich dachte, das würde ihr gefallen.«

Lucy verstand. Nach der Szene, die sie alle gerade beobachtet hatten, wusste Mike, dass Bree Toby genauso gern hatte wie er und dass sie den Jungen niemals gehen lassen würde.

»Es ist Ihnen wichtig, sie glücklich zu machen, nicht wahr?«, fragte Lucy.

Mike nickte. »Ja, schon immer. Von dem Moment an, in dem ich sie zum ersten Mal gesehen habe. Sie hat nur in Erinnerung, was für ein ahnungsloser Trottel ich war. Sie hat die Zeiten vergessen, in denen wir allein waren und sie für mich malte oder wir uns über Musik unterhielten. Über allen möglichen Quatsch.«

»Sie hat etwas für Sie übrig«, sagte Lucy. »Das weiß ich.«

»Das ist alles nur gespielt. Sie macht nach außen hin gute Miene zum bösen Spiel, weil sie mich braucht.«

»Ich glaube nicht, dass das wahr ist. Sie hat sich genauso sehr verändert, wie Sie sich verändert haben.«

Er kaufte es ihr nicht ab. »Es ist spät. Ich fahre besser nach Hause.« Er grub in seiner Hosentasche nach dem Autoschlüssel.

Das hier lief falsch. Lucy wusste es. Aber als Mike sich zum Gehen wandte, fiel ihr nichts ein, was sie hätte sagen können, um es richtigzustellen.

Panda hatte sich während ihres Gesprächs ruhig verhalten, aber nun schnitt seine Stimme durch die stille Nacht. »Kann sein, dass ich mich irre, Moody, aber auf mich macht es den Eindruck, als wären Ihre Tage als ahnungsloser Trottel noch nicht vorbei.«

Lucy drehte sich zu Panda um und starrte ihn an. Eigentlich war sie die Scharfsinnige, nicht Panda.

Vielleicht weil die Worte von einem anderen Mann kamen, vielleicht auch aus einem anderen Grund, jedenfalls blieb Mike stehen. Er sah zurück zu Panda, der mit den Achseln zuckte. Mike blickte zu dem Pfad, auf dem Bree und Toby verschwunden waren. Und dann setzte er sich in Bewegung.

Bree erreichte gerade die Hintertreppe, als sie ein lautes Rascheln im Wald hörte. Toby schmiegte sich an ihre Seite, warm und fest. Geliebt. Sie wandte sich um, und ihre Brust schnürte sich zusammen.

Mike blieb vor den Bäumen stehen, er stand einfach so da. Falls er darauf wartete, dass sie sich in seine Arme stürzte, konnte er lange warten. Sie drückte Toby eng an ihren Körper.

»Ich habe wirklich viel verloren«, sagte sie leise. »Du kannst glauben, dass ich dich nur als Ernährer benutze, oder du kannst die Wahrheit glauben. Wofür entscheidest du dich?«

Toby wurde so still, als hätte er aufgehört zu atmen.

Mikes Hände glitten in seine Hosentaschen, sein Verkäuferoptimismus verließ ihn. »Ich weiß, was ich glauben möchte.«

»Entscheide dich«, sagte sie. »Entweder du bist ein Teil dieser Familie oder nicht.«

Er rührte sich immer noch nicht. Statt sie anzusehen, heftete er den Blick auf Toby. Dann setzte er sich langsam in

Bewegung. Er schaffte es nicht ganz bis zur Hintertreppe, auf halbem Weg blieb er stehen.

»Toby, ich liebe Bree«, sagte er und schluckte. »Ich möchte dich um Erlaubnis bitten, sie zu heiraten.«

Bree keuchte auf. »Moment mal! Ich bin ... ich freue mich, dass du mich liebst, aber es ist noch viel zu früh ...«

»Wirklich?«, rief Toby. »*Wirklich?* Ich sage Ja!«

Bree konnte nicht glauben, dass Mike ihr einen solchen Vertrauensvorschuss gab. Wie viel Mut er aufbrachte, indem er jemandem sein Herz anbot, dem er eigentlich nicht hätte trauen dürfen! Aber es war drei Uhr morgens, und sie waren erschöpft. Es war zu früh, um über die Zukunft zu reden. Sie musste ihm das klarmachen. Nur dass sie dafür zuerst aufhören musste zu lächeln, und das schaffte sie nicht.

Als Mike Bree in die Augen sah, drückte sie die Wange an Tobys weichen Kopf. »Ich liebe dich auch. Von ganzem Herzen. Aber im Moment bin ich nur an Pfannkuchen interessiert.«

Mike räusperte sich, was nicht die Gefühlswallung in seiner Stimme verhinderte. »Wie wäre es, wenn ich die Pfannkuchen mache? Ich kann das richtig gut.«

Sie sah Toby an, und er erwiderte ihren Blick. »Ich bin dafür«, flüsterte er.

Sie hielt Toby in den Armen, aber ihre Augen fanden die von Mike. »Ich schätze, dann werde ich wohl auch Ja sagen müssen.«

Sein strahlendes Lächeln durchdrang den Rest von Dunkelheit, der in ihr übrig war. Sie streckte die Hand aus. Er ergriff sie. Und zu dritt gingen sie hinein.

Lucy konnte in dieser Nacht nicht zum Cottage zurück. Was auch immer sich dort ereignete, ein Beobachter wurde nicht gebraucht.

»Ich werde mich auf dem Boot einquartieren«, sagte sie.

Panda stand neben dem Picknicktisch, einen Fuß auf der Bank. »Du kannst im Haus schlafen.«

»Das Boot ist schon okay.«

Aber bevor sie irgendwohin ging, musste sie sich säubern. Nicht nur von dem Dreck und dem Honig, sondern auch von den winzigen Glassplittern, die sich in ihre Haut gebohrt hatten. Obwohl es in der Außendusche nur kaltes Wasser gab und sie keine Kleidung zum Wechseln hatte, wollte sie das Haus nicht betreten. Sie würde sich in ein Strandlaken wickeln und sich am nächsten Morgen im Cottage umziehen.

Lucy marschierte an Panda vorbei zur Dusche. Sie hasste diese gestelzte Verlegenheit, hasste ihn dafür, dass er sie verursachte, hasste sich selbst, weil sie sich davon so kränken ließ.

»Die Dusche funktioniert nicht«, sagte er. »Das Rohr ist letzte Woche gebrochen. Du kannst dein altes Bad benutzen. Ich bin nicht dazu gekommen, ins Erdgeschoss zu ziehen.«

Das kam ihr merkwürdig vor, schließlich war sie ziemlich lange aus dem Haus, aber sie würde keine Fragen stellen, würde nicht mehr mit ihm reden, als nötig war. Sosehr sie sich davor fürchtete, das Haus zu betreten, sie konnte in diesem Zustand nicht schlafen, also machte sie sich ohne ein Wort auf den Weg hinein.

Die Küchentür gab ihr vertrautes Knarren von sich. Das alte Haus umfing Lucy mit seinem Geruch nach Feuchtigkeit, Kaffee und dem alten Gasherd. Panda schaltete das Deckenlicht an. Sie hatte sich geschworen, ihn nicht anzusehen, aber sie konnte nicht anders. Seine Augen waren gerötet, seine Bartstoppeln scheußlich. Aber es war das, was sie nicht hinter ihm sah, das sie überraschte.

»Was ist mit deinem Tisch passiert?«

Er tat so, als müsste er sein Gedächtnis durchforsten. »Äh ... ach ja ... Brennholz.«

»Du hast deinen kostbaren Tisch entsorgt?«

Sein Kiefer spannte sich an, und er klang unnötig defensiv. »Ich habe mir ständig Splitter eingefangen.«

Er hatte Lucy aus dem Gleichgewicht gebracht, und sie war noch beunruhigter, als sie bemerkte, dass eine weitere Sache fehlte. »Was ist mit deinem Schwein?«

»Schwein?« Er tat so, als hätte er das Wort noch nie gehört.

»Ich meine das dicke kleine Kellnerschwein«, sagte sie schroff, »das Französisch spricht.«

Er zuckte mit den Achseln. »Ich habe ein paar Sachen rausgeworfen.«

»Dein Schwein auch?«

»Was kümmert es dich? Du hast das Schwein gehasst.«

»Ich weiß«, sagte sie spöttisch. »Aber das hat meinem Leben einen Fokus gegeben, und der ist jetzt futsch.«

Statt mit einem Spruch zu kontern, musterte er sie lächelnd. »Mein Gott, du siehst wirklich schlimm aus.«

Seine Zärtlichkeit schnürte ihr Herz zusammen, und sie machte sofort zu. »Heb dir das für jemanden auf, den das interessiert.« Sie stolzierte in die Diele.

Er folgte ihr. »Ich möchte, dass du weißt ... ich ... hab dich gern. Es wird hart sein, dich nicht mehr zu sehen. Nicht mehr mit dir zu reden.«

Sein barsches, widerwilliges Eingeständnis war Salz in ihren Wunden, und sie wirbelte herum. »Mich nicht mehr zu vögeln?«

»Red nicht so.«

Sie verzog spöttisch den Mund angesichts seiner Entrüstung. »Wie? Habe ich das falsche Wort benutzt?«

»Hör zu, ich weiß, dass ich dich am Strand verärgert habe, aber ... Was hätte ich sagen sollen? Wäre ich ein anderer Mensch ...«

»Hör sofort auf.« Sie reckte ihr Kinn vor. »Ich habe dir bereits den Laufpass gegeben. Das ist nicht nötig.«

»Du warst in diesem Sommer psychisch angeschlagen, und ich habe das ausgenutzt.«

»Ist es das, was du denkst?« Sie würde sich von ihm nicht ihren Stolz zerschmettern lassen, und sie stürmte auf ihn zu. »Glaub mir, Patrick, meine Augen waren weit offen während unserer billigen kleinen Affäre.«

Aber er ließ nicht locker. »Ich bin ein Raubein aus Detroit, Lucy. Du bist amerikanischer Hochadel. Ich habe zu viel hinter mir. Ich bin nicht gut für dich.«

»Kapiert«, höhnte sie. »Du hast als Kind die Hölle durchgemacht und auch als Cop. Darum verzichtest du lieber, wenn es im Leben kompliziert wird.«

»Das ist nicht wahr.«

»Doch, es ist wohl wahr.« Sie sollte den Mund halten, aber sie litt zu sehr, um aufzuhören. »Das Leben ist zu hart für dich, oder, Panda? Darum lebst du es lieber aus sicherer Entfernung wie ein Feigling.«

»Es ist mehr als das, verdammt!« Er biss die Zähne zusammen, brachte die Worte knirschend heraus. »Ich bin nicht gerade ... seelisch stabil.«

»Erklär mir das!«

Er hatte genug von ihr und steuerte auf die Treppe zu. Sie hätte ihn gehen lassen sollen, aber sie war ausgelaugt, wütend und außer Kontrolle. »Ja, lauf weg!«, rief sie ihm hinterher, so sehr außer sich, dass ihr nicht die Ironie bewusst war, dass sie ihm etwas zum Vorwurf machte, was sie selbst getan hatte. »Lauf davon! Darin bist du ja ein Meister.«

»Verdammt, Lucy ...« Er fuhr herum, die Augen verdunkelt von Kummer, was ihr Mitleid hätte wecken müssen, aber nur ihren Zorn weiter schürte, weil dieser ganze Schmerz symbolisch stand für den Tod von etwas, das von Leben hätte pulsieren müssen.

»Ich wünschte, ich hätte dich nie getroffen!«, schrie sie.

Seine Schultern fielen herunter. Er stützte eine Hand auf das Geländer, dann ließ er den Arm fallen. »Wünsch dir das nicht. Dir zu begegnen war ... Es gibt eben Dinge, die passiert sind.«

»Was für Dinge? Entweder du rückst endlich mit deinen kostbaren Geheimnissen heraus, oder du kannst zur Hölle fahren!«

»Da war ich bereits.« Seine Finger waren weiß, während sie das Geländer umklammerten. »Afghanistan ... Irak ... Zwei Kriege. Doppeltes Vergnügen.«

»Du hast mir erzählt, du warst in Deutschland stationiert.«

Er trat wieder zurück von der untersten Stufe, ging an Lucy vorbei, bewegte sich, nur um sich zu bewegen, und blieb schließlich im Wohnzimmer stehen. »Das war einfacher, als die Wahrheit zu sagen. Niemand will von der Hitze und dem Sand hören. Von den Mörserangriffen, den Panzerfaustgeschossen, den USBV, die ohne Vorwarnung Beine abreißen, Arme, die Löcher hinterlassen, wo ein Herz sein sollte. In mein Gedächtnis haben sich Bilder eingebrannt, die nie wieder weggehen.« Er schauderte. »Verstümmelte Leichen. Tote Kinder. Immer tote Kinder ...« Seine Worte verstummten.

Sie bohrte die Fingernägel in die Handflächen. Sie hätte es ahnen können.

Er ging zum Kamin. »Nach dem Militärdienst bin ich zur Polizei gegangen, weil ich dachte, nichts könnte schlimmer sein als das, was ich bereits gesehen hatte. Aber es gab mehr Blut, Dutzende Jungs wie Curtis – alle zu früh gestorben. Die Migräneanfälle wurden schlimmer, die Albträume. Ich schlief so gut wie gar nicht mehr, fing an, zu viel zu trinken, geriet in Schlägereien, verletzte andere, verletzte mich. Einmal war ich so betrunken, dass ich einen anderen Kerl angefleht habe, mir den Kopf wegzupusten.«

Die Stücke fügten sich zusammen, und sie lehnte sich gegen die Tür. »Posttraumatisches Stresssyndrom.«

»Ein Paradefall.«

Das war es also, was er verborgen hatte – das Schicksal so vieler, die aus diesen Kriegen zurückgekehrt waren. Lucy bemühte sich um eine Art von Distanz. »Warst du in psychologischer Betreuung?«

»Sicher. Frag mich mal, ob es was gebracht hat.«

Sie musste ihre eigenen Gefühle wegsperren. Wenn sie das nicht tat, würde sie auseinanderbrechen. »Vielleicht solltest du einen anderen Therapeuten ausprobieren«, sagte sie.

Er stieß ein bitteres Lachen aus. »Such mir einen Therapeuten, der gesehen hat, was ich gesehen habe, getan hat, was ich getan habe, und ich bin dabei.«

»Therapeuten können auch mit Themen umgehen, die sie nicht aus eigener Erfahrung kennen.«

»Tja, aber das funktioniert bei Typen wie mir nicht richtig.«

Lucy hatte über die schwierige Behandlung von Veteranen mit PTSD gelesen. Sie waren darauf trainiert, vorsichtig zu sein, und selbst diejenigen, die wussten, dass sie Hilfe benötigten, öffneten sich nur widerwillig, vor allem gegenüber einer Zivilperson. Ihre Kriegermentalität machte die Behandlung problematisch.

»Einer, mit dem ich zusammen gedient habe ... Er hat sich alles von der Seele geredet, okay? Und bevor er wusste, wie ihm geschah, wurde der Seelenklempner ganz grün im Gesicht und entschuldigte sich, weil er sich übergeben musste.« Panda steuerte auf das Fenster zu. »Die Ärztin, die mich betreut hat, war anders. Sie war auf PTSD spezialisiert, sie hatte so viele Geschichten gehört, dass sie gelernt hatte, sich davon zu distanzieren. Sie war so distanziert, dass es einem vorkam, als wäre sie gar nicht anwesend.« Etwas von seiner Wut schien nachzulassen. »Pillen und Plattitüden reichen nicht aus, um diese Art von Dachschaden zu heilen.«

Ihr lag auf der Zunge, dass das alles der Vergangenheit angehörte, aber das traf offensichtlich nicht zu, er hatte noch mehr zu sagen.

»Sieh dir dieses Haus an. Ich habe es in einer meiner manischen Phasen gekauft. Meine Erwachsenenrache für Curtis. Tolle Rache, nicht? Remington war damals schon seit Jahren tot. Wer zur Hölle weiß, was ich mir dabei gedacht habe?«

Sie wusste es. All diese Fahrten nach Grosse Pointe, um die Familie, die er hasste, heimlich zu beobachten ... die Familie, zu der er so gern gehören wollte.

Er starrte aus dem Fenster auf nichts. »Einer meiner Kameraden ... Seine Frau hat ihn nachts im Bett berührt, und als er zu sich kam, hatte er die Hände um ihren Hals. Und eine Exsoldatin, mit der ich gedient habe ... Sie holte ihr Kind aus der Kita ab, davon überzeugt, dass es sich in Lebensgefahr befand, und brach mit ihm zu einem Fünfhundert-Meilen-Road-Trip auf, ohne jemandem Bescheid zu sagen, auch nicht ihrem Mann. Sie wäre fast in den Knast gegangen wegen Kindesentführung. Ein anderer Kamerad ... Er hatte einen Streit mit seiner Freundin. Nichts Wichtiges. Trotzdem hat er sie aus heiterem Himmel gegen die Wand geschleudert. Er hat ihr das Schlüsselbein gebrochen. Bist du scharf auf so etwas?« Ein bitterer Zug erschien um seinen Mund. »Zum Glück hat die Zeit die schlimmsten Wunden geheilt. Ich bin jetzt okay. Und so muss es bleiben. Verstehst du jetzt?«

Sie bog die Knie durch, wappnete sich. »Was genau soll ich verstehen?«

Er richtete schließlich den Blick auf sie, mit steinerner

Miene. »Warum ich dir nicht mehr geben kann, als ich dir gegeben habe. Warum ich dir keine Zukunft bieten kann.«

Woher wollte er wissen, dass sie sich das wünschte, wenn sie es nicht einmal selbst wusste?

»Du siehst mich an mit diesen Augen, in denen ich versinken könnte«, sagte er. »Und du verlangst alles. Aber ich werde nie wieder an diesen dunklen Ort zurückkehren.« Er entfernte sich vom Fenster und trat ein paar Schritte näher. »Ich bin nicht fähig zu großen Gefühlen. Ich kann dazu nicht fähig sein. Verstehst du nun?«

Sie sagte nichts. Wartete.

Seine Brust hob sich. »Ich liebe dich nicht, Lucy. Hörst du mich? Ich liebe dich *nicht*.«

Am liebsten hätte sie die Hände auf die Ohren gepresst, ihren Magen umklammert, sich gegen die Wand geworfen. Sie hasste seine brutale Ehrlichkeit, aber sie konnte ihn nicht dafür bestrafen, nicht in Anbetracht dessen, was er ihr gerade erzählt hatte. Sie zapfte ein Kraftreservoir an, von dessen Existenz sie gar nichts gewusst hatte.

»Wach auf, Panda. Ich habe Ted Beaudine den Laufpass gegeben. Glaubst du wirklich, ich habe schlaflose Nächte wegen dir und unserem heißen kleinen Sommerflirt?«

Er zuckte nicht zusammen. Sagte nichts. Sah sie nur an, die blauen Augen in Dunkelheit gehüllt.

Sie konnte es keine Sekunde länger ertragen. Sie wandte sich um, achtete darauf, sich nicht zu schnell zu bewegen. In die Diele … Durch die Vordertür … Sie marschierte blind in die Nacht hinaus, und die schreckliche Gewissheit, die sie so unbändig zu unterdrücken versucht hatte, sickerte an die Oberfläche.

Sie hatte es zugelassen, dass sie sich in ihn verliebte. Wider jede Vernunft, wider ihren gesunden Menschenverstand hatte sie sich über beide Ohren in diesen seelisch erkrankten Mann verliebt, der ihre Liebe nicht erwidern konnte.

Lucy erreichte schließlich das Boot. Sie rollte sich nicht zum Schlafen in der Kabine zusammen wie Toby, als er sich versteckt hatte, sondern blieb aufrecht sitzen, hellwach – ein wütendes, klebriges, todunglückliches Häufchen Elend.

Kapitel 25

Sein Wagen war am nächsten Morgen fort, zusammen mit ihm. Lucy wankte steif ins Haus, warf ihre Kleider in die Waschmaschine und stellte sich unter die Dusche, aber sie hatte rasende Kopfschmerzen und fühlte sich keinen Deut besser, als sie herauskam.

Alles, was sie zum Anziehen finden konnte, war ihr schwarzer Badeanzug und ein T-Shirt von ihm. Sie wanderte barfuß durch das leere Haus. Panda hatte den Großteil seiner Kleidung und seine Arbeitsordner mitgenommen. So viele Emotionen überwältigten Lucy, jede davon schmerzhafter als die letzte – ihr Mitgefühl wegen dem, was er durchgemacht hatte, ihre Wut auf das Universum, auf sich selbst, darauf, dass sie sich in einen so verletzten Mann verliebt hatte. Und ihre Wut auf ihn.

Ungeachtet seiner Worte hatte er sie in die Irre geführt. Bei jeder zärtlichen Berührung, bei jedem Blickkontakt, jedem intimen Lächeln hatte Lucy gespürt, dass er ihr damit sagte, dass er sie liebte. Viele Menschen hatten traumatische Erfahrungen durchgemacht, aber das bedeutete nicht, dass sie davonliefen. Ihre Wut verschaffte ihr ein besseres Gefühl, und sie hegte sie. Sie konnte es sich nicht leisten, mit ihm oder mit sich selbst Mitleid zu haben. Weitaus besser, das Mitleid in Feindschaft zu verwandeln.

Lauf, du Feigling. Ich brauche dich nicht.

Sie beschloss, noch an diesem Tag in sein Haus zurückzuziehen.

Trotz ihres Elends konnte sie nicht vergessen, dass sie Bree versprochen hatte, beim Aufräumen zu helfen, aber bevor sie sich auf den Weg zum Cottage machen konnte, rief Mike an und erklärte ihr, dass er und Toby sich um das Chaos kümmern würden – Frauen seien nicht erwünscht. Lucy protestierte nicht.

Sie wartete bis zum Nachmittag, um ihre Sachen aus dem Cottage zu holen. Dort traf sie eine verträumt blickende Bree an, die am Küchentisch vor einem Notizblock saß, einen genauso verliebten Mike an ihrer Seite. Die von Bartstoppeln leicht gerötete Haut an Brees Hals und Mikes zärtliche, besitzergreifende Art ließen wenig Zweifel daran, was die zwei letzte Nacht getrieben hatten, als Toby schlief.

»Du kannst nicht gehen«, sagte Bree, nachdem Lucy ihr ihren Entschluss offenbart hatte. »Ich arbeite gerade einen Plan aus, wie ich mein Geschäft retten kann, und ich werde dich mehr denn je brauchen.«

Mike tippte auf den Schreibblock, der mit Notizen in Brees präziser Handschrift gefüllt war. »Wir möchten nicht, dass Sie alleine in dem großen Haus drüben sind«, sagte er. »Sonst machen wir uns Sorgen.«

Aber die zwei konnten kaum lange genug die Augen voneinander lösen, um sich mit ihr zu unterhalten, und Toby war nicht besser. »Mike und Bree werden heiraten!«, verkündete er, als er die Küche betrat.

Bree lächelte. »Ganz sachte, Toby. Noch wird hier niemand irgendwen heiraten.«

Die Blicke, die Mike und Toby wechselten, ließen vermuten, dass sie anders darüber dachten.

Lucy wollte dieses Glück nicht mit ihrem Kummer trüben. Sie versprach, am nächsten Nachmittag wiederzukommen, und verabschiedete sich.

Sie pflegte weiter ihren Zorn, aber nach ein paar Tagen mit einsamen Spaziergängen und langen Radtouren, von denen sie nicht müde genug wurde, um schlafen zu können, wusste sie, dass sie sich anders beschäftigen musste. Schließlich klappte sie den Laptop auf, den Panda zurückgelassen hatte, und machte sich wieder an die Arbeit. Zuerst konnte sie sich nicht darauf konzentrieren, aber nach und nach fand sie die Ablenkung, die sie brauchte.

Vielleicht lag es an dem Schmerz über ihre Trennung von Panda, aber Lucy ertappte sich immer öfter dabei, dass sie an den früheren Schmerz dachte, den sie in den ersten vierzehn Jahren ihres Lebens erlitten hatte, mit einer leiblichen Mutter, die ein professionelles Partygirl war.

»Lucy, ich gehe heute Abend aus. Ich schließe die Tür ab.«
»Ich habe Angst. Bleib hier.«
»Sei kein Baby. Du bist jetzt ein großes Mädchen.«

Aber sie war kein großes Mädchen gewesen – sie war damals erst acht gewesen, und im Laufe der Jahre war sie die einzige verantwortungsbewusste Person in diesem trostlosen Haushalt geworden.

»Lucy, verdammt! Wo ist das Geld, das ich hinten in der Schublade versteckt hatte?«
»Ich habe damit die verdammte Miete bezahlt! Willst du, dass wir wieder auf der Straße landen?«

Lucy hatte immer geglaubt, sie habe erst nach Sandys Tod Verantwortung übernommen, als sie sich allein um Tracy hatte kümmern müssen, aber nun begriff sie, dass es lange vorher gewesen war.

Sie schrieb, bis ihre Muskeln sich verkrampften, aber sobald sie aufhörte, wurde sie von ihrem Herzschmerz überwältigt. Dann zog sie ihren Mantel der Wut enger. Solange er fest an seinem Platz saß, war sie fähig weiterzuatmen.

Panda hatte sich auf seinen neuen Auftrag als Sicherheitsverantwortlicher für eine große Kinoproduktion in Chicago gefreut, aber zwei Tage nachdem er dort angefangen hatte zu arbeiten, bekam er eine Grippe. Statt im Bett zu bleiben, wo er hingehört hätte, arbeitete er mit Fieber und Schüttelfrost, nur um sich schließlich eine Lungenentzündung zu holen. Er arbeitete auch damit weiter, weil im Bett zu liegen und an nichts anderes als an Lucy Jorik denken zu können war keine Alternative.

Sei der Beste in dem, was du gut kannst ...

Ein toller Leitspruch bis zu dem Tag, an dem er sie kennengelernt hatte.

»Du bist ein Idiot«, sagte Temple während einem ihrer zu häufigen Anrufe. »Du hattest die Chance auf Glück, und du bist davor weggerannt. Nun versuchst du, dich selbst zu zerstören.«

»Nur weil du denkst, dass du dein Leben wieder im Griff hast, heißt das nicht, dass jeder das hat«, entgegnete er, froh, dass sie nicht sehen konnte, wie hager er aussah, wie angespannt er war.

Er hatte mehr Aufträge, als er allein bewältigen konnte, also stellte er zwei ehemalige Polizisten ein. Er schickte einen nach Dallas und den anderen nach Los Angeles als Babysitter für eine minderjährige Schauspielerin.

Temple rief wieder an. Er grub in seiner Hosentasche nach einem Taschentuch, um sich zu schnäuzen, und griff ein, bevor sie ihm wieder eine Strafpredigt wegen Lucy halten konnte.

»Wie laufen eigentlich die Dreharbeiten für die neue Staffel?«

»Abgesehen davon, dass die Produzenten Kristi und mich ständig anbrüllen«, antwortete sie, »läuft es super.«

»Ihr zwei habt sie in die Ecke gedrängt. Ihr könnt von

Glück sagen, dass sie keine Zeit mehr hatten, um euch zu ersetzen. Sonst wärt ihr schon längst auf der Suche nach einem neuen Job.«

»Das hätten sie sicher bereut«, erwiderte Temple. »Das Publikum war von dem alten Format gelangweilt, es wird dieses neue Konzept lieben. Das hat nämlich Herz. Kristi muss zwar immer noch ihren roten Bikini tragen, aber sie hat nun deutlich mehr Bildschirmpräsenz, und sie nutzt das clever aus.« Er hörte, dass Temple nebenher etwas knabberte. Einen Apfel? Ein Stück Sellerie? Den Cookie, den sie sich einmal am Tag erlaubte? »Ich habe viel mehr Spaßelemente in das Trainingsprogramm eingebaut«, fuhr sie fort. »Und heute habe ich sogar geweint! Echte Tränen. Das wird für eine Spitzeneinschaltquote sorgen.«

»Ich bekomme einen Kloß im Hals, wenn ich nur daran denke.« Seine ironische Bemerkung verwandelte sich in ein Husten, das er rasch zu ersticke versuchte.

»Nein, wirklich«, bekräftigte sie. »Diese eine Teilnehmerin – ihr Name ist Abby –, sie wurde als Kind fürchterlich missbraucht. Das ist ... mir einfach an die Nieren gegangen. Sie haben alle ihre Geschichte. Ich weiß nicht, warum ich mir vorher nie die Zeit genommen habe, um genauer zuzuhören.«

Er wusste, warum. Den Ängsten und Unsicherheiten anderer Menschen Beachtung zu schenken hätte Temple zwingen können, sich mit ihren eigenen Ängsten und Unsicherheiten zu befassen, und dazu war sie nicht bereit gewesen.

Sie redete weiter, mit vollem Mund. »Normalerweise bin ich nach ein paar Drehwochen heiser, weil ich die Leute immer anbrülle, aber du hörst mich ja.«

»Ich tue mein Bestes, um es zu verhindern.« Er nahm einen Schluck Wasser, um den nächsten Hustenanfall zu unterdrücken.

»Zuerst habe ich Lucy für verrückt gehalten, als sie mir von ihrer Gut-genug-Methode beim Sport erzählte, aber sie hat nicht unrecht. Ich arbeite gerade ein Langzeittraining aus, das realistischer ist. Und ... halt dich fest ... Wir haben tolle Einspieler mit der versteckten Kamera aufgenommen, in denen wir dem Publikum beibringen, wie man die Packungsaufschriften richtig liest. Wir stellen Auseinandersetzungen zwischen Supermarktregalen nach.«

»Dafür bekommt ihr bestimmt einen Emmy.«

»Deine Bitterkeit steht dir nicht, Panda. Spotte, so viel du willst, aber wir werden endlich in der Lage sein, den Menschen langfristig zu helfen.« Und dann, weil sie wollte, dass er sie immer noch für so tough hielt wie eh und je: »Ruf Max an. Sie hat dir drei Nachrichten hinterlassen, und du hast dich bis jetzt nicht zurückgemeldet.«

»Weil ich keinen Bock habe, mit ihr zu reden«, murmelte er.

»Ich habe gestern mit Lucy telefoniert. Sie ist immer noch im Haus.«

Jemand klopfte an, was ihm eine Ausrede verschaffte, das Gespräch zu beenden. Leider entpuppte sich der Anrufer als Kristi.

»Hab keine Zeit«, sagte er.

Sie ignorierte es. »Temple war unglaublich in unserem Interview. Ganz offen.«

Er brauchte einen Moment, um dahinterzukommen, dass sie von der langatmigen Therapiesitzung redete, die sie und Temple gerade aufgezeichnet hatten. Die Produzenten planten, damit die neue Staffel zu eröffnen, weil sie wussten, dass Temples Coming-out einen Zuschauerboom entfachen würde.

»Wir holen am Ende Max dazu«, erzählte Kristi. »Die beiden zusammen zu erleben reicht aus, um das härteste

Herz zu erweichen. Das Publikum wird diese neue Seite von Temple lieben. Und ich durfte ein Kleid anziehen.«

»Ein hautenges, wette ich.«

»Man kann nicht alles haben.«

»Ich will nur eins«, knurrte er. »Ich will endlich meine verdammte Ruhe haben vor dir und deiner Satansfreundin.«

Eine kurze, strafende Pause. »Du könntest ein authentischeres Leben führen, Panda, wenn du meinen Rat befolgen und aufhören würdest, deinen Zorn auf andere Menschen zu übertragen.«

»Ich lege jetzt auf und suche mir ein Fenster, das hoch genug ist, um raus in die Tiefe zu springen.«

Aber sosehr er sich auch beschwerte, an manchen Tagen fühlte es sich an, als wären diese lästigen Anrufe das Einzige, was ihn auf dem Boden hielt. Diese Frauen hatten ihn gern. Und sie waren seine einzige Verbindung zu Lucy.

Der Herbst kam früh nach Charity Island. Die Touristen reisten ab, die Luft wurde frisch, und die Ahornbäume entfalteten ihr erstes Purpurrot. Das Schreiben, das Lucy zuvor so viel Mühe bereitet hatte, erwies sich als ihre Rettung, sie war endlich in der Lage, ihrem Vater ihr vollendetes Manuskript zu schicken.

Sie verbrachte die nächsten paar Tage mit Insel-Radtouren und Spaziergängen an leeren Stränden. Sie war sich nicht ganz sicher, wann es passiert war, aber in ihrem Kummer und in ihrer Wut hatte sie irgendwie herausgefunden, wie sie ihre Zukunft gestalten wollte.

Keine verhasste Lobbyarbeit mehr. Sie würde auf ihr Herz hören und wieder eins zu eins mit Kindern arbeiten. Aber das konnte nicht alles sein. Ihr Gewissen diktierte ihr, ihre Secondhand-Berühmtheit zu nutzen, um sich in größerem Maß zu engagieren. Dieses Mal würde sie ihre

Pläne jedoch umsetzen, indem sie schrieb. Das erfüllte sie aufrichtig.

Als ihr brutal ehrlicher Vater das Manuskript gelesen hatte und sie anrief, bestätigte er, was sie bereits wusste. »Luce, du bist eine Schriftstellerin.«

Sie würde ihr eigenes Buch schreiben, nicht über sich oder ihre Familie, sondern über Kinder in Not. Es sollte keine trockene wissenschaftliche Abhandlung werden, sondern ein fesselndes Buch voller persönlicher Geschichten von Kindern, von Betreuern, alle mit dem Ziel, ein Licht auf die Fürsorge der Schwächsten zu werfen. Lucys Name auf dem Cover würde jede Menge Publicity garantieren. Das bedeutete, Tausende Menschen – vielleicht sogar Hunderttausende –, die nichts über benachteiligte Kinder wussten, würden einen echten Einblick in die Probleme gewinnen, denen sich diese Minderjährigen gegenübersahen.

Aber eine klarere Richtung zu haben brachte Lucy nicht den Frieden, nach dem sie sich sehnte. Wie hatte sie sich in Panda verlieben können? Ein bitterer Knoten brannte so heftig in ihrer Brust, dass es sich manchmal anfühlte, als würde sie gleich in Flammen aufgehen.

Der Oktober rückte rasch näher, und eines Tages rief Lucy den Pressesprecher ihrer Mutter an, der sie mit einem Reporter von der *Washington Post* in Kontakt brachte. Am vorletzten Tag im September setzte sich Lucy in das Erkerzimmer, das Handy an ihr Ohr gedrückt, und gab das Interview, das sie bisher nicht zu geben bereit gewesen war.

Es war beschämend ... Ich bin in Panik geraten ... Ted ist einer der feinsten Menschen, denen ich je begegnet bin ... habe die letzten paar Monate damit verbacht, an meinem Beitrag für das Buch meines Vaters zu arbeiten und zu ver-

suchen, mich neu zu orientieren ... werde ein eigenes Buch schreiben ... Sprachrohr für Kinder, die keine Stimme haben ...

Sie erwähnte Panda nicht.

Nach dem Interview rief sie Ted an und führte mit ihm das Gespräch, zu dem sie vorher nicht imstande gewesen war. Danach begann sie zu packen.

Bree hatte ihr altes Ferienhaus mehrmals besucht, seit Lucy wieder dort wohnte, und sie kam auch an dem Tag nach dem Interview, um ihr zu helfen, alles zu verriegeln. In nur wenigen Monaten waren Bree, Toby und Mike in den Stoff von Lucys Leben eingewoben worden, und Lucy wusste, dass sie alle drei vermissen würde. Aber so nah sie sich Bree auch fühlte, sie konnte nicht mit ihr über Panda reden, konnte mit niemandem über ihn reden, nicht einmal mit Meg.

Bree hockte sich auf die Anrichte und sah Lucy zu, während diese den großen Edelstahlkühlschrank ausräumte. »Schon komisch«, sagte Bree. »Ich dachte, wenn ich jemals wieder einen Fuß in dieses Haus setze, würde mich das zugrunde richten, aber tatsächlich löst es in mir nur Nostalgie aus. Meine Mutter hat so viele schlechte Mahlzeiten in dieser Küche gekocht, und Dads Grillkünste waren keine Hilfe. Er hat immer alles anbrennen lassen.«

Brees Vater hatte etwas viel Schlimmeres getan, als verkohlte Hamburger zu servieren, aber es stand Lucy nicht zu, diese Geschichte zu erzählen. Sie hielt ein kaum gebrauchtes Senfglas hoch. »Willst du das haben?«

Bree nickte, und Lucy stellte das Glas in einen Karton, zu den anderen übrig gebliebenen Lebensmitteln, die ins Cottage kamen.

Bree schob die Ärmel ihres dicken Pullovers hoch. »Ich komme mir vor wie ein Faulenzer, seit ich nicht mehr den ganzen Tag am Stand verbringen muss.«

»Gönn dir ein wenig Freizeit. Du hast geschuftet wie eine Wahnsinnige.«

Die Randalierer waren gefasst worden, als sie auf die Fähre fuhren. Bree hatte ein Drittel des Honigs für das kommende Jahr durch sie verloren. Aber dank des warmen, trockenen Sommers war es Bree gelungen, mehr als tausend Pfund zu ernten.

»Ich werde Pastor Sanders für immer in mein Herz schließen«, sagte sie.

Der Pastor der Heart of Charity Church hatte für Bree ein Treffen mit einer Großhändlerin auf dem Festland organisiert, die eine Geschenkeladenkette im Mittleren Westen belieferte. Die Frau war von Brees Artikeln begeistert gewesen: von den aromatisierten Honigsorten, den Lotions, Kerzen und Geschenkkarten, von der Bienenwachsmöbelpolitur und der einzigen handbemalten Weihnachtskugel, die die Verwüstung überlebt hatte.

»Die neuen Etiketten mit dem Karussellmotiv haben das Geschäft besiegelt«, sagte Bree. »Sie hat sich sofort darin verliebt. Sie meinte, das verleihe meinen Produkten so etwas Niedliches. Trotzdem hätte ich nie mit solch einer großen Bestellung gerechnet.«

»Sie hat eben einen guten Geschmack.«

»Ich weiß nicht, was ich tun würde, wenn sie mich nicht unter Vertrag genommen hätte. Nun, ich weiß es schon, aber ich bin froh, dass mir das erspart bleibt.« Sie nickte wieder, als Lucy eine ungeöffnete Tüte Karotten hochhob. »Ich kann die Vorstellung nicht ertragen, von Mike finanziell abhängig zu sein. So etwas hatte ich schon, das will ich nie wieder haben.«

»Armer Mike. Dabei will er doch nur für dich sorgen. Du wirst ihn bald heiraten müssen.«

»Ich weiß. Mike Moody ist ...« Ein verträumtes Lächeln

erschien in ihrem Gesicht. »Er ist standhaft. Dieser Mann geht nirgendwo hin.«

Lucy schluckte ihren Schmerz herunter. »Außer jede Nacht durch dein Schlafzimmerfenster ein und aus.«

Bree wurde tatsächlich rot. »Das habe ich dir im Vertrauen gesagt.«

»Genau wie du mir erzählt hast, was für ein lustvoller Liebhaber er ist. Etwas, das ich nicht unbedingt hätte mit ins Grab nehmen müssen.«

Bree überging Lucys Einwände. »Ich habe Scott wirklich geglaubt, als er sagte, ich sei diejenige, die ein Problem habe, jetzt empfinde ich nur noch Mitleid mit diesem armen neunzehnjährigen Ding.« Das verträumte Lächeln war zurück. »Wer hätte gedacht, dass ein prüder, religiöser Mann wie Mike so ...«

»... sinnlich sein kann«, fiel Lucy ihr ins Wort.

Brees Miene verdüsterte sich. »Wenn Toby uns erwischt ...«

»Was früher oder später passieren wird.«

Lucy legte ein Stück Parmesankäse in den Karton und – während sie dem Bedürfnis widerstand, es an die Wand zu schleudern – ein ungeöffnetes Glas von Pandas Orangenmarmelade.

»Mike macht dieses Versteckspiel immer nervöser. Er hat mir sogar damit gedroht, seine ... äh ... Dienste einzustellen ... bis ich einwillige, einen Termin festzulegen. Das ist Erpressung. Hättest du das gedacht?«

Lucy schloss die Kühlschranktür. »Was hält dich eigentlich zurück, Bree? Jetzt mal ernsthaft.«

»Ich bin einfach wunschlos glücklich.« Sie ließ die Beine schwingen, überlegte. »Ich weiß, ich muss meine Abneigung gegen die Ehe überwinden, und das werde ich auch. Nur noch nicht jetzt.« Sie glitt von der Anrichte. »Du wirst uns doch ab und zu auf der Insel besuchen kommen, oder?«

Lucy hatte keine Ambitionen, jemals wieder auf die Insel zurückzukehren. »Klar«, antwortete sie. »Lass uns jetzt die Sachen zum Cottage rüberbringen. Und bitte keine unnötig lange Abschiedsszene, okay?«

»Bloß nicht.«

Aber beide wussten, dass es nicht einfach sein würde, die Tränen zurückzuhalten.

Pandas Husten hörte schließlich auf, und seine Energie kehrte allmählich zurück, aber er fühlte sich, als würde ihm eins seiner Gliedmaßen fehlen. Seine Reflexe waren nicht mehr scharf – nicht so schlecht, dass es jemandem aufgefallen wäre, aber er wusste darum. Am Schießstand zielte er nicht mehr so genau, und wenn er eine Runde lief, verlor er grundlos seinen Rhythmus. Er stieß seine Kaffeetasse um, ließ den Autoschlüssel fallen.

Er las Lucys Interview in der *Washington Post*. Kein Wort über ihn, warum auch? Aber es gefiel ihm nicht, dass ihr Gesicht wieder überall in den Zeitungen zu sehen war.

Er bemerkte ein paar graue Strähnen in seinem Haar. Als wäre das nicht schon deprimierend genug, lief sein Auftrag nicht gut. Die Schauspielerin, die in dem Film die zweite Hauptrolle spielte, hatte angefangen, ihm schöne Augen zu machen, und ließ ein Nein als Antwort nicht gelten. Sie war überirdisch schön, mit einem Körper, der sich fast mit dem von Dr. Kristi messen konnte. Sich mit einer neuen Frau im Bett zu vergnügen wäre der beste Weg gewesen, um die Erinnerungen an die letzte auszulöschen, aber daran war nicht einmal zu denken. Panda erzählte seiner Klientin, er liebe eine andere Frau.

An jenem Abend betrank er sich zum ersten Mal seit Jahren. Später schreckte er panisch aus dem Schlaf hoch. Trotz aller Vorsicht kehrten die Geister zurück, die er so lange in

Schach gehalten hatte. Er rief die einzige Person an, die ihm vielleicht helfen konnte.

»Kristi, ich bin es ...«

Lucy fand eine Wohnung und einen Job in Boston, während Nealys Pressesprecher eine Lawine von Anfragen der Medien abblockte. *Miss Jorik tritt bald eine neue Stelle an und ist zu beschäftigt für weitere Interviews.* Lucy hatte die Absicht, zu beschäftigt zu bleiben bis zu ihrer ersten Lesereise.

An ihrem letzten Abend zu Hause in Virginia saß sie mit ihren Eltern auf der Terrasse des Anwesens, auf dem sie groß geworden war. Nealy hatte eins von Lucys alten College-Sweatshirts übergezogen, um sich warm zu halten, und ihr normalerweise sorgfältig frisiertes honigblondes Haar war zerzaust vom Wind, aber es gelang ihr trotzdem, aristokratisch zu wirken, während sie an ihrer Teetasse nippte.

Der helle Teint ihrer Mutter bildete einen deutlichen Kontrast zu der dunklen, attraktiven Erscheinung und männlich-harten Ausstrahlung ihres Vaters. Mat legte ein Holzscheit auf die Feuerstelle.

»Wir haben dich ausgenutzt«, sagte er unverblümt.

Nealy umklammerte ihre Tasse. »Das hat sich so schleichend vollzogen, du hast dich immer so gefreut einzuspringen, dass uns das erst jetzt bewusst geworden ist. Dein Manuskript zu lesen ... war erhellend und herzzerreißend.«

»Ich bin froh, dass du weiterschreiben willst«, sagte ihr Vater. »Du weißt, ich helfe dir gern, wo ich kann.«

»Danke«, antwortete Lucy. »Ich werde darauf zurückkommen.«

Aus heiterem Himmel holte ihre Mutter zu einem Schwinger aus, ihre politische Spezialität. »Bist du bereit, uns von ihm zu erzählen?«

Lucy verstärkte den Griff um ihr Weinglas. »Von wem?«
Nealy zögerte nicht. »Von dem Mann, der dir das Funkeln in deinen Augen genommen hat.«

»Es ist ... nicht so schlimm«, log sie.

Mats Stimme senkte sich zu einem drohenden Knurren. »Ich kann euch eins sagen ... Wenn mir dieser Hundesohn jemals begegnet, werde ich ihm in den Arsch treten.«

Nealy sah ihren Mann mit hochgezogenen Augenbrauen an. »Eine weitere Erinnerung daran, wie dankbar wir sein können, dass ich zum Präsidenten gewählt worden bin und nicht du.«

Panda ging zweimal um den Block, bevor er den Mut aufbrachte, das dreistöckige braune Ziegelsteingebäude zu betreten. Der Stadtteil Pilsen war früher einmal die Heimat von Chicagos polnischen Einwanderern gewesen, bildete aber nun das Herz der mexikanischen Gemeinde in der Stadt. Der schmale Hausflur war mit Graffiti beschmiert, oder vielleicht waren es auch Wandmalereien – schwer zu sagen in einem Viertel, wo mutige öffentliche Kunst so zur Schau gestellt wurde.

Er entdeckte die Tür am Ende des Flurs. Auf einem handgeschriebenen Schild stand:

Ich bin bewaffnet und total mies drauf.
Treten Sie trotzdem ein.

Wo zum Teufel hatte Kristi ihn hingeschickt? Er schob die Tür auf und betrat einen Raum, der im frühen Heilsarmeestil eingerichtet war – mit einer rissigen Ledercouch, zwei unpassenden Sesseln, einem Couchtisch aus hellem Holz und einem mit der Motorsäge geschnitzten Holzadler, der unter einem Plakat stand mit der Aufschrift *U.S. MARINES – Wir helfen den bösen Jungs seit 1775 zu sterben.*

Der Mann, der nun aus einem angrenzenden Raum kam,

war ungefähr in Pandas Alter, zerzaust, mit einer beginnenden Glatze, einer großen Nase und einem Mongolenbart.

»Shade?«

Panda nickte.

»Ich bin Jerry Evers.« Er näherte sich mit ausgestreckter Hand und leicht schwankendem Gang. Pandas Blick wanderte ungewollt zu den Beinen des Mannes. Dieser schüttelte den Kopf, dann zog er ein Hosenbein seiner schlabbrigen Jeans hoch und enthüllte eine Prothese. »Sangin. Ich war im fünften Regiment, drittes Bataillon.«

Panda wusste bereits, dass Evers in Afghanistan gedient hatte, und er nickte. Die Marines des fünften Regiments hatte es in Sangin schwer erwischt.

Evers wedelte mit der Akte, mit der er auf einen Polstersessel deutete, und lachte. »Sie waren in Kandahar *und* in Falludscha? Wie kann man so ein verdammter Glückspilz sein?«

Panda wies auf das Offensichtliche hin. »Andere hat es schlimmer getroffen.«

Evers schnaubte und ließ sich auf die Couch fallen. »Drauf geschissen. Wir sind hier, um über Sie zu reden.«

Panda spürte, dass er sich langsam entspannte …

Bis zum Novemberbeginn hatte Lucy sich in Boston und ihrer neuen, gemieteten Wohnung im Stadtteil Jamaica Plain eingelebt. Wenn sie nicht an ihrem Buch schrieb, war sie bei der Arbeit, und obwohl sie chronisch übermüdet war, hätte sie nicht dankbarer für ihren neuen Job und das volle Tagesprogramm sein können.

»Was geht Sie das an?« Die Siebzehnjährige, die ihr auf der Couch gegenübersaß, grinste spöttisch. »Sie wissen null über mich.«

Der würzige Duft von Tacos wehte in das Sprechzimmer

herüber aus der Küche, in der jeden Tag Mahlzeiten an ungefähr fünfzig obdachlose Jugendliche ausgegeben wurden. Die Anlaufstelle in Roxbury bot außerdem Duschen, einen kleinen Waschraum, eine wöchentliche medizinische Versorgung und sechs Berater, die den Ausreißern, Couchsurfern und Straßenkindern, darunter die Jüngsten erst vierzehn, halfen, eine Unterkunft zu finden, zur Schule zu kommen, ihren Abschluss nachzuholen, einen Sozialversicherungsausweis zu erhalten und sich für einen Job zu bewerben. Manche ihrer Schützlinge hatten Probleme mit Alkohol und Drogen. Andere, wie dieses Mädchen mit den schönen Wangenknochen und den traurigen Augen, waren vor schlimmem körperlichem Missbrauch geflohen. Die Berater in der Anlaufstelle kümmerten sich um seelische Probleme, medizinische Probleme, Schwangerschaft, Prostitution und alles andere dazwischen.

»Und wessen Problem ist es, dass ich nichts über dich weiß?«, fragte Lucy.

»Niemandes Problem.« Shauna sank tiefer in die Couch, mit mürrischem Gesicht. Durch die Scheibe in der Tür konnte Lucy ein paar der anderen Jugendlichen sehen, die die Halloweendekoration abnahmen: fliegende Fledermäuse, schwarze Pappmaché-Hexen und Skelette mit rot funkelnden Augenhöhlen.

Shauna musterte Lucys kurzen schwarzen Lederrock, die heiße pinkfarbene Strumpfhose und die flippigen Stiefel. »Ich will meine alte Betreuerin zurückhaben. Die war viel netter als Sie.«

Lucy lächelte. »Nur, weil sie dich nicht so bewundert hat wie ich.«

»Jetzt wollen Sie mich verarschen.«

»Nein.« Lucy legte sanft die Hand auf den Arm des Teenagers und fuhr leise zu sprechen fort, wobei sie jedes Wort ernst meinte. »Du bist eins der großartigen Geschöpfe des Universums, Shauna. Tapfer wie ein Löwe, schlau wie ein Fuchs. Du bist eine Überlebenskünstlerin. Was soll man daran nicht bewundern?«

Shauna zog ihren Arm weg und musterte Lucy misstrauisch. »Sie haben einen Knall, Lady.«

»Ich weiß. Der Punkt ist, du bist ein echter Champion. Das denken wir alle. Wenn es dir ernst damit ist, deinen Job zu behalten, weiß ich, dass du herausfinden wirst, wie du das anstellen musst. Und jetzt geh.«

Das empörte Shauna. »Was meinen Sie mit ›Und jetzt geh‹? Sie sollen mir helfen, meinen Job zurückzubekommen.«

»Und wie soll ich das machen?«

»Indem Sie mir sagen, was ich tun soll.«

»Ich habe keinen Schimmer.«

»Was meinen Sie damit, Sie haben keinen Schimmer? Ich werde Sie bei der Leiterin anzeigen, und die wird Sie hochkant rausschmeißen. Sie haben null Ahnung.«

»Nun, das mag sein, schließlich bin ich erst seit knapp einem Monat hier. Wie kann ich es besser machen?«

»Indem Sie mir sagen, was ich tun muss, um meinen Job zu behalten. Zum Beispiel dass ich immer pünktlich sein soll und nicht respektlos zu meinem Chef …« Während der nächsten Minuten belehrte Shauna Lucy, indem sie die Empfehlungen, die sie von anderen Beratern erhalten hatte, wiederholte.

Als sie schließlich zum Ende kam, nickte Lucy bewundernd. »Wow. Du solltest die Beraterin sein, nicht ich. Du machst das gut.«

Shaunas Feindseligkeit verschwand. »Finden Sie wirklich?«

»Definitiv. Wenn du deinen Schulabschluss geschafft hast, denke ich, kannst du dich in vielen Berufen auszeichnen.«

Als Shauna sich verabschiedete, war es Lucy gelungen, wenigstens eins der Probleme des Teenagers zu lösen. Es war nur eine Kleinigkeit, aber die stellte für ein obdachloses junges Mädchen eine riesige Hürde dar. Shauna besaß keinen Wecker.

Lucy ließ den Blick durch das leere Sprechzimmer mit seiner verschlissenen, gemütlichen Couch, dem bequemen Sessel und dem graffitiinspirierten Wandgemälde schweifen. Dies war die Arbeit, für die sie bestimmt war.

An jenem Abend machte sie sich später als gewöhnlich von der Arbeit auf den Nachhauseweg. Während sie zu ihrem Wagen ging, ließ sie zum Schutz vor dem kalten Nieselregen ihren Schirm aufploppen und dachte an den Text, den sie an diesem Abend noch schreiben musste, bevor sie ins Bett fallen konnte. Kein Abklappern der Kongresshallen mehr, kein Anklopfen mehr an Unternehmertüren, um bei hohen Tieren vorzusprechen, die sie nur empfingen, damit sie hinterher damit angeben konnten, dass sie Präsidentin Joriks Tochter kannten. Ein Buch in ihre öffentliche Plattform zu verwandeln war weitaus zufriedenstellender.

Lucy wich einer Pfütze aus. Ein Flutlicht beleuchtete ihren Wagen, eins von nur zwei Fahrzeugen, die noch auf dem Parkplatz standen. Sie hatte ihr Buch-Exposé fast fertig, und ein halbes Dutzend Verlagshäuser hatten bereits angefragt. In Anbetracht dessen, wie viele Autoren sich abstrampelten, um veröffentlicht zu werden, hätte Lucy vielleicht ein schlechtes Gewissen haben müssen, aber das hatte sie nicht. Die Verleger wussten, dass ihr Name auf dem Cover eine große Presse und hohe Verkaufszahlen garantierte.

Sie hatte beschlossen, die persönlichen Geschichten der obdachlosen Jugendlichen aus deren eigenen Perspektiven zu erzählen – warum sie von zu Hause ausgerissen waren, wie sie lebten, ihre Hoffnungen und Träume. Nicht nur benachteiligte Teenager wie Shauna, sondern auch die weniger publizierten Vorstadtkids, die in wohlhabenden Gemeinden ein Nomadendasein führten.

Solange Lucy sich ausschließlich auf ihre Arbeit konzentrierte, war sie voller Energie, aber sobald sie unaufmerksam wurde, kehrte ihr Zorn zurück. Sie weigerte sich, ihn gehen zu lassen. Wenn sie hundemüde war, wenn ihr Magen sich weigerte, Nahrung aufzunehmen, die er brauchte, wenn ihr grundlos Tränen in die Augen schossen ... Der Zorn war das, was sie durchhalten ließ.

Sie war fast an ihrem Wagen angelangt, als sie jemanden auf sich zurennen hörte. Sie fuhr herum.

Der Junge kam aus dem Nichts. Drahtig, hohläugig, in schmutzigen, zerrissenen Jeans und einem regengetränkten dunklen Kapuzenpullover. Er entriss Lucy die Handtasche und stieß sie zu Boden.

Ihr Regenschirm flog davon, Schmerz durchzuckte ihren Körper, und die ganze Wut, die sie in sich bewahrt hatte, fand ein Ventil. Sie brüllte etwas Unverständliches, stemmte sich von dem nassen Asphalt hoch und nahm die Verfolgung auf.

Der Junge erreichte den Bürgersteig, rannte unter einer Straßenlaterne vorbei und warf einen Blick zurück. Er hatte nicht damit gerechnet, dass sie ihn verfolgte, und er legte einen Zahn zu.

»Lass sie fallen!«, brüllte Lucy in ihrem adrenalingeladenen Wutrausch.

Aber er rannte weiter, und sie tat es auch.

Er war klein und schnell. Das war Lucy egal. Sie dürstete nach Rache. Sie hastete über den Gehweg und sah, dass er in die Gasse zwischen der Anlaufstelle und einem Bürogebäude bog. Lucy blieb ihm dicht auf den Fersen. Ein Holzzaun und ein Müllcontainer blockierten den Ausgang, aber sie dachte nicht darüber nach, was sie tun würde, wenn er eine Waffe hatte.

»Gib sie sofort her!«, schrie sie.

Mit einem hörbaren Ächzen zog er sich auf den Müllcontainer. Ihre Handtasche verhakte sich an einer Kante. Er ließ sie fallen und sprang über den Zaun.

Lucy war derart aufgebracht, dass sie versuchte, ihm hinterherzuklettern, doch sie rutschte mit ihren Stiefeln an dem nassen Metall ab und schürfte sich das Bein auf.

Allmählich kehrte ihr gesunder Menschenverstand zurück. Lucy schnappte nach Luft, langsam verrauchte ihre Wut.

Dumm. Dumm. Dumm.

Sie nahm ihre Handtasche und humpelte zurück zur Straße. Ihr Lederrock hatte ein wenig Schutz geboten bei ihrem Sturz, aber ihre Strumpfhose war zerrissen, ihr Bein aufgeschrammt, Knie und Hände aufgeschürft, aber es schien nichts gebrochen zu sein.

Sie erreichte den Gehweg. Hätte Panda sie in diese Gasse laufen sehen, wäre er ausgerastet. Doch wenn Panda in der Nähe gewesen wäre, hätte der Junge ihr nie so nahe kommen können.

Weil Panda Menschen beschützte.

Ein schreckliches Schwindelgefühl überkam sie.

Panda beschützte Menschen.

Sie schaffte es gerade noch bis zum Bordstein, bevor sie kollabierte. Ihr Magen hob sich, als ihr die Worte in den Sinn kamen, die er gesagt hatte.

... hat er sie aus heiterem Himmel gegen die Wand geschleudert. Er hat ihr das Schlüsselbein gebrochen. Bist du scharf auf so etwas?

Sie barg ihr Gesicht in den Händen.

Ich liebe dich nicht, Lucy ... Ich liebe dich nicht.

Eine Lüge. Es war nicht so, dass er sie nicht liebte. Vielmehr war es so, dass er sie zu sehr liebte.

Mit einem Donnerschlag öffnete der Himmel seine Schleusen. Regen prasselte auf ihre Schultern, durchnässte in kürzester Zeit ihren Trenchcoat, trommelte auf ihre Kopfhaut. Der Soldat, der versucht hatte, seine Frau zu erwürgen … Der Mann, der seine Freundin misshandelt hatte … Panda betrachtete sich als eine potenzielle Gefahr für Lucy, als einen weiteren Feind, vor dem sie beschützt werden musste. Und genau das war seine Absicht.

Ihre Zähne begannen zu klappern. Sie berücksichtigte die Möglichkeit, dass sie sich das vielleicht einbildete, aber ihr Herz kannte die Wahrheit. Wäre die Wut nicht gewesen, die sie während der vergangenen Wochen so sorgfältig gepflegt hatte, hätte sie Panda früher durchschaut.

Ein weißer Transporter wurde langsamer und hielt an. Lucy hob den Kopf, als das Fahrerfenster heruntergelassen wurde und ein grauhaariger Mann mittleren Alters den Kopf herausstreckte.

»Alles okay, Lady?«

»Ich bin … okay.«

Sie rappelte sich mühsam hoch. Der Transporter fuhr weiter. Ein Blitz durchzuckte die Nacht, und mit ihm sah sie die Qual in Pandas Augen, hörte sie die vorgebliche Feindseligkeit in seiner Stimme. Panda traute sich selbst nicht.

Sie wandte das Gesicht in den schmuddligen, regenverhangenen Himmel. Panda würde sein Leben hergeben, um sie vor ihm selbst zu schützen. Wie konnte sie gegen einen derart eisernen Willen ankommen? Sie sah nur eine Möglichkeit. Mit einem eigenen eisernen Willen.

Und mit einem Plan …

Kapitel 26

Als der Film im Kasten war, kehrte Panda auf die Insel zurück, als würde ihn das Lucy näherbringen. Das Haus lag nass und einsam da an diesem trüben Novembertag. Laub verstopfte die Dachrinne, Spinnweben zierten die Fenster, die Einfahrt und der Garten waren mit Zweigen übersät nach den Herbststürmen Anfang des Monats. Panda schaltete die Heizung ein und wanderte durch die stillen Räume, die Schultern gekrümmt, die Hände in den Hosentaschen.

Er war noch nicht dazu gekommen, sich eine neue Haushälterin zu suchen. Auf den Möbeln lag eine feine Staubschicht, aber Lucy hatte überall ihre Spuren hinterlassen: in der Schüssel mit Steinen vom Strand, die auf dem Couchtisch im Erkerzimmer stand, in der gemütlich umgestalteten Einrichtung, in den plunderfreien Regalen. Das Haus kam einem nicht mehr vor, als würde es auf die Rückkehr der Remingtons warten, aber es fühlte sich auch nicht wie seins an. Es war ihrs. Es war ihr Haus, seit sie es zum ersten Mal betreten hatte.

Der Regen hörte auf. Panda holte eine alte Ausziehleiter aus der Garage und machte die Dachrinne sauber, wobei er gerade noch einen Sturz verhindern konnte, als er von einer Sprosse abrutschte. Er stellte eine von Temples scheußlichen Tiefkühlmahlzeiten in die Mikrowelle, machte eine Coladose auf und quälte sich, indem er sich in Lucys Zimmer, das früher seins gewesen war, ins Bett legte. Am nächsten Tag frühstückte er, trank zwei Tassen Kaffee und machte sich anschließend auf den Weg durch den Wald.

Das Cottage hatte einen frischen weißen Anstrich und ein neues Dach. Er klopfte an die Hintertür, aber Bree antwortete nicht. Durch das Fenster sah er auf dem Küchentisch einen Blumenstrauß und ein paar Schulhefte, also wohnten Bree und Toby noch hier. Da Panda nichts anderes zu tun hatte, setzte er sich auf die Vorderveranda und wartete auf ihre Rückkehr.

Eine Stunde später kam Brees alter Chevy Cobalt in Sicht. Panda erhob sich von dem feuchten Korbstuhl und schlenderte zur Treppe. Bree parkte den Wagen und stieg aus. Sie schien nicht über ihn verärgert zu sein, lediglich verwundert.

Sie sah anders aus als die Person, die er in Erinnerung hatte – ausgeruht, beinahe heiter, nicht mehr so dünn. Sie trug Jeans und eine Fleecejacke, ihr Haar war zu einem dieser lässigen Knoten hochgesteckt. Bree schritt mit einem neuen Selbstbewusstsein auf Panda zu.

Er vergrub die Hände in den Taschen. »Das Cottage sieht gut aus.«

»Wir richten es her, um es nächsten Sommer zu vermieten.«

»Was ist mit Ihren Bienen?« Lucy würde das interessieren.

»Ich habe mit der Familie, der der Obstgarten nebenan gehört, gesprochen, ich kann die Bienenstöcke drüben aufstellen.«

Er nickte, verlagerte das Gewicht auf das andere Bein. »Wie geht es Toby?«

»Das glücklichste Kind auf der Insel. Er ist gerade in der Schule.«

Panda überlegte, was er als Nächstes sagen sollte, und stellte schließlich die Frage, die er unter keinen Umständen hatte vorbringen wollen. »Haben Sie mit Lucy gesprochen?«

Bree war genau wie Temple. Sie nickte, aber ohne irgendwelche Informationen preiszugeben.

Er nahm die Hände aus den Taschen und ging die Verandastufen hinunter. »Ich muss mit Ihnen über etwas reden.«

In diesem Moment fuhr Mikes Cadillac vor. Mike sprang heraus und breitete die Arme aus, als wäre das Wiedersehen mit Panda das Highlight seines Tages. »Hallo, Fremder! Schön, Sie wieder hierzuhaben.«

Mikes Haare waren kürzer, nicht mehr so sorgfältig gestylt, und bis auf eine Armbanduhr trug er keinen Schmuck. Er wirkte locker, glücklich, ein Mann ohne Dämonen. Panda unterdrückte seinen Groll. Es war nicht Moodys Schuld, dass ihm gelungen war, wozu Panda nicht fähig war.

Mike legte den Arm um Bree. »Hat sie Ihnen erzählt, dass wir endlich das Aufgebot bestellt haben? Für Silvester. Die härteste Verkaufsverhandlung, die ich jemals hatte.«

Bree sah ihn mit hochgezogenen Augenbrauen an. »Toby hat die Verhandlung geführt.«

Mike grinste. »Der Apfel fällt nicht weit vom Stamm.«

Bree lachte und küsste ihn.

»Ich gratuliere«, sagte Panda.

Der Tag erwärmte sich allmählich, und Mike schlug vor, sich auf die Veranda zu setzen. Panda hockte sich wieder auf den Korbstuhl, Bree nahm das passende Gegenstück in Beschlag, Mike nahm das Geländer. Er begann zu erzählen, wie gut Brees Geschäft sich entwickelte, bevor er Tobys neueste Erfolge vermeldete.

»Er und seine Lehrerin arbeiten gerade gemeinsam an einem Projekt über die Geschichte der Schwarzen.«

»Toby weiß mehr als sie«, fügte Bree stolz hinzu. »Aber Sie sind hier, um mit mir etwas zu besprechen?«

Mikes Anwesenheit machte sein schwieriges Vorhaben noch komplizierter. »Schon okay. Ich kann später wiederkommen.«

Bree runzelte die Stirn. »Hat es mit Lucy zu tun?«

Alles hatte mit Lucy zu tun. »Nein«, antwortete er. »Es ist eine private Angelegenheit.«

»Ich fahre wieder«, sagte Mike entgegenkommend. »Ich habe ohnehin noch ein paar Sachen zu erledigen.«

»Geh nicht.« Bree sah Panda an. »Auch wenn es nicht den Anschein hat, aber Mike ist der diskreteste Mensch auf der ganzen Insel. Außerdem werde ich ihm sowieso alles erzählen, was Sie mir sagen.«

Panda zögerte. »Sind Sie sicher? Es ... betrifft Ihre Familie. Ihren Vater.«

Sie wirkte vorsichtig. »Sagen Sie schon.«

Also sagte er es. Er saß auf dem knarrenden Korbstuhl und beugte sich zu ihr vor, die Unterarme auf die Knie gestützt, während er ihr von der Beziehung ihres Vaters mit seiner Mutter erzählte und dann von Curtis.

Als er fertig war, hatte sie Tränen in den Augen. »Das tut mir so leid.«

Bree suchte in ihrer Jeans nach einem Taschentuch. »Nachdem mein Vater gestorben war, hat meine Mutter dafür gesorgt, dass wir alle erfuhren, was für ein schlechter Ehemann er war, darum kommt das nicht gerade überraschend. Aber keiner von uns wäre auf die Idee gekommen, dass er noch ein Kind hatte.« Sie putzte sich die Nase.

Mike kam zu ihr, legte die Hand auf die Rückenlehne ihres Stuhls und sah Panda unverwandt an. Er schien abzuschätzen, ob Pandas Eröffnung eine Gefahr für die Frau, die er liebte, darstellte.

»Warum haben Sie das Haus gekauft?«, fragte er.

Panda sah, dass Mike Bree beschützen wollte, also beschloss er, die Wahrheit zu sagen. »Aus einer verschrobenen Art von Rache heraus. Ich habe Ihren Vater gehasst, Bree. Ich habe mir eingeredet, dass ich Ihre ganze Familie hasse, aber das war lediglich Neid.« Panda verlagerte sein Gewicht auf dem Stuhl, dann schockierte er sich selbst. »Ich war nicht klar bei Verstand, als ich das Haus kaufte. Nach meinem Militärdienst habe ich unter posttraumatischem Stress gelitten.«

Er sagte es, als würde er eine Schnupfenanfälligkeit zugeben.

Ihre Gesichter spiegelten eine Mischung aus Sorge und Mitgefühl, aber sie liefen weder schreiend von der Veranda, noch hielten sie hektisch nach einer Waffe Ausschau, um sich zu schützen. Das hatte er Jerry Evers zu verdanken. Kristi hatte ihm den richtigen Mann zum Reden empfohlen, einen gradlinigen Typen, der selbst im Kampfeinsatz gewesen war und genau verstand, wie sehr Panda sich davor fürchtete, dass die Dämonen, die er bekämpft hatte, wieder zurückkehrten und ihn zu einer Gefahr für andere Menschen machten.

Bree war mehr an Pandas Offenbarung über Curtis interessiert. »Haben Sie noch Fotos von ihm?«

Daran hatte er nicht gedacht, aber es gefiel ihm, dass sie danach fragte. Er zückte seine Brieftasche. »Ich werde Ihnen ein paar Abzüge schicken, wenn ich wieder in Chicago bin. Das ist das einzige Bild, das ich immer bei mir trage.«

Er zog Curtis' letztes Klassenfoto heraus. Es war zerfleddert, ein wenig verblichen, das Wort BEWEIS immer noch schwach auf seinem T-Shirt lesbar. Curtis lächelte, seine Erwachsenenzähne waren einen Tick zu groß für seinen Mund. Bree nahm Panda das Foto aus der Hand und betrachtete es ausgiebig. »Er ... sieht aus wie mein Bruder Doug.« Ihre Augen füllten sich wieder mit Tränen. »Meine Brüder müssen von Curtis erfahren. Und auch von Ihnen. Wenn Sie bereit sind, würde ich Sie gern miteinander bekannt machen.«

Wieder etwas Unerwartetes. »Schön«, hörte er sich sagen.

Bevor sie ihm das Foto zurückgab, fuhr sie sanft mit dem Daumen darüber.

»Behalten Sie es«, sagte Panda.

Und irgendwie fühlte sich auch das genau richtig an.

Als er am nächsten Morgen draußen eine Runde lief, klingelte sein Handy. Früher hatte er nie ein Mobiltelefon dabei gehabt, aber seit er Leute beschäftigte, musste er erreichbar sein, und das gefiel ihm nicht. Sein Geschäft mochte florieren, er arbeitete jedoch immer noch lieber allein.

Panda warf einen Blick auf das Display. Eine Vorwahl von der Ostküste. Er kannte die Nummer nicht, aber er kannte die Vorwahl. Er hielt sofort an und hob ab.

»Patrick Shade.«

Die Stimme, nach der er sich gesehnt hatte, dröhnte aus dem Hörer, sehr klar, sehr laut und sehr wütend.

»Ich bin *schwanger*, du Hurensohn.«

Und dann war die Leitung tot.

Er stolperte an den Straßenrand, ließ das Handy fallen, hob es schnell wieder auf und wählte den Rückruf. Seine Hände zitterten so stark, dass er zwei Anläufe brauchte.

»*Was* willst du?«, schrie sie.

O Gott.

Er musste der Erwachsene sein. Er öffnete den Mund, um etwas zu erwidern – wer zur Hölle wusste schon, was? –, aber sie brüllte immer weiter, er kam überhaupt nicht zu Wort.

»Ich bin im Moment zu wütend, um mit dir zu reden. Du und deine *Sterilisation!*« Sie spuckte das Wort förmlich aus.

»Wo bist du?«

»Was geht dich das an?«, entgegnete sie. »Ich bin fertig mit dir, schon vergessen?« Sie legte wieder auf.

Jesus ...

Lucy war schwanger. Von ihm. Er fühlte sich, als wäre er in einen Pool mit warmem Wasser gesprungen.

Als er es wieder bei ihr versuchte, erreichte er nur den Anrufbeantworter. Er kannte bereits ihre neue Adresse, und kurz darauf stand er am Fähranleger. Sechs Stunden später war er in Boston.

Es war Abend und bereits dunkel, als er mit dem Mietwagen vor dem Haus hielt, in dem sie nun wohnen sollte. Niemand antwortete, als er im Foyer auf die Klingel drückte.

Er probierte ein paar weitere Knöpfe und stieß schließlich auf Gold in Gestalt eines alten Mannes, der nichts Besseres zu tun hatte, als seine Nachbarn auszuspionieren.

»Sie ist heute Morgen mit einem Koffer aus dem Haus gegangen. Sie wissen ja, wer das ist, nicht? Die Tochter von Expräsidentin Jorik. Sie ist zu allen immer sehr freundlich.«

Panda wählte ihre Nummer, als er wieder draußen auf dem Gehweg stand, und dieses Mal ging sie dran. Er ließ sie erst gar nicht zu Wort kommen.

»Ich bin in Boston«, sagte er. »Der Sicherheitsdienst bei dir im Haus ist scheiße.«

»So wie du.«

»Wo bist du hingefahren?«

»Nach Hause zu Mommy und Daddy. Was dachtest du denn? Und ich bin absolut nicht dazu bereit, mit dir zu reden.«

»Pech.«

Dieses Mal legte er zuerst auf.

Physischen Mut brachte er leicht auf, aber das hier war etwas völlig anderes. Er hatte gewusst, dass er mit Bree reinen Tisch machen musste, bevor er den nächsten Schritt vollziehen konnte, um Lucy zurückzugewinnen, aber er hatte eigentlich geplant, sich eine weitere Woche Zeit zu lassen, um mit Jerry Evers zu reden und sich zu versichern, dass dieser genauso davon überzeugt war wie er selbst, dass die Dunkelheit nicht zurückkehren würde. Außerdem hatte er sich vorgenommen, seinen Text vorher aufzuschreiben und sich einzuprägen, damit er es nicht wieder vermasselte. Nun saß er hier, in einem Flugzeug nach Washington, völlig unvorbereitet und im Bewusstsein, dass seine ganze Zukunft auf dem Spiel stand.

Er landete lange nach Einbruch der Dunkelheit. Obwohl er zu aufgedreht war, um zu schlafen, konnte er sich in seiner momentanen Verfassung nicht bei den Joriks blicken lassen, also checkte er in ein Hotel ein und lag für den Rest der Nacht wach. Bei Tagesanbruch duschte er und rasierte sich. Mit nicht mehr als einer Tasse Kaffee im Magen machte er sich auf den Weg nach Middleburg, einer wohlhabenden Gemeinde im Herzen des Jagdlands von Virginia.

Während er gewundene Straßen entlangfuhr, vorbei an Weingütern und Pferdegestüten, fühlte er sich zunehmend elend. Was, wenn er zu spät kam? Was, wenn sie zur Vernunft gekommen war und erkannt hatte, dass sie ohne ihn viel besser dran war? Als er das Anwesen der Joriks erreichte, war er schweißgebadet.

Das Haus war von der Straße aus nicht zu sehen. Nur der hohe Eisengitterzaun und das kunstvolle elektrische Tor zeigten an, dass er an seinem Ziel angekommen war. Er hielt vor dem Tor und musterte die Überwachungskameras. Als er sein Handy zückte, wusste er eins sicher. Wenn er jetzt schlappmachte, war alles aus. Egal, was ihn erwartete, er durfte ihr nicht zeigen, was für ein Wrack er war.

Sie hob nach dem fünften Klingeln ab. »Es ist erst halb sieben«, meldete sie sich krächzend. »Ich bin noch im Bett.«

»Kein Problem.«

»Ich habe dir gesagt, dass ich nicht bereit bin, mit dir zu reden.«

»Das ist allerdings ein Problem. Du hast eine Minute, um das Tor zu öffnen, oder ich ramme es ein.«

»Schick mir eine Postkarte von Guantanamo Bay!«

Wieder legte sie einfach auf.

Zum Glück musste er seine Drohung nicht wahrmachen, weil sich das Tor dreißig Sekunden später öffnete. Nach einem kurzen Gespräch mit einem Secret-Service-Agenten fuhr Panda die kurvige Zufahrt hoch, die durch ein dichtes Waldstück zum Haus, einem großen georgianischen Ziegelgebäude, führte. Er parkte davor und stieg aus. Die kalte Luft trug den Geruch von Herbstlaub, und der klare Morgenhimmel versprach Sonnenschein, was Panda als ein gutes Omen zu betrachten versuchte. Keine leichte Aufgabe, wenn ihm so schlecht war wie gerade.

Die Eingangstür ging auf, und da stand sie. Sein Herz schlug bis zum Hals. Alles, was ihm zuvor undurchsichtig erschienen war, war nun kristallklar, aber ihr offensichtlich nicht … Statt ihn hereinzubitten, kam sie heraus, eine schwarze Windjacke über einen knallroten Pyjama gezogen, der mit Ochsenfröschen bedruckt war.

Die Letzten, denen er im Moment gegenübertreten wollte, waren ihre Eltern, deshalb war es ein unerwartetes Geschenk, dass dieser Showdown draußen stattfinden würde. Ihre nackten Füße steckten in Turnschuhen, ihr Haar war ein wunderschönes hellbraunes Durcheinander. Sie trug natürlich kein Make-up, eine Knitterfalte vom Schlafen zeichnete sich auf ihrer Wange ab. Sie sah hübsch aus, normal. Außergewöhnlich.

Sie blieb zwischen zwei Säulen auf dem oberen Treppenabsatz stehen. Panda näherte sich langsam über den Ziegelsteinweg.

»Wer ist gestorben?«, fragte sie, während sie seinen Anzug musterte.

Ihr sollte klar sein, dass er nicht in Jeans und T-Shirt auf dem Landsitz der ehemaligen Präsidentin der Vereinigten Staaten auftauchen würde.

»Hatte keine Zeit zum Umziehen.«

Sie kam die Stufen herunter und betrat das bunte Herbstlaub, das am Wegrand lag. Trotz ihrer feinen Gesichtszüge und des Froschpyjamas hatte sie keinerlei Ähnlichkeit mit einem Teenager. Sie war eine erwachsene Frau – verführerisch, kompliziert und wütend, was ihm alles eine Höllenangst einjagte.

Sie reckte das Kinn zu ihm vor, so angriffslustig wie ein Profiboxer. »Es ist ein Unterschied, ob man eine Sterilisation *durchführen lässt* oder ob man sie *plant*.«

»Was meinst du damit? Ich habe nie behauptet, dass ich bereits eine hatte.«

Sie winkte ab. »Ich werde nicht mit dir darüber diskutieren.« Sie stapfte über die feuchte, mit Blättern übersäte Wiese auf einen Baum zu, der aussah, als hätte Thomas Jefferson in seinem Schatten die Unabhängigkeitserklärung Korrektur gelesen. »Tatsache ist«, sagte sie, »dass irgendwann einer deiner kleinen Mistkerle einen Home Run erzielt hat und du nun Vater wirst. Was sagst du dazu?«

»I...ich hatte noch keine Zeit, mir darüber Gedanken zu machen.«

»Nun, ich schon, und ich werde dir sagen, was nicht passieren wird. Ich werde nicht so tun, als wäre ich in einer Samenbank gewesen, und ich werde dieses Kind nicht wegmachen lassen.«

Er war entsetzt. »Das will ich dir auch nicht geraten haben.«

Sie fuhr fort, immer noch stinkwütend. »Also, was wirst du jetzt deswegen tun? Wieder am Rad drehen?«

Ihre Art, seine seelischen Probleme in der Vergangenheit

zu verharmlosen, als wären sie eher belanglos, bewirkte, dass er sie nur noch mehr liebte, falls das überhaupt möglich war.

»Und?« Sie klopfte ungeduldig mit dem Fuß auf die nasse Wiese, als wäre sie seine Klassenlehrerin in der Grundschule. »Was hast du zu deiner Verteidigung zu sagen?«

Er schluckte. »Gute Arbeit?«

Er rechnete damit, dass sie ihm eine scheuerte. Stattdessen schürzte sie die Lippen. »Meine Eltern werden *nicht* glücklich darüber sein.«

Sicherlich eine Untertreibung. Er redete mit Bedacht, da ihm voll bewusst war, dass er sich auf gefährlichem Terrain bewegte. »Und was soll ich deiner Meinung nach jetzt machen?«

Sie durchbrach die Schallmauer. »Das reicht! Ich bin fertig mit dir!«

Sie stapfte zurück zum Haus, und da er mit einer schwangeren Frau nicht umspringen konnte wie mit einer nicht schwangeren, schnitt er ihr den Weg ab.

»Ich liebe dich.«

Sie blieb abrupt stehen und grinste ihn spöttisch an. »Du hast mich *gern*. Das ist ein großer Unterschied.«

»Das auch. Aber vor allem liebe ich dich.« Sein Hals wurde eng. »Ich habe dich von dem Moment an geliebt, in dem ich dich zwischen diesen beiden Garagen in Texas entdeckt habe.«

Ihre grün gesprenkelten Augen wurden plötzlich groß. »Das ist eine Lüge.«

»Nein. Ich sage ja nicht, dass mir bewusst war, dass ich mich in dich verliebt hatte, aber ich habe etwas Wichtiges gespürt, von Anfang an.« Er wollte sie berühren, Gott, wie sehr er sich wünschte, sie zu berühren, aber er hatte Angst, dass das alles nur schlimmer machen würde. »Jede Sekunde, die wir zusammen verbracht haben, kämpfte ich dagegen an, das Richtige zu tun. Ich kann dir gar nicht sagen, wie satt ich das habe. Und ich glaube, du liebst mich auch. Sehe ich das falsch?«

Das war die Frage, die ihn quälte. Was, wenn er sich irrte? Was, wenn ihre Behauptung, er sei für sie nur ein Flirt gewesen, ernst gemeint gewesen war? Sein Instinkt sagte ihm zwar, dass das nicht zutraf, aber er war sich der Macht des Selbstbetrugs mehr als bewusst. Er wappnete sich innerlich.

»Na und?« Lucy grinste wieder spöttisch. »Ich dachte auch, ich würde Ted Beaudine lieben, und man hat ja gesehen, was dabei herauskam.«

Ihm wurde so schwindelig, dass er kaum antworten konnte. »Ja, aber Ted war viel zu gut für dich. Das bin ich nicht.«

»Okay, das stimmt.«

Am liebsten hätte er sie weggetragen, in seinen Wagen verfrachtet und Gas gegeben, aber er bezweifelte, dass sie beziehungsweise die Sonderleibwache ihrer Mutter das gut finden würde. Er schnappte nach Luft und zwang sich zu sagen, was er sagen musste.

»Kristi hat einen Psychologen für mich aufgetrieben, einen Exsoldaten, der selbst im Krieg war. Wir haben uns auf Anhieb verstanden. Ich würde zwar nicht behaupten, dass alles bestens ist, aber ich kann sagen, dass dieser Mann mich davon überzeugt hat, dass ich gesünder bin, als ich dachte.«

»Er *irrt*«, erklärte Madame Feinfühlig.

Trotzdem glaubte Panda, einen weicheren Ausdruck in den großen Augen wahrzunehmen. Oder war das Wunschdenken?

»Sag mir, wie du dieses Chaos klären willst«, bat er beinahe flehentlich. »Du weißt, dass ich dich heirate, wenn es das ist, was du möchtest. Ich tue alles für dich. Sag mir nur, was du willst.«

Jegliche Zärtlichkeit, die er sich eingeredet hatte, löste sich auf und wich einer eisigen Hochmütigkeit.

»Du bist hoffnungslos.«

Sie stapfte weiter, durch das Laub, die Stufen hoch zur Eingangstür. Sie schlug sie ihm nicht vor der Nase zu, woraus er schloss, dass er ihr ins Haus folgen sollte für weitere Arschtritte.

In der stattlichen Eingangshalle sah er eine geschwungene Treppe, die nach oben führte, beeindruckende Ölgemälde und antike Möbel, die von altem Geldadel zeugten, aber die abgeworfenen Rucksäcke, Fahrradhelme und der einzelne bunte Kniestrumpf, die in der Ecke lagen, ließen außerdem auf junge Bewohner schließen. Lucy warf ihre Windjacke über einen Stuhl, der aussah wie eine Leihgabe aus dem Smithsonian, und wandte sich zu ihm um.

»Was, wenn ich gelogen habe?«

Er hörte abrupt auf, das Laub unter seinen Schuhsohlen an dem orientalischen Teppichläufer abzustreifen, der sich durch die Eingangshalle erstreckte.

»Gelogen?«

»Was, wenn ich nicht schwanger bin?«, sagte sie. »Und das alles nur erfunden habe? Was, wenn ich endlich diese Farce durchschaut habe, die du konstruiert hast, um mich zu beschützen – als wäre ich nicht in der Lage, auf mich selbst aufzupassen! Und was, wenn ich dich tatsächlich liebe und dies die einzige Möglichkeit war, die mir eingefallen ist, um dich zurückzuholen? Was würdest du dann tun?«

Er vergaß seine nassen Schuhe. »Hast du gelogen?«

»Beantworte meine Frage.«

Am liebsten hätte er sie erwürgt. »Wenn du gelogen hast, werde ich dermaßen sauer sein, so sauer, wie du es dir nicht vorstellen kannst, denn trotz allem, was ich gesagt habe, wünsche ich mir ein Kind mit dir. Sag mir jetzt sofort die Wahrheit!«

Ihre Augen schienen zu schmelzen. »Wirklich? Du wünschst dir wirklich ein Kind?«

Nun war er der Angriffslustige. »Nimm mich nicht auf den Arm, Lucy. Das hier ist zu wichtig.«

Sie wandte sich ab. »Mom! Dad!«

»Wir sind hier.« Eine männliche Stimme dröhnte aus dem hinteren Bereich des Hauses.

Er würde sie tatsächlich umbringen, aber zuerst musste er ihr durch das prächtige Haus folgen in eine geräumige, sonnengesprenkelte Küche, die nach Kaffee und Backwaren duftete. Der eckige Glaserker mit einem auf Böcken stehenden Tisch zeigte hinaus auf den Herbstgarten. Präsidentin Jorik saß am Kopfende, das *Wall Street Journal* aufgeschlagen vor sich, daneben eine andere Zeitung, noch zusammengefaltet. Sie trug einen weißen Morgenmantel und graue Pantoffeln. Selbst ohne Make-up war sie eine schöne Frau und dazu eine imponierende. Ihr Mann saß rechts von ihr in Jeans und einem Freizeit-Sweatshirt. Auch wenn sie frisiert war, er war es nicht, und er hatte sich auch noch nicht rasiert. Panda hoffte inständig, dass beide bereits bei ihrer zweiten Tasse Kaffee angelangt waren, oder es würde sogar noch schlimmer werden, als er befürchtete.

»Mom, Dad, ihr erinnert euch sicher an Patrick Shade.« Lucy sprach seinen Namen aus, als wäre es verdorbenes Fleisch. »Mein Wachhund.«

Panda konnte es sich nicht erlauben, vor einem der beiden in Ehrfurcht zu erstarren, und so nickte er.

Präsidentin Jorik legte ihr *Wall Street Journal* zur Seite. Mat Jorik schloss sein iPad und nahm seine Lesebrille ab. Panda fragte sich, ob sie von dem Baby wussten … beziehungsweise ob es überhaupt ein Baby gab. Typisch Lucy, dass sie ihn in die Höhle des Löwen warf, ohne dass er wusste, woran er war. Wenigstens blieben ihm ihre Geschwister erspart. Es war Samstag, wahrscheinlich schliefen sie aus. Er wünschte sich, ihre Eltern wären auch im Bett geblieben. »Ma'am«, sagte er. »Mr. Jorik.«

Lucy wollte ihr Pfund Fleisch. Sie ließ sich auf einen freien Stuhl neben ihren Vater plumpsen, während Panda vor ihnen stand wie ein Bauer vor der königlichen Familie. Lucy funkelte ihre Mutter an.

»Du kommst nie darauf, was er gerade gesagt hat. Er hat gesagt, er wird mich heiraten, wenn es das ist, was *ich* möchte.«

Präsidentin Jorik rollte tatsächlich mit den Augen. Ihr Mann schüttelte den Kopf. »Noch dümmer, als ich angenommen habe.«

»Er ist nicht dumm.« Lucy stützte die Füße auf den hölzernen Auflagebock unter dem Tisch. »Er ist ... Na schön, er ist schon irgendwie dumm, so wie ich. Aber er hat ein großes Herz.«

Panda hatte genug gehört. Er bedachte Lucy mit seinem, wie er hoffte, drohendsten Blick, dann wandte er sich an ihre Eltern.

»Ich möchte um die Erlaubnis bitten, Ihre Tochter zu heiraten.«

Lucy sah ihn mit schmalen Augen an. »Du bist viel zu schnell. Zuerst musst du alle Gründe aufzählen, warum du es nicht wert bist.«

Bis jetzt hatte er nicht wirklich verstanden, was sie gerade tat, aber das verstand er. Sie wollte, dass er das Heftpflaster mit einem Ruck abriss.

»Möchten Sie einen Kaffee, Patrick?« Präsidentin Jorik deutete auf die Kanne auf der Anrichte.

»Nein, Ma'am.« Sie war sein Oberbefehlshaber gewesen, und ihm wurde bewusst, dass er unwillkürlich strammstand. Die Haltung fühlte sich gut an, und er blieb so, Füße zusammen, Brust heraus, Augen geradeaus. »Ich bin in schwierigen Verhältnissen in Detroit groß geworden, Ma'am. Mein Vater handelte mit Drogen, meine Mutter war eine Abhängige, die ihre Sucht pflegte, wo sie nur konnte. Ich habe selbst mit Drogen gehandelt. Ich habe einen Eintrag im Jugendstrafregister, war in mehreren Pflegefamilien, und ich habe meinen Bruder in einem Bandenkrieg verloren, als er noch viel zu jung war. Ich habe die Highschool mit Ach und Krach geschafft, danach ging ich zum Militär. Ich habe im Irak und in Afghanistan gedient, bevor ich in Detroit in den Polizeidienst eintrat.« Er würde alles auf den Tisch bringen, auch wenn es ihn umbrachte. »Ich habe einen akademischen Titel von der Wayne State University und ...«

»Einen akademischen Titel ...«, unterbrach Lucy. »Er hat einen Master-Abschluss. Das hat mich zuerst gestört, aber ich habe beschlossen, darüber hinwegzusehen.«

Sie brachte ihn absichtlich ins Schwitzen, aber er war seltsamerweise froh, dass sie ihn zwang, alles offenzulegen. Er wechselte in eine bequemere Haltung, die Hände hinter dem Rücken verschränkt, die Augen direkt über ihren Köpfen. »Wie gesagt, von der Wayne State. Das einzige Mal, dass ich in die Nähe einer Elite-Universität gekommen bin, war bei einem Footballmatch zwischen Harvard und Yale, wo ich als Leibwächter für eine Hollywood-Schauspielerin arbeitete.«

»Er hat gute Tischmanieren«, sagte Lucy. »Und, seien wir ehrlich, er sieht scharf aus.«

»Das sehe ich«, stimmte ihre Mutter in erschreckend zweideutigem Ton zu, was in Panda die Frage auslöste, wie verschieden sie und Lucy wirklich waren.

Er ackerte weiter. »Es gab eine Zeit, in der ich zu viel getrunken habe und deswegen in zu viele Auseinandersetzungen verwickelt wurde.« Er ballte die Hände hinter seinem Rücken zu Fäusten. »Aber das Wichtigste, was Sie über mich wissen müssen ...«, er zwang sich, in die Gesichter zu schauen, »... ich litt an einem posttraumatischen Stresssyndrom.« Er schluckte. »Das Schlimmste scheint mittlerweile hinter mir zu liegen, aber ich will kein Risiko eingehen, darum bin ich zurzeit wieder in Therapie. Viele Jahre fürchtete ich mich davor, einen anderen Menschen zu sehr in mein Herz zu schließen, aus Angst, ich könnte ihm Schaden zufügen, aber jetzt habe ich diese Angst nicht mehr. Allerdings fluche ich hin und wieder, und ich habe ein aufbrausendes Temperament.«

Präsidentin Jorik sah ihren Mann an. »Kein Wunder, dass sie sich in ihn verliebt hat. Er ist genau wie du.«

»Schlimmer«, sagte Lucy.

Ihr Vater schob seinen Stuhl vom Tisch zurück. »Das glaube ich dir aufs Wort.«

Panda hatte nicht vor, sich von einem dieser Joriks aus dem Konzept bringen zu lassen. Er öffnete seine Fäuste. »Was meine Vergangenheit betrifft, bin ich bestimmt nicht das, was Sie sich für Ihre Tochter vorgestellt haben.«

»Mr. Shade, nichts aus Ihrer Vergangenheit ist Mat oder mir neu«, erwiderte die Präsidentin. »Sie glauben doch nicht, dass wir Sie als Leibwache für Lucy beauftragt hätten, ohne uns vorher gründlich über Sie zu erkundigen.«

Das hätte ihn zwar nicht erstaunen dürfen, aber das tat es trotzdem.

»Sie wurden für Ihre Dienste als Soldat ausgezeichnet«, fuhr sie fort. »Sie haben tapfer Ihrem Land gedient, und Ihre Personalakte beim Detroit Police Department ist mustergültig.«

»*Aber*«, wandte Lucy ein, »er kann ein richtiger Idiot sein.«

»Das kannst du auch«, bemerkte ihr Vater.

Panda ließ die Arme herabsinken. »Außerdem liebe ich Ihre Tochter sehr, wie Sie sehen können. Anderenfalls würde ich – Verzeihung, Ma'am – ums Verrecken nicht das hier alles mitmachen. Und nun, bei allem gebotenen Respekt, möchte ich mit Lucy gern unter vier Augen reden.«

Miss Vielleicht-bin-ich-schwanger-vielleicht-auch-nicht wurde plötzlich vorsichtig. »Zuerst Muffins. Du liebst doch Muffins.«

»Lucy. Sofort.« Er deutete mit dem Kopf auf die Tür.

Sie war noch nicht fertig damit, ihn zu bestrafen, und sie ließ sich alle Zeit der Welt, um von ihrem Stuhl aufzustehen. Sie hatte eine unglaubliche Ähnlichkeit mit einem schmollenden Teenager, was ihre Eltern zu belustigen schien.

»Sie war früher einmal so ein liebes Mädchen«, bemerkte ihre Mutter.

»Dein Einfluss«, entgegnete Mat.

Wäre die Sache mit dem Baby nicht gewesen, hätte Panda ihnen ihren Spaß noch länger gegönnt.

Ihr Vater war allerdings noch nicht fertig. »Vielleicht möchtet ihr zwei das hier in Mabel ausdiskutieren?« Er ließ es wie eine Frage und einen Auftrag gleichzeitig klingen.

Die Präsidentin lächelte ihren Mann an.

Panda hatte keine Ahnung, was sich gerade abspielte, aber Lucy verstand offenbar.

»Na gut.« Sie zeigte kein bisschen Begeisterung, während sie zur Hintertür schlenderte.

Panda überholte sie auf eine, wie er hoffte, selbstbewusste Art, hielt ihr die Tür auf und folgte ihr dann über die Steinterrasse in den Garten mit seiner klar strukturierten Anordnung und den ausgewachsenen, Schatten spendenden Bäumen. Das gefallene Laub raschelte unter ihren Schritten, während er ihr auf einem Ziegelsteinpfad, vorbei an einem Kräutergarten wohin auch immer folgte. Kurz vor einem kleinen Gartenhaus bog sie auf einen Trampelpfad, der dahinter entlangführte, zu einem uralten gelben Caravan ab. Schließlich fiel es Panda wieder ein. Das hier war Mabel, das Wohnmobil, mit dem Lucy und Mat Jorik vor all den Jahren umhergereist waren und mit dem sie Nealy Case an einer Raststätte in Pennsylvania aufgegabelt hatten.

Die Tür quietschte in ihren rostigen Angeln, als Lucy sie öffnete. Panda stieg in den modrig riechenden Innenraum. Es gab eine winzige Küche, eine durchgesessene, eingebaute Couch mit verblasstem Schottenmusterbezug und ganz hinten eine Tür, die zu einer Schlafkoje führen musste. Auf dem kleinen Esstisch lagen eine Baseballmütze und ein Notizbuch neben einem Fläschchen mit grünem Nagellack und einer leeren Cola-Dose. Bestimmt benutzten Lucys Geschwister diesen Ort als Treffpunkt.

Wenn er Lucy fragen würde, warum ihre Mutter vorgeschlagen hatte herzukommen, würde er nur wieder einen dieser Blicke ernten, die ausdrückten, dass er ein Schwachkopf war, also fragte er nicht.

»Läuft die Kiste noch?«

»Nein.« Sie ließ sich auf die Couch plumpsen, schnappte sich eine Taschenbuchausgabe von *Herr der Fliegen* und begann darin zu lesen.

Er zerrte an seinem Hemdkragen. Dieser Ort mochte für die Joriks einen sentimentalen Wert haben, aber er bekam hier drinnen Platzangst.

Bist du wirklich schwanger? Liebst du mich wirklich? Was zum Teufel habe ich überhaupt gesagt, das so falsch war? Lauter Fragen, die ihm auf der Zunge brannten, die er aber noch nicht stellen konnte.

Er öffnete den obersten Hemdknopf, stieß mit dem Kopf fast an die Decke. Die Wände umzingelten ihn. Er zwängte sich seitlich in die Sitzecke, ihr gegenüber. Selbst von hier konnte er noch den Weichspüler in ihrem roten Pyjama riechen, ein Duft, der nicht erotisch hätte sein dürfen, es aber war.

»Ich habe Bree über ihren Vater aufgeklärt«, sagte er.

Sie sah nicht von dem Buch auf. »Ich weiß. Sie hat mich angerufen.«

Er streckte seine eingeengten Beine aus. Sie blätterte eine Seite um. Seine Nerven waren zum Zerreißen gespannt. »Nachdem du deinen Spaß hattest, können wir nun ernsthaft reden?«

»Nicht wirklich.«

Hätte jemand anderes es ihm so schwer gemacht, wäre er entweder gegangen oder hätte denjenigen verprügelt, aber er hatte Lucy tief gekränkt, und es stand ihr zu, ihn bluten zu lassen bis in alle Zeiten. Sie hatte ihn schon viel bluten lassen.

Er zwang sich, die Tatsache zu akzeptieren, dass es kein Baby gab. Sie hatte gelogen. So schmerzhaft diese Erkenntnis war, er musste sie akzeptieren. Er konnte nicht einmal wütend darüber sein, weil ihre Lüge bewirkt hatte, wofür ihm bisher der Mut gefehlt hatte. Sie zusammenzubringen.

Mit einer gewissen Resignation gab er ihr die Munition, die sie brauchte, um anzugreifen. »Es wird dir nicht gefallen, aber damals habe ich wirklich geglaubt, ich würde das Richtige tun, als ich mich von dir trennte.«

Sie knallte das Buch zu, ihre eisige Zurückhaltung war gebrochen. »Ich bin mir sicher, dass du das geglaubt hast. Völlig unnötig, Lucy zu fragen, wie sie über die Situation denkt. Völlig unnötig, ihr ein Mitspracherecht oder eine Stimme einzuräumen. Lieber gehst du hin und triffst alle Entscheidungen für sie selbst.«

»Ich habe das zwar damals ein wenig anders gesehen, aber ich verstehe, was du meinst.«

»Soll diese Beziehung so laufen? Falls es überhaupt eine Beziehung gibt. Dass du für uns beide die Entscheidungen triffst?«

»Nein. Und es wird definitiv eine Beziehung geben.«

Plötzlich fühlte er sich standfester, als er sich jemals in Erinnerung hatte. Falls er einen Beweis für seine neue Stabilität benötigte, brauchte er sich nur an das Hochgefühl zu erinnern, das er empfunden hatte, als Lucy ihm eröffnete, sie sei schwanger. Er hatte keine Angst gespürt, nicht den kleinsten Zweifel. Die Erkenntnis, dass sie ihn angelogen hatte, war natürlich ein Schlag, aber das würde er in Ordnung bringen, indem er sie bei der ersten möglichen Gelegenheit hundertprozentig schwängerte.

»Du hast mir meine Macht geraubt, Panda. Statt mit mir die Pros und Contras zu diskutieren und nach meiner Meinung zu fragen, hast du mich einfach ausgeschlossen. Du hast mich behandelt wie ein Kind.«

Selbst in einem bis oben zugeknöpften Pyjama hatte sie keinerlei Ähnlichkeit mit einem Kind, aber er durfte nicht anfangen, sich vorzustellen, was unter dem roten Flanellstoff war, oder er würde den Fokus verlieren.

»Ich habe seitdem viel gelernt.«

»Ach ja?« Echte Tränen glitzerten in ihren Augen. »Und warum bist du dann nicht zu mir gekommen? Warum musste ich diejenige sein, die sich zuerst meldet?«

Am liebsten hätte er sie in die Arme genommen und nie wieder losgelassen, aber das konnte er jetzt noch nicht machen. Vielleicht nie, wenn er das hier in den Sand setzte.

Er zwängte sich aus der Sitzecke heraus und ging vor ihr in die Hocke. »Ich war dabei, den Mut aufzubringen, dich zu treffen. Ich habe dir die größte Lüge meines Lebens erzählt, als ich behauptet habe, dass ich dich nicht liebe, aber ich hatte eine Todesangst davor, dich zu verletzen. Die Dinge haben sich seither geändert. Ich habe keine Angst mehr davor, dich zu lieben. Und jetzt kannst du mich anschreien.«

Sie rümpfte die Nase über diesen Seitenhieb. »Ich schreie nie.«

Er war zu klug, um diesen Trugschluss richtigzustellen. »Das freut mich, weil dir der nächste Teil nämlich auch nicht gefallen wird.« Er versuchte vergeblich, eine bequemere Position zu finden. »Die Trennung von dir war die Hölle, aber es stellte sich heraus, dass es das Beste war, was ich für mich selbst tun konnte – für uns beide –, weil plötzlich etwas auf dem Spiel stand, das wichtiger war als meine Sorge, dass meine Symptome zurückkehren könnten.« Ein Tannenzapfen fiel auf das Dach des Wohnmobils. »Ich habe herausgefunden, dass ich glaubte, zu leiden verdient zu haben. Schließlich hatte ich überlebt und viele meiner Kameraden nicht. Nachdem ich begriffen hatte, dass dies nicht meine Schuld war, wurden mir andere Dinge klar, und zum ersten Mal begann ich, an Möglichkeiten zu glauben statt an Unausweichlichkeit.«

Er konnte sehen, dass ihre Abwehr zu bröckeln begann, aber sie hatte immer noch einen Rest Kampfwillen übrig. »Ich hätte dir niemals zugemutet, was du mir zugemutet hast.«

Im Prinzip holte sie das gerade nach, aber da sie ihn erst seit vierundzwanzig Stunden quälte und er sie monatelang durch die Hölle geschickt hatte, durfte er sich nicht beschweren.

»Ich weiß, Liebes.« Er nahm ihre kalten Hände. »Du kannst dir nicht vorstellen, wie dreckig es mir ohne dich ging.«

Das stimmte sie fröhlicher. »Ja?«

Er rieb mit den Daumen über ihre Handflächen. »Ich brauche dich, Lucy. Ich liebe dich, und ich brauche dich.«

Sie dachte darüber nach. »Dir ist bewusst, dass du gerade vor mir kniest, oder?«

Er lächelte. »Ja, das ist mir bewusst. Und wenn ich schon mal dabei bin ...« Sein Lächeln verblasste, als ihm sein Kragen wieder zu eng wurde. »Luce, bitte heirate mich. Ich verspreche dir, dich zu lieben und zu ehren und zu respektieren. Ich werde mit dir lachen und mit dir schlafen und dich mit jedem Atemzug, den ich mache, auf Händen tragen. Ich weiß, wir werden uns streiten, aber das spielt letzten Endes keine Rolle, weil ich mein Leben für dich geben würde.« Nun war er richtig schweißgebadet. »Verdammt, so was hab ich noch nie gemacht ...«

Sie legte den Kopf schief. »Und was ist damit, mich zu beschützen? Das kannst du am besten, also warum versprichst du mir das nicht auch?«

Er hielt es nicht mehr aus, und er riss seine Krawatte herunter. »Was das betrifft ...«, er machte den zweitobersten Knopf auf, »... weiß ich nicht genau, wie ich das sagen soll.«

Sie wartete, gab ihm Zeit, ihr Blick so zärtlich, dass ihm die Worte leichter über die Lippen kamen, als er erwartet hatte. »Du bist mein sicherer Hafen. Du musst nicht halb so sehr beschützt werden wie ich. Wie wäre es also, wenn du den Job für eine Weile übernähmst?«

Sie strich ihm über die Haare, ihre Finger wie Federn, während ihre Augen ihm die Welt schenkten. »Ich werde mein Bestes tun.«

»Was ist mit dem Rest?«, fragte er, mit unsicherer Stimme, da er immer noch das Gefühl hatte, dass sein Leben in der Schwebe hing. »Bist du tough genug, um meine Frau zu werden?«

Sie streifte mit den Fingerspitzen über seine Wange. »Tougher, als du dir vorstellen kannst.«

Seine Erleichterung war so immens, dass er sich benommen fühlte, aber er fing sich langsam wieder, als sie ihm leise ihre eigene Liebeserklärung machte. Dann stand sie von der Couch auf, ging zur Tür und schloss den Riegel. Als sie sich wieder zu ihm umwandte, begannen ihre Finger, das Pyjamaoberteil aufzuknöpfen.

Er stand auf. Einen Moment später fiel sein Jackett auf den Boden.

Ihr Oberteil klaffte auseinander, als sie auf ihn zukam. Sie schlang die Arme um seinen Hals und küsste ihn. Es war der süßeste Kuss seines Lebens, voller Leidenschaft und Versprechungen und voll der Liebe, nach der er sich gesehnt hatte, seit er auf der Welt war. Aber als sich ihre Lippen schließlich voneinander lösten, machte sie ein bekümmertes Gesicht.

»Da ist noch was.«

»Das will ich doch hoffen«, murmelte er, während er ihren Rücken streichelte, genau dort, wo das Pyjamaoberteil aufhörte.

»Nein, nicht das.« Sie ließ die Hände auf seinem Hemd ruhen. »Nachdem ich lange genug damit aufgehört hatte, auf dich wütend zu sein, und erkannte, dass du mich wirklich liebst, musste ich mir etwas einfallen lassen, um deine Aufmerksamkeit zu bekommen.«

Er verstand. »Schon gut, Liebes. Ich weiß, dass du nicht schwanger bist.«

Aber das schien sie nicht zufriedenzustellen. »Also habe ich einen Plan ausgeheckt. Temple und Max haben sich bereit erklärt, mir bei deiner Entführung zu helfen, und ...«

»Bei meiner Entführung?«

Sie lächelte plötzlich süffisant. »Wir hätten das auch durchgezogen.«

Nur wenn die Hölle zugefroren wäre. »Wenn du das sagst.«

»Es ist so …«, sie zupfte an einem seiner Hemdknöpfe, »… wegen meiner Schwangerschaft …«

»Ich beabsichtige, mich bald darum zu kümmern, aber lüg mich bitte nie wieder an.«

Sie öffnete den Knopf und dann den nächsten. »Es ist so … Mir war in letzter Zeit oft schlecht, also habe ich angefangen zu rechnen, und dann bin ich zum Arzt, und dann …«

Er starrte sie an.

Ihr Mund zerfloss zu einem weichen Lächeln. Sie hob die Hände und umfasste sein Gesicht. »Es ist wahr.«

Epilog

Lucy lehnte den Kopf an die breite Schulter von Ted Beaudine und stieß ein zufriedenes Seufzen aus. »Wer hätte gedacht, dass wir nach allem, was wir durchgemacht haben, so zusammen enden?«

»Das Leben nimmt verschlungene Pfade«, antwortete er.

Es war spät im Mai, der dritte Jahrestag ihrer Beinahehochzeit, obwohl das nicht der Grund war, warum sie sich in dem Haus am See, das mit seinem neuen weißen Anstrich und strahlend blauen Fensterläden glänzte, versammelt hatten. Sie feierten das lange Wochenende zum Memorial Day und den Beginn eines weiteren Sommers.

Toby und zwei seiner Freunde jagten Frisbees hinterher, während Martin an ihren Fersen haftete. Einer von Brees Neffen plauderte schüchtern mit Lucys jüngster Schwester, was Tracy und Andre belustigt verfolgten. Lucy betrachtete Teds glattrasierte Kieferpartie.

»Das soll keine Beleidigung sein, aber ich bin so froh, dass ich nicht mit dir verheiratet bin.«

»Ist schon in Ordnung«, erwiderte er vergnügt.

Aus der Ferne konnte sie ein schwaches Hämmern vernehmen. In einem Monat würden die geräumigen Blockhäuser fertig sein und bereit für den ersten Schwung Gäste. »Offen gesagt, ist mir schleierhaft, wie Meg das anstellt«, fügte sie hinzu. »Mit deiner Perfektion zu leben muss für jemanden wie sie hart sein.«

Ted nickte düster. »Das ist eine Bürde, so viel ist sicher.«

Lucy lächelte und sah in den Garten zu der neuen Feuerstelle, wo ihre Eltern sich mit der ehrfürchtigen Temple und mit Max unterhielten. »Mit Panda verheiratet zu sein ist viel einfacher«, sagte Lucy.

»Ich werde dir das wohl glauben müssen«, erwiderte Ted. »Mir macht er irgendwie Angst.«

»Angst brauchst du nicht vor ihm zu haben, aber ich bin mir sicher, er würde das als Kompliment betrachten.«

Ted drückte kurz ihre Schulter. »Nur gut, dass wir uns nicht so blendend verstanden haben, als wir noch verlobt waren. Sonst hätte diese Hochzeit vielleicht wirklich stattgefunden.«

Beide schauderten.

Meg und Panda kamen auf sie zu. Wer hätte gedacht, dass Lucys mürrischer Bodyguard sich in einen mustergültigen Ehemann verwandeln würde?

Weil Meg einen schrecklichen Einfluss auf Ted hatte, drückte er Lucy einen Kuss auf den Kopf, nur um zu sehen, ob er damit provozieren konnte. Das ging nach hinten los, weil auch Lucy gern provozierte.

»Dein Mann baggert mich an«, rief sie ihrer besten Freundin entgegen. »Übrigens, wie fühlt es sich an, zweite Wahl zu sein?«

Meg schenkte ihr ein besserwisserisches Grinsen. »Wenn du nicht abgehauen wärst, hätte ich mir ganz sicher Panda geschnappt. Er hat nämlich eindeutig mit mir geflirtet bei deinem sogenannten Probedinner.«

»Na ja … Du sahst an dem Abend auch ziemlich scharf aus«, stimmte Lucy ihr zu.

Panda und Ted wechselten Blicke, die ausdrückten, dass sie sehr glückliche und zugleich sehr ausgebeutete Ehemänner waren.

»Schon seltsam«, sagte Meg. »Eigentlich sollten wir die Männer tauschen.«

Dieses Mal schauderten alle vier.

»Ich sage euch, was seltsam ist.« Bree stieß nun zu ihnen, an ihrer Seite Mike mit einem schlafenden Baby in einem Tragetuch an seiner Brust. »Ihr vier seid es. Ich habe nie so seltsame Beziehungen gesehen. Stimmt's, Mike?«

»Komm schon, Bree ... Manche Leute behaupten das vielleicht auch von uns.«

»Du bist zu gut, um wahr zu sein.« Bree schenkte ihm ein Lächeln, das die restliche Welt ausschloss.

Toby hatte sich von seinen Freunden gelöst. »So gut nun auch wieder nicht. Er hat sich gestern Abend an meinem M&Ms-Vorrat vergriffen.«

Mike grinste, klemmte den Arm um Tobys Hals und rieb sanft mit den Knöcheln über seinen Kopf, ohne dabei Tobys kleinen Bruder zu stören. »Du musst eben ein besseres Versteck finden, mein Sohn.«

In den letzten drei Jahren war Toby fünfundzwanzig Zentimeter in die Höhe geschossen, und mittlerweile bekam er Besuch von Mädchen, was Bree wahnsinnig machte. Aber Toby war bemerkenswert vernünftig für einen Fünfzehnjährigen, und Lucy machte sich keine Sorgen.

Zwischen Babys und aufblühenden Karrieren hatten sie so viele wunderbare Veränderungen in ihrem Leben erlebt. Aber es hatte auch schwere Zeiten gegeben. Lucy trauerte immer noch um ihren Großvater James, und Bree hatte in ihrer ersten Schwangerschaft eine frühe Fehlgeburt erlitten. Zum Glück hatte die freudige Ankunft von Jonathan David Moody etwas mehr als ein Jahr später den Kummer ein wenig gelindert.

Eine Veränderung, die alle außer Lucy schockiert hatte, war Pandas Entschluss gewesen, mehr Leute einzustellen, damit er wieder die Schulbank drücken und sich zum Psychotherapeuten ausbilden lassen konnte. Er nahm inzwischen nur noch Security-Aufträge an, für die er nicht verreisen musste, und widmete seine restliche Zeit der wichtigeren Aufgabe, anderen vom Krieg Traumatisierten zu helfen, ihr Leben zurückzugewinnen, etwas, wofür er ein besonderes Talent entwickelt hatte.

Lucy fand, dass die Mutterschaft sich gut mit ihrer angehenden Schriftstellerkarriere vereinbaren ließ. Sie war eine geborene Geschichtenerzählerin mit der Fähigkeit, das Leben der Kinder, die sie unterstützte, erlebbar zu machen. Sie hatte vor kurzem erst ihr drittes Buch begonnen, das sich dieses Mal den Achtzehn- bis Neunzehnjährigen widmete, die zu alt waren für eine Pflegefamilie und die keinen Platz hatten, an dem sie zu Hause waren. Lucy war außerdem zu einer Expertin für gefährdete Kinder geworden, was sie zu einem beliebten Gast in Fernsehsendungen und Talkshows machte. Gleichzeitig arbeitete sie ehrenamtlich in der Einzelfürsorge weiter, in einer Anlaufstelle in Chicago, damit sie nicht den Bezug zu der Arbeit verlor, die sie am meisten liebte.

Abgesehen von ihrer Familiengründung war das größte Projekt, das Lucy und Panda in Angriff genommen hatten, der Bau des Inselsommercamps auf dem Gelände, wohin Panda sich früher zum Grübeln zurückgezogen hatte. Hier sollten Geschwister, die in verschiedenen Pflegefamilien untergebracht waren, die Möglichkeit bekommen, jeden Sommer ein paar kostbare Wochen gemeinsam zu verbringen. Das Camp sollte außerdem als ein Rückzugsort für Kriegsveteranen und ihre Angehörigen dienen, die darum kämpften, eine neue Normalität in ihrem Leben zu finden. Panda und Lucy waren sich durchaus der vielen Schwierigkeiten bewusst, die sie im Umgang mit so vielen notleidenden Kindern und Erwachsenen erwarteten, aber sie wurden von außergewöhnlich guten Mitarbeitern unterstützt, und keiner der beiden fürchtete die Herausforderung.

Das Camp wurde finanziert durch die Litchfield-Jorik-Stiftung, deren Kapitalstock sich wesentlich erhöht hatte, nachdem Lucy einen großen Teil des Erbes ihres Großvaters hatte einfließen lassen. Da geht unsere Jacht dahin, hatte Panda gesagt, als sie die Verträge unterzeichnete.

Aber mit Pandas Unternehmen und Lucys Schriftstellerkarriere hatten sie finanziell ausgesorgt, und keiner der beiden legte Wert auf einen luxuriöseren Lebensstil. Auch nicht ihre freche kleine Tochter, die absolut glücklich damit war, in den Schuhen ihrer Mutter herumzustaksen, wenn sie irgendwo herumlagen.

Pandas Bodyguard-Instinkt meldete sich, Sekunden bevor Lucys mütterliche Ohren hellhörig wurden. »Ich geh ihn holen«, sagte er.

Lucy nickte und steuerte auf ihre zweijährige Tochter zu, die vergnügt versuchte, einer laut protestierenden Miniaturausgabe von Ted Beaudine einen schmuddligen Plüschdinosaurier zu entreißen. Panda erreichte den Wintergarten, wo sein Sohn ein Schläfchen gemacht hatte. Der Kleine verstummte, als sein Daddy ihn an seine Schulter legte, und das alte Haus, das sich früher so abweisend verhalten hatte, schien beide zu umarmen. Panda sah hinaus in den Garten, wo die Menschen, die ihm alles bedeuteten, sich versammelt hatten.

Lucy war es gelungen, ihre Tochter abzulenken, eine winzige Löwenbändigerin mit Pandas dunklen Locken und dem Abenteuergeist ihrer Mutter. Die Nachmittagsfähre tuckerte in Richtung Hafen. Zwei Möwen schossen über das Wasser auf der Suche nach einer Mahlzeit. Lucy hob den Kopf und sah zum Wintergarten. Als sie Pandas Blick auffing, verzog sich ihr Mund zu einem sanften, zufriedenen Lächeln, das sein Herz anschwellen ließ.

Sei der Beste in dem, was du gut kannst.

Wer hätte geahnt, dass er so gut darin sein würde?

Anmerkungen der Autorin

Sie Leser sind ein aufdringlicher Haufen! Nachdem ich *Komm und küss mich!* und *Kopfüber in die Kissen* geschrieben hatte, forderten Sie, mehr über den reizenden Ted Beaudine zu lesen, und nach *Wer will schon einen Traummann* forderten Sie mehr von Lucy Jorik. Es schien also logisch, Ted und Lucy in *Der schönste Fehler meines Lebens* miteinander zu verkuppeln ... Oh, na gut ... Wir wissen ja, wie das endete. Ich hoffe, Sie freuen sich genauso sehr wie ich darüber, dass Lucy nun endlich ihr eigenes Buch bekommen hat.

In meiner Karriere, mit der ich schon so lange gesegnet bin, haben mich unglaublich viele Menschen angespornt und unterstützt – Verwandte, Freunde, meine langjährige Lektorin, die kluge und wunderbare Carrie Feron, sowie die unvergleichlichen Teams bei Harper-Collins, William Morrow und Avon Books, die sagenhaft großzügig sind. Ein überfälliger Dank an meine immer geduldige Korrektorin Shelly Perron. Falls ihr etwas durchgeht, ist das leider mein Fehler. Dasselbe gilt für meine unglaublich fähige Assistentin, die außergewöhnliche Sharon Mitchell.

Was hätte ich nur getan ohne meine schreibenden Gefährtinnen Lindsay Longford, Robyn Carr, Jennifer Greene, Kristin Hannah, Jayne Ann Krentz, Cathie Linz, Suzette Vandeweile, Julie Wachowski und Margaret Watson? Ich kann mich außerdem sehr glücklich schätzen, dass Steve Axelrod und Lori Antonson mich seit so vielen Jahren als meine Agenten vertreten. Und ich bin meinen Verlegern auf der ganzen Welt sehr dankbar dafür, dass sie meine Bücher so gut behandeln. Ein besonderer Dank an Nicola Bartels, Inge Kunzelmann und das phänomenale Team beim Blanvalet Verlag in München. Alles Liebe!

Ein weiterer Dank an all jene, die mir bei *Wer Ja sagt, muss sich wirklich trauen* geholfen haben. Nicki Anderson, Ihre lebensbejahenden Arbeitsmethoden als Trainerin könnten nicht unterschiedlicher sein zu denen einer bestimmten Figur in diesem Buch. Meine Schwester Lydia Kihm ist eine Inspiration, wenn sie ihre Leidenschaft für die Arbeit von *Teens Alone* erklärt, einer großartigen Organisation, die ihren Sitz in Minnesota hat und sich für notleidende Jugendliche ins Zeug legt. Vielen Dank, Lieutenant Colonel Victor Markell von der United States Army, für Ihre Unterstützung. Und John Roscich, ich bin nach wie vor dankbar für Ihre Bereitschaft, meine Figuren durch ihre diversen juristischen Schwierigkeiten zu lotsen.

An meine Leser … Ich bin begeistert von den zahlreichen Möglichkeiten im Internet, mit denen ich zu Ihnen allen in der ganzen Welt Kontakt aufnehmen kann. Falls Sie mich auf Facebook oder Twitter noch nicht entdeckt haben, melden Sie sich, bitte. Wenn Sie gern über meine öffentlichen Auftritte und zukünftigen Buchprojekte auf dem Laufenden bleiben möchten, abonnieren Sie bitte meinen Newsletter auf www.susanelizabethphillips.com.

Fröhliche Lektüre wünscht Ihnen
Susan Elizabeth Phillips